U0732028

民国

武侠小说
典藏文库

平江不肖生卷

民国
武侠小说
典藏文库

平江不肖生卷

玉玦金环录

平江不肖生

著

中国文史出版社

平江不肖生论（代序）[①]

张赣生

在民国通俗小说史上，若论起划时代的人物，便不能不提及平江不肖生，他不仅是推动中国通俗社会小说由晚清过渡到民国的一位重要作家，更是拉开中国武侠小说大繁荣序幕的开路先锋。

平江不肖生（1890—1957），原名向恺然，湖南平江人。他出生于一个富裕家庭，其祖父以经营伞店发家，其父向碧泉是个秀才，在乡里间颇有文名。向恺然五岁随父攻读，十一岁习八股，恰逢清政府废八股，改以策论取士，遂改习策论，十四岁时清政府又废科举，改办学校，于是向氏考入长沙的高等实业学堂。其时正值同盟会在日本东京成立并创办《民报》鼓吹革命，日本文部省在清政府的要求下，于1905年11月颁布"取缔清韩留日学生规则"，镇压中国留日学生的革命活动，引起留日学生界的强烈反对，同盟会发起人之一陈天华于12月8日在日本愤而投海自杀，以死激励士气。转年，陈天华灵柩运回湖南，长沙各界公葬陈天华，掀起了政治风潮，刚刚入学一年的向恺然就因积极参与这次风潮而被开除学籍，随后他自费赴日留学。

民国二年（1913），袁世凯派人刺杀了宋教仁，群情激愤。向恺然回国参加了"倒袁运动"，任湖南讨袁第一军军法官，讨袁失败后，他再赴日本，结交武术名家，精研武术，这使他成为民国武侠小说作家中真正精通武术的人；同时，他因愤慨一般亡命于日本的中国人之道德堕落，执笔写作《留东外史》。民国四年（1915），向恺然重又归国，参加了中华革命党江西支部，继续从事反袁活动。袁世凯去世后，他移居上海以撰写小说

---

① 本文节选自张赣生著《民国通俗小说论稿》。

1

谋生，直至 1927 年返回湖南，他的主要通俗小说作品均在这十年间先后问世。1930 年至 1932 年，向恺然曾再度在上海从事撰著，但这一时期所作均为讲述拳术的短篇文章。1932 年"一·二八"日寇进犯上海，向恺然应何键之请返回湖南创办国术训练所。1937 年，抗日战争全面展开，他随二十一集团军转战安徽大别山区，任总办公厅主任，兼安徽学院文学系教授。1947 年返湖南，1957 年反右斗争后患脑溢血去世。

关于"平江不肖生"这一笔名的来历，向恺然在 1951 年写的简短"自传"中说："民国三年因愤慨一般亡命客的革命道德堕落，一般公费留学生不努力、不自爱，就开始著《留东外史》，专对以上两种人发动攻击。……因为被我唾骂的人太多，用笔名'平江不肖生'，不敢写出我的真名实姓。"此后他发表武侠小说时也一直沿用这一笔名。

至于"平江不肖生"的含义，向氏哲嗣在回忆文章中说："当时有人问为何用这'不肖生'？父亲说：'天下皆谓道大，夫惟其大，故似不肖。'此语出自老子《道德经》。原来其'不肖'为此，并非自谦之词。"其实这是向氏本人后来提出的一种解释，不一定真是采用这笔名的初意。《老子·六十七章》曰："天下皆谓我道大似不肖。夫惟大，故似不肖；若肖，久矣其细也夫。"这里的"不肖"是"不像""不类"的意思。道是抽象的，道涵盖万物之理，而不像某一具体体，从不像、不类、不具体，引申为"玄虚""荒诞"。这用以反驳某些人后来对《江湖奇侠传》的批评，颇能说明作者的立场；但在创作《留东外史》时采用这一笔名的初意却非如此，《留东外史》第一回《述源流不肖生饶舌，勾荡妇无赖子销魂》中说："不肖生自明治四十年，即来此地，……既非亡命，又不经商，用着祖先遗物，说不读书，也曾进学堂，也曾毕过业；说是实心求学，一月倒有二十五日在花天酒地中。近年来，祖遗将罄，游兴亦阑。"这段话把"不肖"二字的含义说得很清楚，应无疑义。

向恺然从写社会小说改为写武侠小说，是应出版商之请。包天笑在《钏影楼回忆录》中说："《留东外史》……出版后，销数大佳，于是海上同文，知有平江不肖生其人。……我要他在《星期》上写文字，他就答应写了一个《留东外史补》，还有一个《猎人偶记》。这个《猎人偶记》很特别，因力他居住湘西，深山多虎，常与猎者相接近，这不是洋场才子的小说家所能道其万一的。后来为世界书局的老板沈子方所知道了，他问我道：'你从何处掘出了这个宝藏者?'于是他极力去挖取向恺然给世界书局写小说，稿资特别丰厚。但是他不要像《留东外史》那种材料，而要他写剑仙侠士之类的一流传奇小说，这不能不说是一种生意眼。那个时候，上海的所谓言情小说、恋爱小说，人家已经看得腻了，势必要换换口味，……以向君的多才多艺，于是《江湖奇侠传》一集、二集……层出不穷，开上海武侠小说的先河。"这段话有助于我们了解向恺然的武侠小说。

向恺然是由晚清的通俗小说模式向新风格过渡的作家之一。因此，在他的小说中就必然存在着新与旧的两方面因素。从他最初的成名作《留东外史》来看，晚清小说模式的痕迹十分明显。

鲁迅在《中国小说史略》中谈到《官场现形记》《二十年目睹之怪现状》等晚清"谴责小说"时，曾指出："揭发伏藏，显其弊恶，而于时政，严加纠弹，或更扩充，并及风俗。虽命意在于匡世，似与讽刺小说同伦，而辞气浮露，笔无藏锋，甚且过甚其辞，以合时人嗜好"，是此类小说的共同特征。《留东外史》不仅在内容取材和创作思想上明显地带有晚清"嫖界小说"和谴责小说的痕迹，而且在故事的组织形式上也体现着晚清小说结构松散的时风，缺乏严谨的通盘考虑。我这样说，并非要否定《留东外史》的艺术成就，而是要表明客观存在的事实，《留东外史》是具有过渡性质的民初作品，它不可能完全摆脱晚清小说模式的影响。这是很自然的，《官场现形记》发表于1902—1907年，《二十年目睹之怪现状》发表于1902—1910年，《海上花列传》发表于1892—1894年，《海上繁华梦》发表于1903—1906年，《九尾龟》刊行于1906—1910年；当向恺然在民国三年（1914）撰著《留东外史》时，正值上述诸书风行之际，相距最近者不过三四年，《留东外史》与之实属于同时代产物，假若两者之间毫无共同之处，那反倒是怪事。

从另一个方面来看，《留东外史》之所以能称为过渡性质的作品，还在于它确实提供了新的东西，甚至在某种程度上有令人耳目一新之感。首先是他如实地描绘了异国风情，中国通俗小说中的外国，向来是《山海经》式的，《西游记》《三宝太监西洋记》《镜花缘》等不必说了；林琴南的小说原是翻译，但他笔下的外国也被写得面目全非；再看看晚清的其他作品，如《孽海花》中对欧洲的描写，大都未免流于妄诞。不肖生在《留东外史》中却能把日本的风土民俗写得生动、鲜明，这正是此书出版后大

3

受读者欢迎的重要原因。但是，这还仅是浅层的新奇；更深一层来看，不论作者是否自觉地意识到要运用西方的创作方法，实际上他已经表现出这种倾向，如上所说之照实描绘异国风情，就是西方文学的"写实主义"方法，特别是在《留东外史》的某些段落中还显示了进行"心理分析"的倾向，这些都是从旧模式向新风格过渡的重要迹象。

总之，就《留东外史》总体而论，旧模式的深刻痕迹还是主要的，但不能因此而忽略它所显示的新倾向之重要意义。两方面的因素杂糅在一起，是过渡时期的必然现象。处于洪宪复古浪潮中的向恺然，能做到这一步已经难能可贵，不应对他提出不切实际的过高要求。看一看《玉梨魂》《孽冤镜》等在复古浪潮中极享盛名的扭捏之作，或许更有助于认识《留东外史》的可贵之处。

《留东外史》使向恺然崭露头角，但他之得享盛名却是因为写了武侠小说《江湖奇侠传》。

《江湖奇侠传》当年所引起的轰动，今天的读者或许难以想象得到。这部作品首刊于《红》杂志第二十二期，《红》杂志为世界书局所办周刊，1922年8月创刊，至年底发行二十一期，转年始连载《江湖奇侠传》。1924年7月，《红》杂志出满一百期，改名为《红玫瑰》，仍为周刊，继续连载，至1927年向氏返湘，遂由《红玫瑰》编者赵苕狂续写，现今通行的《江湖奇侠传》一百六十回本，自一百零七回起为赵氏所续。

《江湖奇侠传》掀起的热潮一直持续了十年。据郑逸梅《武侠小说的通病》一文说："那个付诸劫灰的东方图书馆中，备有不肖生的《江湖奇侠传》，阅的人多，不久便书页破烂，字迹模糊，不能再阅了，由馆中再备一部，但是不久又破烂模糊了。所以直到'一·二八'之役，这部书已购到十有四次，武侠小说的吸引力，多么可惊咧。"在《江湖奇侠传》小说一版再版的同时，由它改编成的连台本戏也久演不衰，更加轰动的是明星影片公司改编拍摄的《火烧红莲寺》，由当时最著名的影星胡蝶主演。沈雁冰在《封建的小市民文艺》（作于1933年）一文中说："1930年，中国的'武侠小说'盛极一时。自《江湖奇侠传》以下，模仿因袭的武侠小说，少说也有百来种吧。同时国产影片方面，也是'武侠片'的全盛时代；《火烧红莲寺》出足了风头……《火烧红莲寺》对于小市民层的魔力之大，只要你一到那开映这影片的影戏院内就可以看到。叫好、拍掌，在

4

那些影戏院里是不禁的，从头到尾，你是在狂热的包围中，而每逢影片中剑侠放飞剑互相斗争的时候，看客们的狂呼就同作战一般，他们对红姑的飞降而喝采，并不尽因为那红姑是女明星胡蝶所扮演，而是因为那红姑是一个女剑侠，是《火烧红莲寺》的中心人物；他们对于影片的批评从来不会是某某明星扮演某某角色的表情哪样好哪样坏，他们是批评昆仑派如何、崆峒派如何的！在他们，影戏不复是'戏'，而是真实！如果说国产影片而有对于广大的群众感情起作用的，那就得首推《火烧红莲寺》了。从银幕上的《火烧红莲寺》又成为'连环图画小说'的《火烧红莲寺》，实在是简陋得多了，可是那疯魔人心的效力依然不灭。"这是一位极力反对《江湖奇侠传》者写下的实录，我认为他所描绘的这幅轰动景象是可信的。

如此轰动一时的《江湖奇侠传》，它的魅力在哪里？要说简单也简单，不过是把奇闻异事讲得生动有趣而已。

向氏初撰《江湖奇侠传》时，并无完整构思，只是随手掇拾湖南民间传说，加以铺张夸饰，以动观听，用类似《儒林外史》的那种集短为长的结构，信笔写来，可行可止。作者在此书第八回中说："说出来，在现在一般人的眼中看了，说不定要骂在下所说的，全是面壁虚造，鬼话连篇。以为于今的湖南，并不曾搬到外国去，何尝听人说过这些奇奇怪怪的事迹，又何尝见过这些奇奇怪怪的人物，不都是些凭空捏造的鬼话吗？其实不然。于今的湖南，实在不是四五十年前的湖南。只要是年在六十以上的湖南人，听了在下这些话，大概都得含笑点头，不骂在下搞鬼。至于平、浏人争赵家坪的事，直到民国纪元前三四年，才革除了这种争水陆码头的恶习惯。洞庭湖的大侠大盗，素以南荆桥、北荆桥、鱼矶、罗山几处为渊薮。逊清光绪年间，还猖獗得了不得。"就说出了此书前一部分的性质。

总之，《江湖奇侠传》有其不容忽视的长处，确实把奇闻逸事讲得生动有趣；但也有其不容忽视的短处，近乎于"大杂烩"，它之得享盛名，除了它自身确有长处之外，还与当时的环境条件有关，在晚清至民初的十多年间，中国通俗小说几经变化，公案小说和谴责小说的浪潮逐渐消退，"淫啼浪哭"的哀情小说维持不久已令人厌烦，此时向氏将新奇有趣的风土民俗引入武侠说部，道洋场才子之万不能道，自然使人耳目一新，其引起轰动也就是情理中应有之事了。

向恺然还写过一部比较现实的武术技击小说，即以大刀王五和霍元甲为素材的《侠义英雄传》，这部作品的发表与《江湖奇侠传》同时，于1923年至1924年间在世界书局出版的《侦探世界》杂志连载，全书八十回，后出单行本。或许是由于向氏想使此书的风格与《江湖奇侠传》有鲜明的区别，也或许是向氏集中精力撰写《江湖奇侠传》而难以兼顾，这部《侠义英雄传》写得不够神采飞扬，远不如《江湖奇侠传》驰名。此外，向氏还著有《玉玦金环录》《江湖大侠传》《江湖小侠传》《江湖异人传》等十余部武侠小说，成为二十年代最引人注目的武侠小说名家。

　　通观向氏的武侠小说创作，无论是《江湖奇侠传》或《侠义英雄传》，都还未能形成完善形态的神怪武侠小说或技击武侠小说风格。当然，对于这一点，我们不能苛求，向氏是一位过渡阶段的作家，他在民国通俗小说史上属于开基立业的先行者，他的功绩主要是开一代风气，施影响于后人。正是他的《江湖奇侠传》引起的巨大轰动，吸引了更多读者对武侠小说的关注，也推动报刊经营者和出版商竞相搜求武侠小说。后起的还珠楼主、白羽、郑证因、王度庐、朱贞木等都是在这种风气下，受报刊之约才从事武侠小说创作的，就这个意义上说，若没有向恺然开风气之先，或许也就不会有北派四大家的武侠名作。另一方面，向氏也的确给予后起的还珠、白羽、郑证因很大影响，只要看看还珠、白羽、郑证因早期的作品，就能发现其受向氏影响的痕迹。所以，向氏在民国通俗小说史上是一位重要的人物，他的功绩不容贬低，不能只从作品本身来衡量他应占的地位。

目　录

1

序

吴江范烟桥

　　平江不肖生以《留东外史》名满中国，盖海客谈瀛，已胜《虞初》寓言之凿空，而刻画羁人浪漫之迹，复有生花之笔以济之，宜其传矣。然不肖生有奇技伟才，能写江湖异人，虎虎有生气，直近唐人传奇精神，则《江湖奇侠传》所以与《留东外史》并驾齐驱也。其后落寞海滨，交游寝广，为《新闻报》之副镌，日撰《玉玦金环录》，首尾都十余万言，国人之读《新闻报》，几以此詹詹之作，与专电要闻同其贯注，锲而不舍。盖此书包含之事实，不啻清季政治之禹鼎，而中国特别社会之秦镜也。书中有人呼之欲出，其颠沛流离，实逼处此，作者非有太史公传游侠剑客之胸襟，非有施耐庵传《水浒》之手腕不办，则其心弥苦、其志弥可佩矣！故读《玉玦金环录》后，有不投袂而起回肠荡气者非丈夫也。

　　今夏日长如小年，平君襟亚以此书散漫之稿，属为整理，并分为若干章回，便于寻绎，彷佛以宋之说书人话本，排此为演义之工作也。自愧不能读书，于书中精要茫然弗识，徒为割裂裁补如成衣匠。说者谓小说之有回目，如人之有眉，秋山一抹，图画天开，余病未能副之，只可比诸张学士之妆台供奉而已。唐突作者，罪过罪过。

1

第一回

教书匠投机成首富
守财奴挨骂发天良

桃源县，在湖南省属七十五县当中，只算是一个很小的县。地位既不当交通要冲，又没有特殊的出产，因此商务终古不得发达。湘西本是多山之地，然桃源的山水，虽不十分蛮恶，但也绝少秀丽。足供骚人雅士流连欣赏的所在，一县之中，就只有名叫"仙人岩"的一个地方，比较的能使人惊异。

那仙人岩，在一个绝大绝高的石壁当中。那石壁在沅水江流最阔、最深又最湍激之处，光平如镜，从壁巅到江面，足有十多丈高。下半壁中一个石岩，立在石壁的对面，远远望去，那岩就和一间小小的房屋一般。立在石壁之下的人，抬头向上面望去，却一点儿看不出什么。凡是从那地方经过的人，看了那个石岩，都得发生一种同样的疑问：这岩是天然的呢，还是凭人力造成的？说是天然的吧，立在远处所看得见的，分明是一间小小的端正房屋，天然的没有这般巧；待说是凭人力造成的吧，那石岩离水面有七八丈高，绝无一点可以攀手踏脚的所在。偏巧那一段江流，唯有石壁下最深最急，有许多好奇的人，想尽了无穷方法，只希望到石岩中探看一遭，尚且办不到。因为用木搭架，水深了不能生根，船又不能在急流中停住不动。石壁顶上，虽有可以立足之处，然十多丈的石壁，下临不测之渊，无论如何胆壮的人，一到上面，只朝下一望，就不由得心虚腿软了。想用绳索把人从山顶上垂下来，不但没人敢下去，并没人敢在上面，担任收放绳索的职务。并且这样光平如镜的一片石壁，即算有大本领的人，能在中间凿这么一个石岩，然凿成了又有什么用处呢？这种心理，只要是亲眼见过仙人岩的人，无不如此。

1

仙人岩下离水面二丈来高之处，刻了十四个见方二尺的大字，道："桃源曾义士以十万谷活一郡饥民。"下面刻着一行小些儿的是："嘉庆二年某月日湖南巡抚部院某某题。"在嘉庆二年以后，见过仙人岩的人，当然都见过这种石刻。见了这种石刻，而不知道曾义士是谁的，也都有一种同样的感想，以为曾义士必是一个疏财仗义的人，才肯单独拿出十万石谷来，救活一郡饥民。既是由一个堂堂巡抚部院出名，刊碑勒石称为义士，又能单独捐助十万石谷救饥，"仗义疏财"四个字，自是受之无愧。不过在富有财产的人，遇人有急难的时候，慷慨拿出钱或米来救济人的，古今以来指不胜屈。在当时身受其惠与目击其事的人，有感念的，有钦佩的。而在数十百年以后的人，就听说有如此这般一个仗义疏财的人物，也不过随便谈论一会儿罢了，决没有多大感人的力量。没有多大感人的力量，便没有使人追思记述的价值。

　　然则在下却为什么，巴巴的提出这十四个字的石刻来，做这部《玉玦金环录》的开场情节呢？这期间有两个原因：一则这个仗义疏财的曾义士，和从来所有的义士不同，而这十四个字的石刻，其感人力量之大，足抵得十万雄师；二则这部《玉玦金环录》的情节，就发生在这十四个字上面的仙人岩内，而情节中的主要人物，又恰巧是曾义士的孙儿。有这两种原因，就不得不请这位义士来，做登场人物了。

　　曾义士名汉卿，是桃源县的土著。曾汉卿当三十岁的时候，还是贫无立锥的，一个乡村中蒙馆教书先生。他的蒙馆，起首就开设在离仙人岩十多里路的一个观音庙内。观音庙附近，有一座很高的白石宝塔，这宝塔建筑的年代，已很久远了。塔边有一条山涧，附近的居民，都顺口叫这地方为"白塔涧"。

　　白塔涧的观音庙，规模并不甚小，也有五开间的两重大殿。庙背后紧靠着一座高山，这山也陡峻非常，俨然与一架屏风相似，围着观音庙背后左右三方，庙里只有一个年已五十多岁的老庙祝，照顾神前香火，顺便做点儿香烛生意。庙里并没有产业，庙祝全赖敬神的，多少给点香资，做他一身一口的生活。只是这庙里的观音大士，大概不曾显圣，香火极是冷淡，香资不敷庙祝的生活。庙中的董事，只得把余屋召租，租金给庙祝糊口。

这时曾汉卿已有三十岁了。曾家历代种田，只汉卿是读书的。然就因汉卿读书的缘故，不曾发迹，便不能生利。混到三十岁，曾家已是一贫如洗了，夫妻儿女简直无法生活。有人劝他设馆教书，他就租了观音庙的余屋，收纳左近人家的子弟，三五串钱，教一年诗云子曰，这种生活自是艰苦极了。

然而这人命里应该做个富翁，尽管艰苦到极处，自有种种发财的机会来。曾汉卿带着妻室儿女，住在观音庙里教蒙馆。第一年的束脩，仅够一家人生活；第二年就比较的宽裕了些，夫妻节了又节、省了又省，恨不得连饭都不吃饱。教过五年蒙馆之后，居然被他夫妇节省下一百多串钱来。

这年因桃源一县的收成极好，谷价大跌，仅卖四百文一石，一串钱能买二石半谷。曾汉卿知道谷价不能再贱，只有增高的了，便将所有积蓄，全数囤了谷子。果然不久就因搬运出境的太多，本地倒缺少了食谷，价值一日一日的向上飞涨。到年底已涨到一串钱一石，曾汉卿还不肯卖出去。直到次年二三月，谷价已涨到四倍，每石卖一串六百文，曾汉卿才将囤谷发卖。就这一次生意，曾汉卿的本钱更充足了，自后无论囤什么货物，无不利市三倍。

他夫妇并不因手中有了钱，而改变节俭的常态。曾汉卿整整的教了十年蒙馆，每年已有三四千石谷的出息了。因教书妨碍他经营生意的时间，才把教蒙馆的事业停止了，一意做囤买囤卖。三十年工夫，曾汉卿已成了桃源一县的首富。白塔洞左近七八里的房屋田地，九十都是曾汉卿的产业。桃源人称曾家为"曾百万家"。百万的家资，在民国成立后，一班吃人不吐骨的大军阀当中，算不了大财产。前清时候，又在很小的桃源县中，确是了不得的豪富了。然而曾汉卿虽有这么豪富，年纪也有六十零岁了，却是俭啬成了天性，非但不肯浪费一文钱，他夫妇的衣服饮食，仍和在观音庙教蒙馆的时候一般无二。

他一个儿子，不到三十岁就死了，留下一个五岁的孙儿，曾汉卿看待得比什么宝贝还珍重。恐怕寡媳年轻贪睡，孙儿在半夜醒来，受了委屈，亲自带着孙儿同睡。替孙儿取个名字叫彭寿，也是怕孙儿和儿子一般短命的意思。因父亲的身体尪弱，先天也不充足，曾汉卿尤其虑着他不得永年，打算将来不教他读书。凑巧曾汉卿的女婿，是桃源一个武举人，姓成，单名一个泽字。成泽的儿子成章甫和曾彭寿同年，成泽想儿子走自己这条道路，寻个出身，便劝曾汉卿也教曾彭寿习武，正合了曾汉卿不教孙儿读书的意思。

曾彭寿十二岁的时候，曾汉卿就把外孙成章甫接到家中，聘请了一个最有名的武师，教这两个姑表兄弟的弓马。在曾汉卿并没有望曾彭寿科名发达的心思，只求能把曾彭寿的身体练习得强壮点儿，就于愿已足了。因此又恐怕练苦了，曾彭寿的身体吃不住。有时自己须去什么地方，总得带着曾彭寿同走。曾汉卿活到七十来岁，在陆地上行走，一次也不曾用过车轿骡马代步。每年到府里完粮，务必亲自用包袱驮着银两，并携带来回几日需用的干粮，从来不舍得在饭店里买一顿饭吃。后来田地越多，完粮的银两也跟着增加了，渐渐不能包袱驮着走，便做两个麻布袋装了，一肩连干粮挑起来。虽是年纪老了，挑得很觉吃力，然情愿挨着苦，将一日的路程，慢慢的分作三五日走。

这年，曾汉卿已有七十一岁，曾彭寿也有十四岁了。到了应去府里完粮的时候，曾汉卿要带着曾彭寿同去，为的防自己快要死了，死后的粮，便须曾彭寿经手去完。不趁这未死之前，亲带曾彭寿阅历一番，恐怕将来上人家的当。祖孙两个分挑了四袋银子，缓缓的向府里行走。

曾汉卿因爱惜孙儿，怕他吃不来干粮，平生只这一次，在饭店买饭吃。只是饭虽在饭店里买了吃，下饭的菜，却仍是不舍得买，仅买了一碗豆腐，一碗白菜。在曾汉卿的心中，已自以为是穷奢极欲的了。曾彭寿正吃着，见坐在旁边吃饭的客人，除蔬菜之外，还有一碗蛋。小孩嘴馋，遂向曾汉卿说道："我也照这人的样，买一碗蛋来吃好么？"曾汉卿听得，看了看旁边桌上，半晌叹了口气说道："小孩子真不知道物力艰难，你要知道这饭店不比家里，家里养了鸡鸭，要吃蛋不花钱买，我家还有蛋卖给人。这饭店里的蛋，不但要花钱，并卖得比我家贵些，五文钱才能吃一个蛋，吃下去一点儿不饱肚。拿这五文钱买饭吃，能买一碗半，我一顿还吃不了。好孩子，将就点儿吧，等回到家里，哪怕你每天要吃一个蛋，我也拼着给你吃。"曾彭寿听得祖父这般说，虽不敢再说什么，然望着旁边桌上那碗蛋，简直熬得馋涎欲滴。

那吃蛋的客人，好像很注意曾汉卿祖孙二人的言动，至此忽仰天长叹了一声，接着对同桌的说道："听得么？这种守财奴，活在世界上，也能算得一个人么？"同桌的高声答道："岂但不能算一个人，像这老吝啬鬼这般，把应该在世上流通的钱，整千整万的揸在手中，一文也不肯放松出来，使地方上的钱，都似石沉海底，休想有见面的时候，其罪恶实在比强盗还来得厉害呢！"这话一说出来，隔座又有一个吃饭的客人，接声说道："一点儿不错，一点儿不错！即如今年这么厉害的虫荒水荒，府里的太爷出了告示，叫一班富人捐钱米办赈，听说富户人家捐助的钱米，已经不少了。不过一府的地方太大了，离接新又还有好几个月，终嫌捐助得不够。这个老吝啬鬼，因府里派人劝他乐捐，好不容易才劝得他捐了一百石谷。他捐了一百石谷之后，立刻把他的谷价抬高，并好意思对人明说：那一百石谷价，照理应该在谷里面收回来。像这样的行为，我看稍微有点儿天良的强盗，也决不出此！"

曾汉卿从来也没被人当面这么责骂过，心中好生难受，满拟回答几句，只是他一看在这饭店里同吃饭的旅客，共有二十多个，都像是认识他的。一个个横眉怒目的望着他，觉得回答起来，彼众我寡，必讨不了便宜。再看有两个种田的人，认得是离他家不远，时常到他家籴谷的，即时心里作念道:这两人每次到我家籴谷，我并不曾抬高过价，有时短少几文钱，我也没扣减他们的谷。这么一想，他的胆气便略壮了些儿，以为若彼此对骂起来，这两人必然因有过这点儿好处，出头帮他说几句公道话。谁知他刚把这念头转了，便见其中一人笑嘻嘻的，望着方才说话的三人，说道："你们当着曾百万骂曾百万，未免太给曾百万过不去了。我是受过曾百万好处的人，心里倒有点儿替他难受。你们若不相信曾百万，是个好老人家，不妨听我将所受他老人家的好处，说出来。据我想来，和我一般曾受他老人家好处的，决不止我一个。"

曾汉卿一听这几句话，心中说不出的畅快，面上不知不觉的露出笑容来。即听得最初开口骂他的人，鼻孔里冷笑了声道："从来没听得人说过，老吝啬有好处给人，你既说受过他的好处，我倒要请教请教，看毕竟是什么好处。若果是我错骂了他，就叫我立刻向他叩头赔礼也使得。"

这种田的人，不慌不忙的说道："我家每年吃饭的谷不够，多是到曾家去籴，价钱并不比别家高，就只斛桶，比平常每斛小半升，每石谷少两升。然而我情愿每石谷吃两升亏，不愿意到别家去籴。是什么道理呢？只因我那白塔涧的田，都是曾家的产业，周围二三十里路，除了曾家，没第二家能有多少谷出籴。要我为几石谷，跑到几十里路以外去籴，耽搁工夫，太不合算，所以情愿吃亏。这一层免我跑到远处籴谷，已算是受他曾家的好处了。还有一层，去年我到他家籴谷，进门他就说道：'你是来籴谷的么？偏巧我家的长工，有事出去了，一时恐怕不得回来，没人开仓量谷给你，这却怎么好呢？'我说长工司务不在家，我既来了，也只好在这里多等一会儿，若回去再来，更得耽搁工夫。

"这时就承他老人家的盛情，连忙说道：'很好很好，若等到了吃饭的时候，你不嫌没好菜，便在我家吃了饭，再搬谷回去。'我当时见他老人家，对我这么客气，我们穷家小户的人，见有人肯留着吃饭，可以捞得一顿饱，哪有不欢天喜地答应的？当下就把谷价交了给他。他老人家见我答应了，便对我说道：'你们下力的人，没闲坐得惯，叫你闲坐着等，我知道你反不舒服。我这后园里有一块菜土，多久应该锄松，就因长工太忙，一向没工夫去锄。这是很轻快的勾当，不到吃饭的时分就锄好了，你就替我去锄锄如何呢？'我见他老人家这般说，心想我吃他家一顿饭，本也应该替他家做点儿事才对，横竖坐着也是白闲掉了时光，锄松一块菜土，打什么紧，随即答应了。

"他老人家亲自带我到后园里，指点我那块菜土，给了我一把锄头，他老人家自带上园门出去了，我就动手锄起来。那块菜土，又长又宽，累得我出了一身大汗。好容易锄得快要完工了，只见园门开处，他家的长工，走来向我招手道：'不用锄了，不用锄了！来来来，我已开好了仓，量谷给你去吧，不要耽搁了你的工夫。'我听了，不由得怔住了。但是他家长工既这么说，我却如何好意思说定要吃了饭去呢！不过一顿饭没有捞着，倒赔了半天的气力、一身的臭汗，终觉有些不甘心，即问长工道：'此刻是什么时候了呢？'长工连连说道：'早呢，早呢，我家的饭，还不曾开火。你搬了谷回家，正好是吃午饭的时候。我东家因不肯耽搁你的工夫，我在山里砍柴，特地把我叫回来，叫我赶紧开仓量谷给你。'我听得这么说，再也不好开口说什么了，唯有感激他老人家体恤我，怕我闲坐着不舒服，和不肯耽搁我的工夫的好处。"

同在饭店里吃饭的二十多人，听完这人的话，都大笑起来。曾汉卿万想不到这人更骂得厉害，只被骂得低着头，哪里还敢回骂半句？急匆匆的付了饭钱，带着曾彭寿，挑起布袋就走。

　　曾彭寿此时的年纪虽轻，然眼见饭店里这些客人，对他祖父的神情言语，心里也免不了有些气愤，在路上问曾汉卿道："那些在饭店里的人，都是和我们家里吵过嘴，有些嫌隙的么？一个个多望着你老人家有气的样子，是什么道理呢？"

　　曾汉卿平日原是极痛爱曾彭寿的，这时因在饭店里，怄了那种无处申诉的气，而怄气的来由，又系为曾彭寿要吃蛋而起，所以对曾彭寿也没好气，恨了一声说道："你这畜牲还问我呢？不为你这畜牲要图口腹快活，我哪来的这些气怄！"几句话，骂得曾彭寿不敢开口了。

　　曾汉卿从骂过曾彭寿这几句话之后，直到完了粮回家，几日间总是闷闷的不说什么，仿佛有极大的心事，不得解决似的。平时他因为图省灯油，夜间睡得最早，只待天光一黑，就上床睡了。家里人若有点着灯，天黑了好一会儿还不睡的，他知道了，必起来责骂一番。这回自怄了那些气，半夜还在房中走来走去，不肯上床；平时他吃饭最快，不停的一口气吃完。这时吃几口，忽将碗箸放下，起身绕着桌子打几个盘旋，一只手不住的揉摸着肚皮，是这么闹一会儿又吃。他的老婆也七十来岁了，据说做了五十多年的夫妻，从来没见过他这般态度。问他到底为着什么，他只是把头摇摇，不肯说出来。如此起居变态、茶饭无心的闹了三昼夜，忽然独自拍着巴掌，哈哈大笑，对着他的老婆和寡媳，说出一番话来。

　　究竟说些什么，须待下回分解。

第二回

仙人岩朱履炫奇
观音庙青衣闹事

话说曾汉卿，受了饭店里一班人的嘲骂以后，回到家里，忽然大彻大悟，不禁自打巴掌，哈哈大笑，对他的老婆和寡媳说道："怪不得地方上人都骂我，原来都是我自取的。银钱谷米，我生不曾带来，我死不能带去，聚积这么多，有什么用处？眼睁睁望着许多人，为得不着银钱谷米，或父子兄弟离散，或饥寒交迫而死，而我将无数的银钱谷米，置之无用之地，不肯拿出去救人，怎能怪人家骂我？我若再不悔悟，将来岂但受人家的骂，只怕全家有死无葬身之地的这一天呢。"

曾汉卿既已大彻大悟了，即时动身到长沙，求见湖南巡抚。那时巡抚的地位，何等尊严，一个土老百姓，没有先容的人，怎容易求见。巡抚衙门的门房，看了曾汉卿那种土头土脑的模样，连眼角也不肯瞧他一下。曾汉卿一无手本，二无名片，只凭口说要见抚台，门房当然将他当疯癫看待。曾汉卿料知是要需索门包，便在口袋内，抓了一大把瓜子金，放在门房内桌上道："我曾汉卿是桃源一县，收租最多的人，特来这里报捐的，并非请托求差事。"门房何曾见过这样大出手，从来银子说话都很灵验，何况一大把金子说话呢？有了这一大把金子，求见自是不成问题了。

曾汉卿见了巡抚，自请捐十万石谷助赈，事后巡抚保奏清廷，清廷因曾汉卿的功绩很大，要给官他做。他说："我快要死了，我孙儿的年龄太小，用不着官爵。"巡抚见曾汉卿如此清高，只得亲笔题了十四个大字，招集湖南有名的石匠，费了许多周折，刻在仙人岩石壁之上，就算是酬庸之典了。

曾汉卿自受了这隆重的荣典，益发乐善好施了。地方上骂他的人，都掉转头来，歌功颂德不置。曾彭寿因偕同表兄成章甫练武的缘故，体质也

8

一天强似一天了。曾汉卿足足活到八十岁才死，后来有一部分粤匪，从桃源经过，原打算进白塔涧乡村掳抢的，就因看见仙人岩下的石刻，粤匪头目说道："此地既有了这个有大功德在地方的人，必能得一班百姓拥护之力，我们进去，估料得不着什么好处，没得倒被百姓齐心合力的赶了出来。"遂领着那一部分粤匪，秋毫无犯的过去了，白塔涧因此得以保全。然这是后话，一言表过不提。

且说石刻上面的仙人岩，终年是空空洞洞的，里面从来不曾发现过何等异状。因为那岩的地位，本是人迹所不能到的，一般人的心里，也都以为里面不发生何等异状，是当然的事。想不到一日有人坐船在石壁下经过，偶然抬头，竟发现从岩里伸出一只脚来，脚上穿着朱红缎鞋，比寻常男子的脚，略大些儿。这人一发现了这只脚，自然很觉得奇怪，连忙叫同船的人，以及附近的人都来观看。

这种奇异消息，传播得比电还快，霎时就来了千数的人，个个抬起头，踮起脚看。只是除这只脚而外，不见一点儿别的东西。这脚伸在岩外，也不动弹，也不伸缩。看的人越来越多，就有说："这岩名叫仙人岩，这脚必是仙人的脚，我们还不快拿香烛来，磕头求福。"一人说了出来，千百人便都附和说："这一定是仙人的脚，我们都应该点香烛跪拜。"不到一刻工夫，船上岸上便香烟缭绕，烛影荡摇。叩头默祷的，黑压压挤满了数亩地大小。风声所播，专从数十里以外，来看这奇事的，也就不少。

这日直纷扰到红日西沉，仙人岩里没有灯光，那脚是不是还在岩外？对岸拜祷的人相隔太远，看不分明，才渐渐的散了。次早天光还没有亮，来的便已比昨日更多。大家都抬头望着仙人岩里，只等日光一升出地平线，就能争先快睹了。数千只眼睛，正在各人试验各人视察力强弱的时候，日光渐渐的要冒出地平线来，岩的地位高，受光较早，一般人都能辨得出岩的形式了。但是看见那岩口光光的，一个个交头接耳，你问我看见了仙人的脚没有，我问你看见了仙人的鞋没有，问来问去，竟没有一个人看见。大家见仙人脚忽然没有了，自不免很失望，只是都因为天光不曾大亮，恐怕是各人的眼力不济，没看出来，无人肯就此回去。

朝曦初上，如火如荼，千万缕红光，一齐射在仙人岩上，仿佛岩口也有千万道霞光，反射出来，照映得一班人的眼睛都昏花不敢逼视。各人揉了揉眼睛再看时，岩口如火如荼的千万缕红光之中，巍然端坐着一个须发

9

如银的老叟，两手据在膝盖上，闭目垂肩，左脚盘在右股下，右脚着红缎鞋，伸出岩外，与昨日所见的仙人脚一般。当下众人既同时发现了这个老叟，不约而同的齐声说："仙人岩的仙人显圣了。"其中有些自谓有知识的便说："仙人身上穿的，是五光十色的无缝天衣，所以有霞光万道，照映得凡人的肉眼发花。"更有些自夸目力过人的说，看见仙人坐五色祥云之中，随着日光冉冉而至，直到岩口坐下，伸出一只仙脚来，所以在仙人未到以前，大家看岩口空无一物。又有些年事已高的，要借此显出自己的见识比一般后生宽广，就说："这仙人并不是随着日光来的，原来是住在这岩里面，五百年显圣一次，所以这岩历来叫做仙人岩。若平时没有这仙人在内，怎的远近都称为仙人岩呢？"

数千人中，议论虽各有不同，然没有一个敢持反对论调的。在昨日听得宣传，发现仙人脚的人，固有一大半深信不疑，从家中带了敬神应用的香烛果品，前来拜祷。也有些是心存疑虑，且来瞧瞧的。及见仙人居然全体显形出来，就是那些心存疑虑的，也立时更换了一片虔诚信仰之心，来不及似的磕头礼拜。在大众拥挤在一块，抬头向岩里望着的时候，谁实信仰，谁实疑虑，外面没有表示，看不出来，一到这时分，就能一望分明了。凡是各人面前，香烛果品全齐的，当然是存心信仰的人；面前没有敬神的物事，而跪拜甚虔诚的，便可知道是临时发生信仰心的了。

只是数千人当中，却有一个独异乎众的人，那人手中提的香烛果品，比一般人的都整齐丰盛。但始终提在手中，不在当地陈列，一任数千人在他左右前后跪拜，口中喃喃默祷。他只蠢然立在人丛之中，昂头望着岩里的仙人，面上露出惊诧的神气，不是寻常敬神的人，所应有的态度。那人既有这种独异乎众的表示，一班在他左右背后的人看了，也都惊诧他这种离奇的态度。

看那人的年纪，不过三十四五岁。生得眼正而清，眉长而秀，身高体壮，背阔腰圆。虽杂在数千人当中，而一种正大光明的气概，盎然呈露于外，如鹤立鸡群。靠近那人左右的人，有许多认识那人的，就挨近身问道："曾大老爷也是拜仙人求保佑的么？怎么还不把香烛点起来呢？"那人微微的笑着点头道："家母背上生了个背疽，听说这里仙人显圣，所以特地前来求治。"左右问的人笑道："像曾大老爷这般豪富、这般福泽的人，已差不多是一个活神仙了，活神仙求活神仙，一定会替老太太将背疽治好的。但为什么不把香烛点起来，叩头默祝一番呢?"

听这问话人的口气，看官们大约已都知道，这个独异乎众的曾大老爷，便是曾百万曾汉卿的孙子曾彭寿了。原来曾彭寿的母亲，是个妙龄守节的节妇。家财虽是富足，然在妙龄的时候，就把丈夫死了，心中哪里能免得了忧伤抑郁呢?几十年郁结于中，无由宣泄的怨气，到老发为背疽，自是当然的事。曾老太太自从生了这个背疽，便痛得日夜不安，连下来几个月，一日厉害一日。凡是闻名的外科医生，不论远近，曾彭寿无不亲身迎接来家，殷勤求治。无奈一班纯盗虚声的外科医生，能力有限，都不过用些拔毒生肌的例药，如何能治得好这根深蒂固的背疽呢?

曾彭寿天性笃厚，事母很能尽孝，见用尽了方法，治不好这背疽，只急得每夜躲在无人之处哭泣。这日忽然听得仙人岩里，伸出一只仙人脚，已有许多人在那里拜祷的话，曾彭寿心想:那仙人岩下面，是我祖父的功德碑，那岩里面从来是空洞无物的，于今忽然有一只穿红缎鞋的脚伸出来。我记得我祖父临去世的时候，神志清朗，地方上人都说是已成了神。去年成姑爷家里扶鸾，听说他老人家还降了乩呢!他老人家装殓的时候，我在旁看见脚上正穿一双红缎寿鞋。于今从岩里伸出来的，也是红缎鞋，或者就是我祖父成神之后，特地在他老人家自己的功德碑上，显一回圣，也未可知。若果是他老人家显圣，我去求保佑我母亲的背疽快好，必有灵效。

曾彭寿主意已定，即禀知了他老太太，备办了敬神的物品，亲手提着，半夜就动身到仙人岩来。及至朝曦既上，仙人岩里的老叟全体显出来，一看才知道不是他自己的祖父。既看明了不是他自己的祖父，那信仰祈祷的诚心，便不因不由的减退了八成，只管仔细定睛的望着那老叟。他觉得那老叟虽是垂眉闭目，不言不动的坐在那里，然面貌神气之间，自然呈露出一种凶横的意味。再看那两只据在膝盖上的手，粗壮有筋肉暴起，更像是少年时候，曾下苦功夫练过武艺的人。身上穿一件五光十色的衣，大家争说是天孙织的无缝天衣，才有霞光万道。而在曾彭寿眼里看来，以为五光十色的绸绫，在日光下照映，是应该有回光的，并非奇特。因此心中顿生疑惑，不肯冒昧拜祷。只是又转念:若不是神仙，这样石壁上的危岩，谁有这大的本领，能自由自在的上下?并能使几千人，都不知他适从何来呢，这不很可怪吗?有此一转念，所以他面上现出惊诧的神气。左右认识他的人，问他为什么还不把香烛点起来，叩头默祷一番，他不便说出他自己心中的疑虑，只说相离太远了，求不着仙丹，默祷也是无用。

曾彭寿这话才说完，紧立在他身旁的，一个身体十分强壮的少年，突然用两手向天乱舞，口里狂呼："不得了，不得了！"呼了两声，仰面往后便倒，着地就直挺挺的不动，眼鼻歪斜，口中喷出许多白沫来。曾彭寿不禁吃了一惊，忙说："这是害急痧症，有谁会治痧的，请来救一救。"这话一说出，就有些自命会挑痧的，跑过来视察。那少年喷了一阵白沫，忽睁两眼，望着曾彭寿说道："我在这仙人岩里，修持了一千三百余年，在二百年前，已受上帝敕封为广德真人。千几百年来，我因怕世俗的人惊骇，不肯现形给世人看见。近年来，上帝因住居白塔涧一带的富人，居心行事太恶，按律应使都遭瘟劫，特地于昨日派遣瘟瘟使者，率领瘟部众神下降，到白塔涧完此劫运。上帝派遣瘟瘟使者的时候，我正在灵霄宝殿站班，知道有这一回事。想趁这劫运之中，度脱有缘的人，特请药王菩萨商量，药王菩萨已许共同成此功德。此后你们家里，若有人发了瘟疫，或经多少医生治不好的疑难杂症，都可以到白塔涧观音庙求治。有缘的就能治好，无缘的求也枉然。"少年说至此，截然停口不说了，仍直挺挺的紧闭两眼，口中喷出白沫。

众人听了这一段神话，无不惊奇道怪。有人俯下身体，凑近少年耳边问道："这观音庙是观音大士，是教我们去求观音大士治病吗？"少年的两眼又睁开了，对着那问话的"呸"了一口道："我正在睡得好好的，你在我耳根前吵些什么？把我的瞌睡吵醒了。"一面骂，一面揉着眼皮起来。又有个心直口快的拉住少年问道："刚才岩里的仙人，附在你身上说话，你难道一点儿不知道吗？"少年又向这人"呸"了一口道："怕你活见鬼呢！我因立久了，两腿发软，不由自主的倒在地上，睡了一觉，连梦也没做一个，哪来的仙人，在我身上说话呢？"

少年正和这人争论，人丛中又忽然发出一种惊呼之声。原来大家都注意听少年说神话的时候，没人肯将视线移到仙人岩上去。等到少年醒后再看时，岩口空空的，早已一无所有了，因此不由得惊呼起来。仙人既已忽失踪影，数千敬神的人没了目的物，都只得各自归家。

曾彭寿对于岩里仙人，原是有些疑惑的。眼见那少年说过一篇神话之后，他心想：白塔涧一带为富不仁的实在太多，我家将钱谷看得很轻，不和人锱铢计较。在他们一班富家，背地里反骂我有意讨穷人的好，使他们不好为人。那个朱宗琪，更是恨我得厉害，不论公私大小的事，只要勉强可以牵涉到我身上，他无不从中兴风作浪，和我过不去。但我是有钱的人，不过因他怄点儿气罢了，处处让他些，给便宜他占，也只有这么大的事。又想：最可恶的就是，他也有十来万的财产，尚不知足，一心专计算如何盘剥穷苦人的钱。照他平日作恶的情形，也实在应受上帝处罚一番，方可使一班曾受过他盘剥的穷苦人快意。曾彭寿有这种念头，对于岩里的仙人，复把疑虑的心消灭了，自悔所疑虑的孟浪。以为屠子放下屠刀，尚可立地成佛，面貌神气生得凶横，于成佛成仙有何妨碍。

过了数日，白塔涧周境数十里，果然瘟病大发，并传染得极迅速。这家不问有多少人口，只要有一个人发了瘟病，不到一日工夫，全家都得传染。发了的人，千人一律的上吐下泻，水米不能沾牙。寻常止吐止泻的药，任凭你吃多少下去，没一点儿效力。于是都想起那仙人附在少年身上，所说的话来，跑到观音庙去求治。及至跑到观音庙，只见庙门紧紧的关着，里面好像连庙祝都没有了，听凭敲门叫唤，没人睬理。来人都觉得诧异，齐说这观音庙的门素来开得很早，为什么今日这时分还关着呢？性急的主张劈开门进去，也有赞成的，也有说使不得的。

大家正在门外徘徊无计的时候，忽听得里面有咳嗽的声音，夹着脚步的声音，越走越近，门响处，豁然开了。众人看开门的，是才更换不久的新庙祝，脸上的神情，大异寻常，翻起两眼望着众人，好像甚是惊讶的样子。众人向庙祝问道："今日庙门怎的开得这么迟呢？"庙祝且不回答，反问众人道："你们都是来求活神仙治瘟疫病的么？"众人道："不错，你怎么知道？活神仙已在庙里吗？"庙祝哈哈笑道："这才真是活神仙呢！我若不是这活神仙把我救活，休说这时分没人来开门，只怕除了活神仙亲自来开，永远也没人来开呢！"

众人问这话怎么说，庙祝让这些人进庙，说道："昨夜这庙里来了窃贼，把神座上的铜锡器皿，和搁在我房里的神帐灯彩，一股脑儿偷去了。不知是用闷香，还是用迷药，将我弄得不省人事，一任那些贼骨头搜索。我直迷糊到这时候，才做了一个梦。梦见前日在仙人岩看见的仙人来了，对我说道：'你还在贪睡么？你应该看守的什么东西，什么东西都被窃贼偷去了，你快起来出去开庙门，外面求治瘟疫的人，已等得不耐烦，将要劈门而入了。'我在梦中就问仙人：'这观音庙里从来没有药签，求治病的来了，教我如何发付呢？'仙人随手指着丹墀里说道：'那几大缸清水，就是观音大士的杨枝水，一杯便能治好一人，取之不尽，用之不竭，到瘟瘟使者上天复旨的那一日为止。若有瘟疫以外的疑难杂症来求诊治时，你可教他们到观音大士的龛里见我，我亲手替他们诊治，只看有缘无缘。观音大士的龛，经我借来暂用。快去，快去！不可误了众人的性命！'我惊醒转来，出了一身大汗，才张眼，就听得你们敲门的声音。我还不大相信真有这么灵验，及走到丹墀里一看，不由我不怔住了。果有四口大缸，满贮了四缸清水，和我梦中所见的一般无二。再看铜锡器皿，以及仙人说给我听的东西，也果然都没有了。那四只大缸，不知在何时从何处运来的；庙里失却的东西，也不知在何时偷去的。我正想到观音龛前，看看是不是真有那仙人坐在里面，只因你们打门太急，不由我不先来开门，所以还不曾去看。"

众人听了庙祝的话，都喜形于色。因众人到观音庙来的时候，都是于无可奈何之中，存一个或然之想，姑且到观音庙来瞧瞧，并没人认那仙人岩下少年的梦话为确实靠得住。及至敲了半晌的门，庙里没人答应，众人心里同时冷了半截，以为此来是白跑，没希望的了。此时忽听得庙祝这般话，想不到竟有如此显圣的神仙，安得不喜出望外呢？当下众人随着庙祝，先到丹墀中看四缸杨枝水。原来四口大缸，一字并排靠后墙根摆着，满满的贮着四缸清水。每口缸的清水中，浮了一根青条绿叶的杨柳枝。据庙祝说，求水治病的人，取水不可移动杨柳枝。在取水的时候，须以至诚之心，默念家中人病情。默念时两眼注视何处之水，即取何处之水。若有丝毫亵渎不敬的念头，取水归家，不但没有灵验，并且有祸患。众人齐说："这是自然的道理，仙人赐杨枝水救我们的性命，我们敢不虔诚！"因此没一人敢以不敬的眼光向水中乱看。

回身到观音龛前面，由庙祝双手撩开神幔。众人举眼看时，只见那仙人岩里发现的仙人，巍然端坐在神龛之内。坐着的神情姿势，和在仙人岩发现的时候一样，也是垂眉合目，两手撑据膝盖，只身上的衣服换了道人装束，不是在仙人岩里的五色无缝天衣了。众人一见仙人的庄严妙相，不知不觉的两脚跪了下去，叩头如捣蒜，谁也不敢逼视。叩拜后各自取水归家，给患疫症的人服下。果是灵丹妙药，吐的不吐了，泻的不泻了，不过一时半刻，便与未曾患疫的人一般。

疫症传染的区域，日宽一日，来观音庙求杨枝水的人，也日多一日。观音庙的香火从来十分冷淡，自有这活神仙显圣，来庙里求水的人，整日整夜的拥挤不堪。大家都惊怪那四缸清水，只见无数的人连接不断用大壶小碗取出去，却不见一人添水进缸，而缸里的水常能保持原有的状态，一分不增多，半分不减少。

庙祝说得仙人托梦，缸里水一日不干，地方瘟疫一日不止，瘟疫止了，水自然干了。有些疫症治好了，其他杂病非杨枝水所能治的，由病人当面哀求仙人，仙人认为有缘能治的，从袖中取出或丹或膏或丸或散，分别赐给病人，也有神效。

曾彭寿家是白塔涧一带的巨室，此次的瘟疫，由白塔涧发源，蔓延数十里，曾家人口不少，自都免不了传染。曾彭寿从小练武的时候，就带了一个年龄和自己差不多的小当差，姓刘名贵，绰号小牛子。因为刘贵生性非常憨直，言语举动，粗鲁得和牛一般，只死心塌地的服从曾彭寿一个人。他牛性发作的时候，谁也制止他不住，唯有曾彭寿在旁喝一声，他无论如何受了委屈，也不敢申诉一句。

曾彭寿和刘贵，名义上虽是主仆，实际曾彭寿对待刘贵，简直和待自己兄弟一般。曾彭寿娶妻之后，也替刘贵讨了一个老婆。刘贵夫妻两口，即以曾家为家，没有分毫自立门户的意念，和前代的家奴一样。曾家的人，个个传染了瘟疫，都吐泻得卧床不起；只有刘贵因身体和牛一般强壮，虽也跟着大家上吐下泻，然能支撑得住。听说观音庙的杨枝水，服下确能立时止疫，远近服那水治好了的人，确实不少，便向曾彭寿说明了，携带了敬神的物品，并提一预备盛杨枝水的瓷壶，走到观音庙来。

此时敬神求水的人，把一个观音庙挤得满满的。自从观音庙发现了仙人赐水治疫的那日起，敬神求水的人，一日拥挤一日。附近有许多做小生意的人，都赶这热闹的场所，摆设露天摊担，卖种种食物。这种现象，无论何种神庙，在香火盛的时候，都是有的。而这观音庙因平日的香火过于冷淡，一时有了活神仙，敬神和看热闹的人，特别热闹。这种露天摊担，也就跟着特别加多，从大门直到神殿两旁，和列队一般的，仅留出中间一条通行的道路，因此出进的人，越显得拥挤不堪。

刘贵一手提着敬神物品，一手提着求水的瓷壶，跨进庙门，便不由自主，前推后拥，进一步退半步。刘贵虽是性急暴躁的人，然到了这种场所，由不得他分开众人，独自大步跑进去，只得随波逐流也似的，顺应自然的推移。正在这不能急进、不能遽退的时候，忽觉有人在背上用力推了一掌，开口就大声骂道："忘八羔子！瞎了眼么？这么乱撞乱碰。"

刘贵冷不防被推得往前一栽，把前面的人，也碰得栽了一下。刘贵到这一步，哪里还忍耐得住火性，也不管推他骂他的是谁，为的什么事，一掉转身来，就手中提的瓷壶，待猛力朝背后的人打击。只是瓷壶尚未打下，便听得铛啷啷一声响，仿佛打翻了一副瓷器担，倒把刘贵吓得住了手，不敢认真打下了。一看身边摆了一副卖馄饨的担子，安放作料碗盏的这一头，已被挤得歪了，碗盏安放不住，都滚向地下去了。

这卖馄饨的，伙计两个人，就为进出的人拥挤，一个在里面照料买卖，一个立在外面照料摊担。有人挤近摊担，即两手遮护，这也是在热闹场所，摆露天摊担的普通现象。刘贵的气力生成比一般人的大，从小就跟随练武的主人，耳濡目染的，也懂得些武艺。纵不存心和人对挤，被多数人挤过来，要想将他拦住，自较寻常人为难。那个照料摊担的见刘贵挤来，阻挡不住，看看要把摊担挤翻，情急起来，即用力推了他一掌，口里还不干不净的，骂了他几句。刘贵两眼只顾朝前望着，不觉得靠身边就是馄饨担，在猛然掉转身来的时候，又在担上碰了一下，担子更碰得歪斜了，所以铛啷啷滚下许多碗盏来。

刘贵一看这情形也知道是闯了祸，因此没有将手中瓷壶打下的勇气。那个照料摊担的伙计，也不伸手去扶那歪斜的摊担，一把就将刘贵扭住，一面揉擦着一面骂道："哪里来的野杂种！你不好好的赔来，休想出庙！"依刘贵的本性，恨不得三拳两脚将那伙计打翻，也懒得争论什么道理。无如曾彭寿平日待人接物最有礼让，家里当差的，在外面不问闹了什么乱子回来，不闹到曾彭寿知道则已，知道就不管闹事的是非曲直，终是责骂自家当差的不该在外多事。曾彭寿常说："我家是桃源一县的巨富，几十年来，又从不敢和人结仇结怨。我家当差的若不倚势去欺人，外人绝没有无端欺负我当差的道理。即或偶有例外，我是个有钱有势的人，便因小事略受点儿委屈，外人也不至笑我懦弱怕事。就是哪个真个欺负我当差的人，下次也必不好意思再赶着欺负了。"刘贵的牛性，就因曾彭寿这种言行，感化了不少。勉强按捺住心头火冒，对那伙计说道："千千万万的人在这里挤，偏是我挤翻的吗，凭什么要我赔你？若再扭着不放手，休怪我打了你!"

那伙计也不认识刘贵，哪里放在心上，听了刘贵休怪打了他的话，更使劲搐了两下骂道："你这野杂种！也不去打听打听，老子这生意是谁的本钱做的？你不赔来，看你有多大的能耐!"

二人这一闹，出进的人都停步观看。刘贵被搐得痛起来，实在无可容忍了，连肩带头撞了那伙计一下。那伙计是个外强中干的货色，受不起刘贵这一撞，只撞得两手一松，仰天向后便倒。幸后面有人挡住了，而倒去的余势未尽，又往旁边一滚，恰巧滚在自己摊担上。这副摊担原来只歪了一头的，此时连这头也打翻了。那伙计翻身跳起来，要与刘贵拼命。立在里面照料生意的伙计连忙喊道："不要打！只扭住这杂种，不许他逃走。我去把朱老大爷请来，再和这杂种算账。"一边喊一边分开众人，向神殿方面跑去。这伙计真个将刘贵牢牢扭住，刘贵怒道："难道怕我逃了吗，扭着我干什么？"这伙计也不理会，只紧紧的扭住不放。

正在这般难分解的时候，只见神殿以下的人，如波浪一般的向两边分开，有人一路吆喝着走来。

不知来的是何等人物，且等下回分解。

17

第三回

孝子求医恶因潜伏
仙人降宅横祸飞来

话说刘贵给伙计扭住，正在难分难解，见人潮中有一阵吆喝。刘贵掉转头一看，即见那个照料生意的伙计，在前引着两个当差模样的人，气势汹汹的冲到了跟前。那伙计指着刘贵对那两人道："就是这东西在这里撒野，求两位大爷，把他拿到大老爷跟前去，亲自审问。"刘贵初时听那伙计说，去把朱大老爷请来的话，心想此刻坐桃源县的就是朱大老爷，难道这卖馄饨的和朱大老爷是亲戚吗？心中也不免有些恐慌。及至看这两个当差的，认识是朱宗琪家里的，才明白原来就是这个朱大老爷。

两个当差打量了刘贵两眼，装作不认识的喝问道："你这东西是哪里来的？为什么打翻了馄饨担，还敢打人？你可知道这馄饨担是谁的本钱么？"刘贵见两人装作不认识，说出这些话来，只气得圆睁两眼，也向两人喝问道："你们脸上没长乌珠吗，怎么连我也不认识了呢？你们不要狗仗人势，惹发了我小牛的脾气，哼哼！谁怕了谁吗？"两人冷笑道："好好！你是好汉同去见我们老爷去。"说时，叫这扭住的伙计放了手。刘贵道："你们老爷不吃人，吓不倒我小牛。要去就去，看他把我杀了？"两人也不答话，一边一个将刘贵夹住，仍由那伙计向前，大呼闪开，吓得出进的人，纷纷往两旁躲避，一路引到神殿后面一间房里。那间房，原是准备观音大士寿诞迎神赛会的时候，给地方经理庙务的绅士住的。这回有活神仙来了，香火忽然大盛，平时经理庙务的绅士，也都来经理照料，朱宗琪便是其中的一个。

这回庙中所有摆设露天摊担，十有八九的本钱，是从朱宗琪手中重息借来的，每日抽还多少。朱宗琪亲自守在庙中，就是为便于收受这项重息。这卖馄饨的本钱，完全是由朱宗琪供给的，借贷的条件异常苛酷，每日卖出来的钱，有时还不够给利息。今忽然被刘贵挤歪了担子，打破了那么些碗盏，生意看看做不成了，还得赔碗赔钱，叫这两伙计如何不着急？当下那伙计并两个当差的，把刘贵引到朱宗琪跟前。

朱宗琪一看，便认识是曾彭寿的心腹跟随刘贵。他本来蓄着一肚皮的怒气，打算非勒令挤翻摊担的人赔偿不可，及认出是刘贵，却把个朱宗琪怔住了。一则知道刘贵是有名的蛮牛，除了怕他自己主人而外，什么也不知道畏惧的；二则逆料这事就闹到责令曾彭寿赔偿，也只有这么大一回事，徒然显出自己重利盘剥的恶名。他只得望着刘贵假装笑脸说道："我道是谁有那么鲁莽，将人家馄饨担打翻了，还不肯认赔？原来就是你这小牛子，这就难怪了！"随着对他自己当差的说道："你们不认识他吗？他是这白塔涧有名的蛮牛，没道理可讲的。拿他到这里来干什么？放他求水去吧！"

伙计和当差的，都想不到朱宗琪如此发落，大扫其兴。便是刘贵心里，也不免有些诚惶诚恐的，怕这事闹穿了，要受自己主人的责备。此时竟能得到这样一个结果，自是喜出望外，得意扬扬的到神殿上敬了活神仙，再到后殿丹墀中，取了一壶杨枝水，又跟着大家挤出庙来。谁知才跨出庙门，那两个卖馄饨的伙计，已分左右立在庙门外面等候。刘贵一出来，就抢上前，一边一个，将刘贵扭住，喝道："你打算就这么走吗？好好把我们的本钱赔来，万事甘休。"刘贵哪里想得到他们会再来纠缠不放，倒怔了一怔，问道："你们是朱大老爷的本钱，朱大老爷当面说了不叫我赔，你们为什么再扭住我呢？"伙计道："朱大老爷不叫你赔，叫我们赔，一文钱也不肯少。我们不扭住你，却扭住哪个？没旁的话说，你身边有钱就赔出来，没钱时我们同到你家去，不愁你东家不赔出钱来。"

刘贵心想：这朱宗琪真可恶！当面做人情，背后仍不肯放松半点。此刻东家正害疫症，全家病倒在床，我若再从外面兜着乱子回家麻烦，也太没有道理了。没奈何，认点儿晦气吧。刘贵心中计算停当，即对两个伙计说道："你们用不着扭住我，我不会逃跑，也逃不到哪里去。朱宗琪既是背后仍叫你们赔钱，你们无须着急，我赔你们便了。不过我此刻身边实不曾带钱，你们也不必同到我家去，我明日准送钱来，给你就是。但是应该赔多少钱，说不得大家忍点儿气，不是别人挤得我立脚不住，也不至碰到你馄饨担上来。老实对你说，我一不是怕了你，二不是怕我东家，只因我东家正在害病，我不愿意找麻烦回家。只要你肯大家认点儿晦气，数目不大，我自己拿出钱来送给你。若叫我一个人吃亏，我拿不出也是枉然。我东家的钱，不是在路上拾得来的，便闹到他跟前，也不见得你要多少，就赔你多少。"

伙计见刘贵已答应赔偿，当即把手松了说道："你我都是凭气力讨饭吃的人，我若吃亏得起，也不来扭住你了。我们在这里赶场的小生意人，借朱大老爷的钱，都是一个规矩，每人借三串钱本钱，分作十天还他，每天还钱五百，连本息在内，十天共还五串。你想我们每天能赚多少？今天还没做到两三百钱的生意，就被你把担子撞翻了，又打破了那么些碗盏，眼见得不加两串钱进去，这生意便做不成了。并且今天仍得还五百钱给朱大老爷。这二串五百钱，论理你得全数赔给我，只因你也是帮人家的人，我认吃一串钱的亏，一串五百钱是不赔我不行的。"刘贵点头道："这个数目，我愿意赔，不过我素来是吃东家的，穿东家的，手中没有积蓄。我也分作三天赔你，每天赔你五百如何？"伙计听了，现出不大高兴的神情。

彼此正在磋商议论的时候，旁边有一个年约二十多岁的男子，身体甚是壮健，生得长眉大目，英气逼人。立在旁边，有意无意的听三人谈话。听到这里，好像忍耐不住了，走过来插嘴向卖馄饨的伙计问道："借钱给你的朱宗琪，真个仍教你每天还他五百钱，一个也不肯短少么？"伙计打量了少年两眼道："你说话不像本地口音，你哪里知道朱大老爷的脾气？我若说了半句假话，立刻就遭雷劈火烧！"少年不待伙计往下说，即从腰间掏出一块银子，约莫有三四两轻重，随手递给伙计道："我代替他赔了你，好好的去做生意吧！"伙计接了，向少年道谢，少年已转身走了。

刘贵很觉得奇怪，并有些过意不去，赶上前请问那少年的姓名。少年望着刘贵，现出不认识的神气道："你问哪个？我是从这里过路的人，你不要认错了。"刘贵道："刚才承情代替我赔了银子，我心里很感激。只是平白无故的破费你，我心里觉得不安，所以赶来请问你的姓名，我以后好搁在心里记念着。"少年做出全不知情的样子，将脸扬过一边说道："这是哪里来的话？你认错人了啊。"旋说旋加紧脚步走了。刘贵倒弄得莫名其妙起来，立着错愕了好一回。因记挂着东家的病，只得提了杨枝水回家。回家后，心里虽时时将那少年的影像牢记不忘，然因想不使曾彭寿知道这回事，便不肯向人提起那少年的话。

曾彭寿自一壶杨枝水，治好了全家瘟疫之后，心里转移得很快，已相信这活神仙是有些来历的了。他当日亲去仙人岩的时候，原以为是他的祖父显圣，目的是想求他显圣的祖父，将他老太太的背疽治好。此刻既相信这活神仙有些来历，又见老太太为背疽痛楚得日夜不安，心想：这仙人既能为地方治瘟疫，又能施药为人治瘟疫以外的杂症，我何不亲自去恳求些药来，治母亲的背疽呢？想罢，即带了刘贵，步行到观音庙来。

　　这日敬神求水的人仍是挤满了一庙，并没减少。庙门外面停放的车轿骡马，比往日更加多了。因为这瘟疫越传越远，数十百里以外的人，不能不用代步。曾彭寿一心只在求药，两眼绝不向左右望一下，直来到神龛前面，朝着端坐在龛里的仙人，叩拜了几拜，正待祝告，听那仙人已开口说道："你的来意我已明白，不用说了。你母亲的背疽是前生冤孽，无可救药。你尽人子之道，唯有趁她这将尽未尽的限期，好生侍奉了，便求我也不中用。"曾彭寿听了这话，不由得伏地饮泣起来。哭了一会儿，继续哀求道："信士情愿减少自己十年寿数，求真人慈悲，大施法力，转移到信士母亲身上，信士并情愿代母亲受背疽的痛楚。"仙人微笑摇头道："我与你无缘，不必多说。"用两手将彭寿的身体搀扶，那两手的气力很大，身不由己的就被搀了起来，心里甚是惊讶，刚待回头看时，便听得在背后的人说道："仙人既已说了与你无缘，你还只管跪着不起来做什么呢？"曾彭寿听了听这声音口气，才知道是自己的表兄成章甫。

　　这成章甫在前回书中，已经说过是和曾彭寿同时练武的。曾彭寿的武艺，因他祖父曾汉卿溺爱，不许他下苦功夫的缘故，不甚高强，只将身体练成很壮健的罢了。成章甫却不然，他父亲成泽本是个武举人，亲自督责他，已练就了一身惊人的本领了。不过成章甫生性异常鲁莽，脾气更是暴躁，遇了什么不平的事故，动辄挺身出头，和人作对，一切利害，都不知道顾忌。他父亲在日，他还有一点儿畏惧，不敢多在外面闯祸。他父亲死后，他的胆量就更大了，远近的人无不怕他强横的。只是他却有一种好处，对于贫苦和懦弱的人，不肯欺负，有时还从家里拿出钱来，帮助贫苦不堪的人。

　　这日曾彭寿带着刘贵，进观音庙的时候，他也正骑着一匹马到了观音庙。曾彭寿主仆不曾看见他，他却已看见二人了。他一见曾彭寿，登时想起正有话要和曾彭寿商量，随即跟进庙来。见曾彭寿已跪在神龛前面叩头，刘贵立在一旁，和一个敬神的人说话。他听得仙人开口和曾彭寿交谈，便站着等候。及见曾彭寿再三哀求，就有些不耐烦了，所以从背后将曾彭寿抱了起来。曾彭寿见是自己的表兄，知道他是这种鲁莽性格，只得回身问道："你怎么也到这里来了？来求水的吗？"成章甫道："我不求水，我家里的人，都已喝过这里的水好了。另为一桩要紧的事，特地到这里来。遇了你，正好同我外面去商量商量。"曾彭寿道："什么事，何妨就在这里说呢？"成章甫瞪起两眼，望着曾彭寿道："你难道不回去吗？横竖要到外面去的，为什么要我在这里说？"曾彭寿道："我是特地来求药的，话还不曾祝告得完，即被你吵了起来，我还得向真人求求。"

成章甫一把拉了曾彭寿的手，就往殿下走道："我知道，用不着再求了，你就跪到明天，也没有用处。我有要紧的话和你说。"曾彭寿没法，只得跟随他，挤到庙外没人的所在。以为他说"我知道，用不着再求了，就跪到明天也没用处"的话，必是有所见而云然的，遂不待他开口先问道："你何以知道我求不到药呢？"成章甫道："你怎么倒来问我？你不是也知道的吗？"曾彭寿愕然问道："什么我也知道？"成章甫道："一来舅母的年纪老了，这种老年人的病，原很难治；二来仙人当面说了与你无缘，求他不中用，因此我才说你，跪到明天也没用处。"

曾彭寿听了，不禁向地下唾了一口，问道："你有什么要紧的话，就请说出来吧！"成章甫道："我前日因舍间的人，也都传染了这疫症，只我自己因才从常德回来，没传染着。听得左邻右舍的人，都说白塔涧观音庙的杨枝水，治这疫症极灵，我便亲自到这庙里来求水。无意中听了几个人的闲谈，说朱宗琪如何贪利，盘剥做小买卖的人。这庙里摆设的摊担，十九是从朱宗琪手里借来的本钱，三串钱的本钱，十天之内，须还五串。我听了这话，心里就不服，只是还疑心说得不确实，特地装作买馒头吃，向那卖馒头的一盘问，才知道还有十天之内，须还对本对利的。我当时本想就去找朱宗琪那东西说话的，只因我不曾带人同来，求的杨枝水，不能不赶紧送回去，只得忍着一肚皮的气归家。昨日家里有事，不能抽身，今日才得出来，我打算去问朱宗琪，看他是哪里来的律例，敢拿钱放这么重的利息！凑巧到这里就遇见了你，所以想先和你商量一番再去，你说这事应当怎么办？"

曾彭寿道："只要你不借朱家的钱，管他五串也好，六串也好，你犯

22

不着过问。依我说，同到我家去玩两天，不用多管这些闲事。"成章甫连连摇头道："不行不行！我素来喜管这些闲事，不听到耳里便罢，听了不管是睡不着的。"曾彭寿不高兴，还待阻拦，刘贵已跟在后面立着，忽凑上前说道："朱宗琪今日没来这里，表老爷就去找他，也找不着。我刚才听得庙里很多人说，朱家就在前夜被贼偷了，失去的银钱衣服不少。贼到朱家的时候，朱宗琪还在这庙里，因收这些做买卖的钱，不曾收齐，坐着等候。两个当差的，也跟在他身边。家中只留了一个看门的人，有五十多岁了，以外都是女眷小孩。进去的贼仅有三个，手中都带了明晃晃的刀，将女眷小孩赶在一间小房里，反锁着门，也不知什么时候走的。直到朱宗琪收齐了钱，带着当差的归家时，已是三更过后了。见大门开着，朱宗琪一面口中大骂看门的混账，不经心看管门户，一面当先向大门里走。不提防脚下绊了一件东西，向前栽了一个筋斗。当差的忙将手中灯笼照时，只见看门的老头，被捆缚得直挺挺的躺在地下。朱宗琪一看，就知道不好了，来不及替看门的解缚，从当差的手中接了灯笼往里就跑。各房中不见一个人，放开喉咙一喊，才听得女眷在小房间里答应。朱宗琪放出来问时，把个朱宗琪气得几乎昏死过去了。好像已去县里报了案，所以昨今两日，朱宗琪不曾到庙里来。"

成章甫听了这一段话，直喜得跳起来笑道："真是天网恢恢，疏而不漏。"曾彭寿心里自也是称快不置，但表面上不肯露出得意的神情来，正色向成章甫道："不可以这么说，传开了不是当耍的。朱宗琪不是个好惹的东西。"成章甫捋着衣袖，横着胳膊嚷道："他敢把我怎样？我偏不怕他不好惹！"曾彭寿看了成章甫，横眉怒目的神气，倒忍不住笑道："朱宗琪此刻又不在这里，要拿出这拼命的样子来干什么？此地不是谈话的所在，同到我家里去吧！朱宗琪既是家中出了盗案，两日不曾到这里来，你就守在这里也不中用。"成章甫点头应好，于是一同到曾家来。

曾彭寿回到家中，向成章甫说道："我原是打算，在仙人跟前苦求赐药的，想不到有你来搅扰。仙人不待我禀告，就一口道破，我是去求治母亲的背疽，即此可见仙人的神通广大。古人说得好：至诚可以格天。仙人虽说与我无缘，然大半也是由我的心不虔诚，不能感动仙人垂怜赐药。我决心从今日起，斋戒沐浴三日，再膝行到观音庙去，非得仙人允许，誓不回来。这三日之中，我只一心祈祷，家务一切不问，请你在我这里住几日，帮我照料。"成章甫知道曾彭寿事母从来孝顺，动了这念头，是要这么办的，当下就答应帮着照料家务。曾彭寿便从这日起，虔诚斋戒了三日。第四日天还没亮，就下起倾盆大雨来，曾家的人都劝曾彭寿不可膝行，曾彭寿不听，跪在泥涂之中，爬一步，叩拜一下，七八里路远近，直行了大半日才到。

这日敬神的已减少十之八九了，曾彭寿浑身成了个泥人，跪在神龛前面，只是叩头礼拜，并不说什么。仙人闭着双眼，似不理会。曾彭寿为一念孝思所驱使，也不觉得身体疲乏，直拜到天色已渐就昏暗了，所有敬神的人，也都已散去。那仙人忽然从龛里走了出来，说道："不用叩拜了。你母亲的病，原是冤孽，无可药救的。难得你这样纯孝，我若不尽我的力量，将你母亲的背疽治好，将使天下的人，疑心至诚不足以感动天地，更无人肯对于父母尽孝了。你母亲的背疽，非我亲去不能治，就此去吧。好在瘟瘟使者已上天复旨，我救济的事已经完了，不妨去你家耽搁些时。"

曾彭寿听了仙人的话，真是喜出望外，只着急自己是膝行而来的，没有车马。入夜的时分，又在乡僻之地，一时雇不着轿夫，抬仙人到家里去。仙人步行，心里实在有些过不去。那仙人看了曾彭寿又欣喜又迟疑的神气，好像已知道他的用意，伸手挽起曾彭寿说道："无须迟疑，你先回家去，我随后便来，不用你迎接。不过你须切嘱家中男妇仆婢，不可将我到你家治病的话，传扬出去，恐将来于你不利。你只准备一间静室，我每日除给你母亲治病而外，就在静室中，不许一切人来扰我。"曾彭寿这才欢天喜地的，重行叩谢了仙人，飞也似的跑回家中。先将仙人允许亲来治病的话，禀知了老母，然后将仆婢都传到跟前，吩咐了些严守秘密的话。一面打扫静室，一面在大门外摆设香案，预备率领全家跪接仙人。

曾彭寿诚心敬意的率领家人，鹄立大门外，拱候仙人降临。立了好一会儿，不见到来，正自有些疑虑，忽见刘贵从里面飞奔而来，口里喊道："老爷、太太还在这里等候什么？仙人早已在刚才打扫干净的那个房里坐着呢！"曾彭寿等人听了，都惊喜非常，大家奔到静室，果见观音庙神龛中所坐的那个仙人，端坐在原来准备给仙人坐的，羔皮太师椅上。曾彭寿率领妻子刘氏，和一个才三岁的小儿，上前叩拜，仆妇辈都在房外叩头。仙人现出不愉快的颜色，责备曾彭寿道："我早吩咐你，不许张扬给外人知道，你偏要在大门外摆设香案，以致下人们也跑到大门外，大惊小怪的叫唤。我本来与你没有缘法，我到你家来，于你必不利，所以你初次到观音庙求药，我一口回绝。今天为你一念孝心所感动，不能不来。然这风声一张扬出去，你我都不免有些麻烦。"说罢，悠然一声长叹。

曾彭寿心里也不明白仙人说这些话的用意，只是连忙谢罪道："此后当谨遵恪遵，严令家人，不许在外透漏半个字。"仙人点了点头，望着刘氏身旁立着的小儿，端详了几眼说道："这孩子骨秀神清，将来必成大器，不过十六岁以前的命运太坏；过了十六岁，便是一路坦途了。左耳上怎么戴这么一个耳环？这是谁教你给他戴上的？"曾彭寿答道："这耳环是在他周岁的时候，有个算八字的先生，替他写了一本流年送来，说这小儿的八字太硬，在十岁以前，不克死父母，便须自己破相。若不克不破，就难得成人。八字既生成如此，不如由父母使他破相，替他穿破一只左耳，打一个金环给他戴上，就可以免除一切噩运了。内人觉得小儿耳上戴了金环，恐怕被无赖的人看见了，因财起意，甚至将小儿的耳朵撕破，因此不敢打黄金的。先祖传下来的，有一个乌金戒指，随便看去，和铁的一样，内人就拿起戒指，改了一只耳环，替小儿穿耳戴上。"

仙人便不说什么了，叫曾彭寿引去瞧老太太的背疽。曾彭寿原打算叫几个老妈子，将老太太抬到静室来就诊，不敢劳仙人大驾的，今见仙人叫他引导，他便将自己打算的意思说了。仙人已立起身说道："年老有病的人，岂可轻动！我去并不费事。"曾彭寿真是感激涕零，当下叫刘氏先去老太太房里通知，然后自己侧着身体在前引导。老太太是个最迷信神佛的人，见有活神仙亲来，替她治这诸医束手的背疽，心里也不知如何高兴、如何感激，更不知应如何诚敬才好。定要跪在房中等候，亏得刘氏将仙人所说"不可轻动"的话说了，才敢坐着等候。曾彭寿引仙人进房，老太太待勉强挣扎起身，仙人摇手教曾彭寿止住，就背疽处细看了一遍，从衣底摸出一个小包裹来，叫老太太闭上眼，不可回头反顾，才将包裹打开。曾彭寿在旁边看着，包裹内全是普通外科医生用的药瓶刀剪之类。只见仙人从好几个药瓶之中，取出一个来，拨开瓶塞，就背疽上倾了些药末，药才着肉，就听得老太太说道："这才真是仙丹啊！我已不觉得背上生着疽了。"

仙人放下药瓶，叫曾彭寿捧一个大瓷盆伺候着，又从包裹中取了两把小刀，在疽上割豆腐似的划了一阵。曾彭寿见划得血脓涌出，以为老太太必痛不可当，谁知竟像毫不觉着的，哼也不哼一声，并仿佛睡着了的神气。仙人用银匙将脓血腐肉尽行取出，倾入瓷盆，换一种药敷了疮口，拿膏药贴上，才对曾彭寿说道："此时所以不痛，是药力使痛处麻木所致，过一会儿仍是免不了痛的，只是小心伺候着，决无妨碍。"仙人施诊的手续完毕，即返回静室，关门打坐，也不要床帐睡觉，也不要茶饭吃喝，一些儿没有饥饿劳倦的表示。曾彭寿夫妇和成章甫，每日早晚在静室门焚香叩拜，仙人也不禁阻。一日替老太太施诊一二次，或三四次不等，背疽居然一日好似一日了。

这日，仙人正在替老太太敷药的时候，忽有个当差的立在房门外报道："现在来了一个道人装束的少年，声称是仙人岩广德真人的徒弟，因有要紧的事，特来此地，要叩见师傅。小的回说此地并没有广德真人，请他往别处寻找。他说若真人果不在此地，我也不到此地来了，快去你老太太房里禀报，此刻真人正在替老太太敷药。小的见他说的和亲目所见的一般，知道不是仙人的徒弟，必没有这大的神通，不敢再回说没有的话了，只得请他在门外等着，抽身进来禀报。"

曾彭寿听了望着仙人，仙人一面治疽，一面随口说叫他到这里来便了。曾彭寿忙说道："信士理应出外恭迎。"随即走了出来，只见一个丰神飘逸的少年，年龄大约二十六七岁，长眉俊目，顾盼不凡。身着玄色道袍，将下半截掳起，扎在腰间丝带之内，背驮包袱，脚穿麻织草鞋，一望就知道是行长途的打扮。曾彭寿忙迎上去作揖道："真人正在寒舍，请即进去。"随引少年道人，到广德真人跟前。

只见广德真人问道："药已照我的单子寻得齐全了么？"少年道人垂手鞠躬答道："已寻得齐全了。"广德真人微点其首，又问道："寻药时不曾遇着魔劫么？"少年道人道："托恩师的福庇，魔劫不曾遇着，只黑灵芝在云雾峰最高之处，有五鬼看守，弟子原可暗取，不惊动五鬼，因见五鬼没多大本领，不足畏惧，径上前取了，以致五鬼和弟子，恶斗了一昼夜，幸赖恩师的神威，将五鬼杀败了，因此前来缴旨。"说时，将背上包袱解了下来，双手捧在头顶上。广德真人伸手接过去，也不开看，只含笑说道："辛苦了你，去休息休息吧！我在这里还有几日耽搁，须待背疽全愈了，才得回山烧丹。你可先回山去，将我前次烧九转还魂丹的鼎灶，安置妥贴，静候我回来。"少年道人诺诺连声的答应。

道人去后，广德真人仍回静室打坐。曾彭寿和成章甫，都亲耳听了广德师徒问答的活，觉得全是仙人口吻，信仰的心思，不由得益发增加了。

　　大凡要秘密的事，决不能经多人知道。若知道这事的人，在三人以上，便保不住能长久秘密了。广德真人自从那日黄昏时候，与曾彭寿同时离开观音庙之后，次早有来观音庙求药的，一看神龛里不见仙人，自然甚是诧异。问庙祝，庙祝也不知道，只说仙人初来的时候，曾托梦说瘟疫没有了，丹墀中的杨枝水也就没有了。今早不见了仙人，看杨枝水时，果然连四口大缸都不知去向。求药的人大失所望，回家不待说，逢人便传播这消息。求药的不止一人，传播的也就多了，不须一日工夫，周近数十里都知道观音庙的仙人去了。

　　普通一般人听了这消息，只要各自家中人的疫症治好了，便不发生何种感想。唯有朱宗琪一个人，一得这消息，心里很是难过。因他是个一钱如命的人，就为这仙人到了观音庙，他才带了两个得力的当差，坐守在观音庙里，以致家中被强盗劫去了许多金银饰物。虽报由桃源县来他家勘验了，只是几日不曾侦查出丝毫踪影。他问家中人被盗劫时情形，家中人都说只见三个强盗，年纪都只二十几岁，形象并不凶恶，身体也不魁梧，手里也没拿什么兵器，听口音不像是本地方的人。朱宗琪更觉得，若是自己和两个得力的当差在家，只三四个手无寸铁的强盗，万不能由他们将许多金银饰物，容容易易的劫了去，可见此番被盗，完全是由于观音庙来了这仙人所致，从这上面已经不满意仙人了。而因为有这仙人在观音庙里施水，不曾说出截止的日期，以致他放出许多钱给做小买卖的人。在他当是以为本息都收得回来了的，谁知放出的本钱，尚不曾收回一半，仙人就信也不给一个走了。做小买卖的赔了本，哪有力量还他呢？这里面的损失，在朱宗琪这种一钱如命的人受了，觉得非常怄气，只恨自己不知仙人的去向，又没力量能奈何仙人，只好搁在心里难过。

　　曾彭寿虽曾一再叮咛家中仆婢，不许宣扬出去，其实何尝能做到守口如瓶的这一步。人多口杂，各仆婢都有亲戚六眷，各自以为自己的亲戚六眷不比外人，主人叮咛不许向外人宣传，亲戚六眷应不在不能宣传之内。又是这种奇特的事，谁不想说给和本人有关系的人听？因此不宣传的宣传，一地方知道这事的就很多了。其中也有害了病，要求仙人医治的，便携带香烛果品到曾家来，定要见仙人求药。

27

曾彭寿既受了广德真人的吩咐，当然对外人不承认有这一回事。但是这消息，已经由自己家下人传出去了，来求药的人，不能因曾彭寿不承认，就信以为实。于是有些人在曾家吵闹，骂曾彭寿不应将仙人藏匿在家，不与人家方便。曾彭寿见事情已闹到这一步，秘密是不能秘密了，徒然得罪地方人，只得到静室陈明这种情形。广德真人倒不拒绝，亲自出来见了那些求药的人，有给药的，有说无缘不能治的，一会儿都打发走了。

　　朱宗琪这时，正想打听广德真人的下落，一知道隐藏在和他有嫌隙的曾彭寿家中，顿时就起个借此陷害曾彭寿的念头。

　　究竟他的念头如何，能否陷害曾彭寿，下回分解。

第四回

衙前密告一奸人
塔下流星三侠客

话说那时白莲教的余孽，还有些在湖南各府县，妖言惑众，煽动人心。啸聚几百人几千人，小而打家劫舍，大而攻城夺地的事，时有所闻。官厅防范得非常严密，悬赏要人民密报，只要有人报告，没有不雷厉风行调兵剿办的。朱宗琪这类鱼肉乡民的绅士，平日自然巴结官府。凑巧那时桃源县的知事也姓朱，朱宗琪便拿钱运动，与朱知事联宗。朱知事是个捐班出身，见钱就开笑口，与朱宗琪联宗之后，上下呵同一气，因此朱宗琪胆量越大，在乡下作威作福，什么也不知道畏惧。他自己也想不到，居然会有大胆的强盗，敢趁他不在家的时候，前来劫抢他的金银饰物，他知道强盗既不是本地方的人，这案子要办实是不容易的。他这类作恶的人，决不因自己遭逢意外，就从此恐惧修省，以图补救的。一心只计算如何能弄到一笔横财，好弥补那劫抢的损失。在平时怀恨曾彭寿独为君子，就苦无法可泄胸中之恨。今一旦得了这个隐匿妖人、图谋不轨的大题目，当然喜不自胜，星夜赶到桃源县。他一见朱知事的面，就拱手堆笑说道："恭喜老叔祖，升官发财的机会到了。"朱宗琪和朱知事联宗的时候，硬说自己比朱知事小两辈，应称呼叔祖。朱知事忽然听到朱宗琪这么道喜，自是摸不着头脑，忙问："有什么机会，可以升官发财?"

朱宗琪求知事屏退了左右的人，才将曾彭寿隐匿妖人的话说了，接着说道："曾彭寿有百万的家财，家中蓄养的武士极多。三年前已从外府外县，雇来了数十名铁匠，藏在家中制造兵器。这回在仙人岩发现的妖人，原是曾彭寿的党羽，因怕一旦突然起事，地方上人不肯依附，所以特地是这般的做作。使地方上愚夫愚妇，都认他为真正有神仙，以为神仙尚且帮助他曾彭寿起事，一般愚夫愚妇自然不敢不依附他了。就是地方上的瘟疫，也是那妖人有意做成的，好借此施水诊治，卖恩于本地方的人。此刻妖人隐匿曾彭寿家，本来就要起事的，但不知因哪一项还不曾准备齐全，不敢即时发动。曾彭寿平日在地方，好行小恩小惠，也就是收买人心，图谋不轨。侄孙因与曾家居同里间，并无嫌怨，只为这种叛逆大事，关系匪轻。若任其一旦爆发，不仅侄孙家免不了池鱼之殃，便是在桃源境内，老叔祖也担着极大的干系。那时老叔祖岂不责备侄孙与曾家近在咫尺，何以事前毫不察觉？即蒙老叔祖恩宽，不说连坐，而这疏忽的罪，侄孙便有一百张口，也申辩不了。因此侄孙费了许多心思财帛，方将曾家谋叛的情形探明确实。探明了，即刻就动身，赶到老叔祖这里来禀报。趁他不曾发动的时候，去捕拿他还容易，若等待已经发动，就为祸不小了。地方百姓受苦，尚在其次，在老叔祖辖境之内，出了这样重大的反叛案，于老叔祖的前程，实有极大的妨碍。"

朱知事听朱宗琪郑重其事的报告了这一段话，心里甚是惊骇，随即问道："照你这样说来，曾家既蓄养了许多武士，又有妖人在他家中。虽还不曾发动，然要去捕拿他，已不是寻常几个捕快所能办得到的了。在势不能不呈报上司，调兵前去。只是万一你探听得不实在，曾家为桃源首富，不比普通没有力量的小民。若兴师动众的，办不出一点儿谋叛的证据来，事情不是糟了吗？"

朱宗琪正色说道："侄孙岂敢以无稽之谈，欺骗老叔祖！此事千真万确，因他谋叛的情形，已经表露，侄孙才敢前来禀报。不过此时趁他没有发动，还用不着调集大兵，只派遣十几名精干的捕快，前去拘拿足矣！他敢于拒捕，就是谋叛的确证了。侄孙预料这案在老叔祖手里办下来，可以得极大的好处，所以侄孙见面就向老叔祖道贺。"朱知事是个专一研究捞钱的官，有什么窍妙不懂呢！当下便出了一张拘票，轻轻的加了曾彭寿一个煽惑人心、图谋不轨的罪名，派了十几名捕快，直奔白塔涧曾家来。

且说曾彭寿这日陪着广德真人，替老太太换了背疽上的药，只见广德真人说道："这背疽已治好八成了，我因为你的至诚所感动，原打算逆天行事，将背疽完全治好，才回山去的。无奈你我的缘分已尽，不能再留，就此告别了。"曾彭寿一听这话，只急得跪地哀求道："蒙真人生死肉骨之恩，信士唯有终身供养，略表感戴之意。家母的体气衰弱，虽蒙真人治好了八成，然这两成未竟之功，一落到庸医手里，仍是不能望好，甚至前功尽弃。"广德真人拉起曾彭寿说道："你初次到观音庙求我的时候，就对你说过了，我和你没有缘，逆天而行，于两方都必不利。于今祸事已将临头了，不是感恩戴德的时候。我不在这里，你的祸还小，若定要勉强留住我，后患便不堪设想了。"曾彭寿道："信士为留住真人受祸，就粉身碎骨，也心甘情愿。是真祸避不了，避得了的不是真祸。无论如何，在家母背疽不曾完全治好以前，不问有什么大祸，也不能放真人回山去。"广德真人点头叹道："事情已弄到了这一步，也只好尽人事以听天命。我脱身事外，使你一家因我受累，我也不忍。"

曾彭寿听了，也不知道广德真人说这话的用意，更猜想不到究竟有什么大祸？正待陪着广德真人退回静室，才走出老太太的房，就听得刘贵、成章甫二人的声音，在外面厅上和人吵闹。曾家的房屋很大，在里面只听得吵闹的声音，看不见和什么人吵什么事。刚要开口叫人来问，广德真人已回头微笑道："真祸果然避不了，捉拿你我的人，此刻已到了外面。你须吩咐自家人万不可乱来，中奸人的恶计。"曾彭寿突然听了"捉拿你我的人，到了外面"的话，不免吃了一惊，暗想：我安分守己，从来不做非法的事，怎的有人前来捉我？并且真人在这一方，广行功德，妇孺都知道是个活神仙，怎么敢有人前来捉拿呢？心里一面是这么思量，一面走向外面厅上去打听。

才走过一条甬道，只见刘贵神色惊慌的迎面奔来，险些儿和曾彭寿撞了个满怀。曾彭寿忙让开一步，喝住问道："什么事？这般大惊小怪的模样！"刘贵气吁吁的说道："不知是哪里来的十几个痞棍，假冒县衙里的捕快，一窝蜂似的，直向这里面冲进来。门房阻挡不住，亏得表老爷出来，才把那混账东西，拦住在大厅上，放我进来禀报。"

曾彭寿道："胡说！县衙里的捕快，也好冒充的吗？你为何也不问问他们，是来干什么事的？我到厅上去瞧瞧！"说着，待往外走，刘贵抢上前说道："老爷不可出去！那些东西就不是假冒的，也不怀好意，各人都带了单刀铁尺，锁链镣铐，其势汹汹。老爷出去，难说不吃眼前亏。不如暂时避开一点，回他们一个不在家，等表老爷问明了情由，再作计较。"曾彭寿一口将刘贵叱开说道："不用你多话，我家祖居此地几十年，不曾做过犯法的事，为什么要躲着不见捕快的面？"旋说旋拔步向外面走。刘贵被叱得不敢开口，只得紧跟在曾彭寿背后。

十几个捕快正在大厅上和成章甫争论，因为知道成章甫是桃源一县内，有名的好武艺，捕快们没多大的本领，不敢用强。并知道办这种案子是好差使，可以多捞几文上腰，所以只拿着恐吓的话向成章甫说，并不动武。及见曾彭寿出来，捕快中有个为首的，便上前对曾彭寿胡乱拱了拱手，说道："我们无事不敢轻造贵府，今日奉官所差，身不由己，只得来惊扰大驾。"说时向两边捕快使了个眼色，便有四五个抢上前来，只一抖铁链，就把曾彭寿头颈套住了。

刘贵、成章甫都过来解夺，已有两个捕快，被成章甫提起来掼在地下，大叫"哎哟"。曾彭寿连忙喝住道："不可无礼！有话好请到里面说个明白。"随望着那捕头说道："兄弟祖居在此，不是没有身家可以逃走的人。如果兄弟做了犯法的事，或是被人诬攀了，应该随同诸位，到县里去诉个明白，决不至私逃拖累诸位。承诸位到寒舍来，很辛苦了，请去里面喝一杯水酒，休息休息，再一同到案不迟。"捕头含笑答道："本来不仅请大驾一个，还有个住在府上的仙人，也得请他同去。"

曾彭寿引众捕快，到里面客厅坐下问道："兄弟从来安分居家，素不与闻外事，不知究竟为着什么事，辛苦诸位，特地到寒舍来拘捕？拘票上想已写得明白，可以将拘票给我看看么？"捕头道："要看票可以，不过先得把住在你家的仙人，请来再说。"即伸手指点了八个捕快，吩咐去各房搜捕妖人。曾彭寿这才急了说道："广德真人在寒舍给家慈治病，并未出门一步。凡事有兄弟担当，真人万万捕拿不得。"被指点的八个捕快，哪里肯听呢，一个个如狼似虎的冲向各房搜捕，只急得曾彭寿忍不住跳起来说道："真人有什么过犯？你们敢加以无礼！"

话没说了，广德真人已缓步从容的走进客厅来，笑向曾彭寿点头道："何如呢？我原对你说了，勉强留住我是有祸事临头的，你不相信。于今事已到了这一步，唯有同去到案的了，还有什么旁的话说呢？你刚才说得好，真祸避不了，避得了的不是真祸，好，好，一同去吧！"

那八个捕快，见广德真人不待捕拿就走了出来，都跟在后面准备动手，广德真人只是不觉得的样子。曾彭寿见了这意外的情形，又听了广德真人这番话，心里比尖刀戳着还难受。不知不觉的双膝跪在广德真人跟前泣道："受真人天高地厚的恩，涓埃未报，反拖累真人受这种牵连。信士就粉骨碎身，也不能抵偿这大的罪过！"说罢伏地痛哭。广德真人倒哈哈大笑道："这算得什么事！只怪你命里应该遭这劫数，纵有回天的力量，也无可奈何。"

说话时，成章甫已安排了酒菜上来，款待众捕快，并封了一大包银两，暗地送给捕头，要求捕头方便，回县里禀报广德真人早已离开曾家，不知去向，曾彭寿也出门不曾回来。捕头受了银包，说道："这事只怕办不到，因为案情过于重大，不能马虎过去。不过我们吃这碗公家饭的人，得人钱财，与人消灾，老爷的刑具可以不上，这妖人便不能容情了。"成章甫又替广德真人，说了一会儿容情不上刑具的话，捕头只是摇头不答应。成章甫心想：广德真人的神通广大，捕快是凡夫俗子，决不能奈何他。越是对真人无礼，越增加自己的罪过，真人断不肯听凭他们锁拿的，遂不认真要求。

成章甫随同捕头回到客厅时，只见广德真人颈上，也和曾彭寿一般的，锁了一条很粗壮的铁链。广德真人谈笑自若，好像并不觉着有铁链锁了的一样。曾彭寿就忧愁满面，眼泪断断续续的往下掉。众捕快都全不客气，狼吞虎咽的抢着酒菜吃喝，一会儿便吃喝完了。捕头亲自动手，将曾彭寿颈头上的铁链取下来，说道："我知道你是个有身家的人，决不会逃走，不用这东西也罢了！"曾彭寿对捕头作揖道："我锁与不锁倒没要紧，真人颈上的链条，无论如何得求你除下来。"捕头冷冷的道："那可不行，这案的要犯就是这个妖人，我担不起这重大的干系。不但铁链不能除下，并得加上手铐，在路上才不怕他逃跑。"旋说旋回头向一个捕快使了使眼风。那捕快即凑近广德真人，从袖中取出一副铁手铐来。旁边的捕快，帮着将广德真人两手捉住。广德真人笑容可掬的说道："不用费事，套上去就是了。我犯了谋反叛逆的大罪，是免不了要套这东西的。"随将两手向前伸直，任凭捕快把铁铐套上了。

曾彭寿这时正咬着成章甫的耳根，嘱托些紧要的话，捕头不容耽搁，逼着就走。曾彭寿隐隐听到刘氏在里面哭泣的声音，唯恐哭得自己老母知道，惊骇忧伤，于衰病之体不利，要求捕头许可，到里面安慰一番。捕头不肯，只得听凭众捕快推拥出门。

走不上一二百步，迎面就遇着几个手擎香烛的人，立在路旁。那几个人看见广德真人上了刑具，被众捕快推拥着走，都现出很惊怪的神气，也没有一人敢上前追问缘由，只一个个忙将手擎的香烛往地下掷了。曾彭寿

33

见了这情形，料知必是来广德真人跟前求药的，也不在意。

又走了一会儿，已近白塔涧的白石宝塔了。忽听得远远的有锣声响亮，接着就起了一阵呼号的声音，但距离得远，听不出呼号的什么。一处锣声响后，跟着就有三四处的锣声响，也是一般的呼号。心里正自有些觉得奇怪，捕头已在前面立住脚，回身向众捕快说道："诸位兄弟当心点儿，这声音来得好蹊跷，敢莫是纠众前来劫犯的？且把姓曾的刑具上起来。"那些捕快听了，各人脸上都露出惊慌的神气，抖出铁链，仍将曾彭寿锁好。各人都亮出单刀铁尺，准备厮杀的模样。捕头见大家都已准备停当了，才在前面引着急走。

刚走近白塔底下，四面的锣声和呼号的声音，已渐渐的包围会合拢来了。捕头又停了步，向左右前后看了看地势，说道："我们不能再向前走了，此地有这宝塔竖着，我们立在宝塔下面，免得四面受敌。把差使锁在宝塔上，即算是来劫抢的，也难得手些儿。"捕头的话才说出，大家七手八脚的，将锁广德真人、曾彭寿二人的铁链，穿过宝塔的石门锁住。曾彭寿也料知是地方人，曾受过真人恩惠的，得了这消息不服气，纠众前来救真人和自己的，心里不由得高兴起来。只是看广德真人的面色，却像十分着急，不似初出门时的谈笑自若了。

正在这慌乱的当儿，塔顶上猛然发出了一声大吼，如晴空放了个霹雳一般。随着那吼声，苍鹰扑兔也似的，扑下三个少年来，每人放出一对流星，与六个大车轮仿佛，呼呼的向众捕快打去。那些捕快的单刀铁尺，虽都已亮了出来，然哪里有他们施展的余地？一碰着流星索，就被绕得把握不牢，破空飞到数丈以外去了。只打得那些捕快，倒的倒、逃的逃。四下里呼号之声，又已抄围过来，果是地方人，闻风前来搭救广德真人和曾彭寿的。见众捕快抱头鼠窜，不由分说的，抓住便打。身体灵便、脚步迅速的，就逃出了重围；笨滞些儿的，都被打得奄奄一息。地方人见所有的捕快，除几个已打得半死，倒在地下不能动弹的而外，其余都已逃跑得无影无踪了，才齐集在白塔之下，向广德真人叩头。

此时曾彭寿和广德真人锁在白塔上的铁链，都已被那三个使流星的少年拉断了。曾彭寿心里很感激那三个少年，正想请问三人姓名，并致谢一番，无奈这时从四面包围拢来相救的乡民太多，拥挤了一大堆，竟不见有那三个少年在里面。只见广德真人，对着许多叩头的乡民叹道："虽承你们大家的好意，将我二人从捕快手里救了出来，只是这乱子却益发闹大了。你们要知道，我二人并没有犯罪，到桃源县不过三言两语，就说明白了。于今经你们这般一打一救，又死伤了这好几个捕快，在此不但曾家逃不了这灭门之祸，便是你们的身家性命，只怕也因此不能保全。"

乡民中有些明白事理的，听了这话着慌起来，只惊得面面相觑。曾彭寿也顿时觉悟了，向众乡民问道："刚才有三位年龄很轻手使流星的人，从白塔上跳下来的，是哪三位？我一时不曾认明面貌，请大家指点出来。"众人你望望我，我望望你，都回说不知道。曾彭寿仿佛看见那三个少年的装束，都是短衣窄袖，包头草履，俨然武士的模样。细看众乡民中，没有一个像那种装束的人，心里就很觉得奇怪，只得再问道："敲锣邀集诸位来相救的，是哪几位呢？"众乡民见问，也都回头寻觅手里提了铜锣的人，但是各人手中全是锄头、扁担一类的农具，临时拿了当作兵器使用的，没一个提了铜锣的。

即有一个乡民说道："我们正在田里做功夫，并不知道有捕快来曾家捉拿仙人的事。忽然听得有锣声响亮，我们停了工看时，只见一个穿黑衣黑裤、脚套草鞋的后生，一面敲着锣飞跑，一面口里大声喊道：'哎呀！大祸来了呀！救我们性命的活神仙，在曾百万家里被捕快捉去了呀！'受过活神仙恩典的人，快去救活神仙呀！在田里做功夫的人，都跳上来跟着向这里飞跑，越跑跟的人越多。才跑过这山嘴，就看见十来个捕快，向大路上逃走。那敲锣的喝一声打，也不知是些什么人打手，一会儿就打得倒的倒了，逃的逃了。我们也没留心看那个敲锣的，不知此刻到哪里去了？"

这人说毕，接着又两三个人说所见敲锣的情形，也是和这人一样。曾彭寿此时如堕五里雾中，摸不着是怎么一回事。广德真人举手挥着大众说道："你们上了奸人的当了，快些回去各安耕作。这番的祸事，本是因我而起，我应一身在这里承当。你们须听我的活，以后万不可多管闲事。你们要知道那句'贫莫与富斗、富莫与官争'的俗话。快去，快去！你们都不是当得起风浪的人。"众乡民中有一个衣服整齐些儿的人，出头问广德真人道："真人与曾百万家，都不仅没有犯罪，并是救我们这一方疾病困苦的福星，桃源县为什么，要打发这些捕快来捉拿呢？真人具广大神通，远近百数十里的人，无不知道，怎么听凭那些如狼似虎的捕快，肆行无礼呢？"广德真人笑道："我何尝犯了罪？罪在不该救你们的瘟疫。曾家又何尝犯了罪？罪在不该号称百万。十几个捕快，我原不难禁止他们在我跟前无礼，但官厅的力量，不仅在这十几个捕快。十几个捕快拿我不去，接着便有多上几倍的大兵到来。以我的神通而论，就有千军万马前来，也看得和一群蝼蚁差不多。不过我这回身入尘寰，志在救你们一方的瘟疫困苦。若因我的缘故，使你们这一方受刀兵惨劫，岂是我原来入世救人之意！谁知大劫难逃，我尽管如此存心，奸人偏有这般好计较。"

说到这里，悠然长叹了一声道："事情已闹到了这一步，但怕我一人的力量，挽不回这样的大劫。"那人奋臂嚷道："真人不是为救我们一方的瘟疫，不至身入尘寰，于今为救我们获罪，而这回的乱子，又是我们闹出来的，我们怎能脱身事外？就是曾家也是这一方的福星，有谁不称赞他是个善人，他如何会做犯法的事？显见得是有人陷害。我们到这里来的人，有一大半是曾家的佃户，其余也都是受过曾家好处的人。曾家平时帮助我们，于今他家出了这样意外的事，我们也应帮助他才是道理。"

曾彭寿正待发言，广德真人已大声说道："这岂是你们空口说白话，可以帮助的事？你们就此各人回家耕种去吧，刚才已打死、打伤了这么多捕快在这里，逃回县城的捕快，必然张大其词地禀报。清平世界出了这般重大的事件，不久必有大兵到来。你们都是纯良百姓，无拳无勇，聚集在一块，不但救不了我们两人，一时大兵到来，看了这种情形，反大中了奸人的圈套了，你们快回去吧！"

广德真人说毕，即有一个年约二十多岁的大汉，举着手中檀木扁担，回身对大众说道："仙人吩咐的话，是不会错的。我们暂时各人回去，且看桃源县，怎生派兵前来拿仙人和曾百万？那时若我们看了太过不去，就犯罪也说不得，仍须来和他们拼一拼。我是一个不知道怕死的，也不知道什么东西叫做王法。弄发了我的性子，哪怕皇帝老子亲身来奈何仙人和曾百万，我也是给他一顿乱扁担砍死。"

曾彭寿看这大汉时，认得是自己的佃户张四。张四有同胞兄弟六个，都是入了哥老会的，不过平时的行为尚能安分，不和寻常的会党一样，无恶不作。张家在曾家当佃户，已有几十年，因为没有什么过犯，所以曾彭寿不肯辞退他。张氏六兄弟之中，只张四的性情最急，一班认识他的人，都替他取个绰号，叫做急猴子。六兄弟因在哥老会中，都练过一会儿武艺，也只这急猴子张四的本领高强些，能使得动二十斤重的铁鞭。

曾彭寿也是个会练武的人，平日对于同道的人，自有一点同情之心。这时见张四当大众说出那番话，心里当然欢喜，但是脑筋中，有广德真人反又中了奸人圈套的话，先入为主，知道这乱子已经闹大了，越再胡闹下去，越不可收拾。便呼着张四说道："你虽是一番好意帮助我，只是像这样帮助，不仅我得不着你的益处，你反害了自己，并害了许多邻居好朋友。万不可如此胡行！我问心没有做犯法的事，不怕见官见府。真人更是专救人疾苦的，官府都是凡人，何能奈何他老人家？请你们大家安心回去，我不待大兵到来，决计自去桃源县投到。这次承了你们的盛情，日后再图报答。"曾彭寿说了，即向广德真人说道："此时仍须请真人同到寒舍去，还有些须求指示的事。"

　　广德真人点头应好，二人遂别了大众回家。在半路上遇着成章甫、刘贵，成、刘二人因得了白塔下打架的消息，特来探看的。曾彭寿对成章甫，略说了一遍遇救的情形，已到了家中。

　　谁知曾彭寿的老太太，自经广德真人调治后，本已好过八成了。这日忽听得捕快在外面吵闹，媳妇躲在房里哭泣，遂向房中伺候的老妈子，追问缘由。偏遇着一个不知轻重的老妈子，直说老爷和仙人，都被县衙里派来的捕快，用铁链条锁上了。年老多病的孱弱之躯，如何受得了这样的忧伤惊骇？当即吓得痰涌上来，背上将近治好的疽口，也顿时破裂了。老妈子急报知刘氏，刘氏痛上加痛，也只得忍住哭泣前来灌救。

　　此时众捕快已拥着曾彭寿、广德真人去了。刘贵本待追上去，将老太太吓坏了的情形，告知曾彭寿的，刘氏逆料就告知也不能自由回来侍奉，徒然伤丈夫的心，不许刘贵去报。好容易才把个痰迷了的老太太，灌救转来了，不过灌救虽是灌救转来了，活神仙与曾彭寿被捕快捉拿去了的事，已经瞒不过这老太太了。老太太痛儿子的心切，哪里禁得住悲伤呢？广德真人费了多少精神才治好了八成的背疽，疽口一破裂，又是前功尽弃了。

　　老太太正在床上痛楚呻吟，曾彭寿回来了，看了老太太这种奄奄待毙的情形，不由不急得五内摧折。他原打算归家安慰老太太一番，即自去桃源县投案听凭处置的，及归家见了老太太这样临危的神气，就是平常的儿子，也不忍在父母临危的时候走开，何况曾彭寿纯孝出于天性呢？他只得出来和广德真人商量道："如今已闹成这么大的乱子，我若不急去自行投案，顷刻之间，必免不了又有大兵到来，反使地方无干的人受累。只是家

37

母的病，因惊吓更加重了，我怎能忍心害理，撇了家慈自去投案呢？"说时已泪流满面。广德真人连忙止住道："这事如何能教你去自行投案？事原因我而起，投案自有我去。你尽管安心在家侍奉老母，我就去县里走一遭。"

曾彭寿听了，心里当然不安，待用言语劝阻，广德真人不俟曾彭寿说出，已接着说道："你不用代我担心，县里断不能奈何我！我只去将话说明，县里无论有多少人，也不能把我留住。不过我此去，到县里说明了你我的心迹，我自回山修养，从此不与闻人世之事，也不再回到你这里来了。你为人存心正直，将来必得善报。至于眼前的死生得失，是不足关怀的。"

曾彭寿听说县里奈何不了他，心中才安了些儿，随即双膝跪下来说道："在真人未来寒舍替家母治疽以前，我原发了一个心愿，不问是何等人，只要能将家母的背疽治好，我情愿将现在所有的财产平分一半，作为酬谢。如今蒙真人慈悲治好了，在几日以前，我就思量真人决不稀罕我这一点儿酬谢，但是我既发了这个愿，不敢自欺欺天。几番打算请示真人，求吩咐将这一半财产，做何种有功德之事，只因私心想待家母的病全好，所以迟到此时。"广德真人大笑着摇手说道："我已明白，不用再说了。你须知有钱做功德也得有缘，我早说过与你无缘，不但不可再提酬谢的话，并不可再存酬谢的心。你起来，我就此告别了。"曾彭寿起来说道："求真人略等一会儿，我去里面取一件东西就来。"说着，匆匆的进房里去了。

没一会儿，曾彭寿带着刘氏同出来，夫妇双双跪拜下去。曾彭寿双手捧着两片半圆形的古玉说道："尘世没有珍贵的东西，可以奉献真人。这两片古玉玦，虽也一般的不足珍贵，但先祖传下来，视为传家之宝，我夫妇只好借此聊表一点诚敬之心。无论如何，得求真人垂怜收下。"广德真人绝不踌躇的，伸手取了一片说道："我受你一半，这一半你仍留着吧。"当下看也没看，就揣入怀中，扬长出门去了。曾彭寿夫妇，径跪送到大门外，曾家仆妇也都跪送。

广德真人从曾家出来，他的脚步极快，不须一时半刻的工夫，便到了桃源县衙门外。这时被打得逃回的捕快，也正不前不后的到了。大家一见广德真人，都不禁吃了一吓。然众捕快的心理，因未见广德真人显出何等本领，在曾家上刑具的时候，一些儿没有反抗，便不觉得广德真人可怕，仍是一拥上前，想将广德真人拿住。但是各捕快都是赤手空拳，兵器铁链多被打掉了，只能几个人一起将广德真人捉住。广德真人立着动也不动，笑向众捕快道："你们到这时候才把我捉住，又是迟了啊！我要逃走，还逃到这地方来吗？"众捕快也不理会，推的推，拉的拉，只是如蜻蜓撼大树一般，哪里撼得动分毫呢？衙门外这么一嚷闹，衙门里面的人都知道了，便跑出来了一群人，也帮着推帮着拉。人虽加多，依然是不得动。

广德真人任凭众捕快推拉了一会儿，才说道："我若是不敢进衙门里去，便不自己送到这里来。不过你们打算，我还是在曾百万家里的时候一样，听凭你们摆布，就错了念头了。我因为曾百万是个善人，是个孝子，不忍拖累他，所以由你们，要锁上铁链就锁上铁链。此时，我已到了这里，还许你们无礼吗？我也懒得和你们纠缠，看你们有些什么能耐，尽管使出来！你们若怕我逃跑，我坐下来吧！"说着，盘膝往地下一坐，坐了下来。

怎生模样，请看下回分解。

第五回

间道包抄官民激斗
托孤郑重主仆伤离

话说众捕快，要推动广德真人，却如一座大山，丝毫不能动弹。后来广德真人索性坐了下来。众人中也有头脑明晰些儿的人，知道用强是办不到的，遂改换了一副温和的面孔，很殷勤似的说道："我们怎敢对你老人家无礼？只求你老人家肯进衙门里去，就教我们各人叩几个头都使得。"这人正在说的时候，忽听得里面升堂的鼓响，广德真人即立起身来说道："这倒像一句人说的话。大老爷升堂了，我进去瞧瞧吧！"直向衙门里走去。众衙役左右前后包围着，径到了大堂之上。

朱知县正在坐了大堂，将要审问旁的案件，尚不曾开口传人，就见一大群衙役，拥着一个宽袍大袖、道人模样的老儿进来，大摇大摆上堂，目空一切的气概。朱知县见衙役中有衣服撕破，头面伤损的，就情形推测，已知这老儿是曾百万家的妖人了。刚待拍几下惊堂木，显出点儿堂威来，把广德真人目空一切的神气吓退。两边站堂的吏役，已齐声向广德真人吆喝。广德真人只作没听得，几步走到大堂中间，昂头向朱知县说道："我本一念慈悲，身入尘寰，挽回浩劫。白塔涧附近数十里的瘟疫，全由我治好了。你为一县的父母官，应该感谢我才是道理。曾彭寿的祖父曾捐十万石谷，救活一郡饥民。曾彭寿本人，也力行了半生的善事，白塔涧一方无人不得他的好处。你做父母官的，对这种善良百姓，应该奖励他才是道理。谁知你竟听信小人的谗言，派捕快来捉拿我和曾彭寿。曾彭寿是个孝子，他母亲此刻病在垂危，是我不忍见他母子分离之惨，特地将你派去的捕快，打得四散奔逃，并打死了几个，留在白塔之下示众。又恐怕被打回来的捕快，向你乱报，诬陷良民，我因此亲自来这里说给你知道。我去了！"只见广德真人的身体略晃动了一下，便是一条黑影从丹墀里冲天而去，早把个朱知县吓得呆了。堂上站立的三班六房，也都惊得面面相觑，以为是真仙下降。

朱知县愕然了好一会儿，才回复原状。被打得逃回来的捕快上堂，禀报了到曾家捕人，及许多人鸣锣劫犯的情形。朱知县慌了，没有主张。此时朱宗琪还在衙里，朱知县遇了这大的乱子，也没心情再审问旁的案件了，随即退堂责问朱宗琪道："你说曾彭寿家里蓄养了许多武士，打造兵器，图谋不轨，何以捕快到他家里拿人，并不见有武士出来阻挡呢？曾彭寿和那妖人都俯首就缚，并不抗拒，是什么道理呢？"朱宗琪从容笑道："老叔祖辖境之内，巴不得没有图谋不轨的事。不过曾彭寿和那妖人，此刻已经拘捕到案了没有呢？"朱知县皱着眉头道："这事已弄得糟透了，若再胡乱办下去，只怕连我的前程都不妥当。那妖人确是有些道理，不是假借邪技欺骗乡愚的。他在朝廷法堂之上，居然能身体一晃，就无影无踪，这岂是欺骗乡愚的邪术？并且他见了我的面，神色自若，侃侃而谈，没有一点儿畏惧样子，可见他心有所恃。我们万一斗不过他，岂不是自寻苦恼？"朱宗琪听了这几句话，倒有些慌急起来，问道："妖人居然到了案吗？怎么身体一晃，就无影无踪了呢？"朱知县这才把广德真人所说的及捕快禀报的言语，述了一遍。

朱宗琪听罢，才放了心，显出得意的神情说道："好嘛！侄孙初听了妖人见叔祖面的话，心里不由得有些疑惑起来，像这样反形已露的叛逆罪犯，如何几十个寻常捕快，居然能将他们拘捕到案呢，这不是一件很稀奇的事吗？谁知道原来是这般一回事！侄孙倒要请问老叔祖一句话，老叔祖说捕快到曾家，并不见曾家蓄养什么武士，曾家既是没蓄养武士，何以有几个捕快，被打死在白石宝塔之下呢？如今曾家的逆迹昭著，竟敢率众拒捕，打死捕快，老叔祖为什么倒责骂小侄孙？妖人若毫无妖术，怎的称为妖人？身体一晃，就无影无踪，这是一种障眼法。在江湖上玩幻术的人，谁也有能隐形遁迹，算不了一回事。老叔祖若因为妖人会点儿妖术便害怕，不敢认真办理这案，这还了得！如今姑无论被大胆的曾彭寿率众打死了几名捕快，在势已经骑上了虎背，不能就此罢休。既曾彭寿和妖人谋反的形迹，已经显露出来，老叔祖不请兵剿灭，将来地方糜烂，老叔祖身为一县之宰，谁能代替老叔祖受过呢？"

朱知县沉吟不决道："若曾彭寿果是谋叛，因拒捕打死了捕快，那么

41

请兵进剿，何用踌躇？无奈曾彭寿为本县巨绅，历代忠厚居家。他祖父捐谷救荒的事，已上达天听。几十年来，曾家没有过诉讼之事，名字不入公门，可知纵不安分，也未必便至于谋叛。当你来告发他的时候，我心里也原是这么想。不过……"说到这里，他略停了一停，即接着道："你不是外人，我不妨对你说明。我不过想借此多捞他几文到手，填补填补我到任以来的亏累，所以依你的话，派捕快去捉他来，以为决没有捉不来的道理。只那个什么真人，是个有法术的，派去的捕快，十九捉拿不到。那东西捉不到也罢了，我正好借着要妖人到案，着落曾彭寿限交。弄到结果，不愁曾彭寿不使出大把的银钱来，恳求了案。谁知捕快去那里，竟闹出这么大的乱子出来。逃回的捕快还不曾上来禀报，那妖人倒先来了。听那妖人说的话，很有些气魄有些道理，并说明我不应听信小人的谗言。我再四思量，如今向上头请兵进剿叛逆，这是很容易做到的事。但是请来的兵，不能由我这做文官的知县统率进剿。拒捕打死捕快的事，那妖人已当我的面承认是他干的。曾家本没有蓄养多少武士，这里兵队去剿，曾家必没有反抗，将来凭什么证据，硬指曾彭寿为谋反叛逆呢？谋反叛逆的罪名虽大，然没有确切不疑的证据，也不能随意拿这种大罪告发人家。反坐起来，须知也是很重的。所以我觉得这事，当初就不应该听信你的言语，如今弄假成真，上不得，下不得！"

朱宗琪行所无事的模样笑道："原来你老人家精细过了头，想到隔壁去了。拒捕打死捕快的事，妖人当着你老人家的面承认是他干的，你老人家便也承认是他干的吗？即算他说得不假，可以相信确实他干的，难道朝廷耗国帑蓄养着办案的捕快，应该送给那妖人打死？官府不能过问么？捕快奉着长官谕帖，出差办案，朝廷许可人民格杀勿论的么？如今妖人既已身体一晃即无影无踪，不是寻常捕快所能拘捕得着，休说曾有拒捕打死捕快的事，就是没有这回事故，也应着落曾彭寿限交妖人出来，何况曾彭寿确是谋叛拒捕的主犯呢！那妖人不是本地方人，据捕快禀报，当时有人鸣锣聚众。那白塔涧一带居民，有多半是曾家佃户，这种聚众反抗官府的事，岂是不相认识不相关切的人，所能纠合指使的？你老人家以为曾家蓄养武士，一定蓄养在他自己家中吗？这回鸣锣召集，出头动手打死捕快的，不待说都是他家平时蓄养的武士。至于那三个从塔顶上扑下来，扭断曾彭寿和妖人的铁链，使动流星打众捕快的，更可知是早已安排好了的武士。曾彭寿就有一百张口，也辩白不了。这样逆迹昭著的案子，落到老叔祖手里，你老人家尚且犹疑，不敢请兵剿办，难道要等到城池失陷了，再自请处分的好些吗？如果你老人家存心姑息，小侄孙为保全地方、保全自己身家计，不能不去上头告发，那时于你老人家的前程，恐怕真有些不便呢！"

朱知县原是个捐班官，纯粹由金钱的力量，得到这桃源县知事的任，才干、经验都一些儿没有。起初听信了朱宗琪的话，利令智昏，想借此敲曾彭寿一回竹杠，料不到会闹出打死捕快的乱子来。他派遣捕快去拘捕曾彭寿的时候，心里明知道朱宗琪告密的话靠不住，又亲经广德真人那么一番告诫，一番神出鬼没的举动，因此不由得有些情虚害怕起来，所以向朱宗琪说出那些责备的言语。及见朱宗琪如此这般一说，胆气又壮起来了。心里就明知是一件冤诬的事，为已成了骑虎之势，也只得抹杀天良，放开手段做去。当下又与朱宗琪计议了一会儿，自然张大其词，去呈报上峰，请发兵捕剿。

且说曾彭寿自从广德真人走后，心里十分放不下，随即对成章甫说道："我再也想不到平白无故的，会闹出这样的大祸事来。据真人说是上了奸人的圈套，究竟陷害我的奸人是谁？真人未曾明示，我也不敢随意猜度。总之，若没有人暗害，我历代安分居家，断不至有这飞来之祸。不过要暗害我的，只管暗害。我家几十年住居此地，没人做过半点犯法事，无论怎生借口害我，我也不怕。那三个从塔顶跳下来救真人和我的壮士，与敲锣聚众的几个人，都趁纷乱的时候走了，不使我认明他们的面貌，可知也是暗害我的人，有意做成这种圈套，加重我的罪过，叫我无从辩白。其实我此心坦白，事情终有水落石出的一日，我也不害怕。我所最着急的，就是老母的病，因此事陡加厉害了，我万不能撇下他老人家，自去县里投案。于今真人虽到县里去了，只是到县里以后的情形怎样？我十分放心不下。你有几个熟识的人在县衙里，唯有辛苦你一趟，请你去打听打听。得了什么消息，便来告我。县衙如有须使费的地方，多少尽管使用。"成章甫答应着去了。

白塔涧一带的乡绅，也有和曾家交情好的，见曾彭寿忽然被捕，忽然遇救，多来探望，但没有一人能替曾彭寿出主意。曾彭寿见老母病在垂危，五衷纷乱，除打发成章甫去县衙里打听消息而外，就只知道哭泣忧虑，一点儿摆布的方法也没有。就在这夜，老太太因惊吓死了。曾彭寿忙着棺殓，更没心情处理官司的事。成章甫也一连两日没有消息。曾彭寿料知祸已临头，决不能脱身事外，不敢将老太太的灵柩久停在家。第三日才草草办完葬事，只见成章甫骑着一匹马飞奔回来，累得满头是汗，气喘吁吁的说道："旁的话都没工夫说了，全家赶快逃避吧！金银杂物都不能要，只顾性命要紧。快快快！不但你一家要逃，我还得去通知左邻右舍，都非暂时逃避不可，大家死在这一个窟窿里不值得。"匆匆说完了这几句又待上马。

曾彭寿虽则惊得脸上变了颜色，然他是个安乐家居了半生的人，从来是守静不动的，也未曾遇过急难的事，一时叫他撇了家业，率领妻室儿女逃走，一则觉得无处可逃，二则还不曾明白逃避的必要，一手将成章甫拉住说道："毕竟是如何的情形，要这么急迫干什么？何妨把缘由说明了再商量呢？"成章甫着急道："哪里还有细说的工夫！来剿这村子的官兵，已快要到了。我与官兵同时出城的，幸亏我的马快，抄小路赶来报信。他们这回来，带了无数的大炮，议定了围住村庄，不由分说，只一阵大炮，就得将村里所有的房屋轰为平地。不问男女老少、士农工商，一个也不许留着。你知道了么？你说除了赶急逃命，还有什么生路？"成章甫说罢，也不顾曾彭寿，飞身上了马背，驰向白塔涧一带的邻居报信去了。

曾彭寿听了这消息，又看了成章甫那么慌急的情形，心里自免不了又惊又诧。只是他因为老母的葬事已经办妥，并不慌张害怕，随即传集家中婢仆说道："成表老爷刚从县里回来报信，说因前日打死捕快的事，官府以为这白塔涧的人存心反叛，已调了大兵前来，打算血洗这白塔涧。此刻兵已到半路上来了，我们若不赶急逃走，大家都保不了性命。你们在我家中帮忙年数，虽有多有少，然都不曾得着我家什么好处，今日忽然遇了这种天外飞来之祸，你们只管各自去逃性命，不用顾我。我家中的银钱衣服及一切器具，你们哪人拣心里欢喜的拿去便了，我横竖不能携带，终得给外人搬去，不如送给你们，算是我一点酬劳的意思，你们快去拾掇了走吧！我等你们先走了再走。"

曾彭寿说到后来嗓子也硬了，眼眶也红了。众仆婢都变了颜色，面面相觑。只刘贵出来说道："我们平日吃老爷的，穿老爷的，还得拿老爷的钱养家赡眷。于今老爷遭了祸事，我们若只管各自逃生，撇了老爷、太太、少爷不顾，还可算得是一个人吗？血洗这白塔涧的兵，既已到了半路，老爷是不能不逃走的。我们平日受了老爷的恩典，要报答就在这种时候。我们应该齐心合力的，保着老爷、太太、少爷，一同逃往别处去。银钱衣服，能带的便带，不好带的就给外人搬去，也算不了什么。"众仆婢齐声说好。

曾彭寿正待说人多了，便一路同逃，反为不便的理由，猛听得外面人声鼎沸，俨然如千军赴敌，万马奔腾，由大门外直喧闹进来。众仆婢不约而同的惊呼道："快从后门逃走吧！官兵已杀进来了。"刘贵顺手从大厅两旁陈设的刀枪架上，取了一把大砍刀在手，义形于色的向曾彭寿说道："我拼着性命去抵挡一阵，老爷快带着太太、少爷从后面逃走。"众仆人见刘贵如此忠义奋发，也都从架上抢了一件兵器在手，跟着刘贵去抵杀官兵。

曾彭寿生性仁厚，看了这情形，怎忍心将一干义仆置之死地，自己独去逃生呢？只得也把心一横，扎拽起衣服，提了一把单刀，准备死在一块。主仆数人迎到外面大厅上，只见当先进来的是成章前，和几个与曾家要好的乡绅，后面跟着一大群的农民，约有几百人，有相随进来的，有立在门外晒谷场里的，各人手中都操着铁锄扁担。曾彭寿见不是官兵，心里略宽了些。

那几个乡绅对曾彭寿说道："我们都是这白塔涧的土著，从来安分耕田种地，不做犯法的事。刚才承成先生前来报信，桃源县竟为前日在白宝塔下打死捕快的事，调兵前来血洗我们这一方。我们都有身家财产在这里，一时能逃向哪里去？圣人说了的：死生有命。我们命里应该死，逃也逃不了，不如大家聚集作一块，商量一个方法，避开了这一难，再和桃源县去湖南抚台那里算账！看他凭什么证据，指我们是谋反叛逆，请兵前来血洗？"

这乡绅话才说毕，急猴子张四举手中檀木扁担，往地下一顿，只顿得墙壁都震动起来，紧接着大声说道："像桃源县这种瘟官，比强盗还不讲理。我们千数人的性命，若都冤枉死在这瘟官手里，太不合算。我们特来请曾大老爷做主，看应该如何调度我们去厮杀？我们都听大老爷的吩咐，如有哪个敢不听大老爷的话，就请他试试我的扁担。"同来的农民异口同声的大呼，愿听曾大老爷的号令。

曾彭寿还没开口回答，只听得惊天动地的一声炮响，把大家的耳朵都震得麻了。这一炮才响过，接连又是几炮。炮声过去，房屋倒塌的响声，和老弱妇孺呼号哭泣的惨声，各方同时并作。在曾家屋里屋外的人，各有父母妻子，听了这些声音，也都号哭起来。其中有几个大声喊道："我们终归免不了一死，不如大家杀到村口去，要死也和他们拼一拼。"曾彭寿到这时才开口说道："官府既这般不问青红皂白，凭空下此毒手，我们也只好各拿性命与他们拼了。不过他们在村口架起大炮，对村里乱放，我们若就这么成群结队的迎上去，必被大炮轰成肉泥。我们须分作两路，从两边山脚下，分抄出村口，抄到了大炮跟前，便可放胆杀上去了。"

　　众人都依曾彭寿的吩咐，立时将所来的人分作两路，一路由曾彭寿统率，一路由成章甫统率。正在那天昏地暗、鬼哭神号的时候，各人都红了眼睛，奋不顾身的向村口抄去。半途中虽也被炮弹打死了几个人，只是越打死了人，越切齿得厉害。

　　那些来屠村的官兵，并不是曾经训练、曾经战阵的。以为堵住村口，向村里轰击大炮，是千稳万稳的战略。村里的人，除了束手待毙，没有反抗的可能；便是要来反抗，也得村口来，才能与官兵接触。官兵堵住村口，炮口全是朝着村里的，就是铜筋铁骨的人，也当不起一炮弹，因此毫不在意。和打猎的人熏狐狸洞一般，只顾对村里发炮。谁也没想到村里的人，竟不怕炮弹厉害，从两旁山脚下，包抄到村口，才齐呐一声喊冲杀出来。勇敢会把式的当先，官兵措手不及，炮身又笨重非常，慌忙之际，哪里能掉转口径来开放？村口农民为自救生命财产，又拿官兵当凶恶的虎狼一般看待，既杀到了跟前，自然勇气百倍。好一场恶斗！直杀得一营官兵，七零八落的奔逃。带来屠村的十几尊大炮，固是一尊也没有搬去，就是各兵士手中的武器，和头上的包巾，身上的号褂，也遗弃得满地皆是。

　　这一次的官民决斗，可算是村民大获全胜了。官兵光着身子逃跑，曾彭寿不许众人追赶。众人争着拾起遗弃的衣巾器械，都兴高采烈的到曾彭寿跟前报功，并各自夸张，如何动手与官兵相打的情形。曾彭寿只得向大众慰劳了一番，说道："我们这一村都是安分的良民，实在料不到，会闹出今日这样的大祸乱来。今日来的官兵，虽被我们打跑了，但是我们谋反的罪名，也就因此成为铁案了。我们此刻大家都在这罪名底下，我仔细思量，唯有一条生路可走，仍得要大家努力，才可望保全这一村人的性命。

哪一条生路呢？就是一面推举几个正派绅士，星夜赶到省城去，向巡抚部院呈诉全村被冤抑的情由，求替全村人做主，就须多使费些也说不得。一面仍须大家齐心协力的防守，此回的官兵败去，自免不了跟着又有兵来，我们若不趁早安排如何防守，终不免同归于尽。我们这几百人，从此以后，非等到这祸事已了，断不能各自分开回家，要死也大家死在一块的痛快些。"

中有两个乡绅说道："乱子已闹到这么大了，不是一个人一家人的事。不过事情是由曾家引出来的，这白塔涧一带，也只有曾家最富。我们此时在这村口，议论不出什么防守的方法来，且大家回到曾家去商议，今日是决没有官兵再来的了。"众人同声应好，于是一窝蜂的拥到曾家。当下几个乡绅计议了一阵，分派某人去县里探听消息，某人去省里呈诉情由，并设备种种防守的器具，只不敢使用官兵遗弃下来的大炮，恐怕打死多少官兵，乱子益发闹大了，不可收拾。分布防守的人，已经调拨停当了。

曾彭寿思量这事闹到结果，无论湖南巡抚，如何肯原谅白塔涧农民的心迹，替农民做主，但他觉得自己是这案的祸首罪魁，是万不能侥幸免罪的。若趁这时候只图自己高飞远走，虽不见得走不掉，不过他心想：为我自己一个人，已害得全村的人受拖累。于今全村的人，都愿尽力救护村庄，并听我的号令，我反趁这官兵不到的时候，撇下他们跑了，问心也太过不去。只是我不趁这时逃跑，事情弄到结果，全村的人都可望开脱，唯我一家是绝无开脱之望的。我既没有兄弟，又只有一个年才三岁的儿子，若死守在这里，必是父子同归于尽。我曾家的嗣续，从此而断，这却如何使得呢？我于今既不能逃走，这三岁的儿子和他母亲，留在此地也没用处，不如教刘贵护着他母子，趁这时候逃出去。侥天之幸，我能保住性命，事后不难夫妻父子再图团聚，即不幸能留着一点后裔，也可以存曾家的血祀。

曾彭寿心中如此计议妥当，遂对他妻子刘氏及刘贵、成章甫几个亲人，说明了他自己这般计算。刘贵即拍着胸膛说道："我原是要请老爷，带着太太和少爷逃往别处去的，那时老爷不肯。此时又闹了这一回大乱子，全村的人都来这里听候老爷的号令。老爷若忽然在这时候逃走，情理上也是有些说不过去。太太、少爷一点儿事不能做，本来可以不必在这里担惊受怕。我受了老爷太太的大恩，我应该拼命保护太太少爷出去，只候老爷吩咐向哪方逃走。"曾彭寿还在踌躇，刘氏已流泪说道："若是老爷同逃，哪怕天涯地角，我也得跟着逃去。于今老爷在这九死一生的地方，不忍撇下全村的人逃跑，我难道是铁石心肠，就忍撇下老爷逃跑吗？我宁死决不离开老爷一步。"刘氏说到这里，刘贵的妻子也走过来说道："我在太太跟前伺候了这么多年，太太逃到什么地方，我也得跟到什么地方。"

曾彭寿向刘氏说道："你撇下我走，不与我撇下全村人走相同。全村人为我受累，我倒只图脱身事外，这是于情理都说不过去的。我叫你走，一则因我家的嗣续不能断绝，你母子离开这凶多吉少之地，可以存我家血祀；二则因你母子在此，不但不能帮着做什么事，反分了我的心思。你是个明白事理的人，不可如此固执。"刘氏哭道："不论你如何说，我只知道你在哪里，我跟在哪里。便有刀架在我头颈上，我也决不走开。"曾彭寿道："你是这么固执，我家的嗣续不因此绝灭了吗？"刘氏毅然决然说道："我家若应该因此绝嗣，我就依你的话逃出去，这一尺来长的儿子，也不见得便能养大成人。如果这儿子命不该绝，他于今也有了三岁，早已不吸乳了，随便托一个可靠的人，带出去抚养，也不一定要母亲，才能养活。总之，我儿子可以不在我跟前，我不能不在你跟前。"

成章甫知道刘氏，是个三贞九烈的妇人，断不肯撇了丈夫，自顾逃命的。听了刘氏的话，便对曾彭寿说道："嫂嫂既如此义烈存心，自是勉强不得。只要有可靠的人，能将这孩子付托给他，逃出去抚养，你夫妇的心愿，也就能达到了。"曾彭寿点了点头道："我身边可靠的人，本不止刘贵一个，唯是心地纯洁，能始终不变，可以受我这般重托的，仅有刘贵一个我可放心，却不知刘贵愿意受我这种付托么？"刘贵怔了一怔，才说道："老爷知道我是个极粗极笨的人，老爷有什么驱使，哪怕是上刀山，下油锅，我都不放在心上。但是少爷还只有三岁，虽说早已能吃饭了，究竟不能和长大了的人一样。这回逃出去，好便不久仍可回来。万一不幸，这担负就完全在我身上。我不是畏难推诿，所虑的就是我非精细人，若将少爷抚养不得法，怎么对得起老爷太太呢？这岂是一件小可的事！有太太同走，我只专心伺候，你老人家固可放心，我自己也实在有把握。叫我一口担负抚养着少爷的事，就得求老爷、太太和表老爷再行斟酌。"

曾彭寿道："这何须斟酌，凡事尽人力以听天命。你能养活这孩子的一条性命，不冻死，不饿死，使他长大成人，再将今日以前的种种情形告知他，使他知道他自己的来历，你身上的担负便没有了。你能答应我，我再有话和你说。"刘贵略低头想了一想，慨然说道："老爷、太太只有少爷这点亲骨肉，于今处在危难的时候，太太又立志不与老爷离开，我从小受老爷、太太的大恩，此时若不答应，也再找不出可以付托的人。我尽我的心力，暂时救少爷逃出去要紧。至于将来伺候少爷长大成人的话，此时还用不着说。因为这回的乱子，原不是老爷有什么犯法的行动，完全由于有人从中陷害老爷。世间冤枉的事，终久有明白的时候。只要弄明白了，便不干老爷的事，至多一年半载，此事总有了结之时。我同少爷暂时只须逃出桃源县境，打听得事情了结，即可迎少爷回来。"

曾彭寿扬手止住刘贵说道："巴不得祖宗有灵，神明庇佑，能如你这样心愿。但我决不敢存此想望，因为广德真人早已向我说过，桃源村的大劫，是数由前定，神力都无可挽回的。不过这些话，现在也毋庸说了，我也不因有这种定数，便不努力自救。你既答应我带这孩子逃出去，这事关系我曾家的宗嗣，不比等闲，我就此拜托你了。"说着朝刘贵拜了下去，吓得刘贵往旁边便跑。成章甫拉住说道："你受他的重托，他应得拜谢你。"曾彭寿起来随手拖了把椅子，拉刘贵坐下道："我和你从小在一块儿长大，名虽主仆，实则和兄弟一样，只是究竟还存了个主仆的名分。自今日起，不但主仆的名义，应得消灭，这孩子托你带出去，并得求你认他做你自己的儿子。"刘贵失声说道："阿弥陀佛，折杀我了！"

曾彭寿道："不是这般说法。一则这孩子此番托你带着逃出去，他与父母有不有重逢之日，得听天命，你心中若尚存着认他是小主人的念头，非特养育督责不便，在外人看了，也无端要惹多少麻烦。二则他从兹受你抚养，也应将你作父亲尊敬，才是道理。这孩子只得三岁，并没给他取乳名。因这里的习惯，小孩初生，都顺口叫'毛儿'，家里佣人叫'毛少爷'，这孩子也就是这般叫到今日。此刻他要离开他亲生父母了，我得替他取个名字。我已思量妥当了，取名叫做'服筹'，衣服的'服'字，筹算的'筹'字。你须记着，虽是这'服筹'两字，却含了报复仇雠的意思在内。得神明庇佑，服筹能长大成人了，请你相机将这复仇的意思教给他。毕竟教他复什么仇呢？这得请我表老爷详细说给你听。于今外面知道的人大约已不少了，只是究不如表老爷在县里打听得确实。"

成章甫紧接着说道："朱宗琪和曾家有嫌隙，刘贵是早已知道的。平时但是可以使曾家吃亏的事，他无不从中挑拨主使。不过这回他所用的手段，太恶毒了些，受害的不仅曾家。白塔涧一带的人，若知道这回乱子内里的情由，都应得吃朱宗琪的肉才甘心。你成天的在外面跑，你可知道这回的大祸，完全是由朱宗琪一人造成的么？"刘贵摇头道："我只听说朱家因被强盗抢劫之后，朱宗琪对人说这白塔涧不能住了，几十年不曾出过窃案的，于今竟有强盗出来了，这地方还能住家吗？随即就把全家搬到桃源县城里去了。我想朱宗琪既不在白塔涧住家，从前和我家虽有些嫌隙，那不过为些零星小事，并无深仇大恨，何至于就造这么大的孽呢？"

成章甫笑道："朱家的田产，都在白塔涧一带，暂时搬到县城里去，就可算是不住在这里了吗？他不为要造这么大的孽，也用不着搬全家到县城里去住了呢！我在县里探听得仔细，朱宗琪近来坐守县衙里，专一刁唆朱知县陷害你主人。朱知县本来是没主张的人，只要捞得着钱，什么事都能做。你主人吃亏在'曾百万'三个字上，平日为人又老实，又不走动官府，在这天高皇帝远的桃源县，所以朱知县敢听朱宗琪的话，想借这藏匿妖人、谋为不轨的大罪名，在你主人身上发一笔大横财，却并没有害你主人性命的意思。没想到捕快到这里来，无端闹出半途抢劫犯人、打死公差的乱子。朱知县是弄假成真，倒吓了一跳，已经后悔不该听信朱宗琪的话，恐怕有碍他自己的前程。谁知朱宗琪一听了劫犯杀差的消息，反喜得什么似的，说这正是曾彭寿谋为不轨的铁证，竭力怂恿朱知县请大兵前来捕剿。统兵的是一个姓武的游击，我并探得朱宗琪在武游击、朱知县二人跟前献计说：'白塔涧一带的农民，十有八九是曾百万家的佃户，入了哥老会的人也十居八九。平日种田之外，都是专练武艺。练武的教师，尽是曾百万家蓄养在家的武士，其中还听说有不少的江洋大盗，所以教出来的武艺，很可惊人。用兵去围剿，极不是一件容易的事。前次只有十几名捕快，又没有准备，他们竟有拒捕的胆量，被他们打得落花流水回来，倒不算事。如今劳师动众，去剿这一点点小丑，理应可以一鼓荡平。但是曾逆武勇绝伦，逆党又都凶悍，若稍失之大意，后患便不堪设想了。那白塔涧一带的形势，我非常熟悉，村里农民出入，只有一条大路。村口就是白塔竖立的所在，只须将村口堵住，用大炮向村里冲放，就可以聚而歼之了。任凭曾逆如何武勇，逆党如何凶悍，一遇这无情的炮火，也就没有他们施展的份儿了。'朱宗琪献了这个恶毒计策，武游击、朱知县都称赞不已。在朱宗琪，何尝不知道曾家并没有什么武士，白塔涧的农民也没有专练武艺的。其所以要这么虚张声势的缘故，就因为恐怕大兵一来，村里的人不敢反抗，竟将你主人和一干农民办到了案，除杀捕劫犯以外，寻不出谋为不轨的证据。这种大逆不道的案子，非同小可，万不能由桃源县一手遮天的，马马虎虎办了完事，必得详解上去三推五问。如问得朱宗琪挟嫌陷害，与朱知县狼狈为奸，激成民变的情节来，不是害你主人没害成，反害了他们自己吗？

"朱宗琪料定村里的人不敢反抗，以为只一阵大炮，一个个冲成了肉泥，你主人的百万家私，他和朱知县便可以为所欲为，不愁有活口与他对质了。他哪里料得到这样恶毒的计策，仍归无用呢！此后他再怎生设计，须我再去县里打听。我们如今已成了骑虎之势，桃源县若不逼迫我们，不糊里糊涂的要我们性命，我们本来都是驯良百姓，决不违抗他。好在此刻已推举了几个正绅，去省城里申诉去了，若再和他这番一般的不由分说，开炮就打，我们左右是免不了一死，为什么不和他们拼一拼呢？你此时承受你主人主母的托付，将少爷抱着逃出去，切不可在桃源的周围邻县停留久住。最好是就此离开湖南省的境界，免得万一落到仇家眼里，又担凶险。你虽在外省，家乡的情形，没有完全打听不着的，到可以回来的时候，你自知道带你少爷回来。所虑就是朱宗琪那恶贼，刁钻狠毒，我们到底弄不过他，那么就非待少爷长大，已有报仇的力量，不能轻易回来。你只记着我方才所说的情形，看时机告知你少爷，并勉励他以报仇为志便了。"

成章甫在说这一大段话的时候，刘氏已替刚才取名服筹的三岁小孩，更换了一身破旧衣服。因为曾彭寿夫妇，只有服筹这一个儿子，异常钟爱。家中富足，有的是绫罗绸缎，服筹自出娘胎起，无一日不是遍身绫锦。平时在这般富足的人家，身上无论如何穿着得华丽，在保姆或自己母亲手里抱着，旁边看见的人，不过随便望两眼，知道是富家的小孩子罢了，没人特别注意。此时却由当差的抱着去逃难，若一般的穿着得花团锦簇，必易惹人盘诘。

刘氏替服筹打扮之后，家人骨肉，死别生离，就在俄顷，自免不有一番悲哀号哭。曾彭寿也挥了几点眼泪，向刘贵说道："金银珠宝等类值钱的东西，带多了在身上，一则累赘走不动；二则反为惹祸，只能略带些儿盘缠。我家有一件传家之宝，须得带去，以便日后有个纪念。"

要知是件什么东西，待下回分解。

第六回

玉玦金环长离而去
敝衣恶食旁观不平

　　话说曾彭寿对刘贵说道："我曾家几代传下来，算是宝贵的物件，就只一双玉玦。广德真人曾有大恩于我，临别的时候，我送了一片给他老人家，还有一片在这里。本来须等待服筹成人，能经管家政的时候，才传给他的。于今是等不得了，连同服筹一并托付给你，望你慎重保守，不可半途遗失了。"说时解开外衣，从胸前贴肉的一个衣袋内，掏出那玉玦来，很郑重的递给刘贵。

　　刘氏也同时从臂膊上捋下一对金镯，给刘贵道："这一对金镯，值不了什么，不过还是我陪嫁来的。那时我住在常德，所以这金镯里面，有常德聚宝银楼的印子。你可套在臂膊上，以防有缓急需用的时候。若能留待服筹成人时传给他，也是一点儿遗念。"刘贵都收了，藏在贴肉之处。刚待拜别曾彭寿夫妇，抱服筹逃走，只见一个当差的立在房门口，形色惊慌的说道："请老爷快出去，不知从哪里来的一大群大汉，什么人也阻挡不住，直冲进大门来了。"成章甫接口问道："来人都带了兵器没有？"当差的道："各人都带有短兵器，绑在包袱上，两手是空着的。"曾彭寿听了惊诧道："防守村口的人干什么事的，为何没有通报，便直进了我的大门？"旋说旋向刘贵挥手道："快抱服筹走吧，不问外面来的是谁，终是凶多吉少的。"曾彭寿望着刘贵含泪抱起服筹，从后门走出去了，才折身出来。只见一群彪形大汉，约有二三十人，一色的青衣青裤，青布裹头，草鞋套脚，排立在大厅上。个个精神抖擞，气宇轩昂，却没一个人走动，也没一个人开口说话，都挺胸竖脊的站着，连左右也不乱望一眼。曾彭寿初听得当差的报告的时候，心里还有些疑惑，是官府派来办这案的人。及见了这般情形，虽知不是官府方面派来的，然也看不出是一群什么人，来此何干的，只得大踏步上前，想问个来历。

忽有一个年约二十岁，书生模样的少年，从大汉队中走出来，迎着曾彭寿拱手道："久仰老大哥豪侠的威名，时常想来亲近，无奈没有机缘，不敢冒昧进见。直到今日，才得遂兄弟的心愿。兄弟姓李，单名一旷字，在辰、永、郴、桂各府属，薄薄有点儿声名。承那一带的兄弟们，不嫌我少不更事，推我为首，我也只得勉强替众兄弟效劳。前日有在桃源县内的弟兄，星夜前来敝处报信，说老大哥横被冤抑，白塔涧全村的弟兄们，性命危在旦夕。兄弟思量上天有好生之德，蝼蚁尚且贪生。全村男女老幼，一千数百条性命，岂可平白无辜的断送在强盗不如的官府手里，而兄弟袖手旁观，不来相救？并且这白塔涧地方，在兄弟手下的，男女共有三四百人，中有十之七八，是老大哥的佃户。平时感老大哥的德化，从来不肯非分胡为。只要有一个死在官兵手中，我便对不起辰、永、郴、桂各府属的众弟兄。因此这消息一来，兄弟来不及等待传齐各属，先带了常在跟前的二十几位弟兄，连夜赶到这里来。

"临动身的时候，已派遣了四班人，昼夜兼程去各属送信。不论次序，谁先得着兄弟的信，便谁先动身到此地来，相助一臂之力。兄弟方才已在村口，及村内各处巡视了一遍。足见老大哥知兵善战，调度有方。不过村口防守的人太单薄，且没有防守的器具，全靠人力，是可一不可再的。兄弟对于守险以及攻城器具，平时略有心得，可绘出图形来叫木匠、铁匠赶造几件出来应用，可省多少人力了。这村里的人数有限，官兵一到，只有减，没有加，若不仗着厉害的器具，帮助防守，人力终有穷尽的时候。不知尊意以为如何？"

曾彭寿听完了这一大篇话，口里只好唯唯应是，心中却暗自思量：我这白塔涧抗拒官兵，并不是有意造反，不过一面自救性命产业，一面仍举绅士去省里呈诉冤抑情由。这李旷我虽不曾见过，但他的声名，连三岁小孩也知道。他是一个哥老会的大头目，湖南抚台，悬一万串的赏钱捉拿他，没人能将他拿住。他的本领究竟怎样，我不知道。然看他这一点点年纪，这一点点身材，居然能使辰、永、郴、桂各府县的哥老会，都俯首愿听他的号令，推他为头目，可见得他的本领，必不等闲。就是这二十几个雄赳赳气昂昂，如金刚一般的大汉，要使他们受指挥号令，也就不是没有大本领的人所能做到的。现在哥老会极多，如果各属府县的会党，都能听这李旷的号令，同来白塔涧抵抗官兵，是不愁打官兵不过的。但是我们并不存心造反，只求保全这村里人的性命产业。至于他们哥老会，平日本来多是不安分的人，若和他们做一块儿闹起来，就说不定闹成一个什么样的结局。只是如今既承他们的好意，星夜前来相救，而我们又正在进退为难的时候。待不受他们的帮助吧，这村里就有好几百，是哥老会中的人，我们不能不许他救他自己的人，更不能离开他们逃往别处，受他们的帮助，这乱子便越闹越大了。

曾彭寿心里在这么踌躇，李旷似乎已明白了曾彭寿为难的意思，即挺了挺胸膛说道："老大哥不用如此踌躇。事情已弄到了大众的生死关头，还用得着多少顾虑吗？兄弟平日与老大哥少亲近，老大哥便知道我李旷，也不过仅知道姓名，和知道我李旷是哥老会的头目罢了！至于我李旷究竟是个何等样的人，原来是干什么事出身的，断不知道。老大哥若能知道我的生平，就能知道我虽是哥老会的大头目，却不与寻常哥老会的头目，一例行为。我这番不辞辛苦，远道奔来，用意只在救出我会中弟兄，不屈死在官府手里。如到了紧要的时候，我李旷的性命可以不顾，不妨挺身到案。就凭我李旷这个名字，也能替众弟兄担当多少罪名。在此刻的官府，但求有人能将我李旷办到案，其余一切的事都好商量。

"我李旷本是早已应该死的人，就因托哥老会的福，得活到今日，并受会中弟兄这般推崇。所以我的心中，除了时刻思量，如何替会中众弟兄出力，使大家都得过安乐日子而外，什么念头也没有。我现在既已到这里来了，老大哥能相信我很好，大家合力同心干下去。若不相信我，也不勉强，老大哥尽管请便。"

李旷说这段话的时候，激昂慷慨，斩截异常。曾彭寿不由得连连作揖说道："兄弟正苦没人帮助，事已成了骑虎之势，欲罢不能。难得有众英雄拔刀相救，方且感激不暇，哪有不相信的道理？此地不便商议事项，请进里面，由兄弟邀集各绅耆来，听候指教。"曾彭寿当即叫当差的，好生招待这二十多个大汉，自己和成章甫引李旷入内室，计议一切应付官府方法。

54

这李旷和二十几个大汉突如其来，在诸位看官们心理中，必然都觉得十分诧异。不但觉得这李旷一干人来的诧异，必然连那广德真人种种神出鬼没的举动，和杀捕劫犯时候，从白塔顶上飞身扑下的三个少年，敲锣聚众的几个后来不知去向的人，以及从怀中掏银子，替刘贵赔偿损失的那少年，在此刻还不曾交代明白以前，也都是使看官们纳闷的。诸位不用闷破了肚皮，到了必须交代的时候，在下自不能和现在那些，有大军阀做护身符的厅长、局长一样，贪恋肥缺，在应该办移交的时候，抗不交代。如今且将这李旷的来历，表明出来，诸位便知端的了。不过要表明李旷的来历，必从李旷的父亲写起。

李旷的父亲名叔和，是一个极精明能干的读书人，胸中非常渊博。只是从十八岁上进了一个学之后，三回五次观场，不曾中得个举人。学问、才情都好的人，当然不甘埋没，便变卖了家中田产，捐了一个知县，在南京候补。因为他办事能干，很能得上司的欢心。一个候补知县的前程，在南京城里算不了什么，只是李叔和，就为办了几件出力讨好的差使，得了上司的赏识，在当时一班候补知县当中，没有比李叔和再红的了。人在走红运的时候，趋奉的人自然很多，在许多趋奉李叔和的人当中，有一个姓刘名达三的四川人，也是一个候补知县，为人粗鄙恶俗，一句书也不曾读过，除巴结夤缘外，一无所长。刘达三初与李叔和见面谈话，李叔和就极瞧他不起，存心不和他接近。无奈刘达三，却是真心要巴结李叔和，凡是可以讨李叔和欢喜的，无所不至。遇了上司委任李叔和，去办什么案件，刘达三最肯竭力帮助，贴钱劳力，皆所不计。

刘达三跟前有几个当差的，倒是个个机警，个个老练。不问如何难办的案件，有刘达三几个当差的出面承当去办，终得办出一点儿眉目。那几个当差的，也都是四川人。据刘达三说，是从小时候就带在跟前长大的，主仆的感情融洽，所以有差遣，虽赴汤蹈火不辞。李叔和因此很注意观察他主仆的情形，实在和普通官场中的主仆不同，丝毫没有官场习气。有时刘达三做错了什么事，当差的竟当面批评不是，刘达三也无可如何。刘达三在南京虽不曾得过差事，使费却很阔绰，起居服御，就是走红的候补道，也不及他的排场。他的住处与李叔和紧邻，李叔和每得了为难的差事，他必悄悄的打发当差的去，办得有些儿头绪了，他才亲自到李叔和跟前来献殷勤。李叔和之所以能得上司的欢心，虽由于本人的才情、学问，而得刘达三暗中帮助的好处，也委实不少。刘达三既存心是这么巴结李叔和，久而久之，李叔和自不觉得刘达三粗鄙恶俗了。有时上司委任李叔和办案，李叔和估料这案非刘达三办不了，便索性保举刘达三去办，不埋没他的功劳。渐渐刘达三也在上司跟前红起来了，二人益发亲密，内眷也往来如一家人。

那时李旷才十岁，李叔和亲自带在身边教读。李旷生得聪颖异常，凡见过他的，无不称为神童。刘达三有个女儿名婉贞，比李旷小三岁，也生得玲珑娇小，十分可爱，只是亲生母亲早已去世，由继母抚养。她这继母，原是南京有名的妓女张金玉，刘达三在正室未死以前，讨来做妾；正室死后，即行扶正了。李旷的母亲，因见刘婉贞没亲娘抚养，继母又是妓女出身，不是知痛识痒的人，甚为怜爱，时常将婉贞接到家中，一住三五个月。婉贞也在李家住惯了，轻易不肯回张金玉面前去。

刘达三本是极力想巴结李叔和的人，看了这情形，巴不得将婉贞许给李旷，遂托人出来作合。李叔和虽不大愿意，然因自己太太钟爱婉贞，而刘达三托出来作合的人，又是有些面子的，官场中照例都拿女儿做人情，李叔和遂也不认真反对。这亲事只要李叔和不反对，自无不妥协之理。刘李两家既成了儿女之亲，彼此更和一家人相似，做官也互相照应。刘达三最会办理盗贼案件，自从得李叔和保荐，办过几桩案件以后，上司异常赏识他。那时各处发生的盗匪案子极多，非刘达三办，谁也办不了。这么一来，刘达三的声名，反在李叔和之上了，李叔和倒不在意。

这年南京发生了瘟疫，刘李两家的人都传染了。李叔和夫妇的身体，本来都不甚强实，瘟疫一传染上身，不到几日工夫，李叔和竟撇下妻儿死了。李叔和的太太已在危急之中，又因哭夫哀痛过度，寿命有限，也只得撇下才十来岁的弱子，相随他丈夫于九泉之下去了。

李叔和在南京候补，虽然能得上司的欢心，却不曾得过实缺，也没干过大捞钱的差事。那时候补的官员，照例多是空阔架子，留得本人在，到处可以活动，外人看不破他们的实在底蕴。只要本人一去世，外边不但挪移不动，讨债的且立时纷至沓来。李叔和在日，自信是个能员，抱负着很远大的希望。平日小差事弄来的小钱，随到随用，还不够使费，并亏了几千两银子的债。这一旦死下来，叫他太太如何能担负得起？他太太跟着一死，李旷更是无依无靠。人生悲惨的境地，至此也算是达于极处了。

当李叔和将要断气的时候，打发人去隔壁请刘达三过来。刘达三正在拾掇行装，说上司委了一件紧急的差使，即刻就要动身，行色匆匆的走到李叔和床前，才握住李叔和的手，待说几句安慰的话，张金玉已遣当差的过来，催促道："院里又打发人来传了，请老爷快去！"刘达三只急得跺脚道："这玩意儿真不是人干的！连平生至好的朋友，在死别生离的时候，想说几句话的工夫，都抽不出来。好，好，我上去一趟再来。"李叔和知道上司的差使要紧，不敢说什么，只得睁着失望的眼，看着刘达三走了。

刘达三这一去，就好几日不回来。李叔和死后，李太太又叫人去请，张金玉回说已出差去了。直至李太太死的时候，刘达三还不曾回家。刘婉贞平时每日必到李家来玩耍的，至此不见过来了，只张金玉代表刘达三，到李叔和灵前吊奠了一番。李太太死了后，连这番手续也没有了。还亏得李叔和在时，交游宽广，并有几个同乡的人照应，才将他夫妻两具灵柩，暂时寄停在他同乡会馆中，准备他日搬回原籍安葬。

刘达三在李家丧事完全办妥之后才回，也不问起李旷的生活状况。李家原有的跟随，只有两个，是李叔和由原籍带出来的，才等到丧事办了才去，以外的都在李太太没有咽气的时候，早就各散五方了。仅剩下一个平日在李家看门的张升，因已有五十来岁了，无处谋生，不肯自行投奔他处。李旷的食宿，就赖这张升照顾。

张升是南京人，无妻无子，孑然一身。因他一生对人和气，终日是满脸带笑，没人见过他恼怒的样子。南京认识他的人，都替他取个绰号，叫做"张大和合"。李叔和候补多年，虽没有积蓄，然家中的衣服器具，以及李太太的首饰，本来也够李旷和张升数年吃的。无奈李叔和夫妇都死，李旷幼不更事，内外全没个人照管，偷的偷、冒的冒，丧事一过，李旷主仆就衣食不周全了。

有几个平日与李叔和感情还好的同乡，看了这情形，都骂刘达三太没有人心，应该将女婿李旷接在家中教养。刘达三当日向李叔和要求结亲的时候，曾托了两个有些面子的同乡，出头作合。这时那两个作合的人，因听了外面责备刘达三的议论，也是觉得刘达三太薄情了，劝刘达三顾全自已颜面，将李旷留养在家，好生教督。刘达三一时说不出悔婚的话来，只得把李旷接到家中，张升也留在家里，继续替刘家看守大门。只是李旷虽到了刘家住着，刘达三却借口避嫌，不许李旷到上房里走动。

刘达三是不断有差事的人，在家里的时候很少，即偶然回家，也不许李旷进见。李旷既不能到上房走动，起居饮食当然都在外面，和刘家底下人在一块，衣服更没人缝制给他穿。初到刘家的时候，还有从家中带来的衣服，可以敷衍。住到一年以后，童年身体发育极快，原有的已不能穿了。因刘达三、张金玉都不肯做给他，就只得不顾短小和破旧，勉强遮掩着身体，名义虽是刘家的姑少爷，形象简直与一个叫化子无甚区别。刘达三恐怕他走到外面去，给同乡的瞧见了，又来责备，叮嘱当差的和张升不许李旷出大门，若有客来了，须监守在没人的地方，不许在出入经由之处露眼。

李旷本是生性很聪明的人，在刘家受这种待遇，心里自是愤恨极了。但是他这时的年纪，才得十零岁，既没有自谋生活的能力，又没有可以投奔的所在。张升虽是跟着他到刘家来的人，然年老没有能为，不过良心上觉得，刘达三的待遇不对而已，补救的办法一点也想不出来。

刘家当差的当中，有一个姓何名寿山的，才到刘家来不久。刘达三还似乎不甚信用他，不大差遣他去干紧要的事，也是不许到上房里走动，终日只在外面和李旷做一块，夜间也同睡在一间房内。这日何寿山忽向李旷问道："怎么这里的人都称你姑少爷，你到底是哪一门的姑少爷，却住在这里？"李旷笑道："自然就是这里的姑少爷，还有别人家的姑少爷，住到这里来的道理么？"何寿山做出诧异的样子，说道："哎呀，真的吗？你为什么穿这么不堪的衣服呢？"李旷道："这里的姑少爷应该穿什么衣服，我这衣服怎么不堪？"何寿山道："这倒没有一定。不过据我想，你既确是这里的姑少爷，就不应该和我们做一块儿睡觉，一块儿吃饭；并且你身上穿得这么破旧不堪，老爷的面子上，也应该有些难为情。老爷又不是没有钱，为什么这么不把你当人呢，你家住在哪里，家中没有人了吗？"李旷听了不作声。

何寿山见李旷不作声，即凑近身握住李旷的手说道："我初到这里不久，不知道你是这里什么人，以为不过是老爷本家的穷亲戚，在这里吃点儿伴甑饭罢了。后来听得大家都叫你姑少爷，我心里就疑惑，老爷如何会有这么狼狈不堪的女婿？问同事的，又不肯说，所以忍不住当面问你，毕竟是怎么一回事？我看你在这里的神情，像是心里很受委屈的样子。你果是这里的女婿，受这种待遇，也不怪你心里委屈，不但你委屈，连我心里都代替委屈。你自己家里在什么地方，家中还有些什么人？不妨说给我听。我若能有法子替你出气，必竭力帮你的忙。我是因为见了不公平，才这么对你说。"

李旷翻起两眼望着何寿山，半晌泪如泉涌。何寿山反笑起来说道："哭些什么？快说给我听，我好替你想法子。"李旷哽着嗓音答道："我若是还有家，家里还有人，也不在这里吃这碗伴甑饭了。"何寿山道："你既没有家没有人，是谁替你定亲的呢，我家老爷又怎么肯把小姐许给你呢？"李旷将刘家托人作合，以及自己父母遭瘟疫病死的情形，说了一遍。何寿山听罢，踌躇了一会儿，问道："这委屈，你愿意长久受下去么？"李旷道："谁愿意长久受这委屈，但是有什么法子使我不受呢？"何寿山道："你果真心不愿受委屈，我倒有法子。不过这头亲事，你愿意割舍不愿意呢？"李旷道："这如何由得我愿意不愿意。你老爷待我的情形，你是知道的，我就不愿意割舍，又有什么用处？"

何寿山摇头道："那却不然，我问你这话，自有我的道理。你愿意不愿意，只管老实对我说。愿意割舍，有愿意割舍的做法；不愿意割舍，有不愿意割舍的做法。我因为有了你在这里的情形，代你不平，才打算替你出气。既是要替你出气，自然应依你自己的心愿行事。我才来这里不久，不知道你和这里小姐的情意如何？你们是从小在一块儿厮混的人，或者两下的情意很好，本不愿意割舍，只以迫于境遇，不能如愿。我既帮你，就得尽力成全你们的心愿，你不妨老实说出来。"李旷道："我现在倒不觉得怎样了，因为不和她在一块儿玩耍的日子，已经久了。当我父母才死的时候，她忽然不到我家去了，我心里实不免有些想念她。我自从到这里来，只与她见过一次，才说了几句话，就被她母亲叫唤进去了。后来听得说，她为和我说话，挨了一顿毒打。自后我便见了她，也只作没看见，连忙躲避。"

何寿山听到这里，即连连点头道："我明白了，这事本来不能怪小姐。

只是你在刘家做女婿，也有这么久了，你可知道刘达三是何等人么？"李旷见何寿山直呼刘达三，并现出极轻侮的神气，不由得现出极诧异的声音问道："他不是在这里候补的吗？"何寿山道："候补自是在这里候补，不过他的出身怎样，你恐怕不知道。不但你不知道，你父亲当日和他要好，也未必知道。若真能知道他的出身，我想决不至肯与他家结亲。他原是哥老会的头目，在湖南、四川两省的势力很大，他捐官到南京候补，用费都是两省兄弟凑集起来的。他当日要捐官出来的时候，原说须谋得一个好地位，才能集合众弟兄，做一番大事业，要众兄弟先捧他出头，他出了头再缓缓的提拔众兄弟。众弟兄相信他，便凑集了十几万银子，由他拣选了几个同会弟兄，假充当差的，一同出来捐官。分发到南京候补以后，由他将带出来的弟兄，一个一个荐到各衙门里当差。荐出去一个，就提拔一个出来，补缺几年来，已荐出去不少了。我这回就是被提拔在这里来补缺的。论我在这里的资格，本来早已应该提拔的。只因他在未捐官以前，曾与我有点儿小嫌隙，我倒没放在心上，他却虑我靠不住，屡次借故推诿，提拔别人。直到前几月，为办一桩盗案，那对手太硬了，只得亲自出马。无奈他年来酒色过度，不但没有办到案，反受了暗伤回来，这才不能不求我替他出力。我既已替他办好了那案，他就不好意思再推诿了。谁知他表面上虽不推诿，提拔我到这里来，心里仍是忘不掉以前的嫌隙，我到这里一个多月，仅与他见了两次面，好歹的差使，都轮不到我身上。像这样的提拔我，我要他提拔干什么！不如回家去，倒落得个自由自在，每月多少总还有点儿进账。因此刚住了半个月，就动念不打算在这里受气了。为看了你在这里的情形，觉得甚是可怜。被刘达三提拔在这里的几个弟兄，都改变了行为，跟着刘达三干没天良的事。我向他们问你的来历，他们异口同声的说，不要多管闲事。我看他们说话的神气，好像还有要谋害你的意思。你的年纪太轻，哪里看得出他们的举动？我若撇下你走了，你断不能保住性命，我心里觉着不忍，所以多在这里停留了半个多月。你于今只有单身一个人，没有地方可以投奔，你若愿意跟着我走，我自当尽力量安置你。"

李旷听到此处，已双膝朝何寿山跪下说道："你能救我出去，我就拜你做师傅，不问叫我跟到什么地方，我都情愿。"何寿山见了，很高兴的将李旷拉起来说道："好！你虽是个公子哥儿出身，既做了刘达三的女婿，便做我的徒弟，也不辱没你。你暂时还是安心在这里住着，我们要走，须待刘达三出差去了，我才好布置。你在这里，当着人不能叫我师傅，也不可露出与我亲近的样子来。刘达三一疑心，有了防备，虽不怕走不脱身。只是这么走了，太便宜了这班恶贼。"李旷点头，说理会得。

没过几日，刘达三果然又得了上司的委任，带着几个得力的当差，到距离南京很远的地方办案，仅留张升在家看守大门，里面有几个丫头、老妈子而已。动身的时候，忽将何寿山叫到面前吩咐道："我这番出差，总得十天半月才能回家。本想带老弟同去的，因为大家都去了，家中没人照顾。旁人不及老弟稳重，能耐也差些，留在家中不甚妥当，所以只得委屈老弟，替我照顾些家务。还有一件须托付你的事，就是李家那孩子，不知道一点儿人情世故。我为和他父亲要好，不忍望着他流落，将他留在家里抚养。谁知他丝毫没有上进的心，好吃懒动，并不知道顾全颜面，那种讨口子也似的模样，却不害羞，还时常跑到外面去闲逛。他是小孩子，不顾颜面没要紧，我何能听他胡闹，全不顾些儿体统呢？我平日在家的时候，禁止他不许出外，便是这个缘故。跟我的弟兄们都知道，只老弟初来不久，我还不曾把话说明。想老弟是个精明人，也在这里看了一个多月，大概的情形，料也看出几分来了。我没工夫细说，总而言之，托付老弟替我看管他，一不许他出外，二不许他入内。我的体面便可顾全了。"

何寿山连忙点头应是道："这是我应该当心的事，大哥便不吩咐，我也知道体贴大哥的意思。我承大哥好意，提拔到这里来，坐吃了一个多月，没一些儿劳绩报答大哥，难道这点儿小事，也不能体贴大哥的意思办好？请大哥放心，不但这次出差的时候，可以将他交给我。就是以后应该如何办理，大哥是知道我的人，料能相信我不至于办不妥当，情愿一肩承担办好，包可办到无论什么人，不能说大哥半个不字。这就算是我进见的礼物，不知大哥的尊意怎么样？"

刘达三见何寿山说出来的话，正合孤意，不由得凑近身，握住何寿山的手说道："老弟毕竟是一把好手，我悔不早引老弟出来。几年来由我提拔的弟兄，也实在不少了，在我跟前做事，虽可以说没一个不是齐心协力帮助我的，但事事都得我亲自指点，像老弟这么不待我开口，便能体贴我意思的，竟没有一个。即如李家这个不长进的孩子，我们要处置他，并不是一件难事。所难的就在须处置得妥当，务使旁人不能说我半个错字。老弟方才说包可办到，无论什么人不能说我半个不字，这就是一句知道我心事的话，怎能叫我不高兴呢？但不知道老弟有什么巧妙的方法，能办到那么干净？请说给我听听，也好叫我安心去出差。"

何寿山笑道："这事不可急在一时，等到我办好了的时候，自然会说给大哥听，若此时说出来，不仅大哥不能安心去出差，甚至反有妨碍。"刘达三想不到何寿山，有救李旷的举动，毫不疑虑的拍着何寿山的肩背道："好好的替我办了，我决不亏负你。"何寿山假意说了些感谢栽培的话，刘达三安心乐意的动身去了。

要知何寿山如何搭救李旷，且待下回分解。

第七回

灯影刀光腰缠十万
夜阑人静壁立千寻

话说就在刘达三动身的这夜，四更以后，上房里的妇女们，都深入睡乡了。何寿山独自悄悄的从屋上翻到上房，撬开张金玉的卧室门，房里的灯光，还不曾熄灭。张金玉因刘达三不在家，夜间一个人睡觉，有些胆怯，叫两个丫头睡在床前踏板上。

何寿山进房一看，两丫头都眉舒眼闭的睡得正酣。床头一大叠衣箱，从地板直堆到楼板，足有一丈五六尺高下。何寿山心里想道：这衣箱十多口，如何能知道她的金珠珍宝，放在第几口箱里呢？待一口一口的打开来翻看吧，实没有这么多的闲工夫。事到其间，只得索性和他硬干了。他一面心里思量，一面伸手从腰里，拔出一把尺来长的解腕尖刀来，剔亮了灯光，故意放重些脚步，踏得满房地板震动。张金玉被震得醒了，以为是房中的丫头走动，懒得撩帐门向门外探着，睡眼蒙眬的骂道："骚蹄子，半夜深更的，不好好的挺尸，要这么惊天动地的，把你老娘闹醒！"

何寿山听了，就立在床前打了个哈哈。张金玉本待翻转身再睡的，一听这哈哈，只惊得呆了，睁眼望着帐门上灯光照见的高大黑影，还没问出话来，何寿山已用尖刀挑起一边帐门，一手指着张金玉问道："你认识我么？"何寿山虽到刘家已有了一个多月，但因刘达三不许他到上房行走，张金玉并不认识他，而且一时也想不到自家当差的，会有这种持刀入室、威逼主母的行为，只吓得浑身发颤，连救命都喊不出了。何寿山看了张金玉害怕的情形，忍不住笑道："你这样的脓包货，也配做刘达三的老婆吗？怪不得刘达三在这里候补，专会欺人孤儿寡妇，原来都是你这东西教坏的。怕硬的人自然欺软，我看了你这时害怕的模样，就敢断定刘达三不把李公子当人，是出自你的主意。依我的火性，就这一刀将你戳死，才得痛快。因念及刘达三和我兄弟一场，暂时饶恕你一条性命。你只照实说出来，金珠珍宝等类的贵重东西都放在哪里？"

说至此，睡在踏板上的两个丫头，都醒来了，张眼认得是何寿山，即立起身来喝问道："你不是何寿山吗？这时候到太太房里来干什么？"何寿山也不回答，顺手拉住一个，往地下一掼道："敢再开口，就取你们的狗命。我行不更名，坐不改姓，是何寿山便怎么样？只要刘达三能拼着不顾性命，尽管去告我打劫。"随用尖刀指着张金玉的额头道："还不老实说出来么？"

张金玉是一个班子里姑娘出身，能有多大的胆量，也到了这时候，哪里还有反抗的勇气呢？战战兢兢的将收藏金珠珍宝的所在，说了出来。何寿山依言取出，足值十多万。原来刘达三在南京承办了几桩大盗案，搜获的盗贼，拣贵重值钱的，都入了私囊，所以能积成这大的数目。何寿山做一个包裹捆了，系在腰间，对张金玉说道："你既是刘达三宠爱的人，应该知道这一大包东西的来历。我于今借去使用，等到你家姑少爷长大成人后，再如数奉还。你若觉得心有不甘，我走后，你不妨一件一件的开上失单，到官府报案。我姓何名寿山，刘达三是我的老大哥，照理我本应该称呼你一声嫂嫂。只是恐怕丫头、老妈子听了，不成个体统，只好模糊一点儿。刘达三回家的时候，请你将我这话向他说，你听明白了么？"

何寿山说毕，两眼向房中四处张望，好像寻觅什么似的。张金玉和两个丫头，都缩作一团，动也不敢动。何寿山从帐钩上取下一根丝带来，两眼向张金玉一瞪，放下脸说道："对不起你，刘达三不在家中，我恐怕你不知轻重，只等我一离开这房，便大惊小怪叫唤起来。在我没甚要紧，到底刘达三吃亏，不能不把你们三个人，安顿停当再走。"一边说，一边动手把张金玉的手脚捆缚了，用尖刀割了一块帐门，揉塞入樱桃小口。又寻了两根绳索，将两个丫头也捆倒，把口照样塞了。处置完毕，天光已经大亮。何寿山在房里锁好了门，从窗眼里跳了出来，仍打屋上翻到前面，叫起李旷，偷开大门，走出了刘家。

何寿山早几日，已雇妥了一只船，在河下等着。此时，师徒二人上船，即开向湖南进发。张金玉和两个丫头被捆在房中，动不能动，喊不能喊。平日养尊处优的人，家中仆婢起床照例也是不早的。老妈子们就是起来了，见上房门关着，谁敢无缘无故的去敲门讨骂呢？因此三人直被捆到日上三竿，老妈子把早起应做的事都已做好了，不见两个丫头出来打水，才忍不住到上房门口，轻轻的叫着两个丫头的名字笑道："老爷昨日才去出差，你们今日就偷懒不起来了么？"接连又叫了几声，不见房里有人答应。一贴着耳朵细听，就听得床架喳喳的响，又听得好像有人被梦魇，叫唤不出的哼声。几个老妈子都觉得诧异，从窗缝朝房里张望时，一眼便看见两个丫头被捆在地板上。几个老妈子登时吓慌了，没有主意，大家只往外面跑，打算叫何寿山、张升进来。

张升才起床，听得里面老妈子放开喉咙乱叫，也不知道出了什么紧急的事。及见着奔出来的老妈子，问了情形，也是很惊骇。找何寿山不着，只得率同几个吓慌的老妈子，奋勇进去，将上房门劈开。先解了两个丫头的绑，由两个丫头把张金玉救起。张金玉气得痛哭起来，即时雇人送信给刘达三。

刘达三才启程一日，家中出了这种意外的事，他是极宠爱张金玉的，恐怕张金玉受了委屈，只得退回来，细问何寿山威逼的情形。张金玉自然巨细不遗的诉说，并逼着刘达三报官，捉拿何寿山来，惩办出气。刘达三听了情形，只急得昏死过去，半晌才灌救醒来，流泪对张金玉说道："想不到我数年的积蓄，终归白辛苦一场。这几年之间，我专一替人家办盗案，今日竟轮到我自己家里来了。我不但不好意思去呈官报府，连对朋友都不好意思说起，这气叫我如何能受得了？"说罢，顿脚长叹不已。

张金玉怔了一怔，问道："怎么当差的乘主人不在家，威逼主母，抢劫财物，主人倒不好意思报官呢？这类误任匪人的事，原是极平常的，有什么不好意思不报官，难道就这么听凭他逍遥法外么！"刘达三只是垂头叹气，一言不发。

张金玉接着说道："人家遇了盗劫，你尚且能替人办到人赃两获。如今自己家里出了这种事，强盗又是自己的当差，岂有办不到案的道理？我受了那狗强盗的凌辱，你非把他拿来碎尸万段，我誓不甘休。你是在这里做官的人，所用的当差应该有来历，有保荐人，能逃到哪里去？你若因为有你的女婿在内，呈报上去，面子上不好看。你要知道你女婿，还是未成年的小孩，他决没有伙同图劫的能力，一定是那狗强盗，连同你女婿一并劫去的，这有什么不好意思向朋友说？我雇人追你回家，以为必雷厉风行的，将那狗强盗拿来正法，出我胸中的怨气。像你这样左也不好意思，右也不好意思，却追你回来干什么？劫去的东西里面，我有两副珍珠头面、两对珍珠手镯。你不好意思拿他，我也不管，你只赶紧把我的东西赔来！"

原来张金玉是刘达三在南京花钱讨来的，虽是宠到了极点，然而自己的出身履历，因为关系太大，不敢告知张金玉。恐怕夫妻万一有反目的时候，妇人不知轻重，只图可以泄愤，胡乱向人揭穿底蕴，因此张金玉，并不知道刘达三是个会匪出身。这回被劫，有万不能报官的苦衷。刘达三被张金玉逼得没话说了，只得安慰张金玉道："劫去了的东西，我自然赔给你，那算不了一回事。你要知道，我说不好意思的话，并不是因为有李家的孩子在内，实在是为我自己不好，自以为有眼力能用人。何寿山这狗强盗，我一则不知道他的来历，二则并没人保荐，我出差的时候，在半路上遇着他的。据他说，是四川的一个世家子，因欢喜练武，把家产荡尽了，出门投奔亲友不着，只得卖武艺讨碗饭吃。我见他武艺很好，人也像个干练的样子，我办理盗贼案件，正用得着这种人，所以收留他来家。准备叫他且在这里闲住三五个月，细看他的行为品格如何，再斟酌用与不用。他来了一个多月，我不大差他做事，不许他到上房里行走，就是这个意思，谁知他竟是这么一个没天良的东西！"

张金玉啊呀了一声道："他原来是这般的来历么？这就只怪你太荒唐了。在江湖上卖武艺的人，有什么好东西，如何能引到自己家里来住着呢？并且你既是爱他的武艺好，将来能帮助你办案，这回出差，你便应该把他带在身边同去，不应该倒将他留在家里，怪道他能料定你不敢报官。他既是这般的来历，谁也得说你是开门揖盗，就报官，也不见得能办他到案。"刘达三听了，不由得怔了一怔，望着张金玉的脸问道："你怎么知道，他料定我不敢报官呢？"张金玉道："他拿刀逼着我的时候说出来的。当时我正吓得魂都掉了，也没仔细听他怎生说法。不过他抢了东西要走的时候，忽然取丝带将我捆起来，却又仿佛听得他说，是因为怕我去报官，并怕我叫唤，所以将我的口也堵起来。"

刘达三见张金玉不曾听何寿山说明白，心里略安了些儿，遂点头说道："这事不张扬出去，是为顾全我几年来南京办盗的威名，哪有不敢报官的道理呢？并且我刘达三在南京，也不知替人家办过了多少大盗案。我自己家里出了这一点儿小案子，休说报官有损我的威名，即将这一层除开，报官之后，捕快决办不了这案子。捕快办不了的，归根落蒂，仍得我自己去办，我何苦多此报官一举呢，不如索性把这没天良的东西拿着了，再由我亲自送到县里去处置他。不过这种盗案，和寻常的盗案不同。这案不论如何有能耐的人，断不能容易办到人赃两获。你只安心耐着，不要催促我，我终得如你的愿，拿他来碎尸万段。"

张金玉觉得刘达三这话有情有理，便不多说了。刘达三表面上从此绝口不提到何寿山、李旷二人身上的事，暗中却派了好几个心腹弟兄，分途侦缉。以为何寿山的根据地在四川，多半是逃回四川去了。派去侦缉的弟兄，在四川更查得认真。只是何寿山是个极机警的人，四川固是他自己的根据地，然更是刘达三的势力范围，他如何敢向四川逃呢？哥老会的势力，本是由四川向湖南膨胀的，川、湘两省的会匪，平时声气相通，最能互相帮助。在四川犯了案逃到湖南，在湖南犯了案的逃到四川，都不愁没有同会的窝藏包庇。若是在会中资格好的，更是到处有人欢迎，有人供养。何寿山在四川的资格，当时并排赶不上刘达三。他自信带着李旷到湖南，身边又有这值十多万的珠宝，不怕不能立脚，因此从南京直到长沙。

在长沙略住了些时，因是省会之地，稍有点声名的会党，不能存身。各衙门中办公的人又多，他恐怕万一给人看出了破绽，不是当耍的事。听说辰州有个杨松楼，是很有财产很有势力的绅耆，特地进了哥老会，想得会中弟兄的保护，家中川流不息的有会党住着，遂带李旷到了辰州。

杨松楼果是名不虚传，待会中弟兄们最好，知道何寿山的武艺高强，表示十二分的欢迎，留在家中保镖。何寿山因是初到湖南，身边的十多万珠宝来路不正，不敢露出来给人知道，恐怕因此惹祸。李旷年纪太轻，防他向人乱说，从南京动身的时候，就没给他知道劫了十多万珠宝的事。好在珠宝珍贵之物，论价值虽有十多万，论体积重量却很有限。做一个包裹捆了，系在腰间，从表面一点儿看不出。随身起卧，一时半刻也不解下来。

住在杨家，名义是保镖，实际没一事可做，只早晚传授李旷些武艺。辰州一府会武艺的人，比较各府县多而且厉害，其中并有兼着会法术的。何寿山虽只有硬武艺，不知道法术，然辰州的风俗习惯，一般人对于会武艺的，多趋重硬功夫，一兼着法术，更不为人重视了。因为辰州是排教发源之地，会法术的人极多，至今各处都很流行的辰州符，就是排教中传出来的。练武艺的人所兼练的法术，也是由排教徒卖弄神通，传授些小把戏，不过能和人开开玩笑而已，如何能赶得上正式排教徒的硬功夫呢？因此何寿山的硬功夫，在杨家与几个有名的把势较量后，没人不恭维赞叹。要求杨松楼介绍，要拜何寿山为师的，不知有多少人。杨松楼想夸张自家镖师的武艺，极力劝何寿山多收徒弟。何寿山见杨松楼这般殷勤，只得拣资质好的收几个，形式上俨然起了个教武的场子。是这么才教了三五个月，辰州一府之中，几无人不知道杨松楼家中，延聘了一个武艺最高强的镖师。一班平日转杨家念头的盗贼，至此都不能不把念头打断。杨松楼自是得意极了，就是何寿山自己也觉得很有威风，很有光彩。

这日正是八月十五，杨松楼特地备办了些酒菜，夜间只陪何寿山赏月，直痛饮到三更以后，才各自回房安寝。何寿山乘着几分醉意，回到自己房中。觉得房里又闷又热，不能安睡，遂顺手提了一张湘妃榻，从床上取了个竹枕，安设在院子里，解开了胸前衣纽，仰面朝天的睡了下去。头将落枕的时候，觉得竹枕没有了，伸手一摸，也没摸着，不由得诧异起来。心想：我分明从床头取了个竹枕，并分明记得是搁在这里，怎么会没有了呢？一面这么想，一面抬起身体来看。这时院中还有点斜照的月光，映得榻上明明搁了一个竹枕，且搁的地位，正是头脑底下，又不由得自己好笑起来。独自鬼念道：我今夜喝这点儿酒，难道就喝醉了吗，怎这般糊里糊涂了呢？是这么鬼念着，又睡将下去，仍觉得头底下空空的，搁在湘妃榻上。喝多了酒的人，平睡不用枕头，照例觉得不舒服。何寿山心想：莫不是这竹枕太低了，睡下去就和无枕头一样么？禁不住又伸手摸头底下，哪有什么枕头呢？脑袋分明搁在湘妃榻上。不及思索的一蹶劣爬了起来，两眼向搁竹枕的所在一看，怎么没有竹枕呢？不歪不斜的搁在应搁的地方，丝毫没有变化。

何寿山一手将竹枕抢过来，气愤愤的一手在上面指点着，说道："你嫌我喝多了酒，不愿意替我枕头吗？你若再和我开玩笑，我就是这么一摔，将你摔做四叶八片。"说罢，又搁在原处。身体疲乏极了，随着就躺了下去。谁知这一躺又觉作怪了，竹枕分明是平搁的，头一下去，竹枕忽然竖立起来，不提防竖起这么高，只碰得后脑生痛。何寿山经这一碰，倒把酒意碰醒了几分，知道不是自己糊涂，就从湘妃榻上一个鲤鱼打挺，托的跳离了几尺远近，在湘妃榻的左右前后一望。斜照的月色映得院内通明，不见有何异状；再看竹枕依旧是平搁在原地方，不曾移动。只得抱拳向黑暗处说道："兄弟在这里，其名虽是保镖，其实不过暂时图个栖身之所，从来也不敢开罪江湖上的朋友。便是杨大哥为人，也称得起疏财仗义，非等闲庸俗之人。如果是江湖上哪位朋友，打此地经过，有缓急之处，不妨明白向兄弟开口。只要是兄弟和杨大哥力量所能做得到的，决无不谨遵台命之理，不要在暗中开兄弟的玩笑。"说毕，又向四处一望。

作怪！院内原是空洞洞的，没有人影。说完这套话，也不见有人从什么黑暗地方出来。忽见湘妃榻上，端端正正的坐着一个身材瘦小的人，面貌、年龄虽看不分明，然就那点儿残余的月色，已能分辨得出这人的年纪，至多不过二十多岁。面貌甚是清秀，行装打扮，赤手空拳，并没携带何项兵器，端坐在湘妃榻上，望着何寿山，现出很轻视的笑容。

何寿山这一惊倒不小，思量这东西的本领，必有惊人之处，不然也不敢赤手空拳的到这里来。我倒要仔细些才好，不要因轻敌跌在他手里，丧了我在这里的威名。心里这般想着，口里故意放高嗓音问道："请问朋友，深夜来此，有何见教？"这人从容笑道："你倒问我吗？连我也不知道这时分来看你的，应该是为什么事？"何寿山道："是朋友，有话尽管明说，不要像这么半吞半吐。你不说出来，我怎生知道你为什么？"这人忽将脸色沉下说道："你既非我明说不可，就只得不和你客气了。姓杨的徒有阔名，实在没有多少钱。并且他的钱，也来得不容易，他就送给我，我也不要。只要你把系在腰里的那包裹给我，就够我使费的了。这是你力量做得到的，就解下来吧！"

何寿山听了心里又是一惊，极力装出镇静的样子说道："我腰里系的什么包裹，你这话从哪里说起？我不明白。"这人哈哈笑道："真菩萨跟前，岂是可以烧得假香的么？我不知道你腰里系的什么，也不向你这么说了。你这人真不漂亮，还装什么糊涂！"何寿山料知这人必有些来历，自己腰间系的包裹，除自己而外，没第二人知道。即算是刘达三那方面派来的人，也不见得能知道。从南京动身起，终日系在腰间，不曾片刻解下的事，如何敢断定说是系在腰里的包裹呢？这回赖是赖不过去的，待和他动手吧，看这情形，只怕敌不过他。何寿山正在计算如何对付，这人已立起身来说道："用得着什么踌躇！拿出来不拿出来，只凭你一句话，我并不勉强你。我的事多，没有闲工夫和你久缠。你若因是一个人在这里，有些胆怯，不敢说不拿出来的话，我知道你在这里收的徒弟很多，不妨都叫出

69

来，可做你的帮手，我在此静候着你便了。"

何寿山又是羞惭，又是气愤，不由得横了心说道："我腰里是有包裹，包裹里也是有价值十多万的珍宝。但是我这包裹，一则来得不容易，二则将来的用处还很多，我和你素昧平生，凭什么要完全送给你？东西现在我腰里，你有本领取出，尽管动手，叫我自己解下来给你，你就得先给点儿凭据我瞧瞧。"这人听了并不生气，笑嘻嘻的说道："你不拿出来，只由得你，我原说了并不勉强。你好生守着吧，我去了。"脚尖一点，已飞身上了房檐，在月阴中只见影儿一晃，已蹿过房那边去了。

何寿山觉得这人的举动太奇怪，跑回房拖了一把单刀，也翻身跳上房檐，疑心他到杨松楼房里去了。立在房檐上看时，见西方房角上一条黑影，正向地下跳去，相离不过数十步远近，估量追赶得上，即施出平生的本领来，朝着那方向追去。追到房屋尽头处看时，这人似乎不觉得后面有人追赶，头也不回，缓缓的向荒僻处一条小路上走去。何寿山暗忖：这人不是辰州口音，言语举动也没有江湖气派，无端的半夜跑来向我要包裹，我不给他，又一句话不说，就这么走了，这到底是一种什么举动呢？他既知道我腰里有包裹，岂不知道我这包裹是决不肯轻易送给人的。不打算来问我要则已，既打算来要，话又说得那么硬，怎的我一说叫他尽管动手，倒自己软下来走了呢？难道他本来没有惊人的本领，不过是这么拿大话来吓吓我么？又难道是刘达三打发他来，有意试探我的么？总之，我此时既已跟下来了，终得跟出他一个下落，看他跑到哪里去。

何寿山悄悄的跟着，这人一点儿不觉着的样子，不过越走越快。何寿山恐怕追踪不上，尽力在后面追赶，又怕脚声给这人听得，把所有轻身运气的能耐，都使了出来。只是看这人举步的神气，始终行所无事的，绝没有丝毫吃力的表示。脚踏在沙地上，就和踏在棉花上一般，相离只一两丈远，全不听得声响。何寿山直追得汗流浃背，气喘吁吁，好容易才盼得这人渐渐的将脚步放松了，向一座山中走去。

此时天已发晓，何寿山看这山形势陡峭，全是大块的顽石堆成。石上苍苔油滑，加以凝露如珠，映着迷蒙曙色，仿佛像是一座黑玻璃屏风，并没有道路可通山顶。只见这人绕着山麓，走了约二里远近。山势略平缓了些，从山脚到山顶，接连不断的有大块岩石凸出。身体灵捷、胆量又大的人，可以攀着岩石上山顶。何寿山看山上、山下都没有房屋，天明了也不见行人，心想这东西跑到此地来，干什么事情？刚这么一转念，这人已朝上一跃，跳上离地一丈多高的一个岩石上，不停留又朝上跃了一下，又上了一丈多高，绝不费事的连跃了七八下。何寿山因仰面朝上看，不留神飞了一点儿灰屑到眼里，略瞬了一瞬再看时，已不见这人的踪影了。忙向左右和山顶上张望，不但不见人影，连飞禽走兽都不见有一只。

他终觉已追到这里来了，不跟上山去看个究竟，有些放不下，遂不踌躇，跟着那人往上跃的地位，照样一步一步往上蹿。蹿到第八步，正要抬头望上面，忽听得有人说话的声音就在切近，却不见有人影触到眼帘，更觉得奇怪不可思议。听那说话的声音很明晰，并听得出是那瘦小后生的声音说道："弟子照师傅吩咐的话说出去，何寿山面上已现出惊慌的神气，只是还想抵赖。后来见弟子说得和目睹的一样，才承认腰里是有包裹，不过叫弟子亲自动手去取下来。弟子不敢违背师傅的吩咐，不曾和他动手。只对他说你不拿出来，只由得你，我原说了不勉强的，就抽身上屋，一路缓缓的回来，直到此地，不曾敢回头向背后望一下。"

这话说了，接着就听得很苍老的声音答道："办得好！他已跟上来了，此刻在洞口立着，去请他进来，我有话和他说。"何寿山听了这几句话，不禁大惊失色，打算下山逃走。低头一看，十几丈的悬崖，从山下一步一步往上蹿，还不觉得甚危险。此时从上面朝下看，就仿佛如立在不见底的深潭之上。万一跳下去，脚到苍苔上滑了一下，一路滚跌到山脚，怕不跌个骨断筋折？何寿山因这种心理踌躇了一会儿，只见那瘦小后生，就从身旁一条石岩缝里钻了出来，望着何寿山笑道："有劳大驾，敝老师在洞中等候，叫兄弟来迎接老大哥进里面谈谈。"何寿山本是个极有胆量的人，此时只因惦记着腰间那包价值十多万的珠宝，逆料钻进这小小的洞里去，便有登天的本领，也施展不出来。那时甚至连性命都送掉了，后悔如何来得及呢？

但是何寿山心里虽害怕不敢进去，口里却不肯露出胆怯的语意来，也勉强装出行所无事的样子，笑道："我既跟踪到了这里，理应进洞去向贵老师请安。不过我来的时候，并不知道有贵老师在此，来意太不虔诚，衣冠更不齐整，就这么进见长辈，自觉无礼过甚。求老大哥代兄弟转禀贵老师，下次再专程叩谒，今日恕不遵命了。"这人笑道："这话太冠冕，太客气，在此地用不着。不如老实说，徒负虚声的何寿山，不敢身入是非之场，脚踏蹊跷之地，倒显得爽直些儿！"

何寿山一听这话，止不住愤火中烧，面红耳赤，若不是身临险地，存几分畏惧之心，免不了一单刀早已劈将下去。然虽极力忍耐，毕竟按捺不下这口恶气，两眼朝这人一瞪，说道："何得欺人太甚！我若怕了你，也不跟你到这里来了。"这人不待何寿山多说，连忙摇着手笑道："我也知道害怕的不是你，是你腰里的东西作怪。只是我看你昨夜赏月时喝的酒，至今还不曾清醒，你瞧瞧你腰里的东西，看有什么变动没有？你也是个认得几个字的人，应该知道'怕'字是如何写的。怕字是'心'旁一个'白'字，可见得你这害怕，是替腰里的东西白担心。你试瞧瞧，便知道我不是欺人太甚的了。"

何寿山听到瞧瞧腰里的东西，有没有变动的话，即悄悄的伸手去腰里掏摸。不摸倒也罢了，这一摸不但伸出的手收不回来，登时就和失脚掉下了冰窟一般，连心花五脏都冷透了。原来那个终日系在腰间，不曾片刻解下来的包裹，不知在什么时候被人解去了。腰里空空的，仅剩了一条裤带。不由得暗自想道：我记得昨夜杨松楼请我去花园里喝酒赏月，我换衣服的时候，还将包裹的结头紧了一紧。后来酒到半酣，我到黑暗处小解，褪下裤腰的时分，也还仿佛记得有那包裹碍手。往后我的酒越喝越多，便没留神腰里的东西了。这人自从和我见面到此刻，并不曾近过我的身体，我又没有睡着，他究竟在什么时候、用什么方法偷去的呢？只是除了他，更没有人能将我的包裹取去。这人在我睡的湘妃榻跟前，将我的竹枕移来搬去，扶起放倒三四次，能使我不觉得旁边有人，且能于我不知不觉之中，把我腰间的包裹解去，可见他的本领比我高强数十倍。他既有这么大的能为，包裹又到了他手里，我要从他手里夺回来，是万分办不到的事。并且听他和洞里人说活的声口，洞里人还是他师傅。我到这洞口外面，丝毫没有声息，他师傅居然知道我来了，叫他出来邀我进去。他到杨松楼家找我，也是奉他师傅的差遣，可见他师傅的本领，更在他之上多少倍。我此刻若和他们翻脸，想夺回包裹，不但做不到，甚至连性命都难保住。我当初不敢进洞去，是为腰里的包裹，恐怕在洞里动起手来，地方狭小，不能施展，包裹被他们夺去。于今包裹既早已到他们手里了，他们若有杀害我的心思，在我腰间取包裹的时候，以及拿竹枕开玩笑的时候，早可以下手，不必等到此时。我进洞去，还有什么可怕呢？

何寿山当下如此思量既定，即改换了一副谦和的面孔，向这瘦小后生

72

拱手道："只怪我完全是个山野的粗人，没有见识，真是肉眼不识英雄，惭愧之至！"这人也就笑容满面的，引何寿山钻进石洞。何寿山留心看那洞口，乃在一块凸出来的大岩石之下。那岩石离立脚的所在，只有二尺来高，岩石又向外面伸出来。所以立在洞旁边，若不弯腰细看，不知道岩石下有这洞口。洞口里面有几层石级，初进去不能伸腰，下石级便能容身了。洞中并不黑暗，阳光不是从洞口射进来的。洞中石壁上，弯弯曲曲的有一道裂缝，宽处有六七寸，仄处也有三四寸，就从这道裂缝里透进阳光来。这石壁究有多厚，石壁之外是何所在，是何情形？在洞中都无从推测。

很强的阳光透进来，照见洞中如一间石室，约有一丈宽广。室中有一块尺多高的方石，石上坐着一个花白胡须的老头儿，宽袍大袖，仿佛道家的装束。虽是坐在石上，可以看得出身体异常魁伟。那部花白胡须，足长一尺二三寸，脸上的肉色如柿子一般，红中透亮，精神充足，气概堂皇，使人一望就知道是个极有能耐的人。何寿山不敢怠慢，忙将手中单刀倚在石壁旁边，上前施礼。老头立起身来笑道："劳驾劳驾！"老头这一立起身，何寿山一眼便看见，自己腰间的包裹搁在方石上面，两眼望着，只不敢上前去夺。老头似乎理会了何寿山的用意，即回身提起那包裹，递给何寿山说道："这是你的东西，你仍拿去吧。"何寿山见老头如此，倒不敢伸手去接了，连忙欠身说道："这里面的东西，原不是我的。我不过为一点义气所逼，代人取来，系在我腰间，也是代人暂时收管。你老人家要用，就请留着用吧。我从小在江湖上糊口，若有想发横财的心，此时也不至在杨松楼家里当保镖的了。还是求你老人家留着用吧。"

老头抬头大笑道："你没有想发横财的心思，难道我便有想发横财的心思！即算我要发横财，世间当少巨富人家，何致转念头到你身上！你且接过去，仍在腰间系好。听我说派人取这东西到此地来的缘由。"何寿山只得双手捧接了，听老头说道："你在哥老会里面，很有点好听的声名，资格也很不错。只是你应该知道，四川有个陈广德，你在四川生长，曾见过他么？"何寿山道："现在四川同会的弟兄，凡是略有点儿名头的，我就没见过，提起来也少有不知道的。至于陈广德这名字，我一时却记不起来，或者是我离四川之后才出名的。请问此人于今有多大年纪了？"

那老头摇摇头，说出一番话来，便知道陈广德是何等人物，现在哪里，下回分解。

第八回

弥勒院孤儿就傅
昭庆寺行者应征

话说老头摇头道："此人出名，在你和刘达三之前，不是后辈。"何寿山连哦了两声道："原来你老人家问的，是前辈中的陈广德陈将军么？那怎么不知道呢，他老人家和我论起班辈来，比我高了两辈。他是张广泗的部将，以勇敢善战，名闻天下，至今西藏人，还是提到银枪陈将军就害怕。我听得年老曾见过陈将军的人说，陈广德身高七尺五寸，两膀有千斤神力，使两管烂银也似的钢枪，各长一丈二尺，马上步下，都使动得如风雷骤发，万夫落胆。张广泗打胜仗的时候，他不肯出头临敌，每到败得不可收拾的时候，他才提枪跃马，或从侧面，或绕向敌人后面，冲杀出来。他银枪所到之处，只挑得敌兵满空中飞舞，都是穿胁洞胸，骨断筋折。他那枪尖挑一个往空中抛掷，就和寻常人挑一束稻草相似。每每因有他一人临阵，大败仗变成大胜仗，所以能使敌人望见他就落胆寒心。他身经数十战，浑身上下寻不出一颗豆子大小的创疤。后来张广泗得胜回朝，正要保奏他的军功，他却不知去向了。四处派人找寻，都找寻不着。有人说，他遇了异人，入山修道去了，究竟是与不是，无从知道。我出世太迟，只能耳听这种老前辈的威风，无福目睹这种老前辈的神采。"

老头含笑点头道："你知道就罢了。"随用手指着石室墙根说道："你瞧这里是什么东西？"何寿山跟着指点之处望去，因室中阳光不甚充足，只看见两条黑痕。移近两步看时，原来就是两管烂银钢枪，足有鹅卵粗细，大约是因多年不用的缘故，枪缨已经没有了，枪身也生了锈。有这一看，不待思索，他已知这长髯老头便是银枪陈广德了。心想：陈广德的年纪，到此刻至少也应有一百二三十岁了，若不是修道成功的人，如何能这般壮健，并且又如何能在这种地方居住。幸亏我昨夜不敢鲁莽，没有和他的徒弟动手，若趁酒兴糊涂一点儿，一定要弄出很大的笑话来。陈广德是我们会中的老前辈，我从来没做犯法的事，他老人家这回派徒弟引我到这里来，决没有恶意。我长久替杨松楼当看家狗，也不是一个结局，正好向他老人家求指点一条明路。想毕，他回身朝陈广德跪下说道："想不到晚辈有这福气，能在这里瞻仰活神仙。晚辈此时所处的境遇，正有许多地方不知趋向，须求你老人家指教的。"

陈广德一面挥手叫何寿山起来，一面仍就那块方石上坐下说道："你的事用不着说，我虽终年坐在这块石上，你和刘达三的行为，我都知道。你且与你这师叔见见礼。你这师叔姓魏名介诚，从我已有好几年了。"说时，伸手指了那瘦小后生，何寿山忙朝着魏介诚叩头，并谢昨夜语言无礼之罪，魏介诚也叩头还礼。陈广德继续着说道："我自入山修炼以来，久已摈绝尘缘。原打算一切的人事，概不过问，只图修炼得多活些时，免坠地狱轮回之苦。谁知尘缘未尽，孽债终得偿还，因此收了你这师叔来助我一臂。此刻我的事已快要完了，只和李旷还有一段因缘，这段因缘一了，便是我飞升之期。为此才教你师叔引你到这里来，好当面吩咐你。你师叔有家离此地不远，你此后可辞了杨松楼，带李旷到你师叔家住着。武艺有你的师叔帮同指点，必能使李旷成一条好汉。此时刘达三正在官运亨通的时候，而李旷的武艺又不曾练就，可不必存那急图报复的念头，往后自有机会，你就跟着你师叔去吧！切嘱李旷认真练武，小而报仇雪恨，大而建立功名，都须在武艺上面寻出路。要紧要紧！"

那时川、湘两省哥老会中的人，对于陈广德这人，无论识与不识，本来没有不极端钦佩的。何寿山虽出世稍迟了些，不及亲见陈广德，然陈广德在当时的声名太大，惊人的事迹太多。何寿山平日听到耳里，已是非常景仰，只恨生不同时，不得亲睹前辈英雄的神采，真是做梦也想不到，竟有这种会面的缘法。及见陈广德的言谈举动，俨然是神仙入世，凡事都有预知的能耐。便是陈广德这徒弟的本领，在何寿山心目中，已觉得高强到不可思议，那景仰陈广德的心思，自不由得不达于极点。既是五体投地的景仰，陈广德吩咐的话，不用说是应谨遵恪守的了。当下他拜辞了陈广德，系好了包裹，提了单刀，跟随这个初次拜认的青年师叔，先后钻出洞来，仍照来时落脚之处，一步一步的跳下这座石山。

何寿山看天色已将近正午了，心里很惦记着李旷，每日早起照例到他床前问候，今日忽不见他的踪迹，必然慌张向四处寻找。正待向他师叔问明居处，先回杨松楼家辞了职务，方率李旷到他师叔家去，只是还不曾将这意思说出，忽见一个年约十三四岁的童子，从山脚下转了出来。虽是乡村农家小孩的装束，面貌眉目却生得白皙清秀可爱，举动极活泼的跑了过来！也呼这人为师叔，交头接耳说了几句话，这人即回身指着童子向何寿山说道："这是我大哥的徒弟张必成。他可陪你先到杨松楼家，带了李旷同到我家里去。我现在有紧要的事，不能分身。你同张必成到我家，见了我大哥，自会安置你师徒。我此去将紧要的事办妥，不久就能回来相见的。"说毕，也不待何寿山回答，即匆匆的绕山脚走了，好像有十分紧急事似的。何寿山倒怔住了。

只见张必成笑嘻嘻的问道："听说有一个姓李的，从南京到这里来，要学武艺，我师傅叫我来接他，你知道那姓李的住在哪里么？"何寿山看了张必成这天真烂漫的神气，很觉可爱，听了这突如其来的言语，又有些诧异，随定了神笑道："你师傅叫你来接姓李的，应该将姓李的住处说给你听了，怎的倒来问我呢？"张必成望着何寿山，出神似的问道："你难道不知姓李的住处么？"何寿山故意摇了摇头道："姓李的多着呢！我不知道你问的是谁。"张必成道："听说那姓李的，年纪和我差不多，叫什么名字便不知道。我师傅只说到这里见了师叔，就见得着姓李的。刚才师叔叫我跟你走，我因此才这么问你，你若真不知道姓李的住在哪里，我就得回去向师傅问个明白，再去接他。"

何寿山笑道："你师叔既是教你跟我走，跟我走便了，何必再回去问师傅呢！我的徒弟也姓李，年纪也和你差不多，并且也是从南京来的。大约你师傅叫你接的，就是我那徒弟李旷，李旷正是要学武艺。"张必成笑道："不是他却还有谁呢？我正急着没人同学，早晚独自一个练起把势来，太寂寞了，一点儿兴头没有。如今有这姓李的来了，一则早晚热闹些，二则应该我一个人做的事，也有他分了一半去做，我可以抽出些时候来玩玩。"何寿山问道："你师傅姓什么？叫什么名字？每日有些什么事叫你做呢？"张必成翻起两眼，望着何寿山问道："你连我师傅姓名都不知道吗？我师傅在这辰州弥勒院，住持了十多年，辰州人谁不知道他老人家是个有道行的高僧，你怎么倒不知道呢？"

何寿山笑道："原来你师傅是个和尚么，和尚如何收你这俗人做徒弟呢？我在辰州不但不知道你师傅的法号，连弥勒院在什么地方，我都不知道。"张必成问道："你真没听人说过辰州秃头陀吗？"何寿山摇头道："秃头陀是什么人？我实在没听人说过。"张必成道："秃头陀就是我师傅的诨名。一般人当着我师傅，都称性清大和尚，背后便叫秃头陀。因为我师傅原是癞痢头，顶皮光滑滑的，所以一般人背着是这么叫唤。至于我每天做的事很多很多，砍柴担水，打扫房屋，烧茶煮饭，有时还要焚香点烛、撞钟擂鼓，整天到晚，没有歇憩的时候。我多久就对我师傅说，最好再收一个徒弟来，这些事有两人分着做，就轻松了。我师傅说：将来自然有有缘的前来，没有缘的，无论送多少钱给我，如何求我，我也不能收做徒弟。你耐心等着吧！今早我才挑满了四缸水，我师傅忽然叫我到这山脚下来，等候师叔，接一个姓李的回庙里去。师傅并说，姓李的是从南京来这里学武艺的，年纪和我差不多，接到庙里与我一块学习。我听得欢喜极了，连忙跑到这里来。姓李的现在哪里？就请你带我去接他吧。"

何寿山心想：陈广德既是吩咐我，率李旷离开杨松楼家，到师叔家中住着，凡事听师叔的吩咐。于今师叔教我跟张必成去，我回家带李旷同去便了，用不着迟疑。只是这弥勒院是不是师叔的家，也不得而知了。我自昨夜追赶出来，在外耽搁的时候很久了，李旷此时必在杨家盼我回去。何寿山想罢，即邀同张必成依照昨夜追来原路，回到杨松楼家，借故向杨松楼辞职。杨松楼自免不了有一番挽留，何寿山因认定陈广德，是个具大神通的老前辈，他所指点的，决无错误，在杨家不过借着保镖的名义，暂时栖身，并不是师徒二人安身立命之所，自然挽留不住。当下即带了李旷，跟随张必成向弥勒院来。

李旷与张必成见面，说话即甚投机。在路上彼此盘问来历，李旷直言无隐，张必成却自己说不出一个所以然来，只知道在弥勒院已住过好几年了，当时何以到弥勒院来住的原因，都不能记忆。约走了二十多里平坦大路，即走进一座怪石嵯峨的高山。何寿山看这山虽不及陈广德那山陡峻，然丘壑较多，林木茂密，有景致足供有襟怀的人欣赏。林木之内，有一条半羊肠小路，直达山坳。那山坳从山下仰望，形式俨如一副马鞍。坳两旁两峰高耸，相隔约有数丈。

张必成引何、李二人穿过山坳，又走了几里山路，地势渐渐宽旷了。

阡陌相连，人烟稠密，完全不是来路所经二十多里的乡村萧索气象。这一个村落，宽广约有十来里，四围都有高山环绕。村落尽头一山，山下古木参天，包围着一个小小的古寺。寺旁一道瀑布，从山腰里飞奔而下。山脚危崖壁立，瀑布由上泻下，将山底冲成个深潭。这潭的面积有数亩大小，一条小涧沿山脚盘绕，直出村口。

张必成指着那深潭说道："这个方圆二十多里的村落，村里居民饮食的水，田里禾苗灌溉的水，有十分之九就仗着这一道瀑布。我师傅曾对我说，这道瀑布原来是没有的，村里都是荒山旷野，一没有田产，二没有人家。在千百年前，辰州忽然来了一个行乞的胖大和尚，手提一个布袋，沿门行乞，终日对人是笑嘻嘻的。人家送饭菜和旁的食物给他，他不论干湿，不论生熟，一齐塞进布袋。许多人家的小孩们，见了他那笑哈哈的样子，觉得好玩，都跟在他后面看。他讨完多少人家，便不再讨了，择一地方坐下来，从布袋里将可吃的东西，一件一件取出来吃。一会儿吃饱了，布袋里余下的，就分给众小孩子吃。小孩们都嫌他腌脏，不肯吃他的。只有一个年纪大些儿的，看了那食物，很觉得诧异。因这和尚讨来的东西，饭也有，菜也有，有时还有粥和汤，和尚都一齐塞入布袋之中。汤水应该从布袋里漏出来，即算布袋厚不至漏出来，也应该各种食物混合在一块，弄得饭不成饭，菜不成菜，没有好吃的了。而这和尚当讨来的时候，虽是随手一并塞入袋中，吃时却仍是一样还一样，好像是各自安放，未曾混合过的，并且每样都很新鲜，不像人家吃不了剩下来给他的。这孩子既觉得诧异，便独自接过来吃了。那食物到口，味道果然很鲜美，于是对众小孩子说明，众小孩也就大家接着吃了。每日如此，和尚后面跟的小孩，越跟越多，布袋里的食物，也越分越多，没有一次少了不够分配。和尚一到黄昏，就走到这座山下，在一块石头上睡觉，整整三年没有改变。这地方原是荒山旷野，往来的行人很少，只因有和尚每夜在这山下歇宿，入夜有许多小孩送来，天明又有许多小孩来接，三年就把一个荒僻的地方变成热闹了。

"有一日，这和尚忽提了布袋，向三年来曾经布施过他的人家告别。人家问他到哪里去？他伸手指着天上说：'到这里去。'当时有人问道：'和尚应该到西方去，怎么到这里去呢？'他只是嘻嘻的笑，不说什么。曾跟随过和尚二三年的小孩们，听说和尚告别，都有些恋恋不舍，一个邀一个，跟着和尚，定要看和尚究竟到哪里去。和尚也不拒绝，约莫跟随了百多个小孩，其中也有已成人的，跟来跟去，谁知仍旧跟到这山下。和尚就平日睡觉的那块石上，盘膝坐下来，和众小孩谈话。众小孩将和尚团团围绕着，听他东扯西拉的乱说。所说的话，当时听了，多不甚理会得。往后记忆出来，才知道一句一句都有应验。和尚说笑了一阵，忽将手中布袋放下，合掌当胸，垂眉闭目不言语了。众小孩跟随和尚三年，不曾有一次见过和尚这般形象，都以为奇怪，争着向和尚叫唤。和尚理也不理，只两个鼻孔里流出两条雪白的鼻涕来，每条有尺多长。上前去推摇时，已冰冷铁硬，咽了气了。

"大家正在惊疑，猛听得半空中仿佛有念阿弥陀佛的声音，抬头一看，只见这和尚依旧提了布袋，飞升云端里去了。连忙又低头看石上，不仍是盘膝端坐着吗。这么一来，消息登时传遍了数十百里，谁都知道这山下有活菩萨升天，老弱妇孺争先恐后的前来祈祷。当时有学问的人，知道这和尚就是弥勒菩萨，所以凑集些银钱，就在菩萨坐化的地方，建造了这座弥勒院。那一百多个小孩长大了，十九都是信仙的。因图便利，好每日到弥勒院诵经拜忏，便合力将这旷野开辟出来，但苦没有水可饮食灌田，齐到弥勒菩萨跟前拜求，只一夜工夫就凭空飞下这一道瀑布。年代渐久，这地方渐成了繁盛的村落，至今这弥勒院的香火还很盛。凡是在这院里当住持的，多不肯带年纪太大的徒弟，便是因为当日的弥勒菩萨，最与小孩有缘的意思。"

何寿山听了张必成这一派话，虽知道不是张必成这样十几岁的孩子所能捏造出来的，然何寿山是个江湖上的豪客，脑筋中全不明了佛法是什么，如何肯相信这些不可思议的事迹呢？但是没有工夫与他辩论，已走到了弥勒院门口。何寿山看这个弥勒院，规模虽不甚宏大，却建造得异常坚固。大门以内，有一个极大的石坪，估料或是因为香火太盛，小小的神殿，容纳不下许多敬菩萨的人，特辟一个这么大的坪，给敬菩萨的人立足。及走到石坪中朝神殿上看时，那神殿却又不小，至少也可容纳二百人跪拜。张必成将二人引到神殿上说道："请在此略等一等，我去禀知师傅就来。"说罢，直进里面去了。

何寿山看这神殿正中，供奉着一尊高约丈余的弥勒菩萨偶像，并无神龛帐幔。偶像的前面，设了一个大香案；偶像的左边，倒有一个三尺多高、二尺来宽的雕花金漆木龛，颜色还很鲜明，不是年代深远的东西。龛上有红绸帐幔，前面也是设了香案，和正中一般的。案上香炉内有香烟缭绕，佛灯点得通明，好像是才做完功课的。木龛因有帐幔遮掩着，不知里面供的是什么神像，想走近前揭开帐幔看看，又恐怕性清头陀出来，见了嗔怪。李旷对于这些地方，最喜留意，仿佛已明白了何寿山的用意，两三步走过去，伸手将帐幔一揭。只见龛里空空的，并没有偶像，也没有书写的牌位，仅有一个破旧不堪的蒲团，悬挂在木龛当中，此外一无所有。

当李旷揭开帐幔的时候，何寿山也看见了这破蒲团，心里还觉得十分奇怪，暗想：时常听得江湖朋友说，到处有一种无法无天的和尚，伤天害理的事，都能在佛法庄严之地干出来。因为要干种种伤天害理的事，恐怕轻易被人察觉，或官府前往搜查，每在寺庙中建造密室，安设许多机关。外人不知道其中诀窍的，要想破获他们，甚是难事。据说密室四周的房屋当中，所有门户窗格，以及陈设的椅桌床几，壁间悬挂的字画屏条，都有机纽可以移动，从表面上一点看不出来。知道内容的，只用一两个指头，轻轻在机纽上一按，或是一推，室中的情形立时改变了。这木龛金漆辉煌，帐幔鲜丽，龛前并有香案，应该是供奉神像的，何以却悬挂这一个破旧蒲团在内呢？蒲团是给人垫坐与跪拜的东西，如何用得着这般供奉？并且从来也没听说有人敬礼蒲团的。陈广德、魏介诚他们这一班人的举动，都奇怪得使人不易推测。这弥勒院究竟是如何一个所在？好歹不得而知。莫不就是江湖朋友所说的那种寺庙？这木龛便是掩人耳目的机关，如今人心险狠难测，我不可信人过深，后悔不及。不如趁张必成师徒未出来的时候，将木龛仔细察看一回，如果形迹可疑，便可早寻脱身之计。

何寿山这么一着想，就顾不得性清头陀嗔怪不敬了。他走上前把帐幔揭起来，细看那悬挂的蒲团，与寻常的蒲团毫无出奇不同之处。直径约一尺五寸大小，二寸来厚，周围缘边的草都断了，和搅乱的络腮胡须一般，草上的泥垢沾满了，久已不堪垫坐。何寿山疑心机纽在蒲团背后，打算揭起蒲团来看，只是一着手，蒲团就掉了下来，倒把何寿山吓了一跳。看悬挂的草索，就是蒲团上原有的提手，已经朽坏多时，因此一移动便断了，只得托在手中。看挂蒲团处的木板，一点儿可疑的形迹也看不出。

正要仍将蒲团挂好，再细看木龛外面有无可疑之处，忽觉得有人在肩上轻轻拍了两下，紧接着就听得很洪大的声音，念一句阿弥陀佛。何寿山从来做事有成竹在胸，不会临时慌急的，这时因蒲团不曾悬挂原处，性清头陀就出来了，心下甚难为情似的，倒觉有点儿慌急起来。只好将蒲团靠木板搁着，掉转身来。只见一个身高六尺开外的和尚，科头赤脚，金刚也似的立在面前，头顶上果是光滑滑的，没一根头发；一件黄色旧僧袍，只齐膝盖；左手握着一串念珠，右掌当胸，笑容满面的向何寿山拜手。何寿山料知必就是性清头陀，忙率李旷同拜下去，先谢失礼之罪。说道："晚辈因见木龛中供着一个蒲团，有些觉得奇特，不应冒昧动手，以致掉落下来，罪过罪过。"

性清头陀一手拉起何寿山，笑道："不要紧，不要紧！你初次到这里来，无怪你看了这用木龛供奉蒲团的事，觉得奇特。这本来是一桩很奇特的事。你既到了我这里，我自然要使你知道这蒲团的来历。你知道了这蒲团的来历，就一点儿不觉得奇特了。这殿上不好说话，请随我来吧！"旋说旋引何、李二人，从弥勒菩萨的右边侧门，走进一间房屋。何寿山看这房屋倒很宽广，只是没多的陈设，除几张粗木桌椅之外，就只一张很旧的禅床。床上也是铺了一个旧蒲团，休说被褥，连芦席也没一条。对后院一个大窗户，窗门格也没有了，现出一种极穷苦的景象。不过房中还打扫得清洁，桌椅上面没纤微尘垢。

性清头陀自就蒲团上盘膝坐着，指着两旁的座位，叫何、李二人坐下，说道："我这里是很清苦的所在，不愿受苦的，不能在我这里住着。前几天我师叔广德真人向我说，有一个很可怜的孽子，姓李名旷，初从南京到辰州来不久，是个可造的后生，托我成全。我一则因恐怕耽误我自己的事，二则因魏师弟的能为在我之上，从我不如从他。且魏师弟原住在我这里，我自己收来的徒弟，尚且是承他指点的时候居多，我何能再成全李旷呢？因此不敢承诺。无奈师叔执意不肯叫魏师弟收徒弟，说魏介诚的年纪太轻，不是收徒弟的时候，帮助指教些武艺，倒是不妨的，师生之名，万不可居。我听了不好再推托，只得依遵。师叔并说带李旷同来的何寿山，武艺也很不弱，不过是和魏介诚一样，没有到收徒弟的时候。"

何寿山听了这话，心想：这就奇了！收徒弟只论有没有本领，真有本领，哪怕年纪再轻些，也没有不能教徒弟的道理；若没有真实本领，便是八九十岁的老头，难道就能收徒弟吗？说我的本领够不上教李旷，我倒心服，没到收徒弟时候的话，未免有些勉强。但是何寿山心里虽这么着想，口里却不便这么辩驳，只笑着说道："这是他老人家客气的话，晚辈有什么本领，配收徒弟。其所以与李旷暂居师生之名的缘故，不过为从南京逃出来，暂借这师生的称谓，一路上可免去多少没有意思的盘诘，并非敢真以师傅自居。此刻到了这里，晚辈更不敢无状了。"

性清头陀笑道："人之患，在好为人师。然我师傅当日收我的时候，却叫我费了许多周折。我师傅和广德真人，同是慧猛法师的徒弟，你刚才看见觉得奇特的蒲团，就是慧猛法师流传下来的。你知道慧猛法师是谁么？"何寿山摇头道："不曾听人说过。"性清头陀道："你入世迟了些儿，相隔的年数太远，无怪你不曾听人说过，但是当时的人，遍中国没有不知道慧猛法师的。慧猛法师得名，就是从那个蒲团得来的。那时还是乾隆三十几年，西藏的活佛到了北京。因为要显他的密教，竭力在皇帝面前，数说国内一班和尚的坏处，简直把许多有道德的高僧，说得一钱不值。不但算不了佛门弟子，并都是佛门的罪人，终年享受十方的供奉，丝毫没有神通。国家得不着众和尚一些儿益处，容留这些和尚在国内，不耕而食，不织而衣，直是害群之马。亏得乾隆皇帝倒很精明，说国内的和尚未必完全是没有神通的，不过其中贤愚混杂罢了。活佛听了争辩道：'我密教在中国久已绝传，密教之外，从何处可得有神通？因此我敢断定中国所有的和尚，决没有一个有丝毫神通的。陛下若不相信，不妨下一道圣旨，传谕天下各大丛林，推举最有神通的和尚，克期到北京来与我比赛。那时陛下便可相信除了密教而外，都是害国害民的和尚了。'

"那时直隶、河南两省正遭大旱，真是赤地千里。乾隆皇帝斋戒减膳，诚求了好几日的雨，求不下一点滴雨来。只要再有数日不雨，眼见得毫无收获之望了。乾隆皇帝异常着急，见活佛这么说，陡然想起求雨的事来了，便对活佛说道：'你若有神通，能求下三尺甘霖，就立时传谕天下诸大丛林，推举有神通的和尚前来比赛。'活佛答应了，就在天坛求雨，果然在火伞高张之下，顷刻乌云密布，大雨倾盆，平地水深三尺。活佛一声说'止'，雨便应声而止了。乾隆皇帝见了如此情形，也觉得国内的和尚没有这种神通，不能为国家出力，替朝廷分忧，实不如密教之好。当下遂存了个昌明密教的心思，打算在各丛林推举和尚，来京与活佛比赛。输了之后，再下一道圣旨，勒令国内所有的和尚都改修密教，有不愿改修的，便勒令还俗，不许再做和尚。活佛知道皇帝的意思，自是非常得意，要求皇帝只限三个月的期，各丛林推举的和尚，务必如期来京比赛。乾隆皇帝依了活佛的话，下了这道圣旨。可怜这一道圣旨传下来，把各省各大丛林的大方丈，都吓慌了手脚。

"本来密教在中国，从明朝就禁绝了。佛家讲究神通的，原只密教，密教既早经禁绝，国内从哪里去推举有神通的和尚呢？然而朝廷既有这种圣旨下来，不能因推举不出，便不推举，并且这事关系佛教的兴废，百万和尚的存亡，更不能随便处置。于是许多大方丈齐集在南京计议，说全中国只有陕西的高僧最多，公推由陕西一省所有高僧中，选举一个神通最高的，应诏入京，与活佛比赛。陕西各大丛林既被各省公推了，也就大家计议，说陕西全省各丛林，唯有终南山昭庆寺，多年高有道行的和尚，于是又公推由昭庆寺所有的高僧中选举。是这般你推我，我推他，推到昭庆寺，已无处可以再推了。

"其实昭庆寺虽是大丛林，多年的老和尚，然没有神通，年老有何用处？自圣旨传下来那日起，一递一递的推诿，推到昭庆寺时，已只余二十多日满期了。昭庆寺老方丈和一干执事的和尚，接了这圣旨，与各丛林公推由昭庆寺选人应诏的通知，也是吓得手慌脚乱，面面相觑。寺中共有二百多名和尚，竟没有一个敢担当这重任的，并且都急得连饭都吃不下。因为这事关系太重大，若到期没人前去应诏，眼见得全国的和尚，都没有立脚的地位了。全国各丛林既公推了陕西，陕西各丛林又公推了昭庆寺，如果昭庆寺不能举出一个有神通的人来，挽回这一大劫运，将来佛教灭亡的责任，昭庆寺便不能推卸了。因此寺中老方丈每日传齐阖寺僧人，商议如何处置。连各处来昭庆寺挂单的和尚，都邀在里面，由老方丈询问有没有应付的好主意。

"只有一个苦行的头陀，来昭庆寺挂单已有两个多月。遍体污泥狼藉，头上几寸长的乱发也被污垢结成了饼，脸上寻不见一点肉色。一双赤脚，连草鞋也不着，身上就只一件单布僧袍。从九月到昭庆寺，至十一月，经两个多月不曾换下来洗濯过。他初到的时候，知客、监寺都很厌恶他，他又不随班做功课，所以每日只给一碗余下来的残饭他吃。住了十多日之后，因为他在房里拉屎，监寺打了他一顿，将他撵出去。他白天不知去向，夜间仍回到寺门外歇宿。老方丈知道了，可怜他，劝诫他一番，又教他到寺里来住。监寺只许他住在寺后的房檐下。还是老方丈慈悲，见他在地下坐卧，恐怕他受了湿气生病，给他一个蒲团。他就终日守着那个蒲团，也不诵经，也不念佛，无论什么时候去看他，只见他坐在蒲团上打盹。阖寺的僧人都不拿他当人，因此不曾邀他同来商议应付的方法。一连商议了七日，始终一筹莫展。寺中执事的和尚，因大家心里着急，那苦行头陀又独自坐在寺后房檐下，不出来触眼，这些和尚便把他忘了，连每日残余的一碗饭，都没人送给他吃。

　　"直商议到第七日，那苦行头陀仿佛忍耐不住了，走到众僧人集会的所在，找着那个平时每日送饭给他吃的小沙弥，问道：'你吃了饭没有？'小沙弥道：'早就吃过了，这时候还吃什么饭？'他又问道：'你昨日吃饭没有？'小沙弥现出不耐烦的神气答道：'你癫了么，我昨日为什么不吃饭？'他点了点头，又问道：'你前日吃饭没有？'小沙弥赌气不理他了。他伸手抚摸小沙弥的头道：'究竟吃也没吃，何妨说给我听呢？'小沙弥连忙将头一偏，闪开来，生气说道：'腌臜鬼手，也来摸我的头！我又不会饿死，为什么只管问我吃饭没有，不是奇了吗？'他听了不但不生气，反笑问道：'你既是每日都吃了饭，却为什么一连七日不送饭给我吃呢，你想我饿死吗？'小沙弥这才想起来，果是这几日忘记送饭给他吃。他二人在这里问答，知客、监寺都听得了，监寺走过来向他厉声喝道：'你在这时候，还想有饭给你吃么？我们尚且就没有饭吃了。老实说给你听，于今大家都在性命攸关的时候，各人心里都烦闷极了，你休在这里讨人的厌吧，我也懒得撵你出去，请你自往别处求生。'他听了监寺的话，望了望一干僧人，向监寺说出一番话来，顿使一干僧人大惊失色。"

　　什么说法，且待下回分解。

第九回

破蒲团跌翻活佛
干矢橛悟澈沙弥

话说那苦行头陀望了大众一眼，向监寺问道："是不是昭庆寺里的和尚，在外面犯了打劫财物、奸淫妇女的罪过，官府就要来查封这寺，把你们吓得聚在一块儿商议呢？"监寺一听这话，不由得大怒，伸手便想将他抓过来痛打一顿，再赶出寺去。只是一下不曾抓着，他已闪入人丛之中，连连合掌谢罪道："是我说错了。我心想，若不是昭庆寺有和尚，在外面犯了大罪，要被官府查封，如此富足的昭庆寺，何致就没有饭吃呢！又见你们阖寺的人，都聚作一块儿，一个个愁眉不展，更像是有大祸临头的样子。我们出家人，有什么大不了的事？若不是犯了大罪，为什么大家要如此着急？于今既是我说错了，就算我不曾说这话便了，用不着这么生气。"

旁边也有许多和尚劝监寺息怒。监寺正在着急的时候，也就不愿意闹得大家不安，只挥手叫那苦行头陀出去。这是阖寺的和尚都赞成的，因为那苦行头陀太腌臜，谁也不敢近他。他只得走到远远的地方立着，看大家计议。大家计议到无可如何的时候，都掩面哭泣起来。他反趁大家哭泣的当儿，独自仰天大笑。究竟老方丈的见识高人一等，见他独自仰天大笑，遂离座走到他跟前问道："你为什么独自这么大笑？难道你倒有应付的方法吗？"他做出有意无意的神气答道："这有何难！值得是这么号丧一般的哭泣么？"老方丈很高兴的问道："你说不难，有什么法子呢？相差只有半个月的日子了。全国各大丛林，都望我昭庆寺举人去应诏，于今我昭庆寺举不出这个人来，你有什么法子？"他随手指着刚才要打他的监寺说道："他的神通还不大吗？他应该去得。"老方丈正色道："此刻不是说闲话的时候，此事不是说闲话的事，你有方法，就请说出来。我一个人不足惜，只一昭庆寺也不足惜，这关系佛法的兴亡，非等闲可比，我已七昼夜不得

85

一刻安宁了。"

那苦行头陀至此，也正色说道："实在这寺里没人肯去时，我就去走一遭也使得，老和尚放心好了。"老方丈喜问道："你真个能去么？"他道："我岂是说谎的？"老方丈道："你能去自是再好没有了，不过我们这几日计议，都不曾邀你在场，恐怕你刚才出来，没听明白是怎么一回事。你知道此去是应诏去北京，和西藏活佛比赛神通么？"他微微的点头道："这是我知道的，我只不知道那西藏活佛，是一个什么样的人，所以愿意借此去北京瞧瞧他。"老方丈问道："你只去瞧瞧他，他要和你比神通，你应知道这事关系重大。在昭庆寺本已找不出能去的人，转眼到了期，仍是没法。今有你愿去，原可不问你有神通和活佛比赛与否，即算你绝无神通，也不过和没有人前去一样，并不因你去偾事。不过我为你着想，若自信没有大神通，不能将劫运挽回，倒不如索性不去，听之任之，也可免得你一己的劳苦。"苦行头陀笑道："不去应诏也使得，你们大家又这么着急干什么呢？"

老方丈道："并不是不去应诏也使得，因为无人能去应诏，我等也只索性听天由命。佛教东来了这么多年，其间经过兴废的关头，也不知有了多少次。如果佛教从此应当毁灭，也非我等凡夫之力所能挽回。与其你去徒劳无功，反使西藏活佛在皇帝跟前，得借此夸张他的密教，就不如索性不去的为好。不过我这种说法，是为你着想说的，若为昭庆寺塞责，自巴不得有你出头。"苦行头陀当下似乎知道，老方丈确是一番好意，只念了一声阿弥陀佛，并不回答什么。但是知客、监寺等执事僧人，有大半是厌恶这位头陀的，多久就恨不得将他撵出去，就因老方丈没有撵他的意思，不能如愿。此时见他请去北京应诏，大家心里都高兴。一则因各大丛林公推昭庆寺举人，昭庆寺正苦无人能去，于今有他去了，可以塞责；二则因此去必与西藏活佛比赛神通，可借活佛的力量，将这讨人厌嫌的头陀处死，免得长远住在昭庆寺里，使一班僧人看了恶心。想不到老方丈竟劝阻他不去，大家心里又不由得着急起来。

监寺僧忍不住向老方丈说道："我们计议了好几日，正为议不出一个愿去应诏的人，急得什么似的。于今有人自愿去，又不是我们逼迫出来的，当家师为什么倒阻挡他呢？全国各大丛林公议，由陕西各大丛林中选人，陕西各大丛林又公议由我们昭庆寺选人，可见我昭庆寺为全国各大丛林所推重。若始终选不出一个愿去的人来，佛教兴亡，关系虽仍在全国的佛门弟子，而我昭庆寺无人，其关系就只在我们大家的颜面了。当今全国的佛门中人，谁不知道此去北京，是得和西藏活佛比赛神通，自问不能去的，谁肯亲身当着一干大众，说出愿意前去的话来？依我们的愚见，当家师在这种关头，这样小慈小悲、姑息爱人的话，不用再说了吧！我们一向都小觑了这位师傅，甚是罪过！此番他去北京应诏，我们倒应专程祖饯一番，并得赶早准备庆祝成功的筵宴，等待他比赛胜了西藏活佛回来，好大大的庆贺他。"

在场计议的众和尚，见监寺僧这么说，也都同声附和，说出来的话，且都含着些怪老方丈不应该劝阻的意思。老方丈见此情形，也就只得与大众同一主张，随即向众和尚说道："我为昭庆寺的方丈，自然巴不得有人愿去当此重任。监寺的话，果是不错，原不是由我们逼迫他出来的，他自己情愿去，必非偶然。不过此刻相差期限仅有半个多月了，须得从速动身才好，不能再耽搁了。"苦行头陀笑道："我终日没事做，有什么耽搁？"众和尚看了苦行头陀那龌龊不堪的样子说道："这番去北京和活佛比赛神通的事，非同小可。路途太远，期限太促，只要我昭庆寺有人前去，便逾期若干天，也没要紧。但是去的人，仪表不能不庄严一点。这位师傅愿去，好是再好没有的了，就只服装得更换更换，也是我昭庆寺的颜面，万不能就是这种模样前去。"老方丈道："那是自然，尽一日之内，务将服装及应用各物，完全办好。有来不及买办的，可由大众帮助他，赠送他几件。"众和尚倒都愿意。凡事众擎易举，哪须一日，顷刻之间，大家便凑合完全了。也有赠袈裟的，也有赠毗卢的，凡是大和尚应有的装饰，都无不完备。并有几个好事的，逼着苦行头陀熏香沐浴，替他打扮。

他在昭庆寺搭单许久了，从来没有铺盖、被褥可以安睡，此时已由众和尚赠送了一套被褥。在未成行以前，且收拾一间房给他住，问他安排何日动身，他说要动身就动身。监寺僧曾当众说过祖饯，不好意思不践言，只得办了几席斋供，为这头陀饯行。这头陀饱吃了一顿，吃尽了十几个人的东西。吃饱之后，连谢也不道一句，拍了拍肚皮，自回房睡觉去了。接连睡了三日，也不起床，也不说什么，好像忘记了去北京的事一般。执事和尚去叫唤他，叫也叫不醒，推也推不醒。推到后来，他倒气愤愤的坐起来，骂道："我自到昭庆寺，不曾好好的睡一觉，于今我就要到北京去，替你们昭庆寺争场面，临行图一觉安睡，都忍心把我吵醒吗？"执事和尚道："你既要去北京，到今日还不动身前去，只在这里睡觉，眨眨眼就到期了，拿什么人和活佛比赛呢？"这头陀仍是盛气相向道："要你们管我这些事干什么？我既当众答应了去，你们就管不着我了。你们怕到了期没人和活佛比赛，却为什么不自己早些动身前去呢？"执事和尚平日都是欺负这头陀惯了的，一时如何甘受他这般言语、这般嘴脸，遂也动怒骂道："我们早已料到你愿去北京是假的，不过想借此骗些衣服行头罢了。衣服行头既到了手，自然可以不问去北京的事了。你当众说，要动身就动身，若不是只图骗衣服行头到手，为什么还只管挺尸呢？"

这头陀听了，气得无言可答，连忙跳下床来，脱去新穿的衣服，仍将他原有的破烂衣服穿了。所有众和尚凑合赠送的东西，一股脑儿卷起来退还给众和尚，道："你们以为我是骗取衣服行头的，罢罢罢！你们各自收回去吧，我原是不要这些东西的，只因懒得和你们费唇舌，听凭你们摆布。谁知你们就存心以为我得了你们的东西，便应该受你们的管束，连觉都不许我睡。我于今还了你们，看你们再有什么话说？我对老方丈答应了去，始终不曾改悔，到了要去的时候，我还是前去。"当时众和尚也有用好言劝慰他不用生气的，他只是不理。于是大家都疑心他当初自言愿去，是有意寻众人开心。今见大家认真叫他去，就不能不后悔了，只得借故生气，把行头退还给人，好卸责任。大家既疑心苦行头陀是这般行径，也唯有长叹一声，什么话都用不着说了。

老方丈和一班执事的和尚，见连这一个愿去的都无端变了卦，若到时推不出一个能去的人来，昭庆寺的面子，怎么下得去呢？因此大家只急得愁眉不展，终日集聚在一块计议，却议不出一点儿方法来。

又过了几日，隔限期更近了。明知道此时就有人能去，也来不及如期赶到北京了，大家才索性不着急了。存心屈服密教的，准备改变修持的途径，从此信奉密教；不甘愿屈服的，准备此后还俗，形势倒觉比初时安静了。看这位苦行头陀，仍旧日夜在寺后房檐下，破蒲团上打坐，就像没有这回事的一样。大家既认定他是有意寻开心的，也就不愿意再睬理他了。直到圣旨限期的这一日，老方丈清早起来，正率领了满寺僧人，在大殿上做佛事，忽见这位苦行头陀，一手提着那只破烂蒲团，从容走到大殿上来，向老方丈笑道："我此刻便要动身到北京去了，老方丈有甚言语吩咐没有？"老方丈满肚皮不畅快说道："此刻去有何用处？你还是去后檐下打坐吧！好在我们都已各有准备了，请你不必再向我们寻开心。"苦行头陀正色答道："罪过，罪过！你们各有什么准备？准备入三恶道、堕十八地狱罢了！阿弥陀佛，起心动念，都是罪过。"说罢，将手中蒲团向佛座前面铺下，神气极诚虔的拜了几拜。

他自到昭庆寺以来，这是第一次拜佛，平时不曾见他拜过佛，也不曾听他念过经，连"阿弥陀佛"四字，前后都只听他念过四次。老方丈见他这时忽然虔诚礼拜佛像，倒觉有些稀罕。满寺的僧人，也都不由得肃然起敬。他礼拜了佛像起来，仍提了那蒲团在手，步出大殿，并不见他身体如何用力，即已冉冉凌空，直上天际。满寺僧人和老方丈见了，这才知道这苦行头陀，真有不可思议的神通，禁不住一个个都跪倒在殿上，朝空礼拜。只见那头陀在半空中云环雾绕，瞬眼就看不见了。老方丈和满寺僧人都认为真正活佛降临，交相庆幸。唯有知客、监寺和一班曾经欺负过这头陀的，心中惴惴不安，唯恐有受罪责的时候。其实这头陀何尝有心和他计较？何况种种欺负也都是夙孽，不过他们这些和尚没有神通，不能真知灼见罢了。

且说限期将近的这几日，西藏活佛随时派人在各处打听，看是由哪一省哪一个丛林中，选举了有神通的和尚进京？直打听到限期满的这日，还不见有一个和尚来。并且连许多原在北京的大和尚，都被那一道圣旨，吓得借着赴南京会议，出京不敢回来了。西藏活佛好不高兴，以为若有人尚敢来比赛，这几日也应该来京报到了，就在今日满限，还不见有报到的和尚来，逆料是决没人敢来的了。活佛趾高气昂的上朝，向乾隆皇帝说道："我早知道全国的和尚，没一个有神通敢来和我比赛的，陛下那时尚不甚相信，以为是我言之过甚。今日是三个月满限的一日，若国内有一个有神通敢来比赛，早已应来京报到了，直到此刻没有。陛下可知我前次所说，国内的和尚是国家的败类，佛教的罪人，那话确不是冤诬他们的了。"

乾隆皇帝心里也实在觉得很诧异，暗想：难道通国数百万和尚当中，真没有一个有神通，敢来比赛的吗？那些和尚也果然太不中用了。勒令他们还俗，或改修密教，都是应该的，不亏了他们。乾隆皇帝刚这么思量着，还不曾说出什么话来，忽听得殿下有人惊诧的声音。皇帝临朝，朝堂之上是何等森严的地方，是何等肃静的时候，岂容有庞杂的声音发现！乾隆本是一个极英明、极能干的皇帝，随着那发声的所在看去，只见远远的阶基底下，盘膝端坐着一个科头赤足的头陀。满朝的文武百僚，不但没人看见那头陀从何处走来，并没人知道是何时坐在那里的，偶然被立在近处的一个官员看见了。禁卫森严的朝堂上，竟发现了这样形容古怪、衣衫褴褛的和尚，并且目中无人的样子，端坐在御前十步之内，怎能不十分惊诧呢？

乾隆皇帝一见这头陀，便料知必有些来历，亲口问和尚从哪里来的。这头陀发声如洪钟的答道："贫僧是陕西终南山昭庆寺的慧猛头陀，由全国各大丛林选举贫僧前来北京应诏，所以如期到此地等候。"皇帝又问道："你既是全国各大丛林选举你来的，为什么不早行呈奏？直到此刻才突如其来呢？"这头陀的法名叫慧猛，在昭庆寺搭单两个多月，竟没人知道，可见一班僧人，都轻视他到极点了。此时由他当面向乾隆皇帝说出来，外人方知道他叫慧猛头陀。慧猛头陀见皇帝这么问他，便答道："贫僧因限期在今日，所以今日才从昭庆寺动身，来不及早行呈奏。"乾隆皇帝听说今日才从昭庆寺动身的话，觉得荒谬，立时露出不高兴的脸色说道："今日才从终南山昭庆寺动身，就到了这里么，是走哪一条路来的？"慧猛头陀从容答道："贫僧岂肯诳语，是走云路来的。"

乾隆皇帝究竟是个很精明的人，心想正在临朝的时候，禁卫何等森严！像这样形容古怪、衣服褴褛的和尚，如何会许他走进这里面来呢？一个人不曾察觉，他就阶基石上盘膝端坐，可见他所说从云路来的这句话，不为虚假。并且若非腾云驾雾，从终南山到北京，又岂能当日便可走到？遂故意问慧猛头陀道："全国各大丛林是选举你，前来与活佛比赛神通的，你有何神通，敢与活佛比赛呢？"慧猛头陀道："贫僧没有神通，只会坐禅。什么活佛的神通在哪里？请先使出来给贫僧看看。"

皇帝听了，就向活佛问："有什么神通可使出来么？"活佛说："我能知三世。"当下便将在朝文武大官的三世情形，说了几个。说完了，即问慧猛头陀有这种神通没有。慧猛头陀道："你既能知这些文武官员的三世，也能知我的三世么，请你说出来何如？"活佛闭目坐着，和入定相似的坐了一会儿，张眼摇头说道："看你也能知道我的三世么？"慧猛笑道："这有何难？不过在这大庭广众之中，说出来有些难为情罢了。"

活佛还没开口，皇帝已说道："知道便说，有什么难为情？"慧猛头陀对活佛道："佛门弟子仅知三世，算什么神通？贫僧坐的这个蒲团，尚且能知三世。请你下来，在这蒲团上坐坐，便知端底了。"旋说旋立起身，将蒲团让出来，指点活佛下来坐。活佛见了，似乎不甚情愿的样子。慧猛头陀接连催促道："贫僧日夜坐着的蒲团，坐坐有何要紧？"

皇帝不知道这蒲团有什么奇妙之处，也想看一个究竟，便也跟着催促活佛道："一个稻草编成的破旧蒲团，有什么知觉，如何能知道人的三世？即算有妖邪凭附，果有知道三世的神通，且看他一没有咽喉，二没有口舌，又如何能如活佛一样，将人三世的情形说出来呢？这慧猛头陀既请活佛去坐，活佛何妨就下去坐给他看，不然，他倒有得借口了。"

活佛沉吟不决似的，半晌不肯起身。因为有皇帝这一番话，被逼得无可推诿，只得勉强振作起勇气，走下殿来。将蒲团仔细端详了一阵，好像已看出，没有什么可怕的道理，毅然决然双手搊起僧袍，也是盘膝坐了下去。哈哈！真假就在这上面分了。活佛的身体才往这蒲团上一坐，脸上便登时变了颜色，打算跳起来逃走。这时慧猛头陀立在旁边，如何肯放他就这么逃走呢？随用手向活佛一指，说道："坐还没坐下，就起来，蒲团怎能知道你的三世？"慧猛头陀虽只口里说这么一句，手是这么一指，活佛立刻如堕入冰天雪窟之中，熬不住那严酷寒冷的一般，浑身上下只抖个不住。

满朝廷的文武百僚和乾隆皇帝，都听得活佛的三十六颗牙齿，抖得咯咯的响。活佛的身躯本来很是高大，平日行止起坐都很沉着镇静，此时一坐在蒲团上，就仿佛筛糠一般的簸摆。文武百僚看了这般怪形象，一个个忍不住匿笑。活佛在这簸摆不停的时候，口里还发声念诵，大约诵的是一种咒语，只是越簸摆越厉害，便越念诵越不成声。

皇帝看了这种情形，也知道活佛的神通，远不及慧猛头陀了。料知活佛此时坐在蒲团上，必是痛苦得难受极了，正想叫活佛认输，不用再比赛了。只见慧猛头陀又伸手向活佛一指，说道："还不将前世孽报之身，显出来给皇上看看，更待何时？"

这话一说出，活佛便应声倒地，只在蒲团上滚了一滚。再看时，哪里还有什么活佛呢？蒲团上面躺着的，分明是一只极肥大的黄鼠狼，两眼尚睁开来，灼灼向皇帝及文武百僚乱望。满朝廷的人刚看了个明白，一转眼又不见黄鼠狼了，仍是活佛倒在地下。慧猛头陀合掌念了声阿弥陀佛，说道："陛下所见的黄鼠狼，就是这活佛前世孽报之身。今世因有毁僧谤法的大罪孽，来世应堕三恶道，贫僧不忍将他的结果显出来。"说罢，双手将活佛引援起来，离开了这蒲团。佛法真是无边无量，活佛一离这蒲团，即时又回复了原状，不过满面露出羞惭之态，自走下殿去。慧猛头陀顷刻也不停留，乘文武百僚都注目在活佛身上的时候，施展出广大神通来，提起蒲团，一霎时仍回到昭庆寺。

寺里自慧猛头陀腾云驾雾走后，老方丈立刻派遣了几个和尚，动身到北京去。一则打听与活佛如何比赛，究竟胜负如何？二则若是慧猛头陀胜了，派去的人好迎接慧猛回昭庆寺来。老方丈并召集满寺僧人商议，等慧猛得胜回来，自愿让慧猛做大方丈，连应该如何迎接的仪式，都商议停当了。以为至快也得十天半月，方能回来，谁能料到当日就回来了呢？

慧猛头陀回昭庆寺后，也不见老方丈，也不和满寺的僧人会面，依旧与平日一般，在房檐墙根下，就破蒲团打坐。满寺的僧人都轻易不到寺后去的，唯有那个每日送饭给慧猛头陀吃的小沙弥，就在这日下午，无意中走到寺后去了，一眼看见他老人家，还坐在破蒲团上打盹，好像一步也不曾走动的一样，不禁吃了一吓。连忙走近前，问道："师傅怎么还是坐在这里呢，什么时候回来的？"慧猛头陀半晌不作理会，就和打盹没听得似的。小沙弥问了几遍，才睁眼气愤愤的说道："你倒问我什么时候回来的，我还没问你什么时候回来的呢？"小沙弥越觉得诧异，说道："我又不曾到哪里去，为什么要问我什么时候回来的呢？"慧猛头陀道："你既是不曾到哪里去，怎的今天又不送饭给我吃呢？我一时半刻也不曾离开这里，你倒问我什么时候回来的，不是奇了吗？"

小沙弥道："这真是奇事！满寺的人都说师傅腾云驾雾到北京去了，只我不在殿上，不曾看见师傅动身。师傅去后，当家师还选派了几个人跟到北京去了。我并亲自听得他们大家商议，等师傅回来，就推师傅当大方丈呢！"慧猛头陀笑道："哪有这回事？你说出来的话，我一点儿不懂。我当日答应到北京去，原不过说着玩的，谁肯真个去呢？于今这寺里也住不得了，时常一连几日没一点东西给我吃，我在这里挨饿也挨够了，还是往别处去的好。"小沙弥道："师傅此后当了这寺里的大方丈，还愁有挨饿的时候吗？师傅现在虽说坐在这里，一时半刻也不曾离开，但是他们都说，看见师傅动身到北京去了。我于今就去禀报当家师，我包管他们一定要到这里来迎接师傅的。"慧猛头陀尚没回答，小沙弥已跑到老方丈跟前，将无意中在寺后看见慧猛头陀，并问答的情形说了。

老方丈听了，心里十分疑惑，当下率领了几个寺内执事的和尚，到寺后来迎接慧猛头陀。只是走到那墙根下，哪里见他老人家的踪影呢？叫小沙弥过来问，小沙弥到这时也说不出一个所以然来，只呆呆的望着慧猛头陀打坐的地方发怔。监寺僧怪小沙弥造谣，伸手就打了小沙弥两个嘴巴，只打得小沙弥两脸通红，老方丈也骂了小沙弥几句，又率领那些和尚去了。只留了小沙弥一个人立在墙根下，懊恨自己蒙了不白之冤，无处申诉。正双手摸抚着被挨打的所在哭泣，忽见慧猛头陀从墙角那边转了出来，一面缓缓的走着，一面提起裤头往腰里系扎。

小沙弥见了生气，问道："害我挨打，偏巧在这时候，跑到哪里去了呢？"慧猛头陀道："我刚起身到那边小解，这里有谁打你，你为什么不叫我一声呢？"小沙弥道："我若知道师傅就在那边小解，又怎么会挨打呢？咦！师傅到那边小解，怎的连蒲团都带去了？"慧猛头陀向墙根下一指，笑道："这不是蒲团是什么，谁带着蒲团去小解？"小沙弥低头看墙根下，那破蒲团果然不曾移动，不过上面糊满了泥垢，和墙根下的土色一般无二，胡乱一眼望去，看不出蒲团来。小沙弥只好自认晦气，不能归咎慧猛头陀不应该小解。

慧猛头陀弯腰将蒲团提起来，笑道："我不愿在这里挨饿了，往各处化缘去。"说罢要走。这小沙弥极老实极笨，寺里和尚叫他向东，他不敢向西，叫他坐着，他便不敢立着的。此时不知怎的，心里忽然灵活起来，觉得慧猛头陀是个有神通的和尚，自己若能跟着他同往各处化缘，必能得着不少的益处。终南山昭庆寺徒负盛名，其实满寺都是些恶俗不堪的和尚，非自己安身立命之所。这念头一起，便绝不踌躇，即时向慧猛头陀跪下，说道："师傅不愿意在这里挨饿，我也多久不愿意在这里日挨打、夜挨骂了。师傅往各处化缘，带我同去吧，我情愿从此每日募化了供给师傅。"

慧猛头陀连连摇手道："使不得，使不得！我独自一个人，尚且嫌累赘了，如何能加上你跟着。"小沙弥道："我募化了给师傅吃，又不要师傅募化了给我吃，师傅为什么怕累赘呢？师傅在昭庆寺也有三个月了，还不知道他们凶恶的情形吗？他们对师傅，尚且要打就打，要骂就骂，待我更是不拿我当人了。即如刚才不见了师傅，我立在他们背后，离这墙根远了些，看不见墙根下面有没有蒲团；他们立在近处的应该看见，看见了蒲团，就应该知道师傅在这里，何至不由分说的，就将我的脸打得肿起来呢？我受他们的打，也实在受得够了。无论如何，得求师傅慈悲，带我同走。"

慧猛头陀道："这都是孽报，随便跑到什么所在，是躲避不了的。我看你还是安心在这里顺受吧，自有苦尽甘来的日子在后头。你有送饭给我吃的功德，我等到你在这里的孽报将了的时候，再来引你往别处去，此刻万不能带你同走。你须记取刚才是因多言招辱，此后不可多言。"小沙弥见慧猛头陀不肯带他同走，连叩了几个头，正要再三恳求，只是抬起头来一看，已不知慧猛头陀一瞬眼又到哪里去了。急急的爬起来，四处找寻了一会儿，竟是毫无踪影。因心里记着此后不可多言的吩咐，便不肯再将与慧猛头陀会面及谈话的情形，向同寺的僧人说了。

昭庆寺的寺产很富，寺里的金银以及贵重物品，因之也很充足。经管财产的和尚，恐怕有窃贼来转念头，就养了几条恶狗，白天用铁链锁着，不许见人，夜间才放了出来，分守昭庆寺的左右前后。每日三餐送饭给狗吃的事务，从来是小沙弥担任的。经管寺中伙食的和尚异常吝啬，生性又极凶狠，每餐喂狗的饭，都是定数的颗粒，不能多给。若是这次多给了一撮饭，被经管伙食的和尚看见了，小沙弥便得挨一顿暴栗，光头上几日不得消肿止痛。便是极轻恕的这一遭，也得受一顿臭骂。小沙弥因多给狗吃了受罪责，自然害怕不敢给狗吃饱。然狗每餐不能吃饱，一则叫唤不宁，二则那些狗因吃得不饱，身体都一日瘦弱一日了。经管伙食的又怪小沙弥喂养得不好，也是非打即骂。

小沙弥在昭庆寺的境遇，有如此苦恼，所以情愿跟慧猛头陀同往各处募化度日。慧猛头陀既执意不肯，并说了等到在昭庆寺孽报已将受了的时候，便来引他往别处去的话，只得耐着性子，继续过度那苦恼的日月，朝打暮骂的又过了半年。

这日小沙弥分送了饭给那些狗吃，其中有两条狗大约是病了，在平日吃了嫌不够的饭，这日却只吃了一半就不吃了。小沙弥见这两条狗不将饭吃尽，急得什么似的，双手捧起那盛饭的瓦钵，凑近狗嘴教狗吃。狗吃饭难道还存着些客气？若是吃得下，自然早已吃光了。吃不下而至于剩下来，休说凑近他嘴边不肯吃，便是拨开狗嘴灌下去，也是做不到的事。瓦钵捧到狗嘴边，那狗已将头偏过那方去了。

小沙弥正捧着瓦钵徬徨无计的时候，忽听得有脚步声缓缓的由远而近。小沙弥听惯了那脚声，知道就是那经管伙食的和尚。心里思量，这剩下来的两半瓦钵残狗饭，一落到那和尚的眼里，一顿恶打又是免不了的。平日吓虚了心的人，这时一害怕，就只图如何可以灭迹，不使那和尚看见，免此一顿恶打，除此以外，什么也不能顾虑了。这两个半钵狗饭，如何才能消减，不使那和尚看见呢？小沙弥原是个生性极笨拙的人，一时情急起来，仅想到了吃下自己肚里去的一个妙法。一想到了这个妙法，也来不及转念这狗吃不尽的饭是腌脏的，吃下肚里去要难过的，就急急忙忙的一阵乱抓，霎时间将两个半钵饭都塞进了肚皮。但是狗饭已塞进了肚皮，再听那和尚的脚声，不知怎的并没有走到喂狗的所在来，已不再听得那声息了。

小沙弥走出来看了一看没人，心里才后悔，不该鲁莽吃下肚里去。一有了这后悔的念头，立时就想到狗饭是腌脏的了，哪里按捺得住，哇的一声，把吃下去的都呕了出来。呕过之后，似乎心里好了一点儿；然接着想到狗嘴是吃屎的，又觉得恶心起来，越恶心越朝腌脏的这方面想去。呕了又呕，呕得肚里一无所有了，并用清水不断的漱口。只是尽管呕尽管漱，心里之作恶难过，仍是有加无已，就是干净饭菜，也不能吃下去。吃下去，只一涉想到狗身上，就不由得不呕吐狼藉。

如是吃一次，呕一次，漱一次口，直闹了三昼夜，连睡也不能安贴。到第三夜，实在闹得精疲力竭了。肚里空空的，饥饿难忍。然因三日所吃的饭，每次都得将肚皮呕痛，尚觉不舒服，虽是饥饿难忍，也不敢再吃饭了。夜深独自一个，睡也睡不着，坐又坐不安，简直和失心疯的一样，闹到天色快要亮了，小沙弥心里忽然作念道：我若早知道那两个半钵饭吃下去，有这么难过，何妨送给他们打一顿的爽快呢？于今那饭已吃下肚去三日三夜了，呕吐又已呕吐得干净了，而心中的作恶，比初吃下去时更厉害，像这样的日子，怎样能再过下去呢？倒不如死了，免得再受这些罪。死的念头一动，就觉死法以悬梁为好。悬梁的所在，以厕所为好，因天光还不曾大亮，厕所里必没有人，不至被人解救。当即寻了一条绳索，直走到厕所里，借着朦胧晓色，寻觅可以悬挂绳索的所在。粪坑中一股一股的臭气，直冲进鼻孔，心里不知不觉的陡然转了一念道：这寺里二三百个和尚，饮食有吃得很精美的，有吃得很粗恶的，然不论精美粗恶，只一咽下了喉咙，都一般的变成了这种臭屎。可见食物的精粗美恶，都不过是两只眼睛作怪，下咽喉之后，有什么分别？我只为吃了些狗吃剩的饭，哪里就值得寻死？既是下喉以后毫无分别，则吃饭与吃屎，分别也只在眼睛上。我于今偏要抓些屎吃下去，看究竟又有什么难过？想罢，将手中绳索掼了，就弯腰从粪坑中连抓了几把屎吃下，立起身来，不禁仰天大笑。

原来小沙弥此时顿觉心境开朗，业已大彻大悟了！大踏步从厕所里走出来，忽见迎面走来一人。

这人是谁，下回分解。

第十回

抠衣尝试失足深潭
信口夸张争功狭路

话说小沙弥走出厕所，忽见迎面有一人走来，定睛看时，正是慧猛头陀。手中仍是提了那个破蒲团，笑容满面的迎着小沙弥说道："你此刻可以跟着我往各处化缘了。"小沙弥连忙跪下叩头，从此便跟着慧猛头陀走了。

性清头陀转述到此，忽望着何寿山问道："你知道那个小沙弥是谁么？"何寿山正听得出神，被这突然一问怔住了，半晌才答道："晚辈不曾到过陕西，而对于方外的人物知道得更少，不知是哪一位？"性清头陀指着他自己的鼻端笑道："这小沙弥吃屎，便是老僧当日拜师的故事。你所见这个木龛中的蒲团，也就是那个能使活佛现原形的蒲团。我师傅生平只收了老僧和陈广德两个徒弟，因陈广德受的是居士戒，所以至今不曾落发。他自皈依以来，做的功德极多，天龙八部都以真人相称，升天只是指顾间事。他未了的尘缘，便是这眼前的一些儿小事，也就是你们建功立业的机缘。"

何寿山听了这些不伦不类的话，也莫名其妙，不知应怎生回答。但是听了慧猛头陀那段故事，不知不觉的对性清头陀，发生一种极信仰的心。他初到弥勒院来的时候，因陈广德和性清头陀，都教李旷从魏介诚学习武艺，而论起班辈来，他又得称魏介诚为师叔。李旷原是他的徒弟，是这么一来，不但自己徒弟被魏介诚夺了去，自己反和李旷，变成平班辈的师兄弟了。他口里说不出什么，心里委实有些不甘愿，暗自打算将李旷在弥勒院安顿好了，他独自仍带了那一包裹贵重物品，回四川暂住些时。等到李旷已经成立了，武艺也练得有些能耐了，才把这包贵重物品送给李旷。至于报复刘达三的事，听凭李旷自作主张。李旷身边没有钱财，就是陈广德、魏介诚一班人万一不怀好意，素无仇怨的人，当不至谋害李旷的性命。及听得性清头陀叙述破蒲团的来历，心里便不由得为之转移了。心想：陈广德的年纪，计算起来已是一百多岁了，在几十年前入山修道，而与这性清头陀同门，可见这性清头陀的年纪，也是异常高大了，这种异人岂寻常人所容易遇着？我若没福遇见就罢了，既是在此地遇着，而又确知道了他的来历，岂可当面错过，身入宝山，一无所获？于今陈广德和性清头陀，都叫我与李旷在此地住下，我何妨就此住下来。他们若是谋财的，也不待此时此地，才重新下手。

何寿山主意打定了，便带着李旷在弥勒院住下来。性清头陀终日只拜佛、烧香、打坐三件事，余事都不过问。院中还有好几个和尚，年龄、形象不一，也有少年，也有中年，也有老年。只是不似平常寺院里的规矩，从早至晚，众僧人并不齐集佛殿做功课，仿佛各人都不相闻问、不相联络的样子。在厨房里安排伙食的，是两个形似山西大汉的人，年纪都只三十多岁，不曾落发。

寺中上下约有二十多口人，仅性清头陀个人吃素，以外多是荤酒不禁，并且白昼在院中的人很少，入夜才各自归院歇宿。安排伙食的两个大汉，却终日在厨房里，轻易不出庙门。寺中人饮食的水，就取给于山门外瀑布之下，两个大汉都不去门外挑取，每日用水二十石，全由张必成早起，挑到院后四口大水缸中盛贮。洒扫佛殿、撞钟擂鼓，也由张必成按时办理，何寿山也看不出这弥勒院的性质来。

师徒二人连住了几日，因魏介诚不曾回来，性清头陀不过问拜佛、烧香、打坐以外的事，何寿山、李旷也都无事可做。

这日李旷早起，独自到山门外闲走，正遇着张必成担着一担水桶，从里面出来挑水。只见张必成从岸上走下潭去，两脚在水面上行走了十来步，立在潭中间，才弯腰用水桶取水。挑着两满桶水，仍回身一步一步走上岸来，不觉吃了一惊。看张必成的两脚，虽是赤着未穿鞋袜，然只湿了脚底板半寸多高，脚背并不曾打湿。李旷相从何寿山，也练过了些时的武艺，眼光究竟与寻常人不同。心想：在水面上行走，已是极难能的事，何况走到潭中间立住脚，弯腰挑起一担水来，仍回身一步一步走上岸呢？等张必成走进山门，即忙走到岸边，向水中细看。果被他看出潭里离水面半寸来深，竖了一道木桩，每个木桩相隔，恰好一步远近。原来张必成脚踏

98

在木桩上，所以能直走到潭中间住脚。

这情形看到眼里，他不由暗自寻思道："这样在木桩上行走，便算不得什么稀罕了！我一般的长着两条腿，不见得便不能走；不过他肩上还挑着一担水，比我空着手走得难些，然我只要练习几天，就不怕赶不上他了。"李旷是个生性很顽强的青年，从何寿山虽不曾练得惊人的武艺，然因他身体本来生得灵巧，性质又与练武相近，所以一看见潭中竖的木桩，登时就把他好胜的心思冲动了。年轻人处事，每是思前不虑后的。潭里的木桩，只从岸边竖到潭心为止，从潭心到对岸，是没有木桩的。

李旷只图趁这时张必成已挑水进弥勒院去了，外面没有人，在木桩上偷着试走一遍，绝不虑及有没有危险。又恐怕院里有人出来看了见笑，来不及的把衣撩起，也把他那初练不久的气功提运起来，只用两只脚的大指尖，落在木桩上面。虽觉木桩有些摇晃，然因提换得快，着落得轻，竟被他几步走到木桩尽头的一个了。若是一路木桩直走过潭那边去，倒没要紧。无奈走到半途，忽然没有木桩了，不能提换，要将身体停住，却有些为难。立脚的这桩，身体一停，即摇荡个不住，待折回身来，哪里支持得住？加以李旷不识水性，到了这时候，不由得不心虚胆怯，心里一害怕，益发不能保持身体的重心了，才叫了一声不好，身体已倒下潭里去了。

不识水性的人，一落水便慌了手脚。本来人的身体，在水里也只要能保得住不失重心，是没有浮不起的。无奈不懂得这道理的人，以为下水必沉，沉便没了性命，不是手脚乱动，想捞住什么东西；便是想脚踏实地，极力将两腿在水中乱搅。似这般一失了重心，就无不应《西游记》上猪八戒所说"我师傅姓陈，如今沉到底了"的那句话了。

李旷既不识水性，一落下水去，自然也免不了这手慌脚乱的毛病。手捞不着可以攀拉的东西，脚也踏不到潭底，只几口水就把李旷呛得浑身无力，不由自主了，只得瞑目待死。

正在这危急万分，生死系乎俄顷的时候，忽觉顶心发被人抓住，轻轻向上一浮，即出了水面。耳里便听得有带笑的声音说道："好小子，胆量确是不小！"李旷心里明白，知道身体已到了岸上，不过不知道究竟如何一出水，就到岸上来了的。张眼看时，只见一个身材瘦小、形似书生的人，笑容满面的立在旁边，两眼正望着他，表示一种很高兴的神气。

李旷看这书生的衣服鲜洁，两脚丝鞋白袜，一点儿不曾沾泥带水，心里已很疑惑怎的下水救人，自己脚上不沾一点儿泥水？以为不止这书生一个，忙举眼向四处一望，果然还有一个光头颅、白胡须的老和尚，风神潇洒的立在前面树林之中。原来李旷此时所坐的地方，已距离那深潭四五丈远近了，白胡须老和尚，更在离李旷四五丈的树林里，益发把李旷弄得不明白了。这书生忽凑近耳边问道："怎么样？喝到肚里去的水不多么，头顶上不觉得痛么？"李旷道："只呛了两口水，就不知不觉的到了这里。头顶上仿佛有人抓了一把，痛倒不痛。"书生笑道："你如今知道是什么东西，抓了你一把么？"李旷不是个糊涂小孩，自己落水遇救，身旁除书生外没有他人，老和尚立在远远的树林里，神闲气静，不像是曾出力救人的，当然知道救自己的必是书生。见书生这么问，便就地叩了一个头道："若不蒙相公凑巧在这时候前来相救，我此刻早已没命了。"书生哈哈大笑道："你称我相公，可是错了！休说我不是相公，就是相公，你也称不得。我便是魏介诚，祖师不许我收徒弟，却叫我传授你的武艺。你马马虎虎的称我一声师叔吧！江湖上的行辈，从来是不能不认真，又不能认真的。我问你，你才到这里没几日，为什么这么早起来，胡乱向那些木桩上去跑呢，谁教你是那样跑的？"

李旷听得就是魏介诚，连忙爬起来重新叩拜道："正每日盼望师叔的大驾回来。小侄荒谬无状，并没人教小侄是那样胡跑的。只因今早起来，在这山门外闲步。无意中见张必成大哥挑水，觉得他挑着一担水在水面上行走，甚是奇怪，乘张大哥挑水进院里去了的时候，到潭边细看，看出水中的木桩来。当时只道有木桩垫脚，行走不是难事。并且肩上没挑着水，也应该容易些。谁知毕竟是张大哥的本领了得，小侄不知自量，若非师叔不先不后的回来，连性命都断送了。"魏介诚打着哈哈道："原来如此，这就冤枉极了。你知道你此刻的功夫，已在张必成之上么？"李旷道："你老人家这话，是有意打趣我。张大哥是何等功夫，我再练三年五载，还不知赶得上赶不上？"魏介诚问道："你何以见得张必成的功夫比你高？"李旷道："这不是显而易见的事吗？他肩上挑一担水，能在木桩上走来走去，毫不吃力。我空着手倒险些把命送了。你老人家反说我的功夫在他之上，不是有意打趣我吗？"魏介诚道："你就是从这一点，看出他的本领比你高么？你要知道挑了一担水走，比空着手走的容易十倍。你才到这里，还不曾练习，便能空手走到木桩尽头的一个，可见你的身体生成灵便，而何寿山传授你入门的道路，也还没有差错。"

李旷听了，仍不明白这道理，问："何以挑一担水走，倒比空着手走得容易些？"魏介诚道："你见过走索的么？"李旷道："在南京的时候曾见过的。"魏介诚道："走索的不能空手，必须用竹竿挑一对砂袋，就是这个道理。这木桩在水中是摇动的，脚尖踏在上面，极容易偏倒。你可曾留心看张必成去挑水的时候，两手是如何的情形么？"李旷想了一想答道："仿佛记得他两手分开，牢握着桶索，不住的一上一下地动。"魏介诚点头道："不错！那么一上一下的动，就是为身体或偏左或偏右的缘故。身体将向右边倒，只须左手略低，右手略高，两边的轻重就平均了。向左边倒，便右手低，左手高。你若懂得这道理，刚才只须张开两条臂膊，走到尽头的那个木桩上，使一个鹞子转身的架势，便已安安稳稳的掉转身来，毫不费事复走上岸。我刚从前面树林里出来，就见你两手掳起衣服，和平常踏水过河的一样，一步急似一步的走将过去。走到尽头不趁势翻身，反停住脚做出踌躇的样子，两臂膊仍紧紧的把衣掳起，不向左右张开来，如何能不跌倒呢？我因相隔在十多丈以外，你又一点水性不懂得，已来不及等我下水相救，只得趁你的头顶，还不曾没入水中的时候，发出飞爪来，将你的顶心发抓住。幸亏你的身体不重，所以用飞爪从水中把你提到这里。你头顶还不觉痛？"

李旷至此才知道，自己一出水就到了这里，是被飞爪救起来的缘故。正待向魏介诚要看那飞爪是何种模样，还没有开口，只见何寿山从里面走了出来，遂把话题打断了。

何寿山一见魏介诚在山门外，连忙趋前行礼，忽一眼又看见树林中的老和尚了，脱口叫了声哎哟道："那不是四川峨眉山的惠清老法师吗？"魏介诚道："你已不在四川多年了，怎么认识老法师的？"何寿山笑道："当今我们圈子里头的好汉，能时常在江湖上做些惊人事业的，有几个不曾受过老法师的指教！光阴易逝，我不见老法师已十年了，他老人家的容颜风采，还是和往日一般，一些儿没有衰老。"说话时，惠清和尚已笑逐颜开的走过来，何寿山即上前叩拜。惠清和尚合手躬身答礼道："倒很难得在这里遇见你，老僧听说你到这里来了，甚是高兴。广德真人将来出世做事，你是一个好帮手。老僧有几个小徒在这里，你都会过面了？"何寿山道："我因为才到这里不久，魏师叔又不在此，没有先容的人，所以都还不曾会过面。"惠清和尚点头道:"老僧到了此地,你们从此可以常在一块儿,同心协力辅助广德真人做一番事业。"何寿山口里连连应是,心里却并不明了广德真人有何事业可做,须多少人辅助。当下也不敢盘问,四人一同进弥勒院。

李旷自去里面更换身上湿透了的衣服,何寿山跟着惠清和尚、魏介诚,径到秃头陀那里。只见惠清和尚,向秃头陀合掌称谢道:"小徒胆大妄为,若非大和尚盛情关顾,有劳魏贤弟远道相救,事情还不知要糟到什么地步!"秃头陀也合掌笑道:"都是自家人,不用说得这般客气。事情究竟怎样了,他们小兄弟都已平安回来了么?"说着,让惠清就坐,魏、何二人也都就下首坐了。惠清答道:"托大和尚的鸿福,魏贤弟赶去得快,小徒虽有几个受伤的,幸无大碍,好在行李箱笼都已得过来了。"

秃头陀道:"只要行李都到了手,轻微的伤痕,不须几日就治好了。他们派人来送信的时候,我也不知道究竟是如何的情形?魏介诚又不在这里,我只好教张必成去给魏介诚通知。后来知道魏介诚即刻动身去了,我心里总觉得有些放不下。因为他们小兄弟,能为也都过得去,从来打发他们去外面做事,都做得很顺手,这回怎的会如此不济?想必是对手来得太硬。魏介诚毕竟能否马到成功,太没有把握。我叫张必成去通知魏介诚的时候,原是要魏介诚向他师傅请示过再去的。张必成回来说,他并未曾回头去见他师傅,一得这消息,就喜滋滋的跑了,连他师傅在先一日,打发他去邀何寿山师徒到弥勒院来的事,都搁在一旁不过问了。我见他这般轻躁,不由得更不放心了。"

魏介诚很高兴的笑道:"这回幸亏我赶去得快,不然真要把惠清老法师急坏了。这回的事,说起来好笑,他们何尝是在那里做事,分明是各人想逞各人的能为罢了!因为各人想逞各人的能为,事成则两不相让,事败则两不相救,所以弄到后来,不能不派人到这里来求助。"秃头陀现出诧异的神气问道:"这话怎么讲?大家都是同门的兄弟,如何会弄出这种情形来,这倒是于大事有妨碍的。"魏介诚道:"惠清老法师就为这个缘故,才同我到这里来。论理本来都是同门的兄弟,不应弄出这种情形的事出来,不过这期间却有一个道理。你老人家知道阮大慈、吴和顺两个,原是惠远法师的高足么?"秃头陀摇头道:"不知道。怎么惠远法师的徒弟,如今又到了惠清法师门下呢?"

魏介诚笑道："这倒很平常，惠远法师本是惠清法师的师弟。惠远法师在贵州收的门徒极多，平日多与惠清法师的门下往来及合伙做事，不分彼此，你老人家是大概知道的。五年前，惠远法师圆寂后，他的门徒便没了个统率的人，情形就很涣散了。阮大慈、吴和顺两人的年纪最轻，都只有十五六岁，因立志要成个人物，才一同到四川，改拜惠清法师的门，惠清法师自然另眼相看。五年来的造化，已很不寻常了。自从我师傅与惠清法师合谋做事之后，凡在法师门下的，多则八九人一起，少则五六人一起，分布四川五道一百四十六州县。阮、吴二人还跟着四个兄弟，在东川道的云阳境属，已有一年多了。这一年多之中，六人同心合力，做事的成绩实在很好。想不到就在前两月，从贵州来了一大帮行商，其中有两个是从前在惠远法师门下的，与阮、吴二人熟识。那两个一个姓陆，因颈上有一个大赘疣，就叫陆大包子；一个姓王，因生成的会跑路，叫做王飞腿。这两个人在贵州很有点声名。一会儿见阮、吴二人，彼此攀谈起来，陆、王都十分高兴，情愿把原有的生意不做了，托阮、吴二人援引，改投惠清法师门下。阮、吴二人自是欣然拉拢，但是法师在峨眉，阮、吴二人非等到有机缘，不能离开云阳，引陆、王到峨眉去。陆、王本人也还有私事须料理，直到出事的前几日，陆、王才重来入阮、吴等六兄弟的伙。

　　"初入伙的人，一切的事都比旧伙奋勇。陆、王二人来入伙的时候，就已打听得有一个曾做过建昌道，姓唐名云轩的，从雅安动身到云阳来，行李极富，约莫也有三五十万。唐云轩在雅安的官声，又是个贪赃枉法、声名狼藉的。一路之上，虽带有军队保护，然那些军队素来是和聋子的耳朵一般的，只能做个配相，吓吓平常的小偷。陆大包子得了惠远法师独传的隔山打牛、百步打空秘诀，自然不把那些军队看在眼里。王飞腿也得了惠远法师金钟罩的传授，艺高人胆大。两人想单独做了这票生意，不要阮、吴等人帮助，一则可作为进见的礼物，二则好借此显显各自的能为。只是阮、吴等六人在云阳所做的是什么事呢？这样一大批买卖要入境了，岂有没打听明白的道理？阮大慈早已在雅安探访得确实，与唐云轩随行的军队，不过是四川官府出门照例应有的格式，原没有多少保护力量的。但是唐云轩未做建昌道之先，曾在泸州府讨了个姨太太，那姨太太有一个老娘同来，外人多不知道她母女的来历。只有些人传说，唐云轩带了家眷到雅安上任的时候，曾在会理州境内一家饭店里住宿一宵。次早起来，唐云轩和姨太太睡的那间房屋的后院里，有七个彪形大汉，各人手操凶器，都发了狂似的在院中乱奔乱窜，七人都像各不相见的。唐云轩的跟随人发现了，吓得大呼有贼。那七个大汉仿佛听得了呼贼的声音，奔窜得更急了。跟随人相隔不到两丈远近，大汉竟似没有看见，窜来窜去，仍是在院子里盘旋。跟随人大声呼唤，当然惊动了满饭店的人，大家都跑到院子里来看。好大一会儿，唐云轩的姨太太才跟着唐云轩出来，看了七个大汉奔窜的情形，只笑得弯着腰喊肚子痛。唐云轩回头望着姨太太笑道：'这几个狗东西奔窜了一夜，只怕十几条狗腿也有些酸软得来不及了。放他们去吧！我们要赶路，没工夫和他们麻烦。'姨太太听了，便笑嘻嘻的对那七个大汉说道：'你们还不走，只在这院子里奔窜些什么呢！'说也奇怪，那姨太太这句还不走的走字说出去，七个大汉就和奉了赦令一般，一个个好像顿时清醒了，各人向四周望了一望，急急忙忙的蹿的蹿上墙头，跳的跳上屋瓦，一转眼都逃得无影无踪了。

"这事从那饭店里传出来，会理州的人知道的很不少，都说那姨太太深通法术。不过唐云轩在建昌道上任三年，那姨太太母女跟在衙门里，一切起居饮食，都与寻常人一样，丝毫没有那般奇异的事做出来，所以雅安的人，没有知道那姨太太深通法术的。阮大慈既探得了这种情形，并以情理猜度，也觉得会理州的事不致虚假。因唐云轩在四川做了几十年的官，平时上任下任，沿途除照例保护的军队外，才得另聘一两个有名的镖师同行。那时唐云轩的地位不高，行李也不阔，尚且得请镖师同行，自从在泸州府讨了那姨太太之后，出门便不请镖师了。这回从雅安到云阳来，沿途所经过之处，都是川东极不安静的所在，行囊又多到三五十万，岂是那些照例的军队所能保护的？唐云轩敢如此的大胆，可见得确是有恃无恐的了。

"陆、王二人在贵州的时候多，平时经营生意，虽也常到四川来，只是那些不干己的事，谁去打听？这番有心入伙，才到云阳，唐云轩姨太太在会理州饭店里的事，二人连一点儿风声都没有得着。也不知道唐云轩以前上任下任，都得聘请镖师同行的。他们只打听得唐云轩是个仅会饮酒赋诗，手无缚鸡之力的文官，随行的除军队之外，就只有眷属仆婢，没有另请保镖的人，所以不把他当一回事，以为是入伙建头功的机会到了。因恐怕在云阳境内下手，事先瞒不过阮、吴等六人，被六人分了功去。赶到离云阳境二百多里的一处荒凉所在等候，静候唐云轩经过。

"陆、王虽存心瞒着阮、吴等六人。然阮大慈很精明，已看出了陆、王的举动，料知他两人，不知道唐云轩有这么一个姨太太，恐怕冒昧弄出乱子来。初入伙的人，一到受逼迫的时候，不见得肯咬紧牙关，不拖累旁人。连夜赶上陆、王，将唐云轩在会理州饭店里的事对陆、王说了，劝二人不可轻敌。并说好在唐云轩不是打云阳匆匆的经过，在云阳有多少时日的勾留，不妨大家计议停当了再下手。谁知陆大包子会错了阮大慈的意，以为是一票轻易难逢的买卖，阮大慈恐他两人夺了功去，特地用这些话来恐吓阻拦的，便向阮大慈说道：'我二人入伙的时候，已烧香发过了誓，不争私功，不争私利。这票买卖虽由我二人做成，然将来论起功来，不能不说是我们八伙计的。至于银钱，我二人更不能私得分文。我二人所以瞒着六位到这里来等候的缘故，不过因我二人入伙，没一点功劳，知道这票买卖，六位是免不了要做的。我二人不能不待他入境，就替六位代劳做好了，免得六位费事。我二人的面子上，岂不觉得有光彩些！此外什么念头也没有。姨太太深通法术的话，便是确有其事，也算不了什么。明知山有虎，偏向虎山行，正是我们当汉子的气魄。难道因唐云轩有深通法术的姨太太，便放过这一票买卖不做不成？'

"阮大慈仍劝他道：'论武艺，我们都不见得弱似了哪个，但一讲到法术，不问是右道左道，我们都是奈何他不得的。会理州的七个大汉，虽无人知道姓名，各人的能耐如何，更不得而知。然七个人都是能高来高去的，在白昼之中能使许多人一转眼就不见踪影，可知也不是完全无能之辈。一遇法术，简直与三岁的小孩无异，终夜逃不出一个小小的院落，纵有登天的本领，也施展不出来。唐云轩在会理州的时候，因要急于赶路，所以那姨太太只将七人捉弄了一夜，次早便轻易放他们走了。若在平时，七人已成了笼中之鸟，网内之鱼。唐云轩要拿来送官治罪，七人之中，能有一人可以逃出去吗？两位万不可冒昧从事。'

"陆大包子听了这些话，倒已有些活动了。王飞腿却又不愿意起来，连打了几个哈哈问道：'请问阮贤弟，会理州饭店里的七个人之中，有阮贤弟在内没有？'阮大慈笑道：'有我在内时，我也不说七人不知姓名的话了。'王飞腿点了点头，又问道：'然则七人之中，有一两个与阮贤弟认识的么？'阮大慈道：'也没有。'王飞腿道：'既是连一个认识的都没有，这事却是谁说给贤弟听的呢？'阮大慈笑道：'原来老哥还不相信有这么一回事，我难道说假话骗两位，有意长他人的志气，灭自己的威风吗？这事在会理州的人，知道的很不少。我非探访得确实，正巴不得两位建功立业，替我们大家撑面子，何至连夜追赶到这里来阻挡呢？'王飞腿道：'尽管是千真万确的，我两人也不怕。贤弟不要因我两人初入伙，以为不老练，须知我两人和贤弟，同在惠远法师门下的时候，贤弟的年纪尚轻，还只有这么高矮，而我两人已横行贵阳好几年了。那时我两人曾干些什么事，贤弟何当知道。不是我今日在贤弟跟前说大话，像唐云轩这种买卖，我两人照顾得多呢，请放心吧！贤弟从惠远法师的日子不多，到惠清法师这边来的太久，惠远法师手下人在贵州做买卖的手段，只怕是都忘记了。若是这一点儿买卖，我两人都不能承当去做，不但对不起在西方的惠远法师，就是贤弟等六位，又何必要我们两人入伙呢？'

"阮大慈见王、陆两人说活，都背着一面自夸，一面瞧不起惠清老法师的神气。他虽说也曾在惠远法师门下多少时，然究竟是受了惠清老法师的成全造就，听了那些话，总不免有些不快。当下便不再说了，赶回云阳与吴和顺等五人计议。在阮大慈赶回云阳的用意，虽对于王、陆两人说话的神气有些不快，然为顾全大局起见，还打算邀同吴和顺等五人，在暗中照顾王、陆两个。王、陆得手，便不露面；万一也和会理州饭店里面的七人一样，有他们六人在暗中救应，就不至落到唐云轩圈套里去。谁知五人一听阮大慈所述王、陆两人的话，都气愤不堪，无论如何不肯去救，倒要瞧瞧惠远门下的手段。

"这么一来，阮大慈只得建议道：'他两人固然不是唐云轩姨太太的对手，便是我们六人也做不成这票买卖，不可因彼此负气，倒把这一大票买卖放走了。只有赶紧在我等六人之中，推一人急去弥勒院性清师傅那边送信，请魏大哥快来，这票买卖包能做成。也可使王、陆知道我们内伙里有人，不像他们贵州帮里，专会夸口说大话。'这五人以阮大慈的话为然，因此才推了钱起尘来这里送信。"

性清头陀听到这里，口念阿弥陀佛说道："受伤的必就是王、陆两个，傲慢之性不去，安得而不受伤？"魏介诚道："吴和顺等四人也都受了微伤，只钱起尘因送信回头，还在半路。阮大慈见机得快，尚未出头，这两人均安然无恙。"性清头陀又念了一声佛号，道："念嗔心起，百万障门开！这四人都听了阮大慈的话，因而气愤不堪的，更安得而不受伤？你赶去是如何的情形，唐云轩的姨太太毕竟是深通法术么？"

不知道魏介诚如何回答，下回分解。

第十一回

当尸首群丐消怨
盗花翎卖解逞能

　　话说性清头陀问唐云轩的姨太太，究竟有何法术，魏介诚笑道："有什么深通法术！我已打听出他母女的根底，不过是一个练剑的内行罢了。我赶到云阳的时候，有阮大慈接着，才知道吴和顺等四人受伤的事。我见四人的伤虽不重，然都在头顶上，便问他们受伤的情形。原来唐云轩到云阳的这一夜，正是八月十七，天气还很炎热。云轩早已派人在云阳地方定下了公馆，几十扛的行李，真抬进公馆里去了。阮大慈见唐云轩的行李，竟安然到了云阳，并没有王、陆两人在内，也没听得说有人想行劫行李的话，料知王、陆两人虽没得手，圈套是不曾落的。他原主张索性等我到了再下手的，无奈吴和顺四人不依，说王、陆两人不曾被他拿住，可见没有了不得的本领，不过我们谨慎些去便了。阮大慈也想去试探试探，看是如何的情形。天气在三更时候，五人才一同到唐公馆的后墙外面。还亏了他们谨慎，不敢直上墙头，贴耳在墙根，向里面听了一会儿，见毫无声息，方轻轻耸身上去。只是尚不敢一跃而上，都用两手攀住墙头，缓缓的将头伸上去。看墙内是一个院落，略陈设了些花草；再看院落，那边廊檐之下，有一星点大小的火，在那里一闪一闪的放光。仔细定睛瞧时，原来是一个老婆婆，袒开身上纱衣服，坐在檐下乘凉，口里含着一管旱烟筒。星点大小的火，就是烟斗里的烟一口一口的吸着，所以一闪一闪的放光。四人都看见了，吴和顺恐怕被那老婆婆看见了叫唤，正待用袖箭先将她射死。谁知才腾出右手来，就见那老婆婆的口一张，好像吹出口中余烟似的，仰面只一吹。即有一道剑光，如雪亮的闪电，直向墙头扫将过来。他们四人都不曾经过这家伙，也来不及躲避，四人的顶皮同时都被削去了。头顶上负痛，两手便攀不住墙头，四人同时跌落下来。阮大慈亏了见机得早，还没伸出头去，就见墙头里有白光发闪，知道不妙，随即跳落下来。五人同逃，那老婆婆也不追赶。

"他们回到寓处，才知道王、陆两人也是为飞剑所伤，只得投奔峨眉山，求惠清老法师诊治。因此老法师放心不下，恐怕阮大慈等六人有失，无人救援。钱起尘来弥勒院送信的事，王、陆两人不知道，老法师以为王、陆受伤了，阮、吴等人也免不了要受伤的，所以当时替王、陆医了伤，即动身到云阳来。老法师到云阳的时候，恰巧我已到了。正为唐家有母女两个，我只一个人，虽不愁敌不过他们，然究嫌人单力薄，顾此失彼，反使他们知道有了能人，好严密的防范，那时就更费事了。待不动手吧，像这样的买卖不做，一来可惜，二来平白被他们伤了我六个兄弟，岂可就胡乱饶恕了他们？若是吴和顺等四人不受伤，多了四个帮手，也用不着如此踌躇了，仅有阮大慈一个人，使我不敢冒昧从事。

"我那时并不曾料着老法师到云阳来，打算等四人的伤治好，再去下手。好在我赶去得快，用药给四人敷了伤处。天气太热，只多延搁几天不上药，就更糟透了。想不到老法师凑巧在我着急时候来了，不但来的凑巧，那老婆婆母女，并且凑巧是和老法师有夙怨的人。正是'踏破铁鞋无觅处，得来全不费功夫'。原来老法师不曾出家的时候，家计异常贫苦。老法师兄弟两个，全仗气力替乡绅人家做小工，得些工钱养娘。乡绅中有一家姓孟的，最是为富不仁。老法师兄弟那时很受了孟家的刻薄凌辱，老法师的母亲去世，没有土地安葬，因孟家的山地宽广，两兄弟同到孟家叩头，想讨一棺之地，将母亲安葬。孟家不仅不肯，反辱骂了老法师兄弟一顿。老法师就因这点事怀恨在心，不在那地方居住了，离开那地方的时候，便已存心，将来如有报复孟家的机缘，必图报复。只是从那次出门之后，不久就遇见传老法师道术的师傅，剃度出家，遂将报复的事搁起了，专心修炼。

"后来隔了二十多年，才有机缘仍回到那地方。去找孟家时，谁知田地房屋在几年前早已换了主人。问孟家的下落，竟无人知道。探访了一会儿，始知道孟家在二十年前，原曾开设一个乡镇当店，规模也还不小。一日有一个行装打扮、风尘满面的人，手提一双布鞋，来孟家当店里，当五十两银子。店里人见了，都以为这人是个疯子，懒去睬理。独有一个年老的管事，曾帮做了一年的当店生意，这时到孟家当店里管账，一听这当布鞋的奇事，连忙到柜上一看，只略问了这人几句，随即照付了五十两银子。这人揣着银子去了，同事的诧异这老管事忽然疯癫了，是这么拿着东家的血本，胡乱给人。有欢喜讨好的，就去报告给东家听。孟家原是极鄙吝精利的人，听了这种事，自免不了疑心管事的弄弊，叫管事的拿布鞋给他去看。他看了不由得大怒，责问管事的道：'这样一双布鞋，凭什么能值这么多银子，请你将道理说给我听。'管事的从容笑道：'这双鞋子，莫说五十两，便再多当几倍，当的人也非来赎取不可的，道理是没有什么道理可讲。'孟家问道：'既没有道理可讲，我又怎么知道当的人非赎不可呢？万一竟不来赎，试问你花五十两银子，买这般一双布鞋，有何用处？像你这样不拿银子当银子，我这家当店怕不赔在你手里吗！'管事的仍是笑着反问道：'我帮人做了一生的当店生意，你见谁家在我手里赔了本？如果到期不来赎，我不是有薪水可以扣的吗？'孟家见管事的这么说，怕赔本的心虽放下了，只是总疑惑这样一双布鞋，当了五十两银子，断没有再来赎取的道理。

"谁知隔不了半月，赎鞋子的便来了，孟家觉得很奇特，连忙亲自跑出来。看那当鞋子的人，年事约有五十多岁，仪表堂皇，精神充沛，虽则仍是行装打扮，满面风尘之气。一眼看去，不觉有奇异惊人之处；然一仔细打量，一种卓荦不凡的气概，真能使人肃然生敬畏之心。孟家见管事的正在和他谈话，即上前打招呼。那人望了孟家一眼，管事的知道东家想结识这人，便向他介绍道：'这是敝店的东家，因仰慕先生是个不凡的人物，有心结识。'这人好像竟不相属的，随便点了点头说道：'下次再专程前来拜谒，今日还有事去，请将那双布鞋给我。'孟家哪里肯放，定要邀这人到里面款待。这人见孟某来得很诚恳，也就不推辞了，跟着孟某到了里面。孟某从来是个鄙吝刻薄的人，这回款待这人，却极大方，办了最丰盛的酒席陪款，殷勤请问这人的姓氏。这人说姓张名邦远。吃过了酒菜，张邦远仍催着要赎布鞋。孟某道：'何必就赎去呢？先生如果有缓急之处，看需用多少银子，尽管来取。鞋子在我这里，我自会好好保管。'张邦远笑道：'那鞋子不过是一件信物，久留在此地，有何用处？你是什么用意，不就给我赎去呢？'孟某道：'有什么用处？我原不知道。不过我见这么一双布鞋，当了五十两银子，我以为是必不来赎取的了。敝店管事的说先生一定来赎，今日先生居然来了，要赎这鞋子。我想这鞋子若没有多大的用处，先生何必来赎了去呢？所以我想留在这里，并没有旁的用意。'张邦远笑道：'原来是这般的推想，却是错了。这布鞋就是平常人穿的布鞋，一点儿不同之处也没有。我赎去也只能穿一月两月，便破烂得不能穿了。留在这里，你白丢了五十两银子，拿去变卖，值不了几文钱。'孟某问道：'然则先生何以要花五十两银子赎了去呢？'张邦远笑道：'是我当在这里的，自然得由我赎了去，失了这回信，我以后还能在江湖上混吗？便是五百两五千两，也是非赎不可的。'

"说起来那孟某也奇怪，平日并不是独具只眼、能识英雄的人，这回倒认定了这张邦远是一个有奇才异能的人物。无论如何，只扣了那双布鞋，不给他赎去。并十二分的殷勤诚恳，挽留张邦远在家中住着，日夜陪伴着谈话，比款待第一次过门的上亲，还要来得恳切。初住一两日的时候，张邦远每日必有三五次作辞要去，孟某只是苦苦的挽留；三日以后，张邦远也不客气了，就住在孟家。孟某一没有文学，二不懂武艺，又不明了江湖间的情形，和张邦远本没有什么话可说。但是谈风论月，以及本地方的人情风俗，总得寻觅些不相干的话，和张邦远说笑，不使他觉得寂寞寡欢。

"如此一住两个多月，也是到了八月间天气，田中的禾稻已经收割了，四处多是稻草。这日夕阳西下的时候，孟某陪着张邦远在田塍上闲行，看许多农家的牧童，有一人牵一条牛的，有一人牵两三条牛的，都在一块青草茂盛的地方，放牛吃草。忽然有两条大水牛，因争草相斗起来。看管那两条水牛的牧童，都提起牛鞭子，向两条牛背上乱打，意在不许相斗。张远邦忽望着孟某的笑道：'承情在你家厚扰了这么久，今日可玩一个把戏给你瞧瞧。'孟某喜问道：'什么把戏？'张邦远一面弯腰，在田里拾了一大把稻草，一面笑嘻嘻的答道：'左右闲着没事干，不妨向这些看牛的孩子寻个开心。'说时握着那稻草缓缓的走到青草场中，将稻草东一根、西一根；横一根、竖一根的，丢在地下，只剩了一根在手中。就拿那一根稻草当牛鞭子，先向那斗架的牛赶去。两个牧童用牛鞭子，各在牛背上抽了数十下，两牛只顾斗架，动也不动。这稻草尾一到牛背上，那牛就如中了巨斧一样，痛得慌忙跳开，不敢再斗了。那牛被稻草赶的跑了，这牛未被稻草打着的，仍然不知厉害，以为那牛输了逃跑，追上去想再斗。张邦远也只用草，在这牛屁股上略扫了一下，这牛登时落了威风，也不敢再追上

110

去了。

　　"张邦远次第将十多条牛，都赶进那丢了稻草的地方。自己立在外面一声长啸，十多条牛都竖起两只耳朵，好像听什么可惊可怖的声音一般。张邦远的啸声方歇，十多条牛就与发了狂相似，一条条竖起尾巴，横冲过来，直撞过去，四五个牛蹄一个也不停歇。孟某唯恐那些牛直冲到跟前来，躲闪不及，吓得拖住张邦远要走开些。张邦远笑道：'它们若能冲到我们这里来时，也用不着这么横冲直撞了。'孟某看那些牛，果然只在有稻草的地方冲突，一步也不能冲出稻草外边；并且十多条牛，聚在一处地方，冲过来，撞过去，也不见相碰。挨身擦过，就像没有看见，不觉着的。许多牧童见了这种情形，都莫名其妙，也不知道是张邦远捣鬼，各人争着过去牵各人的牛，只见哪里牵得着呢？分明看见牛绚拖在地下，一弯腰去拾，牛又冲过那边去了；赶到那边去拾，也是一般。是这般冲来冲去的，又怕被牛冲倒，不敢十分逼近前去。平时牧童所看的牛，不但能认识牧童，连牧童的声音，能听得出，每每一呼即至；此时这十多条牛，竟没一条肯听牧童呼唤的了。

　　"天色又渐渐向晚，暮云四合起来，是牧童牵牛归家的时候到了，只急得许多牧童都哭起来。孟某笑道：'这把戏玩是好玩，只可怜了这些看牛的孩子。'张邦远道：'你既说可怜了他们，就放了他吧！'话才出口，十多条牛即时停止了冲突，都似乎奔波得很疲乏的样子，望着牧童叫唤，牧童再过去拾牛绚，便不逃跑了。那时天色已经昏黑，孟某遂陪同张邦远回家。这夜即要求张邦远传授他这种本领，张邦远道：'我与你萍水相逢，承你这般殷勤款待，论情理本应拣我所长的能为，传授你一些，才不负你待我一番盛意。只是我看你的福命太薄，天分又太低，不是载道之器，徒劳心力，学必无成。'孟某听得张邦远这般说法，心中甚是不快，疑心张邦远是借词推诿，冷笑着问道：'学这点能为，也要多大的福命吗？我的福命虽是平常，但是已半生衣食无亏，还薄薄的有些产业，尽足够过这下半世，未必学先生这种能为的都是富贵中人。先生不屑教我也罢了，岂真与福命有关？'张邦远笑道：'像你这样富有产业，自然可说是福命好；不过你这产业，此时已……'刚说到这里，忽然忍住不说下去了。孟某觉得这话里有因，连忙问道：'此时已什么？先生是直爽的豪杰，为什么说话这般半吞半吐呢？'张邦远道：'说出来，你不可多心见怪。你眼前这些产业，此时已将近不能算是你的了。'孟某听了甚是吃惊，问是什么缘故？张邦远摇头不肯说，只说道：'你不要疑心我有意推托，不肯传授你的能为；你的妻子，我看他的福命倒比你好些，天分也比你高，我却愿意收她做个徒弟。'

"孟某的老婆，生得奇丑不堪，为人却很贤德。她听得张邦远愿收她做徒弟，自是欣喜万分。但是张邦远口里虽则是这般说，当时并不曾要孟某的妻子拜师，也没有传授什么，只说是传授的时机未到，到了应传授的时候，师傅自然会来找徒弟，不用徒弟找师傅。孟某夫妻也不便勉强，仍是照常款待张邦远。过了两日，张邦远忽然作辞要走，孟某夫妻挽留不住。张邦远去后不到半月，孟家的典当生意，异常兴旺。这日早起，店里伙计刚将店门打开，忽有四个青年叫化走了进来，向柜上的朝奉说道：'我们有一件东西，要在宝号当几两银子使用，就搬进来么？'朝奉待理不理的答道：'你们要当东西，不自己搬进来，难道还叫我们到外面去看？'四叫化同声应是，即折身走出去了。几个朝奉正在说这四个叫化问的可笑，只见那四个叫化仍空手走进来，后面跟着有几个人扛抬什么的呼和声。朝奉隔柜台看时，只见也是四个化子，共扛着一扇破门板，门板上面躺着一个不动的死化子，一路不停的扛到柜台上搁着，由一个形状凶恶的化子出头说道：'我们正在没得穿没得吃，无可奈何的时候，凑巧我们的老大哥死了。我们也没有钱替他办丧葬，只好借他这一条尸，在宝号当一千两银子使用，等我们一有了钱，就来赎取。请宝号将我们老大哥的尸好生收藏着，我们一定来赎取的。'几个朝奉见了这种情形，听了这些言语，虽明知是来讹诈的；然死尸是人人害怕的东西，叫化更是人人不敢招惹的人物。加以诈索这么大的数目，当朝奉的谁敢替东家做主，因此也不敢拒绝，也不敢承揽，连忙进里面报知孟某。

"孟某听了大怒，跑出来看了一看，向那出头说话的化子问道：'你们也想来讹诈我吗？我开当店犯了你们的法，怕你们讹诈么？你们是识趣的，赶紧扛出去，我可以开恩，不和你们计较。若迟延一点，就休怪我手段太毒了。'那化子听了，不慌不忙的在孟某脸上，端详了好半晌，才晃了晃脑袋笑道：'我们正为要领教你大老板的手段，才到宝号来的。请你把手段使出来吧，一点也不要客气。'孟某止不住怒气冲天，恨不得几拳几脚将这些化子打死，才出胸头之气。那个管事的人，毕竟年老有些见识，知道这些化子不是好惹的，其来必有准备，决不是恃强所能了事的。当即将孟某拉劝进去，再出来向他们说和。无奈他们咬紧牙关，非当一千银子不行。仔细问那些叫化子所以是这般做作的原因，也就是为孟某平日过于吝啬，化子到他家行乞，不但讨不着文钱合米，十有九被孟某拿棍驱逐出来；远近叫化，凡是到孟家行乞过的，无不恨孟某入骨，所以有这般举动。孟某既是生性鄙吝的人，情愿送了性命，也不肯出这一千两银子。弄到后来，孟某实在忍气不过，店里的伙计们也都觉着那些叫化可恶，由孟某倡首指挥，将那些叫化一顿打。叫化也不反抗，只留下死叫化，活的都发一声喊跑了。

"孟某叫工人把死叫化抬到山上掩埋了，自以为这事用强办理得很好，以后没有再敢来讹诈了。谁知就在这夜三更时候，来了无数的叫化，围住孟家当店放火，只烧得片瓦无存，孟某也被烧死在内；只孟某的老婆，因前两日带了个才三岁的女儿，回娘家去了，得免于难。孟家的财产有十分之九在那当店里，这么一来，一夜工夫，富户就变成了穷家。孟某刻薄成家，得这么一个结果，知道的莫不称快。孟某的老婆娘家也甚清苦，不到几年，母女已无立足之地，竟至乞食度日。一日，母女乞食经过一家饭店，见门外有许多车马仆徒，料知是有官府在店里打尖。此时他母女肚中都饥火上炎，忍耐不住，只得挨到那店门口行乞，门外的仆从见他母女穿的褴褛不堪，提起马鞭就赶。马鞭打在她女儿头上。此时他女儿已有十岁了，无端受了这种凌辱，禁不住号哭起来。在这饭店里打尖的是谁呢？原来就是唐云轩。那时唐云轩不知去哪一县上任，打这地方经过，正在饭店里吃饭；忽听得门外小女孩号哭的声音，起身向门外一望，便看见孟家的女儿了。孟某的老婆虽生得奇丑，而女儿却明眸皓齿，娇小玲珑，褴褛衣裳，丝毫无损于她的丽质。唐云轩心想：穷家女子倒有生得这般美丽的。像这般娇小美丽的女孩子，穷到沿门乞食，已属很可怜悯的了；乞食而至于挨他们当底下人的马鞭，怎怪她羞得如此号啕痛哭？唐云轩正在这么着想，孟家的老婆已和打她女儿的仆从口角起来。唐云轩忍不住走出来，将底下人喝住。原打算向他母女问问身家来历的，只因饭店里来往的人太多，孟家女儿又生得太美，恐怕有人疑心他为贪色起见，有碍官声。只从怀中摸出些散碎银两来，向孟某的老婆说道：'我看你这婆子，不像是行乞了多久的。若是去投奔亲戚，没有路费，在途中流落了，这点儿银子，你们可以拿去做路费。赶紧去投亲戚吧！'唐云轩说罢，即将银子抛进孟某老婆所提的篮内。

"他母女两个自是很感激唐云轩，正要叩头称谢，只见唐云轩背后闪出一人，孟某的老婆一看，认识这人便是张邦远。张邦远已迎上来笑道：'我道是谁在这里哭闹，原来是我的徒弟。好极了，今日才是你拜师学道的时机到了。'孟某老婆这才喜出望外，连忙向张邦远叩拜，并待诉说别后的情由。张邦远摇手止住道：'不用说，我早已向你丈夫说过了，岂有不知道的道理？'原来唐云轩这时所聘保镖的人就是张邦远。孟家母女从此就跟随张邦远学剑，后来把女儿嫁给唐云轩做妾，孟某老婆也就跟着女儿生活。唐云轩有了他母女，以为用不着另聘镖师，其实他母女并没有了不得的能为。惠清老法师探听了孟某一家的结局如此，见孟某既已惨死，妻女流落他方，原没有报复的念头了。无奈此番倒被他母女伤了老法师几个师弟，迫得老法师不能不下手，然仅把唐云轩在雅安搜括的贪囊倾了出来，并不曾伤害他母女。"魏介诚说到这里，性清头陀向惠清和尚问道："张邦远不就是三十年前在天目山的花驴张果老吗？"惠清和尚笑道："不是他还有谁呢！在三十年前提起花驴张果老的威名还了得，于今死了不到十年，江湖间后辈知道他名字的都很少了。"

性清头陀笑道："孟家母女既就是花驴张邦远的徒弟，冤有头，债有主，便劫了他的银两，也不亏他。"说时随掉转脸望着魏介诚道："你只知道老法师和孟某有嫌隙，就以老法师这次是报孟某的怨，却不知道老法师和张邦远的嫌隙，比孟某更深。孟某不过是很小的嫌隙，已有那些叫化报复过了，用不着再报复。老法师这次的举动，你不知道其中还另有原因呢！你曾听说过两江总督衙门里，失窃黄马褂三眼花翎的案子么？"魏介诚道："不曾听人说过，大约不是近年间的事吧？"

性清头陀道："事情已有十二三年了，只是直到这次，才有这报复的机缘。曾忠襄做两江总督的时候，老法师的徒弟刘峙岳，在忠襄跟前当巡捕，很能得忠襄的欢心。刘峙岳那时年轻气壮，仗着一身本领，加以湘军在江南的气焰，大概免不了有些在外面趾高气扬、目空一切的行动。这日刘峙岳和几个同事的在街上闲逛，走到一处，见有无数的闲人，围了一个大圈子，在那里瞧热闹。刘峙岳也不知道圈子里是干什么的，分开众人进去看时，却是两个后生在那里卖艺。这种在江湖上卖艺的人，南京城里每日至少也有十多次，算不了稀罕。刘峙岳因不知道许多人围着看什么，才挤开众人去看，既看明是卖艺的了，就懒得立住脚多瞧，随即打算回身走出去。谁知他不急急的回身想走倒没事，他这么望一眼便掉转身来，反惊动了那两个卖艺的后生。即时将不曾演完的技艺停了，慌忙收拾包袱，神气之间好像以为刘峙岳看出了他们的根底，不能不急图脱身的一般。许多看热闹的人，见卖艺的技艺不曾使完，因刘峙岳一来就慌忙要走。

"南京人认识刘峙岳的多，也都想到有什么缘故；又因两后生收拾包袱，没有技艺可看了，大家一哄而散。刘峙岳一看了两个后生这种情形，不由得起了疑心，暗想：这两个东西决不是正经路数，不然为什么一见我便这般慌张呢？我倒要留他的神才好。再看那两个后生已各自驮着一个包袱，匆匆的向城外走。刘峙岳益发生疑不肯放手了，略向同事的说了几句情由，即独自跟着那两个后生追赶。两后生的脚下真快，转眼就走出了城。

"论刘峙岳的功夫，原可追赶得上，只是仅觉得两后生的形迹可疑，并不曾拿住他们为非作歹的凭据，只能紧紧的跟在背后，窥探他们的举动和藏身之所，不能因其形迹可疑，便动手前去捕拿。才跟到城外四五里，人烟稀少之处，只见两后生忽然就一棵大树底下，坐下来歇憩。刘峙岳见他们坐下不跑了，也待藏身两后生不看见的所在窥探，还没来得及，就被那后生看见了。两人同时向刘峙岳招手道：'好朋友，请过来，何必是这么藏藏躲躲做什么？'刘峙岳本欲暗中跟踪的，既被识破，也只得挺身走过去。一个后生含笑让刘峙岳坐，一个正色问道：'朋友是这般追赶我两人干什么？'刘峙岳道：'谁追赶你们？这条路难道只许你们能走，我就不能走吗？'这后生道：'为什么我们走你也走，我们不走你也停了呢？'刘峙岳道：'我走也好，停也好，与你们有甚相关，要你们问？我且问你，你们正好好的卖艺，为什么一见我的面就慌忙逃跑呢？'

"两后生听了都哈哈大笑道：'饶你刘峙岳聪明绝顶，今日也不由你不着我们的道儿。我们明人不做暗事，老实对你讲吧，你在南京的面子也挣够了，我两人这回是特来领教的。请你趁这时候明白我两人的面孔，不要忘了。回到衙门里，用不着吃惊，也用不着性急，我们在忠信堂等你三年。你有能为找着我们，就将这两个包袱奉送。'刘峙岳陡然听了这派没根没蒂的话，一时哪里摸得着头脑呢？不由得怔住了半晌才说道：'我与两位素昧平生，全不懂你们说的什么。两位若是够朋友的，有话不妨有头有尾的明说。我姓刘的从来不欺软不怕硬，在南京凭气力讨口饭吃，也不曾挣得什么面子。'两个后生不待刘峙岳再往下说，即摆着双手笑道：'你也辛苦了，请回去歇息歇息再来吧！我此时就从头至尾的对你说也不中用，自有说给你听的，跟着你背后来了。'说时伸手向来路上一指道：'咦，你瞧吧！'刘峙岳不知不觉的回头看来路上，并不见有人走来，知道受骗。急掉转看时，两后生的身体真快，只这一回顾的工夫，已各自驮着包袱，跑去相离数十丈远近了，头也不回的绝尘奔去，瞬息便已不见人影了。

　　"刘峙岳待尽力再追赶上去，转念一想：这两人原来是有意引我到此地来，好说这一派鬼话给我的，我就追赶上去，也决得不着两人的下落。并且他们明话教我回衙门不用吃惊，不用性急，可知衙门里必出什么事故？刘峙岳一想到这一层，很觉放心不下，哪敢迟疑，急匆匆奔向来路。还不曾跑到总督衙门，即迎面遇着刚才在一道儿闲逛的同事，气急败坏的跑来。一见刘峙岳，就停了步问道：'你去追那两个东西怎样了？没追着吗？'刘峙岳看了这种慌张的神情，只忙问什么事。同事的道：'不得了，上房里刚才失窃，把爵帅的黄马褂三眼花翎盗去了。当时有丫鬟看见两个穿青衣服、背驮包袱的后生，在上房屋瓦上一闪，就不见了。那丫鬟还以为是白日见鬼，不敢对人说。后来见衣箱上的锁扭坏了，不见了黄马褂三眼花翎，那丫鬟才将看见屋上有人的情形说出来。登时内外的人都吓慌了。我们回到衙门里的时候，上房里正为这事闹得乌烟瘴气。我们疑心丫鬟所看见的两个后生，就是那两个卖艺的东西，正是青衣服，正是驮两个包袱。除了那个东西，没有这么凑巧的事。所以急忙赶来给你一个信，怕你追上了他们又放走了。'

　　"刘峙岳听罢，不禁大惊失色，对他同事的说道：'你们所料的一些不错，不但就是这两个卖艺的东西干的玩意，并且是特地想叫我栽个筋斗的。于今我便回身去追，至少也相差二十多里了，断然追赶不上。这两个东西，我虽不认识，然猜度他们决不是没来头的人，不愁打听不出他们的根底。我们还是赶快回衙门里去，把情形禀明爵帅，我再去探访。'那同事的自没有话说，一同奔回总督衙门。刘峙岳见了曾忠襄，禀知了追赶的情形，并且自告奋勇，单独前去缉拿，要求不责令州县通缉。

116

"曾忠襄原是极爱惜刘峙岳的，听了不许可道：'看这强盗的举动，就是要使你为难，必已设好了圈套，等你前去，你岂可去上他们的当？这两个强盗敢白昼到此地来行窃，偷到手并不立刻图逃，公然敢停留城内，借着卖艺引你到城外无人之处，说那一派话，胆量实在不小！可知他们的本领，也不寻常。你一个人前去，即算容易寻着了他们，也不容易取回钦赐之物。像这样大胆的强盗，不责令各州县一体严拿，还有国法吗？'刘峙岳说：'就为他们是有意使我为难，我才不能不去；我若不去，不但示弱，他们以后找我麻烦，必更多了。'那时曾忠襄本也不想把这事张扬出去，自损声威，便依了刘峙岳的话，不责令所属各府县严缉。只是刘峙岳虽是老法师的高足，然多年在曾忠襄跟前当巡捕，对于江湖上的情形不大熟悉。既不知道那两个后生的姓名籍贯，又不知道忠信堂是什么所在，更是生成耍强的性质，他自己的事，不肯教别人帮忙。那时刘峙岳如果不是那么耍强逞好汉，只须到峨眉老法师跟前请一请示，便什么事也不至闹出来。忠信堂就是张邦远在天目山开山堂的堂名，不但老法师知道，江湖上人知道的也很多。不过江湖上人虽然知道张邦远厉害，忠信堂的威名大，然张邦远究竟如何厉害，知道的一则不多，二则就说给刘峙岳听，从不相干的人口里说出来，刘峙岳也不肯相信。以为是全无能耐的人，看了稍有本领的，便以为了不得。

　　"若老法师当时得知刘峙岳单身要去忠信堂的事，必不肯放他前去。无奈刘峙岳一面关照衙门里的人，不将失窃的事传扬，一面独自出外探访忠信堂的坐落。访是很容易的被他访着了，只是访不着倒也罢了，你道刘峙岳能有多大的本领，两后生既存心和他过不去，指名约他到忠信堂相会，肯马马虎虎的把东西退还给他么？偏巧刘峙岳单身进忠信堂的时候，张邦远因事不在天目山，山里就只有几个徒弟，那两个后生也在内。他们都是年轻的人，知道顾什么交情，讲什么体面？与刘峙岳三言两语不合，彼此便动起武来。恶龙难斗地头蛇，任凭刘峙岳的本领了得，一个人深入虎穴，怎能讨得着便宜？还亏他逃得快，就不曾跌落在他们手里。然逃下天目山来，连气带急，又羞又恨，没回到南京便吐了几盆血，在客栈里一病不起，三天就死了。"

　　后事如何，下回分解。

第十二回

石弹双飞顿教豹变
拳风四扫敛尽虎威

话说性清和尚说道："刘峙岳在客栈里一病不起，临死写了一封遗书，求老法师替他把马褂花翎追回来，杀死那两个后生，报仇雪恨。刘峙岳到天目山的第二日，张邦远回来了，听了盗花翎黄马褂，及刘峙岳上山来讨取，彼此动武的情形，知道这乱子闹得太大了。当下责骂了两个后生一顿，即时将花翎黄马褂亲自送回总督衙门。然刘峙岳已死不能复活，遗书送到老法师跟前，老法师因张邦远已将东西亲自送还，又责骂了徒弟，刘峙岳之死，是由于自己没有见识，不知自量。并不是在天目山受了伤，因而身死，不好认真替自己徒弟报仇，将张邦远的两个徒弟杀死，以结将来无穷之怨。只是话虽如此，老法师心里总不免对张邦远及张邦远的徒弟，有些不痛快。所以这回亲下峨眉，不放唐云轩过去，也就是因刘峙岳死在张邦远徒弟手里的缘故。"

魏介诚听了这话，跺脚叹息说道："可惜我当时不曾知道有这么一段因缘，若知道时，孟家两母女身上，我务必使她们受点儿微伤。纵不能把她们气死，也要使她们卧病些时，总算是替刘峙岳报了仇恨了。"惠清和尚当时忽正色说道："这些报仇雪恨的话，此刻都说不上。刘峙岳死已十多年了，老僧若存心替刘峙岳报仇，岂待今日？早就应该趁张邦远未死的时候，亲到他天目山忠信堂去。冤有头，债有主，我徒弟死在谁的手里，我只能找谁算账，不能说我徒弟死在张邦远的徒弟手里，凡是张邦远的徒弟，都应该偿命。我这回下峨眉并到此地来，全是为帮广德真人的忙。我们既都答应了，帮助广德真人做一番事业，便不能不大家聚会一次，决定一个方法，好大家分途做事。"

惠清又回顾望着何寿山说道："我倒没知道你到这里来了，这里有了你，又多一个好帮手。你的身家本领，我都知道，像你这样的人物，国家应该重用你，使你得拿出平生本领来，建功立业，名垂万古，才不辜负你这一身能耐；不应没人理睬，埋没英雄。当今之世，像你这般能为的人，或本领更比你高强，存心想凭着胸中学问，出头做一番事业，就为国家没人睬理，英雄无用武之地，因而气愤得投绿林的，也不知有多少！广德真人的寿数最高，亲眼看见是这般埋没的英雄也最多，心里委实气愤不过。然而这口恶气，能忍下去便罢，若不能忍下去，就除了集合远近一班不得志的英雄，齐心合力干一回开疆拓土的大事，成则为王，败则为寇而外，没有旁的出气的道路。广德真人存这念头，已有好多年了，陆续集合川湘云贵数省的英雄豪杰，已不在少数。真人具广大神通，呼风唤雨，倒海移山，还只算是一点儿小玩意。因推算得此刻的时机未到，不能妄动，所以几省的英雄豪杰，现在都只暗中团结，专候真人发动的消息。只等时机一到，几省集合起来，足有十万精强善战的兵卒。于今已经积聚了的金银财帛，几省合算起来，也有千万以上了。各地奇才异能之士，及有一艺之长的，因不得志，愿意同心合力，与真人共图大事。真人订有章规，量才给俸，务使同道的人，没有仰事俯畜的顾虑，得专力做真人派做的事。我深知道你也是一个不得志的豪杰，真人这般举动，全是为我等平日受恶气的人，开辟一条出气的道路。料你在四川受刘达三的压抑，也受得够了，也应同走这一条出气的道路了。"

何寿山听毕惠清和尚这段言语，才明白广德真人师徒等种种奇异情形，原来是将有非常的举动。当下不觉暗自寻思道：这种非常的举动，老实说起来，简直是造反了！现在天下太平无事，平地风波的造起反来，成功谈何容易？一朝大事不成，势同瓦解，凡是从场的人，都不免本人身首异处，九族皆受株连。论理大丈夫处世，在这种关头，脚跟定须站稳，不能随声附和。不过广德真人与惠清和尚，都是了不得的人物，四川全省人，凡是知道他两老的，谁不钦敬？便是魏介诚与这性清头陀，也不是寻常之辈，本领都高我不知若干倍。这种非常举动，以他们的能为，难道不知道利害？他们以为可做的，必胸有成竹。我半生辛苦，练就这点比上不足、比下有余的能耐，原来打算是习成文武艺、货与帝王家的，谁知不但为官作宰的贵人没眼角瞧见我，不把我这点半生辛苦的能耐当一回事。就是同会的自家人，尚且时时存心掯住我，不许我有伸眉之日。要我低头下志的去求人，宁死也做不到，长久这么下去，不是死了都不得瞑目吗？我既无父母，更无妻室儿女，没有怕受我拖累的人，即算是大事不成，充其量不过丢了我自己一条性命。为人迟早终有一死的，与其坐受一生恶气，毫不得发泄而死，实不如死在为求出气的这条道路上，爽快多了。何寿山越想越心中坚定了，遂起身向两和尚及魏介诚，打了个拱手说道："我能为虽是没有，然细看现在一班为官作宰的人，却不见有能为比我高多少的。我为不肯在绿林中，做那些没有出息的买卖，才跑到南京找刘达三，想巴结上一条上进的道路。想不到在南京受的气，比在四川还厉害，不由我不另寻生路。于今既有广德真人并诸位老前辈，存心替天下不得志的英雄出气，我愿意回原籍集合旧日同志，听候真人并诸老前辈的驱使。我带来的李旷已承真人吩咐，就在弥勒院，求诸位老前辈玉成。"

两老和尚及魏介诚听了何寿山的话，都很高兴，都说是广德真人的鸿福，才有这种豪杰之士，实心前来投效。何寿山既决心入伙，就不能不谋扩充他自己的力量。他旧日党羽全在四川，弥勒院人地生疏，不愿久住；即将李旷留下，带着那个价值十多万的包裹，回四川秘密召集党羽，培养他自己的潜势力去了。

且说李旷与张必成两人年龄相当，知识相等，同在弥勒院从魏介诚练习武艺，彼此情意异常投合。一日二人做完了各自的功课，同到弥勒院后山玩耍。年轻的人好动，到山上闲行，原没有一定目的地。弥勒院后面虽不甚高大，然这山的丘壑极多，林木也极茂密。从来在弥勒院做住持僧的，对于院址四周山上的树木鸟兽，保护得甚是周密。派定了专管的僧人，时常到各山中巡察，不许砍柴的及打猎的进山，侵害树木鸟兽。因此各种类的鸟兽都欢喜这山中的树木多，可以藏身，又没生命的危险，都集聚在这山里，也从不出来伤人。每到冬天腊月，冰雪满山谷的时候，山中鸟兽无处得食，都群集弥勒院，一点儿没有畏惧退缩的样子。弥勒院的住持僧，在此时总得准备些杂粮，布施这些鸟兽。鸟兽就食的情形，就和常人家中喂养的鸡犬一样，在山里见有人来，也不高飞远走的躲避。

李旷初来弥勒院不久，不曾上山看过这种情形。这日初次跟着张必成到山里，入山不远，迎面就见一只大倍寻常的锦鸡，立在一个岩石上面，用尖嘴徐徐的梳理它翅膀上花团锦簇的羽毛，距离李旷不过丈来远近。李旷觉得这锦鸡好看，随手在地下拾起一颗石子，打算向锦鸡的头上打去。

被张必成看见了，连忙从背后拉住李旷的臂膊说道："打不得，打不得！"李旷恐怕张必成开声说话，把锦鸡惊走了，夺过手来，低声带着生气的意味说道："又不是你喂养的，为什么打不得？难得它相隔这么近。"一面说，一面举起石子又待发出去。张必成仍伸手将他臂膊拉住笑道："你不是要捉住它么？哪里用得着拿石子打呢！"

李旷的手既被拉住，只得回头问道："不拿石子打，拿什么打？"张必成道："这山里的鸟兽，都是院里喂养的，并不怕人，要捉住就捉住，你拿石子打他，倒把它吓得害怕了。"李旷听了不相信，摇摇头道："未必有这种事，你就去捉来给我看看。"

张必成从容向锦鸡立的岩石上走去，笑道："这算得什么！莫说这锦鸡，豺狼、鹰隼我都时常捉在手里玩弄一会儿，又放回山去，从没有飞掉跑掉的。"这话才说毕，离岩石尚有二三尺远，谁知那锦鸡好像怕李旷不怀好意似的，忽然双翅一扑，穿进树林里面去了。张必成倒吃了一惊，忙耸身蹿上岩石，旋举眼向树林中寻觅，旋说道："这才奇了，怎的忽然避起人来了呢？"李旷也跟着蹿上去说道："山里的野东西，哪有不避人的道理？依我的一石子，早已打下岩石来了。"张必成道："你才来这里不久，也难怪你不相信没有鸟兽不避人的道理。只是这锦鸡确是奇怪，我看它飞起的时候，左边的翅膀，仿佛曾受了伤的一般。这山里的鸟兽，历来不许外人来侵害的，弥勒院中的僧俗人等都知道院里的禁例。无论在什么时候，有伤害鸟兽一根毫毛的，被巡查僧看见了，都得受很重的处罚。弥勒院远近数十里的人，轻易不敢走山里经过，这锦鸡如何会伤了翅膀呢？我倒得追进树林去，将它捉住看个仔细。"说着，即朝锦鸡飞去的那个方向追去，李旷自然也跟踪追去。

那锦鸡作怪，见二人追来，插翅又飞了。张必成更觉奇怪，益发不肯放手，使出轻身的本领来，足追了几里山路，才将那锦鸡捉住了。拨开左翅膀一看，果有一处寸来宽大的破皮伤，流出许多的鲜血，伤处还沾着些泥土，一望就知道是有人用石子打伤的。张必成从怀中取出一瓶敷伤的药来，倾了些在伤处敷了说道："这伤受得很怪。即算有外来的人，不知道弥勒院的禁例，在这一带山里打鸟兽，然不是有些手法的人，怎能用石子将飞鸟打伤呢？这伤若是立着受的，伤痕应该在外面，不得在翅膀底下；这伤与左肋相近，分明是飞在空中石子从下面朝上打的。若不是这锦鸡的身量，比寻常锦鸡大了两倍，气力也比寻常锦鸡大些，翅膀下经了这一石子，早已不能飞了。"

张必成说到这里，忽听得有人笑声，相隔并不甚远。不过因树木太密，山形又曲折，一坡一坳，不似平地没有东西遮断望眼，只得倾耳细听笑声发自何处。李旷这时立在一块岩石上，地位比张必成高，就那发笑声的方向看去，已发现一个身着短衣的大汉，在相离数十步远的山坳里，却看不清面貌，并作何举动。遂招手叫张必成上岩石来看道："快瞧那汉子是谁，在那里做什么？"张必成跳上岩石，略向那山坳望了望，笑道："亏你还问我那汉子是谁？你在弥勒院吃了这多日子的饭，每日烧饭给你吃的朱义祖都不认识吗？"李旷定睛看了两眼笑道："不错！他姓名叫朱义祖，我虽不知道，但是他背上拖的那条大辫子，和那金刚也似的强壮身体，说明了是认得出的。你看他一个人在那里前仰后合干什么？"

张必成道："怎么是他一个人？在那边被山嘴遮了看不见的，一定是他盟兄陆义农。他两人虽是异姓兄弟，比人家同胞兄弟还要显得亲热。在那里干什么不知道，大约是练武艺。我们左右闲着没事，何不走过那边去瞧？"张必成说时，将手中锦鸡举起来，哦了一声道："打伤这东西的凶手，我知道了，不是朱义祖便是陆义农。"李旷问道："你怎生知道必是他两个呢？他们也是弥勒院的人，不是不懂得院里规章的，如何会打这东西？"张必成一面将锦鸡放了，一面摇头说道："你不知道，一定是他两个无疑。他两人到弥勒院并不久，每日只顾烧饭煮菜，或者也和你一样，还不懂院里的规章。你若不相信我料得不错，到那边去问他两人便知道了。"

二人当即向那山坳奔去，不一会儿就到了跟前，一看在朱义祖对面的，果是陆义农。只见陆义农打着赤膊，露出两条暴筋突肉、漆黑铁硬的臂膀，挺着一块汗毛如钢针的胸脯，骑马式立在朱义祖对面。朱义祖张开那五指如钉耙的手掌，托起一个斗桶大小的粗磨石，离陆义农五六丈远近，对准那黑汉胸膛，奋力摔出。只听得咚的一声，正摔在胸口上。陆义农在石头着胸的时候，也奋力往上一迎，咚的一声响音才出，那石头跟着激转回来，比朱义祖用手摔去的力量还来得大些，当胸向朱义祖射来。李旷看那激回的石头，来势异常凶猛，心想朱义祖若不闪身避开，必然被那石冲翻，倒替朱义祖捏一把汗，目不转睛的看他怎生躲闪。只见他不慌不忙的，将上身仰后便倒，那石头磨胸擦过，两手向头顶上一抱，早已把石

122

头抱住了。张、李二人不觉同声叫好。

朱义祖、陆义农见张、李二人来了，随手将石头掼下。陆义农从树枝上取衣服穿了，也不向二人打招呼，便待走开。张必成叫住问道："你们闯了祸，就打算走开吗？"陆义农愕然说道："我们闯了什么祸，倒被你知道了呢？"张必成道："这山里一只大锦鸡，不是你们用石子打伤的么？"朱义祖笑道："你怎么知道那只大锦鸡受了伤呢，又怎么知道是我们打伤的呢？"张必成道："我听得师傅说，你两人会打石子，能打到二百步以外，百发百中。我捉住那锦鸡，看那翅膀底下伤处，沾了点儿泥砂，所以猜到是你两人干的玩意。这山里的树木鸟兽，院里从来定有规章，不许人侵害。此间远近数十里内的人，无不知道，谁也不敢到这山里来砍柴打猎的。你们今天侥幸没遇着巡查的师傅，若遇见了，至少也得受一顿申斥的，罚在佛前跪三炷香。"

陆义农道："院里有这规章，我们初来不知道。我并不是平白无故的拿石子打那锦鸡，只因那锦鸡在山岗上和一只小些儿的锦鸡相打，小些儿的输了逃走，那大些儿的追赶下来。我在山岗底下看了不服，随手拾一块干泥抛上去，还没打到就散了一半。幸亏是一块干泥，若是石子，就不打死，也得打折一片翅膀。求你两位不要对师傅们去说吧，下次我们决不乱打了。"张必成道："谁去讨这无味的好，刚才我这个李大哥，不是有我跟在一块儿走，怕不一石子了账吗？那锦鸡已被你打伤了翅膀，飞起来很吃力，相隔不到几步远近，他已两次举起这么大的一颗石子要打，被我在背后把他的胳膊拉住了，不曾打出去。平白无故的伤害一条性命，岂不是大罪过？"朱义祖笑道："这也要算是大罪过，我两兄弟在家里时的罪过，真比这座山还要大呢！走吧！我们回院里烧饭去。"说时伸手挽住陆义农的胳膊，一同回弥勒院去了。

李旷望着二人走下了山坳，才向张必成说道："怎的这两人的言语举动，好像一点儿礼节不懂的样子，他们是哪里来的好一身蛮气力？"张必成道："他两人到这里不上半个月，你们就来了。我听得师傅说，他兄弟是两个奇人，将来很有用处，是广德真人特地罗致到弥勒院来的。两人都是永绥厅山洞里的土蛮子，家居相隔二三十里，原来并不认识。两人结盟的情形，听师傅说起来很奇怪。永绥厅山洞里的人，除左右紧邻而外，少有互相往来的。两人未结盟之先，连面都没见过一次，而两人从小的性情举动，不谋而合，便是由一个师傅，同在一块儿教练出来的，也没有那么一模一样。陆义农在四五岁的时候，就喜欢爬树，在树枝上竖蜻蜓，做倒挂金钩。有人从树下走过的时候，故意做出不留神的样子，'哎呀'一声怪叫，由树枝上一个筋斗翻跌下树来，跌在地下。两脚一伸，两手乱动，两眼向上乱翻，俨然跌得重伤要死的样子。把在树下经过的人吓一大跳，以为真个跌得要死了，等到这人上前打算救他起来时，他冷不防一蹶劣跳起身来就跑，这人又得吓一大跳。朱义祖与陆义农一般儿大的年龄，并不曾听人说过陆义农这种顽皮举动，也时常用这法子吓人，并欢喜夜间在树枝上睡觉。两人都是留着满脑的头发，一不剃，二不梳洗，乱蓬蓬的散披在头上，全身一丝不挂，日晒风吹得皮肤漆黑，比牛皮还粗硬。那山洞里有一种藤，又牢实，又柔软，朱义祖拣一根没节疤的，将藤尾结成一个半边络子，有茶杯大小，留两尺来长的藤兜做柄，选一颗茶杯大小的鹅卵石，安放在半边络子里面。用手握住藤兜，使流星也似的打几个车轮。使到得势的时候，将石子发出去能打到二百步以外，并且准头极好，除了虎豹之类的猛兽，獐獾狸兔，都能打得到的。

"陆义农虽没有这一手本领，然一手能举起二三十斤一块的石头，打到十几丈远。年纪才十二岁，就曾独自用石块打死一只野猪。只因那山洞里的人老死不相往来，所以彼此家居虽相隔不远，又都有那种奇特的性格，顽皮的举动，然并没有闻名相慕、拜访结交的事。直到彼此都有二十岁了，一日朱义祖因追赶一只金钱豹，追到陆义农家不远了。那时陆义农正提着藤络子，在山上打石子玩耍，忽见一个披头散发，和他自己一般模样的汉子，赤手空拳追赶一只好大的金钱豹。那豹子头也不敢回的，只顾逃命，不由得喜得跳起来，连忙舞起藤络，等那金钱豹相离不到一百步了，才一石子迎头发出去，正打着了豹子的下颌，门牙打断了，滴出血来。豹子不提防前面有人赏他这一下，只痛得吼了一声，不敢再向前逃了，掉转身躯往斜刺里逃窜。朱义祖见有了帮手，益发奋勇了，就地拾起一块尖角石，约莫也有十多斤重，打在豹子腰间，脊梁顿时被打断了。你说打断了脊梁还能活么？往地下一倒，便挣也挣不起来。陆义农赶过来，见朱义祖这般能耐，也自纳罕。最奇的就是二人初次见面，即亲热得与多年的老朋友一般。那地方的人，照例不知道礼节客气，相见没有仰慕恭维的话说，大声喝问姓名而已，异姓人亲热如兄弟的更少。他二人若生长在诗书礼让的地方，彼此相隔仅二三十里早已同声相应，同气相求，做过多年知己的好朋友了。见面亲热，原算不了稀奇。不过那山洞之中的人，从来没有萍水相逢的人，就亲热得像他二人的。

"当时朱义祖见陆义农过来，且不说什么，笑嘻嘻的迎着。伸手就接过那条藤络子来，反复看了一会儿，问道：'这是什么东西，做什么用的？'陆义农笑道：'你不认得么？这是我打弹子的东西，没有再好的了。只有我会打，除我以外，什么人也不会。你若想练这个，我倒可以照样把这么一个送给你。'朱义祖看出了神道：'什么打弹子只有你会？你打一个给我看看，我欢喜就练。'陆义农欣然拾了一颗鹅卵石，塞进半边藤络当中，旋舞着车轮，旋问道：'你只管说，要我打什么东西，我就打中什么东西给你看。'朱义祖问道：'能打多远？要多大的东西才能打得中呢？'陆义农道：'只要看得清这人的耳目口鼻，就能打得中。'朱义祖随即举眼四处望了一眼，说道：'可惜现在没人走来，如何好试呢？也罢，我到对面山里站着，你就打我好么？'陆义农摇头道：'我拿这东西打弹子，没有打不中的，打中了不是害你痛吗？'朱义祖也摇头道：'只怕打不中。这一点点大的石子，打在身上算得什么！看你想打我什么地方，先说定了。我剥了衣服到对面山上去，闭了两眼站着。你石打来，我不看见，便不知道躲闪。你能打中先说定的地方，我才相信你这打弹子的方法不错。'朱义祖一边说，一边将上身的衣服剥了，才露出那半身牛皮也似的肉来。陆义农已伸手抚摸着，笑道：'你一身肉怎么也和我一样的粗黑，一样的粘着许多松树油呢！'朱义祖道：'我这个不是生成的，是操练得这个样子的。'陆义农也将上身衣服脱了，笑道：'你瞧谁是生成这个样子的？'朱义祖也伸手抚摸了一番，问道：'你也曾赤膊睡在松树上过夜么？'陆义农道：'岂但赤膊在松树上睡着过夜，一年至少也有三百天不离树！'朱义祖喜得跳起来，笑道：'我怎么不早会见你！有两人在一块操练起来，不是也热闹些吗？'陆义农道：'此刻会见也还不迟，我这一弹子，要正正的打在你心窝里，你能受得了么？'朱义祖道：'你不用问我受得了受不了，只看你自己能打得中打不中。'陆义农挥着手道：'你就去那边站着吧，打痛了你是不能怨我的。'

"朱义祖真个跑到对面山上站着，朝着陆义农紧闭双目，喊道：'快打来吧！'这罢字还没叫出，那石子已吓的一声，打中在心窝里。朱义祖仍闭着眼问道：'这就是的么？'陆义农也在这边山里问道：'是不曾打中么？'朱义祖才张开眼睛跑过来，说道：'好东西！你照样做一个送给我。刚才这豹子，就亏了你这么一下，打得他掉转身往这边跑。若没有你，我独自一个人，还不知道要追到什么所在，方能将他打死。'陆义农道：'我曾有几次追赶这东西和野猪，也就因为只有我一个人，越追越向前奔跑，前面没人敢拦阻，白费大半天气力。如今有了你，好去寻这些野兽出气了。'当时两个人越说越投机，不舍得分开，就撮土为香，结拜为兄弟，日夜在一块，寸步不离。

"那山洞里的人虽个个强梁横暴，然没有武艺高明的，所以他两人练武，也不要承师，一味的蛮练。他们以为能把身体练得比铁还硬，便不怕人打，把气力练得比牛还大，便可以打人。从树枝上跌下来，赤身露体在树上摩擦，是他们练皮肤粗硬的法子。专把皮肤练粗硬了，还嫌不足，好笑他两人夜间睡觉，不在床上睡，用两块五尺来长，一尺来宽的木板，斜竖在墙壁上。他两人要睡，就直挺挺的靠在木板上，后脑抵住墙壁，脚踵落地，身体不到疲倦不能支持的时候，不肯沾着木板。久而久之，只要有一条扁担，他两人也都可以靠在壁上安睡。如今连扁担都用不着，后脑向壁上一抵，真是挺尸也似的挺着，一会儿便鼾声大作了。"

李旷笑道："没有师承的蛮练，能练到这种功夫，也实在不容易。"张必成道："容易是不容易，但是一点儿用处也没有。"李旷道："不要师承，蛮练出来的功夫，若都是有用的，练武的还用得着四处访求名师吗？不过他两人既是永绥厅山洞里的人，如何会到弥勒院来煮饭呢？"张必成道："他两人到弥勒院来原因很巧。此刻他两人表面上虽是在这里煮饭，实在已拜在广德真人门下做徒弟，不久就要打发他们到别处去做事的。据师傅说，他两人自见面结盟之后，彼此情投意合，不舍得离开。只是朱、陆两家都是极贫寒的人家，专靠努力耕山种土，得些出产糊口。他两人从小只会顽皮，一点儿正事不做，吃喝起来，食量却比寻常人大四五倍。两家的人，平日对于两人只会吃不会做，已大不愿意；只因是自己家人骨肉，便不愿意、也不能不供给他们的衣食。他两人生性糊涂，并不觉得家中人对自己有不愿意的事。陆义农不舍得朱义祖离开，就邀朱义祖到自己家里去住。这种邀外人到家里来住的事，在那地方是没有的，谁也不肯拿养命的粮食给外人吃。这样的举动，就是旁人也做不到，何况陆义农是全家不愿意的人，而邀来的这个朱义祖，又是和陆义农一般的大食量，一般的只会吃不会做。你说陆家的人，能容纳得下么？不但不许朱义祖在家吃喝居住，连陆义农都趁此赶了出来。朱义祖以为陆家不容他住，自己家里可以容纳陆义农的，当即邀陆义农同到自己家里来。朱、陆一般的人家，一般的境况，朱家对付两人的方法，不待说也是与陆家一般。朱义祖既同样的被家中人驱逐，却不愁烦着急，并且两人交结得益发亲密了。好在他两人都在山野之中歇宿惯了，一时没有家也不要紧。

"说起来也奇怪，他两人平日除用蛮法子锻炼身体，和做顽皮害人的事情而外，就只会吃喝，都是一点儿正事不会做的。一被家里人赶出来，虽是在山野之中歇宿惯了，没有家不要紧，但是那么大的食量，拿什么东西充饥呢？像他们平日那般糊涂的人，应该没有人供给饮食，就得挨饿，谁知大谬不然。从被驱逐起，不过半年，两人居然合力造了一所房屋，一不用泥水匠，二不用木匠。就是两个人造出来的房屋，形式和那地方寻常小户人家的房屋一样，房中应用的器具，也都完全有了。两人不会种地，也没地给他们种，专靠打猎为生。他们打猎的法子，与寻常猎户不同。白天在各处深山之中，遇有飞禽走兽，远的便用那种石弹子，近的全凭手捉。一到夜间，就拿他们自己造成的房屋，做陷野兽的机关。那房屋是一连三间，当中一间空着没用，两人分住东、西两间。大门与寻常人家的不同，人家或一扇或两扇，总是向左右开的。他那大门是由上放下的，开时用木杠撑起来，关后就用那木杠拦腰闩了，外面的人便不得进来。那木杠中间系了两条绳索，夜间大门并不关闭，只将两条绳索分牵到两人睡的所在。中间房里堆放些杂粮和缚了脚、走不动的鸡鸭猪狗，引逗得许多野兽进来。两人睡觉都是很警醒的。野兽进来并不知道房里有人，行动总免不了有些声响。两人中只要有一个从梦中惊觉了，听得确是进来了野兽，便顺手将绳索一拉，噼啪一声响，那门就放下来了。这个虽当野兽进来的时候，不曾惊觉，然经这噼啪一下，也就醒来了。二人同时出房，捉那进来的野兽。野兽进了大门，就和进了陷笼一般，没有能逃得出去的。这次也是合该他两人要做广德真人的徒弟，平时引逗进门的野兽，都是狸獐獾兔一类的小东西，豺狼且少，虎豹更是不肯轻易跑进人家屋子里去的。这夜忽进来了一只很大的花斑虎，一口咬着缚住了脚的猪，便待往门外逃跑。哪知那猪是缚住了脚的，如何拖得动呢？猪一叫，陆义农醒来了，料

127

知那猪无故是不会叫的，一拉绳索噼啪把门关了。平时进来的小野兽，一见关了门，断了去路，无不急得在房中乱窜，甚至有乱叫，或用头去碰那板门的。唯有这虎，一见门关了，立刻将口里的猪放下，伏着不动，毫没有声息。

"陆义农是这般关门捉野兽捉惯了，关门后一听乱窜乱叫的声音，就知道是关着什么野兽了，动手去捉的时候，便有一种准备。这回关了门一会儿，听不出一点动静，连那猪都不叫了，狗也被虎吓得不敢声张。心里以为这次落了空，必是门关得迟了，进来的野兽已经脱逃，打算出来仍将大门撑起，因此没做准备，走出房门，即向大门跟前走去。谁知刚一弯腰拾起木杠，还不曾握牢在手。那伏着不动的虎，大概误认陆义农拿棍打他，吼也没吼一声，就猛扑过来。兽眼在黑暗处能看见人，人眼在黑暗处不能看见兽。陆义农不提防遭了这一下，背上已被虎爪打破了一块皮肉。当时并不觉痛，只把拾在手里的木杠震落了，也不知道是什么野兽，急翻身向扑在背上的东西一拳打去，觉得身量很重，才知道是虎豹之类的大兽。

"虎被这一拳打得翻跌了几尺远，朱义祖正从这边房里出来，手托一盏油灯，还没照看得清楚，那虎跳起身又向灯光扑来。朱义祖来不及避让，双手迎着往外一推，油灯也推落了，虎也被推得翻倒了，不过膀膊也经虎爪抓断了筋肉，但和陆义农一般的不觉痛。只听得陆义农喊道：'快来！我已把这畜牲按在这里了。'原来朱义祖托灯出来的时候，陆义农已看得分明。虎跳起来向朱义祖扑去，他也扑了过来，打算从背后将虎拦腰抱住，却不断朱义祖迎着一推，推得那虎挨着陆义农倒下。哪敢怠慢，虎才落地，就被陆义农下死劲按住了。任凭那虎凶猛得厉害，四爪朝天，被这比牛还蛮的陆义农按住了，就再凶猛些，也无法施展。虎既被陆义农按住，朱义祖即可从容拾起油灯，重点起来，将虎置之死地。只是二人才把虎弄死，勇气一退，登时都觉得伤处痛不可当；并且用力过猛，血流过多，二人同时昏倒在地，不省人事。"

李旷听到这里，不觉倒抽了一口冷气问道："这却怎了？那地方的人既是老死不相往来的，而他两人的性质，更可想见没有交游。大门关着，就有人从门外走过，也无从知道他两人在屋内昏死了。有什么人去救他们，替他们医治呢？"张必成笑道："你不用替他两人着急，自有救他们、替他们医治的来了。古语道得好，'无巧不成话'，这日早晨，恰巧广德真人到各处深山中寻药，寻到了那山里。因为久雨初晴，地下泥湿，在他们那房子左近，看见了很大的虎爪印，一路走进大门去了，没有走出来的痕迹。那房屋没有后门，知道那虎尚在屋内，只猜不出大门关了，那虎何以能走得进去？在门外叫唤了一阵，里面没人答应，随手将门一推，才知道门板是由上放下的。进门见二人一虎，同倒在一大块鲜血里面，都像是死了。抚摸二人的胸前还热，设法灌救转来，用药敷了伤处。他二人生性虽是浑噩，却知道感激真人救命之恩，并知道真人具广大神通，不是凡夫俗子，当下即拜求收做徒弟。真人因他两人生长在深山洞里，太不懂得人情世故，暂时只能将他们安置在弥勒院当火工道人，不久便有机缘，可以打发他们出去干事。他们到弥勒院后，仍是不断的照那些蛮法子操练。"

李旷笑道："像方才那样投石块的操练法，实在太蛮得可怕。"张、李二人在山里边谈论后玩耍了一会儿，仍回弥勒院。从此李旷就在弥勒院，与张必成同受魏介诚的指教，练习武艺。

后事如何，下回分解。

第十三回

报大仇老师诚谨慎
谋内应旧仆表忠诚

话说李旷在弥勒院练习武艺，光阴易过，弹指三年。李旷生成的一副锻炼武艺的身体，并生成好武的性质，从何寿山的时候，已练得有些儿门径了。如今又得明师的传授，高人的指点，三年下来，造就更非同小可了。

这三年之中，不但武艺练得高强，结交的人物，也很不少。因弥勒院是广德真人谋乱的总机关，各地的会党头目及绿林首领，凡与广德真人这部分人有些勾结的，都时常到弥勒院来。李旷年纪虽轻，结交朋友的手段，却比寻常的成人还好。他们这类江湖间的人结交，与士君子结交不同。江湖间人虽也有以道义结交的，然不容易见着。普通能多得党羽，及能占有相当地位的会党魁首，无不凭仗结交上有些手段，使多数党徒实心依附。李旷所结交的，都是年轻力壮的人，辰州、永靖几府的会党，十九和李旷有交情。

那时的哥老会虽已蔓延各地，没知识、没职业的人入会的极多。然大都各有各的首领，彼此不甚相联络。因为在一处地方当首领的人，并不是有多大的能为，及如何老的资格。每有一字不识，又不懂武艺的粗人，在外省或外府外县入了哥老会，得了一本海底回来，一则想在本地方扩张自己势力，二则借此招摇骗些银钱挥霍，就在本地方开山立堂起来，自称龙头大哥。海底是什么呢？就是会中人的切口，这种切口是全国一致的。当哥老会盛行的时候，到处都是会党。只要读熟了海底，随便走到什么所在，都有同会的人帮助。真有当龙头大哥资格的人，可以自立山堂乡水的名目，所以谓之开山立堂，自成一派。有名叫某某山的，如九龙山、峨眉山之类，势力越大，知道的人便越多，那一派的人走出来，便越有面子。

也有名叫某某堂、某某乡、某某水的，都不过是各派的招牌识别而已。没有实在龙头资格的人，也想在本地方扩张势力，骗点儿银钱的，就不敢自立山堂乡水的名目。即算大胆立了，别处的会党也不承认，只能袭用他自己原来入会的名目，这种人谓之"小龙头"，也叫"分龙头"。这类龙头，既没有什么能耐，又没有班辈很大的资格，躲在一处地方称雄则可，若和各处交往联络起来，唯恐有能耐的或资格老的，相形见绌，讨不了便宜。大家都是这么存心，所以平日彼此都少有联络。

广德真人因蓄了异谋，要利用这些会党，一处一处的设法招致，使几府的会党首领，都联络作一块。这些会党首领既全是没有知识的，见广德真人神出鬼没，举动真如神仙一般，有谁敢不至诚信服呢？因信服广德真人的缘故，连李旷也是信服的。本来李旷的能耐，原不是那些小龙头所能赶上的。历来当龙头的资格，分智、仁、勇三项，不过在一般知识的会党，不知道智、仁、勇三个字怎么讲，就有人分别层次，做出三句使人容易解释的话。第一是仁，叫做仁义如天；第二是智，叫做笔舌两兼；第三是勇，叫做武勇向先。有第一、第二两项资格的龙头，全国少有；有第三项资格的居多。至于辰、沅、永靖几府的小龙头，连这第三项资格都没有像个样子的。所以李旷虽是小小的年纪，为有了这一身惊人的本领，各处的会首都愿推他做大龙头。

李旷选择了二三十个身壮力强的，带在自己跟前操练武艺，也都练得有点儿能为了。李旷就到那石岩里见广德真人，说道："刘达三与弟子有极深的仇恨，多久就想去南京图个报复，无奈弟子的武艺不曾练成，又没有帮手，未能去得。如今弟子探听得刘达三已转了道班，狗运亨通，昧心钱又积蓄得不少了。他女儿婉贞，原是许配给弟子做妻室的，此刻因已长大成人，又许配别人了。若不是有几家在南京做官的，嫌刘达三身家不清，和瞧不起刘达三后妻张金玉是窑姐儿出身时，婚事只怕早已办成了。弟子现在打算求祖师给假一个月，亲去南京报了这仇恨，不知祖师许也不许？"

广德真人听了点头说道："刘达三确不是个好东西。他当日对你父亲，以怨报德，对你更那么刻薄寡恩，这仇恨在你是应当报复的。不过你到我弥勒院来，已有四年了，共有五年多不在南京，你本人又不曾一日离开弥勒院，刘达三在南京的情形，你如何探听得这么清楚呢？"李旷道："弟子有个在先父手下当差的张升，绰号张二和合。弟子当日初到刘家去的时候，这张升就跟着弟子去的。刘达三欢喜张升又和气又诚实，派他当门房。刘达三待弟子刻薄，张升心里甚是不服。只因他自顾没有帮助弟子的力量，不敢露出不服的神情来，心里却很念念不忘他老主人的。当日他时常在没有旁人在一块的时候，流泪劝弟子将所受困苦的情形，牢记在心。只等一脱了牢笼，就得努力向上，将来长大成人，务必报此仇恨。何老叔带弟子同逃出南京的事，他是早已猜着的了。不过何老叔做事精细，一则怕有他同谋，于事无益，事出之后，使他反受连累；二则何老叔因到刘家不久，和张升在一块儿的日子少，不甚知道他的性格。恐怕他昧煞天良，想在刘达三跟前讨好，把要同逃的主意，告诉刘达三听，所以吩咐弟子，不当着人叫师傅。然弟子曾将拜师的话，向张升说过，张升说：'你师傅既吩咐你不当着人叫唤，必有道理，不可不听，你师傅若能带你逃出去就很好了。'张升说这话的时候，弟子还不知道何老叔，真个能带弟子同逃不能？直到这日早晨，何老叔把弟子推醒来，已是行装打扮，拉着弟子就走。大门钥匙本是在张升房里的，何老叔不知在什么时候，早已偷到了手中。偷开了大门，便一直走下河，事前连弟子都没得着消息，所以不曾对张升说知。后来何老叔对弟子说，就因弟子曾将拜师傅的话对张升说了，不敢再把何时逃走的话，告知弟子，怕弟子不知轻重，又去向张升说。

　　"弟子走后，刘达三固然不甘心，派人四处寻访，想拿回去办劫逃的罪。就是张升也因放心不下，托人随时打听弟子的下落。不过刘达三是恶意，张升是好意罢了。刘达三特地派出许多人寻访，尚且寻访不着。张升空口说白话的托人打听，自然更打听不出一些儿踪影。直到前月魏师叔不知因什么事，打发钱起尘到南京去，弟子知道了，求师叔许我同去。师叔不答应，说若是旁的地方，想同去走一遭不打紧，南京不是弟子好胡乱跑去的。弟子不敢勉强，只得托钱起尘到了南京的时候，顺便去刘达三家，打听张升还在那里看门没有。若会着了张升，不妨把弟子在辰州的情形，约略说给他听，并问刘达三近来的境况行为怎样？前日钱起尘从南京回来，对弟子说，张升还在刘家看门，已会面细谈了许久。据说张升心心念念想见弟子，定要跟钱起尘同到辰州来。钱起尘不敢做主，极力劝他在刘家等候，说将来弟子去报仇的时候，也好有个内应，张升才依遵了。刘达三在南京的情形，弟子因此知道得这般详细。"

广德真人点头道："你打算一个人去么？"李旷道："弟子有二十四个把兄弟，都是身壮力强的，与弟子在一块同练了一年武艺。虽没有惊人的本领，然手上功夫都过得去，寻常汉子，一个足能对付三五个。最难得个个与弟子情同骨肉，弟子打算带他们同去，到南京必不至有差错。"广德真人笑道："你打算去南京与刘达三开仗么，要带这么多人去？"李旷道："弟子与这二十四个把兄弟，当拜把的时候，曾有约在先的，有福同享，有祸同当。由弟子打发他们去干什么事，一个两个随便差遣，不能推诿；由弟子亲自带去干什么事，除了万分不能去多人，或所干的事是极平常没有危险的，此外要去就得大家同去。这回是为去南京报仇，刘达三更是一个有些本领的人，手下也还有几个会把式的。南京城里不像山州草县，万一因他们人多势大，仇不曾报得，反跌倒在仇家手里，就后悔来不及了。"

广德真人道："这话却也不错。不过你去南京，这仇打算怎生报法？"李旷道：弟子打算凭仗师叔传授的这身本领，等刘达三出门去哪里的时候，将众把兄弟埋伏在紧要的地方，同时并举，打他一个措手不及。哪怕他有飞天的本领，明枪易躲，暗箭难防，不愁不能将他置之死地。刘达三既死，要处置张金玉那贱货就容易了。刘达三虽不是一个好东西，然若没有张金玉那贱货从中挑唆怂恿，也不至没天良到如此地步。弟子还记得先父临危的时候，已派人将刘达三请到床前，正要把身后几桩大事托付他，那贱货偏接连打发当差的过来，借故说院上已差人来催促过几次了，立逼着要刘达三过去。刘达三没法，只得跺脚唉声的去了。他去后，先父在床上咬牙切齿的恨了几声，不到半刻就弃养了。他女儿刘婉贞，自从两家打邻居起，没一日不在弟子家中玩耍。当时两下都是小孩子，也不知道什么叫做避嫌。谁知先父一去世，他家就动念要毁婚了，一步也不许婉贞跨进弟子这边的门。先父咽气的时分，刘达三已借着出差躲避了。若不是张金玉那贱货出主意，不许婉贞上弟子这边来，婉贞每日过来和弟子同玩耍惯了的，有谁能禁阻她呢？张金玉悍泼无比，当着刘达三待婉贞很好，背后就恶声厉色的凌虐她。

"婉贞初次受了那贱货的凌虐，哭诉给刘达三听，刘达三并不敢责备张金玉。不知怎么被那贱货知道了，反扭住刘达三大哭大闹说：'后娘真做不得！我这样巴结你家小姐，巴结不上也罢了，倒枉口拔舌的，冤诬我凌虐了她。看我凌虐了她什么地方？是没给她吃呢，还是没给她穿？是打了她呢，还是骂了她？总得交出一个凌虐了她的证据来。交不出证凭，我这条不值钱的性命不要了！'这一闹把刘达三闹得走投无路，一面向贱货作揖打拱，用好言安慰；一面当着贱货打了婉贞一顿，并说以后再敢胡说乱道，便要婉贞的性命。可怜婉贞经过了这么一次，从此无论如何被那贱货打骂，哪里敢再向刘达三申诉半句？这样恶毒的贱货，弟子不处死她，实不能泄心头之愤。婉贞是经先父母的手，配给弟子为妻室的，她对弟子没有差错，弟子不能负心不要她。打算带她回辰州来，求祖师师叔做主成亲，不知像这般做法妥也不妥？"

广德真人抚摸着胡须，笑问道："你从小与刘婉贞在一块儿厮混的么？"李旷连声应是。真人接着问道："生性必是很贤淑的？"李旷道："虽不敢说生性如何贤淑，然弟子确知道她天性最厚，悍泼的行为一点没有。"真人点着头笑问道："既是如此，你知道她肯跟着杀父的仇人做老婆吗？"李旷被真人这句话问得怔住了。真人继续说道："你这般打算都错了。刘达三对待你父子的情形，虽属可恶，只是世态炎凉，像刘达三那样对朋友的人，一百人当中怕不有九十九个，罪何至于死呢？不过他不应该存心想把你置之死地，就为这一点可使他受些亏苦。至于他待你不好的事，何寿山曾把他的老婆捆了，多年劳苦的积蓄劫了，已可算得报复了他。你不但不宜伤他的性命，并不可去当面与他为难。你要知道刘达三，是四川哥老会中特出的人物，精干非常。不必说他旁的能耐，只看他是一个没读书的人，又是哥老会头目出身，居然能使四川全省的会党，大家凑钱给他捐官；在南京那种重要的地方候补，竟能在上司跟前跑红。虽说当时若不得你父亲提携，没有今日，然这几年在南京接连不断的干着好差事，而官场中并无人能看破他的底蕴，即此已可想见他不是好惹的人了。你瞧何寿山为人何等精明干练，武艺也比刘达三高强，然刘达三在家的时候，何寿山即有心要救你逃走，也不敢下手。

"刘达三在南京不是寻常的人，是一个极红的候补道。四川会党中有些儿武艺的，这几年之中，共招去了一百多名，纵不必尽在他左右，但他知道有你与何寿山逃在外省，总免不了有去报仇泄恨的时候。并且他为办盗案匪案，得罪的人不少，也有在暗中计算他的，他不能不时时提防准备。你以为带二十四个人为多？如果刘达三是寻常人，即算有他那一点儿本领，也用不着带这么多人，二十四个实是太多了。如今刘达三左右有能

134

为的人，至少也有几十个。紧急的时候，可以听他呼唤的，多的不说，从四川招去的这一百多名，是断没有翻转来帮助你的。你这二十四个把兄弟，才跟你练了一年的武艺，打平常的汉子有余，和刘达三手下的人较量，能不能各顾性命，尚且难说，何况要置刘达三于死地！那时你一下不曾把他弄死，你既知道南京非山州草县可比，要想连你二十五个人，一个也不落到刘达三手里，可不是一件容易的事。姑且让一步说，刘达三竟被你一下弄死了，在你算是已如愿相偿；只是你须知刘达三在南京做官，是哥老会中的人拿出钱来替他捐的，他便替哥老会做官。他为人尽管无恶不作，对同会的人，除有些忌刻何寿山而外，少有不受他提拔的。他被你弄死了不打紧，你说四川的哥老会肯马马虎虎放你过去么？若刘达三与你真有不共戴天之仇，你把他杀了，这些人虽不愿意，但是也得原谅你。无奈认真说起来，他不过待你刻薄了些，带你逃跑的已劫了他的巨款，还有什么大不了的仇恨呢？"

李旷听了这一大段话，觉得甚有道理，偏着头思量了一会儿说道："然则弟子这仇恨不能去报了么？上次劫他的巨款，是何师叔做的事，弟子连见也没见着，弟子并没有要劫他银钱的心思。这几年来，弟子无一时一刻忘了报复刘达三的事，承祖师吩咐不伤他性命倒可以，若就这么饶恕了他，弟子实不甘心。"广德真人道："你能不伤他的性命，不当面与他为难，看你想怎么报复，都没要紧。此去不是当耍的事，以小心谨慎为上。"李旷道："望祖师放心，弟子也知道刘达三不容易惹。以先父那般精明能干的人，尚且至死未将他识破，弟子自然不是他的对手。只因一念愤恨，便不暇顾忌许多，如今蒙祖师开导，弟子不敢冒昧从事了。好在这几年来，弟子的面孔身段大异昔时，刘达三见面必不认识。弟子是能认识他的，他在南京的时候，弟子藏匿着不下手，等他出差去了，弟子有张升通消息。无论如何，决不至反跌在他手里便了。"广德真人听了这才点头道："你去吧！总之小心谨慎为好。"

李旷叩辞了出来，即日带着二十四个把兄弟，一同到南京。不敢在城内居住，恐怕被人识破，在离城十来里的一座古庙中住着。那庙名叫石将军庙，建造的年代，大约已很久远了，废井颓垣，没人修理，仅有一个跛了脚的老废物当庙祝。这老庙祝每日只顾将神殿略事打扫，及管理他自己住的一间平房，其余所有的房屋都空闲着，听凭各路逃荒的人及地方无业游民栖息，庙祝概不过问。庙门以内，随处都是用三片砖头架起的炉灶，芦茅草菅，遍地皆是。到这庙里去求神的，不是小偷，便是专吃赌博饭的无赖。石将军是谁，是何朝代的人物，这庙是什么时候由什么人建筑的？县志上无可稽考，地方故老更说不出一个所以然来。因为在庙里栖息与来往的，尽是下等人，中等社会以上的人，就走错了路，也不走到庙里去。李旷带着那二十四个把兄弟，也装作逃荒的模样，就在石将军庙里的两边廊檐下住着。

李旷亲自到刘达三家一打听，凑巧刘达三出差不在家中，几个有些儿能耐的党羽，都跟随着去了。家中除张升而外，只留了两三个没多大本领的当差。张升一见旧少主人来了，自是欣喜无限，当即将李旷引到僻静无人之处，说道："少爷此刻正来得凑巧！若再迟十日，不但刘达三回来，这仇不容易报复，就是曾许配给少爷的这位小姐，也已嫁到王家做姨少奶奶了，纵有回天的力量，也不能望破镜重圆了。"李旷问道："他家婉姑又许给了姓王的吗？"

张升道："哪里是什么许给的，拿女儿做人情送给人也罢！那兵备道王小龄是总督跟前第一个红人，四个儿子都已娶了媳妇。大少爷是正太太生的，讨了两个姨太太；二少爷、三少爷是姨太太生的，也各自买了两个堂子里姑娘做姨太太；唯有第四个少爷，是王小龄三姨太跟前一个丫头生的。那丫头容貌生得不好，并不得王小龄的宠爱。只因王小龄在二十多年前，欢喜在外面眠花宿柳，又怕姨太太吃醋，只好半夜三更悄悄的从后门出进。那丫头要巴结王小龄，就很小心的替王小龄开关后门；王小龄感念那丫头这点好处，瞒着人和丫头睡了。想不到一睡就怀了胎，十个月满，生下这个四少爷来。王小龄的正太太、姨太太都不答应，要将那丫头和四少爷都置之死地；王小龄跪在地下哀求，才肯留子去母，把那丫头赏给了当差的。

"如今四少爷长大了，已在前年娶了媳妇。不知怎么听得人说刘家婉姑生得好，想弄去做姨太太，却因刘达三也是南京有名的候补道，恐怕碰钉子，不敢托人来说。刘达三在南京结交的人多，消息最灵通。四少爷虽不曾托人说，而那种想纳妾的意思，已有人传到刘达三耳里。刘达三初听这话，也不大高兴，说王老四太瞧不起人，他老子是道台，我也是道台，我家的小姐为什么给他家做小老婆？不料，刘达三回家将这话向张金玉一说，张金玉倒十分怂恿说：'王小龄这样火也似的红人家，眼前就有升臬台的消息，嫁给他们家少爷做姨太太，比嫁给平常人做正太太的强多了。他家有什么辱没了你女儿的地方？老实说起来，你女儿从小就曾许过了人家的，李家那孩子，还在你家住过多时。于今要另配人家，不知道有这么一回事的倒没要紧，若是知道你与李家情形的，都得存心忌讳呢，谁肯好好的娶你女儿做媳妇？'

"刘达三心中最害怕的人就是张金玉，听了张金玉这番话，不但不敢怪她说的太混账，并觉很有道理似的，倒连忙恭维张金玉道：'亏你倒想到了这一层，可见得女儿姻缘是由前定的。我女儿若没有李家那回事，无论如何也不至嫁给人做小。因李家那孩子在我家住了些时的缘故，同乡的、同事的都知道我女儿已许了人家，所以几年来没有前来说媒的。我虽曾托人代我留意选婿，无奈东不成西不就，吃亏就在小时候，不该糊里糊涂的许给李家。'张金玉见刘达三这么说，她是巴不得趁早把婉姑嫁出去的，自然尽力的撺掇，直撺掇得刘达三倒去托人向王小龄四少爷示意。是这般拿亲生的女儿去巴结人，还有个巴结不上的么？那四少爷听了，喜出望外，原打算连日子都不选择，就在第二日打发一乘轿子来接过去的。刘达三觉得太没有排场了，面子上有些过不去，王四少爷才教阴阳先生选日期，以越近越好。偏巧几个阴阳先生都说，照男女的生庚八字配合起来选日，十月初十日以前的干支，都不相宜，并且凶煞太重；须过了初十，可用的日期就多了。王四少爷没法，只得定十月十一日。今日是十月初三，所以我说少爷再迟来十天，婉姑子已到人家做姨奶奶去了。"

李旷听了张升这些话，只气得咬牙切齿，连恨了几声问道："婉姑子既是十一日就要出嫁了，刘达三为什么却在这时候出差去了呢？"张升摇头道："他平日出差去哪里，干什么事，照例没人向我说，我也不问。因为我在他家里看门，他出差轮不着带我去。我猜他在十一日以前，必能回来。"李旷点头道："嫁给人家做小老婆，老乌龟不在家倒也没要紧。只要有了那婊子，就可以作主张了。"张升笑道："老乌龟就在家，不问大小的事，也都是那婊子做主，老乌龟连鼻孔里也不敢哼一声。"李旷略停了一停，忽然说道："哦，我倒把一句要紧的话忘记问你。老乌龟把婉姑子许给王家做小老婆的事，婉姑子自己知道么？"张升忙举双手摇着，说道："她自己不知道，若是知道了，她家里决没有这么安静。"李旷道："这是

137

什么道理呢？"

张升道："去年就为婉姑子许人家的事，害得秋海棠丫头挨了一顿饱打，撵出去，白白的送给周媒婆了。记得是去年十一月里，刘达三托人替婉姑子说媒。那人说青浦赵家又富又贵；虽是那男子有三十多岁了，娶去做继室，然前妻没有儿女。刘达三打听得那赵家确是有百万家财，并有几个人在外省做官，已将婉姑子的八字回过去，打算许给赵家了。后来不知怎的，赵家又把八字退了回来。当刘达三回八字过去的时候，婉姑子身边的丫头秋海棠在外面听得说。那丫头才有八九岁，不知道轻重，以为自己小姐许人家是喜事，一回到里面，就说给婉姑子听。婉姑子听了，便睡在床上哭泣起来，饭也不吃，话也不说。秋海棠看了，也不知道是为她自己不该乱说，吓得倒去说给张金玉听。张金玉跑到婉姑子房里看了一看，问什么事睡在床上哭泣，婉姑子不开口。

"张金玉怪婉姑子不该不理她，回房抓住秋海棠就打。初用门杠打了几下，嫌门杠太重了，打得手酸，从头上拔下金簪来，将秋海棠浑身乱戳。直戳得秋海棠倒在地下不能走动了，哭也哭不出了，刘达三才回来，问为什么事？张金玉不见刘达三还好，一见刘达三更怒不可遏，一把扭住刘达三要拼命。闹了许久，刘达三方知为婉姑子不该不理她。刘达三只得赔不是，当面责骂婉姑子一顿。张金玉还不依，定要把秋海棠撵出去，一个钱不要，白送给周媒婆。从这次以后，谁也不敢再向婉姑子说什么话了。这回许给王家做小的事，刘达三、张金玉都曾吩咐家里的人，不许在婉姑子跟前漏风。自从撵掉了秋海棠，婉姑子身边便没有丫头。如果婉姑子得了这做小的风声，必然又哭得死去活来，张金玉见了，能不追问来由么？这几日上房里没有一些儿动静，所以能料定她断不知道。"

李旷问道："你可知道去年许配青浦赵家的时候，她那么哭泣睡着不起来，是什么意思么？"张升道："当时张金玉问她不开口，后来刘达三回来问她为什么哭，也不肯开口。刘达三虽责骂得她不敢哭了，只是仍闷闷不乐的过好几日。等到赵家把八字退回来了，张金玉故意高声和刘达三说这退八字的事，使她听得，第二日就见她和平时一样有说有笑了。她究竟是什么意思那么哭泣？始终不曾听她说出来。然我常听得几个老妈子谈论，说张金玉猜度她是嫌赵家里的年纪太大了，又是填房，因此不称心，但不好意思说出来，急得只好睡着哭。几个老妈猜度的却与张金玉不同。

老妈子说平时无意中看婉姑子的言语神气，还念念不忘李家的姑少爷。这回听得要另许赵家，必是心里着急，口里又不敢说，因为李家姑爷早已逃得不知去向了，生死存亡都得不着消息，怎好说要守着不嫁呢？所以急得哭起来。我当时听得老妈子这般说，便问她们，无意中看出了婉姑子什么言语神气，何以知道还念念不忘李家的姑少爷？

"老妈子说：'有一次我们谈论这条街上，钱寡妇改嫁的事，婉姑子在旁听了就生气道：'这种没廉耻的贱妇，你们也拿着在口里谈论。快些收起来，不要再说了吧！你们不怕说脏口，我不愿听脏了耳。'我们便说钱寡妇改嫁的事，倒怪不得钱寡妇没廉耻。因为钱寡妇嫁到钱家来，只一年半，就把丈夫死了。一不曾生男育女，二没有家财，年纪又只有二十四岁，叫她不改嫁，如何混过这下半世的日月呢？并且这改嫁的人家很好，丈夫还只二十八岁，不问哪一件都比在钱家好，自然要改嫁。谁知婉姑子听了我们这些话，大不耐烦起来，望着我们骂道：'你们都是些无耻的贱货，休说已嫁到钱家一年半，丈夫才死，若是有廉耻的女子，只要是她父母将她许配了钱家，就不应该改嫁别人了。你们下次若再拿这种贱货的事来说，就莫怪我骂你们。'由这种地方，可以见得婉姑子还念念不忘李家姑少爷。老妈子都是这么说，我想张金玉即算分明知道婉姑子哭的是为少爷，对人也决不肯说出是为少爷的话来。因为在刘达三跟前说少爷的坏话，挑唆悔婚的是张金玉，张金玉巴不得婉姑子不把少爷放在心上，免得刘达三父女埋怨她不该拆散姻缘。"

李旷点头道："婉姑子的品性贤淑，我是知道的。张金玉这种狠毒妇人，我非将她治死，不足以出胸头之恨。我这回来，可算是天从人愿。若不是那老乌龟，凑巧在这时候出差，我带来的人太多，要在这里守候多少日子，岂不是一件顶麻烦的事？"张升问道："少爷现在打算怎么办呢？"李旷道："我只存心要处治张金玉那个狠毒妇人，至于应怎生处治，我因离开刘家的时候太久，他家近来是怎么样的情形，不能详悉，所以并没有一定的打算。于今来找你，就是来跟你商量的。你终年在他家，大门又是归你看守，你想想该怎么办好，我便依你怎么办。办好了之后，你跟我到辰州去。你不是会里的人，跟着刘达三是得不着好处的。"

张升道："我哪里是想得刘达三什么好处？若不是跟随少爷，我怎的到他家看门？少爷知道我是个老实人，要我想主意是想不出的。好在刘达三把几个好武艺的当差，都带去了，只留了三个不成才的在家。张金玉有时到哪里去，就是这三个不成才的抬轿子，此外还有四个老妈子、两个丫头，一个大司务。少爷带来的人多，怕他们做什么？张金玉的心虽狠毒，胆子却是小极了。那年何寿山将她捆绑起来，吓得她哼也不敢哼一声。何寿山带少爷走后一个多月，她还害怕，不许刘达三出门，唯恐何寿山再来。"

李旷道："依我的心愿，原打算将刘达三置之死地的，因祖师广德真人的告诫，才转变了念头。认真说起来，刘达三待我的情形虽是可恶，然若没有张金玉那毒妇从中播弄，或者刘达三也不至要谋害我的性命，所以刘达三可以饶恕，张金玉万不能饶恕。我于今已打好了一个主意，看你说行也不行？我这回带来的兄弟共有二十四个，无论要怎生办，都不愁人少了没有帮手。我打算明天早起，就带了那二十四个兄弟到刘家来。此刻和你约好暗号。明早我们一到，你就将大门打开，放我们进去，仍把大门关好，趁他们都还睡着的时候，除婉姑子以外，一个个捆绑起来，用麻核桃塞住他们的口，使他们不能叫唤，听凭我慢慢的处治那毒妇。办到我心满意足了，才带着婉姑子和你同走。"张升不待李旷再说下去，已连连摇手说道："不行，不行！"

要知他有什么理由，下回分解。

第十四回

劫娇妻半夜登门
救后母中途撞树

话说张升听了李旷的话，连连摇手道："这南京城里，怎么由得少爷这么干？即算这时候能安然干好了出城，事后也免不了要破案，这样险得很！"李旷道："这主意既不行，还有一个主意。我此刻和众兄弟同住在石将军庙，我看那庙里有一间楼房，那楼房是怎样的情形，我虽不曾上去看过，然在外面远望那些门窗，灰尘堆得很厚，窗格也多破了，可以想见已长久没有人住了。我回去把那楼房略略的打扫一下，明日带人来这里，将张金玉抢去，放在那楼上关着。婉姑子也接到那楼上去，看婉姑子叫我怎生使张金玉受苦受罪，我无不照办。她受张金玉的磨折，也受够了，不能不当面替她报复，消消她的怨气。"

张升道："张金玉是个胆小无能的女子，你就要处死她，见面一刀便可了账，怎用得着这么费事？"李旷摇头笑道："我何尝不知道可以一刀了账，只是我和婉姑子，都受了她那么多的恶气，一刀了账，实在太便宜了她，慢慢的处治她最好。她说料定我是个没出息的孩子，我出息是没有，不过我得细细的问她，怎么知道我没有出息？我决定了是这么办，明早就来，你不要害怕。"张升看李旷显出很决绝的样子，不敢再说。他人虽老实，然知道这事关系重大，不敢对人漏出一点儿风声。刘达三和几个精干的当差，都不在家，这样突如其来的意外之事，没人在张金玉跟前告密，当然不曾察觉。

次日天光一亮，李旷就带着众兄弟到了刘家。有张升做内应，又是以有心的计算无心的，以有力量的计算无力量的，自然一点儿不费事，将刘家所有的男女除婉贞、张升而外，都从睡梦中捆绑起来了。李旷等身边都带了尺多长的解腕尖刀，有几个被捆绑得惊醒转来，就想张口叫唤的，见这许多凶神恶煞一般的汉子，各人手执雪亮的尖刀，知道一叫唤就得被刺一刀，谁还敢开口呢？

李旷亲自动手捆张金玉，张金玉才一睁眼，李旷就指点着自己的鼻子问道："你还认得我这个没出息的孩子么？"张金玉一看是李旷，只吓得心胆俱裂，身体止不住筛糠也似的哀声说道："我怎么不认识？你是李姑少爷，我不曾得罪过姑少爷，姑少爷为什么这么对我？姑少爷要什么东西，请说出来，只要是家里有的，都可以送给姑少爷。求姑少爷把我放了，我鞋尖脚小，也跑不到哪里去。"李旷嘎了一声笑道："我只要你一件东西，就是你身上的，不过不要你送，我自己会来取。我今日特来接你去一处地方，轿子已备好在外面了。本来可以不必是这么捆了去的，无奈我带来的轿夫，都是初次抬轿，恐怕抬起来不合脚，把你掀跌下来，街上来往的人多，失了你当夫人的体统，所以只得委屈你一时半刻。不但如此，我还有一粒橄榄奉敬，请你含在口里。"

张金玉听说要她身上一件东西，说时又带着笑脸，大约会错了李旷的意，正使出娇怯怯的模样，想再说话。李旷已拿尖刀割了一角门帘，揉作一团，待向张金玉口里塞，张金玉这才急得要叫唤。谁知樱桃小口一张，李旷奉敬的橄榄早已乘虚而入，登时叫也不能出声，吐也不能出口。李旷派两个把兄弟看守了，就收了尖刀，独自到刘婉贞睡房里来。

李旷在石将军庙，带二十四个把兄弟出发的时候，已派定了进刘家大门后的职务。本人只带两个人对付张金玉，刘婉贞房里，是早已吩咐了不许众兄弟闯进去的。刘婉贞独自关在房里睡觉，李旷等虽在旁边房间里捆人，然没有高大声响。丫头、老妈子又都一个个从被窝里拖出来捆好了，没有漏网的送信给她，因此直到李旷去敲她的房门，她才惊醒，哪里想得到忽有这种意外的事。

李旷怕她受惊，只用一个指头在门上缓缓的敲着。婉贞醒来，料知不是丫头，必是老妈子，连问也没问一句是谁，下床便将门钮开了，依旧回身往床上走。李旷分明听得开了门钮，本要随手推门进去，只是不知怎么的，忽然觉得胆怯手软起来，一时竟鼓不起这推门进去的勇气。

且慢！杀人放火的勾当，李旷能行所无事的干下去，何以这时候去见自己未婚妻的面，倒胆怯得连门都不敢推呢？其实这不得谓之胆怯，是由害羞的念头发生出来的现象。这种害羞的念头，在那时候青年未婚夫妇，无论在什么场所初次会面，都免不得要发生出来，实在赶不上现在的青年男女，从出娘胎就不知道害羞的念头，是怎么一回事，所以在下不得不将李旷这种情形，说明一下。

闲言剪断，且说李旷当时忽然害羞得不敢推门，只得立在门外踌躇，不知怎生办法。倒是刘婉贞在房里觉得奇怪，不见有人推门进房，只得回头对着房门问道："是谁敲得我起来开了门，又不进来呢？"李旷听得是婉贞的声音问话，心里更是一冲，十二分想趁此推门进去，但是心里还有些踌躇见面的时候，应该怎生开谈的话。李旷在门外踌躇复踌躇，刘婉贞在房内却忍也忍不住了，疑心是张金玉跟前的丫头无状。带着几分恼怒之意，转身走到房门口，一手将门拉开，口里才生气问是哪个。个字还没说出，眼里已认得是李旷当门立着。这一下只吓得刘婉贞连忙将那未说出口的个字，截止不说了，登时满脸羞得通红，只恨没有地缝可以钻身进去，低下头来，掉转身向床跟前就走。

李旷见到刘婉贞害羞的神情，比自己还厉害。一时胆气倒壮了些，趁刘婉贞掉转身向床跟前走的时候，举步跨进房门，仍照小时候的称呼，叫着婉妹，说道："你已不认识我了么？我此刻是特地来迎接你的。张金玉那个狠毒妇人，是我的仇人，也是婉妹的仇人，我已把她捆绑起来了，打算带她同去，听凭婉妹的意思，看要怎生处治她？我这几年停留的地方，虽是离南京很远，然婉妹在这里被那狠毒妇人凌虐的情形，我一概尽知。这仇恨我不替婉妹报复，也没人能报复。婉妹有随身应带去的东西，请趁早检点，立刻就得出城，我在此地不便久停。"

刘婉贞陡然听了这些话，只吓得芳心乱跳，靠帐门低头站着，又害羞，又害怕，又不得主张，心里一时没有可回答的话，就是有话口里也觉回答不出。青年男女在这种时候，只第一句话最难说出口。李旷既经说出了那一大套的话，以下便不用踌躇了。见刘婉贞只管点头不作声，即接着说道："婉妹不要害怕，更不要疑心我这种做法不妥当，婉妹须知道我这回到南京来，为的就是婉妹一个人。如今婉妹只管是这么不答我说话，究竟婉妹的意思怎样呢？我不是胆小不敢多在这里停留，只这南京地方，不比寻常偏僻所在，万一有点儿风声走漏出去了，恐怕连累了婉妹，因此我事前不敢通知。"刘婉贞到了这时，知道再不能害羞害怕了，只得开口答道："父亲正出差去了，我怎么能就是这么同走呢？"

李旷不乐道："还提什么父亲？我说话婉妹可不要生气，我和他早已恩断义绝了。他待我的情形，没人敢拿着向婉妹说，婉妹所以不知道。他三番五次要谋害我的性命，若不是他委托谋害我的人有天良，我早已死在他手里了。先父在日，是那么帮助他，临终要付托他几句话，他为了怕张金玉，连坐也不敢多坐一刻。他无情，我便无义，我若不是恐怕伤婉妹的心，也不在这时候到这里来了。我趁他不在家的时候来，就是唯恐见面眼红，一时按不住火性，做出使婉妹难堪的事来。"李旷虽是这般说，刘婉贞听了，仍现出迟疑不决的样子，但是口里并不说什么。

李旷疑心刘婉贞不愿意同他走，不由得正色说道："这事用不着迟疑，我是为你我的婚姻，是由先父母做主定下来的。你父亲虽嫌我贫穷，翻悔原议，幸亏你深明从一而终的大义，不肯变心。我派人探听得确实，才甘冒危险，亲到南京来。一则遵先父母之命，二则完成你的志向。你如果有丝毫不愿意跟我同走的心思，就请你明白说出来，我并不怨你，只怨我自己糊涂油蒙了心，太不自量，误听了旁人的话，错认你了。若你真心愿意嫁我，就应该知道，你父亲是不愿意将你嫁我的人，有你父亲在家，除了我把你父亲杀死，便是你我想见一面也做不到，更何况带你同走呢？"

刘婉贞问道："打算带我到哪里去呢？"李旷刚待回答，刘婉贞随即很低微的叹了一声道："带我去什么地方，我本用不着过问。不过我得问问远近，看我今生今世还能见得着我父亲么？"李旷道："能见面不能见面，不在路的远近。"李旷说到这里，见刘婉贞已掩面哭泣起来，心里也觉得：她父女之情出自天性。她受了刘达三养育之恩，今忽然要是这么生离死别，怪不得她心中悲惨！我幸亏临行时受了祖师的训诫，把那要处死刘达三的念头打断了。若冒昧照我自己当初的计算，乘刘达三不备，突杀他一个措手不及的。姑无论刘达三的本领了得，护卫的人又多又强，不见得能如愿把他杀死；即算暗箭难防，容易将他杀死了，再想与婉贞完婚，已是万分办不到的事了。她今日不忘她父亲，就可以知道她将来决不忘我。像张金玉那种毒妇，刘达三待她那么厚的恩情，刚才见我带笑和她说话，她居然想拿出淫荡的样子来摇惑我。她自己是禽兽不如的东西，也拿禽兽来待我，岂不可恨！

想到这里，他即对婉贞说道："此刻不是哭的时候，你赶紧把要紧带去的东西检点检点。我先打发他们把张金玉送去，做一道儿同走，惹人碍眼。"李旷说完这话，即退到张金玉房里。见张金玉还捆倒在地下，脸上已改变了颜色，两眼流泪。两个看守的正在对张金玉评头品足，李旷便叫两个看守的将张金玉抬起来，同到外面轿厅上。这轿厅上有两乘轿子，李旷指挥众兄弟，将张金玉绑在轿子里，就从众兄弟中选了两个能抬轿的，抬着先回石将军庙，并分派了几个兄弟同行防护。

李旷看着众兄弟押送张金玉走后，才回身到刘婉贞房中。刘婉贞毕竟是想嫁李旷，此时已将她自己贵重些儿的衣物首饰之类的东西，拾掇打成包裹了。李旷在刘达三房间里搜出许多值钱的金珠饰物，分作几担，叫留下的众兄弟挑了，一个个从后门溜走出城。南京城里的人虽多，只是这种出人意外的事，又是天光才亮的时候，大家都还睡着没起床。那时没有警察，更夫一到天明，便回更棚里，纳倒头睡觉去了，所以闹一个这么大的乱子，左右邻居都没有察觉。

李旷教刘婉贞也坐了轿子，由张升保护着，从大门直向石将军庙去。只留下李旷在刘家，仍将大门关好，回身到各房间里，把那些捆绑的当差和丫头老妈子，拖作一堆躺着。重新将各人口中的麻核桃塞紧，才指点着自己的鼻巅，对各人说道："你们好像都不是这里用了几年的老人，大概都不认识我。见我带来这么多人，从被窝里将你们拖出来捆绑在地，我料你们的心里，必疑我是一个强盗头目，趁你们大人不在家的时候，前来行劫的。错了！全不是这么一回事。我也和你们大人一样，是做大官的。我姓李，从小就配定了，是你们婉姑子的姑少爷。只因我和你们大人都是四川省的人，我四川有几处地方的风俗，无论是什么人娶妻，是要像这么行强抢夺的；还有女家须雇用会武艺的人，与男家的来人对打的，这名叫抢亲，不是什么不吉利。我和你大人是亲同乡，我那地方的风俗，只许男家来抢，不许女家对打，所以你们大人趁这出差在外的时候，约我派人来抢。如今你们婉姑子已做新娘去了，你们太太也当上亲去了，只带了张升去侍候。我去后不久，你们大人就要回来的，你们可以向他讨喜钱，每人至少也得赏一百两，这是我们四川的风俗，照例有赏的。我还有一句话留在这里，务必对你们大人说：你们太太此去我家当上亲，三年五载不见得能回来，你们大人用不着派人来接。我此刻亲已抢了，原不妨将你们的绑松了再去，只因我们家乡的风俗习惯，绑了男家的人，不能由女家的人解放；绑了女家的人，不能由男家的人解放。从来是如此的，不可错乱。错乱了，两家都不吉利，因此不得不多委屈你们一会儿。好在你们大人有的是银钱，只要多赏你们几两银子，便再多受些委屈，也是值得的。我得快回家做新郎去，没工夫多陪你们谈话了。"

他随即笑嘻嘻的对这些人说了一句对不起，就退了出来，把后门也从里面关锁了，打后围墙上跳了出去。街上的店家，多还刚起来开店门做买卖。

李旷回到石将军庙，见二十四个把兄弟，已分作几处把守。恐怕城里万一有人追赶出来，只有张升和张金玉、刘婉贞三人在破楼上。李旷一到，就派了几个兄弟去江边雇船，自己却走上破楼来。只见张金玉的绑已松了，蓬头散发的坐在楼板上哭泣，刘婉贞蹲在旁边劝慰，张升远远的立在楼角上，嘻开着嘴望着张金玉笑。李旷看了很诧异的问刘婉贞道："婉妹，你难道吃这恶婆娘的苦头还吃少了吗，怎么如今倒用好言安慰她呢？她明知道你我是从小定下来的亲事，即算因我逃走了，数年没有音信，她是后母，于你原没有什么恩情，不妨主张另择高门，然而何至要迫你父亲，将你送给王小龄的第四个儿子做小呢？王小龄的第四个儿子，通南京的人都知道，是王小龄与丫头通奸生下来的，那丫头早已赏给当差的做老婆去了。王老四又不长进，终日倚着他父亲是兵备道，在外吃喝嫖赌，凡是寻常恶少的行为，无不应有尽有。就是三媒六证的嫁给他做花烛夫妻，都辱没你到了极点，何况送给他去做小呢？你父亲本来不愿意的，只因这毒妇存心要凌辱你，要害你的性命，日夜逼迫你父亲，颠倒托人去求王老四赏脸，把你收去做小。你想想这毒妇的狠毒情形，看可痛恨不可痛恨！"

刘婉贞回望望张金玉，仍低下头来流泪。李旷接续着说道："幸亏你父亲和王老四都信阴阳，请许多阴阳先生看了，都说你本月十一日以前，没有可以纳妾的吉利日子，才能留着你这条性命，等待我来。如果专依这毒妇的话，凭你自己说，你这时候还有命么？若这样的罪恶，还可以饶恕，那就世间没有不可以饶恕的罪恶了。"说话时，他突然从腿弯里拔出一把七八寸长的明晃晃的尖刀来。刀把用红绸缠了，把上有一个圈，大拇指套进圈内，刀尖朝下握着。说时迟，那时快，一伸手便对准张金玉的头顶刺下。亏得有刘婉贞蹲在旁边，吓得连忙双手将张金玉的头抱住。若不是李旷的武艺好，下手有分寸，这一刀不曾刺死张金玉，一定倒把刘婉贞刺死了。

李旷见刘婉贞奋不顾身的庇护张金玉，也吓得连忙将手收住，在楼板上跺脚说道："婉妹，你真糊涂！怎么倒救护起这毒妇来了呢？这毒妇时时刻刻，处心积虑要谋害你我两人的性命，亏得皇天保佑，使她的毒计不得成功，不然，不早已死在她手里了吗？快放开手吧，我今日不杀死她，她将来仍免不了要挑唆你父亲，想方设计报复我们的。别人与我为难，我不放在心上，你父亲与我同会里的人，我不能不防范他。"

刘婉贞举手向李旷扬着说道："你不要以为我是存心救护她。休说她平日仗着得父亲的宠爱，无端的辱骂我、欺侮我，便是她一举一动，处处阴险刁诈，我也不必回护。不过在名义上，她究竟是我的后母；况且父亲待我，还不能算十分不好，她又是父亲所心爱的，杀了她，何以对得起父亲？也叫后世人人唾骂我不孝了。"李旷便趁势对刘婉贞说道："既是婉妹替她求情，我此刻不杀她也使得。但是我已经将她捉到这里来了，不能随便又送她回去。我不便在此地多停留，暂且带她换一个地方，再作区处。"说时把尖刀收了，下楼吩咐众兄弟将劫得刘家的财物，先送上船。仍用轿子抬着刘婉贞、张金玉两个，李旷和张升押着同走。依李旷的意思，本要照来时的样，将张金玉捆绑在轿子里面，用麻核桃紧塞住那樱桃小口，免得在半路上发生呼救或图逃等事的。无奈刘婉贞尽力庇护，一口担保张金玉断没有这么大的胆量，如果竟有这种呼救或图逃的举动，也不过是自寻死路，一时有谁来救？妇人家鞋尖脚小，更如何能逃得掉？

李旷从小就很爱刘婉贞，刘婉贞向他说什么话，他历来不忍拂逆刘婉贞的意思；如今虽曾隔了几年不会面，然爱护刘婉贞的心，并没有减退。见刘婉贞这么说，他心想：有我自己在一道儿同走，而从石将军庙去江边，又不走街市人多的地方经过，果然不捆绑也不要紧。半路逃跑的事，不待说是做不到的，就是想高声呼救，有我跟在轿子旁边，不等她叫出第二声，我只一刀便送她回老家去了，怕她做什么？因此李旷就依从刘婉贞的话，一不捆手，二不塞口，和刘婉贞一般的自行打进轿子。

不过李旷总觉不敢太疏忽，叫张升跟在刘婉贞的轿后，他自己就紧靠着张金玉的轿门。临行并对张金玉说道："你要知道你姑少爷，许你是这般舒舒服服的坐在轿里，是你婉姑子待你的恩典，你得安分些，休得妄想有人来救你。在有人的地方走过，你只要鼻孔里哼一声，那时就莫怪我的'屠子放'来得太快啊！"哥老会里面的人，说话多有隐语，外边人听了不

147

懂的，谓之切口，也是海底之内的。这种隐语当中，对于物件的名称，差不多有一半是用歇后语。如迷药原称为"灵丹妙"，后来因"灵丹妙药"四个字太普通易懂了，虽用歇后，还恐怕被耳聪的人听了去，改就了连妙字都不要，加上一个字，称为"灵丹子"。又有专取同音的字，不敢取义的。如称脚上穿的鞋子为"鱼水"，是取鱼水和谐的"谐"字，与"鞋"字同音，因怕有和字被外人听出，所以简称"鱼水"。

李旷对张金玉说话，本用不着拿出这类切口来，只因他们这种人平日和会中人说惯了，说顺了口，就不知不觉的说了出来。在李旷是一番警告张金玉的意思，若明说你敢在人多的地方哼一哼，我便一刀送你的性命，张金玉听了，或者害怕不敢尝试。无奈李旷不曾留神，好好的一个又简单、又便当的刀字不说，偏要说什么"屠子放"。张金玉是一个当婊子出身的人，虽嫁刘达三是哥老会中的头目，只是刘达三在南京做官，不敢向人露出本来面目，说话举动，处处留神。就是会里的人，不说明也看不出他的来历。这类不足以登大雅之堂的言语，张金玉自不能从刘达三口里听出来。所以李旷自以为这话可以警告张金玉，而张金玉因听不懂"屠子放"是什么，并不觉得这话可怕。在轿子里坐着，两眼和搜山狗一般的向轿门外面望着，一心打算有多少人走过的时候，就拼着一死，也要叫起救命来。无奈从石将军庙到江岸，不经过市镇，乡村道路上，虽也不断人行走，然只是一两个乡下人，就是向他们呼救，他们也没力量能救人，因此只得一再忍住。

约莫行了四五里，离江岸不过二三里远近了，忽见迎面来了一个五十来岁的婆子。张金玉一看，认得是她自己在班子里时候的老鸨。这老鸨在南京很有些势力，有时和人口角相打起来，这老鸨能于顷刻之间，啸聚数百个当龟奴、当流氓的人，帮助她打架。张金玉这时候正用得着此种势力，不由得喜出望外，连忙高声向老鸨喊道："妈妈快救我啊！妈妈快救我啊！"李旷见张金玉竟敢高声呼救，哪里忍耐得住火性，一面招呼抬轿的把轿子放下，一面拔出刀来，拨开轿帘，一伸手早已将张金玉抓出来，向草地下一掼，喝道："看有谁能来救你这贱胚，我尽着你叫唤！"张金玉经这一抓一掼，只痛得连呼哎哟，在地下打滚。李旷也不睬理，回过头来，用尖刀指着那老鸨问道："你是这贱胚的娘么？"

那老鸨于无意中遇了这种情形，虽认得呼救的是从自己班子里嫁出的张金玉，但已多年不通来往，一时哪里摸得着头脑呢？看李旷手执明晃晃的尖刀，横眉怒目的样子，料知不是好惹的善良之辈。这类当老鸨的人，最会的是见风使舵，不肯吃眼前亏。当下便笑容满面的指着张金玉，对李旷答道："她不过在我那里搭过两年班，她也不是我的女，我也不是她的娘。"

李旷用脚踢着张金玉冷笑道："看你妈妈有能耐救你么？老子也懒得和你多啰唆，请你到阴间去找你的亲娘吧！"说着举刀待往下刺。刘婉贞的轿子在前相离不远，已听得张金玉喊救的声音，知道这一叫唤，免不了又要闹出乱子，当即跺脚叫放下轿子。才走出轿来，就见李旷要杀张金玉，已来不及赶过来救护，只急得喊道："你若杀死她，我这条命也不要了，立刻就死在这里。"李旷听了，待将刀收住，无奈也来不及了。幸亏这一刀刺在张金玉的肩上，只刺进去寸多深，不至伤害性命。抽出刀来，刘婉贞已赶到了，对李旷说道："凡事不可做得太过分。你已带了我同逃，又把我父亲一生的积蓄带走，还有什么气愤不曾发泄得尽？无论她为人怎样，我早已对你说过了，我父亲最宠爱她，饮食起居非她不可，何必定要送她的性命，更伤我父亲的心呢？"旋说旋低头看张金玉。

只见张金玉颈边流血不止，手脚颤动了几下，便软洋洋的躺着不言不动。她以为是已被李旷杀死了，忍不住也指着李旷骂道："像你这般狠毒的人，我再跟着你去，问天良也太对不起我父亲了，倒不如死了的干净。"凑巧路旁有一株碗口粗细的树，说完话，对准那树，猛不防一头撞去。李旷赶过去救时，哪里来得及。

不知张金玉、刘婉贞二人的性命如何，且俟下回分解。

第十五回

动以危词运筹白马
攻其无备巷战桃源

话说刘婉贞猛不防，对准路旁小树一头撞去，李旷慌忙上前救护时，哪里来得及！这一头撞在树上，身体登时倒地，手脚也只颤动了几下，便昏沉沉的躺着不能动弹了。这一来倒把个李旷吓慌了，只好用冷水灌救，好一会儿才悠然转醒过来。张升忽对李旷说道："婉姑子既已转醒还来了，请少爷快扶着她上轿走吧。刚才那个老鸨子，我知道她不是个好东西，她趁我们灌救婉姑子的时候，逃跑得无影无踪了。我逆料她必是逃进城去，或把所见的情形报官，或由她自己统率许多龟奴赶来。总之既放那东西逃走了，我们万不可在此久停。"

李旷鼻孔里笑了一声道："一个老鸨子有多大的能为，怕她怎的？此地离城十多里，她便插翅飞去，也没这么来得快。这贱胚只在肩上受了一刀，不见得就死了，仍得把她灌转来带去。我拼着劳神费力，务必使她认识我这个没出息的孩子。"张升劝道："少爷不可如此执拗，不管她死也好活也好，听凭她躺在这草地上罢了！如果老鸨子带了人来，自会灌救她，免得再向江边追赶。"李旷点了点头道："也罢！瞧着你小姐的面子，便宜了这贱胚。"说着扶婉贞上轿，撇下张金玉，一行人上了雇定的船，不敢耽搁，当即拔锚解缆，向湖南开去。

这里躺在草地上昏死过去了的张金玉，若不是有那老鸨子前来灌救，说不定就这么死了，尸首还不知要到什么时候才有人来收殓呢！却说那个老鸨，当时并不曾逃进城去，只趁大家忙着灌救刘婉贞，没人注意她的时候，她便逃到相离数十步远近的一片树林中藏匿起来，不住探头探脑的偷看李旷一干人的举动。等到大家都向江边去了，才跑出来灌救张金玉。不但张金玉亏了这老鸨灌救，才得活转来；就是刘达三家中，被捆倒在一堆的当差老妈子，若不亏了这老鸨送张金玉归家，将他们解救，也难保不活活的饿死。

张金玉由那老鸨送回家中，又急又气，又羞又愤，加以肩上的刀伤肿痛，唯有倒在床上呻吟啼哭，一点儿主张也没有，只叫当差的赶紧将被劫的情形报官。倒是那老鸨有些儿见识，知道这番不是寻常的盗案，报官请缉，反于刘达三不利，只专差将刘达三追回来。刘达三得了这消息，不待说是气了个半死，从此借故辞差，也不在南京候补了，专一集合党徒，与李旷为难。这且按下，后文自有交代。

再说李旷带着一干把兄弟和刘婉贞、张升从南京开船，一帆风顺到了湖南。李旷既有了家室，又有刘达三的不义之财，回辰州便不在弥勒院居住了，买了些房产田地，组织起家庭来。从表面上看去，俨然是富贵人家的公子少爷气概。李旷对地方上一般人说，也自称父亲在外省做官，因欢喜这地方的风俗纯朴，奉父命特来此地落业。乡下人都是浑浑噩噩的，有谁肯多事去根究他的来历呢？李旷生性慷慨，欢喜结交，那时承平日久，官府对于民间有什么举动，都漠不关心。李旷乘这时机，就在辰州大开山堂，广收徒弟。他的年纪虽轻，声名却是很大，不到一年半载，湘南二十余县都布满李旷的党羽了。

杨松楼是辰州首屈一指的富绅，也是生性豪爽，喜结交三教九流的人物。何寿山当日带着李旷初到辰州，就是住在杨松楼家。后来李旷进弥勒院，何寿山回四川去了，彼此便断了来往。这时李旷要在辰州开山立堂，就不能不和杨松楼联成一气。杨松楼为人最有胆量，最有气魄，加以挟有数十万资财，广德真人存心想罗致到手下，做一个大帮手。用了许多心计，居然把杨松楼引诱得心悦诚服的信仰广德真人，自愿倾他所有的家财，供广德真人的挥霍。

不过太平之世的人，身家不受暴虐官府的逼迫，无端要以谋反叛逆的事煽动一般人，无论有多大能为、多大力量的人，也是不容易发难的。李旷虽凭着银钱的力量，与待人殷勤恳切的手腕，做成了湘南二十余县的哥老会首领。然哥老会发源之地，并不在湖南，入会的十九是中等以下的人。其入会之目的，不过想借会党的势力，好讹诈人的钱财，谁也没有远大的志向与思想。几个头目时常与广德真人接近的，虽耳熟能详，知道广德真人处心积虑要做一番事业，只是究竟是何等事业，将要怎生做法？他

151

们除一心听广德真人的指挥号令而外，一切都不敢过问。

广德真人深知道太平时候的百姓，一个个安居乐业，没有野心，平白无故的要一班平民甘心附乱，是绝对做不到的事；而古来成大事的，无不先得人心。广德真人为要使一班人都信仰他、爱护他，所以有施水治疫的那番举动。湖南六十三州县的地形出产、人情风俗，以及有名富户的资产数目，广德真人都调查得清清楚楚，如掌中观纹。桃源县的仙人岩，从来不曾听说有人上去看过，只有广德真人费了好几年的工夫，才探明那石岩并不与平常石岩相似。寻常石岩虽也有深邃的，然多是越深邃越狭小，不能容身进去。原来这仙人岩，实在却不是岩，乃是一个深远无比的大石洞。这石洞的洞口，远在三十里以外的一座大山之中，那山名叫飞鹅山，层峦叠嶂，长亘数县。在半山嶙峋乱石之中，有一块大约一亩的顽石，横伸出来，远远的望去，俨然一只大狮子，向山下张开大口。那顽石缝中，还长了几株小树。因顽石是横伸出来的，小树也向两边带着歪斜的势子长着，更仿佛是狮子嘴边的胡须。乡下人取地名，多喜象形，于是这块顽石就因天然的形式，得了个"狮子口"的名目。

这狮子口里，有许多胆气壮的地方人爬进去探看过，退出来都一般的向人说："进口两三丈以内，胸脯贴在地下爬行，上面的岩石都擦得背脊生痛。三丈以外就渐渐的宽舒了，但是仍不能容人坐起来。约进到十来丈，才是一个小小的石屋，然无论身体如何强壮的人，一到这石屋里面，就觉寒冷透骨，片刻也不能忍受。并且从石屋的左侧，发出一种极凛冽的寒风，射到身上，好像是快刀割肉，浑身的血脉，都被那风射得凝结不能流动了。里面漆黑，一无所见，任凭点多大的烛，只一进口就被吹灭。火把也只能在二三丈以内能发光，过三丈便扬不起火焰了。其实火并不曾熄灭，一出口又烘烘的燃了。"

平常的石洞里面，都是夏天凉，冬天暖，一年四季都是潮湿非常的。唯有这石洞不然，四季都一般的严寒彻骨。乡下有一种以捉鳖鱼为生的人，虽在冬天腊月，时常敲破冰块，下水捉鳖。其御寒的方法，就是在未下水的时候，用酒冲一点儿信石（即砒霜）喝了，信石发作起来，通身如火烧一般的狂热，所以能在水中不觉寒冷。然而这种方法，在这狮子口里不能发生效力，尽管喝下信石酒进去，仍是冷不可当。里面既寒冷到了这一步，应该地土潮湿。然不仅没一些儿潮湿之气，并且地土异常干燥。寻

152

常年代久远的石洞里面，大概都有钟乳从石缝中累累垂着，独这石洞三方皆光溜溜的。所有进这石洞探险的人，都到石屋为止，再进便抵住石壁，并且使人冻得要僵了，不敢不急急的退出来。

广德真人独能探本穷源，知道这石洞有寒风射进，必另有出口通别处。就在那石屋左侧寒风发出的地方，仔细摸索，居然被他寻着了一条出路。这出路因在石屋左侧的上方，离立脚的所在，有一丈多高，所以曾到石屋的人，摸索不着。火把在里面，因阴霾之气太重了，扬不起火焰，不能照见一丈多高的地方。广德真人是个有武艺的人，能和蝇虎一样的缘壁而行，才能探出这一条出路。

缘进这窟窿，弯弯曲曲的，直到仙人岩才见天日。这一个绵贯数十里的长洞，也不知是何年代由何人穿凿而成的。凿成此数十里的长洞，有何用处，更无从稽考。广德真人这日探出了这仙人岩的后路，不禁大喜过望，当即召集他手下的会党头目，布置市惠愚民的举动。没经过多少时候，仙人岩里便发现仙人了。广德真人原会些妖术，什么呼风唤雨、撒豆成兵，凡是历来造乱妖人所有的本领，他无有不会。数十里远近，在一日之内的事，他都能捏指推算出来，丝毫不会差错。所以他在白塔洞观音庙装神施水的时候，有许多求治瘟疫以外病症的，只须跪地默祝一番，他便能施治。间有路远推算不出，及他的能力所治不好的，就只得拿出没有缘的话来搪塞。

乡间小百姓是最易愚弄的，以广德真人的心思能力，又有无数奇才异能的会党头目帮助，是这般设成圈套，使一班最易受人愚弄的小百姓迷信崇仰，自是可以办得到的事。广德真人在仙人岩装神的时候，就安排了好几个会党头目，杂在人丛之中。那个忽然倒地，满口胡说乱道的汉子，便是会党中的一个；在观音庙门外替刘贵赔银子的，就是张必成。连观音庙的庙祝，都是与会党中人通气的，所以向来庙里求水的人，说出那一番梦话。

那四大缸清水，从表面看去，只见人舀出来，不见人加水进去，而取之不尽，用之不竭，都以为神奇得很，其实完全是捣鬼。前回书上不是曾说过的吗？观音庙后面是一座高山，山上从石缝中有清泉流出，广德真人只把清泉用竹管引到观音庙的后墙底下，大缸靠根安放着，缸底都有个小窟窿，接住竹管，却怕有人仔细看出破绽，特地用杨柳枝浮在水面，水里下了止泻的药末，不似在山时清澈。再由庙祝吩咐取水的人，取水时须虔诚默祷，不可玩忽。已经迷信的愚民，谁敢生疑，细向水中探看呢？

在广德真人的计划，原打算将地方人心，收拾得大家都信仰他以后，再设计激成暴动，好乘便夺取桃源县城，做他发难的根据地，并料不到有曾彭寿求医母病的事。朱宗琪家的劫案，却是跟随广德真人在观音庙照顾一切的会党头目，见了刘贵挤倒馄饨担的事，知道朱宗琪是个刻薄成家的恶绅，有意乘朱宗琪带了当差的在观音庙的时候，打发几个会中兄弟去朱家，将财物抢劫一空。这时李旷还在辰州，与刘婉贞居家安业。

广德真人逆料朱宗琪家财既被劫夺，又素来和曾彭寿有些嫌隙，其所以被劫后即全家搬到县城里居住，必是打算要求朱县官帮他认真办这劫案。地方上有钱的人，及平日与他不相得的人，必免不了受他的诬告，正好借这事激起一班人民反抗官府；因此暗中打发魏介诚去辰州调李旷等前来，以便乘时发动。魏介诚从辰州回报广德真人，正逢广德真人在曾家替曾彭寿的母亲疗治背疮，就是前回书中所写曾彭寿出来迎接的飘逸少年。魏介诚独自行走得快，数百里途程，一日可到。李旷率领着二十四个把兄弟，每日须按程行走，因此迟到几日。

看官们看到这里，大概不用在下交代，已都知道那日从白塔顶上飞身下来，手舞流星，杀退众衙差，解救曾彭寿、广德真人的三个壮士，及四路鸣锣聚众的人，都是广德真人手下的会党头目，早已安排好了的。至于使流星的鸣锣的，究是何人？姓什么，名什么？因不关本书正文，无须赘述。于今且紧接前文，叙述李旷等到白塔涧抵抗官兵的事。

当时李旷率领着二十四个把兄弟到曾家来，向曾彭寿略说了一番来历。曾彭寿教当差的招待众兄弟，在外面大厅上坐等，自己和成章甫引李旷入内室，商议抗拒官兵的计划。曾彭寿将与官兵对抗的情形说了一遍道："这些官兵，都是一班吃孤老粮的东西，还敌不了我们乌合之众。他们一营人、十几架大炮，堵住村口向村里轰击。我们认真上前动手的，尚不到一百人，其余的都在后面呐喊助威；并且我们动手的人，仅有一半有刀枪棍棒等兵器，一半用的是锄头扁担。我们才冲上前去，他们便一个个手慌脚乱的逃跑。不但大炮没人顾得搬去，就是各人手里使用的兵器，以及头上的包巾、身上的号衣，都遗弃满地。照我们拾得的兵器、号衣计数，带了兵器穿了号衣逃回去的兵士，至多不过四五十人，大约是站立的地方离村口略远些，一见我们冲出来，就争先逃跑的。据我想来，官兵受了这番大创回去，桃源县免不了连夜向长沙请大兵来剿，下次来的必不是这种不中用的东西。我们此刻虽已推举村里正派绅士到长沙，向湖南巡抚陈情去了。只是我们小百姓说的话，究竟能使湖南巡抚相信与否，敌得桃源县所说的话与否？此刻还不能料定。我们既已骑上了老虎，此时就必须趁大兵不曾到来的时候，事先准备防卫的方法。难得有老哥这般侠义的英雄，肯前来相助，想必有绝妙的方略，救我一村男女老幼的性命。愿闻老哥的高论。"说着，向李旷拱了拱手。

李旷也抱拳答礼说道："我同会中兄弟，住在这村里的不少。我因得了他们的飞报，才星夜赶到这里来。这村里既打死了捕快，又杀败了官兵，我们虽自信是由桃源县那瘟官逼出来的乱子，并不是敢存心谋反叛逆，唯是事情已弄糟到了这一步，休说绅士说的话，湖南巡抚决不肯听，就是一村的人，都自缚去巡抚衙门请罪，也逃不了叛逆的罪名。"成章甫猛不防在桌上拍了一巴掌，说道："对呀！做官的都是一个窑里出来的货，有什么好歹？官官相护的一句老话，谁不知道？桃源县是湖南巡抚的属员，上司自然听属员的话，替属员做主。我们推举绅士去长沙省里陈情，不过是尽人事的举动。"

曾彭寿道："我何尝不知道我们这边绅士的话，不容易使湖南巡抚相信。但是一颗石子打上天，终有落地的时候。这事闹到将来，说不定要闹到京里去。我桃源的人，也有做京官的，未必忍心望着家乡地方的安分良民，无端被恶毒的官府欺凌杀戮。那时若果闹到京里，皇上寻根觅蒂起来，我们曾推举绅士去巡抚部院陈情，无奈巡抚不分皂白，以致激成大乱，那时就不愁巡抚不受处分，而我们的脚跟便立得稳固些了。"

李旷道："于今事情已糟到了这一步，将来闹到北京，是事势所必不能免的。不过我们既想闹到北京，凭皇上分一个曲直皂白，就得大家齐心努一把力。若不然，这一村的男女老幼，只须一会儿，就被那些如狼似虎的官兵，剿杀得七零八落。各自逃生不暇，还有什么资格，配和他们为官作宰的，到皇上跟前辩论是非曲直呢？这白塔涧的地势，非与官兵持久抵抗之所，若死守在这村里，便是坐以待毙。为今之计，我们大家不图保全身家则已，尽可各散五方逃跑，暂时并没官兵拦阻。既为要保全身家，并已逼得与官兵开了一仗，就只有再进一步，星夜乘常德的大兵不曾调到，

155

一鼓作气把桃源县城夺下来；同时分兵夺取石门、慈利两县。这三县守城的兵力都极薄弱，乘其不备，拿取甚易。已得了这三县，大庸、桑植在我掌握中了。我们初起，兵力不厚，人心不附，不宜去攻夺坚城，自丧锐气；如在旬日之间，攻下了五县之地，声势自然浩大，归附的自然多了。这五县的地形，都有险要可守，出产富饶，足能持久。常德如可急取，我们得到五县之后，便急攻常德，好打通一条出路；倘急切不能攻下，就紧守五县，仗着地势险峻，可断定官兵一时无奈我何。四川、云南、贵州三省的同会中兄弟，与我辈素通声气，我们的退路，也可说头头是道。总之，不至跌倒在官兵手里就是了。到那时如果朝廷圣明，能高瞻远瞩，知道我等受屈衔冤，被狠毒的官府逼到这一步，派人前来招安我们，也只要是非剖白，曲直分明，其余什么事都可迁就。若真是天高皇帝远，只许官府欺凌百姓，永远不许百姓有申冤诉苦的时候，那就只好各凭天命，各逞各的手段。王侯将相固然无种，就是历朝历代的开国天子，又何尝不起自匹夫，这只看我们自己努力不努力。"

成章甫听到这里，忽然跳起来大叫道："痛快，真痛快！我自己知道没有做皇帝的福分，只要做一个开国元勋就得了。好好好！就在今夜杀到桃源县去，我愿打先锋。"曾彭寿见成章甫这般手舞足蹈的胡闹，不由得大声喝道："安静点吧！你的鲁莽性子又来了。这岂是儿戏的事，由得你鲁莽性子胡闹的么？"成章甫被责备得堵着嘴咕噜道："我本是鲁莽性子，由不得我胡闹，我倒要看你这个不鲁莽的，除了这条生路，又有什么生路可走？"

曾彭寿也不作声，心想：这李旷的话，确有些道理。白塔涧周围不过二三十里大的地方，一旦常德的大兵到来，再能一仗将他们打败了，也不过苟延一时；若不幸被他们打败，我们果是除了坐以待毙，万无生路可走。与官府同到皇帝跟前去辩解黑白，岂是我们当小百姓的人所能望得到的事？真能依照李旷的计策，占据得几县的地方，手下便可以招募训练几十万兵士，那时才够得上说是非曲直的话。也罢！事势已弄到了这一步，好在我父母都已终了天年，一个儿子也已托付有人了。我这条性命本已无可幸免，广德真人早知道我有灾祸，此后我能多活一日，多得一日的享受，弄到万分无可如何之际，终不过是一死了事。能做到是非剖白，曲直分明，固是如天之福；即不然，我也用不着失悔。

156

曾彭寿想到这里，顿时下了大决心，拱手向李旷说道："老哥的高见确是不差，我决计照办。只是我虽是个习武的人，然半生家居，不仅不曾带过兵临过阵，连远些儿的地方都没有走过。攻城夺地，非等闲之事，第一次出阵，尤须马到成功，才能鼓得起大家的勇气。老哥少年豪杰，声望能为都胜我十倍，我自愿率领这村里的农民，受老哥的驱使。求老哥不要客气，作无谓的推让，我们但求于事有济，毫没有争权争势的心思。"

李旷点点头道："此时只须大家努力，把桃源县夺到了手再说。我们争权势的心虽不可有，然做平常的事，尚须有一个提纲挈领的人；何况这种行军大事，岂可没一个德望兼资、智勇足备的主帅？到那时自有一位超群绝伦，使远近的老弱妇孺都景仰敬服的人物，出来主持一切，于今倒无须过虑。我们事不宜迟，赶紧将全村少壮之士，召集到这里来，只挑选五百名足够。兵器不足的，可将官兵遗弃的兵器充补。我带来的二十四个兄弟，都不是无能之辈，每人可率领二十人；余下的二十人，由我们三人率领着。尽今夜赶到桃源城外，分四路埋伏着等候。我同会中人已多有预伏在城里做内应的，只见城内四处起火的时候，我们就四路进兵，用不着攻城，自有人将城门打开，迎我们进去。我们四路的兵，同时齐向县衙杀去，我包管不到天明，一座桃源县城，已完全夺到我们手里来了。"

曾彭寿踌躇道："桃源县的守兵虽说薄弱无能，然我们去攻城的，按兵法须比守城的多加一倍。偌大一个城池，我们只去五百人，似乎太少了；并且兵力聚则强，散则弱，我们仅去五百人，又分了二十多队，每队才二十一个人，能有多大的力量呢？这一层好像还得斟酌斟酌。"

李旷摇头笑道："我们于今哪里就够得上说攻城两个字？我刚才说的这种举动，只是乘其不备的暗袭。在城内街市中巷战，与在旷野之处对垒交兵，情形完全不同。在旷野宽阔的地方，人少又加以分散，力量果然薄弱，一遇大队官兵掩杀过来，我们便没有对抗的能力。于今我们是偷进县城，若五百人走一条路冲进去，陷在街市中间，前后左右都是自家人，必没有一个能施展；若遇守城官兵能镇静，只须将两头街道一堵截，我们的人势非自相践踏不可！五百人挤作一块，连转折都不能自如。黑夜袭城，利在到处放火喊杀，使守城官兵心慌。如挤在一处，放起火来，自己人就拥塞得无处躲闪；并且放火只烧得一处，不足以壮声威，使守城官兵惊慌失措。我们分作二十多队，一进城门，就如水银泻地，无孔不入。一个县

157

城之内，同时有二三十处起火喊杀之声，不问他守城官兵如何镇静，如何耐战，在黑夜之间，猝遇这种大变，谁也猜不透进城的有多少人马，便能率兵巷战。我们二十多队人东出西没，救应非常灵捷，哪怕官兵个个都胆大包身，见东也杀出一队人来，西也杀出一队人来，他们还能支持得住，不溃退向城外逃去吗？"成章甫忍不住拍掌，说道："妙啊！李大哥的才能真了不得，一定就照着李大哥的办去好了。"曾彭寿也很高兴的称赞道："真不愧为湖南数十县的双龙头大哥！"

三人计议到这里，忽见一个当差的在房门口报道："老爷派去桃源县探听消息的回来了。"李旷不待曾彭寿开口，即向当差的挥手说道："快叫那人进来，看探得了什么新消息没有。"当差的去后，一个二十七八岁农夫装束的壮丁，走了进来。刚待对曾彭寿行礼，一眼看见了李旷，即连忙掉转身来向李旷请了个安，很诚敬的垂手立在一旁，好像等待李旷问话的样子。曾彭寿、成章甫都觉得很奇怪，正想插嘴："那人怎么认识李大哥？"

李旷已大模大样的神气说道："你是住在这白塔洞的么？看你倒像个很精干的样子，姓什么，叫什么名字？"那人十分诚恳的说了，接着和小学生背书一般的念诵了一段话。李旷不住的点头。那人念诵完了，李旷便问道："曾大老爷打发你去县城里探访消息，探得怎么样了？"那人应了一声是，回身向曾彭寿、成章甫二人行过了礼，说道："此时县城里并没有什么动静，只探得朱知县因这番官兵被打得大败亏输，心里非常着急。在他辖境之内闹出了这么大的乱子，恐怕就是事情平定之后，他自己的前程也保不住，埋怨朱宗琪不该无风作浪的生出这些事来。朱宗琪想被埋怨得没法，只得亲去长沙，替朱知县设法保全地位，请再派大兵来剿的公文，也是朱宗琪代做的。以前谋叛的罪名，只加在曾大老爷一人身上，于今硬指白塔洞全村都是叛逆。"

李旷问道："朱知县既没亲自到常德去，城中有没有防守的准备呢？"那人道："这次官兵虽被我们打败，然朱知县心里始终不相信白塔洞的人，真个谋叛。就只因有朱宗琪那个坏蛋，从中刁唆怂恿，以致激成这番变动。朱知县虽明白是朱宗琪作祟，但是事已至此，罢手不得，不能不硬着头皮，抹杀良心干去。桃源县满城的人都是这般议论，因此城中并没有防守的准备。"李旷点头笑道："辛苦你了，下去休息吧！"

那人退了出去，成章甫笑问李旷道："这人并没有见过李大哥，他进门的时候，李大哥也没向他说什么话，他怎么一见面，就对李大哥那么恭敬？仿佛属员见上司的样子，这是什么道理呢？"李旷笑道："这没有什么道理。在我们会里的人，行起坐卧，以及衣服辫发，各按各人在会里的等级，都有特殊的暗记。凡是同会中人，一望便知道，用不着开口说话。我也料知桃源县必没有防备，于今承平已久，官兵只是个配相，就在今夜，桃源县包可唾手而得。"

曾彭寿、成章甫听说桃源县城里，早已安排好了内应，异常高兴，当即传集村中壮丁，挑选了五百个略知道些儿武艺的。其中就有十之七八是哥老会里的人，由李旷二十四个把兄弟，每人只率领二十个人，自然不用训练，也容易指挥。那时的官府本来都是麻木不仁的，平日只知道巴结上司，搜刮地方，只要出了一件命盗大案，就无不吓得手足无措。何况这朱知县更是一个极庸碌的捐班官，又遇了这种谋反叛逆的事故，其所以埋怨朱宗琪，就是因为他已吓慌了。凡是庸碌人遇到事情弄糟了的时候，没有不后悔的，并没有不埋怨人的。他有朱宗琪在跟前，好歹还能替他出主意。朱宗琪被他埋怨得到长沙，替他设法保全位置去了，他便一心只知道忧虑。因这乱子将受严重处分，绝不想到曾彭寿会认真倡乱，竟有袭取桃源县的举动。还以为请兵的公文已去了，只须坐等两日，常德的大兵一来，将白塔涧痛剿之后，或者可望将功赎罪，因此毫无防备。

这夜李旷等率领着五百名壮丁，杀进桃源县城，正在三更时分。朱知县在睡梦中听得喊杀的声音，尚不知道匪已攻进了城，还只道是要犯想冲监逃走，打算起来亲自督率捕役，奋勇追拿，免得二罪俱发，自己的地位必更难保。刚跳下床开了房门，待呼唤跟随的人都来不及，已如潮涌一般的，拥进一大群擎火把举刀枪的人来。

朱知县一看，在前引路的，认得就是前次那个在大堂上，忽然不见了的广德真人，才明白不是要犯冲监。当时惊得想抽身逃走，只是这么多人已杀到了跟前，哪里容得他逃走？这些人一见面，就是一阵乱刀砍杀，朱知县顿时被砍成了肉酱。曾彭寿、成章甫跟着李旷杀到县衙时，广德真人已将监犯放出，其中强盗窃贼多哥老会中人，即时编入队伍。不到天明，城中会匪已集众七八千人。广德真人只留一二千人守城，余下的分作两路立时出发，一路袭慈利，一路袭石门。两县的人还不曾得到桃源县失陷的消息，会匪卒然入城，凶悍无比。幸在白昼，两县的知县得杂在乱民中逃了出来。

那时驻常德的提台姓刘，年纪已有六十多岁了，是一个由世袭出身的官，一没有军事学识，二没有胆量，老迈颓唐。接到白塔涧乡民谋叛杀伤官兵的报，已惊得寝食不安。刚派了一标人去桃源县清剿，就接了桃源失陷、知县殉城的恶报，更吓得不知要如何才好；跟着又得了慈利、石门两县也被会匪陷落的消息，料知必来攻取常德，当下就要弃城逃走。亏得左右的人说，常德为湘西门户，若失落在会匪手里，便更难剿灭了。常德池深城厚，新起之匪，决没有力量攻打得下；等到实在守不住的时候，再逃不迟。刘提台又恐怕失了常德，受朝廷重大的处分，只得勉强镇静，一面深深的躲在提督衙门里，一面发号令叫官兵小心守城，并把派往桃源剿匪的一标人马，飞檄调了回来，紧守常德。大庸、桑植雪片一般的飞来告急文书，一概置之不理。

湖南人素喜造谣，几日之间，广德真人不费吹灰之力，占据了五县地盘。全省上、中、下三等人，都说得广德真人是天神下降，只要广德真人一到，无论树木砂石，经广德真人一使神通，立时都变成了精强壮健、能征惯战的军马。并能在青天白日之中，随时可以祭起满天云雾，将日光遮蔽，顿成黑暗世界，对面不见人马；而广德真人自己的兵卒，因喝了广德真人的符水，两眼分外清明，能于黑夜之中，穿针度线。与官兵对垒时候，就祭起雾来，使官兵连自己都看不清楚，听凭会匪挨次砍杀。并且匪兵都有飞墙走壁的本领，两三丈高的城墙，从城头上出进，和跨门限一样。所以数日之间，连陷五县，官兵不知被砍杀了多少，匪兵中没一个死伤。

这种谣言既传遍了湖南，只吓得各州府县的人民，昼夜惊恐。害怕得最厉害的，就是那些吃孤老粮的官兵。开小差逃走的，各府县每日都有，而尤以辰、沅、永靖各属的兵为最。因为哥老会的巢穴在这一带，匪兵所必取之地，谣言又比别处更传播得厉害些。

若论当日各府县官民军队，对于会匪害怕的情形，及广德真人连下五城的声势，应该席卷六十三州县，易如反掌。既能这般容易取得湖南，充其量成大业也非难事，那么满清的国运，早就应该移到广德真人手里了，何至延到辛亥年武汉民军崛起，才将清室推翻？而有清一代二百六十多年

160

的历史中，连广德真人的名字都没有呢？

在当时人的议论，虽说因广德真人以邪术倡乱，来得不正当，不能得有知识人的同情。所以其兴也勃焉，其亡也忽焉。然据故老传说，这期间成败实关天意，全非人力所能勉强。

要知当时的情形如何厉害，下回分解。

第十六回

分水坳中李公子失算
玉屏道上张二哥细心

话说广德真人占据五县之后，各地闻风前来归附的会党，合并在五县临时收编的，共有十多万精壮之兵。数年来准备倡乱时应用的金银，以及曾彭寿、杨松楼等会同巨富的输将，何止万万？饷糈粮秣，不用取自民间，只就事前所准备的，供应这十多万军队，都足够支持三年五载，不忧缺乏。那时军队中所用的武器，大部分还是刀枪矛杆，最厉害的要算抬枪大炮。那种抬枪大炮，用不着用兵工厂制造，寻常铁匠都能办得了。广德真人除得自五县原有的武器而外，又招募数千名会造兵器的工匠，日夜兼工赶造，便扩充至五六十万兵，也不愁没武器使用。

自有历史以来，成的王，败的寇。凡是以匹夫造乱的，在初起的时候，势力没有比广德真人更雄厚的。广德真人派兵攻下大庸、桑植之后，听得刘提督拥重兵躲在常德，一个兵也不敢分出来去救别县，好不高兴。一面亲自带五千兵，声言攻取常德，却只虚张声势，并不猛力进攻，专牵制刘提督手下的兵马。

这时在弥勒院的张必成、陆义农、朱义祖、魏介诚、钱起尘等一干人，都在广德真人部下听候调遣。广德真人便一面派他们，或三人统率一支人马，或二人统率一支人马，分四路同时出发，略取辰、沅、永靖各属。当时派定李旷率同二十四个把兄弟，和张必成带领一万人马，攻取沅陵、泸溪各地；曾彭寿和成章甫率领白塔涧选来的五百名壮丁，并新编会匪一万名，攻取辰溪、保靖各地；陆义农、朱义祖也带了一万人马，攻取靖州、绥宁各地；魏介诚、钱起尘也是一样的兵力，直取永绥、乾州。

论这四路的兵力都很雄厚，常德刘提督又有广德真人亲自出兵牵制了，若能照袭取五县那般容易，湘西二十余县，也应该不须多少时间，不费多少气力，就可取置掌握之中。无如天地之间，一物克制一物，仿佛是早已安排停当了的。不问广德真人的道力如何神奇，布置如何周密，遇了这种天造地设的克制，也只归咎天命所在，无可奈何。只是广德真人的兵，连他自己分作五路出发去，攻城夺地，而在下的一支笔，却不能同时写出两件事，只好拣紧要的次第写来。

于今且说李旷、张必成二人带领着大队人马，一路偃旗息鼓，杀奔泸溪。李旷对于沅陵、泸溪一带的情形很熟，知道两处都没有能战的兵与知兵的将，并且两处城里都有不少的同会兄弟，虽事先不曾约期内应，然到了攻城的时候，要沟通成一个内应外合的局面，是极易办到的。尽管两处已有了防守的准备，自信大兵一去，如泰山压卵，不愁不马到成功。只是从陆路进兵攻泸溪，所经过的尽是崎岖山路，虽没有十分高峻的山岭，然行军不比个人走路，可以趱赶程途。便是平坦大路，在平时一个人每日能行百多里的，行军就只可望走平日一半的路程，崎岖山路更走不到平时的一半。

李旷的武艺声望在会党中，虽说可算得一个杰出的人物，但是不曾带兵打过仗，行军的经验一点儿没有。所统的这一万人马，又是新编成队伍的会匪，也没有行军的经验，更仗着十九是生长的熟地方，一鼓作气的争着向前猛进。也不知道用什么尖兵，也不知道用什么前站，连哨探搜索的手续都没有，因此在路上没有耽搁，走得倒很快。这日行了七十多里，离泸溪只有二十多里了，李旷传令就山林中安营扎寨，造饭充饥。即和张必成计议道："此时天色还不曾昏黑，二十多里路虽不难赶到，然一日之间，走到一百里山路，必走得人困马乏，不能厮杀。这一带尽是山岭，树木茂盛，不如将人马且在这一带山林里驻扎，休息到三更时分再进。等到天明开城的时候，我等已到了泸溪城下，杀他一个措手不及。"张必成道："只怕城里已有了防备，将官兵调在城外，守住各要道，不许我等得近城池。"

李旷笑道："泸溪能有多少兵，瞒得过我们么？几百个吃孤老粮装配相的官兵，哪里够得上挡住我们的去路？我其所以打算天明杀进城去，是为我们自己方便。不问他们有防备没有防备，有防备也不过多杀几个人。他们自己要讨死，也就怨不得我。我们统领一万多人马，去攻打泸溪这一个斗大的城池，难道还怕他们有了防备，便攻打不下来吗？老实说，他们如果有了防备，调兵出城外堵，堵截要道之处。不用说旁的地方，这山名叫分水坳，就可算得泸溪西路的咽喉之地，要调兵堵截，至少也得五百名官兵，用鸟枪抬枪、强弓硬弩，守在这分水坳里。于今我们已安然过了这坳，并不见一个官兵的影子。譬如这人家强盗已进了大门，还鼾声呼呼的睡着，你说这人家有没有防备呢？从这分水坳去泸溪，七八里远近，还有个金鸡岭。那岭也不大好走，我恐怕众兄弟们走疲倦了，不能再翻过那岭，所以我传令在这山林里驻扎。"

张必成道："就不怕有官兵在金鸡岭驻守吗？"李旷摇头道："金鸡岭的形势，哪里赶得上这里好？没有官兵堵截则已，有官兵就必须守这分水坳，这分水坳约有五百兵守住，不论有多少兵要打过去，总不容易；非得拼着死伤若干人，休想能打上坳去。因上坳的这条山路，只能容一个人行走的缘故。金鸡岭太长，一千兵还不见得够防守，决没有丢开好守的地方不守，倒去守那不好守的地方的道理。"张必成知道李旷曾在泸溪开山立堂，来往这条路的次数甚多，地势山形自然是熟悉的，相信他所见的必是不错。到了初更时分，李旷、张必成便带着二十四个把兄弟，往扎营的各树林中巡看。

这夜天色黑暗，没有星月之光，李旷等行到高阜之处，忽见来路的分水坳上，时明时暗的有几点火星。李旷看了，指给张必成看道："你瞧那火星是哪里来的？我已下令军中在今夜不许点灯火，为什么却有几点火星，还好像在那坳上走动呢？"张必成道："想必是乡下人，不知道这里有我们驻扎，行夜路打这分水坳经过的。"李旷摇头道："不是，不是！若是乡下人行夜路，一行人应该只有一两个火把，并应该走过坳来，或走过坳去。过坳去的，自然一转眼就不见火星了；下坳去的，火星应该一步低似一步，不能只在那山坳里忽明忽暗的晃动。"张必成笑道："这哪里用得着如此猜疑，打发他们几个人，跳上山去坳瞧瞧就得了。"说时用手指指随行的把兄弟。

李旷点点头，正待打发几个把兄弟去探看，还未曾开口指定人，猛然轰隆隆一声巨响，俨然如晴天霹雳，挨脑门轰下。接着火光突然起，山摇地震，紧跟着一阵泥沙石子、大枝小树，哗啦啦落水雹也似的，没头没脑打下来。

张、李二人幸亏都练就了一身过人的武艺，下盘稳固，立在地下不容易倾倒，胆力也比一般人雄壮些。虽突然遇这种惊人的事，尚能支持镇静，神志不致慌乱。只随行的二十四个把兄弟，就有一大半连哎呀都没叫出口，便惊得仆倒在地。那巨响之后，只听得一片呼号悲惨的声音，李旷不由得跺脚说道："不得了！我们受了人家的暗算了，这是官兵预先埋下的地雷，用线香烧着引线才炸发的。既有埋伏，便不止这一个，诸位兄弟赶紧分头去传令各营兵士，不得自相惊扰，只各自就近向山顶上移动，不可散乱。"不曾惊仆的把兄弟，得了李旷的命令，正分头飞奔各营传达。

果然接连又是两声赛过巨霆的炸响，呼号悲惨的声音不曾起，四周围喊杀的声，倒如狂风响应山谷。再看四周山顶上，千万个火把齐明，枪炮并发，就像有无数的鞭炮，在山顶上燃放。枪子炮弹打在树林中，也是哗啦啦如落冰雹，一霎眼之间，只打得一万士兵七零八落。

李旷道："事到其间，我们万无灰心之理。唯有鼓着勇气，身先士卒，拼一个死战。"张必成听了李旷的话，自觉转错了念头，连忙答道："好的，大丈夫做事应该如此，但是我们于今将怎生办法？终不能束手就死，不想法逃生。"李旷且不回答，对着这十几个曾经惊仆在地的把兄弟说道："这一带树林茂盛，枪炮子弹打下来，有树枝树叶遮挡住了，用不着畏惧。刚才我只道仅埋伏了地雷，要躲避，不能不向山顶上移动。于今既是四周山顶上都有人围住，我们只好暂时伏在树林中不动，听凭人家用枪炮轰击，不要去理会。如果人家敢杀进树林来，我们就只得混战。他们的人断不能比我们多，混战决没有便宜给他们占去。此时一惊慌即窜出树林，就更上他们的大当了。快将我这话传达各营，不许乱动。"众兄弟得令也分头飞奔去了。

李旷虽没有行军的学识与经验，然精明能干的人，心计究竟不错。树林中除了三个地雷炸发，炸死了数百名兵士外，就只得了李旷头道命令，向山顶上移动的，走出树林被枪炮打死了数百。接了李旷二道命令，紧伏在树林中不动的，简直没有多少死伤，官兵只向树林轰击了两个更次，枪炮声便同时停息了。李旷爬上一株大树，向四周探望，一个火把也不见了。

张必成道："难道官兵又自行退去了吗？"李旷摇头道："决没有自行退去的道理，或者其中又有什么诡计，想引我等上当。依我推测，常德刘提督既胆小不敢出头，又被祖师用兵力牵制了，使他无论到什么时候，不敢分兵救人。泸溪这样一个小小的县城，原有的兵至多不过一千名，邻县的兵都是自守不暇，安有余力来救泸溪？仓促之间，就招募也不能多过我们的兵力。我记得泸溪的守备是周金榜，已有五十来岁了，是个武举人出身，弓马是好的，然性情粗鲁，遇事并没有主见。只他一个儿子周开发，倒有一点儿能耐。我前年在泸溪开山堂的时候，曾几番设法拉周开发入会，他推托怕他父亲知道。其实周金榜就只他一个儿子，痛爱得宝贝似的，他要如何便如何，一些儿不忍拂逆他的意思。他若肯真心入会，不但可以瞒着周金榜不使知道；就是知道了，也断不至说不答应的话。"

张必成道："那就是他自己不情愿入会么？"李旷道："自然是他自己不情愿，我也知道他不情愿的道理。他一不是不欢喜我们会里的规矩，二不是怕入了会连累他父亲的官声。只因他的性情不似他父亲粗鲁，深沉机警，凡事都喜用心计。听说他在三年前，曾在贵州路上，与惠清和尚的手下兄弟结过一番仇怨。在惠清和尚心里，对于那回的事，不但待周开发没存一点儿芥蒂，并即时将那几个兄弟，重重的责罚了一顿，永远不许在贵州道上做生意，以为总可以对得起周开发了。谁知周开发的猜忌心最重，见惠清和尚责罚手下兄弟的那番举动，疑心是怀恨于他，无处可以发泄，只得在那几个兄弟身上出气，如果惠清和尚有机缘报怨，一定还是要报复的。他知道我们祖师与惠清和尚，是久已联成一气的，因此就疑心到我殷勤拉他入会，是存心要替惠清和尚谋报复，所以无论如何劝诱，他只是推托不肯。他又恐怕因坚执不肯入会，太不给我的面子，我更怀恨他、嫉妒他，寻事与他为难。最后当面和我约了，他虽面子上不入我们的会，骨子里只要是他力量做得到的事，无不替我们会里帮助，并且永远不做与我们会里相反的事。我因他既当面是这般与我相约，我实在不好意思难为他。然而他心里还是有层层的猜忌，自从当面与我相约之后，没几日便出门游历山水去了。直到前几日，我派人来泸溪打听，还不曾回来，守备衙门里的人并说连音信都没有。"

张必成问道："周开发怎么会跑到贵州路上去，和惠清和尚手下的兄弟结怨呢？究竟因什么事，你知道么？"李旷道："这事说来话长，我自是知道究竟的。"李旷才说到这里，忽见传头道命令的把兄弟跑来，说道："四山围住的官兵，此时都向金鸡岭那边退去了。我们已跑到金鸡岭探看了一遭，确没有一个官兵驻守，正好趁他们退去了的时候，离开这险地方。"李旷道："他们既有了准备，岂肯就这么退兵？这地方虽险，然幸赖有这么茂盛的树木，替我们遮蔽枪炮子弹。你们要知道他们已把我们围困了，只有他打我们，我们不能还手打他。照理应该将我们斩尽杀绝，方可退兵，却为什么只炸发三个地雷，用枪炮冲放一阵，都远远的在山顶上喊杀，不认真杀进树林来呢？像这般茂盛的树木，只须围着四周放一把无情火，怕不烧得我们焦头烂额，都没有藏身之所吗？其所以只是这么虚张声势的，闹一会儿就灯消火灭、寂然无声的缘故，若不是另有诡计，便是因他们自己的兵力太单薄了。恐怕一杀进树林放火，逼迫得我们没有路走了，只好与他们拼命相杀。那时他们人少了，抵敌不住，倒弄得转胜为败，自丧锐气，城池反难保守了。但是我于今也不管他们毕竟是用什么诡计，或是兵力单薄，我只拿定主意，等候到天明再作计较。你们再去传令各营兄弟，都和衣歇息，养精蓄锐，明早好上阵厮杀。"

这几个把兄弟领命去后，李旷继续着说道："我料周开发不至特地回泸溪来与我作对，因他亲口与我定的约，在外面称汉子的人，说出话来始终不能不算数。"张必成道："这却不然！他与你相约的话，在平时自应算数，他决不至轻易违背。不过此刻是由你带兵去攻取泸溪，泸溪守备是他父亲，有守城的职责。他不和你作对，就是和他父亲作对，在外面虽可称得汉子，在家里却成了逆子。他是个糊涂人便罢，既是个工于心计的人，岂有这点轻重厚薄都分不出的道理？"

李旷连连摇手，说道："你这种说法是寻常人的行径，自然应该如此。你不知道周开发的性情脾气，与寻常人大不相同。他父亲二十几岁中武举，在官场中混了半生，到于今五十多岁，还只做到一个小小的守备。在周金榜虽不能说是已经心满意足，然的确像是做得很高兴的样子。不仅周金榜一个人很高兴，就是周家一族的人，也都觉得守备很威武有势力。唯有周开发大不以为然，常对着亲戚本家发牢骚，说于今是没有是非皂白的世界，文官尚且做不得，何况武官！刘某是一个人人都知道的庸懦无能的脓包货，居然做到提督，我父亲能拉开两石的硬弓，在湖南武官中弓马第一，只因不会夤缘巴结，做了二十多年，还只是一个守备。这种世界的官，没得活活的把人气死了。他几番哭劝周金榜辞官回家乡休养，免得年近花甲的人，劳心劳力的受宦海风波，无奈周金榜不愿意闲散。他自从去贵州走了一趟回来，劝他父亲辞官的心更切了。他离开泸溪去外省游历山水，一半也因周金榜不听他劝，他便怄气不愿意在家。他每次看见周金榜见上司的那种恭顺样子，及受上司申斥不敢抗辩的神情，只气得躲着痛哭，尝对人骂三品以下的官，多半是生成的贱骨头。他既生成是这般不肯服低就下的性质，早已巴不得他父亲丢官不干，这番又何至替他父亲与我作对，倒因此保全他父亲的地位呢？"

张必成道："看这周开发的行径，果然可算得是一个好硬汉子！不过惠清和尚的手下兄弟，也都不是不曾见过世面的人，为什么事会与他结怨？我很想知道这里面的缘由。"李旷笑道："这倒是一件极有趣味的事，我们正好借着谈话，坐守到天明。但是你我此刻说起来，觉得极有趣味；而当日惠清和尚手下兄弟吃他的苦，也就吃得够了，惠清和尚的面子更被他丢得十足了。惠清和尚在云、贵、四川三省的声威，你是素来知道的。他老人家每年在三省各住四个月，在四川住在峨眉，在贵州就住在思南府自建的光化寺内。那光化寺和我们住的弥勒院差不多，也都是自家人出家，跟随惠清和尚多年的，其中没有没能耐的人，只轻易不肯露脸做生意。时常在黔中、贵西、镇远三道做生意的，另有三个山寨。那三个山寨中，都有他老人家的大徒弟为首，主持一切。每月孝敬他老人家多少，有一定的额，非有大买卖及大事故，都不来寺里惊动他老人家。

"掌管镇远道山寨的大徒弟，就是在贵州三道八十余县都有大名的张邋遢，因排行第二，自家人一律称他张二哥。张二哥跟惠清和尚将近三十年了，他有了五十来岁。南七省水旱两路的有名人物，容有不知道惠清和尚的，倒没有不知道张邋遢的。张邋遢的徒弟布满了镇远道二十七府县，至少也有上万的人。不过经他亲自传授出来的，只有百多人，此外都是徒弟传徒弟。论理徒弟的徒弟，应是徒孙，应称张邋遢为师祖或太老师，他却不然，不问是徒子徒孙，见面一概称他为张二哥。称他师祖或太老师，不但不答应，并得挨他的骂。他生性极腌臜，龌龊得和叫化一样，终年是赤脚趿着一双破鞋，没人曾见过他穿有跟的鞋，所以大家背地里呼他邋遢。

"曾拜在他门下或他徒弟门下的，有饭吃，有衣穿，每月并有二三串、五六串不等的津贴可领。看各人资格的深浅与武艺的高下，由他亲自定津贴的多少。由徒弟水旱各路打听了可下手的生意，将情形报告张邋遢，由张邋遢派定某某几个人同去，一派定了便不能更改。有在他山寨中做了十多年徒弟，尚不曾被派出外做过一次生意的。做生意与不做生意一样的拿津贴，并无分别。只是有许多年少气盛的人，喜动不喜静，在山寨中专练了好几年武术，没有地方试手，很觉得纳闷的，当面要求张邈邈，指派他们去做一两趟生意。当面去要求的有十多个人，其中有多半出了师的，少半还只练了三五年，论本领也还过得去。张邈邈见这十多个徒弟破例要派差，倒也高兴，便吩咐这十多个人道：'你们且去留神打听，如遇有可以下手的生意，快来报我。凡遇可以派你们去的，一定派你们去就是了。'这十多个人听了，自然兴高采烈的去各方打听。

"这日在玉屏县境内，遇见了一个骑马的少年，大约二十四五岁。衣服华丽，鞍辔鲜明，后面跟着一个三十多岁壮汉模样的人，挑着一副黑色皮箱担，像是很沉重的。几个人看在眼里，私相计议道：'这副皮箱担里面有多少财物，我们虽看不出；然只就这少年身上马上的估计，这一件玄狐的皮袍和这一副鞍辔，已在一千两银子以上了。我们初次出手，得寻个利市，不能做大帮买卖；这是一对初出茅庐的嫩伙子，正合我们的式。快回去禀报张二哥，不要放他们走远了，难得追赶。'当下议定了，即回山寨将情形报告张邈邈。张邈邈踌躇道：'就只一骑马、一副担吗？只怕同行还有大帮的人，离远了一点儿，你们不曾留神去看么？'徒弟连忙分辩道：'没有，没有！前后四五里都留神看过了，实在没有第三个同行的人。这一对嫩伙子，随便什么人一望就知道。我们初次出马做生意，像这样的主顾是再好没有的了。我们若不是因二哥定有规条，无论遇了什么可做的生意，务必先回来禀报时，我们已下手将这一对嫩伙子做翻回来了。'张邈邈道：'有人敢违背我这规条，先做后报，我不问做了多大的生意，动手的人一概办死罪。你们既看得出确是嫩伙子，就派你们去做吧！但是只许去八个人，不能再多一个。'张邈邈随即指定了四个已出师的、四个未曾出师的，并吩咐道：'出外做生意最重临机应变，料到下手万全无患，方可下手。一些儿不能鲁莽，不可轻敌。'

"四个出师的徒弟答道：'我等在二哥左右这么多年，种种诀窍，听也听熟了，你老人家放心！这两个东西，外面虽完全是嫩伙子，然我们跟去，也断不敢存心欺他是嫩伙子，便冒昧动手。我们打算假装是走云南的麻贩子，紧跟着他们走两日，走到好下手的地方才下手。如果他们也是假装的嫩伙子，我们跟随得一两日，总可以看得出来。若估量做他不翻，我们决不轻易下手，留六个兄弟仍紧紧的跟着，打发两个回来禀报，候二哥的示再作计较。'张邈遏听了点头道：'这话很对，你们就照这种打算，小心去做吧。'八个人立时假装出贩麻的样子，都用两头尖的扁担，各挑了两捆苎麻，身藏利刃，拜别张邈遏下山寨，循着那少年走的道路，紧紧的追赶。

"约莫追了十来里，忽听得背后马蹄声响，八人回头看时，只见张邈遏跨着一匹快马追来。八人回身迎着问道：'二哥有什么话吩咐？'张邈遏翻身跳下马来，说道：'你们走后，我仔细一想，这回的生意，只怕不大好做。玉屏这条路上，无论何处的客商，谁也知道不是好走的地方。越是有钱的人走这一带经过，越要装出穷苦的样子，从来没有敢在这条路上自显豪富的。这少年若是近处人，就应知道这一带的情形，不肯自寻烦恼。若是远道而来的人，就只主仆两个，如果没有可恃的能为，像这样的招摇卖弄，不待走到这里，随便走到什么地方，早已应该有人下他的手了。这票生意实在不好做，不如放他过去，免得栽一跤给人笑话。你们随我回去吧，不要去跟他了。'

"张邈遏这么说了，四个未出师的没话说，只四个已出师的不相信，随即辩道：'二哥不曾亲眼看见那一对嫩伙子，所以疑心必是有大能为的人。其实那是一个公子少爷，只知道闹阔搭架子，哪里懂得出门的艰难？这么好做的生意，若二哥高抬贵手放他过去了，岂不太觉可惜？'张邈遏摇头道：'俗话说得好：死人旁边有活人，醉人旁边有醒人，他就是一个全不懂得世道艰难的公子少爷，岂有和他沾亲带故的人中间，也没一个能点破他的？他若真是喜闹阔搭架子的公子少爷，就应该前呼后拥，多带仆从。据我推想，这人一定有些古怪，还是不去跟他的妥当。'出师徒弟道：'只怕他是个空城计，知道二哥是极谨慎的人，有意做出这全不害怕的样子，打算哄骗过去的。如真个放他过去，岂不上了他的当？生意没做成虽不算一回事，被他哄骗得居然不敢下他手，岂不更给人笑话？总而言之，不问他到底怎样，我们只小心谨慎的跟上去，见机行事，但求不坏二哥的声名就是了。我们跟了二哥这么多年，难道二哥还不相信我们不是荒唐冒失的人么？'

"张邈遏这才略略的点头道：'也罢！只要你们知道谨慎，就去跟着他瞧瞧，倒也不要紧。好，你们去吧！'八个人于是仍回身向那条路上追赶。才走了二三里，又听得背后有很急的马蹄声响。八个人只得又回过来看，

来的不是别人，又是张邈遢。八人很诧异的问道：'二哥又有什么话说？'
张邈遢就在马上说道：'我越想越觉得不妥当，你们跟我的时候虽久，只
是今日才第一遭出来做生意，偏巧又遇着这么一个施主，我总觉有些放心
不下，所以又追上来，还是跟我回去的好！这票生意，我情愿不做。'四
个出师徒弟听了张邈遢的话，心里好不服气。不过口里不敢说和张邈遢斗
气的话，只极力的辩白道：'二哥怎么这般不相信我们？我们虽是第一遭
出来做生意，但是在山寨里混了这么多年，武术纵没练得惊人的本领，在
同辈中也还可以过得去。有八个人去对付两个，不见得便栽了筋斗。并且
二哥这三番二次的吩咐谨慎，我等就是几个小孩子，也应该记着二哥的
话。不可存心轻视人，见可而进、知难而退的话，不是时常听得二哥说
的吗？'

　　"张邈遢见他们执意要去，踌躇了好一会儿，才略略的点头说道：'你
们既明白见可而进、知难而退的道理，我就可以放心了。我有一个看人的
总诀说给你们听，务须牢牢的记住。你们此番追踪那后生跟下去，如果那
后生见你们跟着，只当没看见的一般，行所无事的往前走。该落店的时候
落店，该打尖的时候打尖，那担皮箱并不挑进里面去，也不着人看守，那
后生必有了不得的能耐，万不可动手，动手一定吃亏。若他见你们跟在后
面，不住的回头向你们打量，或有意开皮箱给你们看见，就可以见得他有
些胆怯。动手是不妨动手，但能在未曾动手的时候，顺便盘盘他的来历最
好，一则免得无意中结下冤仇，二则知道了他的来历，事后应不应防备报
复，也好有个计算。总之，这种施主决非寻常，稍不小心，便惹下无穷的
后患。'几个出师徒弟听了，心里不由得有些不耐烦，口里不约而同的应
道：'二哥请放心回山寨去，我们此去无论生意如何，断不至毁坏二哥的
声望。'张邈遢叹了一口气，说道：'初生之犊不畏虎，你们真是些初生之
犊，但望那少年果是一个嫩伙子才好！'说着仍现出不放心的神气，骑着
马缓缓的去了。

　　"这里四个出师徒弟便计议道：'二哥也太瞧不起我们了，专一长他人
的志气，灭自己的威风。那小子莫说是一个一望而知的嫩伙子，随便一两
人就可以对付他；即算是个有些能耐的行家，也没长着三头六臂，我们这
里有八个人，难道还怕栽了筋斗？二哥平日的胆量很大，不知这回怎的这
么小起来？'其中有一个说道：'二哥虽是太瞧不起我们，不过我们此去，

也是要仔细一点儿才好。不要真个栽了筋斗，坏我们山寨的声望，还在其次。我们八个人的年纪，总共二三百岁了，倒败在一个二十多岁的小孩子手里，此后还有什么面目见人呢？'八个人一面是这般计议，一面各挑苎麻，紧紧的向少年走的那条路上追赶。

"直追到午饭过后才追上，追上了就跟在马后行走。那少年在马上果然不住的回头，向八个人身上打量。八个人心里明白，应了张二哥的话了，多半是一个没有大能为的。只是这少年虽不住的回头打量，脸上却看不出一点儿惊慌害怕的样子。打量过好几次之后，忽点了点头，好像已看出了八人的行径。八人紧跟在马后，听凭那少年打量，始终只作没看见。一路跟到黄昏时候，少年在一家火铺前下马，随即招呼挑皮箱的，将皮箱放在大门外的过路亭中，钥匙就搁在皮箱上面。火铺里的店小二出来接了马，将马缰牵到后槽喂养去了。少年主仆也不顾门外的皮箱，跟着店小二进店休息去了。

"八个人看了这种仿佛有恃无恐的情形，不由得想起张邋遢吩咐的话，又像是有大能为的。毕竟不敢冒昧，只得也进这火铺歇息，等待有可下手的机会再下手。八人都将麻担挑进了火铺，各自安放好了。看少年主仆二人都在上房里坐地，简直忘了有行李在门外的一般，八人忍不住都装作闲步的样子，缓缓的走到大门外。看那一对黑色的皮箱，还放在原处不曾动，连挑皮箱的一条檀木扁担，也搁在箱上，若有人来偷，只一肩就挑起走了。八人中年纪最大、资格最老的低声向七人说道：'只怕皮箱里没重要的东西，我们何不趁他们此刻在上房里的时候，提提看有多重？'这话才说出，就有两个未出师而蛮力最大的徒弟，应声走到皮箱跟前，一人挽住一口皮箱的绳索，用力往上一提。想不到挣得两脸通红，都只将皮箱略动了一动，箱底丝毫不曾离地。两人连忙放了绳索看手掌时，红得破了皮，如刀割一般的痛。大家正在惊讶，只见那少年从容走了出来。"

不知道少年有何举动，有何话说，且待下回分解。

第十七回

山亭小憩耳割八双
峻岭仰攻兵分三路

  "话说那少年从里面走出来，只是笑向八人点头道：'诸位辛苦了！'八人也只得点头道辛苦。少年从箱上取了钥匙蹲下去开了锁，随手将箱盖揭开。八人偷眼看箱里，一封一封的皮纸包裹，塞满了一箱。包裹上面放了长短不一的几个纸包，那纸包的形式，使人一看就能知道包的是洋钱，长包约有七八十元，短包不过二三十元。八人看了，登时心里又想到他们张二哥吩咐的话了，故意打开箱给人看，可见得是心虚害怕，各人胆量又觉壮起来。那少年伸手在几个洋钱纸包当中，取了一包最短的在手，约莫也有二三十元，立起身笑嘻嘻的向八人道：'对不起，辛苦了诸位！兄弟这一点儿小意思，真是吃饭不饱，喝酒不醉，只能请诸位吃一顿点心，望诸位赏脸收了，高抬贵手放兄弟过去。'八人见少年这般举动，那个资格最老的便假装不懂得的样子，说道：'先生这是干什么？古话说无功不敢受禄，我们是去云南做麻生意的，无缘无故，要先生送我们这些钱做什么？'

  "这少年见八人不肯受，倒像有点儿吃惊的样子，说道：'真菩萨面前不能烧假香。兄弟这番从贵境经过，承诸位老哥赐步，不得不把兄弟这番出来的情由，老实说一说。兄弟的母舅，就是现在做铜仁府徐知府，他老人家今有五十多岁了，做了二十几年的官，真是两袖清风，一尘不染。徐青天的声名，诸位在这一方多年，大约时常听得人传说的。'少年才说到这里，未出师的四人当中，有一个即插嘴说道：'铜仁府的徐知府么？我就是铜仁府的人，知道得很清楚，他曾做过思南府的。他于今不是因亏空了一万多两银子的公款，赔不出钱来，不能交卸脱手的吗？'少年喜笑道：'正是，正是！老哥既知道得这么清楚，就更好说了。兄弟此行，就是为

173

他老人家亏空了那多公款，没钱赔，不能交卸，才特地从家乡带了这点儿财物，到铜仁府去的。不瞒诸位说，这两只皮箱里面，实有五千两银子、五百两金子，只是这些金银，并不是我母舅的。我还有外祖母，今年八十六岁了，我母舅迎养她老人家在任上。因我母舅亏空了公款，无法偿还，外祖母只急得日夜哭泣。家母知道了这情形，只得变卖家产，勉强凑足了我母舅所亏空的数目。他怕差旁人押运这些金银去铜仁府，在路上失事。在寒素之家，凑集这点儿东西，已是费了很大的气力。若是半途遭了意外的事，眼见得我母舅永不能脱羁押的苦，而我衰老的外祖母势必因悲伤丧命，所以命兄弟亲自押运。如果我外祖母在这时候因伤痛丧生，我母舅天性纯孝，必以身殉母。家母年近六旬，一旦遭这种大故，也万无生理。因此兄弟不敢做主，拿这箱里的金银做人情。只这几包洋钱，是家母给兄弟做盘缠的，兄弟情愿在路上节省些，分几元送给诸位做茶钱草鞋钱。望诸位不要嫌少，赏脸收了。'

　　"那个资格老的徒弟听了，就摇着手笑道：'先生快收起来，我们是规规矩矩做麻生意的人，也是因为这条路上不大好走，时常听说有打劫的事发生，特地邀集八个同行的一道走。不瞒先生说，我们是老在这条路上做生意的人，各人手上虽够不上讲有功夫，然每人对付两三个蛮汉，还勉强对付得了。我们正要走铜仁府经过，先生若不嫌弃，我们陪先生同走。路上便是遇了打劫的强人，请看我们那挑麻的扁担，两头都是很锋利的铜尖，也就可以帮先生杀他们一个落花流水。'少年当下现出很高兴的神气说道：'既是如此，真再好没有了！承诸位的盛情，肯一路照顾兄弟到铜仁。如何酬谢的话，兄弟的力量有限，不敢胡乱许愿，这一路打尖宿店的费用，不用诸位破钞，兄弟一概照付。'这八个人还谦让了几句，少年才收了洋钱，叫那壮丁挑着进上房去了。这八个人便又计议起来，那个铜仁府的人说道：'倒是这汉子的气力不小！这担子有四百多斤，他能挑着跟在马后行走，一点儿不现出吃力的样子，非有五六百斤的蛮力，休想显这样神通。铜仁府徐青天确是一个清白如镜的好官，这人刚才所说的情形，也实在不是假话。我想不如依张二哥的话，放他过去吧！这人的本领虽不知道怎样，然只就这个挑皮箱的而论，已是不易对付。'

　　"那个资格最老的听了，大不谓然，气愤愤的说道：'你是铜仁府的人，便要帮铜仁府的知府说话。不用说这小子信口胡诌的话靠不住，即算

174

句句是实情，我们是做什么事的人，哪里顾得了他们的家事？要存心做好事，就不应该吃这碗饭。这小子若真有惊人的本领，决不肯说刚才这一大篇告哀乞怜的话。二哥今日追来吩咐，看人的决窍，你难道就忘记了吗？这小子有意当着我们打开皮箱，又说了这一大篇的苦话，可见得他的气已馁了。你要知道有惊人武艺的人，肩头上断不能挑这么重的担子走远路；这汉子是生成的蛮力，算不了一回事。我们今日都是第一次开张出来做买卖，若就这么空劳往返，不但给山寨的弟兄们笑话，并且也不吉利。二哥现在把我们看得不如他们常在外面做买卖的兄弟，我们再不争一把气，以后还有什么面子，在山寨里穿衣吃饭拿津贴呢？何况这趟差使是我们自己讨得来的，哪怕你们七个人都好意思回去，我一个人也得干一干，不好意思空手回去销差。'

"这七个人只得连忙说道：'要干大家干，我们不是一般的不好意思空手回去吗？'那资格最老的又说道：'这小子若始终把那两口皮箱放在外面不动，完全应了张二哥的话，我倒有些相信他是一个不好惹的东西。他一叫那汉子挑进上房，我就立刻断定他是个不足怕的。张二哥吩咐我们探听他的来历再下手，刚才他已尽情说了出来，也用不着探听了，只要找一处好下手的地方便了。'当下八人议定之后，各自在火铺里安歇。

"次早起来，见那少年住的上房空着，两口皮箱也没有了。叫店小二打听时，店小二回道：'那客人已关照过了，他们因要趱赶路程，不得不早走一步！你们八位客人的房饭钱，那客人已替你们给过了，并约了今日到某处某招牌火铺里打尖，那客人在那火铺里等候，要你们八位务必赶到那火铺同吃饭。'八人听了没得话说，吃了早饭，又跟踪追赶。好在从玉屏到铜仁，只有此一条必由之路，八人也不愁那少年跑掉。

"少年相约打尖的火铺，距昨夜歇宿的火铺有六十里，须半天工夫方能赶到。八人走进约定的那家火铺，只见那少年正立在门内恭候，见面即笑向八人道：'辛苦了！兄弟已等候了一个时辰，恕不能再等了。这里的伙食钱，兄弟已付过了，请诸位尽管放量吃。今夜兄弟准在某处某火铺里歇宿，当预备些酒菜，专等诸位到那里一同吃喝。'说罢，笑嘻嘻的拱手道了一声再会，便出门上马，带着挑皮箱的走了。

"八人也不说什么，火铺里不待招呼，就开上很丰盛的酒菜上来，说是那骑马的客人关照的，酒菜钱他已给了。八人吃了一个酒醉饭饱，始终

175

认定那少年是胆怯害怕，才有这种巴结的举动。醉饱后又登程追赶，到相约的火铺，果见那少年，又笑容满面的迎接出来，酒菜也已安排好了，八人就在这晚想下手。无奈这火铺很热闹，歇宿的客商太多，其中有好几帮带了镖师同走的，下手必惊动别人，有多少不便，只得再忍住一夜。

"次日天光还没有亮，那个资格最老的，就推醒七人说道：'我们今日不能和前、昨两日一样，离他们太远，须紧跟在他们背后。离此地四十里，有一座山岭名叫界岭。那界岭陡峭异常，从这边上去，只有一条道路，那路行走十分危险。因路的右边是十多丈高的陡壁石岩，岩下不到两尺宽的道路；左边是一条河，河流到这路下冲起一个大漩涡，浪花时常溅到路上来，以致石路又滑又无可攀扯。从来上那界岭的人没有不是小心谨慎，一步一步往上爬的，爬到岭上，都得气呼气喘坐下来休息。岭上有一个休息的亭子，那亭子里是一处最好下手的地方。我们须紧跟着他，等他们爬上岭休息的时候，赶上去乘他不备，八人一齐拥上，除非他长着三头六臂，才戳他不翻。若放他过了界岭，就不容易再找好地方了。你们快起来，不可让他们先走。'

"七人当即翻身起来，忽见那少年来到房门口，向八人招呼道：'对不起诸位，兄弟先走了。这里已安排好了酒菜，恕不奉陪，兄弟在界岭等候诸位便了。'说毕，打了一拱，即回身走了。八人听了，不由得怔了一怔，便有一个精明些儿的说道：'看这小子急匆匆的情形，简直是已看出了我们的底蕴，不敢和我们做一道走。若始终照这般走法，他走到铜仁府，我们送到铜仁府，岂不也是一桩笑话！'那个资格最老的便笑道：'我们不存心放他去铜仁府，他就插翅也飞不去。他越是这般不敢和我们做一道走，越显得他没了不得的本领，才望着我们胆怯害怕。我们快吃了饭赶上去，他说了在界岭相等，我们不要到界岭就得赶上他。'于是八人吃喝了那少年安排好了的酒菜，挑了麻担出门追赶。这八个人的武艺都已练得有个样子了，肩上的麻又不甚重，行走起来，比寻常人自是加倍的快。但是努力的向前追赶，追了二三十里远近，仍不曾追上那少年。八人倒不由得有些着急起来，暗想那少年骑在马上，虽能跑得很快，何以那汉子挑着那般重担，也能跟得上呢？一面这么揣想，一面仍是努力前追。直追到界岭底下，才远远的望见那少年反操着手，立在岭上的休息亭中，神闲气静的朝岭下看着，皮箱、马匹都在亭子旁边。

"八人见了，好生欢喜，一个个脚不停步的爬上了岭。只见那少年很殷勤的迎着说道：'诸位真辛苦了，请坐下来休息吧。'八人自从火铺里动身，一口气追了四十多里路，又不停留的爬上这座界岭，也实在累得乏了，不能不坐下来休息一会儿。等精力略略的回复了，再动手和少年厮杀。当即各自择了一个地方坐下来，看那挑皮箱的汉子，已仰面朝天的躺在亭子里睡着了，呼呼的鼾声从鼻孔里发出来，好像也是累得疲乏不堪的样子。连那马匹都垂头戢耳的，只三只蹄着地，一只蹄提起来休息，肚带已解松了，鞍鞯歪在一边。少年靠亭柱坐着，两眼下垂，现出要睡又不敢安睡的神气。八人见了这种情形，都安心乐意的休息，料知那少年一时断不能就走，不妨多休息些时，免得因累乏了，减少厮杀的力量。

"八人约坐了一顿饭久的工夫，只见那少年忽伸了一个懒腰，一眼就望着那个资格最老的，从容笑道：'承诸位的盛情，一路跟随兄弟到了这里，兄弟实在感激之至！只是兄弟有一句不中听的话，想向诸位说说，望诸位不要动气。诸位虽说是去云南做麻生意的，不但不转我这点儿金银的念头，并可以帮助我对付外来转念头的。话是说得好听，不过我是个初出门的人，胆量小，疑心多，总有些着虑诸位的话不甚靠得住。我待时时刻刻的防备着诸位吧，提心吊胆的觉得太苦；待不防备吧，恐怕落了诸位的圈套，万一失事，不是当耍的。再四思量，不如大家索性推开窗子说亮话，你们真是做麻生意的行商便罢，不妨大家做一道走。若我疑虑得不错，你们果是特地跟来，转我这两箱金银的念头，那么在此地就得动手了。因为过了这界岭，一路到铜仁，多是平阳大道，再也寻不出这么好的所在了。你们老实说吧！'

"那少年话才说毕，资格最老的已跳起身来喝道：'不错，对不起你，我们原定了是在此地下手的。'旋说旋从衣底，拔出一把尺多长的尖刀来，只将脚尖一垫，已蹿到了少年跟前，擎刀便刺。少年不慌不忙的，等到刀已刺近胸前，才伸出两个指头，迎着刀锋一捏，顺势往旁边一拖。那人因来势太猛，脚底下早已站立不牢，扑的一跤栽去，正倒在少年脚边，少年一提脚就站在那人的背上。这七人看那人动手，也都跳起来，各自拔刀在手，待一拥攻上前去。只见那少年两眉一竖，望着七人厉声叱道：'敢动者死！'七人听了这声音，一看少年的脸色，那两只眼睛就如两道闪电，神光四射，使人看了不寒而栗。原是一个极飘逸的美少年，言辞典雅，举

177

止温文，一些儿没有使人望而生畏之处。不料一转眼之间完全改变了一副神气，真是神威抖擞，直可辟易千人。

"那七个人虽已各自拔刀在手，待一拥上前厮杀，但一遇那种神威，便不知不觉的吓得手脚都软了。加以眼见得那个资格最老、本领最高的同伙，尚且绝不费事的，就被那少年打翻在地，不能动弹。人孰不怕死？自然再也鼓不起上前厮杀的勇气，一个个不由自主的往后倒退。

"那少年已将那把尺多长的尖刀夺在手中，见七人都往后退，有想逃走的意思，接着又厉声叱道：'站住，不许动！'说也奇怪，七个人虽没有了不得的本领，然也不是软弱无能之辈，打不过罢了，难道逃也逃不了吗？不知怎的，少年一叱道站住，七人竟比听了军令还显得服帖，一个个真个蓦然立住不动了。少年现出盛怒的脸色，向七人瞪了一眼，只瞪得七人如筛糠一般的抖起来。少年虎吼了一声骂道：'狗贼的强盗，简直不识抬举！我因久闻张邋遢的名，以为他是一个好汉，本当绕道到他山寨里拜访的。无奈官事紧急，我母亲限我七日赶到铜仁，沿途不许耽搁，只得打算再回到山寨道歉。以为张邋遢既是镇远道上的好汉，做买卖必得做个来清去白，不至胡乱动手；谁知他手下竟收了你们这种辱没师门的徒弟。我素闻张邋遢的山规很严，无论在他手下多年的徒弟，大小买卖都得禀明他，听他吩咐。派谁出马，都得由他做主，如敢私自在外伤人一根毛发，便处死罪。你们这次是私自跟来动手的吗，还是奉命而来的呢？快照实说出来，我好发落。'

"七人见少年说得这般清楚，真是说不出的心中悔恨，面上羞惭，大家都不知如何回答。少年一迭连声的催促，其中才有一个胆气稍壮的答道：'不奉张二哥的命，我们如何敢私自跟来？'少年很惊讶似的，连咦了几句道：'这就奇了！是张邋遢叫你们跟到此地来动手的吗？你们要知道这不是可以胡说乱道的事啊，到底是不是张邋遢打发你们来的？'那胆气壮的料知不能不说实话，只得将张邋遢两次追赶上来，叫他们回去的话说了。少年才仰天打了一个干哈哈道：'你们这些东西好大的狗胆！我本待尽取你们的狗命，替张邋遢整顿山规。既不是私自跟来，姑饶你们一死。只是张邋遢两次追你们回去，你们何以不听？死罪可免，活罪万不能逃。你们有耳不听寨主之言，要这耳朵何用？'说罢，弯下腰去就用手中尖刀咻咻两下，将躺着的两耳割了。七人眼睁睁的望着，心中害怕万分。眼见得就要割到自己头上来了，只是不但不敢动逃走的念头，连躲闪都不敢躲闪一下，呆呆的立着与木偶一般。硬着颈项，听凭少年一刀一只耳朵，八个人整整的被割去一十六只耳朵。"

张必成听到了这里，忍不住插嘴笑道："难道他们八个人都吓得昏死过去了吗？怎么痛起来也不知道躲闪呢？"李旷摇头道："这话不是我捏造得来的，当日同被割了两耳的人，亲口对我说的。譬如耗子见了猫，池鱼遇了獭，就有逃跑的力量，到那时也施展不出来了。那少年割完了一十六只耳朵，才将尖刀往地下一掼道：'你们回山寨去，只说我周开发拜上张寨主，已领教过了，下次恕不再到山寨拜访。去吧！'扑在地下的那人，当周开发提步去割七人耳朵的时候，背上如释了千斤重负，已挣扎得站起身来。'去吧'两字一出周开发的口，八人登时活动了，掉转身就待逃窜下岭。周开发又喝一声'站住'，吓得八人又不敢跑了。周开发仍回复了温文尔雅的神态，笑指着麻担并地下尖刀，说道：'你们的买卖没做成，难道连本钱都掼掉不要了吗，何苦害怕到这一步？我如果要取你们的性命，你们便插翅也飞不了。既饶恕你们回去，就慢点儿走也无妨碍。'八人听了这话，益发觉得羞惭无地。只得拾起尖刀，各人挑了麻担，忍痛低头走下界岭。回头看岭巅休息亭内，没有周开发的影子了，才就路旁树底坐下来，由那个资格最老的从身边取出刀创药，大家敷上了些儿，才止住了流血。

"几个未曾出师的徒弟说道：'我们因不听张二哥的话，以致弄到这么一个结果，还有什么面目回山寨去呢？不如就此散伙，各自另谋生活；就是张二哥将来知道，也可以原谅我们是出于不得已，不是背叛山规。'几个已出师的徒弟说道：'那如何使得？我们今日受了周开发小子这般凌辱，此仇怎能不报？我们八个人都是初次出来做买卖，本来没有多大的能为，栽倒在周开发手里，算不了什么！回去报知张二哥，山寨里多少能人，自然有人出头代我们报仇雪恨，替山寨争气扬名的。趁周小子还不会赶到铜仁府的时候，我们昼夜兼程回山寨报信，也还来得及。若就是这么散了伙，张二哥得不着我们的消息，每日盼望我们回去。只须再耽搁几日，周小子必已在铜仁府，安然把救他舅父的事情办妥，天南地北的不知去向了，叫张二哥哪里报这仇恨呢？'

"出师徒弟的力量毕竟大些，这几个未出师的拗不过，只好依从。于

179

是八个人脚不停步，三日的路程，只一昼夜便赶回了山寨。张邋遢一眼看见了八人的狼狈情形，立时气得几乎昏死了。八人仍不敢不照实禀报，张邋遢气恨得拔出佩刀来，要将八人一并杀却，再亲自下山找周开发拼个死活。山寨中众徒弟都环跪替八人要求饶命，张邋遢执意非杀不可，亏得不前不后，正在这紧急的时候，忽有一个小兄弟飞跑进来报道：'老祖师来了，已到了山下。'他们所谓老祖师，就是惠清和尚。张邋遢听说老祖师已到了山下，料猜事非寻常，连忙吩咐将八人绑起来听候发落，一面整理衣冠，率领众兄弟下山迎接。心想：老祖师在光化寺，轻易不肯跨出山门，有事总是打发人来传我去吩咐，怎的今日却亲自到这里来？一边想，一边走到半山，只见惠清和尚已走了上来。他们虽是强盗生涯，却很有些规矩礼节，惠清和尚所到之处，手下众喽啰都得排班跪接。

"惠清和尚来到山寨坐定，正色向张邋遢问道：'我叫你在这山寨里干什么事的？'张邋遢看了惠清和尚生气的神气，只吓得跪下的说道：'师傅是为周开发的事么？弟子就为这事气了一个半死。这事实在怪弟子太荒唐，不应该打发他们新手去做。弟子正待到光化寺里禀报师傅，不知道师傅的法驾亲临。弟子情愿拼着性命，立刻去铜仁府与周开发现个高下，宁死也得替师傅争了这口气。'惠清和尚指着张邋遢冷笑道：'你这话就该打，你不怪自己不该打发人去，却怪人家不该欺负了你的人。你打算替我争什么气？你若是真替我争气的，这样买卖也打发人去做吗？且把那八个孽障提出来。'张邋遢哪敢申辩，随将那八人提出。惠清和尚亲口审问了一番，吩咐每人责打八百大板，只打得一十六条大腿，条条皮开肉绽，鲜血直流，并叫山寨里除了八人名字，永远不许在镇远道停留。张邋遢心里不服，等到惠清和尚的气平了，才问道：'周开发那小子的能为虽是不错，但弟子不见得便怕了他。他须知道是师傅手下派去的人，也应该顾全师傅一点儿颜面，用不着下这种毒手，不是存心给师傅过不去吗？师傅何以全不与他计较，专灭自己的威风呢？'

"惠清和尚道：'周开发的年纪虽轻，为人行事倒甚是老成达练，志趣也甚是高尚，确是一班后进当中的好汉。即论这回的事，只能怪你派去的人，尽是瞎了眼不认识人的东西，随便换一个稍为知情识趣的人去，见了周开发那种举动，也不致再动手，弄出这么大的笑话。周开发在界岭打发他们八个孽障走后，随即写了封详细的信，把那一十六只耳朵，专人送到光化寺来。我一见那大包血淋淋的耳朵，只气得发昏。当时还有些不相信你派去的人，竟有那么混账！周开发一面之词，不见得句句实在。即打发人去那一路探听，才知道你派去的八个孽障，简直是存心要讨没趣，一点儿不与周开发相干。我心想那八个孽障既有那么糊涂混账，受了周开发的折磨，难保不回山寨向你挑拨是非，怂恿你去铜仁府与周开发拼命，好替他们出气。若真个是那么一来，天下英雄都得骂我们不识抬举，不是好汉，所以我只得亲自到这里来。果不出我所料。

"张邈邋心里仍是不服道：'那小子存心瞧不起我们，打我玉屏经过，连一个信都不通知我。怎么天下英雄倒能骂我们不识抬举，不是好汉呢？并且我派去的八个人，那小子应该知道都是新手，随便显点儿手段，就可以打发回来，何必要割取他们的耳朵？这道理恐怕也有点说不过去。'惠清和尚摇头道：'你要知道他周开发这次打从玉屏经过，并不是拿薪俸替人家保镖，是押解他自家的银两，又是为救他舅父之急，不通信打你的招呼，并不要紧。你派去的八个孽障，存心要取他的性命，他只割下一对耳朵，有什么过分的地方？总之江湖重义气，他不存心与我们为难，我们万不可披蓑衣打火，惹火烧身。'"

李旷述到这里，张必成又插嘴问道："惠清和尚这种举动，这些言辞，周开发知道么？"李旷摇头道："大约他不会知道，他若知道惠清和尚对于界岭的事，心中毫无芥蒂，也不致时时还存心防范了。周开发自从到铜仁府，将他母舅徐知府救出，益发觉得宦途没有趣味，回到泸溪便极力劝他父亲告老乞休。无奈周金榜生成的贱骨头，自以为做到了一个守备，有了不得的威风。周开发一味败兴的话，哪里听得入耳呢？周开发觉得在泸溪，看了他的父亲那种奴颜婢膝的样子怄气，独自一个人到三山五岳游览去了。我逆料他就听得泸溪被围的信，也决不会赶回来，帮助他父亲和我们作对。"

张必成道："那却不见得！他既在世间称好汉，父子之情岂能完全不顾？周金榜是个庸懦无能的人，若没有能人帮助，他早已吓得弃城而逃了；即如今晚这一阵地雷炮火的攻击布置，就不是他周金榜的举动。"李旷点头道："你这话不差！不过这也不是周开发的举动，周开发若在泸溪，知道是我带兵来打泸溪，必遣人向我来说，我们没有这么容易过分水坳的。你瞧着吧！天色已快要发亮了，待一会儿到金鸡岭便见分晓。"

181

二人谈到这里，李旷便传令拔队前进，到金鸡岭下，天光已经大亮了。看金鸡岭上的旗帜鲜明，远远的就看见一面极大的旗上，被风飘得展开来，分明是一个很大的刘字。守兵都伏在岭上，寂静无声，不见一个人走动，看不出究有多少兵把守。李旷既率兵到了这里，自然传令攻上去。营中也带了抬枪大炮，同时向岭上仰攻，只是岭上并不开炮还击。李旷只得亲率二十四个把兄弟，并数百精壮敢死的会党，当先冲杀上岭。这金鸡岭并不十分陡峻，不过山路仄狭，路两旁荆棘丛生，冲上去很不容易。已冲到半山，才听得岭上一声鼓响，就有无数的大炮，同时向岭下轰击。

李旷营里带的大炮是铁铸的，力量虽可及远，然笨重非常，山路崎岖，更是不容易行动。岭上的炮，是用新锯下来的湿松树，凿空树心做炮身，隔一两寸远上一道铁箍，和铁炮一般的灌硝药子弹。虽打不到铁炮那么远，只是在一里以内，比铁炮还凶得可怕，转动尤为灵巧。这种木炮里面灌的是散子，一炮轰出，炮弹如雨点一般射下。李旷虽骁勇，无奈为地势所限，数百冲锋的精壮，被上面一排炮冲得纷纷往山下跌落。一瞬眼之间，就打死了一大半。二十四个把兄弟之中，也有八九个中弹栽倒的。李旷料知不变更方略，是决冲不上去的，只得传令退下。才退到山底，岭上的枪炮，便即时停了开放。所有开炮放枪、摇旗呐喊的兵士，又都已伏下去，不见踪影，不闻声音了。

李旷退下来和张必成计议道："这一次败仗，真出我意料之外。实在想不到泸溪地方，除了周开发之外，还有这么一个能人。看岭头大旗上，写着那么大的一个刘字，可见得这人姓刘。只是我在泸溪盘桓的时日也不少，却从来没听说有姓刘的武官有什么能耐。这倒得先探听出姓刘的来历，再作计较。"张必成道："依我看来，不见得是姓刘的有什么能耐，多半就是周开发回来，姓刘的不过奉他的命令行事。"李旷踌躇道："或者如你所料，也未可知。你我既奉命率师来攻泸溪，便是周开发真个回来和我为难作对，我也不害怕。这金鸡岭非十分险要可守之地，岭上的地面不宽，不能容多少人马。你我各选五百壮丁，就在今夜分左右抄上岭去，这正面也同时向上冲杀。我料守这岭的兵马不多，所以昨夜不敢迫近森林，今日不敢显明出战。我们带了上万的人马，若攻打这个金鸡岭都攻打不下，还有什么面目回见祖师！"

张必成道："你所见的一点儿不错。我们昨夜、今日已两次受挫，他们若是兵力厚，乘胜冲杀出来，我们此刻能在这里立足吗?"李、张二人各就军中挑选了五百名勇敢之士，并将其余的兵士分作几队，轮流在正面向岭上攻击，使岭上的兵不得休息。布置停当了，李、张二人便各带了五百兵分途出发。

要知能否占领金鸡岭，下回分解。

第十八回

问鼎野心成爝火
典钱金镯起波澜

话说李旷和张必成挑选精壮，准备分路仰攻金鸡岭。谁知这里正面攻击的，岭上并不发炮应战。初时李旷的兵，因知岭上的炮火厉害，曾在半山中被轰死了几百人，此时虽没有还炮，然惊弓之鸟，总不敢直冲上半山去。一面向上仰攻，一面分派徒手兵士，悄悄的从荆棘中攀爬上岭。爬到岭上看时，哪里见一个兵的踪影呢？只有那许多大小的旗帜，依旧插在岭上随风飘展。爬上去的兵士，见已没有敌人，岭下的兵士才敢一拥而上，算是没有抵抗的占领了金鸡岭。

却说李旷率领了五百名勇敢的会党，并十几名不曾受伤的把兄弟，从金鸡岭左边抄过去。逢山过山，逢水过水，并无道路可循，须盘绕三十多里远近，才可抄到金鸡岭的那边。出发后才走了四五里路，就听得金鸡岭下的枪炮和喊杀之声大作。知道是自己的兵，已开始轮流向岭上攻击，不由得精神大振，督率着队伍，努力猛进。又走了十来里，因隔离金鸡岭远了，已不听见炮声。在李旷等心里，以为是听不着，想不到是已无抵抗的占领了。

走到天色将近黄昏了，距离金鸡岭背后还有六七里，忽见路旁一棵树上悬挂着一条白布，足有丈多长。布上写了一行大字，因天色昏暗，又离地太高，看不清是一行什么字。李旷亲自上前，一跃蹿上树枝，将白布撕了下来。不看那字犹可，看时只气得脸上变了颜色，双手都禁不住发起抖来。原来布上写着的那行字道："刘达三久已在此等候，活捉逆贼李旷。"李旷看了，气得将白布一撕两半，心里又愤怒，又不免有些惶急。正要率众猛扑金鸡岭，与刘达三见个高下，只是哪里来得及，刚把白布撕破，四围的枪炮声、喊杀声，已随着布声大作。李旷所带的五百多人，尽被包围，枪子炮弹丛丛密密的下来，如倾盆大雨。只听得一片大叫声："不要放走了逆贼李旷！"

李旷到这时，不由得不慌张着急。而此时又正是暗云四合，数丈以外，便看不分明，也不知道四围究有多少人马，只得扬着臂膊在军中大呼道："我们须大家拼命做一路杀上去，才可以死里逃生。若不舍得拼命，就唯有束手待毙，万无生理了，愿拼命的都跟我来。"喊罢，自率着同来的十几个把兄弟，各舞动手中器械。因不知道虚实，不敢再朝前进，只得并力向归路上杀去，数百会党也跟着直冲而上。

好在天色已昏暗，枪炮都没有准头，李旷等十多人，如发了狂的虎豹，逢着官兵便砍。一阵混杀，已冲出了重围，不敢回顾，直退到金鸡岭这边原来出发之处，才停步收拾败残人马。跟着逃回来的不上一百人，那五分之四以上的人，死伤的死伤，逃亡的逃亡了，还侥幸占领了金鸡岭。李旷刚统率着败残人马上了金鸡岭，就听得山那边枪炮声又大作了。初时还只道是刘达三率兵来反攻，连忙据险应敌。混战了一会儿，才知道是张必成从右边包抄过来攻山的。

李旷受了这次战争的教训，方明白行军非有哨探、间谍、斥候、尖兵种种布置，就和一个聋了瞎了的人一样，直待敌人杀到跟前，还不知道招架，只是因为知道遇了敌手不敢乱动。这次虽侥幸得了金鸡岭，倒顿兵不敢冒昧前进了，派人探听刘达三如何忽然到了这里，有些神出鬼没的举动。

原来刘达三自从在南京辞官之后，一心要捉拿李旷碎尸万段，以泄胸中之愤。到处访查了一会儿，不曾访出下落。听说湖南有个广德真人，就是数十年前在四川享盛名的银枪陈广德，如今修道深山，神通广大，四方豪杰之士，闻风依附他的不少，确是一个有大志、将要干大事业的人。刘达三原不是忠于清朝的官，见有广德真人这般人物，遂也动了依附之念，特地回四川，集合了一班同会的兄弟，打算来辰州，归附广德真人手下。不料一到湖南，广德真人便已在桃源发难了。再一打听，知道李旷甚得广德真人的信用，因此不觉自己寻思道：李家那小子既得宠信，我去是万不能相容的。我与其去投奔他不能相容，再翻脸出来，不如凭我这一身本领，先将李家那小子除掉，泄了我胸头之恨，再作计较。刘达三主意既定，便一意与李旷为难，将带来的会党中兄弟，分布慈利、石门一带，专一打听李旷的行动。李旷如在睡梦中，一些儿没有察觉。而李旷的一举一动，巨细不遗的，刘达三都如目睹。刘达三既探知李旷将率兵来攻泸溪，即日亲自去拜会泸溪知事，并周金榜守备，详陈战守方略。泸溪知事得了慈利、石门陷落的报，正苦无法应付，听了刘达三的言语，又知道刘达三是江南的红候补道，自是欣然听信。刘达三有刘达三的用意，也不待知事守备如何请求帮同拒贼，就慨然担任领兵去金鸡岭拒守。

不过依刘达三的意思，要把泸溪所有的兵，全数交他指挥调遣。周金榜不肯，只能拨五百名交刘达三，还有一千多人由周金榜自己率着守城，一面飞文告急。刘达三能将贼兵战退固好，万一贼势猖獗，刘达三不能取胜，便准备死守泸溪城，专等救兵来了，再出城迎战。刘达三领了这五百官兵，并自己带来的兄弟，总共才有六百多人。泸溪城上的大炮，虽有不少的尊数，然一则太笨重了，搬运不易；二则知事守备都极胆小，也十分信刘达三不过，不敢将那些守城的大炮交与刘达三。刘达三心想：我这里的兵力既比贼人少了十数倍，金鸡岭又不是有天险可恃的所在，我若不仗着枪炮应敌，两下杀到跟前来了，我这六百多人就一个个都有飞得起的本领，也杀他一万贼兵不过。没得倒败在这小子手里，那就给人笑话了。刘达三一个人想来想去，才想出用湿松树制炮的应急方法来。这种木炮，不过不能耐久，每炮只能发四五次便没用了；然在那时候的战事，已可算得是一种利器。刘达三就因为有这两次战争的成绩，泸溪的官绅都要求他帮助守城；泸溪所有的士兵，尽听他指挥。李旷在金鸡岭养精蓄锐了两日，率兵来攻城，竟被刘达三打得大败。

这期间也有关气运，那时清廷的国运未终。李旷既大败于泸溪，而曾彭寿、成章甫二人率兵攻辰溪、保靖的，初时还很得手，打了几个小胜仗。后来朱宗琪追到辰溪，替官兵划策，竟将曾彭寿活捉了，在辰溪城楼上正法。将曾彭寿的头颅，用漆盒盛了，打发人送给成章甫，成章甫只气得死去活来。曾、成二人所统率的，都是未经训练的兵，胜则争先猛进，各不相让；败则如鸟兽散，各不相谋。成章甫见曾彭寿丧了性命，知道匪众敌不过官兵，广德真人难成大事，夜间乘左右不备，改装逃得不知去向了。

广德真人的神通法术，在平时施用异常灵验，真有呼风唤雨之能、倒海移山之力。草木砂石，经广德真人念动咒语，只须用手一指，立刻就能变成人马。人可以使枪刺棒，马可载重行路，屡试不爽，所以能引起一般人信仰，以为是真命天子出现了。不知怎的，一旦正式与官兵对起阵来，一切法术都施用不灵了。从桃源发难起，不曾支持到一年，便在湘西立脚不住。幸亏何寿山当日从弥勒院出来之后，仗着在刘达三家所得的那些珍宝，变卖了不少的金银，就在四川招集党徒，蓄养势力。那时江西九龙山的会党，势力雄厚，声名高大。九龙山的党羽，几乎布满了江西、广西两省，做了无数的大盗案，一班捕役虽明知是九龙山的强人做的，却没人敢前去捕拿。

何寿山与九龙山的首领，交情极厚。刘达三辞官回四川的时候，何寿山一打听他辞官的原因，料知他对李旷和自己必恨入骨髓，狭路相逢，是决不肯善罢甘休的。凡人做了对不起朋友的事，不问这个如何能干、如何厉害，事后断不愿再和这朋友见面，何况何寿山与刘达三结下了那么深的仇怨呢？因此何寿山见刘达三回了四川，便不敢再在四川停留了。

其实何寿山那时在四川的势力，比刘达三大了几倍。刘达三就是存心要找何寿山报仇，何寿山也不至惧怯躲避。无奈替旁人打抱不平，自己倒于中取利，这种事实在自觉有些对不起刘达三；若待刘达三见面责以大义，于自己面子上太难堪了，所以乘刘达三才回四川不久，就率领着心腹党徒投奔九龙山合伙。

广德真人在桃源发难的时候，凡是平日各处与有联络的会党，都有通知。力量雄厚的，就各在本地响应；力量小的，就赶到湘西来听候调遣，九龙山也得了这种通知。论九龙山那时的势力，要袭取一二府县的地盘，未尝不能做到。无如山上原有的会党，素无远大的志向，其中本领最好、人品最高的，也不过想做到一个劫富济贫的好汉，在江湖上享点儿侠义的声名就得了，做远大事业的思想，一个也没有。因为平日大家都没有这种思想，便没有这种准备，党众都散处各方，一时很不容易召集拢来。原有首领对广德真人的通知，打算不作理会。

何寿山是曾在弥勒院同谋，并当众承诺回四川蓄养实力的，此时见广德真人已经发动，当然不能坐视不理。并且何寿山也是个有野心的人，当时接着通知，即劝原有的首领赶紧传集同党，商议响应。原有的首领不愿盲从，几言不合，就与何寿山火并起来。何寿山是准备了火并的，自然占了优势，将原有首领杀了。有志气的跑了，没志气的降了，反手之间，九龙山的地盘，何寿山便反客为主了。

何寿山占据九龙山之后，少了一大部分势力，袭取城池响应的事，就没有力量能做了。像九龙山那样的山寨，占据很不容易。占到了手，便不舍得离开，恐怕复被他部分有力的人夺去。加以九龙山原有的党羽，得到山寨被何寿山夺了、首领被何寿山杀了的消息，大家都气愤得了不得，四处求人帮助，要夺回山寨，杀却何寿山替首领报仇。何寿山知道这种情形，尤不能不着意防范，连忙将四川所有的徒众，尽数调到九龙山来。仗着九龙山地势险峻的便利，山上原有党羽来夺了几次，都不曾夺去。然而就在这你争我夺、不得开交的时候，广德真人已在湘西失败到不能立脚了。何寿山也希望自家有实力的人，来共同占据这山寨，免得被仇人夺去。听说广德真人在湘西立脚不住了，即派人去迎接大众退上九龙山，再徐图大举。

这种造乱的事，在那势力方张的时候，无知无识的愚民，及无业的地痞流氓，随声附和，大家来打浑水捉鱼的，便风起云涌，声势益加浩大。及至几个败仗打下来，到将近立脚不住了，所有随声附和的东西，就一个个唯恐祸事沾身，都远走高飞寻不见踪影了。其相守不去的，不是无家可归，便是和广德真人关系太深，不忍背叛的，总共不过数百人，一齐退上了九龙山，广德真人从此就在九龙山落草为寇。

这且按下不表。于今且说小牛子刘贵，自从那日抱了他小主人曾服筹，逃出白塔涧来，原打算在百数十里外的亲戚家中暂住些时，等待白塔涧的祸事了结，仍回故土。这日匆匆忙忙的走着，唯恐遇见官兵，有人认识，又恐怕遇着朱宗琪的家人，有意与他为难，提心吊胆的奔波了二十多里。

刘贵是生长那地方的人，情形熟悉，知道已离开了危险区域，才把一颗心放下。怀中的小主人，却哭啼啼叫起妈妈来。曾服筹这时已是三岁的孩子了，初离家的时候，小孩子们哪里知道便是生离死别。平时经刘贵抱在外面玩耍惯了的，以为这时也是抱在外面玩耍，所以在别离他父母之时，并不哭泣。及至走了二十多里路，经过的时间太长久了，肚中也有些饥饿起来，自不能禁止他啼哭。刘贵在平日的性情虽是十分粗鲁，此时倒一点儿也不粗鲁了，一面不停步的向前走着，一面指东说西的，哄骗着曾服筹不哭。

又走了几里，到一处小市镇上，买了小孩喜吃的糕饼，落饭店将曾服筹喂饱了，也学着妇人抱小孩的样，一面呵拍，一面摇晃。小孩的脑筋简单，只要吃饱了，身体一感着舒服，便悠然入睡。刘贵将曾服筹安睡妥当了，自己才洗脚进饮食，夜间准备了些糕饼在枕边，方把曾服筹抱在怀中同睡。初离娘的小孩，半夜没有不哭着叫妈的。刘贵的性情虽由粗鲁而变成精细，只是带小孩子的事，尽管是细心的男子，一时也办不了。刘贵在平日何尝留心看妇人带过小孩，也不知道半夜是要抱起来撒尿拉屎的，只知道呵之、拍之，或恐吓之。好容易等曾服筹哭着叫着，哭叫得倦疲了，又昏沉睡去，却是一泡尿撒下来，衣服被褥顿时撒了个透湿。

在饭店里歇宿，一则没有干的更换，二则他自己也是年轻的人，瞌睡要紧。白天要赶路，夜间又有一半时间，被曾服筹哭叫得不能安睡，只得将曾服筹移到不曾湿透的所在睡了，自己睡在湿地方，免得小主人受湿气生病。

以刘贵精力之强、脚步之快，一天走一百几十里路，并不吃力。无如这时抱着曾服筹在手里，不能照平日或空手驮着包袱的走法。走不到十多里路，曾服筹一哭叫起来，就得找一处人家歇下来，拿糕饼哄着曾服筹吃。

直走了三日，才走到刘贵的一个亲戚家中。刘贵将主人托孤的话，对这亲戚说道："我主人素来是一个正直无私的好人，只因白塔涧的恶绅朱宗琪，和我主人有些嫌隙，存心暗害我主人，诬我主人藏匿妖人，图谋不轨。我想吉人自有天佑，不久必有水落石出的时候，那时我再抱小主人回去。"他这亲戚是种田的人家，外面的事情一点儿不知道，即留刘贵住下来。

住不到几日，桃源县被匪攻陷的消息，已传遍了湘西。因为朱知事被杀，这消息传播得更骇人听闻。刘贵最关心打听，知道攻陷桃源县的匪首当中，有曾彭寿、成章甫在内，只吓得寝食不安。这亲戚一听说刘贵的主人真个谋反叛逆，攻城杀官，哪里还敢留刘贵和曾服筹在家中居住呢？知道这种窝藏逆种的罪名，不发觉则已，发觉是要灭族的。加以这地方离桃源不过百多里路，是官兵注意的所在，只得逼着刘贵立刻逃往别处去。

刘贵也自觉这地方不妥当，心想：我主人既是糊涂油蒙了心，真个附和人家造起反来，除却果然能把清朝灭了，我主仆才有重见之日。不然，只怕是从此永别了。他已将这三岁的小主人托我，我若不带着远走高飞，在本地方怎免得了有人挑眼？我有一个本家哥子刘剑棠，多年跟着他父亲在湖北通城县做布生意，他小时候曾和我在一块儿玩得很好，虽已有好几年不见面了，同宗兄弟总应有些情分。我在急难的时候去投奔他，却并不沾刮他什么，估量他决不会不容留我。主意打定，他也不对这亲戚说明去向，恐怕他们种田的人不知事情轻重，随便向人泄露出来，不是当耍的。只说逃难是不能有一定去向的，逃到什么地方可以停留，便在什么地方停留。他这亲戚也只希望他主仆快些走开，出了大门就可免得拖累，至于逃向什么地方去，是不暇追问的。

刘贵抱着曾服筹向通城逃走，在路上也不知受了多少辛苦，经过多少人的盘诘，才到了通城。一打听刘剑棠的居处，通城并没人知道，只得在一家客栈里住下来，慢慢的探访。经了好多时日，才探访得刘剑棠父子所做的布生意，并不是在通城设立局面做门市买卖。是每年运若干布匹到通城来，在客栈里住着，每日父子两人各自肩着一大叠布匹，到各处街头巷尾叫卖。近两年因通城生意不好，已改变了销场，不到通城来了。刘贵大失所望，然既辛辛苦苦的到了通城，一时又找不出可以投奔的所在，只得停留下来。心想：我身边虽带着些银两和主母交给我的金镯，但是坐吃山空，我又没有可以赚钱的手艺，若直待手边的钱用光了，再想生财的方法就更难了。不如趁如今手边有钱的时候，找一种小生意做做，只要赚的钱能供给我主仆两口，就可以持久下去了。

刘贵想定了这做小生意的办法，就与这时住下的客栈老板，说明想在通城做小生意的意思，并打听有什么小生意好做。这老板姓陈，大家都称他陈老板，倒是一个诚实人，便问刘贵能拿出多少本钱来做生意。刘贵说不过百多串钱。陈老板想了一想道："你是个异乡人，初来此地做生意，又没有一项生意是内行，起手太大了的生意不好做，只能做那每日赚钱不多却靠得住不至赔本的生意。你既和我商量，我可留意帮你打听打听。"

过了两日，陈老板对刘贵说道："恭喜你！我已替你找着一项再妥当没有的好生意了。本钱花得不多，店面生财一切都现成的，只要你去接手做起来就是了。"刘贵听了很高兴的问是什么生意，陈老板笑道："就在我这隔壁有一家豆腐店，已开设得年代不少了。那老板因为年纪衰老了，不愿意再做下去；并且养老盘缠也够了，所以情愿招人盘顶。这项生意是再

190

妥当也没有了，不知道你老哥的意思怎样？"刘贵听了欢喜道："旁的生意，我都是外行。唯有这豆腐生意，我倒懂得一点儿。老板可以先带我过去瞧瞧么？"陈老板点头道："自然先带老哥过去瞧瞧，合意再说。"陈老板当下即引刘贵抱着曾服筹，走过隔壁豆腐店去。

乡下大户人家，多是自家长工打豆腐当菜吃的，因此刘贵从小在曾家，就学会了这一门手艺。知道这种生意利息虽然不厚，没有大的发展。只是本钱要得不多，每日靠得住有多少钱生意可做，永远不会有折本的事。那豆腐店的老板，见是由隔壁陈老板介绍前来的人，不好意思张开大口讨价。两下都觉相安，只三言二语就把顶费说妥了，并约好了日期搬迁兑价。凭着陈老板将一切生财器具，都上了点单，才回隔壁客栈来。

刘贵回房将身边所余的散碎银两计数，不够做顶费。次日吃了早饭，只得抱着曾服筹，走到一家当铺里，从腰间取出曾刘氏交给他的金镯来，递上柜台去要押五十串钱。柜上朝奉接过那镯，翻过来覆过去看了两遍，忽从柜台里伸出头来，向刘贵浑身上下打量了几眼道："这金镯是你的吗？"刘贵听了，很不愉快的答道："不是我的，是谁的？你有金镯肯给我拿去当店里押钱么？"那朝奉冷笑了一笑问道："既是你的，你知道这金镯有多重？是什么地方、什么招牌的银楼里打的？"刘贵见朝奉无端这么盘诘，不由得生气反问道："这金镯是假的吗？"朝奉摇头道："假倒不是假的。"刘贵道："既不是假的，你们当店里专凭东西押钱，只要东西不假，要你盘问我这些话干什么？"那朝奉也放下脸来说道："我劝你识趣一点儿。这金镯在你手里，你应该明白他的来历，再嘴强是要吃亏的啊！"

刘贵忍不住大怒，指着朝奉骂道："你这东西说的是些什么屁话！你店里能当便当，不能当就退还给我，要你管我的来历干什么？我一不是偷来的，二不是抢来的，你不配盘问我的来历。"刘贵正大声争吵，柜台里面即走出一个五十多岁的老人来，满面和善之气，摇手止住那朝奉开口，旋用两眼打量到刘贵。刘贵看这人的神情气概，估量就不是店主，也是这店里一个很重要的人。正待向这人理论，只见他已开口说道："老哥不要性急！我们做典当生意的，从来不问物品的来历，只要是能押钱的，不问是谁拿来，都一般的抵押。不过敝同行近来奉了通城县的晓谕，城外红杏村石御史家上月被强盗抢劫了，抢去银钱、衣服、首饰无数，附了一大张失物单，分谕各典当留意，看有没有拿失物单中所开明的衣服、首饰前来抵押的。我因见你老哥是个很诚实人的模样，才肯将这些话向老哥说明。失物单里面写明了有金镯两对，是在常德聚宝银楼打造的，上面都有聚宝楼三字的印章。你老哥这副金镯，虽不知道来历如何，然上面的印章，确是聚宝楼三字。敝店既奉了县大老爷的晓谕，便不敢不认真查问。"

刘贵道："这也太笑话了！聚宝银楼在常德开设了七八十年，难道卖出的金手镯就只石御史家的两对，不许旁人买吗？凡是聚宝银楼打造的金镯，自然都有聚宝楼三字印章，这如何能拿了做凭据呢？"店主连忙说道："不是拿这印章做凭据，硬指老哥这金镯就是抢劫石家的。不过石家的来头太大，县大老爷很着急怕这案子办不了，但能寻到一点线索，以后便好办了。好在石家此刻还有人坐守在县衙里催促，请老哥同去县衙里，将金镯给石家的人认认，不是他家的东西，他决不敢乱认，老哥尽管放心。"刘贵听了，心想：这事真叫我为难！不去越显得心虚有弊。并且这当店里的人，也断不肯放我脱身。我主人犯了叛逆大罪，我是奉小主人逃避到这里来的，怎好胡乱去见官呢？万一真情败露了，我死虽没要紧，我这小主人岂有生理？刘贵心中正在计算，当店主人已叫朝奉捧着金镯，催刘贵一同到县衙里去。刘贵不能说不去的话，只得抱了曾服筹跟着同走，一面思量回答的言语。

当下店主人在前，朝奉在后，将刘贵夹在中间，一路无言语走到了县衙。当店主人到门房里报告了情由，门房见是石家盗案来请验赃的，自不敢视同寻常事件，随即进里面禀报。

这时通城县知事也是姓刘，单名一个曦字，是散馆的翰林出身。为官清廉正直，断狱如神，做了好几任知事，地方百姓都称他为"小包公"。无论如何疑难的案件，到他手里，没有不解决的。他初到通城县来上任不到三个月，就破获了一件很离奇的奸情谋杀案，小包公的声名因此更大了。

通城县有一个姓魏名丕基的，是个在通城很有才名的秀才，只因屡困场房，不能连科上进，就受聘到外省襄理刑幕。直到五十岁才辞馆回通城来，手边也积蓄了上万的银子，因为没有儿子，发妻又已去世，就在通城续娶了一个姓周的小家妇女。这周氏原曾嫁过人的，过门不上一年就把丈夫死了，既不曾生儿育女，又没有可以守节的财产，就退回娘家来。年龄已有二十七岁，容貌却生得很艳丽。娘家的父亲已死了，母亲的年纪虽不

192

甚老，然因哭他父亲哭得太厉害，将双目都哭瞎了。他父亲在日全靠帮人家做生意，得些儿薪水养家，丝毫积蓄也没有，死后就四壁萧条，母女都无依靠，亏得有个同宗叔父叫做周礼贤的，怜悯他母女两个，按时接济些儿。

这周礼贤也是一个读书不得发迹的人，心计最好，最喜替打官司的人出主意、做呈词。官司一经周礼贤的手打起来，无理可以打成有理；原来打输了的，他能包管打赢。本是一点儿恒产没有的，就仗着一支做呈词的笔、一副替人出主意的脑筋，起居饮食比大富豪还要奢侈。通城上、中、下三等的人，他都有结纳；他又懂得些三教九流的学术，与江湖术士也有往来。

魏丕基初回通城的时候，因带回了上万的银钱，要购买房屋田产。周礼贤既是向空啄食的人，这种买卖房屋做中的事，有利可图，自是乐于奔走的。魏丕基见周礼贤很精明能干，在通城又很有些体面，凡事都肯尽力帮忙，也乐得结交这么一个朋友。一日魏丕基在周礼贤家，无意中看见了一个荆钗压鬓、素衣着体的少女，从外面走了进来，呖呖莺声的向周礼贤叫了一声叔叔，即走进里面去了。魏丕基平日虽不是道学君子，然也不是轻薄无行的人，不知怎的这时候一见了周氏那种娉婷风度，不由得心里怦然冲动。偷眼望着周氏走进里面看不见了，才收转眼光来。定了定神思，忍不住对周礼贤问道："这位进里面去了的，是府上什么人？"周礼贤登时现出凄然的样子答道："这是一个顶可怜的人，虽是和我同姓，论宗枝却很疏远。"随即将周氏不幸的身世说了一遍，接着说道："她平时不是万不得已不出房门的，今日到我这里来，不待说又是家里没有米了。"魏丕基不由得叹了一口气道："这种身世真是可怜，只是何不选择一个相安的人家嫁过去呢？"周礼贤道："她母亲何尝不是这么着想呢？不过相安两个字谈何容易，这丫头身世虽苦，志向倒高。她也略识几个字，种田的不用说，就是做生意买卖的，她眼睛里都不大瞧得来，巴不得是读书有学问的人才称意。然而只读书有学问，家计太贫寒了，过门就得亲自操作劳苦的，她又不愿意。还有她那个瞎了双眼的老娘，她不嫁便罢，嫁了也得女婿赡养的，因此高不成低不就，至今还苦守在家。"

魏丕基点了点头说道："像她这般容颜资质，也不怪她非读书有学问的人不嫁。"周礼贤连忙接着说道："你这话不错。我也粗通相人之术，仔细看她的相，确不是始终贫寒的，将来还可望有两个贵子，晚景极佳无比。"魏丕基很相信周礼贤的话，当下却不曾表示什么意思，回家后即打发人到周礼贤家来，托周礼贤做媒，要娶那周氏为继室，并声明愿意养周氏母亲的老。

要知道这亲事能不能成功，且待下回分解。

第十九回

招算命好友设圈套
骗测字清官访案情

　　话说魏丕基看中了周氏，派人到周礼贤家里，央他做媒。周礼贤对着来人故意为难了一会儿，才答应去撮合。往返磋商了好几遍，周氏有种种要求的条件，魏丕基都应允了，亲事便已成功。周氏嫁到魏丕基家，虽是老夫少妻，倒显得十分恩爱。只是魏丕基在外省半生辛苦，积蓄得来的一些儿财产，很看得珍重，轻易不肯花费一文钱。家中日用油盐柴米琐屑的事，魏丕基是从来亲自经手惯了的，不肯委人经理。周氏嫁到魏家，只有穿衣吃饭的权，一切家事都不能过问。周礼贤与魏家往来最密，曾屡次劝魏丕基将家务交给周氏管理，自己好安享安享，魏丕基总像有些不放心的样子，仍不许周氏问事，周礼贤便也不再劝了。

　　周氏过门了两三年，还不曾怀孕。魏丕基想生儿子的心思很切，一日见着周礼贤忍不住问道："你老人家当日不是曾说你侄女的相好，将来还可望有两个贵子的吗？怎么已来我家这几年了，还不生育呢？"周礼贤笑道："你不用性急！她相上该有贵子，终久是免不了要出世的。"魏丕基着急道："我此刻已是五十四岁了，终久将到什么时候？你老人家是精通相理的，她的相上应该有两个贵子，请看我的相到底怎么样呢？"周礼贤端详了魏丕基几眼，现出迟疑的神气说道："你的相我早已认真看过了，只是有些拿不定，不敢乱说。我问你几句话，看对不对？对了再说，不对便无须谈了，算是我的相术不准。"魏丕基连忙问道："几句什么话？"周礼贤道："我看你的左边屁股上应有一颗黑痣，有没有呢？"魏丕基很惊讶的答道："有的有的！你老人家怎么知道的？"周礼贤微笑点头道："既对了再说。你的右边大腿上也应该有两颗一大一小的痣，大的色黑，小的色红。"魏丕基不待周礼贤往下说，就立起身来一躬到地，说道："你老人家真是相法神奇，不由我不五体投地的佩服。我这下身的三颗痣，不但没外人知道，就是我自己也直到近年来才发觉出来。你老人家若在三年前问我，我还得到无人处褪下裤子来看一看，方能回答得出。像你老人家这般神妙的相法，我在外省遇了不少的江湖相士，简直没有一个赶得上！"

周礼贤笑道："这倒算不了一回事。你问我看你的相到底怎样，我之所以很迟疑的缘故，第一就是为不知道，你的内五行与外五行合也不合？如今既问明知道相合了，却还有一层，我仍参不透其中道理。据我看你的相，你将来的晚景也应该好得了不得，与我侄女的相符合。然而就部位与气色两项，仔细推详起来，在三个月之内，你务须小心谨慎才好。可惜我不会推算八字，不知道你的流年星宿怎样。最好等街上有算命的瞎子经过，叫一个进来，将来把八字报给他算算，看是怎样说法，算出流年星宿来了，我再看相，就更有把握了。"

魏丕基是个极迷信星相的人，听了这些话不由得问说："据你老人家看，我的部位气色毕竟怎么样呢，大约不至有什么祸事吧？"周礼贤踌躇了半晌答道："我也是这么想，像你的为人和你的处境，应该不至有什么祸事到你头上来，所以我才迟疑不敢断定。若在寻常人，生了你这种部位，又现了这种气色，我只一望便能断定，也无所用其迟疑，更不须叫算命的又推算八字了。"

魏丕基道："就你老人家在这里的时候，打发人去叫一个算命的瞎子来好么，随便在街上叫一个都行吗？"周礼贤道："江湖算命的，都是一样的师承。其中虽也有精粗的分别，然大概都差不多，流年星宿是个个都能推算出来的。我那当差的阿贵，他认识好几个算八字的，我就打发他去叫一个来。"魏丕基道："劳动尊纪，怎么使得？"周礼贤笑道："你我用得着说这些客气话吗？我家的当差，不就是你家的当差一样。"说罢，即喊了一声阿贵。阿贵应声而至，周礼贤问道："你知道此刻在通城县算命的瞎子当中，哪个推算得最准么？"阿贵道："就在魏老爷这里的后门过去，不到一百步远近的河边上，那个摆课棚的陈化龙，八字便推算得很灵，就将他叫来好么？"魏丕基点头道："不错！我这后门河边上，有一个摆课棚的布招牌上是写着'陈化龙'。就烦你去将他叫来也使得。"

周礼贤道："且慢！你一个人去叫不行。陈化龙摆了一个课棚在那里，你去叫他到这里来，课棚没有人看守，他怎么好离开呢？你把姑老爷的当差张四带去，你引陈化龙来了，便叫张四坐在课棚旁边看守着。"魏丕基笑道："还是你老人家想得周到。一个摆课棚的，能有多大的气魄，只要有人把他一个砚池偷去了，他的生意便做不成功了。"一边说一边叫了声张四，不见答应。阿贵道："姑老爷用不着叫唤，阿贵出外叫他同去便了。"魏丕基便不再叫了。

阿贵去后，没一刻工夫，就引了一个年约五十来岁，满面寒酸气的人来，进门向魏、周二人都作了个揖。阿贵端了一条凳子，在下边给陈化龙坐了。周礼贤先笑着开口说道："久闻你推算命理很准确，因此特请你来推算。"说着叫魏丕基将八字报出来。魏丕基报了八字，陈化龙正待捏指推算，周礼贤接着说道："君子问凶不问吉，你务必照实说出来，不要褒奖，不要奉承。"陈化龙应道："小子就因不会褒奖、不会奉承，才落到今日靠拆字算命糊口。命理经小子推算出来的，好歹都可以具结；日后不验，尽管撕破我的招牌，捣毁我的课棚。只是有一句话，得事先说明。小子从来推算命理，命金是看这八字的好坏定多少的。好八字要十两八两也说不定；如果当时不信，不妨等到验后再给，暂时一文不收也行。"

魏丕基道："你能等到验后拿钱，休说十两八两，便再多取些儿，出钱的也心甘情愿。我刚才报的这八字，请你仔细推算推算。你说命金要多少，就给你多少，一文也不短少你的。"陈化龙将魏丕基报出来的八字推算了一会儿，回问了魏丕基几句父母存亡、有无兄弟的话，将生时的上下刻断定了之后，紧闭着两眼，偏着头好像沉思冥索的样子。好一会儿才忽然抬头睁眼向魏丕基大声说："这……这个八字，我自愿一文钱不要，老先生也无须要我直说，免得听了心里难过。"魏丕基大惊失色问道："这话怎么讲？不要你直说，又何须请你来推算呢？八字坏到极点，也不过是死。我如今已活到五十四岁了，就死也不算是夭折短命，有什么要紧？你还是照实说吧！"陈化龙听了这番话，也即改换了一副面孔说道："老先生既如此达观，小子照命理实说便了。依小子据这八字推算，至多不出三个月，就是粮倒限倾的时候。便有神仙下凡，也挽不回这劫数，并且还得防飞来之祸，不得寿终正寝。"

陈化龙才说到这里，冷不防一件黑东西劈面飞来，正打在陈化龙头上。陈化龙惊得"哎呀"一声跳起来，刚待问这东西是哪里打来的，只听得里面已有很娇嫩的声音骂道："打死你这个放狗屁的东西！人家好好的

197

坐在家中安享，不做强盗，家不犯法，有什么飞来之祸？"魏丕基看时，原来是自己妻子周氏，已从里面骂将出来。

陈化龙看那打在头上的黑东西，却是一双破了的男鞋子，顿时也不由得气愤起来，待与周氏辩论，阿贵已走进来拉着陈化龙出去了。魏丕基连忙起身安慰周氏道："这也生气做什么呢？"周氏道："好端端的，为什么要把这东西叫来放狗屁呢？"魏丕基指着周礼贤，向周氏说道："你也不问个原委就生气闹起来！因为他老人家刚才在这里看相，说我现在的部位和气色都很不好。只是为不知道我八字上的流年星宿怎样，不敢断定，所以便打发阿贵带张四去将这陈化龙叫来。"

周礼贤接着说道："这个陈化龙算八字，倒有点儿道理。他是素来有名的，无论替谁算命，不奉承、不巴结，好歹都照命理直说。"魏丕基道："看相算八字，原是要照实说才对，奉承巴结有什么用处呢？"周氏听了，顿时现出急得失魂丧魄的样子，两眼发直，呆呆的望着魏丕基。半晌才流泪对周礼贤说道："你老人家会看相，也是素来有名的。我平日听你老人家断人的吉凶生死，一次也不曾差错过。这回你老人家看他的部位气色，毕竟有什么不好的地方呢？"周礼贤摇头道："俗语有一句神仙难定生和死的话，可见生死是很不容易断定的。即算这人的形相命理，都应该夭折，然往往有阴骘可以延寿的。"说时回过脸来对魏丕基道："你此刻就是气色太坏，若是流年星宿不坏，倒可望没有大妨碍。陈化龙既这么说，我劝你在这三个月之内，处处谨慎一点儿，最好是什么地方也不去，终日只在家中坐着。坐过了三个月，恶星宿一退，坏气色也会跟着退去。"

魏丕基点头道："我也正打算是这么诸事不问的，过三个月再看。不过敝族人要替我办承继的事，已来磋商过好几次了，这是用不着我出大门的事，你老人家以为是缓办的好呢，还是就办的好？"周礼贤不曾回答，周氏已抢着说道："什么大不了的事，且过了这三个月再办，难道就怕来不及了吗？"周礼贤这才从容答道："这是你府上的事，我也不好怎么说。只是你既说在这三个月以内诸事不问，仍以缓办的为是。"魏丕基道："那么就得打发人去通知敝族人，免得他们不断的跑来纠缠了。"周氏道："打发人去通知他们的时候，你尽管将原因说出来，使他们知道，并不是为着旁的缘故。若不然，他们说不定还要猜疑，是我不愿意办承继，从中阻梗。"

魏丕基踌躇了一会儿，说道："这种原因怎么好说出来呢？"周氏道："这为什么不好说出来？算八字的说你三个月内有飞来之祸，他们族人能担保你没有祸事来么？他们能担保便罢，若不能担保，就得由你在家里躲避。除了自己家里人以外，随便什么人也不见一面。一不出外，二不见客，终日关了门过活，看它飞来之祸从什么地方飞来？世上人谁不怕祸，我想族人虽看了你这点儿产业眼睛发红，接了你的通知，也决不至偏要在这三个月内，逼着你办承继。"周礼贤望着周氏道："你为避嫌起见，确以拿着看相算八字如此这般说法的原因，照实通知族人的为妥。"魏丕基见二人都这么说，思量也有道理，当下就写了一封通知族人的书信，打发人送去了。从此就闭门谢客，一步也不跨出房门，觉着寂寞的时候，周氏只遣人迎接周礼贤来家闲谈。好在周礼贤是一个没正经职业的人，回家也没甚事可做，夜间懒得回去，便在魏家歇宿。

　　日复一日的安然过将下去，看看三个月快要满了。一日周礼贤对魏丕基道："恭喜你的恶宿快要过去了！只要是这么安然过满了这个月，我可包你至少还有二十年的寿数，不过你这回的灾难，亏你居然能躲避得和没事人一样。据我推想，其所以能躲避得干净的道理，一则是因你的心地好，不应遭横事；二则是由于你祖宗有德，才能是这般大事化小事，小事化无事。这真是很难得的。三个月圆满的这一日，不可不办一桌酒席，虔诚祭祀你家的祖宗，以表示感谢祖宗功德庇护之意，并将亲戚故旧邀几位来，就这一桌祭祖的酒席，大家庆贺庆贺。从此否去泰来，永远安乐。"魏丕基听了异常高兴，连忙笑道："祖宗庇护之恩，固应感谢，就是你老人家指引趋避之德，还不应该酬谢吗？你老人家便不提起，我本心也是安排如此。有几个平日对我很关切的亲友，这回间别了三个月不曾见面，他们必然很想念我，正好借此畅叙一番。"周礼贤不住的点头说好。魏丕基便教厨房备办酒席，遍发请帖，招请了十多个至亲密友，在月底这日来家饮宴。

　　这日魏丕基心里十分舒畅，以为三个月的期限，就在今日圆满了，过了今日，便还有二十年的后福可享。来庆贺魏丕基的亲友，虽有不信命理相法果然灵验的，然因魏丕基迷信看相的缘故，也只跟着说能躲掉这回的灾难，算是魏家的福分大。周礼贤更是吐舌摇头的，指点着魏丕基的面孔向众亲友道："诸位不曾研究相术，就目不转睛的望着这面孔，也看不出有和寻常人不同之处。只要略知相法的，看了这种气色，便能明白他这番居然能在家中，安然无事的过到今朝，确非容易。我说出来请诸位瞧瞧！诸位但看他这印堂和这准头的气色，是不是比寻常人特别的晦暗？"这些人面面相觑了一会儿，各自点头议论道："不说出来，我们都不在意。说破了，果是不同。不但印堂、准头晦暗，就是满脸也像有一层薄烟罩住了的一样。这是什么道理？"

周礼贤笑道："这里面自然有一定不移的道理，不过叫人说出一个所以然来，就是老走江湖的相士，也不容易说出。诸位可细心看着，他这三个月的限期，此刻还差几个时辰才满，所以印堂、准头的晦，还不能退掉。只要一过了今日，到明朝诸位再看，必较此时光明多了。"魏丕基笑道："今天只有几个时辰了，终不愁过不去。求诸位陪着我坐到交明日时再去。陈化龙说的飞来之祸，倒看他怎样飞来？"亲友中就有人说道："只有这几个时辰了，还有什么飞来之祸？明日天一亮，我们就一同到河边上去，等陈化龙来问他，看他怎样回答？回答得好便罢，若回答得不好时，便要把他的招牌撕破。"众亲友大家在客厅里说笑着，当差的开上酒席来，分作两桌开怀畅饮。

魏丕基原打算留众亲友在家，坐到交次日的子时才罢，因此直吃喝到黄昏时候。周礼贤在席上提议同席的每人贺魏丕基三杯酒，魏丕基的酒量不大，饮到黄昏终席，已很有几成醉意了。忽见周氏跟前的一个老妈子走出来，到魏丕基跟前低声说道："太太不知怎的一时气痛得很厉害，请老爷进去看看。"魏丕基听了惊慌道："怎么好端端的会气痛？难道我的灾难倒应在她身上吗？"一边说一边起身，步履歪斜的往里走。周礼贤的座位靠近魏丕基，听了便向众亲友说道："小侄女忽然气痛，我只得也进去瞧瞧。诸位请多坐一会儿，立刻便出来奉陪。"众人齐起身说："老先生请便，我们都不是外人，用不着客气。"周礼贤即匆匆跟着进去了。

众人不知道周氏气痛的情形，也都不在意，正各自坐着闲谈。猛听得里面房中稀里哗啦的打得一片声响，好像有人在里面捣毁器具的一般；接着就听得男啼女哭，大叫"哎呀不得了"的声音。众人不由得却惊慌起来，想走进里面去探看，还不曾走进中门，就听得一阵很急骤的脚步声，夹着"哎呀哎呀"的声朝外面厅上奔来。众人虽不知道究竟为的什么，然趋吉避凶是人有同情的，一个个都来不及似的，也回身仍向庭上奔逃。只见阿贵在前，魏家当差的在后，慌里慌张的逃了出来，一边跑一边口里喊道："不得了！魏老爷疯了！手拿菜刀，逢人便砍。诸位老爷快些闪开些吧！"众人一听这话，一个个都吓得走投无路。

正在大家不知所措的时候，只见魏丕基披散着头发，满身满头的灰尘泥垢，一件崭新的袍子，在肩上撕破了一大块，还淤了些血迹在上面。手舞着切菜刀，旋跑旋向左右乱砍，并放开又嘶又破的喉咙说道："好，好，好！同到阎王那里算账去。你们不要来拿我，我自己会走，硬要动手来拿吗？砍死你，砍死你！"一面说，一面乱砍，好像和人对打的神气。众人恐被菜刀砍着，无不抱头而窜，谁也不敢上前拦阻。

眼望着魏丕基一路砍出客厅，周礼贤跟在后面追了出来，气急败坏的对众人说道："请诸位亲友大家追上去将他捉住吧，我侄女已被他砍伤了。"说着急匆匆追出客厅。众亲友见周礼贤追出，也就放胆跟上去。只见魏丕基奔出客厅，便折身向后门跑去，只一脚就把后门踢开了，口里还是不住的说："我跟你到阎王那里算账去。"周礼贤回身向众亲友跺脚道："这却怎么了？他踢开后门出去了。外面漆黑得连星光都没有，不怕失脚掉下河去吗？请诸位上前将他拿住吧！"众亲友也急得跺脚道："他手中有刀，是这么乱劈乱砍，我们怎敢上前去捉他呢？"周礼贤道："就给他砍一两下也说不得，非上前将他捉住不得了。"率着众亲友又上前追赶。

幸得天色刚昏黑没一会儿，在数丈以内，还能瞧得见人影。周礼贤不顾性命追逐，众人也只得努力向前。看着要追上了，相离不到一丈远近，已到河边，魏丕基头也不回的扑通一声向河里跳去。周礼贤近到河边时，已来不及拉扯了，连忙回头问众人道："哪位识得水性？请下河去救他起来。"众人都你望着我，我望着你，竟没一个识得水性，敢跳下河去拯救的。大家只是跺脚，对着河里叹气。魏丕基扑通一声跳下水后，就一点儿动静也没有了。河里的水流得很急，众人说道："像这样急的河流，便是识水性的人也难下去。何况他是一个文弱书生，又有五十多岁的年纪，在这黑夜之中，跳下水去安有生理？"周礼贤不由得望着河里号哭，众亲友也多流泪哭泣。好一会儿工夫，众亲友才劝得周礼贤回魏家。

周礼贤拭着眼泪说道："丕基自从回通城后，便无日不和我在一块儿盘桓说笑，就论朋友的交情，也可算是很厚的了。这回我看他的气色，难是恶劣到了极点，然他关着门度日月，已过到了今日，我以为他身上的祸事，已可望躲避过去了。谁知他顷刻之间，会有这种现象发出来？真应了俗语那句'是祸躲不掉'的话了。舍侄女往日虽曾有个气痛的毛病，然近来已有两年不发了，不知怎的刚才陡然气痛起来。丕基闻报进去，见舍侄女睡在床上，还到床跟前殷勤慰问了几句。等我跟进房的时候，丕基就登时改变了声音举动了，两眼很慌张的样子，向房中四处望了一望，即对着空处说道：'哎呀！你们都来了吗？我对不起你们。'一边说，一边对着空处作揖。我当时看见他这种神情，就吓了一跳，忙呼着他的名字，问他看见什么了。他仿佛没听得的样子，理也不理，对空作了几个揖，似乎求情不曾求准，被人殴打的模样。两手握着拳头，左撑右拒的乱闹起来。我知道他是疯癫了，打算指挥当差的将他捉住，把手脚缚了。正待叫当差的过来，谁知他一眼看见橱底下，一把新买来未曾用过的切菜刀了，一弯腰就抢在手中，向左右乱砍。舍侄女虽气痛得不能转动，然见丈夫忽变成了这种模样，如何能忍心坐视不动呢？只得下床来想将丕基抱住。哪知道丕基在这时候已不认识人了，对舍侄女迎头一刀劈下去，幸亏舍侄女将头偏了一偏，一刀劈在肩上，当下就被劈倒在地，放出许多血来。当差老妈子见丕基连自己的老婆都不认识，谁还敢上前呢？我也因多了几岁，年纪精力衰颓了，更不敢去捉他。只得听凭他一路砍出了房门，才叫老妈子先将舍侄女抬到床上，紧关着房门，恐怕丕基再劈进房来。丕基砍出睡房之后，遇着什物就捣毁，见了当差的就追上去乱砍，当差的吓得往客厅里奔逃，他也追出客厅。他追出客厅以后的情形，诸位都是亲目所见的，用不着说了。凡是懂得一点儿相法的人见了他，虽都能一望而知道他的气色不好，像这样的变生俄顷，任凭谁也看不出。

众亲友都点头叹息道："似这般变故，真是防不胜防。听丕基说话的口气和举动，好像是被许多冤魂寻着了他的样子。"周礼贤连忙说道："不错，不错！我也觉得是这么一回事。丕基在日，我曾听他说过，有一次为收入五百两银子，冤屈了一个好人，事后追悔已来不及了。"说时长叹了一声道："常人都说公门之内好修行，这确是不错。当刑名老夫子的更是要存心好，不然造孽非常容易。"

周礼贤在客厅里谈论，周氏已从里面一路哭着出来了，向周礼贤追问魏丕基跳河的情形。周礼贤照实说了一遍，周氏只哭得死去活来，众亲友大家劝慰她，好生将养肩上的刀伤。魏丕基是个有身份、有财产的人，虽是这般死了，连尸都捞不着，然不能不举办丧事。当即由周礼贤做主，用棺木装了魏丕基衣服鞋帽，一般的办丧事开吊。魏家的族人要办承继，周氏一口咬定不肯，说自己已有两三个月身孕了，如果将来生下是女，再办承继的事。魏家族人谅知道周礼贤是通城有名的讼棍，无人能惹得起他。周氏是周礼贤的侄女，来魏家两三年不曾生育，只是魏丕基一死，忽然有两三个月的身孕了。明知道身孕是靠不住的，然逆料是周礼贤主使，都不敢说什么。丧葬办了之后，周氏便关着门守节，除了周礼贤之外，凡是魏家的一切亲友，均断绝来往。亲友中之自爱的，也因周氏尚在年轻，巴不得不来往，免得招人物议。其不知自爱的，因畏惧周礼贤，不敢对周氏有需索的举动。通城一班人对于周氏的议论，因她能认真守节，不曾闹出辱名丧节的事来，倒很恭维她，说是难得。

光阴易过，魏丕基死后，一霎眼又是新年了。这日刘曦知事新来通城上任，带来的一个书办姓吕名良才，是魏丕基的门生，一到通城，就抽空来魏家看老师。进门会着周礼贤，才知道魏丕基在半年前是那么死了。当下吕良才对供设的灵位叩了头，要拜见师母。周氏推辞不出来，吕良才也不勉强，即作别回县衙去了。

说也奇怪，吕良才这日回到县衙，夜间便做了一个梦。梦中见魏丕基浑身沾泥带血的走了来，望着吕良才哭道：“我死得很惨，多久就望你来替我申冤雪恨。”吕良才在梦中吓了一跳，打算近前诘问时，一转眼已不见魏丕基的踪影了。即时惊醒起来，觉得这梦很蹊跷，次日便设法找着魏丕基的亲友打听。那些亲友多是亲眼看见魏丕基投河的，异口同声说得与周礼贤所说的一般无二，毫无冤屈可疑之处。吕良才心想：梦境是不能为凭的，即算是死得冤屈，然因自己疯癫了跳河而死，也不能归罪于人。只好以妖梦视之，不作理会。

又过了一个月，这日吕良才因奉了刘曦知事的委任，下乡踏勘一件田土案子。离县城有几十里路，入夜就在一家饭店里歇宿。一更过后，吕良才还坐在灯下查案卷，不曾上床睡觉，忽一阵冷风吹来，只吹得窗纸瑟瑟的响。一盏寸来长火焰的油灯，顿时被那从窗格中吹进来的冷风，惊得摇闪不定，险些儿要吹灭了。在那将灭未灭之际，却又从新发出一种火焰来。只是这火焰不似未经风时的光明了，焰头透着青绿的颜色，一闪一闪的向上升长，竟升高到五六寸。他顿时觉得阴森之气满室，不知不觉的遍

203

体肌肤起栗，一颗心也不由得怦怦的跳动，料知是将有鬼物出现了。正待起身把随行的人推醒，偶一抬头便见魏丕基，若隐若现的立在前面，其形象与一月以前梦中所见的毫无差别。

吕良才的胆量素小，吓得两眼发直，身体不能动，口不能言，只有心里还明白。耳中仿佛听得魏丕基带怒说道："你受我栽成之德，我死得冤屈无申，好容易混进县衙示梦于你，叫你替我申雪，你竟敢以妖梦置之。你今后若再不理会，便休怪我不顾师生之谊。"说罢，鬼影一晃，就不见了。灯光立刻回复未经风以前的红焰。

吕良才经过半晌，方能转动，心想：我老师若不是实在死得冤屈，决不至是这般在我跟前显形。只是当日经许多亲友在他家，都是亲眼看见他老人家，忽然得了疯癫之症，投河自尽的，这其中就有冤屈，叫我怎生申雪呢？当夜也不曾思量出如何申雪的办法来，不过他心中默祝，对于他老师之死，无论如何在回通城以后，总得尽力查出一个所以然来。吕良才在乡下没几日耽搁，便将奉委踏勘的田土案子办好了，回衙复命。他自己既思量不出如何申雪的方法，只得将魏丕基死时的情形，及示梦显形的种种怪异，秘密呈明刘知事。

刘知事是一个精明干练的能员，一听魏丕基死时的情景，便说道："这其中必有缘故，我有方法能替死者申雪。"当即打发人去河边，叫陈化龙来县衙里算命。一会儿去的人回报道："河边上并没有摆课棚的，不过打听陈化龙这个人，知道得倒不少。在通城摆设课棚已有好几年了，往年是摆设在祝融殿的，搬到河边上不到一个月就收歇了。拆字算命的生涯已不干了，有人说他积蓄了几百两银子，现在做小本生意。"刘知事点了头，立时取了一张名片，选派了两个干役，只说县太爷叫算八字，乘黑夜不动声色的将陈化龙骗了来。

刘知事如何盘问，下回分解。

第二十回

昏夜烛奸公差发地穴
积年尽瘁义仆病他乡

　　话说刘知事便衣小帽在花厅里，叫陈化龙坐了，亲自问道："你就是算命算得很准的陈化龙么？"陈化龙应道："小人前几年无力谋生，借着拆字算命糊口。准与不准，却不敢自夸。"刘知事问道："你近来不拆字算命了吗？"陈化龙道："是。"刘知事道："改了行业么？"陈化龙道："是。"刘知事道："本县知道你算命算得很准，在通城很能赚钱，为什么忽然改行业呢？"陈化龙心想：这县官真奇怪，无缘无故的在黑夜把我请来，却问我这些不相干的话，只得答道："拆字算命只不过是借以糊口的，赚不了多少钱。"刘知事很从容的问道："你此刻改了什么行业呢？"陈化龙道："和人合伙做些谷米生意。"刘知事道："已改行多少时日了呢？"陈化龙道："才改行一个多月。"刘知事道："和谁合伙做谷米生意？"陈化龙毫不踌躇的答道："和周礼贤家里的当差阿贵合伙。"刘知事道："每人多少本钱？"陈化龙道："小人的本钱很少，不过二百多两银子。"刘知事笑道："二百多两银子也不能算少了，你拆字算命能积聚得这么许多银两吗？"陈化龙想不到会问他这话，即时露出些惊慌的样子来，答道："积蓄也有一点儿，有一半是认息借来做本钱的。"

　　刘知事两眼不转睛的望着陈化龙的脸，连连点头笑道："借钱给你的人，不待说就是周礼贤了。是不是呢？"陈化龙知道这话来得不妙，做了亏心事的人，遇了这种时候，任凭是如何大奸大恶的人，也难镇静得和没事人一样。陈化龙想不到会这么盘诘，心里不曾预备对答的话，欲待承认是向周礼贤借的，又恐怕连带着那亏心的事出来；欲待不承认是借周礼贤的，究竟是向谁借的？也得说出一个人来。原来并没有借银子给他的人，随便说了是不能对质的。不能对质，便更显得这银子的来历不明了。陈化龙心里这么一计算，不由得后悔自己说话太不检点，何苦要说出每人有二三百两银子本钱的话来呢？在平常对普通人说话，随时说了，可以随时反齿不承认，如今在这地方说出来的话，何能反齿说不曾说呢？如此一后悔一着急，口里更不能爽快回答。

刘知事仍是目不转睛的在陈化龙脸上端详着，继续着说道："周礼贤这东西也太刻薄，不念你的好处了。你帮了他那么大的忙，几百两银子，都不肯爽爽利利的送给你，还要你出息钱向他认借，真是岂有此理！"陈化龙一听这几句话，脸上不知不觉的变了颜色，浑身如赤膊站在北风头上，索落落的抖起来。但是他知道这事是不能认的，只好极力镇定着说道："小人并不曾替周礼贤帮忙，钱也不是向他借的。周礼贤虽是个有钱的绅士，小人不过和他那当差的阿贵认识，他怎么肯借钱给小人？"刘知事渐渐的收了笑容问道："你在几个月以前替魏丕基算命，说得那么准确，挨了那一破鞋的打，还不值得酬谢你几百两银子吗？"陈化龙装作不懂得的样子，说道："魏丕基是谁？小人不认识。几个月前小人不曾改业，每日算的命很多，算命是从来不问人姓名的。"刘知事不等陈化龙再往下说，早沉下脸来，鼻孔里哼了一声说道："是这么好好的问你，你怎么肯实说？本县知道你是皮肉作贱，来！"这"来"字一喊出口，两旁伏下的衙役，都应声拥了出来，分两排站着。

同是一声堂威喝罢，就有两个干役，走过陈化龙跟前，不由分说的揪住往下一拖，只在后膝弯里踢一脚，便身不由自主的跪倒在地。一块两尺多长、寸多宽的毛竹小板，向前面地下一掷，仿佛是给他自己看看，使他知道就是要用这竹板打他。

刘知事伸手指着陈化龙，说道："你以为你们的事做得这般巧妙，是永远不会败露的么？嘎，嘎！这种谋财害命的勾当，不干便罢，干了的，你看古今来有谁能逃出法网？你照实供出来，周礼贤怎生和你商通，害魏丕基的性命？本县念你无知受人主使，倒不难超脱你一条生路。你若打算替周礼贤隐瞒不说，本县立刻可以将你打死。"陈化龙捣蒜也似的叩头说道："小人实在不认识魏丕基是什么人。就是周礼贤，小人也只和他当差的阿贵认识。他是个有钱有势的绅士，怎么会和小人商通谋财害命呢？"刘知事望着陈化龙"咦"了一句道："本县如此开导，你不说，定要使皮肉吃苦。也好，看你有能耐的熬过去打。"两旁又轰雷也似的喝了声堂威。

掌刑的已在堂威声中，把陈化龙揪翻在地，褪下裤腰来，扭作一团，夹在腿缝中间。一个将两腿按住，一个向上打了个踅，擎着竹板在手中等候。

刘知事喝问道："还不实说么？"陈化龙哭起来，答道："小人实在不知道要怎么说？"刘知事紧跟着喝道："打！"就噼噼啪啪的打起来了。陈化龙是一个半瓶醋的读书人，又有四五十岁了，如何能熬得住刑呢？打不到一百板，两腿已打得皮开肉绽，痛不可当，委实受不住再打了，只得喊道："小人情愿供了。"刘知事吩咐，扶起来跪着。

陈化龙供道："周礼贤谋财害命的事，小人实在一点儿不知道。不过到魏家去算命的事，前几日阿贵是曾和小人商量过的。阿贵叫小人如此这般的说，小人问阿贵何以要说得那么凶险？阿贵道：'何以要说得那么凶险，连我也不知道；只是你照样说了，必重重的谢你。'小人道：'我是依赖算命糊口的，好八字说成坏八字，又只三个月便见分晓，算不灵，不坏了我自己的声名吗？说人好，不灵不要紧，说得这么凶险，若过期不验，不怕人家真来捣毁我的课棚吗？'阿贵说：'你不用管他灵不灵，只顾照样说，我便包管你以后用不着再算八字糊口了。你算八字到死，也赚不了几文钱；这回若依我吩咐的说了，算了出门，我立刻送你一百两银子。'小人听说有一百两银子，就答应了阿贵。阿贵又说道：'我来叫你同去算命的时候，不见得第一个报给你算的，就是那个要说坏的八字，只要留神听我东家，向你开口说了一句君子问凶不问吉的话，那个八字便是要照我吩咐的说了。'过了几日，阿贵又来叫小人将课棚移到河边上摆着，并送了一两银子给小人说：'河边上往来的人不多，生意是不会好的。这一两银子给你做津贴，以后你在河边上摆一天，我送你一两银子。'小人心想：平时就是生意极好的这一日，也赚不到一两银子，乐得在河边上清闲多了。因此小人就把课棚移到河边上，阿贵真个每日送给小人一两银子。

"约过了十来日，这日阿贵便带着一个人来，替小人看守课棚，叫小人跟他去魏家算命。在路上又将那日教的话，叮嘱了一遍，到魏家报出第一个八字，周礼贤即望着小人说了'君子问凶不问吉'的话。小人一则心想得那一百两银子，不能不依着阿贵叮嘱的话说；二则那个八字推算起来，也实在不好。小人所说在三个月以内，防有飞来之祸的话，并不是阿贵叮嘱小人说的，实是照命理推算，应该如此。想不到小人才说了几句，里面就忽然飞出一件黑东西来，打在小人头上，并有一个少年妇女骂将出来。小人正要和她理论，阿贵不由分说的跑过来，拉住小人往外便走。小人到门外埋怨阿贵道：'你原来是拿银子骗我来挨打的么？'阿贵登时从怀中取一包银子给小人道：'你几句话就得这么大包银子，便挨一两下打，有什么要紧？'小人接过银包，问是多少，阿贵说足足的一百两。小人送到相识的店家一称，分量成色都不错。小人也不知道为着什么事，要将那八字说坏，也没去打听。直到三个月以后，听得满城纷纷传说，魏丕基忽然失心疯投河死了，连尸体都打捞不着的话，才猜度这其中必有缘故。

　　"魏丕基投河的次日，小人就去找阿贵，问魏丕基死时的情形怎样。阿贵说不知是何道理，好好的人会陡然发狂起来，持刀将家里的人乱砍。一路砍到河边，也不知是失足呢，还是有意投河？小人料知阿贵这些话都是假的，当下冷笑了一声答道：'魏丕基究竟是怎样死的，我倒可以不管，横竖死活都不关我的事。不过你们东家，叫我们帮着干这种伤天害理的事，他发了大财，却只送我这一点儿银子，他的心未免太狠了一点！'阿贵听小人这般说，初时面上很露着惊慌，后来忽然反脸说道：'你这是什么话，谁叫你帮着干伤天害理的事？我东家原是通城的殷实绅士，谁不知道，你何处见他发了什么大财，什么时候来叫你帮他的？'

　　"阿贵说时做出很凶恶的样子，小人也不理会，只是闲闲的说道：'你是周家当差的，不能替你东家做主，你不要把你东家的好事弄坏了。因为是你来请我的，我有话不能不向你说。你只对你东家是这么说，他不打算将我陈化龙的口塞住便罢，若要塞住我的口，那一百两银子便太少了，塞不住。三天回我的信，如三天不来回信，我自有我的做法。'阿贵见小人恐吓不了，只得又改口和小人讲交情。第二日，阿贵又送了五十两银子给小人，小人还不肯依允。一次一次的增加，五次才加到三百两。阿贵邀小人合伙做买卖，小人因自己的本钱太少，就与他合伙做起米谷生意来。至于魏丕基究竟是如何死的，小人至今还不知道，实在不敢乱说。以上所供，皆系实情，求大老爷格外开恩。"

　　刘知事得了这篇供词，即吩咐将陈化龙收监羁押。立时传集衙役、仵作人等，刘知事亲自率领着，叫书办吕良才引道，径向魏丕基家奔来。一行人除吕良才和刘知事本人以外，谁也不知道此去将往什么所在，直到魏丕基家门首停步敲门，衙役等人方才知道。其中虽有与周礼贤通声气的衙役，在刘知事审讯陈化龙的时候，听得那种不利于周礼贤的供词，打算给周礼贤通消息的，无奈那时已在二更过后，以为次早还来得及，想不到刘知事连夜就亲到魏丕基家来。和周礼贤通声气的衙役，临时哪里来得及向周礼贤讨好？并且众衙役也无人知道周礼贤是谋财害命的要犯。

吕良才敲了好几下，门里面没人答应。刘知事叫衙役重敲，好容易敲得里面隐隐有男子的声音答应。好半响，才有人到门缝前，向外张望着似的问道："什么人半夜三更的，来捶我门户？"挨门站着的衙役便答道："我是通城县衙里来的，快开门吧，有紧要的公事。"这几句话说出去，就不听得里面有声息了。吕良才觉得奇怪，又在门上捶了几下，里面竟像是没人似的。刘知事毕竟是个机警人，见里面问话的人忽然没有声息了，连忙向吕良才道："你在这面叫门，我带几个人抄后门去堵截。"说着，领了四个壮健衙役，抄到后门口悄悄的守着。

果不出他所料，也是周礼贤的恶贯满盈，听阿贵报告说，通城县衙里有紧要的公事来了，心虚的人到这时候免不了胆怯。打算从后门逃回家去，派人探明究竟，再作计较。刚带着阿贵轻轻开后门走了出来，不提防刘知事当门立着，大喝一声："哪里走！"四个衙役不敢怠慢，一拥上前，早将周礼贤擒住了。周礼贤勉强镇静着，一面挣扎，一面也大声问道："你们都是哪里来的，无端的将我拿住干什么？"

阿贵见周礼贤被擒，一掉头便向河岸跑去。刘知事眼快，即吩咐两个衙役追上去。阿贵心慌脚乱，蹴着一方石块，扑的一跤跌下，挣了几下还不曾挣起来，两个衙役已先后赶到，将他按住。衙役身边都携带了锁链，即时就把阿贵的双手锁了，拖到后门口来，见刘知事已率着衙役将周礼贤拖进屋里去了，遂也拖了进去。

这时已有人开了大门，放吕良才及一班衙役、仵作进来，就客厅上将灯烛点起来。刘知事当中坐下，吩咐将魏周氏提出。不一会儿，周氏来了，对刘知事行了个礼，仍立起来在旁边站着。刘知事就灯烛光下看是周氏，虽乱头粗服，风态却甚妖娇，容颜更非常鲜艳，脂粉的痕迹尚不曾退尽。头发虽乱蓬蓬的，而油腻之光，耀人眼目，一望便能看出是临时揉擦得散乱的，完全不像是贞节寡妇模样。

刘知事这打量了一眼，即开口问道："你就是魏周氏么？"周氏应道："是。不知大老爷半夜三更驾临孀妇之门，有何事故？"刘知事做出惊讶的声口说道："这是孀妇之门吗，谁是孀妇？"周氏道："小妇人的丈夫已去世半载有余，小妇人便是孀妇。大老爷为一县父母之官，行动似乎应该审慎，彼此都于名节有关，非同小可。"说时脸上露出愤怒的颜色。

刘知事听了，哈哈笑道："好利口的妇人！你若知道名节是非同小可的东西，本县也犯不着半夜三更到这里来了。你可知道有人在本县跟前，告你丈夫生死不明么？"周氏道："不知道。小妇人的丈夫当着一干亲友的面，投河自尽的，现尚有一干亲友作证，请问如何谓之生死不明？"刘知事道："并没有旁的凭证，凭证就在特地请来的一干亲友。这种诡计瞒得住别人，却瞒不住本县。"说时，望着左右的衙役道："提周礼贤上来！"衙役已将周礼贤的双手反缚了，推到客厅，喝令跪下。任凭周礼贤如何老奸巨猾，到了这时候，也就施展不出奸猾的本领了，只吓得面如土色，战战兢兢的跪着，头都不敢抬起来。刘知事问道："你是周礼贤吗？"周礼贤抖索索的应了一声是。刘知事道："现在通城一县的人，都传说你会看相，看魏丕基三个月内要死，果然死了，是不是有这么一回事？"周礼贤叩头答道："生员少年时候曾略读相人之书，粗通相理。敝侄婿的部位、气色，那时实是不佳，不过未能断其必死。忽遭癫狂的惨变，实出生员意料之外。"

刘知事笑道："你看得出魏丕基那时的气色、部位不佳，你自己此刻的部位、气色佳也不佳，你看得出么？魏丕基有飞来之祸，你在三个月以前便能知道，你自己怎么倒不知道今夜有飞来之祸呢？嘎，嘎！你若是一个知趣的人，见这案子已落到本县手里，就应不待本县三推五问，爽爽利利的把买通陈化龙、谋害魏丕基的实在情形，供了出来。本县以仁慈为怀，或者能开脱你一条生路。若以为本县是个好欺瞒的人，强词狡赖，那便是你自讨苦吃了。"

周礼贤道："生员不知老父台这些话，从哪里说起的？生员幼读诗书，颇知自爱，犯法的事从不敢做。就是平日和生员有仇的人，生员也不致将他谋害，何况魏丕基是生员的侄女婿！在未结亲以前，彼此过从就非常亲密。舍侄女过门之后，丕基更与生员情逾骨肉，爱护之不遑，何至反将他谋害呢？并且那日邀请了丕基的十多位至亲密友，同在这客厅里，分两边饮酒作乐。丕基忽然发狂，手擎菜刀，在里面先劈伤了舍侄女的肩臂，再一路追人砍杀，劈到客厅上来，十多位亲友都在场目击的。当时生员还率领着众亲友上前，想将丕基捉住；无奈众亲友多是文弱胆小之人，生员又因年老气力衰竭，捉拿丕基不住，一个个眼睁睁的望着丕基踢开后门，直跑到河里去了，没法制止。这可算是生员平生最痛心的事，不知老父台凭什么指生员买通陈化龙谋害？陈化龙是个走江湖的下流人，生员纵不知自爱，也何至买通这种人干谋杀的事？"

刘知事从容自在的点头道："照你所说的，何尝不入情理。不过这类谋财害命的勾当，不干便罢，干了没有终久不破案的。你这种谋害的计策，巧妙是巧妙极了。你以为有魏丕基自己的至亲密友在场作证，都是亲眼看见魏丕基跳河的，只怪魏丕基命该如此，谁能说出半个不字呢？可惜你的手脚做得太干净了，倒显出可疑的地方来。你知道陈化龙已在本县面前，将你买通他的情形尽情供出来了？他的课棚从来是摆设在祝融殿的，你为什么要每日给他一两银子，叫他把课棚移到这后面河边上来？为什么要送他一百两银子，教他说魏丕基的流年凶险呢？你要明白，若还有一毫给你狡赖的余地，本县也不在半夜三更的时候，到这里来拿你了。你如果不曾将魏丕基谋害，为什么见本县在前面叫门，却从后门逃走？你也是恶贯满盈，才偏巧遇了本县；倘若被你远走高飞的逃了，魏丕基不是冤沉海底吗？"

周礼贤尚待狡辩，刘知事放下脸来向左右喝道："这老贼不动刑是决不肯招认的，拿下去痛打一顿再说。"左右一声吆喝，揪翻周礼贤，刘知事一迭连声的喝重打，接连打了五百大板。周礼贤初时尚叫唤，三百板以后便叫不出声了，打得两腿血肉横飞，奄奄一息了。刘知事喝声扶起来，周礼贤哼哼不绝。

刘知事指着他说道："你供也不供？"周礼贤有声没气的道："冤枉呀，教生员怎么供啊？"刘知事道："不取出铁证来给你看，谅你是不死心的。"随即吩咐衙役好生看守众犯，自己率领吕良才和仵作人等，掌灯烛到内室查看。先到周氏卧室的左右房间，细细的查看了一遍，看不出一点儿可疑的痕迹。才转到周氏卧室来，将房中所陈设的器具，一件一件经刘知事亲自细看过，看了的，搬到房外安放。不一会儿工夫，房中一切器具都检查过了，仍查不出可疑的证据。刘知事至此，也不由得有些着急起来。

周氏此时虽被看管了，不能自由行动，然知道刘知事不曾查出何等证据，胆气陡然增加了，呼天抢地的号啕大哭起来，并声言若查不出谋害的证据，要和刘知事拼命。刘知事听得分明，表面只得装出镇静的样子。在周氏卧室的左右房间中盘旋了好几转，忽然心中一动，得了个检查的方法。立时叫衙役将这几间房中所有的大小器具，都移到外面去，腾出几间空房来。刘知事手擎蜡烛，在各房地下细细照看，并叫衙役挑了几担水来，往地下泼去；唯有一间房里的墙角下，水泼去就吸得干了。刘知事教仵作即时动手，就这收水最快的地方挖掘。这地方土质极松，一会儿就掘出了两尺多深。猛听得仵作一声报道："这里面埋了死尸一具。"刘知事这才把一颗心放下了，令将尸身起出来。虽已埋了半年多，尸体尚不曾腐烂，吕良才还能认得出是他老师魏丕基。仵作验报死者后脑有斧劈伤痕，深有二寸，脑骨破裂，脑浆流出，就是这一伤致命。刘知事就填了尸格，把周礼贤和周氏提来。刘知事指点着死尸问道："你们还能抵赖么？"周氏一见魏丕基尸体，登时急得往后便倒，已昏死过去了。灌救半响，才转来哭道："叔叔你害死我了。"任凭周礼贤平日如何足智多谋，刁狡万状，到了这一步，除了俯首承认谋杀之外，一筹莫展。

原来周礼贤是个人形兽行的东西！周氏的前夫既死，退回娘家来的时候，有父亲在，生活还可以勉强敷衍。不久父亲一死，她母亲哭瞎了双眼，母女的生活便一日艰难一日了。周礼贤和她父亲不过是同族兄弟，平日往来并不亲密。她父亲死后，她因求周礼贤资助，才时常到周礼贤家走动。论周礼贤为人，平生但有沾刮人家的，哪里肯掏腰包帮助人呢？无奈周氏生得有几分动人的姿色，周礼贤动了禽兽之念，慨然以她母女的生活为己任，借周济为名，时常到周家来和周氏亲近。周氏青年寡处，加以境遇的逼迫，操守两个字遂不知不觉的被周礼贤夺夫了。外人因她们是本家叔侄，有名分上的关系，又是一老一小，所以绝没人猜疑到奸情上去。这一对名为叔侄的野鸳鸯，秘密结合已有一年多了。周氏的母亲因瞎了眼睛，不知道女儿的秘密，还几次拜托周礼贤说媒，将周氏改嫁。

两人正恋奸情热，如何舍得拆开呢？凑巧魏丕基回来了，有几处产业是经周礼贤做中买成的，周礼贤生性贪财，见魏丕基有上万的资产，又只一个人没妻室儿女，早起了谋夺他财产之意。不过魏丕基是个多年在外省，当刑名老夫子的人，不似乡愚可以欺骗；并且魏丕基从外省带回来的银钱，都变成了不动产，就是有方法能将魏丕基的性命谋害，所有的产业自有魏家的亲族人等，也轮不到毫无瓜葛的周礼贤掌管。因财起意，于是就和周氏设计，将周氏嫁给魏丕基做继室。以为魏丕基的体质衰弱，年纪又已五十多了，所以过门之后，不待多少时间，必因痨瘵而死。周氏与魏丕基既成夫妇，魏丕基死后，便不怕亲族人等出来谋夺产业了。

但是事与愿违，周氏过门以后，魏丕基身体虽渐见衰颓，然经过两三年，还不曾发出要病的现象。周礼贤疑周氏不肯尽力使魏丕基身体虚损，恐怕再延长下去，周氏与魏丕基的情谊日深，与自己日益疏远，不肯照预定的计划行事，那就弄巧成拙。不但白费了几年的心血，反把自己心爱的侄女，整个的送给魏丕基去了，于是才起了谋杀魏丕基的念头。

与周氏商通，周氏虽不甚愿意，然一则因魏家族人有催促魏丕基承继儿子之议；二则畏惧周礼贤种种挟制，不敢不依。魏丕基身体上的暗痣，是周礼贤教周氏乘魏丕基脱衣睡觉的时候，仔细寻觅出来的，所以说得和目睹的一样。魏丕基做梦也想不到，周氏与周礼贤有不端的行为，更想不到有伙同谋害自己的恶念。听周礼贤说得那么灵验，不由得不落入圈套。但是周氏与周礼贤同谋，何以陈化龙照着阿贵吩咐的算命，周氏却拿破鞋将陈化龙打出去呢？原来这也是一种做作，显得周氏关切丈夫，不愿意听人说她丈夫不好，好使魏丕基增加信任她的心思。又因听得陈化龙，无端说出一句防有飞来之祸的话，这话并不是由阿贵吩咐的，是由陈化龙自出心裁的。陈化龙不知道阿贵出重金买嘱他的所以然，依照平日江湖算命的口吻，不料恰犯了周氏的忌讳。周氏恐怕再推算下去，更说出使魏丕基生疑的话来，所以急切将陈化龙打走。

魏丕基在家躲难的三个月当中，周礼贤借着陪伴他，时常在魏家居住，因得和周氏从容布置。魏丕基原有的佣人，周氏过门后，慢慢的借故更换，内外都是周礼贤的心腹。魏丕基相信不疑，哪里觉得？以为家政之权，操在自己手中，只要有供驱使的人就得了。以诡计多端的周礼贤和毒逾蛇蝎的周氏，加以许多同谋尽力的仆妇，一致对付一个毫无抵抗力、毫无戒备心的魏丕基，自然做得干干净净，千妥万妥。当日许多亲友在客厅上宴会的时候，老妈子出来报周氏忽然气痛，里面就已安排停当了，只等魏丕基进去。魏丕基才走到周氏床前，正低头慰问周氏的病情，不提防后脑上一斧劈下，连"哎呀"都没有叫出，就倒地死了。

这个动手行凶的人，是由周礼贤花了重价物色得来的，身材的肥瘦高低和魏丕基相仿。这人水性极熟，无论多大的风浪，能在江河中游泳。当下这人一斧将魏丕基劈倒之后，即照原定的计划，将魏丕基身上的新衣剥下来穿着，换了一把菜刀在手，装出疯癫的模样，乱打乱闹起来。周礼贤就乘这打闹的当儿，督率心腹人，将魏丕基的尸身，拖入了已经掘就的土坑中埋掩。

周礼贤带领众亲友追赶出外，周氏便在房中消灭种种证据。肩上的刀伤是假装的，好显得魏丕基疯癫了，连自己老婆都不认识。周礼贤因怕时间太短促了，周氏来不及将证据收拾干净，所以在河边上只管假意号哭，不肯即时回家，必待众亲友连拉带劝的耽延许久。回家后又只在客厅里谈论变卦仓促的情形，不进里面去安慰侄女，直待周氏从里面哭了出来。

这原是一种出乎情理之外的事，众亲友自不会涉想到谋杀上去。魏丕基既死，周礼贤和周氏便俨然夫妇了。谁知天网恢恢，疏而不漏！偏巧有吕良才替魏丕基申冤，更有这精细的刘知事在一夜之中，便将这样重大的谋杀案查得水落石出。若这夜刘知事在敲门的时候，稍不留神，被周礼贤从后门逃脱了，归家一得着陈化龙被捕的消息，周礼贤知道事情不妙，必然远走高飞。一离了通城县境，要捉拿就不容易了。周礼贤不到案，不但主谋要犯漏网，就是周氏也可以抵赖，而动手行凶的人更可以逍遥法外，这案子不是耽延下来了吗？刘知事就因这件大案办得痛快人心，远近的人无不称他为"小包公"。

往事就此打住，言归正传。

当下刘知事听了门房禀报，现出很诧异的神气，问刘贵道："听你说话不是通城口音，是从哪里来的，到通城有多少时日？"刘贵道："小人刚从桃源逃到此地来，不过几日。小人的妻子儿女，都在桃源被匪兵冲散了，不知下落，只抱了这个儿子，揣了些银两首饰，来通城投奔亲戚。不料舍戚已不在通城居住了，待仍回桃源去吧，听说此时匪乱还不曾平静，只得打算在此地暂时住下。无奈盘缠用尽了，这金镯是小孩儿的母亲陪嫁之物，小人不愿意拿来变卖，只好送到当店里典押些钱使用，将来还可赎取，却想不到又有这么一回事。"刘知事点头道："你这个儿子生得很好，本县很欢喜他。你既是逃难到这里来的，在此没一定的住处，没一定的事业，本县看你为人倒像是很诚实的，不妨就到本县衙里来住着。本县今年五十岁还没有儿子，看你这儿子不像是小户人家的根底，若能认给本县做义子，本县可以好好的将他培养出来，你的意思怎么样？"

刘贵不料刘知事有这种举动，若在寻常人，夤缘巴结的想得这样际遇，还愁得不着。刘贵却没有这类趋炎附势的思想，并恐怕在衙里住下去，被刘知事看出他假称父子的关系来。万一露出马脚，有人知道曾服筹是曾彭寿的儿子了，更不是一件当耍的事。刘贵既存了这个念头，便向刘知事叩了个头答道："承大老爷的盛意，小人感激之至！不过小人一家被匪冲得妻离子散，小人时刻难安。在外面还不难得着妻女的下落，一进衙门伺候大老爷，家乡的消息便更不容易得着了。并且小人是种田出身的粗人，在门衙里住不惯，恐怕辜负了大老爷栽培的盛意。"刘知事见刘贵不愿意，也就不再往下说了。

刘贵叩头抱了曾服筹出来，仍将金镯抵押了银钱，凭客栈老板说合，把豆腐店盘顶过来，雇了一个原来做豆腐生意的伙计。这伙计姓周，单名一个福字，年纪三十多岁，气壮力足，做事能耐劳苦。生意上的事，完全由周福经理，刘贵只时时刻刻的带着曾服筹，细心体贴得和一个老妈子差不多。因要避免外人注意，叫曾服筹呼他为爹。小孩儿的知识，叫他称呼什么，就称呼什么，很容易改变，习之渐久，便忘乎其所以然了。

曾服筹离家时才有三岁，无论如何聪慧的人，对于三岁以前之事，决不能记忆清晰。刘贵在通城开设豆腐店，凡遇了有从桃源或常德来的人，他必去打听匪乱的情形。不多时日，就听得了曾彭寿被杀，凡是从匪造乱的人，都被官府抄没了家产，曾、成两家的亲族，多已被捕下狱，还连累了许多无干之人的消息，刘贵伤心着急，自不待说，然除了尽心调护曾服筹之外，没有旁的方法。

光阴易过，到通城已是两年多了。此时桃源的乱事虽早经平静，然刘贵已无家可归了。并且听说湘西各县犯有从乱嫌疑的士绅，以及平日和曾彭寿、成章甫往来亲密的，由朱宗琪开列了一大张名单，交给湖南巡抚，照着名单拘捕下狱。事平两三年之后，还有许多不曾释放出来，就是在乱事未起的时候，由地方推举到省城，向巡抚陈情请愿的几个正经绅士，都因犯了助乱的嫌疑，定了若干年的监禁。只有朱宗琪一个人因剿匪有功，在长沙声势大得了不得。刘贵自知不能见容于朱宗琪，便是单身回去都很危险，何况带了曾服筹呢？因此只在通城住着，不打算回家乡，幸亏生意还做得得法，略有点盈余。

曾服筹已有五岁了，刘贵找了一个教蒙童馆的先生，每日亲自送曾服筹去蒙童馆里读书。下午放学的时候，又亲自去蒙馆里迎接，或抱着或驮着回来。曾服筹这时的年龄虽只五岁，然读书聪敏非常，同学中年龄比他大一倍的，功课都还赶他不上。夜间在灯下一句一句读给刘贵听，刘贵虽不曾读书识字，只是听曾服筹解读起来，也觉很有趣味。似这般朝夕不间断的读了五年，十三经都读完了，文字也有些根底了。刘贵探得广德真人的案子，因时过境迁，官府都更换几次了，早已松懈下来。对于从前附乱的人，并没人追究。有许多因附乱的嫌疑逃亡在外的，已渐渐的重回故土，各安生业了，遂也打算将生意收束，带曾服筹仍归白塔涧原籍，以便重整门庭。

谁知天不从人愿，这念头才起，刘贵本身就害起病来。他这病的来由，便因这几年来操劳过度。他生性原是一个很粗暴的人，所以在少年时候得了个"小牛子"的绰号。一旦受了曾彭寿托孤重寄，他自知这种抚孤的事，不是性情粗暴的人所能胜任的。自抱着曾服筹逃出白塔涧之后，遇事格外小心谨慎，每每强自压抑。在平常他心无挂碍，夜间一落枕便鼾声大作，不到天明不醒。一有曾服筹同睡，就不能自由睡着了。初离乳的小儿，又没有亲娘在跟前，真不容易抚养！半夜三更须起来煮粉给曾服筹吃，并得抱着在房中来回的走动。费多少气力哄得睡着了，只一放上席去，安排自己也睡一觉，但是还不曾放下，又哇的一声哭起来了。一个生性粗暴的男子，强迫着他做奶妈子们所做的事，更加以忧愁、抑郁、恐怖、惊惶，七八年下来，性情虽改变得温和了，而身体也就因之虚弱了，所以一病就非常沉重。

曾服筹平日的起居饮食，及上学去、放学归，全赖刘贵一个人照顾。刘贵既病倒了，曾服筹十来岁的孩子，平时经人照顾惯了的，哪能照顾自己呢？刘贵也觉得自己不能照顾他，很放心不下，只得再雇一个女工来家。这女工年纪三十多岁，倒很干净，做事也很精细。刘贵以为自己的病，不甚要紧，经过些时日会好的。通城地方本来也少有精明的医生，刘贵又舍不得花钱服药，哪知道病在初起的时候，病根不深，服药容易收效。等到病已深了，便延医服药也来不及了。

究竟刘贵能否支撑病体，下回分解。

第二十一回

逼书遗嘱伙计没良心
谋夺藏珍假妻先下手

话说刘贵因操劳过度，又是不舍得花钱求医服药，以致一天沉重一天。这时曾服筹年幼没有知识，男女工都是雇用的人，能尽他自己的职务便是有天良的了，谁来过问东家的病体如何呢？缠绵床褥的病了半个多月，刘贵才自知病势不轻，着急延医诊治。偏遇了个不会用药的医生，两帖药服下去，病势便益发加重了。凑巧在这个时候，男工和女工忽然发生出恋爱关系来，并都存心欺负曾服筹年幼。刘贵病倒了不能动，两人完全把态度改变了，整日夜毫无忌惮的鬼混在一团，刘贵在病榻上呼唤，分明听得，也只装没听得。

刘贵因想积蓄些银钱，准备好带回桃源，替曾家重兴门第。做小本买卖的人要积蓄，总逃不了勤俭两个字。主人过于勤俭，雇工多是不情愿的。刘贵就因平时过于省俭，不能得雇工的欢心。刘贵不病倒，他们只能心里不高兴，为要顾全饭碗，不敢有所表示，到此时就不觉得尽情发挥出来了。曾服筹年轻，男女工有什么举动多不避忌，曾服筹看在眼里，记在心里，到病榻跟前，一五一十说给刘贵听。曾服筹在这时候，已直认刘贵做父亲，早已改了姓刘，全不记忆有曾家的一回事了。刘贵听了男女工的禽兽行为，只气了一个半死，满心想将两人开除，另行改雇。无奈自己病到了这一步，连床都不能下，开除容易，一时却无从改雇两个相安的人。若一日雇不着人，不但买卖没人经理，就是饮食都不得到口，只好按下火性忍耐。他总以为自己年事不高，病魔终有退去的时候，等到病体略好，再来整理家事。谁知病本是由忧郁而成的，正在沉重的当儿，更加以恼怒，哪里还能久活？就在这夜二更过后，忽然变了症候。

刘贵自知死到临头了，因曾服筹原是睡在他身旁的，极力挣扎着，将曾服筹推了醒来，握住曾服筹的手说道："不要睡着了，我有话和你说。"曾服筹从睡梦中惊觉，蒙眬着两眼，一面用手揉着，一面看房中昏沉沉的，一盏油灯虽在床跟前点着。然油已将尽，又有多久不曾剔灯芯了，不到半寸长的火焰。但是倒亏了这半寸长的火焰，照在刘贵脸上，看得出已淌下满脸的泪珠来。小孩子心里，刘贵的病势危险，倒不觉得可虑，一见刘贵满脸是泪，却很着急的问道："爹爹有什么地方痛吗，怎么哭起来了呢？"刘贵听了，益发泪如泉涌，紧握着曾服筹的手说道："你快不要再叫我爹爹了！我今生短命，只怕就是因这个折磨死我了。其实我也不是不知道尊卑上下的人，委实是无可奈何啊。我原打算待你成年之后，才向你说出实情来的。无奈我的大限已到，不能由我做主。我在这时候就撇下你去死，真不甘心！"说到这里，已哽咽得不能成声了，曾服筹莫名其妙的也跟着哭泣。

刘贵哽咽了一阵，继续说道："我这时候对你说的话，你万不可忘掉一句。你不但不是我的儿子，你并不姓刘。你于今的名叫服筹两个字，却是你原来的名字，你亲生父母在我带你逃出来的时候临时给你取的。我记得当时你父亲曾说，是叫你将来长大了，替他复仇的意思，只因复仇两个字太显露了些，所以改了用现在这两个字。你父亲姓曾名彭寿，是湖南桃源县白塔涧地方的巨富。我是从十来岁起就在你父亲跟前听差的，名分上我与你父亲虽是主仆，实在你父亲待我恩重如山，俨然兄弟一样。你父亲为人，一生正直，最喜帮助穷苦的人。白塔涧周围数十里的穷苦人家，提起来没有不感激曾大老爷的。就是地方绅士，也都和你父亲要好。唯其中有一个姓朱名宗琪的狗杂种，也是白塔涧一带的一个有钱有势的绅士，那东西并不曾因什么事与你父亲结仇，只为你父亲好行善事，粜给穷苦人的谷米，价钱总得比旁人便宜些；朱宗琪那东西刻薄成家，他的谷价比旁人更贵。你父亲借钱给人，不要利息；朱宗琪就盘剥重利。两下相形见绌，地方人益发称颂你父亲的好处，背地里将朱宗琪骂得狗血淋头。朱宗琪也知道地方人都恨他，然他不怪自己的不好，反怨恨你父亲，说你父亲是有意这般做作，显出他的厉害刻薄，好收买地方的人心。

"这种话也传到了你父亲耳里，只是全不介意，仍照着平常的样行事，也不因朱宗琪怨恨，便将谷米的价格抬高。谁知朱宗琪就因此遇事与你父亲为难，你父亲生成宽厚的性质，有许多小事虽明知是朱宗琪从中播弄，总忍耐不与计较。你父亲因得人心的缘故，朱宗琪三回五次的借事想暗害你父亲，都弄巧成拙。不仅暗害不着，反受了地方人多少唾骂。那恶贼真是绝无天良，越害不着越不肯罢休。凑巧这年桃源仙人岩里，忽然出现了一个仙人，整日的伸出一双穿红鞋的脚在岩外，惊动了远近无数的人，都到岩下拜祭。那仙人显圣，附在拜祭的人身上，说白塔涧地方的人心太坏，上天降罚，一地方的人都应瘟死。那仙人名字叫做'广德真人'，因一念慈悲，特地来尘世在白塔涧观音庙施水，救治一班害瘟疫的人。

"那时你祖母背上生了一个碗大的背疽，经多少医生治不好。你父亲最孝，为那背疽焦急得了不得。见广德真人在观音庙替人治病，无不灵验，害瘟疫的虽死了不少，曾到观音庙求了杨枝水服下的，都得死里逃生。那时你一家人之中，除我而外，也都害过一般症候的瘟疫，也是亏得服了杨枝水才好的。你父亲因此虔诚发心，迎接广德真人来家，替你祖母治背疽。不知叩了多少头，膝行了多少路，三番四次的，才将广德真人迎接来家。那广德真人真是神仙，一到你家，就知道你家必因他得祸，当即吩咐家里人，不许张扬出去给外人知道。只是家里人虽不去外面说，不知怎的地方数十里的人，不到一两日工夫，大家都知道仙人藏在曾百万家里了。广德真人不吩咐家里人隐瞒倒没事，就因为隐瞒着不给人知道，朱宗琪那个没天良的东西便好借此散布谣言了。

"朱宗琪本来和你父亲有嫌隙的，这回广德真人到观音庙施水治病，求水的人多和平时赛会一样。朱宗琪趁这时候，放账给一班做小生意的，贪图重利，心恨你父亲不该独自把广德真人迎接去了，害得他少赚了许多利钱，心里更觉不快活。凑巧在那时候，又有几个强盗，乘朱宗琪在观音庙不曾回家的时分，到朱家将看门的捆绑在地，老弱妇孺逼到一间房关着，把朱家所有的细软都抢劫一空去了。朱宗琪又伤心、又愤恨，不怪自己贪心不足，不该坐守在观音庙不回家，反迁怒在广德真人和你父亲身上。说若不是广德真人在观音庙妖言惑众，白塔涧一带素来没有强盗抢劫的事，为有广德真人一来，闲杂人等才敢在观音庙附近停留。朱宗琪既迁怒在广德真人身上，而广德真人又偏巧在你家藏着，不使外人知道，朱宗琪便好施展他害人的手段了。立时将全家搬到桃源县城里住着，买通桃源县知事，轻轻的加你父亲一个窝藏匪类、图谋不轨的罪名，派兵来捉拿你父亲和广德真人。你父亲是一个正直无私的君子，怎肯做犯法的事呢？既自己居心无愧，就是官府来捉拿，也不害怕。当时已跟着来捉的人，上了刑具，一同动身去桃源县。谁知才走了一两里路，地方人听得桃源县，派兵捉拿救命的仙人和你父亲，都不服气；更有几个不知从哪里来的大汉，一个个都勇猛非常，鸣锣邀集地方人，在白塔底下，从官兵手里，将广德真人和你父亲夺了下来，并打死了好几个衙役。

"你父亲知道事情弄糟了，然不是出乎你父亲的本意，也就无可奈何。但是你祖母就在这时候，因受惊过甚，已好的背疽复发，来不及医治死了。你父亲料知是那么闹下去，终归是要被朱宗琪害得灭族的。曾家几代单传，只有你这一个根苗，那时才有三岁，若不趁早设法逃出那祸坑，势必同归于尽。当下决计叫你母亲带你逃跑，派我跟随侍候。无奈你母亲生成三贞九烈之性，宁肯和你父亲同死，不肯离开一步。可怜你父亲只急得跺脚，一再劝你母亲顾念裡祀，不可固执。你母亲只是不依，并说如果定要她走，她立刻就死。我从小受了你父母的大恩，那时在旁看了这种情形，心里比快刀剜着还难过。当下也没工夫计虑事情难易，就一口答应带你出来逃难。可怜你父亲为将你托付我，还向我下了一礼，我就为你粉身碎骨，也是应该的。不过我不待你成人就死，实在辜负你父母待我的深恩！"

刘贵说到这里，已忍不住哭泣起来了。曾服筹知道了他自己身世，也悲泣不胜。刘贵又推着曾服筹说道："我自己不能动弹，我腰间缠着一个小小的布包儿，你替我取下来，我还有话向你说。"曾服筹忍住啼哭，从刘贵腰间解下一个小包裹来。看包裹上面缠扎得非常紧密，刘贵叫他将包裹解开，取出里面的东西来。曾服筹手边没有剪刀，针线密缝的包裹，双手无力的十来岁小孩，一时哪能将包裹内的东西取出。用指甲拨了一会儿拨不动，只得拿向油灯跟前，反复寻觅线尾。亏他还聪明，知道就灯火将缠扎的线烧断。只是线虽烧断了，包裹一散，里面两件很沉重又很光滑的东西，已在线断时脱离包裹掉下地来，只掉得"当啷啷"连声响亮。刘贵听了，急得"哎呀"一声道："不打破了么？"曾服筹慌忙从地下拾起来，问道："就是这一双圆圈儿、一块白石头么？"刘贵道："你且把灯光剔大些，让我瞧瞧，看打破了不曾？"曾服筹即将灯光剔亮，一手端灯，一手擎着两件东西，送到刘贵面前。

刘贵抖索索的先伸出枯瘦如柴的手来，取了一件对曾服筹说道："你

220

以为这是一块白石头么？这是你祖父传家之宝，名叫古玉玦。你父亲慎重收藏，原有两只，因感激广德真人，替你祖母治好背疽的恩德，谢他金银珠宝都不肯受，才取出这样一对古玉玦来，分一只送给他，这一只交我带出来。我原打算待你成人之后，能撑立门户了，方才传给你。奈我的罪孽太重，天不容我如愿，只得趁我这一刻清醒，交还给你。你不可小觑了这一块东西，随意乱掼。这东西在我腰间缠了七年，一日也不曾离开过。这圆圈儿，是一个赤金的手镯。赤金手镯原算不了什么稀奇，不过这只金手镯，是你母亲当日嫁给你父亲的妆奁，我带你临走的时候，你母亲才从手上脱下来给我的。现在开设的这一个豆腐店，就全赖这一只手镯典押了钱，才盘顶过来的；几年来缩衣节食，积蓄了钱赎取出来，你也得好生保存着，最好仍旧包裹停当，和我一般的缠在腰间。周福这东西近来虽变坏了，只是他究竟在我这里帮做了六七年，我唯有将你托付他，一则凭他的天良，二则听你的命运。你缠好包裹，开门去把周福叫来吧！"

曾服筹一面缠着包裹，一面问道："我的亲生父母，此刻到底在什么地方，简直无处打听吗？"刘贵听了这话，两只枯涩的眼睛，又撒豆子一般的涌出多少痛泪来，说道："我真该死！几句最要紧的话，不亏了你问，我倒忘记向你说了。你以为你还有亲生父母在世么？我带你逃到通城，不上几个月，就打听得你父母和你表舅成章甫，领了广德真人给他的五千人马，从桃源去攻取辰溪、保靖，恰遇了朱宗琪那个生死冤家，帮助官兵守辰溪城，用计将你父亲擒获，在辰溪城楼上斩首示众。你母亲闻信，就投河自尽了，尸身都不曾捞着。你表舅成章甫逆料广德真人不能成大事，撇下所统带的军队，潜逃不知去向。你只须切记在心。"

曾服筹哭道："我也读了几年诗书，父母之仇不能报，还得是人吗？"刘贵就枕边点了点头道："你且伸手来给我看看。"曾服筹不知道刘贵要看手，是什么用意，即将右手伸过去。刘贵微微的摇头道："右手是要拿刀报仇的，伸左手来。"曾服筹即换上左手。刘贵将曾服筹的衣袖提起，审视了一会儿，猛一张口，就在臂膊上咬了一个深深的齿痕，只痛得曾服筹"哎哟"一声，缩手不迭。刘贵气喘气促了一阵，说道："你年纪小，眼里没见着你父母被仇人陷害的情形，心里便不知道痛恨。我此刻对你说的话，你日久必忘，所以我只得咬你一口，使你受了这一次痛，以后见了这个齿印，便想起我此刻对你说话的情景。想到此时的情景，就不由你不想到你父母的仇恨了。好，你就去把周福叫醒，叫他到这里来。"

曾服筹泪眼婆娑的，刚待开门出去叫周福，只听得门外陡然脚步声响，周福的声音问道："老板的病更厉害了吗？我在梦中被小老板的哭声惊醒了，特地起来问问。"说着便伸手推门。

曾服筹将门闩开了，周福走进房来。曾服筹此时年纪虽小，却很精明机警。在那刚待开门出去叫周福的时候，周福就在外面陡然走得脚步声响，曾服筹心里已有些怀疑，暗想怎么来得这么凑巧？及开了门，看周福身上的衣服，还穿得齐齐整整，不像是已睡复起的，眼睛也全无睡意。心里早明白了被小老板哭声惊醒了的话是假的，必是多久就在门外听壁角，那"当啷啷"金镯落地的声音，不待说是已被周福听得了的。曾服筹一面心里计算，如何才可以避免周福谋夺这两件贵重东西，一面跟着周福到刘贵床前。

曾服筹听了周福的话和脚步声，尚且知道周福是在门外偷听，刘贵心里自然更明白。这种关系极大的秘密情事，因略不经意，完全被人偷听去了，而偷听的又是居心不光明、行事不正大的人，刘贵安得不着急？便在康健无病的时候，遇了这种着急的事，也说不定要急得发昏，何况刘贵已病在弥留，正要趁这回光返照、神智清明的一刹那间，吩咐后事，如何经受得起这般刺激？周福才走近床前，看刘贵两眼已经发直，喉咙痰响不止，曾服筹扑上去叫唤时，只听得磨得牙关一声响，气就断了。

曾服筹此时虽已知道，刘贵不是自己的父亲了，然一则感激刘贵抚养之恩，不忍一时改口；二则自己的身世秘密，不能给外人知道，左右邻居的人，几年来都认他和刘贵是父子，死后忽然改口称呼，倒有多少不便。才号哭了二三声爹，周福已拍着曾服筹的肩，说道："不要哭了，不要哭了！人已经断了气，你就整日整夜的哭，也哭他不转来。半夜三更的，把左右邻居的人都哭得睡不着，挨人家背地的咒骂。"

曾服筹听了生气道："谁人没有父母的吗，谁家不死人的吗？我死了父亲，怎么哭都要挨人家的骂？"周福冷冷的鼻孔里哼了一声道："谁说死了父亲哭不得，如果是死了父亲，是应该哭的；但是你哭迟了些，应该早哭。这不是你的父亲，要你号天顿地的哭什么，你以为我不知道么？不瞒你说，我早已到了门外。老板对你说的话，我一个字都听进了耳，你能依我的话行事，我不但不把那些话去对人说，并好好的待你，生意也接着做

下去，我还认你做老板。若不依我的话，我暂时也不勉强你，我自有我的
打算。"

曾服筹看了周福那种又冷又凶狠的面孔，又听了这些恐吓兼引诱的言
语，心中实在气愤不堪。无奈自己思量假父刚死在床上，不曾装殓安葬，
自己又太年轻，不能处理丧葬的事，而这个豆腐店也塞了不少的本钱在
内，关于生意上的事，从来是由周福一人经手做的。如今不依周福的话，
眼见得假父不能入土，生意没人经营，还料不定周福将有什么可怕的举
动，只得忍气吞声的问道："你有什么话叫我依从？且说出来看看。只要
我能依从的，尽可依从。"周福正要开口说话，那女工忽然跑了进来，神
色惊慌的向周福说道："吓死我了！我久等你不回房，听了小老板哭爹的
声音，料想必定是刘贵老板咽过气了。正在心里有些虚怯怯的，猛然一口
冷风吹来，把一盏灯吹得熄了又燃、燃了又熄。我一身汗毛，根根都吹得
竖了起来，只得不顾命的跑到这里来。老板果是咽了气么？"说着伸长脖
子向床上望了一望，吓得连忙将脖子一缩，说道："哎呀，吓死我了。怎
么咽了气，眼睛还是睁着的呢？"

曾服筹看了这种轻侮的神情，想起自己此后没有这假父保护，必被这
一对狗男女欺凌磨折，又忍不住抚着刘贵的尸痛哭起来。周福一伸手抓住
曾服筹的衣服，轻轻的提起，说道："叫你不要哭，你定要哭吗？他一生
因刻薄鄙吝，左右邻居都不欢喜他。如今天睁眼叫他死了，你还要为他
哭，招左右邻居讨厌吗？"

曾服筹没有气力，被周福如提小鸡一般的提着，只吓得浑身发抖，哪
里再敢发声啼哭？周福接着说道："我并不是见你年纪轻，欺负你。只为
这爿豆腐店，完全是由我一个人辛辛苦苦做起来的。你家那一点儿本钱，
这七八年来，不但应吃光了、用光了，就是你家存积的，也不只比本钱多
了一倍。你凭良心说，这爿店还能算是你家的吗？你能把这爿店完全让给
我便罢，你若不愿意，只管说出来，我自有我的打算。"曾服筹答道："豆
腐店原是你一个人经理的，生意在你手里做，要我让什么？从此就算是你
的豆腐店就得哪！"周福道："话是不错！生意在我手里，你也抢不去。不
过不能只凭你一句话，因为你的年纪太小，外人不知道的，必说我趁老板
死了的时候，欺负你年轻，夺了你这爿豆腐店。"

曾服筹道："你既知道老板死了，不能扶起来说话，把豆腐店让给你，

凭我一句又不行，却叫我怎么办呢？"周福道："老板虽死了不能说话，遗嘱是可以吩咐的。你读了这几年书，文章都会做，难道不会写一张遗嘱吗？你诚心依从我的话，就趁此时天光没亮，赶快写一张遗嘱，写明因感激我周福七八年来，辛苦经营一爿豆腐店，已得了几倍的利息，如今自愿将这豆腐店完全让给周福，以后盈亏不关姓刘的事。"

曾服筹道："我家只有这个豆腐店，若照你这话完全让给你了，叫我到哪里去住呢？"周福即时沉下脸来，说道："我管你这些！你若是命好的，在家当一辈子大少爷，也不至逃到这里来现世了。你可知道我要在你身上发一注横财，是很容易的事么？你明白了你自己的来历，就用不着我多说。你且把遗嘱写好，豆腐店虽是我的了，我怜念你没有去处，也不至就把你赶出去。快拿纸笔来写吧，天光就要亮了。"

曾服筹被逼得无可奈何，只得取纸笔依照周福说的，写了一张假遗嘱。遗嘱写好，天也亮了，曾服筹又忍不住伏在刘贵尸旁啼哭。这时周福不但不禁止他哭了，收好了遗嘱，并跟着干号了一顿，才开了大门，泪流满面的对左右邻居宣述刘贵如何病死，临死如何遗嘱将豆腐店让给他的情形。邻居的人以为刘贵因儿子年纪太小，临死只得将生意托付周福，有谁肯多管闲事，追究事情的真假？并且都恭维周福为人可靠。周福一手遮天的，打开刘贵藏贮银钱的柜子，取出刘贵省衣节食积下来的钱，买了一口薄棺材，草草的装殓着，便扛到城外义冢山上掩埋了。

办完了丧葬，周福才把曾服筹悄悄的带到没人的地方，说道："我知道你身边还有两件东西，那东西是很要紧的，你交给我替你收藏着吧！除你我两人以外，无论什么人都不能给他知道，这不是当耍的事。这几日因为店里人多，我又没有工夫，所以直到这时才对你说。"曾服筹道："我身边有两件什么东西？你要就尽管拿去。"周福将两眼一瞪，说道："你还打算在我跟前装糊涂吗？你那夜失手掉在地下，当啷啷一声响的是什么东西？你这小鬼真不识好歹，我一片好心，想替你收藏起来，免得落到歹人眼里。为要谋夺那两件东西，连你的命都保不了，你倒装出这鬼样子来！"一面说，一面就伸手去曾服筹腰里摸索。曾服筹并不躲闪，反将两手张开，挺着胸膛说道："你看有什么东西？要拿去，只管拿去！"

周福在曾服筹浑身都摸索了一遍，竟是一点儿东西也没有。不由得愤怒起来，问道："你这小鬼，把两件东西藏到哪里去了？你好好的交给我便没有事；若藏着不拿出来，就不要怪我太厉害。我要取你的命都易如反掌，你性命都没有了，看你藏着那两件东西有什么用处？"曾服筹始终装出不理会的样子，说道："我实在不曾藏着什么东西，你要杀死我，也只由得你。"周福心想：我那夜在门外，分明听得刘老板叫他仍旧包扎停当，缠在腰间，时刻不可离身，此刻他身上没有，不知他藏在何处？他知道是贵重东西，就这么问他要，他自然不肯拿出来，不如且不逼迫他，只悄悄的留心他的举动。估量他只十来岁的孩子，决没有多大的见识，暗地留心他的举动，总可以看得出他藏匿的所在来。

　　周福定了这个主意，便改换了一副和平面孔，说道："你不肯拿出来，也是人情。这种传家之宝，本来非同小可。不过我有一句话说给你听，那东西藏匿的所在，你得仔细一点儿。凡是值钱的珍宝，不能藏在污秽不干净的地方，一污秽了就没有光彩，没有光彩便不值钱了。珍宝所藏之处，黑夜必有一道宝光冲出来。不识宝的，就见了这宝光也看不出。一遇着识宝的人，哪怕相隔在十里之外，也一望而知，这宝光是从什么珍宝上面发出来的，珍宝在什么地方。

　　"我从前在一家做珠宝生意的人家当差，时常看见那个识宝的东家，半夜三更的起来，左手托着一盘白米，右手抓着米向藏匿珍宝的地方乱撒。我看见的次数太多了，忍不住问那东家撒米是什么用意？初时问，他不肯说；后来见我纠缠着问个不休，才对我说道：'这里面很有讲究，只要是值大价钱的珍珠古玉，夜间都有宝光放出来。江湖上有一种专会取宝的人，有法术，能在数十里外搬运人家收藏的珠宝；但是须看明了那宝光是从什么珍宝、什么地方发出来的，方能用法术搬运。我家做的是珠宝生意，值钱的东西多，无论如何收藏，夜间总免不了有宝光放出。万一遇着有那种专会取宝的人，打这里经过，放出的宝光被他看见了，那还了得！顷刻之间，便可以将我家所有放光的珠宝，尽数取去。只有这白米，为人生养命之宝，能镇压一切法术，并且能将宝光压退；所以我一见珠宝放出宝光来的时候，就连忙抓米撒去。'

　　"我当时听得东家这么说，很觉得有趣味，跟着又问道：'定要等到珍宝放出光来了，才撒米呢？还是没有放光就先把米撒上，也行不行呢？'东家道：'不等到放光就先把米撒上也行，不过每夜得撒一次，太麻烦了。并且珍宝不是每夜必放光的，有时放，有时不放，在放光了这夜撒上才有

225

用。本来这夜是不放光的，不是白糟踏了米吗?'我又问道:'那些取宝的人，用法术搬运人家的珠宝，若是这人将珠宝缠缚在身上，也能一般的在顷刻之间搬去么?'东家说:'缠缚在身上的，法术不能搬运，宝光也不至放出来。'我又问道:'东家何以不将珠宝缠缚在身上呢?'东家笑道:'你何以见得我身上没有? 我是做珠宝生意的人，若将所有值钱的珠宝，尽数缠在身上，那么我这身体还能动弹吗?'我那个东家是做珠宝生意的老内行，他说的话必不会错。我因可怜你年轻，不知道世情艰险，才把这些话告你知道。你要明白，我这些话，不是十分关切你的人决不肯说，你就用银子去买，也是买不着的。"

曾服筹道:"我现在就只我一个精光的人，我这身体以外，什么东西也没有，不怕有取宝的人来搬运。若取宝的肯将我这个活宝搬去，有得给我吃，有得给我穿，我倒很愿意给他搬去。"周福鼻孔里哼着，说道:"我说是这么说，听不听由你。我若早知道你这小鬼，有这么刁狡可恶，这些好话也不该向你说了。"说着，怒气冲天的走了。

周福自以为对曾服筹说了这一篇鬼话，年轻没见识的人，心里害怕真有取宝的来看光，用法术搬运了去，必不能安心将那两件东西依旧藏着不瞧不睬。夜间大家都睡了的时候，周福就悄悄的起来，躲在曾服筹的房外，偷听有没有声响。连听了几夜，只听得曾服筹每夜必抽咽几次，旁的声响一点儿听不着。

周福听得不耐烦了，思量这几间房居里面，没有一处不经我仔细搜索过，实在没有可以藏匿那两件东西的所在。他身上又没有，究竟放在什么地方? 问他既不肯说，骗他又不上我的圈套，于今就只有凌虐他的一个方法了。凌虐得他受不了的时候，故意放他逃走，再追上去将他捉住，那两件东西必在他身上无疑了。周福这个主意一定，便是曾服筹的难星临头了。次日早起，周福就逼着叫曾服筹磨豆子，磨不动就是恶狠狠的一顿打。曾服筹自从出娘胎到现在，连指甲都不曾被人轻弹一下，一旦遭这种凌虐，也只好忍受。周福是有意的凌虐他，不磨到他受不了，是不肯罢休的。朝打暮骂，过了十多日，曾服筹虽已被打得体无完肤了，然始终不动逃跑的念头。

周福几次有意拿点儿钱给他，打发他到很远的地方去买东西，以为他得了这机会，必要逃跑，谁知他竟老老实实的买了东西回来。周福疑心是

226

因为临时打发他去，他来不及携带那两件东西，所以不舍得空身逃跑，特地在夜间，借事痛打了他一顿，打后才拿出两串钱给他，叫他次日早起就到某地方去。以为有这么好逃跑的机会，是没有不逃的了。次早周福追踪上去，看曾服筹仍旧是直来直往，照着吩咐的话，买了东西就归家。是这般三番五次，弄得周福实在没有方法可以骗去那两件东西了。

周福是个欢喜喝酒的人，自从刘贵死后，每夜必弄点儿酒和下酒菜，跟着那女工同吃喝一阵，才相随就寝。这夜两人都多喝了几杯，周福有了些醉意，心事就泛上来了。他想谋夺金镯和玉玦的事，原是一个人想独得的，不曾拿着向女工说。此时有了醉意，才忍不住对女工说道："你知道这小鬼手边有两件很值钱的东西么？"这妇人说道："有什么值钱的东西？怎的还放在他手边，你不向他要过来？"周福叹道："若要得过来，还待你说！你不要轻看了这小鬼，他的年纪虽小，肚子里的鬼主意倒很多呢！"周福说到这里，接着将那夜听壁角，以及近来种种骗取不得的经过，说了一遍。

妇人笑嘻嘻的说道："这不能怪他肚子里的鬼主意多，只怪你是一个活草包，太没有本领了。这一点儿小事，也用得着去这般做作！"周福喜问道："你倒有主意可以弄到手吗？有什么主意快说出来。弄到了手之后，你我两人对半平分，我决不占你的便宜。"妇人笑道："我弄到了手，为什么要和你对半平分？你弄了这么多日子，连说也不向我说。幸亏没有被你弄到手，你若弄到了手，有得分给我吗？只怕还不肯给我知道呢！"周福辩道："我不是不肯向你说，确是因我的事情太忙，一则没有工夫说到这上面去，二则弄还没弄到手，对你说也不中用。若是已经弄到了手，我本来打算分一半给你的。"妇人摇头笑道："你这些鬼话，连小鬼都骗不了，却拿来骗我么？老实对你说，老娘不上你的当！"

周福带几分怒气说道："我什么事给你上当？我一番好意把这事说给你听，休说我打算弄到了手的时候，还分一半给你；就是一点儿不分给你，你也不能说是上了我的当。"妇人倒不生气，仍是笑嘻嘻的说道："你这话很对，你弄到了手，一点儿不分给我，我不能说是上当。翻转来说，我弄到了手，一点也不分给你，你也不能说是上当。"周福道："你能弄得到手，尽管去弄，不分给我也只由得你。"

妇人正色问道："你这话说了作数么？"周福这时已醉得说话舌头掉动

不灵了，还勉强挺出胸膛来，用手拍了几拍，说道："大……大……大丈夫说话，哪有不作数的?"妇人道："既是你说的话能作数，我就拿一件东西给你看看。"一边说，一边伸手在腰间掏摸，好一会儿才掏摸出来，擎在手中，对周福的脸上一照。

到底是不是曾服筹的金镯，下回分解。

第二十二回

起贪嗔葬身火窟
耐辛苦卖技长途

话说周福虽是醉眼蒙眬，然黄光灿烂的金镯，一触眼帘，两眼便显得分外光明了。只是还有一点儿疑心，恐怕是假的。凑近前看时，竟是刘贵临死的那夜，从门缝中所看见的那只金镯，一时只喜得跳起来，想从妇人手中夺下。

无奈这妇人早已存心防备了，连忙将手缩回去，并把身体让过一边，说道："你这没天良的，打算抢夺我的吗？"周福一下不曾抢着，身体倒险些儿栽倒了，极力按捺住火性，说道："谁打算抢夺你的？我们夫妻一般的人，我就照这样买一副送给你，也是应该的。你自己弄来的，我倒要抢夺你的吗，哪有这种道理？不过我想接过来，仔细瞧瞧，看是不是小鬼那个？"妇人一面仍掳起衣向腰间揣着，一面说道："用不着你仔细瞧瞧，你就瞧了也不认识。我知道你只在门缝里张了一次，就能认得吗？"周福见妇人如此情形，料知软骗是骗不到手的，只气得指着妇人骂道："你这东西真没有天良。我一向待你仁至义尽，你不应该拿我当贼和强盗一般的看待！"

妇人不待周福发作，就向左右指了两下说道："我劝你不要见了金子就两眼发红，和我闹起来。你要知道，左右邻居因见刘老板死了之后，你每天待小鬼，不是打便是骂，大家已在背地里骂你没天良。不念刘老板在日待你的好处，若闹到邻居知道你打他骂他，是为要夺他的金镯，只怕有人出来替小鬼打不平呢！"周福听了这番话，似乎有点儿害怕样子，即时放低了嗓音，说道："我们自己不说给外人听，外人怎的知道？你不给我看不要紧，我倒要问你是如何弄到手的？还有一个什么古玉玦，那东西更是一件无价之宝，和这金镯是做一块儿包着的，你得了金镯，必定那东西也被你得了。也拿出来给我看看，我决不抢你的便了。"妇人摇头道："不见有什么古玉玦，就是光另另的一个镯头。你猜是在什么地方得的？"周福道："我若知道，也不至落到你手里了。"

妇人得意扬扬的说道："这也是我的福气好，合该发这一笔大横财。我今天下午到晒楼上去收衣服，没留心晒楼上有一条木板松了，一脚踏去，木板就移动了，身体一歪，这脚便陷了下去。幸亏木板离屋瓦不到一尺高下，脚踏在屋瓦上，踏碎了几片瓦，身体没有跌倒。我抽出脚来，看屋瓦碎了几片。冬天里雨水多，我恐怕下雨的时候，屋瓦破了的地方漏水。只得将身体伏在晒楼板上，伸手下去，想从瓦厚的地方，移几片瓦过来，将碎瓦换掉。谁知刚把碎瓦移开，就看见一个青布的包儿，盖在碎瓦底下。我哪里想得到，布里是包着这样值钱的东西呢？随手取出来，觉得是一个很沉重的圆圈；解开青布看时，直喜得我疑心在这里做梦，当下也想不到是谁藏在那里面的？"周福道："这是我的财运，至少也得分一半给我。"妇人扮了一个鬼脸道："既是你的财运，为什么你千方百计也找不到，我却得来全不费功夫呢？"周福听了，老羞成怒，便破口大骂起来，妇人也丝毫不肯退让。两人你一言，我一语，结果就互相扭打起来。

两人都是喝醉了酒的，初时还支撑得住，气愤之后，加以扭打，酒便涌上来了。顿时头重脚轻，两人都立脚不住，一同扭倒在地。喝醉了酒的人，都是一倒地便不能挣扎起来，并即刻不省人事。此时曾服筹正在门外偷听，见二人倒地，都伸手直脚的睡了，不能动弹，即推门进去。

原来曾服筹这夜，因听得周福与妇人说笑的声音，觉得与平时不同。悄悄的起来，到周福房门外偷听，正听得周福对妇人说金镯和古玉玦的事。再听妇人说话有因，遂不舍得走开。及从门缝里看见妇人取出金镯来，竟是自己所秘藏的东西，不待说见了心里非常难过。听完妇人所述拾得金镯的来历，已忍不住鼻酸心痛，不敢在门外哭泣，只得回到自己房里伏在床上啜泣。

曾服筹哭的声音甚小，因夜深寂静，周福房中仍能听着。曾服筹哭时，听得周福拍桌大骂，不由得吃了一惊，以为是骂他自己不该哭了，吓得吞声忍住；细听妇人也拍桌大骂，才知道是二人吵嘴。于是又悄悄到门外偷听，房里便扭打起来了。二人倒后，他推门进房看时，房中的油灯因被二人倒下去的时候打翻了，凑巧旁边有一大袋棉花，油灯正翻倒在棉花上，灯芯上的火一遇棉花就引着了，已有尺来高的火光，照得房中通红。

　　曾服筹见棉花烧着了，心里着慌起来，打算取水来浇，苦于房中没有一点儿水，只桌上还有半壶喝不完的酒。十来岁小孩，没有见识，以为酒也可以代水浇火的，提起壶来，取去壶盖，随手向火上浇去。谁知比浇油的还厉害，顿时火焰冲上了楼板，把个曾服筹更吓慌了手脚。只得弯腰推周福，想推醒周福，好起来救火。烂醉的人刚才睡着，岂是推得醒的！连推了几下不动，火更大烧起来，火气逼得一身痛，心里却陡然想起妇人腰间的金镯来。不暇顾妇人的醒睡，就火光撩开妇人的衣一摸，尚好一摸就摸着了，取在手中便转身出房，跑到藏玉玦的所在，又掏出玉玦来。他正待开大门逃出去，火势真急，转眼已噼噼啪啪的烧穿了屋顶。满屋都被浓烟弥漫了，竟找不着大门。幸亏隔壁客栈里人多，知道豆腐店里起了火，有打开后门进来，帮着救东西的，曾服筹方逃得了性命。只有顷刻之间，已将一家豆腐店烧成了一堆灰烬，周福和那妇人都葬身火窟，连尸体都没有了。

　　左右邻居的人，虽都觉得曾服筹孤苦可怜，然也无人肯仗义出头，维持曾服筹的生活。曾服筹伶仃一身，无依无靠，身边又没有一文钱。心里也知道金镯和玉玦是可以卖钱的，但因是两件关系重要的东西，为这两件东西，险些儿送了性命，存心要好好的保守，不肯变卖了钱来吃喝。既没得吃，又没得住，就只得沿门乞食了。他因听了刘贵临终的话，知道自己原籍是湖南桃源人，大仇人朱宗琪也在桃源。小孩子心里，只觉得要报仇须与仇人接近，便向人打听了从通城去桃源的道路，一面行乞，一面向桃源前进。每日多则走二三十里，少则走十来里。入夜遇了人家，就在人家房檐下蜷伏一宵；若荒村没有人家，便坐在树林中打盹。

　　这日走到一处，是一个乡镇。镇上有几十户人家，其中的一家饭店，正有许多行路的人在这饭店里打中伙。曾服筹这时身体又疲乏，肚中又饥饿，一屁股坐在饭店门外的地下，眼望着许多人，都一个个手捧热腾腾的白饭，送到口中大嚼。更有微风吹得一阵一阵的饭香味，拂面而来，止不住馋涎欲滴。好在他已乞食过好几日了，胆子也大了些，面皮也厚了些，口里叫得出求乞的话来，连向里面叫了几句平常叫化所叫的话。只见小伙计走到门口来，瞧了曾服筹两眼，喝道："你这小叫化是哪里来的，怎么讨饭讨到我们饭店里来了？饭店里只有饭卖，哪有饭讨给你？快向别人家去讨，不要在这里叫唤吧。"曾服筹听了这话，真不敢再叫唤了，但是也不肯走到别人家去，垂头丧气的坐着。

忽然有一个人走近身来，曾服筹抬头看时，却是一个小女孩子。左手端着一碗饭，右手拈着一双竹筷，递给曾服筹道："我们吃剩下来的，给你去吃吧！"曾服筹喜出望外，连忙伸手接了，送到口边便吃。吃过一半了，才留神看这女孩子，年龄似乎比自己小约有七八岁的模样，身上衣服虽破旧不合身，然眉目口鼻的位置，很生得亭匀可爱。他心里正想问她是不是这饭店里的，女孩已开口催促道："快些吃！我在这里等你的碗筷呢。"曾服筹遂不问了，又低下头来吃。

才吃了两口，就听得噼啪一声巴掌响，接着很严厉的口声斥责道："你这教不变的小蹄子，只一霎眼，又一个人偷跑到这外面来做什么？"曾服筹虽没抬头，然知道被打的就是这女孩子，只吓得饭筷都几乎掉了，慌忙将碗筷放下来。看出来的这人，年纪约有四十多岁，身材高大，也是穿着一身破旧不堪的衣服，说话北方口音，看不出是哪一类的人。一个巴掌打得这女孩双手抱住头，往门里便跑，碗筷也不敢收拾了。

这高大汉子望着女孩跑进门之后，才慢慢的回过头来，打量了曾服筹几眼，突然问道："我看你这孩子，不像是穷苦人家出来的，为什么在这里讨饭吃呢？你姓什么，家住在哪里？"曾服筹不敢说出真姓名，只得答道："我原不是穷苦人家出来的，无奈我的父母都去世了，家业又被火烧光了，只落得一身孤苦，无力谋生，不得不行乞。我姓刘，从前家在通城，此刻已是没有家了。"

这汉子见曾服筹说话伶牙俐齿，并非常文雅，面上立时现出欢喜的样子来，问道："既是从前家在通城，为什么乞食到这里来了呢？"曾服筹道："我有一家亲戚在桃源县，打算一路乞食去投奔亲戚。"这汉子笑道："这事真是巧极了！我正有事要到桃源县去，可以带你同走，用不着在路上乞食了。若在路上走不动的时候，还有车给你坐。你愿意和我们同走么？"曾服筹还踌躇着不曾回答，这汉子又接着说道："我因见你是好人家出身的孩子，没有吃过这种饥寒之苦，我一行有好几个人，多带你这一个小孩子，花费不了多少钱。若到了桃源你亲戚家的时候，你亲戚能有钱算还给我，我也不客气；没有便罢了，就算我修了这点儿阴骘。"

曾服筹毕竟年纪太轻，哪里知道世情险恶？本来自从被火烧后，无吃无住的苦楚也受得够了，忽听得有这种机会，心里说不出的欣喜感激。只有些着虑到了桃源之后，并没有亲戚家可去，那时不免要露出说谎话的马脚来。但是能得眼前的饱食安居，以后的事也就顾不得了。当下即起身对这汉子作揖道："你老人家真个肯把我带到桃源县去，免得我一路乞食，我实在感激得很！"这汉子也不回礼，弯腰拾起碗筷来，一手在曾服筹头顶上抚摸着，说道："跟我到这里来吧！"曾服筹的头被汉子抚摸以后，不知怎的心里便有些糊里糊涂了，自己一点儿主张也没有，跟着汉子走到饭店后面的一个小小院落里。汉子回头叫曾服筹站着不动，自走进一间房子里面去了。

曾服筹两眼看一切景物都分明，唯有心中慌惑，一加思索，便觉头昏。因汉子命令站着不动，就真个站着，一步也不敢移开。一会儿汉子空手出来，对曾服筹招手道："到这里来。"曾服筹走进那房子，只见房中靠墙壁安放了三张破木床，床上被褥也都破旧腌臜，胡乱堆塞，并不折叠。上首床缘坐着一个中年妇人，生得满脸横肉，却擦脂抹粉，两裤用红棉带缠扎，尖头鞋上还绣了许多红绿花，不似南方妇女的装束。送饭挨打的女孩子，靠妇人腿旁立着，一脸的泪痕，估量她不仅在门外挨了那一巴掌。侧面两张床上，共坐了三个男子，身体肥瘦、年龄大小不一，然都是穿着破旧的短衣，蓬头赤脚，同样显出一种非士、非农、非工、非商的神气，一个个望着曾服筹欢颜喜笑。

那汉子牵了曾服筹的手，走近妇人跟前，说道："这小子模样儿也生得好，可以看得出是很聪明的，教他的东西，必定一教便会。"妇人笑嘻嘻的伸手接了曾服筹的手握着，轻轻往怀中一带，只拖得曾服筹向前一栽，几乎扑倒在妇人胯下。妇人随手又提起来，笑道："怎的这么鼻涕脓样子？站也站不牢。"一边说，一边张开着一对猪婆眼，在曾服筹浑身上下打量了一会儿，抬头向这汉子说道："这倒和我们小翠子是天生的一对，好教他们装善才龙女，也好教他们装金童玉女。旁人再想找寻这么一对，恐怕没有了。"汉子点头笑道："我不也是这般想吗？我正在着急下月初十襄阳府的寿期，我们装善才童子的身材年纪太大了，扮出来不好看，难得这小子送上门来，真是天赐的，你赶紧教练他吧。"妇人答应着，起身从桌上倒了一杯茶，送给曾服筹道："你吃了饭不曾喝茶，大约有点儿口渴了，且喝了这杯茶，我有话对你说。"

曾服筹眼看了这种不伦不类的情形，耳听了这些不伦不类的言语，心里也觉得这里不是好所在。但自头顶被这汉子抚摸后，举动言语都丝毫不能自主，妇人的茶送到口边，不知不觉的张口便喝，只是喝下这茶之后，心里倒明白了，也能自由行动了。妇人和颜悦色的握着他的手到床沿坐下，问道："你姓什么，怎么这一点点年纪，就独自出来讨饭？"曾服筹将在门外答汉子的话，复说了一遍。妇人点头道："我们也是要到桃源县去的，不过此去桃源县很远，须走一两个月方能走到。我们一定把你带到桃源县，送到你亲戚家。但是你在路上，吃我们的，住我们的，就得听我们的吩咐，不许违拗。我欢喜你，还可以做几件新衣服给你穿。我们是在江湖上卖艺的，到处可以卖钱。你于今跟我们走，我也教你一些技艺，你学会了，如今能帮我们赚钱；将来你到了桃源之后，自己有了这些技艺，也好赚钱吃饭的。"说时，他随手指着小女孩道："她是我的女儿，名叫小翠子，今年八岁了，已学会了好几样技艺。无论去什么地方，用不着盘缠，随意耍几样把戏给人看，就能赚钱吃饭歇店，不至和你一样沿门托钵，羞辱煞人。"

　　曾服筹听了，很高兴的望着小翠子，问道："你学会了几样什么技艺？"小翠子笑道："我会将身子缩小，钻进一个紧口的坛子里去；又会把竹梯子竖在爸爸脚心里，缘梯子上去，在梯子上倒竖起来；又会走软索，并在软索上做倒挂金钩；还会舞刀、打拳。"曾服筹喜笑道："好玩倒是好玩的，但是你的身子怎么可以缩小呢？"小翠子转脸望着妇人，笑道："这是不能随便说给你听的，教会你了，自然知道身子可以缩小。"曾服筹道："钻进去了，又得钻出来么？"小翠子咯咯的笑道："不钻出来，不要在坛子里过一辈子吗？"

　　曾服筹觉得自己问错了话，不由得红了脸，半晌不好意思开口。小翠子却挨近身，问道："你是男子，为什么也学女子的样穿破耳朵，带这么一只耳环呢？"曾服筹道："这耳环是从我两三岁的时候就带上了的。因有人说我的左手有断纹，若不穿破左耳，将来是要打死人的。又有人说我小时若不破相，不能养大成人，所以穿破左耳，套上这么一个耳环。"妇人见二人说话很投机，便吩咐道："你们只许在院子里玩耍，不许跑到外面去。"说时伸手在小翠子眉心上戳了一指头，说道："你刚才为什么事挨打，记得么？老娘于今把他交给你，他若跑到外面去了，老娘只剥你的皮！"这一指头戳得小翠子苦着脸又要哭了，妇人举起巴掌一声吆喝，吓得小翠子双手抱头，连忙闪躲不迭。

妇人拖住曾服筹的手问道："你可知道你应该叫我什么？"曾服筹翻眼望着，想了一想，说道："叫你伯妈好么？"妇人只一抬手，耳光早已打下，并恶狠狠的啐了一口，骂道："你见了鬼啊！谁是你的白妈黑妈？老老实实的叫我一声娘，还不知道老娘高兴不高兴应你呢？"这一下耳光，打得曾服筹脸上发烧。可怜曾服筹何尝受过这般凶恶的待遇，只得一面用手摸着被打的脸，一面偷眼看妇人的满脸横肉，都变成了紫色，在很厚的白粉之内，透出紫色的油光来，俨然和猪肝上敷了石灰的一样。连两只眼睛都是紫色的筋纹密布，仿佛喝醉了酒似的。这种形象，在曾服筹的眼里，也是平生第一遭见着，原是要流泪哭泣的，因见小翠子为指头戳的要哭，险些儿又挨几下，也就不敢哭了。

妇人见曾服筹打了不敢哭，怒气好像消了些儿，仍拖住曾服筹的手，改换了和缓的声口，说道："我瞧你这个孩子倒也聪明！你若从此听我和你爸爸的话，我不但不舍得打你，并且给好的你吃，给好的你穿。你瞧这就是你的爸爸，你以后无论在什么地方得叫他爸爸。若有人问你爸爸姓什么，你就说姓武，你从此也要改姓武了，不许你再说姓刘的话。如果乱说，我便打死你，记得么？"

曾服筹见妇人指着那汉子要他叫爹爹，不由得顿时想起自己的父母和义父刘贵来，只痛得心如刀割。但是他生成的聪明机警，心里尽管十二分的不甘愿，然自知此身既落在这般恶党手里，不依遵是难保不真个送了性命，因此只得答应记得。妇人接着道："你记得就叫他一声看看。"曾服筹不敢踌躇，即开口向那汉子叫了声爹爹。汉子似乎很高兴的应了声道："我的好乖儿子！"妇人也笑嘻嘻的将曾服筹搂在怀里，又指着床上三个男子说道："这是你大哥武大，这是你二哥武二，这是你三哥武三，你以后就叫武四。你要知道，你爹爹不是等闲的人，在湖北、河南一带，少有不知道武温泰的。你爹爹的本领，硬软都有。三百多斤的大牯牛，你爹爹和它斗力，高兴要掀翻在地，一点儿不费事的就掀翻了。你生得聪明，我和你爹爹都欢喜你，愿意传授你种种的本领。你若能学得和你爹爹一样，随便到哪里也不愁少了穿吃。"

曾服筹听了这些话，心想：他们说带我到桃源去，却叫我跟他们做儿子；去桃源的话，不待说是骗我的了。不过我于今既落到了他们手里，他们决不肯放我逃走，我即算能悄悄的走脱了，到了桃源县，一时也没有力量去寻仇报复。小翠子说她会舞刀会打拳，我若学会了舞刀打拳，正是将来报仇用得着的，不如且顺从他们，等到我年纪大了些，本领也会了些，再去桃源县报仇，也不为迟。心里如此一想，便不觉得落在匪人手里为可怕了。

原来武温泰是河南人，也会些在江湖上借以糊口的武艺，不知从什么人又学会了些法术。他这老婆是湖北沔阳人，姓周，小时候名叫芙蓉。十七八岁的时分，喜着白衣裳，专靠打九子鞭、唱小曲子，沿街乞食，沔阳人替她取个绰号叫白蛇精。因那年沔阳收成荒歉，全州的人都分散去各邻省、各府县逃荒，周芙蓉便逃到了河南境内，凑巧遇见武温泰，两情相洽，就结合成了夫妇。打九子鞭、唱小曲子这类技艺，单独显演出来，是不大受人欢迎的，每日讨不了多少钱，仅能不至饿死而已。一和武温泰结合起来，夹杂在武温泰所演的各种技艺之内，正所谓相得益彰了。

他那三个儿子虽没一个是他们亲生的，也不是拐骗得来的，都是逃荒的因自身且不能养活，将小孩遗弃在路上，不顾而去，他夫妻见着了，就收养做儿子的。像这种残酷的事，不但在数十年前的荒歉年中常有，就是现在天灾人祸最烈的地方，也到处有遗弃的小儿女。唯有小翠子是他夫妻亲生的女儿。因他夫妻都是生成的下流种子，性情粗暴，两人心里虽极痛爱这个女儿，待遇却甚凶横，稍不听话，总是开口就骂，动手就打。勒令小翠子练习武艺，及各种当众显演讨钱的技术，都非常认真。所以小翠子的年龄虽只八九岁，到各地显演技艺，极能受人欢迎。

许多官宦世家有喜庆事件的时候，预先约定武温泰去演种种技艺，给众宾客赏鉴。一般人都称武温泰这团体为武家班。这回也是因华容地方，有个绅士人家娶媳妇，特地约了武家班前来凑热闹的。这日喜期已经过了，武温泰正打算次日带了班底到湖北去的，想不到遇了曾服筹。他这团体寄寓在这家饭店的后院，一间又小又矮的房子里，曾服筹坐在大门外乞食，原不容易遇着，只因小翠子走到前面来添饭，正看见饭店里伙计在门口骂曾服筹。曾服筹面貌本来生得异常俊秀，在小翠子的眼中看了，不知不觉，就发生了一种最纯洁的怜爱之心。也不假思索，便将手中添了待自己吃的一碗饭，送给曾服筹吃。若将饭交给曾服筹之后，就回身到里面去了，武温泰便不至无端跑到大门外。曾服筹吃了饭就走，也没有这种不幸的遭际。小翠子偏要立在旁边，看着曾服筹吃。武温泰见小翠子添饭许久不来，他夫妇恐怕小女孩子，在生疏地方容易走失，所以跑出来探看，于是曾服筹就交了不幸的运了。

次日，武温泰夫妇带了曾服筹及一干人，离了华容的饭店，一路向湖北走来。白天按着程途行路，黄昏落店，就传授曾服筹的技艺。任凭曾服筹又聪明又好学，无奈武温泰所传授的技艺，都是使身体上极感受痛苦的。第一次就拿出一个斛桶，放在地下，叫曾服筹的身体向后仰转来，后脑与脚跟相连，用双手抱住自己的大腿，由武温泰用木棍拦腰挑起，纳入斛桶之内。尽管年轻人身体柔软，然一时何能柔软到这一步？做得不好，木棍便立时没头没脑的打下来了。还有与小翠子同做的种种把戏，小翠子是曾经练习过的，曾服筹初学的人，自然记了这样，忘了那样，不能和小翠子一样熟悉。武温泰脾气暴躁，稍不如意，便是一顿打。好在曾服筹生性聪明，身体更活泼，种种凭人力做的把戏，费不了多少工夫便学会了。一路行行歇歇，遇着人多的市镇，也临时择一处公共的场所，奏演些技艺讨钱；不过奏演的时候，武温泰和周芙蓉最居重要，余人只配配角色而已，并不叫曾服筹出场。每奏演一次，也能收集一二串钱，足敷沿途的路费。

这般忽行忽止的，约莫经过了二三十日，才走到一处很繁盛的城市。一行人在一家小客栈里住了，曾服筹独自立在房门外，向街上望着，心想：此地必已是桃源县了。我实在没有亲戚住在这里，他们若问我亲戚的居处，要亲自将我送到亲戚家去，我却怎生办法呢？曾服筹心里正在踌躇，小翠子忽走近身来，说道："爹爹做了一套新衣给你，也做了一套给我，你曾看见么？"曾服筹摇头道："我没有看见，为什么到了这里，还做新衣给我？"小翠子道："你不相信吗？爹爹曾说过好几次，说你身上的衣服太龌龊不堪了，走出去简直是一个小叫化。到别处还不要紧，就是到刘知府那里去庆寿，若衣服太不像个样子，把戏就玩得好，也讨不了赏钱。你知道你就在这里要出场了么？"

曾服筹听了，愕然问道："要我出什么场？"小翠子道："我听得爹爹说，这地方叫湖北襄阳府。襄阳府的刘大老爷，从明日起庆寿三天，我们巴巴的赶到这里来，就是为要给刘大老爷庆寿。你一路学会了的把戏，这一回，一件一件都得使出来。做官的人看了高兴，是有赏的，赏起来不是整两的银子，便是整串的钱，比在街上玩的好多了。"曾服筹听了这些话，心里不由得有些着急起来，翻起两眼望着小翠子，只是作怪。

曾服筹自从与武温泰见面，经武温泰伸手，在他头顶上抚摸了一下之后，心里时常糊里糊涂的。即偶然明白一时半刻，思量思量他自己的身世，才一觉得着急，便不因不由的忽然忘乎其所以然了。寻常未成年孩童的脑力，本来多有不能继续使用的，唯曾服筹不然。在通城读书的时候，他的心思记忆力，已和成年人一样。经武温泰抚摸了那一下，每日总有几次神智不清的时候，对于自己身世，记忆力也渐渐薄弱了。这时正翻起两眼望着小翠子，小翠子看了这神气，也莫名其妙。正待问时，只见武温泰走过来，举手在曾服筹头上拍了一下道："你这小子心里须明白点儿，你吃我的、穿我的，我还传授你许多技艺，你心里若不思量，应如何好好的报答我，便是没天良的东西，永远不能讨昌盛的了。知道了么？"这几句话一到曾服筹耳里，就仿佛受了军令的一般，口里连声答应知道了，心里真个觉得是应该努力图报。温武泰接着说道："跟我来！我给新衣你穿。"

曾服筹、小翠子同回到房里，周芙蓉拿出两套新衣，给两个孩子穿上，笑道："佛要金装，人要衣装。我们这一对孩子，若长是这般打扮出来，有谁见了不爱？就打起灯笼火把四处寻找，只怕寻遍天下，也寻不出第二对一模一样的来。"武温泰也很得意的笑道："倒像是你我的一对好儿子媳妇，只可惜年纪还小了一点儿。"曾服筹此时已略解人事，当即望了小翠子，又似乎有点儿不好意思，连忙低下头去。小翠子却是毫不理会的样子，只管看着自己身上穿的新衣，嘻嘻的笑。

这夜武温泰督率众人，演习了几场把戏。次日，武温泰对曾服筹说道："我今日带你去见见世面，但是你得听我的话，当众演起把戏来，丝毫不能错乱。你三个哥子挨打的时候，你是曾看见的。出场演得不好，我不会当时就打给人家看。等到收场回来，连皮都得剥下他们的。你从来没出过场，这回是头一次，须得小心仔细。"曾服筹虽在路上挨了无数的打，然武温泰所教给他的把戏，他都已学习得心领神会了，叫他出场，他并不觉得可怕，倒很欣喜的向小翠子说道："我学习的都有你做配角，你我两人在一块儿不离开，我若忘记了，你就在旁边提醒我一句。"

武温泰不顾二人说话，自去督率三个儿子，挑的挑，扛的扛，带了卖

238

解人应用的器具。周芙蓉就率领着曾服筹、小翠子两个，一行人出离了客栈，弯弯曲曲走过了几条街，到一处悬灯结彩的大公馆门首。

武温泰叫众人在门外等着，独自走进大门里面去了。一会儿随着一个跟班模样的人出来，招手叫众人进去。曾服筹一面跟着周芙蓉走，一面看这公馆内的排场，真是富丽堂皇，平生未尝见过这般景象。跟班引一干人到门旁边的一间黑暗、不甚光明的房里，对武温泰说道："你们就在这里等着，听候上头呼唤，不许胡乱跑到外边去。"武温泰慌忙赔笑应是。

不知在这公馆里玩了些什么把戏，下回分解。

第二十三回

曾孝子看花入歧路
刘知府仗义救孤儿

话说武温泰见跟班去后，才转身低声对周芙蓉说道："若不是我临机应变，略知道一点儿诀窍时，我们多远的来这一趟，简直是白跑了。我把庆寿的帖子送到门房里，门房只随便问了我几句，就扬着面孔说道：'各处著名的戏班，以及各种好玩好看的文武杂耍，正愁来得太多了。只有三日工夫，分配不下，谁还要看你们这叫化子把戏？去吧，这里用不着。'我想好容易赶到这里来，并且我们因听得同行中人传说，襄阳府刘大老爷最喜看走索，平时看得高兴，一赏就是三五两，为此才趁这寿期赶来。若连刘大老爷的面都见不着，岂不冤枉？但是许不许我们见面的权，全在这门房手里，我除了巴结他，没有旁的路走。只好忍住性子，向他请了个安道：'这事只求大爷肯拿眼角照顾我们一下，我们就抵得是交上好运了。我原是要买一坛陈绍酒，来孝敬大爷的，无奈一路从乡村地方来，实在买不出好陈绍酒，没得反喝淡了大爷的嘴！这里一点儿敬意，求大爷赏收了，亲自打发人去拣好陈绍酒买一坛吧。'亏我身边早预备了二两银子，当下便掏出来，双手捧上。门房才缓缓的回过脸来，做出没听得的样子，望着我手中，见是用红纸包好了的，大约是看不出有多少，一面故意问道：'这是什么？'一面伸手拈过去掂了一掂，随即换了一副笑容，说道：'这倒用不着你破费，我还不曾问你尊姓大名？'我便把姓名对他说了。他听了，就接着打了个哈哈道：'我道是谁呢？原来是武家有名的班子，你们可进来伺候着，我帮你向上头去说。你肯卖力多玩几套把戏，我包管你有赏号。'说罢，随即叫跟班的找一间偏僻些儿的房子，给我们暂时安顿。你瞧这二两银子的神通有多大！"

周芙蓉道："亏你还得意！我们多远的跑来，钱没赚到手，倒先拿出二两银子来填狗洞。不要反弄到赔本出门，才无趣呢！"武温泰笑道："哪有这种事？我们赔了本，太阳就得从西边出来了。"

　　武温泰一行人在这房里静候了一会儿，忽见那引进来的跟班，走过来对武温泰说道："我们已经替你向上头说过了，上头吩咐就带你上去，有话问你。"武温泰连忙道谢，回头一手牵了曾服筹，一手牵了小翠子，待随着跟班上去。只见那跟班忽低声说道："你同去上头回话，须要留神一点。这地方不比别处，我们老爷的性格，不和寻常做官的人一样。"武温泰笑道："承你的好意，我也曾向人探听了一番。据说刘大老爷的为人，最不喜随口奉承，恭维他老人家如何富贵。不知是不是这么的性格？"

　　跟班摇头道："你探听得不对。我因你是个知情识趣的人，巴不得你能讨我们上头的好，教给你一个诀窍吧！我们老爷不是不喜奉承，只是专喜奉承他晚年能得贵子。我们老爷今年五十岁了，太太没有生育，直到今年才讨了一位姨太太，想得少爷的心思急切。你能对着这点儿意思去奉承，我包管你能讨好。不过你得了好处，不能不饮水思源，把我撇掉。"武温泰抱拳打拱，说道："我岂是这种不识好歹的人！谢你好意，我理会得了。"跟班将武温泰引出来。曾服筹没有见过像这样庄严富贵的所在，不知不觉的抬着头东张西看。一路经过了两进厅堂甬道，走进一个圆洞门，乃是一所很大的花园。曾服筹看了园中花木山石的清幽、庭榭楼台的华美，俨然身入画图，好不欢欣雀跃，登时把自己的遭际境遇都忘了。

　　武温泰原是牵着他手同走的，因经过甬道的时候，将手放了。曾服筹跟到园中一所房屋的阶檐下，见有一个像管家模样的人，出来问武温泰的话。趁此时机，就跑到花盆旁边去看，并招手叫小翠子同去。小翠子毕竟从出娘胎就受拘束惯了，胆小不敢乱走，但是也不敢阻拦曾服筹，以为曾服筹到花盆旁边看看就来，武温泰是不会知道的。谁知曾服筹一到花丛中，观得一草一木、一花一石，无在不可流连赏玩。他在通城也读了几卷书在肚里，胸襟眼界自和寻常人有别，既到了这种清幽高洁的所在，心中正高兴得忘乎其所以然了，如何舍得了游观一会儿就走呢？当时也没想到倘被武温泰知道了，必免不了有一顿苦吃，竟安闲自在的穿假山、过石洞，欣赏园中各种景物去了。

　　这个出来与武温泰谈话的，果是刘府管事的人，问了武温泰许多话。武温泰回头一看曾服筹不见了，忙向身边找寻了几眼，问小翠子道："你四哥呢，跑到哪里去了？"小翠子怕受责骂，不敢说看见曾服筹招他同去看花的话，只得装做不知道的样子说："刚才还站在爹爹身边的。"随说，随指着曾服筹最初看的那花盆道："多半是到花盆那边小解去了。"

武温泰夫妇一向喊曾服筹为小四，此时武温泰听了小翠子的话，即抬头向指着的所在，望了一望，随即高声喊小四。刚刚喊了一声，管事的便放了脸来，喝道："这是什么地方？许你这么高喉咙大嗓子的叫唤吗？小四是个什么东西，我出来和你谈了这么久的话，就只看见你与这个丫头，并没有看见第三个人，你去外边寻找吧！这里没有。"武温泰急得向管事的作揖赔笑道："小四是我第四个儿子，实在是我带他一同进花园的，我并且还牵着他的手走了一会儿。"随指着那跟班，说道："不信请问他。"跟班摇头道："我在前头走，你们在后面跟着，倒不曾留心你们是几个人同进花园的。"

武温泰更着急起来，却又不敢对管事的和跟班，说什么无理的话，只圆睁着两眼骂小翠子道："你是个死东西么？怎么……"以下的话，还没有说出口，管事的顺手就照准武温泰脸上，一巴掌打下，骂道："混账忘八蛋！你知道这里是什么地方，今日是什么时候，你也敢死呀活呀的乱放屁！"论武温泰的武艺不难闪过一边，使管事的巴掌打不到他脸上。但是这时是最专制的时代，下流人到了官宦人家，无论如何被欺负、被凌辱，是不敢稍存反抗之念的。唯有伸长脖子听凭管事的打下，打了还不敢不使出笑脸来赔罪道："是我不该乱说，求师爷息怒，许我在园里寻找寻找。"

管事的显然严厉的神气，说道："你以为我这里隐藏了你的人么？我分明只看见你和这毛丫头两个，怎么忽然说有一个人，进了花园不见了，这园里岂能容你乱跑？你试听听那边锣鼓喧天，笙歌嘹亮，是做什么事？满城的绅士和大小官员，都在这园里庆寿看堂戏，若是你真有个儿子到了这花园里不见了，这还了得！连我们在园中伺候的人都得受处分。"

武温泰听假山那边果是十分热闹，并不断的有衣冠齐楚的人，从假山上来往，心里更怕曾服筹胡行乱走的，撞了祸连累自己。慌得向管事的跪下来，叩了个头，哀求道："我怎敢说假话，我那小畜生确是糊涂可恶，倘若因他在花园里乱跑犯了罪，千万求师爷饶了我，尽管办那孽畜。"管事的见真个有人走进花园不见了，也不免有些着慌起来，问道："你这儿子有多大了？"武温泰道："有十二三岁了。"管事的一面提脚向园里走，一面说道："你的儿子，还怕不完全是一个小痞子模样。平日倒不甚要紧，今日忽见个小痞子走进这里来，还成个什么体统！你来，我带你去找寻吧。"

武温泰此时的一颗心，真是十五只吊桶打水，七上八下，既怕曾服筹乱跑撞祸，又怕跑得不见了。在这里面不敢仔细寻见，诚惶诚恐的率同小翠子跟着管事的，先在园中偏僻之处寻了一会儿，没有。管事的发出埋怨的声口，说道："你这儿子也真不是个好东西！大约是看见到这里来庆寿的都是润客，打算混在中间，好顺便快跑剪绺，那就是自讨苦吃，没有轻易饶恕的了。"武温泰是个粗人，哪里知道曾服筹的胸襟性格，听了管事的言语，以为确是可虑的事，恨不得抓住曾服筹毒打一顿，以泄心头的愤气。

管事的刚引武温泰穿过一带假山，只见迎面来了一人。管事的正待问那人的话，那人已看了武温泰一眼，先开口说道："老爷正打发我来找周师爷，问周师爷是不是叫了一班走索玩把戏的？"管事的答道："才叫来没一会儿，老爷怎么知道的？"那人道："怎么知道的却没听说，老爷只吩咐我对周师爷说，若是叫了玩把戏的，叫周师爷就带上去。多半是老爷不高兴听戏了，想看看玩把戏。"管事的也不答话，将武温泰引进一所庭院。

武温泰看外面坐着、立着当差的人很多，料知在里面听戏的，必尽是达官贵人，便不敢抬头乱看。紧牵着小翠子的手，相随管事的走到一处排列了无数酒席，非常热闹的大厅里。见管事的停步对人说话，才敢偷眼看时，原来是大厅的上头，单独摆了一席，正中太师椅上，端坐着一个身材魁伟、仪表堂皇、满颔花白胡须的人。椅旁站着一个小孩，这小孩不是别人，正是武温泰悬心吊胆，怕他撞祸的曾服筹。留神看曾服筹的神气，一点儿不缩瑟畏惧，不像是曾撞了祸的，一颗心不由得安放了许多。

管事的回过了几句话，即闪身站在椅后。武温泰到官人家玩把戏，不止一次，照例的礼节是知道的。当下他逆料这个巍然高坐的必是刘知府，见管事的让开了，即上前叩头。小翠子受惯了这种教育，也跟着叩头。刘知府开口问道："你就是会玩把戏的。姓什么，叫什么名字？"武温泰跪着答应了。刘知府道："你起来看，这是什么人？"武温泰起来，见刘知府指着曾服筹，武温泰答道："这是小人第四个犬子。因在乡村地方生长，不曾见过这么好看的花园，小人带他进园来，在和这位师爷说话的时候，没留心看管他。不知道他怎的一眨眼，就大胆跑到这里来了。"刘知府点了点头，一手捻着胡须，问道："你共有几个儿子？"武温泰答道："四个儿子。"刘知府又问道："还有三个儿子做什么，此刻都在哪里？"武温泰道："都是由小人夫妇带着，同在外面讨饭。此刻都到了公馆里伺候。"

刘知府微笑道："你倒是命好，居然有四个能继承你这种职业的儿子。"说着回头对周师爷道："你就打发人去，传他老婆和三个儿子到这里来。"周师爷应了声是，即时派人去了。刘知府伸手将曾服筹的小手握住，和颜悦色的指点着台上演的戏，从容将戏中情节说给他听。曾服筹纯粹的一片天真，听了可喜的情节，便眉开眼笑；听了可悲的情节，就苦脸愁眉。与刘知府同席的，还有四个须发全白的老头，是特地请了襄阳府境内，年在八十以上的老头，来陪做寿饮酒作乐的。这是当时襄阳府的风俗如此，刘知府也觉得这办法很吉利，所以访求这四个老头同席饮食。四个老头也都是读书人，见这个玩把戏的小孩，生得如此聪明伶俐，刘知府非常宠爱，便大家盘问曾服筹的话。曾服筹吐属文雅，应对裕如，不由得四老头不惊奇称赞。

刘知府听了益发高兴，不住的举眼望着出入的门口，望了几次忍不住了，又回头问周师爷道："怎的去传那三个儿子的，还不来回话？"周师爷只得又打发当差的去催。武温泰看了这些情形，不但知道没有祸事可以放心，并且料想这次所得的赏封必不少，暗想刘知府既这么欢喜小四，等一会儿小四玩起把戏来，刘知府是不待说有重赏；就是这厅上许多达官贵人，谁不存心想得刘知府的欢心，一个个多掏出钱来做赏号。这也是我夫妻命该发迹了，才天赐了个这么好的小四给我。

武温泰心里正在这么胡思乱想，只见周师爷打发去的两人，带着周芙蓉并那三个踉蹡男子来了。武温泰忙着叫周芙蓉等对刘知府叩头，刘知府挥手说道："不要麻烦这些虚套。且问你，这三个人也是你的儿子么？"武温泰应是。刘知府向三人打量了一会儿，只打量得三人低头缩颈，好像手脚都不好怎生安放的样子。刘知府紧蹙着两道花白眉毛，将头缓缓的摇了几下，又低头在曾服筹身上打量，随向四个老头笑道："鸡伏鹄卵，鹄不为雏。"四老头都点头微笑。武温泰听不出说的什么，以为是自己站的地方离远了，听不清晰，看小四脸上露出欢笑的颜色，猜度必是称赞小四的话。

刘知府举杯劝四老头喝酒，自己却端起一杯酒，问曾服筹道："你能喝酒么？能喝就喝了这一杯。"武温泰慌忙过来打揖道："谢大老爷的恩！小犬不能喝酒，喝了酒便不能伺候大老爷了。"刘知府正色叱道："胡说！谁叫你多嘴？"叱得武温泰不敢作声了。曾服筹双手接着酒杯，将酒喝了。武温泰急得望着他横眼睛，等到曾服筹看见时，酒已喝下肚了。刘知府低头饮酒谈话，没一句提到武温泰玩把戏的话。武温泰一干人直挺挺的立着，不敢催，又不敢走。好容易等到台上的戏已停锣了，刘知府才对周师爷说道："你带他们到台上去，拣好看的把戏玩几套。"说罢向曾服筹道："你也上去玩，玩得好时，我重重的赏你。"曾服筹这才走到武温泰跟前，一同到戏台里面装扮去了，没一会儿登台。

曾服筹是初学第一次出演的人，所演的不待说都极平常。但是刘知府张开口望着欢笑，接二连三的叫左右掼赏封过去，并由刘知府亲自开口叫众宾客多赏。众宾客自然逢迎刘知府的意思，有钱的多赏，无钱的少赏。两三套把戏玩下来，台上的赏封又堆积了无数。刘知府忽传话不要再玩了，仍把一干人带上来。武温泰打算自己还有几套惊人把戏，留在最后可望多得赏，谁知只玩了小四一个人。封虽得得不少，然总觉得真能讨好的没施展出来，以致还有些赏封得不着，不免可惜。然而上头传出来的话，不敢违拗，只得率领众人，回到刘知府跟前谢赏，复向众宾客谢了赏。

刘知府吩咐左右道："暂时不用唱戏，也不要换旁的热闹花头，大家且清静一会儿再说。"左右照这话传出去了，果然即时内外寂静。刘知府招手叫曾服筹过来，仍握着他的小手，问武温泰道："他是你第四个儿子么？"武温泰应是。刘知府道："他今年几岁了，哪年哪月哪日哪时生的？"武温泰没准备有人这么问，只得临时捏造了个年月日时说了。刘知府又问在什么地方生的，武温泰道："小人夫妻出门讨饭已有十几年，没有一定的住所，东西南北随遇而安，这四小犬是在湖南桃源生的。"刘知府道："生了他以后，在桃源住了多久呢？"武温泰道："事隔多年，时日虽记不甚清楚，只是小人并无产业在桃源，住不上半年几个月又走了。"

刘知府道："你们到过通城么？"武温泰见问得这般详细，禁不住心里有些慌了，勉强镇定着答道："通城是到过的。"刘知府道："你哪年到通城？"武温泰道："也记不仔细了，大约在五六年前。"刘知府道："你们在通城住了多久？"武温泰道："热闹繁华的地方，小人讨饭容易，便多住些

245

时。通城不算热闹繁华，至多不过住十天半月，就得移动。"刘知府点头笑道："你曾读书认识字么？"武温泰见问的多是闲话，又觉放心了一点，便又答道："小人从小就学的卖艺，不曾读过书，不认识字。"刘知府道："你几个儿子也都和你一样没读书，不认识字么？"武温泰笑道："小人和叫化子差不多的人，终年在外面讨饭度命，哪里有钱送儿子读书？并且小人四个儿子，只小四还生得伶俐一点儿，本来打算送他读两年书，开开眼睛。无奈小人既没有一定的居处，又没有余钱，他母亲更把他看得宝贝似的，不舍得片刻离开，因此不能送他读书。"

刘知府道："定要读书，才认识字吗？"武温泰道："小人不识字，就是因为没读书。"刘知府指着曾服筹道："然则你这个儿子，何以不读书却能识字，并识得很多呢？"武温泰被这句话问得愕然，不知应该如何回答了。原来武温泰一干人都是不曾读过书的，大家一字不识，虽一向将曾服筹带在身边，冒称自己的儿子。然以为曾服筹年龄幼稚，必也是不曾读书的，又没有使曾服筹可以表示曾读书的机会，想不到刘知府会问出这些话来，只得咬紧牙关，答道："犬子并不识字。"刘知府忽然沉下脸，叱道："放屁！好混账东西！还在这里犬子犬子，究竟谁是你的犬子？你知道他姓什么，你从什么地方拐带来的？老实供出来，本府倒可以法外施仁，从轻发落。"武温泰听了这话，真如巨雷轰顶，顿时惊得颜色改变，慌忙跪下去说道："确是小人的第四个儿子，怎敢拐带人家的小孩？"

刘知府不待他再往下申辩，即厉声叱道："你这混账东西！还敢在本府面前狡辩吗？本府不拿出证据来，料你是不肯招认的。你说他是你的亲生儿子，又说在通城没住过多少时日，何以你说话是河南口音，他说话却是通城口音？你说不曾送他读书，何以他五经都读过了，并且会做文章？本府今日做寿，原不愿意动刑，你这东西若再狡辩，也就顾不得了。"

武温泰见刘知府这么说，知道抵赖不过了。但是心想若照实招认，不仅失却了一个弄钱的好帮手，说不定还要受拐带的处分，一时只急得如热锅上蚂蚁，走投无路。周芙蓉在旁也急起来了，双膝一跪就哭道："分明是我自己亲生的儿子，凭什么硬说我是拐带来的？"管事的和跟随见周芙蓉哭泣，大家不约而同的一迭连声呵叱。刘知府即向跟随喝道："取拶子来！"跟随的一声答应，立刻将拶子取出来了。

刘知府喝问周芙蓉道："你是武温泰的老婆么？"周芙蓉应了声是，接着说道："这个小四子，是我亲生的第四个儿子。虽不曾规规矩矩的送他读过书，我因他从小生得聪明，我有个堂老兄是读书进了学的，时常到我这里来。他每次来了，我就求他教小四子的书，是这般已有好几年了，所以小四子于今能识字。我那堂老兄曾在通城住过二十多年，满口的通城话，就是读书也是通城的字音，小孩子容易改变口音，因此小四子也学了一口通城话。"刘知府听了冷笑道："好刁狡的妇人！居然能信口说出个道理来。本府且问你，你这小四子是个男孩，为什么也将他的耳朵穿破，套上这个耳环？"周芙蓉道："因他在两三岁的时候，有人看他的相，说他非破相养不成人。我夫妻恐怕他将来破了相不好看，更怕他不长命，就问那看相的有什么法子可以避了？看相的叫我穿他一只左耳，套上耳环。男子原不能穿耳的，穿了耳便算是破了相了，为此才把他的耳朵穿了。"刘知府点头问道："这耳环是从哪里得来的？"周芙蓉道："那时我夫妻穷苦得厉害，休说金耳环、银耳环买不起，连仿佛像银子的云白铜也买不起。凑巧邻居有一家铁铺，只花了十多文钱，就定打了这一只环子。看相的说将来过了十六岁，已成了大人，便可以除下不要了。"

刘知府伸手就桌上一拍，喝道："住嘴！这下看你还有什么话可狡赖？你见这耳环是黑色，就以为是铁打的。你原来是穷家小户出身的人，不认识这东西，本也难怪。"说时，伸手从曾服筹耳朵上取了下来，扬给周芙蓉看道："你见过这般好看的铁么？说给你听吧，这耳环是乌金的。你说他是你亲生的儿子，片刻不能离左右，怎么连他耳上带的耳环，都不认识是金是铁呢？还不照实供出来，是从什么地方拐带来的？"周芙蓉心想：事已到了这一步，丢了小四子尚在其次，这拐带的罪名，如何承当得起？好在小四子并没有父母，谁也不能证明我们确是拐带来的，这口供放松不得。周芙蓉生性本极刁狡，想罢即接口辩道："我原是穷家小户出身的人，不认识是金是铁。这耳环虽是在邻居铁店里打的，但是铁店老板曾说过，这耳环是他家里现成的，不是临时打的，大约铁店老板也不认识乌金，所以照铁价卖给我。总之，我亲生的儿子，不能因我不识耳环，就变成了拐带。"

刘知府哼了一声道："好刁狡的妇人！不叫你受一点儿苦楚，你如何肯自认拐带？"说罢，目顾站在身旁的跟随，道："把拶子给她上起来。"跟随一声应是，即有两个走到周芙蓉面前，喝令跪下，一人拖出她的手

247

来，一人将拶子上了，等候刘知府的吩咐。刘知府道："你好好的招认了吧，像这般情真罪实，还由得你狡赖吗？你只想想，本府是进士出身的人，岂不知道读书的事？休说你这种妇人和武温泰，生不出这么好的读书儿子；即令有这么好的儿子，若非专送他读三五年书，何能将五经读了，并且文章成篇？你在这时候招认出来，本府念你们无知，不难开脱你们一条活路。若还执迷狡赖，本府也不愁你们不照实招认，到那时候就休想本府容情轻恕了。"

武温泰不及周芙蓉有主意，不敢开口。周芙蓉到这时，也没有话可狡辩了，只喊冤枉。刘知府见不肯招认，只得喝道："拶起来，加紧拶起来！"跟随应声将拶子一紧，真是十指连心痛，只痛得周芙蓉哎哟哎哟的大叫，叫时还夹着喊冤枉。刘知府不住的往桌上拍着手掌催刑，直拶得周芙蓉发昏，哪里熬受得了，只得喊："招了招了。"刘知府便叫松了刑。

周芙蓉望了望曾服筹，又望了望武温泰，只管捧着被拶的手哭泣。刘知府喝问道："还不打算招么？"武温泰捣蒜也似的叩头道："小人愿依实招认了。"当即将在饭店门口遇曾服筹的话招认了，道："并非小人敢做拐带，想顺便拉他做个好帮手是实。"刘知府问道："你拿什么东西给他吃了？使他心里忽而明白，忽而糊涂。"武温泰道："这是小人怕他向人露出真情，在收来做儿子的时候，给符水他喝了。若是别人喝了小人的符水，非经小人再用符水解救，永远没有清醒的时候。这孩子不知是什么道理，不与平常人相同，只一时一时的糊涂，他心里不想遇小人时分的情景，是一切都明白的。"

刘知府点头道："怪道本府问他书卷里头的话，他能一一对答，一问到他身世，顿时就和呆子一样。你既是这般收他做儿子的，情罪自比拐带的轻些，本府可以从轻发落。你且将他解救清醒了，本府好问他的话。"武温泰向跟随的要了碗凉水，立起身，左手捏诀托住碗底，右手向碗中乱画，口里念念有词，不一会儿画好了，由跟随的送给曾服筹喝下。

欲知喝了以后怎生模样，且待下回分解。

第二十四回

习艺深宵园林来武士
踏青上巳山洞遇奇人

话说邪术也是不可思议，曾服筹才喝下这水，顿时觉得心境开朗，即对刘知府叩头说道："蒙大老爷的恩典，把我提拔出了陷坑。我父母都已去世了，情愿在这里一生伺候大老爷。这武温泰夫妇虽非良善之人，但我非他们不能亲近大老爷，并且从通城到此，一路供给我衣食无缺，我得恳求大老爷不处罚他们。"

刘知府含笑拉了曾服筹起来，说道："你既替他们恳求，本府就看你的小面子，这遭饶恕了他们。"遂回头对武温泰道："你们听得么？你们真好糊涂！你们自问有多大的福命，能享受这么好的一个儿子？你们是这般用妖法迷了人，带到各地骗钱，到本府面前，还敢一口咬定是亲生儿子，情罪与拐带有何分别？幸亏他是遇了本府，若在别处，谁也不容易追问个水落石出。于今你已照实供出来了，你可知道本府何以能断定，他不是你们的亲生儿子？这孩子在十年前就到了通城，他到通城没几日，便遭官司到县衙里。那时做通城县的就是本府，本府因见他生得聪明可爱，将他抱在手上，抚摸了许久，那时就想留他在衙门里教养，无奈他父亲不肯。他父亲虽也是一个不读书的人，然为人朴实忠厚，应该有这般好儿子。本府在那时因曾将他抱在怀里，这耳环已很留意的看了几遍。近十年来，凡是遇见带耳环的男孩子，总得想到他身上去。后来本府离了通城，会见从通城来的人，还时打听刘家豆腐店的消息。因他与本府同姓，所以不曾把他的姓氏忘记。直到三年前本府改了省，才无从打听他家的消息了。刚才他忽然跑到戏台旁边看戏，当差的想赶他出去，他抱住桌脚不肯走。本府因听得当差的在下边吆喝他，偶然立起身看是为什么？凑巧一眼就看见了这光彩夺目的黑耳环，又见他生得这般清秀，顿时触发了在通城的事，因此才传他上来问话。寻常的话，他都能好好的回答；只问到他的身世，他就翻起一双白眼，如呆子一般。本府便料定其中必有缘故，谁知是你们这班恶贼，忍心害理的将他弄成这个模样！这种行为，实在使人气愤。"

刘知府旋道旋怒气不息的，吩咐左右跟随的道："且把这班东西带下去看管起来，过了这几天寿期再办。"跟随的即将温泰夫妇和子女，推的推、拉的拉，一同拥出去了。刘知府吩咐演戏的重新演唱，改换了一副和悦的面孔，拉着曾服筹的手，说道："你愿意就在我这里，图个读书上进之路么？你须知我五十岁没有儿子，得有你这么一个资质好的孩子在身边，心里是很快活的啊！"

曾服筹本是极聪明伶俐的孩子，最能识人心意，当即伶牙俐齿的回道："今日承你老人家提拔出了苦海，直是恩同再造。你老人家若不嫌微贱……"以下的话还不曾说出，同席的四个老年人同时笑道："好造化，就趁此时拜认了吧！"曾服筹真个跪下去，拜认刘曦做了父亲。

众贺客都是逢迎刘知府的，当然一体奉觞称贺。刘知府当即替曾服筹改姓名叫做刘恪，从此曾服筹就变成刘恪了。既做了刘知府的儿子，凡是与刘知府有戚族关系的人，不待说都一一拜认称呼，这些情形，都无须烦叙。刘府内外上下的人，一则因这个新少爷是老爷钟爱的人，二则因刘恪的言谈举动，不慢不骄，温文偶悦，没有一个不喜欢亲近。

三日寿期过了，刘知府坐堂，提武温泰责打了一顿，告诫了一番，才从宽开释了。武温泰失了一个假子，挨了一顿打，却因假子得了不少的赏银，仍率领着妻了女儿，自往别处卖解去了。

刘知府因刘恪，正在少年应加功读书的时候，不能因循荒废；襄阳府又是冲繁的缺，自己抽不出时间来教诲。只得在襄阳府物色了一个姓贺的老举人，充当西席，专教刘恪读书。这位贺先生，年纪虽有六七十岁了，精神身体倒很健朗。读了一满肚皮的书，文章诗赋，件件当行出色。只是除了读书做文章而外，人情世故一点儿不知道。刘知府存心要刘恪做科举功夫，好从科甲正途出身，所以特地请这么一个人物当西席。

刘恪的天分虽高，无论哪种学问都容易有进境，但他自从刘贵死后，心中报仇之念，时刻不忘。至于取科名、图仕进，在少年人心目中，委实没拿他当一回事。表面上不得不顺从刘知府和贺先生的读法，心里总觉得自身的仇恨，若待科名发达，做了大官再图报复，只怕朱宗琪不能等待，早已寿终正寝了。并且他知道自身的仇，只好在暗中报复，谋逆的案子，既不能平反，便有势力，也不能彰明报复。既不能将朱宗琪明正典刑，即算科名成就，也是枉然，何况科名成就，不是计日可待的事呢。

他心里是这般思想，却又不能向人申诉。白天在贺先生跟前读书，夜间必趁着没人看见的时候，在花园里练拳脚。他的拳脚是武温泰传授的，虽是江湖卖艺的功夫，然在他的心目中，以为这种武艺练好了，是足够报仇时应用的。精诚所至，金石为开。世间的事，实有不可思议的。刘恪趁黑夜练拳，刘家内外上下数十口人，并贺先生皆不知道，倒惊动了一个远在天涯海角的人。

这夜是九月下旬天气，月光出得很迟。刘恪等到全家人都深入睡乡了，才轻轻的从床上起来，到花园中照常练习。此时的月光也刚从地面向上升起不久，园中花木之影都平铺在地下。刘恪也没有心情来赏玩这种清幽的景物，就拣离围墙不远的一块空地，挥拳踢腿的练习起来。他曾听武温泰，在传授他拳脚的时候说道："拳脚总要练习的次数多，方能应用。练拳的有一句常不离口的话道：拳打一千，身手自然。"他便牢记了这句话在心，不敢偷懒。每夜打到精疲力竭，还是翻来覆去的打几次，打到两脚一扭一劣的，才肯回房歇息。

这一夜，一口气约莫打过十多次了，正待就花台石上坐下来休息休息，忽耳里听得有人叹息着说道："可惜了！白费气力。是这般练，一辈子也练不成好手。"刘恪听得明白，不由得心里一惊，暗想：不好了，只要家里有一个人看见，一定会弄得全家都知道，以后便练不成了。小孩子心理，一害怕有人知道，登时就想躲避。以为叹息说话的必是家里的师爷们，也不敢看明是哪个，恐怕见了面谈了话，更不好抵赖。当即将腰一弯，低头便向自己睡房里逃跑。

谁知才跑了两步，不提防一头撞着一件软东西；知道是撞着了人，更吃了一惊，只得勉强镇定着。伸腰抬头看时，从墙头射过来的月光正照在这人脸上，一看是个五十多岁的汉子，并不是认识的师爷们。只见这人生得浓眉巨目，伟岸非常，笑容满面的张开两手挡住去路。

刘恪见不是自己家里的人却放心了一点，但是很吃惊这个一面不相识的人，怎的在这时分独自跑到这花园里来了，即开口问道："你是什么人，无端在黑夜跑进这里来干什么？"这人笑着摇手道："你不用问我是什么人，也不用问我是来干什么事的。我且问你，你是一个当少爷的人，既想练武艺，为何不延聘一个好教师到家里来，在白天好好的练习。如何用得着是这般每夜偷偷摸摸的瞎练？你说出一个道理来，我或许能帮助你，使你得点儿好处。"

刘恪一面听这人说话，一面留神看这人身穿黑色衣服，两脚也缠着黑色裹腿，套着很薄的草鞋，背上还驮了一个包袱，像是出门行远路的样子。刘恪暗想：这园里虽有后门可通外面，只是那后门是终日锁着不开的。我今日还看见门上的铁锁都起了锈，就有锁匙也不容易开动了。四周的围墙一丈多高，墙外不断的有人巡更，这人怎能随便到里面来呢？我记得武温泰夫妇都说过，江湖上多有能飞墙走壁、踏屋瓦如走平地的人，这人只怕就是那一类的好汉了。我的心事虽不能胡乱说给他听，然他若真有武艺教给我，我是不可错过的。遂随便答道："你的话是不错，不过我家里世代书香，家父家母都不欢喜练武，因此我不敢在白天当着家里人练。"

这人点了点头，仍露出踌躇的样子问道："你家里既是都不欢喜武艺，你这一点儿年纪，怎么知道要练武呢？你刚才所练的这种拳脚功夫，又是谁人悄悄传给你的呢？"刘恪心想：这人也太可恶了，偏要问我这行话。好在他心机灵敏，毫不迟疑的答道："我生成欢喜练武，这点拳脚功夫，是我父亲跟前当差的传给我的。你难道每夜到这花园里来，看我练拳吗，怎么知道我每夜是这般瞎练？"这人摇头道："我并不曾到园这里，只因我每夜在这时候走墙外经过，隐约听得有人在园里练习拳脚的声音。初次听得也不在意，到今夜已是连听几次了，忍不住才跳过墙来看看。因见你年纪虽小，练拳脚却肯用苦功夫。只可惜你不得高人传授，练得完全是江湖卖艺，中看不中用的花架子，所以说了那几句话。像你这样小小的年纪，就知道欢喜武艺，夜深如此用功，实为难得。我倒愿意传你一点儿真材实学，你肯相信我，跟我学习么？"

刘恪自从经过武温泰那次拐骗，受了许多侮辱，也略略的知道些人情险恶，世道艰难了。见了这个人太奇怪，看不出是一种什么人，一时不敢如何回答。这人见刘恪低头不作声，似乎已知道是心存畏惧，随伸手拉了刘恪的手，就花台石坐下，说道："我有武艺，岂愁没有徒弟传授？并且即算一生不传徒弟，于我的武艺又有什么损坏呢？你要知道，我不是因你是刘知府的大少爷，特来巴结你，找着你教武艺。我教你的武艺，也不要你的师傅钱。你若恐怕你父母及家里人知道，我白天并不到你家来，你横竖每夜是要来这里练拳的，我也每夜在这里传授你，不使你家里有一个人知道。你以为如何呢？"

刘恪笑道："好可是很好！但是你贵姓，住在哪里？我都不知道。你传我的武艺，又不要我出师傅钱，我怎么好意思叫你每夜到这里来传授我呢？"这人也笑道："你这话太客气了。我的姓名住处，此时实在不便说给你听，你听了也不知道。我若不愿意教你，你就向我哀求，我也不会拿功夫传授你。你如果前怕龙、后怕虎，算我看错了人，听凭你去瞎练，原不与我相干。想学武艺，就得听我的吩咐，以后除了武艺之内的话，一切都不许你问我。我能向你说的，不待你问，自然会向你说。"

刘恪心想：这人能从这么高的围墙外面，一些儿声息没有，就跳进了花园，可见他实有飞檐走壁的本领。我为要报仇才练拳脚，武温泰自己尚且不能飞走檐壁，他教的拳架子，想必不甚高明，难得有这般一个好汉肯如此成全我，若错过了，岂不可惜！遂对这人说道："就请你教我吧！你虽不问我要师傅钱，我不是不识好歹的人，没有每夜白劳你亲来传授的道理。我有父母在堂，银钱不能自主。承你的好意，情愿传授我，我思量不学便罢，学就得学个完全。即如跳过这么高的围墙，一定要学会了才能跳。我有一件值钱的东西，你能把武艺完全传给我我就拿那件值钱的东西做赞敬。"这人笑着摇头道："不管什么值钱东西，我也不要。我不是这地方的人，于今是来这地方有事，事毕仍得到别处去。这回能在此地停留多久，就教你多久，以后我得便就来看你也使得。"刘恪听了，很高兴的就花台石下拜了师。

从此每夜更深人静，师徒二人就在园里练武。练了两三个月，这人作辞去了，临行吩咐刘恪不间断的练习，约了得便就来。过不到三五个月，果然又来了。是这般忽来忽去的过了一年半，刘恪已在刘知府家里做了两年大少爷了。

这日是三月初二，刘恪见天气晴朗，一时高兴，禀明了刘知府夫妇，要去城外踏青。刘知府派了两名得力的跟随，伺候他去城外游览。这日襄阳城外，游春的、祭墓的行人不少。刘恪自从做了刘知府的儿子，终日埋头书卷，不能轻易出大门游逛，城外更不曾到过。此时到了城外空旷之地，俨然出了樊笼的鸟雀，心里正不知要如何快活快活，方不虚此一游。

只是心里虽这么思想，事实上在乡村之地，除了随处流连山水，领略三春景物而外，一时哪里想得出助人行乐的方法来。在近城之处游观了一会儿，觉得在一条路上来往的男女老少，一个个都很注意他。有的已走过去了，又回过头来向他望望。有的恐怕同行的不曾看见他，交头接耳的对他指手画脚。有的正在走着，一眼看见他了，立时停住脚不走了，呆头呆脑的样子向他看看，好像见了他如见了什么稀奇把戏一般。

刘恪究竟年轻面皮薄，被这些行人盯眉盯眼的，看得实在有些不好意思了。沉下脸对跟随的说道："乡下人真不开眼，同是一个人，至多不过衣服不同一点儿，一个个是这么个望了又望，不是讨厌吗？我们到人少的地方玩去。"跟随的道："越是人少的地方，越是深山僻野。少爷轻易不到外面走动的人，不要到深山僻野的所在，把少爷惊吓了，我们伺候的人担当不起。老爷吩咐过了，叫我们小心伺候着，不许引少爷到山上水边去。请少爷将就一点，随便在这一带近城的地方玩玩，回衙门去吧。下次出来，我们再引少爷走远些。"刘恪道："巴巴的出城来玩，若就在这一带玩玩回去，那又何必出城呢？看热闹吧，这里还不及城里。出城原是玩个清爽，不到山上，不到水边，去哪里找清爽的地方？老爷吩咐虽是这般吩咐，腿生在我自己身上，难道你们不引我去，我便不会走吗？"跟随的自不敢十分违拗。

刘恪曾下苦功练过两年武艺，脚下比一般人轻松。说罢，鼓起兴致往前走。当跟随的人，平日倒是养尊处优惯了，何尝一口气走过多少路。两人跟在刘恪背后，想不到少爷这么会跑路。提起精神追赶，只累得两人都是一身臭汗，各自在心下咒骂道："生成是野杂种、贱骨头，所以两条腿和野兽一样，哪有真正的大少爷像这么会跑的，看他充军也似的冲到哪里去？"刘恪兴高采烈的走着，也不自觉得脚下快，哪里想得到跟随的跟不上，会在背后暗骂？才走了三四里，果见山岭渐渐的多了，行人也不大看见了。有一座山，形势不大，山峰却比一切的山都高。山上树木青翠，有许多鸟雀在树林中飞叫。刘恪看了喜道："我今日特地出城踏青，像这般青山不去登临，未免辜负了芳辰，辜负了胜地！"一时觉着欢喜，也没回头看跟随的人，就转小路朝那山下走去。

已经到了山下，耳里仿佛听得远远的有人高声叫着少爷。刘恪回头看时，已不见两个跟随了，只得伸长了脖子向来路望去。只见两个人都捞起长衣，跑得很吃力的样子。刘恪也高声问道："你们不跟着我走，都跑到哪里去了？倒叫我站在这里等候你们。"两人跑得气喘气急的到了跟前，说道："少爷怪我们不跟着走，不知我们就跑断了两条腿，也跟少爷不上，哪里还敢跑到别处去？一路追上来，越追越看不见少爷了。千万求你老人家，不要再是这么飞跑了吧，我们的腿，实在已跑得如有千万口花针在里面戳得痛。"刘恪诧异道："这就奇了，我何时飞跑过？不过因为心里高兴，出城玩一回不容易，打算多游览些地方回去，比寻常行路，两脚略提得快点儿。你们自己偷懒，不愿意走这么远路罢了，却说我是飞跑。"两人喘着气道："少爷真不怕冤枉了人！我们跑得这般一身臭汗，连气也回不过来，还说我们偷懒，不愿意走远！"一边说，一边低头寻找可坐的地方。

刘恪道："你们还要坐下来歇息吗？我是不耐烦站在这底下，就要到山顶上去看看。"跟随的哪里能再熬住不坐，已就草地坐下来，说道："你老人家定要上山去，我们做下人的如何敢阻挡？不过求你老人家只上去瞧瞧就快下来，不可又跑到别一座山里去了，使我们寻觅不着。少爷从这里上山去，请仍从这条路下山来，我们便坐在这石头上伺候着。"刘恪点头道："你们都和老太爷一样，比我还走不动，倒不如索性坐在这里等的好些。我只到山顶上看看就下来，只是你们却不可又跑开了，反使我来寻觅你们。"跟随的笑道："阿弥陀佛！我们不但不敢跑开，就要我们跑也跑不动了。"刘恪也不回答，即撇下两个跟随的，独自兴高采烈的往山上走。

这山本不甚高峻，一口气便跑上了山岭。看这山巅有一块平地，约有三四丈见方，没有一株树木，连青草都只周围长着，中间好像是不断的有人踩踏，草根被踏死了的一般。不由得心中诧异道："这山的位置很偏僻，四周又没有人家，应该没人时常跑到这山顶上来，何以山顶成了这般一个模样呢？"独立在山顶中间，开眸四望，襄阳城的雉堞，都历历如在眼底。又向各处远望了一阵，他也觉得无甚趣味。偶然低头看东南方的半山腰里，有一株很大的古树，枝叶都像被人用刀截去了，只剩了一株数人合抱不交的正干，带着几根秃头秃脑的桠槎，使人不容易分别是什么树来。再看那树枝截断的所在，截痕有新有旧，他心想：这树也就很奇怪，不是斫伐了作木料，便不应该将所有的树枝都截下来；既把树枝都截下了，却为什么留下这树身，在山里受雨打风吹呢？一面心里这么想，一面举步朝着

255

那枯树走去。越走到切近，越看得清晰。原来这树不但枝叶被截去了，树身上还纵横无数的划了许多刀痕，仿佛蒙了好几层蛛网的一般。五六尺以上的刀痕更深更密，并且每一道刀痕，从上至下的有七八尺长。

刘恪就这株树仔细端详了一会儿，心想：这些刀痕也太稀奇了。姑不问这人为什么要把这株古树劈成这个模样？只就这些刀痕而论，已使人索解不得。像这样几个人合抱不交的大树，树身光滑滑的，丈多高没有枝桠。除了用梯子，谁也不容易缘上去，无端拿刀劈成这个样子。若是立在地下劈的，何以下面没刀痕，反是越高越密呢？兀自思索不出一个道理来，也就懒得久想。随即离开了这株古树，信步向左边走去。忽发现了一条小小的樵径，弯弯曲曲的直通山脚下的道路。刘恪也不在意，以为这是一切山上极普通的情景，料想循着这樵径到山脚下，再由山脚下转到跟随的坐候之处，是没有多远的。

不过刘恪自进府衙之后，轻易不能出来，到野外游赏更是难事。今日偶然得到这山里，觉得一草一石都有细玩的必要，因此一面慢慢的走着，一面远观近察。已走到离山脚不过一二百步远近了，忽见旁边一丛小树，中有几枝正在纷纷的摇动，心里陡吃一惊，便停步向那丛小树不转睛的看着，却又见摇动了，暗想：那里面不是藏着有野兽么，不然怎的这么摇动？

随想随走到小树跟前去，心里十分提防着，恐怕有野兽突然窜出来。伸手将小树拨开，只见一丛茅草，并没有野兽在内。刘恪细看了一看，心中想道：这一丛茅草也来得奇怪，此刻正在春天，各处的茅草多是青绿的，怎么这一丛茅草，枯黄得和冬天的一样呢？他随手折了一根树枝，将茅草拨动。谁知这茅草并没有生根，只一拨动，便跟着树枝挑起来了。不禁喜笑道："这里面多半是一个野鸡巢，必有小野鸡在内。"放下了挑起的茅草，又把余存的挑将起来。这余存的茅草，不挑动倒也罢了，一挑动就不免吓了一跳。茅草之下哪有什么小野鸡，原来底下是一个黑土洞。洞口光滑滑的，确是有什么动物时常从这洞口出入的。

刘恪恐怕有野兽藏在洞里，不敢逼近洞口探看，但又不舍得走开。打算回到那边山下，将两个跟随的叫来，一同设法探这洞里有何野兽。正在这么打算的时候，忽隐隐看见洞里仿佛有一个人头晃动，连忙定睛注视，想不到洞里也有两只神光充足的眼睛，对着刘恪瞬也不瞬一下的望着。刘

256

恪见洞内有人，胆气便壮了些，两步走到切近，向洞里问道："你是什么人，如何躲在这土洞里面？"即听洞里的人，带着笑声反问道："你是什么人，如何跑到我家大门口来，无端将我的大门挑开？"刘恪忍不住笑道："这土洞是你的家吗，我可以进来看看么？"里面的人答道："怎么不可以？不是有福分的人，还不配到我这里来呢！"刘恪少年人好奇心重，听了非常欣喜，忙弯腰伸颈向洞里探看着问道："这一点儿大小的窟窿，叫我爬进来，不弄坏我一身衣服吗？"里面的人答道："你倒怕弄破衣服，我还怕你踏腌脏了我的地方呢，罢罢罢，你去吧！我家里不稀罕你这样贵客。"

刘恪见这人生气，便笑着陪话道："是我荒唐说错了，不要见怪。只请你说给我听，是头先进来呢？还是脚先进来呢？"这人答道："好好的大门敞开在这里，你提脚走进来就是了，问什么头先脚先？"刘恪的眼睛向黑洞里看了一会儿，比初从亮处看暗处的仔细多了。只见洞口里面有一道斜坡形的石级，石级以下的地面似乎还很宽大，一个看不甚清晰面貌服装的男子，立在石级旁边。刘恪蹲下身体，试将脚伸下洞去踏在石级上，接着下了两级，居然能立起身来，回头看时，已在洞口之下了。洞口就和门窗一样，射进一道天光来，看得见石级之下，竟是一间端方四正的房子，比立在洞口外面窥探的清楚多了。

这间房纵横都有一丈五六尺宽广，一张粗树条架成的木床，对洞口安放着。床上并没有被褥，只当中一个破旧的蒲团。床的右边墙壁下，安放着一件又长又大的黑东西，仿佛是一个衣橱。石级旁边一副小锅灶，这人就立在锅灶跟前。因靠近洞口，才看明白他的年纪，至少也必在六十岁以上。顶上乱蓬蓬的一丛白发，大约已经多年不曾梳洗了，杂乱得和洞口堆积的茅草一般。颔下的胡须，因是络腮的缘故，与顶上的乱发相连，将面孔遮掩得除了两眼一鼻之外，不见有半寸干净的皮肉。身上穿着黑色的短衣服，不但破旧得不堪，并短小不合他的身度，赤着双脚，连草鞋也不曾穿。

刘恪开口问道："你姓什么，如何住在这地方？"这人笑道："我也忘记了我姓什么，这地方不是好地方吗？"刘恪道："这地方虽好，只是谁做成这房间给你住的呢？"这人道："有谁肯做好这现成的房间给我住？是我亲手掘成的。"刘恪又举目向房中四处细看了一遍，见墙壁上的锄痕宛然，果然不像经过了多年的。走近右边墙壁下，再看那像衣橱的黑东西，哪里是衣橱呢？原来是两具涂了黑油的棺木，一颠一倒地靠墙壁安放着。即向这人问道："这里放两具棺木做什么？"这人笑道："这是装死尸的东西，没有旁的用处。"刘恪道："我自然知道这东西是装死尸的，你准备将来自己用的吗？只是你一个人，就死了也只能用一具，要两具做什么呢？"这人笑道："你怎么知道我只有一个人，我还有一个老婆呢！"刘恪道："你还有老婆吗，她于今到哪里去了呢？"这人道："今日祭墓的人多，她出外向人家讨祭菜去了。"刘恪道："你们两老夫妻住在里面，就赖乞食度日吗？"这人道："既没有产业，又年老了，不能到人家做工，不赖乞食，如何度日？"

刘恪道："你们在这里面已住过多少时候了？"这人道："已经差不多住过五十年了。"刘恪诧异道："差不多五十年了吗？四五十年前，你应该是一个少年，难道就躲在这里面靠乞食度日？"这人摇头笑道："我五十年前动手掘这房子的时候，我夫妻都已衰老得不能替人家做工了，少年人怎么肯躲在这里面？"刘恪道："这么说来，你如今的年纪不是将近百岁了吗？"这人道："这却记忆不清了。"刘恪道："这两具棺木不小，这小小的洞口，怎么能运进里面来呢？"这人道："我本来是个做木匠的人，向人家化了木料来，就在洞里做成功的。"

刘恪道："你夫妻既是都靠乞食度日，人家如何肯化这多木料给你？"这人笑道："说得好听些儿就是化，老实说起来，是不给人家知道，悄悄运了来的。也不仅这两具棺木是这般弄来的，你瞧我这房里所用的器具，和我夫妻身上着的衣服，也都是不给人家知道弄来的。"刘恪道："你这话便是胡说乱道的了。你夫妻都老到了这般模样，如何还能偷人家的东西？"这人哈哈笑道："你不要欺我夫妻老了不中用。别的事情，年纪老了不能做，唯有做贼，是不怕年纪老的，并且越老得厉害越好。"刘恪也笑道："岂有此理！你偷了人家的东西，万一被这人家知道了，追赶出来，你跑也跑不动。给人家拿住了，赃明证实，给你一顿饱打，你又怎么受得起呢？"

这人笑道："好处就在受不起人家的打，比少年贼占便宜。人家见我夫妻老到这样子，便不容易疑心我们会做贼。其实我夫妻年纪虽老到不能替人家做工，但是两条腿还很健朗，有时跑起来，少年人还不见得能赶上。就是偶然被人家赶上了，我若不高兴给他们拿住，他们也未必便能拿住我。"

刘恪正在练武艺的时期，听了这话，就欣然问道："那么你少年时候，定是练过武艺的了。"这人忽然停了一停，接着悠然叹了一口气，说道："若不是少年时候练了武艺，如今也不至夫妻两个，在这里面乞食度日了。"刘恪忙问道："练了武艺倒害得你乞食度日，这话怎么讲？"这人道："我夫妻原有七个儿子，教他们养活父母，本是极容易的事。就因为我不该将我生平的武艺都传授给他们了，他们各自仗着一身武艺，不肯安分务农。投军的去投军，做强盗的去做强盗，一个个把天良丧尽，连我自己也制伏他们不下了。我因不甘愿受他们不顾天良的供养，才掘出这间房屋来藏身。我夫妻的棺木都已准备好了，相约看是谁先死，后死的将已死的装入棺木，然后将洞门用石头封好，自己也跳进棺材，不死也得死。"

刘恪道："你七个儿子此刻都在什么地方？"这人道："他们都是要做砍头鬼的，我久已不愿意知道他们的踪迹。"刘恪道："你可以不愿意知道他们的踪迹，难道他们也都不愿意知道你夫妻的踪迹吗？"这人道："我夫妻躲在这里面，不存心叫人知道，他们就寻访也是枉然，我刚才不是对你说过的吗，没有福分的人，还不能到我这里面来呢！"刘恪道："我也是一个欢喜练武艺的人，不过我自信将来就练成了一身高强的本领，也决不至辱没祖宗去做强盗。你少年时候会些什么武艺，可以传授一点儿给我么？"这人愤然说道："武艺有什么用处？我就是你最好的榜样；不过可以仗着武艺做小偷，你打算做小偷么？"

刘恪笑道："何至如此，你说你夫妻在这里住了将近五十年，怎么床上连铺盖也没有，就只有一个破烂蒲团呢？"这人道："我们睡觉用不着铺盖，并且睡的地方不在这里。"刘恪道："睡的地方不在这里，难道另有地方睡觉吗？"这人道："我夫妻都睡在楼上，这蒲团是我夫妻白天打坐的。"刘恪笑道："你这里还有什么楼吗？"随说随抬头向上面望。这人伸手指着上面一个黑圆洞，说道："这上面不是楼是什么？"刘恪道："有梯子么？我想上楼去睡睡何如？"这人道："没有梯子，这一点儿高，跳上去便了。"刘恪打量这圆洞离地也有一丈来高，下面又没有垫脚的东西，地方仄狭更不好作势，自信跳不上去，就问道："你夫妻都是这么跳上去的吗？"这人点头道："不跳怎能上去？"刘恪道："你如何跳法的？跳给我看看。"这人道："我每天跳上跳下，没什么稀奇。你想上去瞧瞧，我可以抱你上去。"

即用一手将刘恪拦腰抱住。

刘恪只觉得身体仿佛被什么东西托着，缓缓的向上升起来，并不是用纵跳功夫，转眼就升进了圆洞。里面漆黑的没丝毫光线，只知道自己双脚已踏了实地。听得这人在身边说道："不可提脚，恐怕跌下楼去，等我把火石敲给你看。"这人敲火石引燃了一个火把，扬出亮光来。

刘恪看这楼大小和下层差不多，两堆稻草之外，别无他物。这人指着稻草，说道："这便是我夫妻睡觉的所在。"刘恪细看那两堆稻草上面，仅有两个盘膝而坐的迹痕，不像是放翻身躯睡的，心里知道，这人是个修道有得的隐士。

刘恪暗想：我杀父之仇，非待我练成武艺，不能报复。我那个不知姓名的师傅虽传了我些儿武艺，只是他老人家不常在我跟前，如今已一别年余，还不知此后能否再见。今日是天赐我的机缘，无意中得遇着这位隐士，岂可错过，不拜他求他传授我的道法？好在这里离府衙不远，我不难借故常到这里来。主意既定，就在这间土楼上，向这人双膝跪下，说道："我此刻才知道你老人家是个得道的高人，要求你老人家收我做徒弟，传授我的道法，我断不敢在外面胡作非为。"道人连忙将刘恪搀起，仍旧拦腰抱住，拥身下楼，放下火把，说道："看你的模样，是个富家的少爷，知道什么道法？我自己做贼，我的儿子做强盗，我也只知道做强盗的盗法，不能传给你当少爷的人。"说话时，忽现出侧耳听什么声息的样子，说道："哎呀，你出去吧！外面有人寻找你；你不出去，人家是寻找不着的。"

不知外面有谁寻找，刘恪如何对付，且俟下回分解。

第二十五回

隐士穴居佳儿落草
县官民僚同族逃生

话说刘恪听了这人的话，也侧耳向洞外听了一回，并不听得什么声息。这人"咦"了一声，道："你听，这喊少爷的声音，不是寻找你吗?"刘恪这才想起约了跟随的，在那边山下等候的事来。猜想必是跟随的因久等不见他下山，只得上山寻找，便对这人说道："那是我带来的人，因不见了我，所以呼唤。我打算叫他们进这里面来，不知道使得使不得?"这人连忙摇手道："使不得，使不得! 你出去吧，时候不早，你也应该回去了。"刘恪怎么舍得就这么一无所获的回去呢? 只是不出去，又恐怕跟随的在山里寻觅不着，急得向旁的地寻找，彼此错过了，多有不便，一时竟不好怎生摆布。

这人望着刘恪，笑道："你还不出去，在这里踌躇些什么呢? 你分明是个当少爷的人，休说我们当乞丐的没甚本领可以传授你，就是有本领传授，也须你穷得和我一样，时刻不离我左右。我出外乞食，你就替我提米袋，赶恶狗，并弄给我夫妻吃喝，余下来的才给你充饥。我看上了人家什么东西，讨不到手的，便须打发你去偷。你若是手脚不灵巧，被人家拿住，将你做小偷儿惩办，拷问同党，打死了也不许供出我是你的师傅。而且下次再打发你去偷，你不能因犯过案畏避，能这般方可做我的徒弟。你能丢开现成的少爷不做，来跟我当叫化当小偷么?"刘恪听了，正在疑惑，这人忽手指洞口催促道："快去快去! 他们差不多要找上我的门来了。"

刘恪被催得无可奈何，只好跨上石级，爬出洞来。一出洞口，就听得喊少爷的声音，隐隐约约似乎相离很远，不由得心里有些慌急，一面口中答应，一面朝发声的方向跑去。穿过几处树林，始与跟随的会了面。跟随的苦着脸，抱怨道："少爷独自跑到哪里去了? 害得我两人满山都找遍了，只急得哭起来。少爷若再不出来，我们只得回衙门报信了。"刘恪道："我原说了叫你们坐在那块石头上等候，我上山玩耍一会儿，自然走原路到你们坐的地方来。你们无端的要这么大惊小怪的寻找，能抱怨我吗？"跟随的急道："我的小祖宗，你老人家真说得好风凉话！倒怪我们无端的这么大惊小怪。天色已快黑了，你老人家也不知道吗？我们坐在那块石头上等候，也不知等过了多久，只觉得两腿都坐麻了，肚子饿得响一阵难过一阵，只是不见你这小祖宗下来，不得已才上山寻找。这一座山无一处不曾找到，找不着才大声叫唤。又不知叫唤了多久，料想已不在这山里了，正待不叫了回去，你老人家又出来了。"

刘恪道："这就奇了！我离开你们上山，只在那株没有枝叶的古树跟前，停脚看了一看，走上来在半山中看见了一个土洞，想不到那洞里还住了一个人。那人邀我进洞去，仅谈了半刻，你们就在外面叫唤了。"跟随的听了并不注意，因天色已不早，恐怕回衙门受责备，只急忙催着刘恪快走。刘恪一边走，一边思量洞中那人说话情形，觉得很有些不近情理的地方，而且有些自相矛盾。他既说他儿子做武官做强盗，是没天良不听教训，不愿意受他们的供养，为什么他自己又做小偷呢？他夫妻同在一个土洞里，土洞是他自己掘出来的，不待说不须缴纳租钱，乞食已足够糊口了，又何必要做小偷呢？况且他明知我是个当少爷的人，我既情愿拜他为师，他需要什么东西，何妨明说叫我办了孝敬他，却叫我去行乞和做小偷，这不是太不近情理吗？

是这般左思右想的，回到衙门里好几日，还不住的将这事搁在心中盘旋。衙门中没有一个人可以商量研究的，只希望那个夜间到花园里，来传授武艺的人来了，打算将所见的告知他，看他怎生说法。无奈那人的行踪无定，有时每夜前来，二三个月不间断，有时大半年不来一次；他的姓名居处，以及操何职业，始终不肯露出半句话来，就想去寻访也无从下手。

他为这事在心里，实在委决不下。白天勉强跟着贺先生读书，夜间就悄悄到花园里，一面练习那人传授的武艺，一面盼望那人前来，好告知那土洞的情形。接连盼望了半个月，仍不见那人前来，心里着急得什么似的，连白天读书都没有心情了，十分想在义父前托故出外，再去土洞看那异人，却苦无辞可借。

这夜乘贺先生及当差的都睡了，他独自无精打采的偷进花园。只见月光底下，一个浑身着黑色衣服的人靠花台坐着，好像在那里打盹的样子。刘恪忙停了步，待看个仔细，那人仿佛已被脚声惊醒了，随即回头来望。刘恪的眼快，已看出不是别人，正是他日夕盼望了半个多月，不知姓名的师傅。这一眼看见了，真是说不出的欢喜，几步抢上前行礼道："师傅这番一去，几个月不来，真盼望死我了！"那人徐徐竖起身体，伸了个懒腰，说道："你怎的今夜这时分才到这里来？我已在此等候好一会儿了，你为什么盼望我来，有话待和我说么？"

刘恪觉得很诧异的问道："师傅如何知道？我确是有话待和师傅说。"接着，便将那日出外踏青所遇的情形，详细述了一遍。那人听了，面上现出惊疑的神气，问道："你看那老者的身材，是不是很瘦弱的呢？"刘恪连连点头应是。那人忽低头思索什么似的，一会儿说道："据你说，那老者的言语举动看起来，不待说是一个有大学问、大本领的隐士。不过他这种隐士，断不肯轻易收人做徒弟，你不要妄想。他明知你是个锦衣玉食、养尊处优的少爷，决不能做叫化、当小偷，所以有意拿这两件来难你。你若真个情愿做小偷，替他去盗人家的东西，他一定又责备你不是好人了。他不是因自己儿子做强盗，就驱逐不要了的吗，如何反要做小偷的徒弟呢？你不用三心两意，见异思迁，只把我传授给你的功夫，认真练下去，再有一年半载，我包管你硬功夫已不在人之下了。如果你想学软功夫，此刻正有个绝好的机缘，比去求那隐士收做徒弟的容易多了。"

刘恪欣然问道："是怎样一个绝好的机缘？"那人道："于今有一个硬软功夫都盖南七省的好汉，近来因一件不关重要的案子，被关在府衙监里。若论他下监的这桩案情，不但没有性命之虞，至多也不过监禁三年五载。只是这个好汉，从前驮在身上的案子太多，恐怕有仇人前来点他的眼药，因此急想跳出监来。他那盖南七省的软硬功夫，原来是不肯传授徒弟的。只因他这回心里虑着牵连到从前的案子上去，下监的时候就对人说道：'若有人能开正中的门放我出监，我情愿将全身的本领，一股脑儿传给这人，叫我偷着逃跑是不屑的。'你真心想学功夫，这不是绝好的机缘吗？"

刘恪道："这人姓甚名谁？这回下监是为的什么案子，从前还有些什么案子？请师傅说给我听。放他从正中门出去的事，我能办到，自不推辞。就是办不到，我也决不拿着去向旁人说。便是师傅传授了我这么多日子的武艺，连师傅的姓氏名讳，我都不知道。屡次想问，因师傅在初次会面的时候，曾吩咐过，不许问这些话。当时因师傅见我的时日太少，不知道我的性情举动，或者有不便向我说的地方。于今承师傅的恩典，每次亲临传授我的武艺，已差不多两年了，我毫无报答，难道连心里都不知感激，敢胡乱拿着师傅不愿意给人知道的姓名，去对外人说？"

那人点头笑道："这是不待你表白，我也知道的。我若是怕你拿我的姓名，去胡乱对外人说，又何必辛辛苦苦的来传授你的武艺呢？我所以不肯将姓名告知你，我自有我的隐衷，丝毫与你无涉。我的姓名，不但不曾向你说，除了少年时候，就在一块儿同混的兄弟们以外，无论对谁也不曾将真姓名显露过。你若是在三月三日以前问我，便告知你姓名，也是假的，此刻却不妨说了。你知道那土洞里的老者是谁么？就是我的父亲，我们兄弟四处寻访他老人家和我母亲，已有二十年了，简直访不出来。几番听得朋辈中人说，亲眼看见他两老都在襄阳，无奈寻遍了襄阳府，只不见他两老的踪影；想不到今夜无意中，在这里得了他两老的下落。我原籍是广西桂林人，姓郑行五，从小人家都叫我郑五。我父亲名霖苍，少年时候，文才武略，在桂林已一时无两。中年好静，独自结庐在深山之中居住，得异人传授他吐纳导引之术。家母因我兄弟七人需人教诲，家又贫寒，不能延师，只得泣劝我父亲回家，教诲我兄弟，整整的教了十年。他老人家说，只要不走入邪途，凭这十年所学，已足够应用了。从此便教我兄弟自谋生活，他老人家带着我母亲隐居山中去了。

"那时只怪我们年轻不知邪正，而广西又是绿林最多的地方，会些武艺的，更容易受人拥戴，因此我兄弟各有党羽，各霸地方。大家兄、二家兄因想做官，投降后，由守备都司升到了标统协统，于今已寿终正寝死了。只三家兄此刻尚在游击任上，年纪已将近七十岁了。四家兄和六、七两弟都还隐姓埋名的，在绿林中混着。我等明知做强盗是辱没祖先的事，家父母就为我等不争气，才隐居深山无人之处，不肯出来。因有人看见他两老在襄阳，所以只在襄阳寻访。这是我父子合该尚有见面之缘，偏巧使你遇着。我原不肯将履历根由说给人听的，只因见你虽是一个官家少爷，却不是寻常富贵公子的胸襟气魄，料你不至因我是绿林便害怕。"

刘恪忙接着说道："我承师傅的厚意，艰难辛苦的来传授我武艺，正感激无地，如何会害怕呢？师傅刚才说如今下在府衙监里的，究竟是个怎样的人物，我如何能放他走中门出去？请师傅详细说给我听。只要是应该放应该救的，休说他有言在先，情愿将生平所学传授给人；就是不肯传授，我也愿意帮忙，就此好好结识一个豪杰。"

郑五对刘恪竖起大指头，称赞道："好气魄，真了不得！提到这人的真名实姓，不但在两广无人不知，无人不佩服；就是在四川、两湖，也是威名吓吓。喜得他从前不曾在襄阳留过，没有认识他面貌的人，所以暂时还没人来点他的眼药，若换一个地方就糟了。这人原籍是四川梁山县的人，姓胡名庆魁，生成是异人的禀赋。十六岁上就练成了一身惊人的武艺，贩私盐、运洋药，什么人也奈何他不得。加以他的水性极熟，能在急流的川河里，肩驮五斗米踏水过河，前胸后背都不沾水，因此四川人替他取个外号，叫作'水上飘'。这时他的年纪还轻，虽仗着一身武艺，包运私盐、洋药，然并没犯什么案件。不做生意的时候，仍是安居在家乡地方。

"他的家在梁山西城外五十多里，地名叫做'马头嘴'。那马头嘴是一处大村落，有七八十户人家，聚居在这村里，其中姓胡的差不多占了一半。不过他本家虽多，产业丰富的极少，十九是靠做私盐生活。有一家姓郭的，不仅是马头嘴地方的首富，在梁山县一县当中，也可算得是一等财主。郭家的家长郭泰生，本是一个规规矩矩做生意的人，晚年在家中安享，两个儿子也都在家坐吃。一不出外做买卖，二不出外谋差事。郭大已有三十岁了，业经娶妻生了儿子；郭二才二十来岁，还不曾娶妻，时常跟着家里丫头，偷偷摸摸的干些不干不净的勾当。郭泰生明知道，也只作不知道。郭二的胆量渐渐弄大了，家下雇用的女工，头脸略为平整些儿的，他也照例去勾勾搭搭。生性轻荡的女子，有少主人肯来照顾，自然没有话说，很容易遂郭二的愿。

"偏巧这次雇来一个女工，是胡家的一位少年寡妇，生得有几分姿色。因丈夫死了不久，家里太贫寒，不能在家守节，又不愿立时改嫁，只得到郭家当女工。郭二一见这寡妇生得好，不由得又起了禽兽之念，用种种方法来调戏。胡寡妇只是不肯，然为顾全自己的饭碗，却又不敢得罪。郭二以为胡寡妇害羞，故意的装作不肯的样子，居然乘黑夜偷到胡寡妇床上想强奸。胡寡妇从梦中惊醒，和郭二扭打作一团。女子哪里敌得过男子力大，身上被郭二打伤了几处，然郭二肩头上的肉，也被胡寡妇咬下一口来了。郭二恼羞成怒，竟叫家里的丫头女工，大家动手，将胡寡妇的手脚捆绑起来，用棉絮堵住口，任意奸淫了一阵，方解了绳索，驱逐出来。可怜胡寡妇回家，有冤无处诉，只把受辱被污的情形向自己婆婆哭诉了一遍，就悬梁自尽了。这消息一传扬出去，马头嘴几十户人家听了，没有一个不咬牙切齿的恨郭二。无如几十家姓胡的，多是些穷家小户，都存畏惧郭泰生有财有势，不敢到梁山县去控告。胡寡妇的翁姑，更是年老怕事，这一场惨事看看要冤沉海底了。

"也是合当有事，胡寡妇自尽的第二日，凑巧胡庆魁出门做生意回来，听了这样惨事，只急得暴跳起来。立时走到姓胡的族长家里，向族长说道：'我们胡家的寡妇，被郭二奸淫死了，有凭有证，打算就是这么罢了吗？死者既是个寡妇，翁姑又穷苦又懦弱，没有主张，难道我们当族人的也都不过问吗？'这族长听了胡庆魁这番话，反现出踌躇的样子，说道：我也未尝不想出头替死者伸冤，只可惜胡寡妇不该死在自己家里，如果死在郭家里，这事就好办了。胡庆魁生气道：'这是什么话？胡寡妇死在自己家里，郭二便可以赖掉因奸逼死人命的罪名吗？这还了得！胡寡妇如此惨死，我们若不出头替他伸冤，不但对不起死者，我们姓胡的面子也丢尽了。'这族长虽是个胆小怕事的人，然经胡庆魁一激，也就忍耐不住了。当时召集同族的人，开了一个会议，一面叫寡妇的婆婆，带领二三十个族人，将寡妇的尸扛抬到郭家去；一面叫寡妇的公公，跟着同族两个能做状词的人，去梁山县告状。

"那时做梁山县的姓王，是一个捐班出身的官，眼睛里只认的是钱。到任以来，专会打钱主意，不问打什么官司，总是钱多的占上风。梁山县的百姓，没一个不是提起这王知县，就恨恨之声不绝。在这姓王的前任县官姓宋，又爱民，又勤政，可惜只做了一年多就升迁去了。梁山县的人恨这姓王的不过，就写了一块横匾，一副对联，乘夜间偷贴在衙门口，横匾是'民之父母'四个字；对联上边是'当在宋也此之谓'；下边是'如有王者乌在其'。这王县官次日看了这对联，并不生气，公然提起笔来，在上联添了一句'宋不足征也'，下联添一句'王庶几改乎'。梁山县的人看了倒欢喜，以为这种讽谏见疗效，以后不至再和前一般贪婪无厌了。谁知他口里说改，哪里改得了，比前益发贪婪得厉害了。胡家的人到县衙里递了状纸，同时郭家也打发人来进了水了。不过这种人命案子，不是当要的，郭家虽进了水，王县官不能就此将胡家的状词批驳，只得定期下乡相验。郭泰生因胡家将胡寡妇的尸扛到了他家，反告胡家借尸诈索，并亲自到县里，上上下下都打点了一番。下乡相验的人，上自王县官，下至皂隶仵作，都得了郭家的好处，自然一个个胸有成竹。这样的惨案，很容易惊动人，住居在马头嘴的人，不待说大家想看相验的结果，就是附近三二十里以内的人，见说县官就来相验，也都扶老携幼的，赶到尸场看热闹。

　　"在一处广场上，搭盖了一所芦席尸棚，陈设了公案，王县官堂皇高坐在公案上。照例由仵作一面把尸身从头至脚的相验，一面唱报有伤无伤，及伤处的情形。这仵作既受了郭家的贿，便只报胡寡妇仅有颈项上的绳索痕，生前和郭二相打时所受的几处显明伤，都模模糊糊的验过去不报。胡庆魁是个会武艺的人，哪有认不出伤痕的道理呢？他回家听得胡寡妇自尽了，就将胡寡妇身上的伤痕，验了一遍，虽不在致命之处，然某处是拳打伤的，某处是脚踢伤的，并手脚被绳索捆伤了的痕迹，都是一望便能知道。仵作既不唱报，胡庆魁在旁哪里耐得住呢？当即高声向仵作喝道：'验仔细啊！死者肩窝里青肿这么大一块，不是生前被郭二拳头打伤的吗？左肘下紫了这么大一块，还破了一层油皮的，不是生前被郭二鞋尖踢伤的吗？'

　　"仵作想不到有他是这般喊出来，倒吃了一惊，翻起两眼望着胡庆魁，一时反不好怎生摆布。两旁看热闹的都有些不服的神气，只因一则多是事不关己，二则多存心畏惧县官，不敢说出什么来。这几句话却把县官喊得冒火起来了，连忙擎起戒尺，在公案桌上猛然一拍，接着厉声叱道：'这个多嘴的是谁？给本县拿下来。'王县官叱声才歇，就有四五个站班的衙差，山崩也似的答应了一声，即饿鹰扑虎一般的，抢过来拿胡庆魁。胡庆魁毫不畏惧，不待衙差近身，早已挺身出来说道：'要拿什么？我又不跑到哪里去。'一边说，一边走到了公案前头。

　　"王县官拍了一下戒尺，喝问道：'你是哪里来的？姓什么？这是什么所在，有你多嘴的份儿？'胡庆魁从容答道：'小民胡庆魁，祖居在这马头嘴，并不是从别处来的。在这里相验的死尸，便是小民的弟媳妇。仵作相验，隐伤不报，小民不能不说。'王县官听了，接连将戒尺拍得震天价响，口里叱道：'放屁！你好大的狗胆！死者有什么伤，你敢乱说仵作隐伤不报。你这东西竟敢在本县面前大肆咆哮，可知你是一个不安分的恶棍，拿下去替我重打。'四五个衙役原已包围在胡庆魁左右，至此齐向胡庆魁喝道：'你这东西，见大老爷还不跪下？'一面呼喝，一面伸手来拿。

"胡庆魁顿时怒不可遏，睁圆两眼，望着衙役叱道：'谁敢动手？'衙役经这一声叱咤，都不由得吓退了几步。胡庆魁还勉强忍耐着，不敢对县官无礼，只说道：'死者现在这里，大老爷特地下乡相验，不能听凭忤作朦报。'王县官既受了郭家的贿赂，下乡相验，不过是掩人耳目的举动。明知胡家都是穷苦小户，没有什么大来头。不开罪郭家，多少总可得些好处，不料有胡庆魁这般硬顶。当下又羞又愤，只急得连叫：'反了，反了！'郭泰生在旁看了，便趁这时候，到公堂前跪下，说道：'禀公祖，这胡庆魁是马头嘴地方著名的恶痞，这番移尸栽诬的举动，也就是由他一个人主使的。此人不除，不但商民家不得安静，就是马头嘴地方也不得安静。千万求公祖做主，将他带回衙门，治他移尸诬告的罪。'

"王县官正在切齿痛恨胡庆魁，加以郭泰生这番言语，随即喝叫左右，把胡庆魁捆起来。胡庆魁此时还只二十多岁，少年人心高气傲，哪里肯束手不动给衙役捆绑？一时因郭泰生几句话说得火冒起来，只三拳两脚就将上前来捉他的衙役，打得纷纷跌倒。郭泰生巴不得胡庆魁当着县官将衙役打倒，好证实胡庆魁的凶横不法，又上前向王县官说道：'这种胆大的叛逆当着公祖的面，尚敢如此目无王法，目无官府，公祖若不将他按法重办，商民死无葬身之地。'王县官见胡庆魁打倒衙役，原已气得胸脯都要破了。

"不过王县官是个很机灵很狡猾的人。自己只带了二十来人下乡，明知胡家在马头嘴是聚族而居的，亲眼看见胡庆魁勇猛凶悍异常，四五个壮健衙役，不待胡庆魁几下拳脚，就打得东倒西跌；若再打下去，自己不怕吃眼前亏吗？因此心里踌躇，打算忍住一时之气，回衙再办，不愁胡庆魁逃到哪里去。谁知郭泰生这般顶上来，为要顾全自己之威严体面，何能听凭胡庆魁将衙役打倒，并不发作呢？慌忙立起身来，正待指挥带来的一干人等，将胡庆魁拿住，胡庆魁抢到公案前面，一手拉住王县官，一手提起郭泰生，高声说道：'我们大家亲眼来验伤，如果是死者身上没有伤，我胡家合族的人，甘受反坐诬告之罪。'胡庆魁的力大无穷，五指和钢钳一样，虽不曾着意用力，然在气愤的时候，不自觉的手重。王县官也是一个读书人，哪里受得了他这一拉！郭泰生也被提得痛不可当，二人同时'哎哟''哎哟'的叫痛。跟着王县官的衙役，见自己上官如此受辱，都不待王县官开口，即一拥上前来解救。郭大也带了几个粗人在场照料，至此自然不能袖手旁观，也拥上前来。

"胡庆魁见围上了这么多少人，知道勒令王县官亲眼验尸的事办不到了。刚才把两手松了，只听得王县官跑过一边，扬着双手，大声喊道：'你们谁能将胡庆魁拿住的，本县赏钱五十串；当场格毙胡庆魁的，本县赏钱三十串。'王县官这赏格一出，众衙役听了尚不十分踊跃。唯有郭泰生父子痛恨胡庆魁到了极处，郭泰生也高声喊道：'你们听得么？县大老爷已悬了五十串钱的赏，我于今再加赏五十串，谁人拿住了胡庆魁这叛逆，就到我郭家领赏五十串。'常言'重赏之下，必有勇夫'。在场除了姓胡的，都想得这一笔赏号，以为胡庆魁就有登天的本领，也敌不过几十个要捉拿他。想不到胡庆魁也对着他同族的人喊道：'我们姓胡的今日太受人欺负了，你们有胆量的，跟我动手打死这狗官；胆小的各自赶紧去别处逃命，我胡庆魁宁死在这里，决不给狗官拿去。'他这几句话也激动了不少姓胡的壮丁，于是两方居然对打起来。

"胡庆魁只两步就窜到王县官跟前，一手举起来往地下一掼。恰好地下有一块三角石头，王县官的头颅正碰在石角上，碰了一个茶杯大小的窟窿，鲜血脑浆同时迸出。胡庆魁又对准他腰眼补上一脚，顿时完结了性命。胡庆魁挥着胳膊，说道：'一不做，二不休。狗官已经打死了，胡寡妇的冤也没处伸了，那两个狼心狗肺的郭家父子，也饶他不得。'郭泰生亲眼看见王县官刹时死于非命，安得不怕轮到他自己头上来？一抹头就想逃跑。胡庆魁怎肯放过，追上去揪住辫发，只向怀中一拉，郭泰生便已立脚不牢，仰天倒地。跟在胡庆魁背后的同族，有手中提了扁担的，就迎着郭泰生的头，一扁担劈下。上了年纪的人如何受得起，也顿时一命呜呼，魂灵儿追上王县官一路走了。"

要知道这场大祸如何收场，下回分解。

第二十六回

怜闺女洞房逐妖叟
救圬人客店惊土豪

"话说王县官和郭泰生，都给胡庆魁一下子摔死、打死。余下的人虽多，有谁肯白送性命呢？一半跟着郭大逃跑，一半逃回城里，只剩下姓胡的族人，与无关系的看热闹人。胡庆魁对这些人说道：'今日的祸，虽是由我一个人撞下来的，然这祸撞得太大了，不但我和同族的人都犯了杀身之罪，就是同住在这马头嘴地方的，除了他郭家而外，没一个能脱了干系。我们不赶紧逃往他方，是没有生路的。你们要回家检点细软的，趁早去检点，总之不待明日天晓，我们得远离这村子。据我想，出了这种大案子，那些衙役逃回去一报告，劫洗这村子的兵，不待后天必到。'胡庆魁如此一说，那些人才知道大祸临头，不走固然不了。但是十有八九是马头嘴的土著，一时要舍弃一切，逃往他方，不用说田产房屋不能带走，不舍得委弃；就是银钱衣服，因为各自要逃性命，也不能携带多少。便是逃到了他乡，大家都赤手空拳的又如何生活呢？众人思量到这一层，不知不觉的都放声痛哭起来了。

"胡庆魁只急得跺脚道：'你们是这般痛哭，有什么用处呢？难道你们是这般一哭，官府就可怜你们，不来追究这杀官的案子了么？我胡庆魁原不难独自高飞远走，不顾你们的死活，不过因这杀官报仇的大乱子，是我一个人撞下来的，我走了仍不免要拖累你们，我的良心上有些不忍。我想天无绝人之路，我们就是逃到他乡，不见得便冻饿死了。明知道死在临头，谁肯坐在这里等着呢？你们若有靠背山，自料不逃没有妨碍，尽管回家去坐着，无须跟我逃跑；情愿跟我逃跑的，就赶快回家收拾可带的细软，尽今夜子时到此地集合动身。过了子时不来，我可对不起要少陪了。'

"这夜子时，果然全村的老少男女，除了郭家的人而外，也有二三百

270

口人，都集合在一处，由胡庆魁出主意，分作几路逃走。胡庆魁率领了一队有六七十人，更名变姓的从梁山逃出来，向湖北进发。幸喜背后没有追兵追赶，有许多同逃的，沿路遇着亲戚朋友，就停下来不走了的。也有不情愿远离故土，逃出梁山县境数十里，即住下来自谋生活者。唯有胡庆魁和平日合伙做私盐生意的几个人，自知是杀官案的要犯，不敢在四川境内停留。

"这日走一座高山底下经过，胡庆魁耳里忽隐隐听得，有人在山上呼他的姓名。他听了大吃一惊，暗想：我胡庆魁这个名字，外边知道的人并不多，而且这些天把真姓名改变了，一路从梁山逃来，也没遇着认识我的人；这一带更没有我的朋友，如何会有人在山上呼我呢？莫不是追捕我们的人，见我们形迹可疑，却又没有人认得，不敢冒昧动手，且这么喊几声试试看。我不要上他的当，不可理会他。心里这般想着，便不开口答应，仍不停留的走着。接着又听得'胡庆魁''胡庆魁'喊个不住。同行的伙伴也听得了，都向胡庆魁说道：'这山上不是有人喊你吗？'胡庆魁听那喊的声音很苍老，并透着些悲哀的音调，不像是不认识的人胡乱喊的，便对同伴的说道：'我此地没有熟人，大约是有和我同名同姓的。我出梁山的时候，就改了姓名叫张德和，这里是喊胡庆魁，理他做什么？快点儿去吧！'同伴的也都存心畏惧，见胡庆魁这么说，自然不敢理会。才走了几步，又听得山上喊道：'改姓名张德仁的胡庆魁，快上山来救我一救，我决不亏负你。'听那声音更加悲惨凄凉。

"胡庆魁觉得十分惊讶。这样一来，再不能不作理会了。便对同伴的说道：'这事奇怪极了！知道我的真姓名，又知道我改变的姓名，叫我上去救他一救。我顾不得吉凶祸福，只得上山去瞧瞧。你们可在山下等我，若果是落了人家的圈套，也是我命里该死，无可逃避，你们各去逃生便了；如没有凶险，一会儿即下山来。'说着撇下同伴，独自上山。

"这山足有十来里高下，并是巉岩陡壁，不易行走。亏得胡庆魁是山洞里生长的人，从小就擅长爬山越岭。一面爬山，一面抬头向山上探看，哪里看见一个人影呢？好容易爬到了山顶，向四处一望，还是不见一个人，不由得提高声音问道：'是谁叫唤胡庆魁？如何又藏着不出来呢？'问毕就听得有声答道：'我在这里，胡庆魁就是你么？快过来。'胡庆魁听得声音仿佛离身不远，只是看左右前后，依然不见有人。胡庆魁心里诧异道：'难道真个青天白日遇见鬼了吗？怎么明明听得人声和我对答，却只不见他的形迹呢？'不由得心中急躁起来，说道：'我是不是胡庆魁，你既不认识，又这么巴巴的将我叫上来做什么？你究竟是人是鬼，这般藏头露尾的是何用意？'胡庆魁话未说了，就听得叹气的声音，说道：'我不在这里吗？如何是藏头露尾！你再不过来，真要把我急死了。'胡庆魁这回才听出说话的方向来，原来说话的声音，从离身数丈远近的一大堆茅草里面。"

刘恪听说到这里，不禁截住话头，笑道："照这样说来，胡庆魁所遇的，大约和我今年三月三日所遇的一般了。"郑五摇头道："不是，不是！你听我说下去，不要打岔。胡庆魁既听得那声音从茅草中出来，立时走过去，拨开茅草一看，又吓了一跳。只见茅草里面有光灵灵的一颗人头，颈项截断之处，并没有丝毫血迹。面目虽不生动，然也没有死相，顶上的头发花白，绾一个道装的发髻。胡庆魁本来胆大，当下便弯腰用手将人头捧起来，正待对人头问：'说话的就是你么？'只是还没开口，这人头上的口已动起来，发着很微弱的声音，说道：'胡庆魁啊！我等候你三昼夜了，你今日见了我的面，还不快救我吗？'胡庆魁尽管胆量大，到这时总不能不有些惊惧，只吓得仍将人头放入草中，说道：'你到底是妖是怪？怎么光另另的一颗头在这里，你身躯手脚到哪里去了呢？'

"这人头说道：'我就是为身躯手脚被仇人分散了，须等你来方可救我。我一不是妖，二不是怪，确确实实是和你一般无二的人。我已经等过了三日三夜，不能再迟了，你赶紧救好了我，再和你谈话。'胡庆魁道：'我如何能救你？我又不会法术，并且没有会法术的朋友。'这人头道：'我知道你不会法术，你肯救我，我自有方法说给你听。'胡庆魁道：'我为人生性喜欢救困，岂有见死不救之理？你快说吧！'这人头道：'我的身躯在这山的东边山洞里；左手左脚在西边岩石底下；右手右脚在半山一枝老松树枝下悬挂着。请你就去搬运到这里来，再弄一杯清水来，我便可以还魂复活了。'

"胡庆魁心里虽不明白怎么一回事，但他年轻好事，这事又非常的奇怪，自当很高兴的答应了。即如言去各处寻找，果然身躯手脚，一寻便着。肩的肩、夹的夹，只一会儿，便连同清水都运到了茅草跟前。人头说道：'你替我按部位摆起来。你自己用左手端了这杯水，右手用中指在水中画这么几画，口中如此这般的念诵几遍。'当时就把接骨生肌的法术，传给了胡庆魁。胡庆魁依着所传授的做了，人头道：'你这下可用口含了这法水，在我遍身一喷。'胡庆魁才将水喷毕，这人已手脚能动，转眼就坐了起来，笑向胡庆魁道：'我身上的衣服也被我那仇人剥去了，是这般一丝不挂的，不但太难看，并且亵渎天地。你身上的衣脱一件下来，暂借一用。'胡庆魁遂脱了一件衣交给这人。只见这人从地下拾了三四点小石子，也用右手中指在石上画了几画，口中念念有词，就一块平地将石子放下，用胡庆魁的衣覆着。不到一刻工夫，忽见衣下仿佛有什么东西掀动，越动越高起来。这人指着衣，笑道：'咦！来了，来了！'随手将覆着的衣一揭，便现出一个包袱来。

"这人动手把包袱解开，里面衣服、鞋袜，连冠带都有了。这人欣然装束，俨然成了一个风神潇洒的道者，就下来说道：'我与你有师徒之缘，你暂时不用另往别处，却跟我就走如何？'胡庆魁是一个想在江湖上当好汉的人，加以犯了杀人的大案，正愁无处奔逃，遇了这种机会，岂有不情愿之理？听了这人的话，立时跪下去叩头道：'师傅肯收我做徒弟，我情愿一生伺候师傅，不另往别处。请问师傅的道号是什么，仙乡何处？'师傅既有这么高妙的道法，什么仇人能将师傅的身体如此四分五裂？'

"这人扶起胡庆魁，说道：'我是湖南宝庆人毛义成，十几岁就上茅山学法，在茅山住了一十二年，祖师才打发我下山。归途中在湖北听得有人传说，宜昌有一家姓刘的，家资巨富，人称他为刘百万。刘百万有个女儿，年已二十四岁了，不曾聘人。因为那刘小姐不但文武全才，并从一个游方的老尼姑，学了许多玄妙的法术，深通修炼的诀窍，立志不肯嫁人，要从老尼姑出家修道。无奈他父亲刘百万，生性固执，非勒逼着她嫁人不可。刘小姐不忍逆抗父命，又不舍得污秽自己清白的身体，想来想去，想出一个两全的法子来，对他父母道：不是女儿不肯嫁人，实因婚姻是终身大事，若胡乱配合，必致终身苦恼，果有合得女儿心意的男子，女儿便愿嫁给他。刘百万问他要什么样的男子始合心意？她说须女儿亲自试验方好定夺。刘百万道：女孩儿家怎好亲身试验郎婿？这消息传扬出去了，不是见笑于人吗？刘小姐说：不妨！古来闺阁名媛，亲身择婿的极多。女儿不是寻常的女子，也要不寻常的男子，才好配成夫妇。刘百万道：你打算如何试验呢？难道也和开科取士的一样，由你出题目，叫人做文章来应试吗？刘小姐道：没有那么麻烦。我在一间小小的房子里走动，谁能追上来抱得着我的，我就嫁给他，不论年龄老少和家资贫富。刘百万只得依从她。这话扬传出去，于是不曾娶过妻的男子，多想做刘百万的女婿，一个一个的追着刘小姐要抱，但是分明看见刘小姐立在眼前，猛力抱去，不仅抱了个空，额头反碰在墙壁上，只碰得两眼火光四进，没有一个不是碰得头青脸肿的出来，自叹没有这福命。也有些会武艺和懂法术的人前去，唯因敌不过刘小姐的法术高妙，一般的追抱不着。我那时并没有娶妻的念头，只因闻得刘小姐法术高妙的声名。我初从茅山下来，十二年中所学的法术，一次也没试过，想借着刘小姐试试我的手段，遂不回宝庆，从湖北雇船到宜昌。

"'谁知等我到宜昌时，就听得宜昌的人纷纷传说，刘小姐已被一个姓江名湘浦的抱住了，即日便得和江湘浦成亲。可惜一个好人才、好本领的小姐，却嫁给这么一个五十多岁的老头。我原来不存娶妻之念，听了却不懊悔来迟。不过听说江湘浦是个五十多岁的老头，纵然法术高强，刘小姐敌他不过，然逆料刘小姐心里必是不情愿嫁给他的，我既到了宜昌，何不去看看这江湘浦毕竟是怎么一个人物，成亲时刘小姐待他是何景象？主意已定，当即去刘家探一探道路，准备夜间好去探洞房。

"'到得刘家门首，只见从里至外悬灯结彩，花花绿绿的好不热闹，进里面去贺喜的地方人已不少。我因为不知道洞房在哪里，便也装做贺喜的走了进去。此时刘百万和几个亲戚，正陪着江湘浦在书房里谈话。在刘百万的心里，也觉得这女婿年纪太老，与自己女儿不相称。无如自己女儿有言在先，不论年纪老少和家资贫富，此时不能说翻悔的话，只有心里埋怨自己女儿不应该是这般择婿。我到书房窗外，偷看江湘浦的形势，身材虽也生得甚是魁伟，但是满脸阴邪之气，两眼红筋密布，仿佛一对红灯。我一见就知道是个炼阴魂法的邪教，讲究采补的，暗想：刘小姐既得异人的传授，深通修炼之道，为什么情愿和这种邪魔成亲呢？岂不是自寻烦恼！难道刘小姐的法术，果然敌不过江湘浦，既被他抱住，非与他成亲便无法推辞么？若真是如此，这位刘小姐就从此断送了。

"'当时我仍退了出来，在外等到初更时分，便用遁法遁进了新房。只见刘小姐低头坐在床沿上，面上现出十分忧愁的样子，江湘浦坐在床前椅上，和几个照例闹新房的贺客谈笑。不一会儿贺客都退去了，我隐身在床顶上，江湘浦和刘小姐都不觉得。我就料定江湘浦的本领有限，不是炼阴魂的高手。因为阴魂法炼成了功的人，休说有人到了跟前，无不知道，哪怕在十里以外有人暗算，他就得了阴魂的报告，好好的防备了。那些贺客去后，只见江湘浦顺手将房门关上，回身对着刘小姐一揖道：我看小姐忧形于色，想必是嫌我年纪太大，不堪匹配。既是如此，小姐当初又何必说不论年龄老少的话呢？即见刘小姐起身回了一福，说道：我何尝忧形于色？不过我有几句话须对你说，请你坐下来。江湘浦就原位坐了，刘小姐也坐下，说道：我在学法的时候，原已立誓不嫁人的；无奈家父不知好歹，以为男必须婚，女必须嫁，反此便是不祥，三番五次的逼迫我嫁人。我因他老人家已到将尽之年，不忍过于拂逆他的意思，只好权且答应。其所以用这亲身试验的法子，为的是果能抱得住我的人，必是曾经修炼而法术在我之上的，我想既是修炼有道术的人，求道之心必不亚于我，我与他名义上做夫妇，实际互做修持的伴侣，岂不是一举两得！既是只做修持的伴侣，年纪老少自然可以不拘了。如今你的道术在我之上，固然可以帮助我修持，但是我也有许多可以帮助你的地方。我本来已经有三四年不曾放下身躯睡觉，每夜总是打坐到天明，现在一张床上有两个人，也还坐得下。不知你的意下如何？

"'江湘浦接着打了一个哈哈，笑道：修道自修道，夫妻自夫妻。我们实际做了夫妻，也还是可以修道的，何必这么拘执？刘小姐一听这无礼的话，不由得芳心冒火，粉脸生嗔，托的立起身来，指着江湘浦骂道：你原来是这般一个无赖的人吗？想我小姐认真嫁你，是做梦！一边骂，一边向房门口走去。江湘浦已伸手将她拉住，说道：我到你家做女婿，天地祖先都已拜过了，还由得你说不嫁吗？我不为想娶你做老婆，也不巴巴的从河南跑到这里来了。刘小姐虽会武艺，但也不是江湘浦的对手，被江湘浦拉得急了，便说道：我宁肯即时撞死在你跟前，决不肯嫁你。江湘浦一把搂抱着，说道：要死也没有这般容易，今夜陪我睡一夜，明日你要死尽管去死。

"'我听了江湘浦这话，知道这阴毒东西不怀好意。看刘小姐这时求死不得，欲脱不能，十分可怜的样子，忍不住落地露出本相来，喝道：江湘浦，休得无礼！婚姻大事，岂能强人相从？江湘浦想不到旁中还有一个我，只惊得将手一松，回身问我是什么人？我报了姓名，说道：刘小姐和你两人所说的话，我都听见了。你也是修道的人，自己前程要紧。刘小姐立誓不嫁，在我们同道的应该成全她功行才是道理，你为什么反仗着自己法术欺负她？江湘浦冷笑了一声道：你何以见得我是欺负她？我们夫妻关了门在房里说话，要你攘出来管什么闲事？我与你素昧平生，你究是他刘家什么人？请你出去，不要管我们夫妻闺房里的事。

"'我知道江湘浦弄错了，以为我是刘家的至亲，躲在新房里想偷听他们夫妻成亲的，随口答道：我与刘家一不是亲，二不是邻，是特地从茅山来救刘小姐的。你若真个破坏了刘小姐的贞操，天也不能容你。我劝你打消这个没天良念头吧！江湘浦一听我这么说，顿时恶狠狠的向我啐了一口道：你敢管老子的事么？你从茅山来，想必也是仗着会点儿毛法。说时将右手指向我一弹，就觉一道冷气，从他中指颠直射到我身上。他这道冷气，能使沸腾腾的滚水立刻成冰，无论如何强壮不怕冷的汉子，这冷气一沾身就得冻僵，全身血脉凝滞。他抱住刘小姐便是用的这种法术，使刘小姐不能转动，不过在我身上是白费气力。他见我神色自若，只当没有这回事，气得两手向空中乱画，随即起了一阵阴风，刮得房中的床桌橱椅都跳动起来，向我站立的地方打下。我说：江湘浦，算了吧！不要在孔夫子面前卖百家姓了。你这套把戏，只可以玩给小孩子看。我立着不动，看你能驱使这些东西打得着我么？

"'江湘浦再看这些床桌橱椅都还了原处，也不跳动了，知道弄我不过，气愤愤的从窗眼里逃跑了。我也待追赶上去，刘小姐已向我行礼称谢道：救命恩人，请留下真姓名住处再走，日后好图报答。我说：毛义成就是我的真姓名，报答的话不用提了。那时因房中没有旁人，我不便久留，也从窗眼里追出来，再找江湘浦，已不知逃到哪里去了。

"'就因这次与江湘浦结下了仇恨，哪知他到四川又拜了高人为师，一心修炼，并结识了许多剑客，专一找我寻仇。这回他知道我在这山里采药，邀齐了帮手特来与我为难，也是我命里合该有这一道难关。当从茅山辞别祖师的时候，祖师就吩咐过了，叫我在肢体被人解开了的时候，只须高声喊胡庆魁，自然有人来救，并吩咐了收徒弟也须在见了胡庆魁以后。我当时不知道胡庆魁是谁，以为必是法术很高的人，你既就是胡庆魁，照祖师吩咐的话看来，可知你和我应有师徒之分。'

"胡庆魁听毛义成说完了这篇话，心里自是欣喜，于无意中得了这么一个好师傅。只是想起同逃的伙伴，还约了在山下等候，不能就此撇下不顾。即对毛义成说明带着若干人，从梁山逃走出来的缘故。毛义成道：'既还有同伴的在山下等着，我和你一同下山去便了。'于是师徒两人一同下山寻找那几个伙伴。但是那几个人，因等了许久不见胡庆魁下来，也上山分头寻找了一阵没有找着，以为胡庆魁遇了危险，都不敢停留，各自往别处谋生去了。胡庆魁寻不着他们，只好一心一意的跟着毛义成做徒弟。毛义成将自己所会的法术，完全传给了胡庆魁。

"胡庆魁仗着这一身硬软兼全的功夫，行走江湖，扶危救困的事，也不知做过了多少，然始终因畏惧梁山县杀官一案，到处不敢露出真姓名。他这回到襄阳府来，就是为闻得我父亲、母亲都隐居在襄阳府境内，想来见一面；不料我父亲的面不曾见着，倒为一桩绝不与他相干的事，只因一念不平，闹出人命来，被下在监牢里。"

刘恪听到闹出人命的话，即截住问道："人命案不就是西城外，杀死夫妻两口的那桩案子么？"郑五点了点头，说道："正是那桩案，你怎么知道的？"刘恪道："我并不知道详细，不过听得下人闲谈，家父曾亲去相验过一遭。"郑五道："这案只怪胡庆魁自己太性急了些，不应该把那夫妻两口都杀死，以致自己不能脱身。他到襄阳来，就住在西城外一家小饭店。才住了两日，凑巧这日那家饭店里，因屋瓦有些破漏了，雇了一个泥水匠前来修理。泥水匠在屋上，不提防屋梁被虫蛀空了，承受一个人不起，忽然哗喳一声断下来，泥水匠也跟着倒栽落地。头顶撞在墙石角上，撞成了一个大窟窿，鲜血脑浆都迸出来了，并且颈项被撞得缩进肩窝里去，顿时就断了气了。

"饭店老板见出了这种乱子，虽非有意陷害泥水匠。然泥水匠是为替他修房屋，跌死在他家里，即不算遭了人命，多少总免不了拖累，当下只急得哭起来。要尽人事，也只得到城里找有名的法师和有名的伤科医生来救治。请来的法师、医生将泥水匠望了一眼，都生气向老板骂道：'你不是瞎了眼的？像这样已经断了气的死人，除了神仙，有谁能救得活？请我来做什么？'骂得那老板哑口无言，胡庆魁既已改姓更名，不想给人知道，自然不愿意轻易露出本领来，使人猜疑。所以他亲眼看见泥水匠跌成这个样子，不肯说他能救治的话，听凭那老板去请法师、医生。及至听了那些法师和医生骂老板的话，他心想：我再不出头救治，眼见得这泥水匠是没命的了，见死不救，我还是一个人吗？有此一想，就忍不住向那法师和医生说道：'这却不能怪老板不应该把你们请来。你们做法师、做医生，原是替人治伤救命的；若没有伤，不曾断气，要请你们法师来做什么呢？你们不怨自己本领不济，倒怪泥水匠不该断了气，老板不该请你们来，岂不是笑话！'法师、医生听了胡庆魁的话，自然不服，其中有一个鼻孔里哼了一声道：'若断了气的也可以救活，那么世界上的人都不会死了。'

"倒是饭店里老板聪明，一听就料到胡庆魁必有了不得的本领，才敢说这大话来，连忙对胡庆魁作揖求治。胡庆魁点头应允了，对那法师说道：'据我看这泥水匠所受的伤虽很厉害，但还有几层可救的征候，不可误送了他的性命。你等仔细看，这不是断了气，是把气闷住了。如经过十二时辰不治，那就真个要断气了。你是在这里挂法师招牌的人，我是路过此地的，既请你到了场，应先由你尽力施救，不然人家要骂我强宾压主。'

"那法师见胡庆魁这么说，只得又到泥水匠跟前，仔细观察了一会儿，摇头说：'说得好风凉话，有谁能救得活，我给谁叩三个头，拜他为师。'胡庆魁笑道：'你虽愿意叩三个头，拜他为师；但不知能救活的人，愿不愿收你做徒弟。'说着叫老板取一杯清水来，亲自动手将泥水匠的身体搬平正，在泥水匠头前坐下来，双手挽住泥水匠的辫发，两脚抵住肩窝，用力一拉，将缩进去的颈项拉出来了。然后起身接了清水，画符念咒，含在口中对泥水匠喷了一阵。这碗法水，毛义成已断了三日三夜的肢体，尚且能连接起来；这泥水匠不过受了伤，安有救不活的道理？

"法水喷下去，不到半刻工夫，泥水匠已手脚能动，两眼能张开看人了。他是这么救活了一个泥水匠的命不打紧，却把当时在旁边看的人，一个个佩服得五体投地。那法师真个跪在地上叩头，要求他收做徒弟，他哪里肯答应呢？那法师知道不能强求，也就罢了。只是离这饭店不远，有一家姓罗的富豪，听说有这么一回事，心里不相信，跑到饭店里来看。当面问了那泥水匠一阵，便要见胡庆魁。胡庆魁不能不见，讲到这个姓罗的，也不是一个寻常的庸碌人，名字叫罗金亮。因为他祖父和父亲都是做大官的，家里有的是钱，罗金亮从小就不大欢喜读书，专喜骑马射箭，和一班三教九流的人来往。也延过几个负盛名的武教师，在家练习武艺，虽没练成了不得的本领。然寻常十来个汉子也制他不下，就只性情十分暴躁，又仗着家里有钱有势，简直是天不怕地不怕。不过还没有那些土豪恶霸的奸淫举动。罗金亮想学法术的心思，本来已存了多久，无如找不着真有高妙法术的师傅。这番既听得有胡庆魁这般一个人物，就在眼前，他怎肯轻易放过呢？

"当下见着胡庆魁，略问了姓名来历。胡庆魁乱说了一遍，罗金亮也不疑心是假，即一躬到地，说道：'舍间就在隔壁，我特地来恭迎老师傅到舍间去住几日。我还有许多话要和老师傅商量。'胡庆魁初时不肯，后来见罗金亮说得十分殷勤，并且看罗金亮生得仪表伟岸，言谈豪爽，举动也看得出是个会武艺的人，认作是个喜结交的豪杰之士，也就不好意思再拒绝不去，遂跟着到罗家来。

"罗金亮此时也有四十岁了，家里有六个姨太太，却没有一个生育过一男半女。他的父母早死了，只有个胞叔在北京当御史。他正室秦氏，是一位总督的小姐，性情和罗金亮一般暴躁；罗金亮有时都畏惧她，不敢和她较量。胡庆魁一到罗家，罗金亮殷勤款待，无微不至，并不提起要商量的什么话。胡庆魁初到，不好追问，住了两三日，忍不住作辞要走。罗金亮极力的挽留道：'我要和老师傅商量的话，还不曾开口，无论如何，也断不能就放老师傅走了。'胡庆魁道：'你有什么事商量？何妨就请说出来呢。'罗金亮笑道：'还早，且求老师傅宽住些时再说不迟。'胡庆魁料想罗金亮是这般殷勤挽留，必有非常重大的事，也就只得再住下来。罗金亮每日盛筵款待，并且从大早起来，就亲自陪着谈话，直到深夜才回房歇宿。"

不知罗金亮究有何事，要和胡庆魁商量，须听下回分解。

第二十七回

听残忍话传法留神
动恻隐心移金济困

"话说胡庆魁因是从小练武艺的人，又身犯重案，无论在什么地方睡觉，都异常警醒。就是很小的声息，一入他的耳孔，他就立时醒了。他自到罗家居住，每夜睡梦中，总被一阵哭声惊醒转来。仔细听时，知道是上房里打得子女啼哭。不过哭声并不高大，也听不出用东西扑打的声音。初听两夜却不在意，以为人家内室的事，作客的用不着管这些闲账；及至每夜听得声音且极凄恻可怜，他倒有些忍耐不住了。

"次日，乘罗金亮不在眼前的时候，向罗家当差的问道：'你们上房里，每夜似乎有打得女子哭的声音，究竟是谁打得谁哭？'当差的笑道：'你老不知道吗？我家太太，姨太太，每人都有一个丫头。没有一个丫头不是顽皮的，一夜不打就皮肤作痒，挨打差不多是她们一定的功课。太太、姨太太打惯了，一夜不打她们一顿，也好像有些难过。便是他们老爷，也生性欢喜看太太、姨太太打丫头。这夜我老爷在哪个姨太太房里歇宿，那个房里的丫头，就得挨大半夜的打。这是照例的事，我们的耳里听惯了，一点儿不觉得稀奇。'胡庆魁听了这话，心里好不难过，暗想：丫头不听指教，未尝全不可打。但是打了还不改变，尽好或嫁或卖，打发她出去，何必留在跟前是这般淘气？他心里虽这么想，口里却不好对那当差的说出来。这夜睡刚不久，又被照例的哭声惊醒了。胡庆魁心想：未必个个丫头顽皮到这样，我何不偷进上房去瞧瞧，看到底是怎么一回事？随即下床整了整衣服，也不开房门，就从窗眼里飞上房檐，穿房越脊的到了上房，听哭声所在的那间房里，灯光辉亮，照得窗纱透明。胡庆魁看窗外没有人影，便下地走近窗前，聚着眼光向房里窥探。

"不窥探倒也罢了，这一看，险些儿把胡庆魁气得要破窗而入，一刀将那个比蛇蝎还毒的姨太太劈杀。原来看见房中有一张烟榻，榻上摆着一副鸦片烟器具，罗金亮正横躺着烧烟。一个年约十三四岁的丫头，面朝烟榻跪着，头上翻顶着一把很大的紫檀靠椅，椅的四脚朝天，上面放一个白铜面盆，盆里满贮清水。那丫头双手扶住椅靠背，兢兢业业的，低声哭着求饶。一个二十来岁的少妇，蓬松着满脑头发，手拈着一支烧鸦片烟的铁签，就烟灯芯烧红，随手向那丫头身上戳去。丫头痛极了，略略闪避，面盆里的水便荡了出来。就听得骂道：'老娘戳你一下，你还敢躲闪吗？你又把老娘的水荡出来了，你若不舐得干干净净，老娘今夜饶了你就不算是个人！'接连厉声叱了几句：'舐呢，舐呢！'这丫头兢兢业业的将头上靠椅取下来。但是无论如何仔细，靠椅上面放的那盆水，因已满齐盆边，不动就罢了，一动便不能不溢出来；只见点点滴滴的就头上淋滴而下，将床前的地板湿了一大块。即见那少妇一手指着湿的地板，一手推着罗金亮，说道：'你瞧，你瞧！这是你想出来的新刑法，弄得我房里这般水汪汪的，脚都不能下，看你怎么说？你不叫她舐干净，你自己便得舐干净，还一块干地板给我。'罗金亮从容放下烟枪，坐起来指着丫头骂道：'你还不舐，更待何时？'

"这丫头哪里敢违拗，立时伏下身躯，双手撑在地板上，伸长舌尖舐水。罗金亮现出很开心的样子，对少妇笑道：'你看这个样子，像不像狗舐米汤？'少妇也笑着点头道：'样子却像，就只舐的声音不像。这畜牲的舌头太短小了，舐的声响不大。'罗金亮笑道：'你喜欢舌头大吗？'说着一对狗男女，就互相嘲笑起来了。胡庆魁在窗外看了刺眼，听了恶心，只得忍住一肚子的愤怒回房安歇。心想：这种富家子弟，平居邪淫无耻，原不足责；但是什么心肝，怎忍是这般糟蹋下人，供自己的快乐，未免太可恶了。此时胡庆魁已存了个相机规劝罗金亮的念头。

"次日，罗金亮又办了一桌盛席，陪款胡庆魁。酒过数巡，胡庆魁开口说道：'承主人的盛意，是这么过分的款待我，我毫无报答，心里实在不安。主人有什么事商量，请即说出来吧！若再不说，我只好告辞了。'罗金亮道：'我迎接老师傅到寒舍来，无非钦慕老师傅的道术高妙。要商量的事，也就是想求老师傅，把道术传授一点儿给我。我想学道术的心思，已存了好几年，无奈遇不着像老师傅这般本领的人，以致不能如愿。于今是我合该有这缘法，天使老师傅到我襄阳来，偏巧跌死一个泥水匠，以显出老师傅的法力。我原打算见面就拜求传授的，待仔细一想：老师傅的法术是何等贵重的东西，岂有轻易传给初次见面的人？所以迎接到寒舍来住着，聊表我钦慕之意。若不是老师傅如此逼问我，我断不敢就说出来。'胡庆魁道：'学法不是一件容易的事，一种是长生不老法，要修心养性，在深山穷谷里习练的；一种却病延年法，尽管病入膏肓，也可以起死回生，不过也得在尘世以外去觅一清净池，抛开家室妻孥，才得专心一志，容易成功。'罗金亮道：'老师傅都会施么？'胡庆魁道：'会施，会施。'罗金亮道：'请都传授我，使得么？'胡庆魁听了，忍不住大笑道：'我有什么使不得？祖师的传授是这般却使不得。若是这般使得时，秦始皇、汉武帝都已成仙成道了。'

"罗金亮现出很不称意的样子，踌躇了一回，说道：'然则我只能学第三种了，请问学第三种是如何的办法？'胡庆魁笑道：'第三种倒可以用得着府上的花园了。不过，第三种是就本人心爱的几样法术学习。不是我说小气话，从来学法的都是如此。学法是要师傅钱的，所以有'无钱法不灵'的一句俗话。我虽知道你府上富有财产，然不是存心骗你的钱。反是学第一、二种，只要人物对账，一文钱也不能取……'罗金亮不待胡庆魁再说下去，即抢着说道：'老师傅不要说的这般客气。我求老师傅授法术，自然要送赘敬，世间哪有拿法术白传授给人家的！只请问老师傅要多少钱，传多少法术！'

"胡庆魁道：'这是没有一定的。法有大小，师傅钱也就跟着有多有少，须看你自己想学什么法，说出来才能定价。'罗金亮道：'老师傅不要存心客气。我要学法术是不吝惜银钱的，应该要多少尽管说，将来若因送的师傅钱少了，以致所学的法术不灵，那时就悔之不及了。我第一件想学的，就是治跌打损伤的法术，此外想学的还多，不知道容易学不容易学？'胡庆魁点头道：'我治跌打损伤只有一碗水，无论伤得如何厉害，有我这碗水，包管起死回生。但是我这碗水，通中国知道的不过几人，不是小法术。学会这碗水，定价六百两银子，多给我一两不要，少给我一两不灵。'罗金亮心想：'六百两银子虽是大价钱，然我学会了这碗水，要赚回六百两银子，也是一件容易的事，只要遇着有钱的人受了伤，索他几百两银子包治，是极平常的事，这本钱何愁收不回来？'想罢，即欣然答道：'六百

282

两银子算得什么？便再多几百两，我也情愿奉送。不知多少时日才可以学会？'胡庆魁道：'不须一个时辰就学会了。'罗金亮喜道：'既是这般容易，那就求老师傅授我这碗水，再学旁的法术。'胡庆魁道：'学会虽不要一个时辰，只是行使起来，要得心应手，就非每日按时练习不可。'罗金亮道：'传授这法术的时日，可以随便，不必选择吗？'胡庆魁道：'时日倒不必选择，随时随地都可以。不过，照例六耳不传师，所以用得着府上的花园。'罗金亮道：'怎么谓之六耳不传师？'胡庆魁道：'六只耳朵是三个人，师傅不能有三个人在一块；并且传授的话，不能使第三个人听得。我知道府上的花园很大，将园门关闭起来，在园外的人，是听不清园中说话声息的。'

"罗金亮当即回头，向立在背后的当差说道：'快去账房里封六百两银子来！'当差的应声待走，胡庆魁连忙摇手道：'不必这么性急。银子存在账房里，我何时要用，何时去取。此时拿给我，也没有地方收检。'罗金亮遂向当差的道：'老师傅既这么说，你就传我的话去吩咐账房，胡老师有六百两银子存在我账上，听凭胡老师支取。'当差的依着言语吩咐账房去了。

"罗金亮待终了筵席，就催促胡庆魁道：'我想学法的心，比火还急，求老师今日便去花园里传授我好么？'胡庆魁见他这么着急，只得答应：'使得！'叫罗金亮预备一只大雄鸡、一碗清水、一副香烛、一把快刀，这些东西都是能咄嗟立办的。罗金亮捧了这几件东西，跟着胡庆魁走进花园，随手便将园门锁了。胡庆魁看园里有一座假山，足有四五丈高下，胡庆魁走上假山顶，向四周望了望，笑道：'这地方正好传授。我当日学这碗水，是在一座高山之上；于今我传徒弟，也须在山上才好。不过，我当日试用第一碗水，是我师傅被解开了的肢体；此刻这一层却学不到，只可用雄鸡代替，你将来施用的时候，便可知道人畜是一般的了。'罗金亮点好了香烛，呆呆的立在旁边，等候胡庆魁传授。胡庆魁盘膝坐在山头，只是闭目不语。

"罗金亮也不知道胡庆魁是什么用意，心里猜度，以为是闭目请神。等了好一会儿，看蜡烛已烧去一大半了，心里又着急起来，只得低声催促道：'蜡烛已快要完了，请传授我吧！'胡庆魁这才慢慢的张开两眼，向罗金亮打量了一下，有声没气的应了句：'好。'便站起身来，传了咒语讳字。将水勒好了，左手提起雄鸡，右手握住快刀，问罗金亮道：'你说我这一刀劈下去，能不能将雄鸡的头劈断？'罗金亮道：'这一刀下去，自然劈断。'胡庆魁点了点头，对准鸡颈项横劈过去。但是雄鸡颈项的毛很深厚，又软滑不受力，这一刀劈下去，不但不将雄鸡颈劈断，连鸡毛也不曾劈下一片。笑问罗金亮道：'怎么又劈不断呢？'罗金亮道：'提起来是悬空的，能向两边荡动，所以劈不断；放下地来劈，就容易断了。'胡庆魁遂将快刀和雄鸡，都递给罗金亮道：'你劈断下来给我看看！'

"罗金亮接过来，按在假山石上，果然一刀把鸡颈劈断了，鲜血直射出来，鸡翅膀连扑几下，就倒地不动了。胡庆魁忙将右脚在地下一跺，伸右手指着鸡颈劈断之处，喝了一声：'止！'鲜血便立时止住不出了。对罗金亮道：'你把这鸡头再劈成两半个。'罗金亮也依言劈了。胡庆魁问道：'这鸡颈劈断了没有？'罗金亮道：'是我亲手劈下来的，如何没断？'胡庆魁又问道：'鸡头劈开了没有？'罗金亮道：'也是我亲手劈的，现在此地，怎么没开？'胡庆魁又问道：'这雄鸡的颈劈断了，头也劈开了，已死了没有？'罗金亮道：'自然是已经死了。'胡庆魁又问道：'你相信确是已经死了么？'罗金亮见胡庆魁专问这样不相干的话，差不多和逗着小孩子玩耍的一般。他是从小就养尊处优惯了的人，平日除了他的姨太太而外，没人敢在他跟前说半句开玩笑的话，此时对于胡庆魁虽不敢骄傲不愿意的样子，心里却已很不舒服了，随口答道：'劈开了头，劈断了颈，还有谁不相信确是死了？'

"胡庆魁道：'我就是要叫你相信这鸡确是死了！你于今可将鸡头仍旧合拢来，对颈项接上去，含这法水连喷三口，看是如何？'罗金亮如法炮制。第三口法水刚喷下去，胡庆魁在旁又是一飞右脚，这雄鸡应之而起，仿佛受了大惊的样子，连窜带飞的逃下假山去了。罗金亮看了，拍手喜道：'这才算是真正的妙法。'胡庆魁复指点他，每日练习的时期和方法，罗金亮自去练习。

"又过了几日，这日胡庆魁正独自坐在房中，忽觉窗外有人窥探；仔细看时，那人又将头缩回去了，一会儿，又伸头从窗隙里向房中张望。胡庆魁忍不住问：'是哪个？'窗外没人答应，只是听得有脚声走开去了。胡庆魁想：我在这里已住了不少的日子，除了他家的太太、姨太太而外，没有曾见过我的人，无端是这么窥探我做什么呢？倒要追出去看看是哪个。比即追出房门看时，仅有一个老婆子模样的人，向那边走去。举手在脸上揩抹着，好像揩眼泪的样子，一路走着并不回头，看不出是怎么样面貌的老婆子。再看她用右手揩抹了，又用左手揩抹，接着洒了一把鼻涕，即停步靠墙根立着；这才看出她是一个年约五十岁的老婆子，不知为着什么事，哭泣得很伤心的样子。胡庆魁暗想：这里并没有第二个人，可见得从窗隙里窥探我的，就是这老婆子了。她心里不是有十分难过的事，不至这般哭泣。既有难过的事在心，又何至无端的来窥探我呢？难道她有困难的事，知道我能帮助她，有心想来求我吗？然则既看了我独自坐在房中，何以不进房对我开口，要是这般藏头露尾的窥探呢？我左右闲着没事，这里又没有旁人，何不叫她来问问？想罢，故意咳嗽了一声，那老婆子果然回头，望了胡庆魁一眼，连忙向各处望了一望。

"胡庆魁料知她是怕人看见，即迎上去，说道：'老妈妈有什么事，这般伤心哭泣？此时这里没人，尽管对我说出来。我力量做得到的事，准替你帮忙。'这老婆子听了，也不说什么，双膝往地下一跪，就朝着胡庆魁叩头。胡庆魁闪过一边，说道：'老妈妈，快不要行这大礼，我不敢当。请起来到我房里去，有话好和我说。'老婆子爬起身来，说道：'求胡老爷救我儿子的性命！我不敢到胡老爷房里去，恐怕我家老爷来了看见，那就连我也没有命了。'胡庆魁诧异道：'这是什么话？我房里不能来人的吗？怎么你家老爷看见你在我房里，就要你的性命，你家老爷是谁？'老婆子道：'我家老爷，就是这里的罗老爷，跟着胡老爷学法的。'胡庆魁笑道：'我只道是什么阎老爷呀，可以要你的性命，原来就是这里的罗老爷。他也是个人，如何见你到了我房里，就要你的性命？你放心好了，凡事有我替你做主，这里不好说话。'说着，先举步回房。老婆子虽跟着在背后走，然害怕的神气完全露出来了。胡庆魁带到自己房里，让她坐了，说道：'你不用害怕，只管从容把事情说给我听。你儿子有什么事要我救他的性命？'

"老婆子说道：'我姓王，我的丈夫早已去世了，遗腹生了个儿子叫王云卿，今年十八岁了。只因家道贫寒，不能度日，母子两人都在这里伺候罗老爷、罗太太。平日老爷太太对我母子，虽没有什么好处，然也和对这些当差的老妈子一样，并不十分刻薄。只是前夜二更时分，老爷独自在书房里，我儿子捧了一杯茶送进去。老爷一句话也不说，忽然跳起身来，对准我儿子的腿弯里就是一脚踢去，踢得我儿子顿时倒地，一条右腿已被踢断了。我儿子问为什么事踢他？老爷还笑嘻嘻的说：不要紧，我替你接上就是了。可怜痛的我儿子几番昏死过去。老爷也不请伤科医生和法师来治，自己左一口冷水右一口冷水，向我儿子腿上喷去，越喷越肿起来了，又不许人到书房里去看。我听得桃红丫头说，才知道老爷现在正延了胡老爷住在家里，教他治跌打损伤的法术，踢断我儿子的腿，是存心要试验他法术的。我三十零岁守寡，只望这个儿子养老，若被老爷踢死了，或踢成了一个残废的人，胡老爷替我想想，我将来依着何人养老呢？我昨日曾跪在老爷面前，求老爷开恩，请胡老爷进去医治。老爷不但不肯，反对我骂道：踢断你儿子一条腿算得什么事？我有大法术，自然能接得上。就是接不上，老爷有的是钱，多赏你几串便了，你还有什么屁放！老爷特地拿你儿子试法的，谁敢说请胡老爷进来医治？你若敢在胡老爷跟前露了半个字，那时休怪老爷无情。钱是一文也没有，还得连你母子一同赶出去。并且吩咐襄阳一府的伤科医生和法师，不许替你儿子诊治。老爷是这般一骂，吓得我不敢开口了。'

"胡庆魁听到这里，已忍不住发指眦裂，怒气冲天，托的跳了起来，说道：'不用再说了，再说要把我气死！幸喜那日在假山上，我盘膝闭目等着他拜师，他不知道。我和他并没有师徒名分，若不然，我此时真悔不及了。你不可走开，就坐在这房里等我，我去救了你儿子便来，我还有话和你说。'老婆子哭道：'胡老爷不能就这么去。'胡庆魁道：'为什么不能就这么去？'老婆子道：'胡老爷这么一去，我家老爷必知道是我来求的。老爷平日无论什么事，说得出就做得出。若真个把我母子赶出去，像现在这样荒年，真是乞食无路呢！'胡庆魁忍耐着火性，安慰他道：'你安心坐下来，我进去自有说法，岂有反累得你母子乞食无路的道理！你若离开了我这间房，我回头找不着你，就不管你的事了。'这老婆子还待说话，胡庆魁已拔步走出了房门，并且随手将门带关了。

"胡庆魁曾到过罗金亮的书房，直冲进去。见房门紧闭，正待上前推门，只见旁边走出两个当差的，厉声问道：'谁呢？老爷吩咐了不许推门。'胡庆魁也不理会。当差的看清楚了是胡老爷，便不敢上前阻挡了。胡庆魁伸手推门，推不动，即听得房里有呻吟之声。在门上敲了两下，喊道：'开门呢！我有要紧的事和你说。'罗金亮在房里已听出是胡庆魁的声音，似乎吓了一跳的样子，发出带颤声音，问道：'是胡老师么？有什么要紧的事情，请暂时回到前边去，我立刻就出来见老师。'胡庆魁道：'你且把门开了。我还有一个印诀忘记传你，幸亏刚才想了起来，过了这个时辰，今日便不能传了。你不得这个印诀，就练习十年八载也不中用。'

"罗金亮听了，信以为实，暗想：怪道我的法水不灵，原来还有个印诀不曾传我，冤枉使王云卿这小子，整受了两日两夜的苦。顾不得怕胡老师知道，便开门放他进来。一面开门，一面用埋怨的声口说道：'原来老师忘记传我的印诀，险些儿不把我急死了。'胡庆魁跨进房门，问道：'忘记传你的印诀，何至就把你险些儿急死了呢？'话才说出，就看见床上仰躺着一个后生，右腿露了出来，肿得有吊桶粗细，故意吃惊的样子，问罗金亮道：'这人是哪里来的？腿如何伤到这个模样？'罗金亮笑道：'就是为这小子的伤治不好，险些儿把我急死了。'胡庆魁也笑着问道：'你受了他的钱，替他包治吗？'罗金亮道：'我才学法，哪里就受人家的钱，替人家包治？这小子就是在我书房里伺候的王云卿，胡老师不是见过的吗？'胡庆魁仔细看了一眼道：'不错，他怎么伤到这般厉害？只怕已是无救的了。'罗金亮道：'老师传给我的咒词，只念了一夜，就念得口熟如流了。因想试验法水灵不灵，一时找不着受了伤的人来试，凑巧这小子送茶进来，我就一脚把他的腿踢断。以为有这法水喷上去，立时便可复原；想不到老师忘记将印诀传我，喷下去的水，一点儿灵验也没有。我还只道是我的心不诚，不敢出来对老师说，只得敕一碗水喷过，又诚心诚意的敕一碗再喷。老师何以说怕无救呢？'

"胡庆魁道：'我看他这伤处的皮色不对，十九难救了。'罗金亮道：'救不活倒不要紧。他只有一个寡妇娘，也在舍间当老妈子，老实得连话都不敢大声说。我踢死她的儿子，胡乱给她几串棺木钱，就不愁她不依。请老师将印诀传给我，再敕一碗水试试看如何？'胡庆魁又装做吃惊的神气，说道：'哎呀！他母亲是个寡妇吗？他有几个兄弟？'罗金亮道：'他

287

若有兄弟，倒得防他有报仇的人。他不但没有兄弟，姊妹都没有，并且附近还没有他亲近的族人，这种人不容易对付吗？'胡庆魁冷笑道：'原来此间有这样人。'

"罗金亮以为这话是说王云卿的，还催着要传印诀。胡庆魁不作理会，见床边有大半碗清水，端起来用指画了几画，含在口中朝王云卿的腿上喷去，喝声：'起来！'作怪极了，王云卿真个和没有受伤的一样，应声而起。又喷了一口，又喝道：'下床来！'王云卿应声下床立着。喷第三口时，喝：'走！'王云卿已与好人一般的能走动了。

"罗金亮称赞道：'妙啊！'胡庆魁仿佛没听得，牵了王云卿的手，便往外走。直走到自己住的房间里，见那老婆子还坐在房中掩面哭泣，胡庆魁道：'你还在这里哭些什么？你瞧瞧，这是哪个？'说时王云卿已上前呼唤母亲，老婆子看见儿子好好的立在眼前，并没有伤损的样子，这才转悲为喜，一把拉住王云卿问长问短。

"胡庆魁吩咐他母子二人道：'你们且在这里等着，不可走开，我去去就来。'说毕，匆匆走出来到罗家账房里，伸手向账房说道：'请你把东家学法的六百两师傅钱兑给我，我有用处。'这账房曾受了罗金亮的吩咐，自然说兑就兑。胡庆魁捧着六封银子回房，只见罗金亮正在房里板起面孔，厉声诘问老婆子的话，好像是责备老婆子，不应该将王云卿断腿的事使胡庆魁知道。老婆子和王云卿都吓得跪在地下，遍身筛糠也似的发抖。胡庆魁放下银两，一手扳着罗金亮的肩头，往旁边一推道：'你有话可向我说，此时的王云卿，不能再受你的惊吓了。你们娘儿两个起来，还只管跪着做什么？世间乞食叫化的，难道不是人吗？既遇了这种狠毒的东家，如何还用着恋恋不舍？我这里有六百两银子，是我倘来之物，你王云卿的腿，也就是断在这六百两银子上。我于今就把这银子送给你娘儿两个，拿去好好的经营，大概也不至愁穿愁吃的了。你们就此拿着远走高飞吧！'罗金亮看了胡庆魁，这般目中无人的举动，忍不住气涌上来，愤然对胡庆魁说道：'我家的当差老妈子，如何能由得你是这么随意叫他们走？'胡庆魁冷笑道：'为什么不能由我叫他们走？'罗金亮道：'你知道他娘儿两个在我家押了银子的么？不将押身的银子还来，谁也不能叫他们离开我的大门。'胡庆魁道：'他母子共押了多少银子？'罗金亮做着手势道：'七百两。'王云卿母子听了，都待辩白，胡庆魁忙摇手止住道：'你们不说用了，七百两银子算不了什么，你向我讨还就是。你是识趣的，便不可阻挡。'随又对王云卿母子道：'我亲身送你们出去，凡事有我承当，不用害怕。'

"罗金亮见此情形，明知阻拦不住，没得倒把胡庆魁得罪了，学不着法，白丢了几百两银子，只得忍气吞声的立在一旁。望着胡庆魁护送王云卿母子，带了六百两银子走了，才怒气不息的回到自己妻子房里，拷问一个丫头老妈子：'是谁将王云卿受伤的事，说给王婆婆听的?'说话的那丫头，本人虽不肯承认，然同伙的不愿代人受过，便同声将这丫头攀供出来，可怜这丫头就此难星照命了。胡庆魁护送王云卿母子，到离罗家十里以外，代雇了船只，吩咐他母子逃往他乡去。自己因厌恶罗金亮之为人，原是打算就此不回头去的，不回去倒也罢了，无奈他合该撞出祸来，忽转着一个心思。"

什么心思，下回分解。

第二十八回

闹上房从容自首
坐矮楼攻苦轻身

"话说胡庆魁忽然觉得，受了罗金亮六百两银子，法术不曾教会，就此不辞而去，不是大丈夫的行为；将来必定遭人唾骂，须弄个来清去白才好。并且，胡庆魁自从那夜，看了罗金亮和那姨太磨丫头的事，即存了个得便劝导的念头，却苦没有机会开口。因这事耿耿在心，也想回头将罗金亮尽一番唇舌之劳。只是这日回到罗家，天色已晚，罗金亮不曾出来见面，他料知罗金亮心中不快，也就不去相见。一到半夜，又隐隐听得上房里有丫头被打的哭声；这哭声比前儿夜所听得的，更凄楚难闻了。

"胡庆魁跳下床来，自念道：我今夜非去警戒这一对狼心狗肺的男女不可！料他们不敢不听我的言语。遂又穿檐越栋，蹿到上房。一听，哭声不是在前夜那房间里。凑近窗前看这房的规模更大，陈设也更华丽，俨然县官坐公堂审案一般的。罗金亮和一个中年华服的妇人，并肩坐在好像临时陈设的公案上面，地下跪一个丫头，年约十七八岁。两边十来个丫头、老妈，和衙门里站班的一样。跪在地下的丫头，哭哭啼啼向上陈诉。还没听出陈诉是什么，即见那中年的妇人竖起两道眉尾，发出极尖锐的声音，先从鼻孔里哼了两声道：'我不愁你这贱蹄子不自行供认出来。'罗金亮即拍着桌子问道：'你这贱蹄子到底安着什么心眼，无端把王云卿的话说给王婆婆听？我哪一桩事亏负了你，你只管说出来。'跪在地下的丫头只是叩头不作声。中年妇人手指着这丫头，对罗金亮道：'操手问事，她哪里肯说，你看不是打得结实，她肯认供是她对王婆婆说的么？天聋地哑的王婆婆，若不是这贱蹄子说给她听，替她出主意，她怎么会知道，去找胡庆魁那个没天良的骗贼？不重重的打她，她是决不肯说的；且打得她供出来再办。'

"罗金亮点点头，向丫头问道：'你究竟怎样对王婆婆说的？你好好的招出来，我便饶了你。'丫头颤声说道：'我并不曾对王婆婆说旁的话。因为王婆婆问我，说这日不见她儿子王云卿的面，不知到哪里去了？我不该不知轻重，把伤了腿的话说给她听。我说过这话，就彼此走开了。她去找胡老师的事，我实在一点儿不知情。'中年妇人冷笑一声，说道：'你自然是说不知情的来。'随即望了望站在两旁的丫头、老妈道：'取铁鞭下来。剥去这贱蹄子的衣服，给我结实抽几下，看她到底知情不知情？'罗金亮接着恨恨连声的对这丫头道：'就为你这东西几句话，害得我败财呕气，不打你如何能泄我胸头之愤！'只见一个丫头从壁上，取下一根拇指粗细形似马鞭的东西来。因房中灯烛光明，看得出是用数十根铁丝捆扎而成的。铁丝长短不齐，每根铁丝的尖上都屈成一钩，露在外面与钓钩相似。跪在地下的丫头，一见这铁鞭，顿时浑身发抖，叩头如捣蒜的求饶。有两个老妈子上前要剥衣，这丫头紧紧的伏在地下不敢起来。中年妇人一迭连声的催促，罗金亮喝叫其余的丫头、老妈上前，帮着去剥。

"胡庆魁看到这里，再也忍不住袖手旁观了，推开窗门，一跃步就蹿进了房里。一面走向罗金亮，一面说道：'且慢动手！'众人忽听得有男子，从窗门里蹿进来说话，同时惊得望着胡庆魁，愕然不知所措。唯有罗金亮夫妇的胆量毕竟大些，由他老婆先开口问道：'你是什么人，如何闯进我们内室来了？'罗金亮面上仿佛有些惭愧的神气，立起身来，说道：'这便是胡老师。'接着向胡庆魁拱手道：'胡老师有何事见教，黄夜到我上房里来？'胡庆魁道：'我把王云卿母子送走了，明知你们心里是不甘愿的。不过冤有头，债有主，王云卿的伤是我胡庆魁救的，她母子是我胡庆魁送走的，你们有话只能向我胡庆魁说；不干这丫头的事，不应这么凌磨她，我就是为这件事来的。'罗金亮还没回答，他老婆已怒容满面的说道：'这就奇了。常言清官难断家务事，我们夫妻在卧房里管教丫头，与你姓胡的有甚相干？真是宛平县的知县，管的太宽了呢！请出去吧，有什么话留待明日，我老爷出来领教。这是卧房，不便留外人久坐。'

"胡庆魁被这几句话，气得胸脯几乎破了。圆睁两眼，向这妇人叱道：'住嘴！谁和你这个不贤良的毒妇说话。卧房便怎么样？难道在卧房里杀死了人，可以不偿命么？'罗金亮的老婆是个官家小姐出身，平日骄奢放纵惯了，罗金亮都怕了她，凡事多得让她三分。至于罗家一切内外人等，更是无一个不畏惧这位太太。因此，益发养成了她目空一切、为所欲为的骄气，一时如何肯低声下气，受胡庆魁的教训呢？当即毫不踌躇的双手将那临时陈设的公案往前一推，只推得哗啦一声，连案上的灯台茶盏，都倒在地下乱滚。自己跟着跳起身，骂道：'这还了得！不和我说话，就不应该跑到我卧房里来。你们拿鞭子替我赶出去，看他有甚能为奈何了我！'拿铁鞭的丫头，真个待动手打胡庆魁。

"胡庆魁一伸手就把那鞭子夺了过来。因为心头冒火，不假思索，举起这条铁鞭，没头没脑的对着妇人扑去。胡庆魁的气力不比寻常，休说妇人受不起，就是壮健男子也受不起。胡庆魁一边扑，一边骂道：'你打丫头用这种毒刑，于今请你自己也尝尝这东西的滋味看。'若在旁的妇人，经受不起了，便得求饶，偏是这妇人不然，一不求饶，二不呼痛，只是不绝口的乱骂。扑不到几下，妇人已倒在地下了。罗金亮看了情急气恼，匆匆从床头擘出宝剑，照着胡庆魁的头颅便剁。

"胡庆魁闪过一边，看罗金亮两眼凶光外露，满脸的杀气，只得也伸手将宝剑夺下，顺手向妇人脸上刺去；便刺了一个透明窟窿，手脚乱弹了几下，就要骂也骂不出了，眼见得已是不能再活。罗金亮看见，横了心似的，折了一条桌脚，拼命朝胡庆魁打下。罗金亮的武艺，虽没有惊人的本领，然也非软弱无能之辈。房中狭小，帮着动手的又多，倒把个胡庆魁弄得缚手缚脚，展布不开。因为胡庆魁不肯杀无干之人，只是略略的招架几下，即抽身蹿出窗外，回头立住脚，对房里说道：'你们这些丫头、老妈子，不要自寻死路。'话未说了，罗金亮已跟着蹿了出来。胡庆魁也是一时怒发，不待罗金亮双脚落地，即迎着一剑刺去，从前胸刺穿后背，顿时倒地而死。胡庆魁此时若要脱身逃走，谁也不能将他阻住。只是他转念一想：我走了没要紧，岂不害了这一家无干的仆婢，因此才自行出首。"

刘恪听到这里，方截住问道："他既自行出首，就应该听凭国法处治，却为什么又想有人放他出去呢？"郑五笑道："他出首是为不忍拖累那些无知无识的仆婢，曾经出首，便与那些仆婢无干了。国法是什么东西？在他胡庆魁心目中，恐怕从来不曾拿着当一回事。你能放他，他有言在先，必不亏负了你。你就不放他，他也自有能耐走出襄阳府，便用铁柜也关不住他。想他坐待国法的处治，是没有这回事的。"刘恪点头道："既是如此，容我设法放他便了。"

郑五抬头望了天色道："哎呀！贪着谈话，不觉东方已经发白了。"随即起身说了句："后会！"遂蹿出围墙走了。刘恪回到书房，幸喜还没人知道。偷偷的上床，不敢睡着，独自思量：胡庆魁既有武艺，又会法术，他存心要冲监出去，是一极容易的事。我便不放他，我义父也免不了要担些过失，我丝毫得不着好处；倒不如索性由我放他出去，我能得了他的真传实授，将来义父有为难的时候，我尚有能力出来略尽孝道。至于为我自己报仇雪恨着想，遇了胡庆魁这种人物，更应竭诚去结识他，学些能耐。若是错过了这机会，便不容易再遇着了。刘恪既是这般打定了主意，只胡乱睡了一睡，即起床做了平日上午照例的功课。

下午原有一两个时辰，是给他休息玩耍的。他就趁这时间走出学堂，找着一个禁卒的头目叫做何玉山的，问道："有一个杀死罗金亮夫妇，自行投首的要犯，此刻关在哪里？引我去看看他。"何玉山听了，似乎吃惊的样子，说道："杀死罗金亮夫妇的，不是傅癞子么？那是一个杀人凶犯，少爷要看他做什么？"刘恪心想：胡庆魁是癞子么？郑师傅虽不曾说出来，然杀死罗金亮夫妇的没有第二个人，这人又恰巧姓傅，胡、傅音相近，可见得必就是胡庆魁了。幸亏我不曾冒昧说出胡庆魁的姓名来！昨夜郑师傅说他因梁山县的案子，改名换姓，我一时疏忽，忘记问是改姓什么，险些儿把他的真姓名说出来了。一面心里想，一面点头答道："我正是要看傅癞子，你不用管我为什么事？"

何玉山面上露出踌躇样子，说道："不是下役不敢引少爷去看他，实在因这傅癞子的本领太大，他并且有要冲监出去的话，不得不认真防范他。"刘恪正色叱道："放屁！他既要冲监出去，当初何必自首？我既去看他，自知防范。你引我去便了！"何玉山见少爷生气，遂不敢多说，只得将刘恪引到一间监房门口，指着门里，说道："傅癞子就关在这里面。"刘恪看是一扇极粗木条的栅栏门，上下都有粗铁链拴住，并上了一把七八寸长的牛尾锁。尽管有大气力的人，想空手将这栅栏门冲破，是决定办不到的。向房里望了一眼，说道："这房中漆也似的黑暗，在外边看不见人，快拿钥匙来把门开了，让我进里面去玩玩！"何玉山道："少爷定要开门进去，下役不能阻挡。不过，傅癞子进监的时候，曾说过要越狱图逃的话。少爷把牢门开了，万一出了乱子，下役可担不起这千斤重担。"刘恪道："牢门是我开的，犯人跑得了，我跑不了，有我在这里，你还啰唆些什么?"何玉山这才露出笑脸,说道:"既是如此,请少爷在此等一下,下役去取钥匙来。"说着去了。

刘恪见何玉山去后,看了看两头无人,即凑近牢门,向里面轻轻唤了一声:"胡庆魁!"里面没有动静。接连又唤了两声,便听得有镣铐移动的声响,随即有一个人走到门边,打量了刘恪两眼,问道:"是郑五叫你来的么?"刘恪看这人的神情气概有异常人,顶发果然稀少,又开口提出郑五的话来,知道就是胡庆魁了,遂点头答道:"我是特地来送你出去的。我昨夜听了郑老师的话,不由得五体投地的佩服,情愿不计利害,送你出狱。"胡庆魁道:"我已知道了。不过,我走了以后,你打算怎么办呢?"刘恪道:"我没有打算怎么办,看两位师傅教我怎么办,我便怎么办。"胡庆魁道:"你虽放我走了,脱不了关系。然你的地位不比寻常,便不逃走,也不见得因这事受如何的处分。只是我有言在先,有谁能放我从中门出去,即将我平生的本领传给谁。我的本领,不是当少爷的人可以得着传授的。要学我的本领,就得跟我出去,听从我的言语行事。"

刘恪刚待回答,何玉山已手擎着钥匙来了。何玉山不敢开锁,将钥匙递给刘恪道:"少爷当心点,这要犯不是当耍的呢。"刘恪接了钥匙,笑道:"你若怕受拖累,尽管远远的离开此地,凡事有我承当便了!"何玉山应了一声:"是!"真个走开了。刘恪推开了栅栏门进去,向胡庆魁行礼,说道:"我愿意跟随师傅,无论天涯海角,都可以去得。不过,我恐怕事久生变。如果我父亲存心防范,我便想送师傅出去,也做不到了。"胡庆魁望着自己手脚上的镣铐笑道:"这捞什子不除下来,叫我怎么出去?"刘恪听了,迟疑道:"我去取镣铐的钥匙不打紧,但看守的人必然要生出疑心来,甚至跑到我父亲跟前去报告,那么事情就弄糟了。"

刘恪说到这里,忽听得门外有人"啊唷"了一声,说道:"不好了!少爷要放走凶犯,我就出首去。"刘恪不禁大吃一惊,急回身跳出牢门,打算将这人拉住,劝他不要声张。出得门看时,原来不是别个,正是何玉山,笑嘻嘻的说道:"少爷好大的胆量!放走了这个凶犯。大老爷如何得了?"刘恪看何玉山并没有要去出首的样子,心里略安定了些,说道:"大老爷做了一辈子清廉之官,决不因走了一个犯人,便受重大的处分,你休得从中为难!"何玉山点头笑道:"不瞒少爷说,我也久有此意,无奈胆小不敢做主。少爷肯这么做,是再好没有的了,镣铐钥匙都在这里。"说时揭起衣服，在腰里取出两个钥匙来。

刘恪此时真是说不出的欣喜。接了钥匙，正要再进牢去，想不到胡庆魁已大踏步走出牢来，不知镣铐在何时卸落了。胡庆魁望着刘、何二人，说道："要走就跟我走吧！"刘、何二人忙跟了上去。一路走出府衙，因有刘恪同行，没人敢上前阻挡。出襄阳城数里，到一座山上，胡庆魁才就一块石上坐下来，说道："已到此地，就有人前来追赶，也不妨事了。"刘恪道："我所以情愿背弃父母，相从师傅逃走出来，虽是因为听了郑师傅的话，钦佩师傅的人品学问；然大半也因师傅曾说了那句'谁放师傅出狱，师傅就收谁做徒弟'的话。我原打算在狱拜师傅的，因恐被人看了不妥，如今只得求师傅收受我这个徒弟。"旋说旋整理身上衣服，恭恭敬敬的拜了四拜。

胡庆魁待起身推阻时，刘恪已拜毕起身，立在一旁了。胡庆魁笑道："不是我自食其言，你如今要拜我为师，委实太早了些，并且也使我对不起你郑师傅。"胡庆魁说这话的时候，面上很露出踌躇的神气。刘恪猜不出他说这话的用意，连忙说道："我原是郑师傅叫我冒险放师傅的。放师傅出狱的，自然做师傅的徒弟，郑师傅决不会见怪。"胡庆魁颔首说道："我却不是这般说法。我说这话的意思，你日后自然知道。此时就说给你听，你也未必明白。"刘恪听了这含糊吞吐的话，益发急得几乎哭了出来，说道："我若不为要跟着师傅做徒弟，好学些惊人的本领，也决不敢这么大胆放师傅出来。我如今已是有家不能归了，师傅不收我，除了死便没有第二条生路可走。"

胡庆魁忙握着刘恪的手，说道："我并不说不收你做徒弟的话。你要知道，我说委实太早了些的话，就是为你有家不能归，若不然，我也不说这话了。"刘恪道："师傅越说我越糊涂，究竟是怎么一回事呢？"胡庆魁笑道："糊涂就糊涂也好，此时不必追究。总之，我自有布置便了。"随即回头向何玉山道："承你的好意，从我入狱起，殷勤款待直到如今，我自不能白受你的好处。好在你只有单身一个人，没有家属在这里，从此不回襄阳，也没要紧，倒可与我一同行走。不过，我此刻须将你少爷安置妥当了，再来带你同往别处去。你就这树上折条树枝给我，我得使一个把戏在这里，方好放心前去。"何玉山伸手折了一条树枝，交给胡庆魁。

胡庆魁接在手中，口里念念有词，用树枝就地下画了一个穿心一丈的大圆圈，招手叫何玉山走进圈去。吩咐道："此地离襄阳城不到十里，难保不有追赶的寻到这里来。你坐卧在这圈里，足抵得有铜墙铁壁遮护。我和你少爷走后，你万不可走出圈来，无论听得圈外有什么动静，你只不瞧不睬，不可声张，包管你安然无事。我没有多久的耽搁，便来接你。"何玉山道："这里离大路太近，何不躲到深山中去，更为妥当？"胡庆魁摇头道："乱跑不得。你若出了我这个圈子，出了乱子，我就没法子救你了。"何玉山答应："晓得！"笑嘻嘻的坐在圆圈当中。

刘恪看了心中疑惑，暗想：是这么画一个圆圈，有什么奇巧，怎说足抵铜墙铁壁？我倒要走进去看看，心里这么想着，也不说什么，即提脚走将进去。才走了两步，还不曾跨进圆圈；胡庆魁已吃惊似的，急忙抢过来，一把将刘恪拉住，喝道："你不相信，要进去讨死么？"刘恪笑道："这圈里圈外看得分明，毫无遮隔，怎么进去便是讨死？"胡庆魁拉着刘恪就走道："这时分谁还有心和人开玩笑？你真不相信，我且带你去山顶上瞧瞧。"说时挽了刘恪的手，向山顶走去，一会儿，走上了山顶。

胡庆魁对刘恪说道："你看何玉山现在哪里？"刘恪低头就来时的方向望去，只见半山中涌现一团浓雾，看不见何玉山坐的所在。但是，心里明白何玉山必在那团浓雾里面。正待仔细定睛，忽听得胡庆魁发出惊诧的声音，说道："不好了！追赶的真个来了。"刘恪忙抬头朝着去襄阳城的大道上望去，只见一行约有二十多人，每人都带了兵器，急匆匆的追上来。不由得吓变了脸色，说道："师傅，我们何不趁他们不曾近前的时候，带着何玉山逃过山的那边去，免得留下他在这里受惊吓？"胡庆魁道："逃的在前逃，追的在后追，终不是好方法。他们不追来，我们不能在这里等他；既是追来了，索性看他们有什么本领，能把我们追回去。你不要心慌，只管站在这里看就是了。"说话时，那些追的人已看看跑近山下来了。

胡庆魁伸手对那些人指了几指，那些人似乎觉得是躲在这山里，不向大路走去，径走上山来，围着那一团浓雾绕了几转。刘恪看那半山中，陡然雷雨大作，狂风乱吹，霎时飞沙扬石，闪电夹在中间，如金蛇天矫。只吓得那二三十个人，一个个抱头鼠窜，浑身湿淋淋如落汤鸡一般。山顶上不但没有一滴雨，连风都不曾刮一口上来。

眼见得那些人都向来路上跑回去了，胡庆魁笑道："都是些这么不中用的蠢才，无端吓得这般，跑什么呢？我们也走吧！"仍挽了刘恪的手，从山背后下去。并不走大路，连越过几重山林，走进一座山里。刘恪正觉得这山的形势，好像是来过的；胡庆魁已立住脚，指着一丛小树，说道："到了你祖师爷家里，你还不知道么？"刘恪一见这丛小树中的枯草，才想起三月三日踏青所遇的情形来，连忙笑道："这地方我到过的。郑师爷说，住在这里面的是他的父亲。"胡庆魁道："不是你曾到过的，我也不敢引你来了。快进去！我将你暂寄在这里，我还有事去。"

刘恪这回的胆量就大了些，拨开枯草便钻身进洞，只见那老头笑容满面的立在石级旁边。胡庆魁也跟了进来，向老头下跪，说道："初次来见老伯，就害得老伯操心着虑，实是罪过。"老头慌忙将胡庆魁拉起，答道："都是自家人，不要这么客气。只要你脱离了牢狱，以后的事就好办了。你如今将他带到这里来，打算怎么办？"胡庆魁道："他是当少爷的人，暂时不能就跟着小侄在外边飘荡，打算暂且把他寄在老伯这里略住些时。等到这里的事办了，再叫他到大竹山来找我。小侄既受了成大哥的托，那时自然尽力帮助他做事。"郑霖苍点头道："话虽如此，却又得使老夫多少受些拖累。"说时，接着长叹了一声道："这都是陈广德那老鬼撞出来的乱子，也不知拖害了多少人！"

胡庆魁深深向郑霖苍作了个揖，道："事已至此，非老伯这里，实无处可以安他的身。"郑霖苍挥手说道："你去干你的事吧！老夫也不留你了。"胡庆魁应着："是！"对刘恪道："你要从我学法术，不是我不肯即时传给你，只因小小的法术，你学会了也没有用处。大法术不是你当少爷的人随时要学便而学得来的，须先做若干时吐纳导引的功夫，方能传你的大法。要做吐纳导引的功夫，便不能四处走动，所以我将你暂寄在祖师爷这里，并求祖师爷先将根本功夫传授给你。你本身在此地有事未了，到了可以离开这里的时候，祖师爷自会打发你去一个地方找我，那时要传我的法术就很容易了。你在此一切听祖师爷的吩咐，包管你日有进境，非祖师爷叫你出洞，你切不可随意走出洞去。"

刘恪到了这时分，除了诺诺连声的应是而外，没有话好回答，眼望着胡庆魁作辞去了。郑霖苍走到洞口，仍将枯草盖好，回身对刘恪说道："你昨夜不曾睡好，今日又跑了这多路，大约身体已很疲乏了。这楼上你曾去瞧过的，我和你婆婆每夜在上面打坐，还可以分出一块地方给你睡觉。如今就教你整夜的打坐，是不行的。来，我带你上楼去睡吧！"说时，伸手挽住刘恪的胳膊，和前次一样的冉冉上升。上面漆黑，什么也看不见，只觉得双脚落在很软厚的稻草中。即听得郑霖苍说道："你就在这草里面睡觉吧！不可胡乱移动，仔细掉下楼去。"刘恪既到了这种地方，只有唯命是听，不敢乱动。在这草里也不觉得睡了多久，忽有人推醒他，说道："起来，起来！我带你练武艺去。"

刘恪一听说话的口音，知道是郑五来了，连忙坐起来，说道："是师傅来了么？"这人笑道："你的师傅吗？他已不在此地了。来，来，我带你下去！"即觉得胳膊被这人掖住了，只一跃，就下了土楼。楼下有天光从洞口射入。刘恪抬头看扶掖自己下楼的人，正是郑五，心里不由得疑惑：他何以说我的师傅不在此地的话？再看房中并不见郑霖苍的踪迹。郑五也不停留，便引刘恪走出洞来，向山顶上走去。不一会儿，到了山顶平坦之处，郑五先就地下坐着，招手叫刘恪在身旁坐下来，说道："恭喜你得了高明的师傅，从此不愁不成一个法打兼全的魁尖角色了。他已传给你什么了？"

刘恪道："我还是遵你老人家吩咐的行事。胡老师虽有谁送他出监，便收谁做徒弟的话，只是昨日却说我拜他为师还早，又说收了我做徒弟，对不起你老人家，并不曾传给我什么。只把我带到祖师爷这里，他就去了，也不知道他把我寄顿在这里做什么？"郑五连连点头道："收你做徒弟，对不起我的话，是他存心和我客气，他将你寄顿在这里，并不是不肯收你。你如今且安心在此多住些时，我先把吐纳导引之术传给你。这是学道的基础功夫，初学的固然从这上面下手，就是做到白日飞升的时候，也还离不了这个。"

刘恪欣然称谢。忽想起一桩事来，问道："昨日胡老师对祖师爷说，他要去看成大哥。成大哥是谁，现在什么地方？你老人家想必知道。"郑五摇头道："不知道。这些于你不相干的事，你不用过问，将来若到了可以给你知道的时候，自然有人说给你听。你初次见我的那夜，我不是曾说了，不许你问长问短的吗？"刘恪听了，也不明白自己何以不应该盘问这话，唯有低头应是。郑五这才从容将吐纳导引之术，细细传给刘恪。刘恪道："这导引之术，和练拳相仿佛。这地方大小恰好相容，真是天造地设这所在给我学道。"

郑五笑道："哪里是天造地设的所在？你瞧瞧对面那株枯树，如何成了那般模样？"刘恪望着那株没有枝桠的树，说道："前次我到这里来踏青，就看了那株树，心中正在猜疑，不知是什么人将枝桠劈掉了，并纵横劈了许多刀痕。究竟是怎么一回事呢？"郑五道："这都是祖师爷夫妇，在此山修道四十年的陈迹。那树上的刀痕，是他两老试剑劈成这个样子的。"刘恪喜道："我只在书上见过什么剑仙、剑侠，心里虽是仰慕，然以为只古时有这种豪杰，现在是没有了，谁知祖师爷就是剑仙、剑侠。我的道不用学了，专从祖师爷学剑，不知行也不行？"郑五大笑道："不学道，如何能成剑仙？剑是修道人除妖的利器，不学道就得了这利器，又有何用？处世岂有专教人杀人的道家？你不要胡思乱想，回洞去依我方才所传授的，努力用功便了。我不能时常到洞里来，你功夫做到了什么火候，我自知道前来指引你。"郑五说着，仍引刘恪下山，直送到洞口，便分手走入林中去了。刘恪进洞，只见郑霖苍正和一个发白如银的老婆子，在里面吃饭；看这老婆子穿着一身破烂污垢的衣服，简直是一个乞食相似的婆子。

郑霖苍见他进来，说道："你不饿了么？快来吃饭！今日因前村乡绅家办喜事，我带着我婆婆同去讨了很多的饭菜来，足够我们三人饱吃一顿。"刘恪便向老婆婆叩头行礼道："弟子给太师母请安。"老婆子动也不动的，望着郑霖苍，笑道："什么太师母？"郑霖苍道："你不知道他是老五的徒弟吗？"老婆子伸手向刘恪笑道："起来，如今人家都叫我郑婆婆，你也叫我郑婆婆就是，不要什么太师母，叫得怪难听的。"刘恪不敢答应。正苦腹中饥饿，也顾不得讨来的饭清洁不清洁，胡乱饱吃了一顿。心想：我寄居在这里，叫他两个老年人讨来给我吃，我吃了，心里如何能安？好在我身边，还有继父给我的几两散碎银子，何不交给他们，大约也可以买些柴米，供给几日。想罢，即从身边掏出一把碎银子来，递给郑霖苍，并委婉说了本意。

郑霖苍看了一看，摇手笑道："这东西我们用不着。我夫妻素来是讨着吃、讨着穿的。地方上好善乐施的人家，都认识我们，不愁讨不着。若忽然拿出这雪白的银子，去买柴买米，反使人家疑心我这银子的来路不正。并且，我没有口袋，这银子也没地方存放。讨米篮、讨饭钵，都不是放银子的地方，你还是收藏在身边的好。"刘恪见他执意不收，只得仍旧纳入怀中。从此住在这土洞之中，日夜遵着郑五所传授的吐纳导引之术用功。每日虽是吃的讨来饭菜，然照时有吃，并不缺少。约莫经过了二三个月，渐渐的觉得自己的身体轻了，不但洞里的土楼，可以自由上下，就是很陡峻的岩壁，绝不费事的便可以纵跳上去。

这日夜间，刘恪正趁着月色空明，独自在山顶做导引的功夫，忽听得离身不远的一株树上，枝叶瑟瑟作响。连忙朝着那发响的树上看去，只见那树梢正在摇动，暗想：此时微风不动，何以单独这株树这么摇动起来，难道有大鸟宿在这树上么？一面思想，一面向那树下走去。他刚走了几步，只见那树梢上忽涌出一个人影来，双脚立在树梢上，树梢只微微的颤动，并不低垂下来。那人影回头向刘恪望了一望，复伸手向刘恪一招。刘恪心想：我哪有这种本领，能在树梢上立脚？此人既有这般能耐，又招手叫我上去，我岂可当面错过？遂对着那树梢纵身一跃。虽已跃上了树梢，然树梢柔软，哪里受得起一个人身体的重量？既是承受不起，自然随即滑落下来，还喜得不曾被树枝挂伤身体。刘恪的脚才着地，那人也跟着飞身下来，哈哈笑道："笨蛋，笨蛋，怎么不知道把气提起来呢？"刘恪一听这说话的声音，方知道来的不是别人，就是自己的师傅郑五，便趋前说道："原来是师傅，怪道有这般能耐。师傅不传给我提气的方法，我怎么知道呢？"郑五笑道："这个你就不知道也无妨。我刚才看你的能耐，已够用了。你的胡师傅，此刻在河南嵩山顶上等你，特地托我来告知你前去。不过，你胡师傅曾说了，此去只能在夜间行走，白天须伏着不动，不可露面。"刘恪道："外边认识我的人很少，出了襄阳境，更无认识我的人，何必这般藏头露尾呢？"郑五道："胡师傅是这么吩咐，自有道理。"

刘恪道："既是如此，我即刻回洞拜辞了祖师爷，就动身前去。"郑五摇手道："要走就走，用不着再回洞了。趁着此时月色还好，正好上路，就此去吧！"刘恪此时听得胡庆魁上嵩山，也急想前去学些能耐，见郑五这么说，便不再回洞去作辞了，随即向郑五问明了去嵩山的途径，便举步前行。走了几步，忽想起：何玉山是跟着胡师傅走的，不知道如今也在嵩山没有？正待向郑五打听，回头看时，已不见郑五的踪影了，只得独自向前行走。

他的脚步很快，也不知走了多少里路，看看天光将要发亮了，只见迎面是一条大河。心想：且渡过河去，再找地方藏伏。但是走到河边，因天色还早，没有人过河，渡船都靠在河对岸，不曾渡人过来。刘恪又不敢高声唤渡，只心里思量：此处是上襄阳的大道，早晚过渡的人必多，只好在河边等等。这河边停泊的船只很多，刘恪立在河边无事，随意向各船上望去。忽见一只大官船的桅柱上，悬挂了一面红字长旗，那旗一落刘恪的眼，不由得吃了一惊，连忙退后了几步。

不知道船上是谁，且待下回分解。

第二十九回

大刀河上义子报恩
黄鹤楼头雏儿学道

话说刘恪一眼看见那船上的旗号，知道那船上便是自己义父刘曦的官眷，吓得连忙倒退了几步，唯恐船上有熟人出来看见。退到可以隐身的所在，仍探头伸颈向那船上窥看，暗想：我义父难道已为我放走胡老师的事，罢官回籍么？若不然，怎么会带眷属停泊在这河下呢？我曾记得郑师傅闲谈过，近来这条水路很不安静，常有截江打劫的事。我知道我义父跟前，从来没有熟悉江湖情形的人，大约还不明白这条水路的厉害。

他又想：我承他老人家从武温泰手中提拔出来，加以三年养育教诲之恩，不但丝毫不曾报答，反因我私纵要犯，将他老人家的前程断送，良心上实在太过不去了。论情理，我应该在暗中护送他平安回籍。不过，不知道究竟是不是已罢官回去？好在此处还离襄阳不远，我何不且回头向人打听一番，再作计较？刘恪正这么想着，忽见那官船尾上走出几个水手，跳上堤岸，将锚拔了起来，像要开船的样子。靠着那官船左右停泊的船，也都有人出来准备开船。就是停在河对岸的官渡，也载着渡客过来了。

刘恪忽又转念道：胡老师吩咐我在夜间行走，不许我在白天露面。他既是这么吩咐，必有不能露面的道理。这船是白天行走，夜间停泊的。我若一路护送，如何能绝不露面呢？万一因不听吩咐，出了意外的乱子，便后悔也来不及了！我义父乃堂堂一府之尊，他一生清廉，宦囊又不充足，想必没有大胆的强盗敢截劫官船，何用我如此多虑？不如趁这晓色朦胧的时候渡过河去，胡乱买办些干粮，觅个僻静的地方藏躲。主意打定，即低头向渡船上走去。大凡越是怕被人家看见的人，越是欢喜不断的拿眼睛去看人家。刘恪此时虽低着头走上渡船，仍不住的偷眼看那官船，已被水手用船篙撑离了河岸。

那船既离了河岸，刘恪以为不至有人能认识自己了，胆量不由得大了些。看停泊在官船左方的一只小船，也急忙解缆开走。刘恪一见那撑腰篙的汉子，好生面熟。再看船梢里坐着一个妇人，分明是武温泰的妻子周芙蓉。喜得她面朝舱里，船又正在掉头的时候，不曾回过脸来。然刘恪已惊得缩颈低头不迭；直待两船都已开走了，才敢抬头向上流望了一望。他暗自忖道：怎么武温泰的船，会跟着我义父的官船一路行走，这事只怕有些蹊跷？武温泰夫妇原不是正经东西，那年我义父为提拔我，又使他夫妇受了羞辱，说不定就是因那回的事，怀恨在心，想趁这下任的时候图个报复，不然明知道前面是襄阳府的官船，为什么要急匆匆的跟着开头呢？我既看见了这番情形，更不能不在暗中护送了。

他这么思量着，渡船已过了河。跳上河岸，便不遵大路行走，只就河边远远的跟着那两支船前进。约莫行了三五里路，忽又转念想道：是这般跟在后面步行不妥，一则河边没有东西遮掩，恐怕被两船上认识我的人看见；二则白天既跟着行走，没有休息，夜间如何能在暗中保护？好在我身边还有几两银子，我何不也雇一只小船，跟定他们船尾，白天好躲在舱里睡觉，也免得有人看见。思量停当，即在河边雇了一只有篷的小船，白天跟着那两只船行走，夜间停泊在离官船半里所在。

每夜初更以后，刘恪便上岸，在官船左右好藏形的地方伏着。只是连伏了四夜，并不见武温泰有什么动静。他心想：这就奇了！怎的只管早起跟着开，夜间跟着停泊，一点儿举动也没有呢？前、昨两夜停泊的码头太热闹，或是恐怕惊醒岸上的人，不敢动手。今夜这一带河边并没有人，几家鱼棚里的渔人，照例是不管闲事的。上下流头停泊的，又都是些小船，有谁敢出头救人的？今夜若还不动手，便多半不是跟着图劫的了。不过，这几日我偷眼看武温泰船上，屡次看见小翠子探头探脑的向官舱里张望，不是将要图劫，为什么有这些鬼鬼祟祟的举动呢？正在如此猜疑，忽隐隐听得上流头，有捏着嘴唇打呼哨声音。

刘恪虽不曾听过这种声音，然跟随武温泰的时候，江湖豪杰、绿林好汉，行劫打抢的故事，听说得很多。当此夜深人静之际，又正是提心吊胆的防范抢劫，突然有这种声音入耳，自然格外的注意。当即从伏匿的芦苇中，立起身来，借着迷离星月之光，随着呼哨声所在，举眼望去。只见江面波平如镜，约有四五只不满一丈的小渔船，在水面穿梭也似的下来。刘

303

恪是童身又曾经修炼的人，眼光较平常人厉害。虽在夜间相隔几十丈远近，只要略有星光，他便能辨别人物。细看那几只渔船上，每船上仅有三个壮汉，三片短桨都竖着下水，划动起来，毫无声息。各人背上有刀柄从左臂露出，船上没有一件打鱼的器具，这类情形一落眼，就已看出是截江的强徒来了。他不禁暗自吃惊道：怪道武温泰这东西，前、昨两夜不肯下手，原来还约了这多同伙！只武温泰一家人动手，我虽只一个人，也不愁对付不了。于今又加了这么十几个，我单身一个人，顾此失彼，却叫我怎样办呢？

那五只船真快，转眼就向官船包围过来了。各人放下短桨，从肩上拔出刀来，一个个向官船跳上去；武温泰船上的舱门，也同时开了。只见武温泰手挺雪亮单刀，蹿出舱来。刘恪不见武温泰还好，一见了面，那一腔无名怒火哪里按纳得住？虎也似的大吼了一声，双脚一顿，早从芦苇中横飞到了武温泰的船头。不待武温泰施展手脚，已一手将单刀夺了过来，右脚起处，武温泰被踢得个一筋头栽进船舱里去了。刘恪忍不住用刀尖指着舱里，厉声骂道："没天良的狗强盗！刘大老爷有何事亏负了你，你不知感激，反敢伙同强徒截江打劫。"刘恪以为众强盗是武温泰为首约来的，将武温泰一家拿获了，便不怕他不供出同伙的来。刚要跟进舱里去，先将武家的人个个杀伤，使他不能动，然后再过官船抵御这些强盗。还没跨进舱门，就听得武温泰的声音在舱里说道："少爷弄错了！我就是感激大老爷的恩典，听说下任回籍，我明知这条水路不好走，又不敢露面劝阻，只好雇船跟在后面，暗中保护。少爷不信，请拿了那强徒审问。"

刘恪听了，还没有回答，陡听得官船舱里有高呼救命的声音。此时唯恐自己义父受伤，但也不暇推详武温泰的话是真是假，只开口说道："你既没有图劫之意，就不许出来，且待我打退了那些小丑，再叫你说话。"说毕，即擎着武温泰的单刀，飞舞过船。在船头上把风的几个强盗，见有外人杀过来，知道不是官船上的，以为是同道的人偶然不期而遇，便用江湖上例行的隐语打招呼。刘恪哪里理会呢！手起刀落，已就近劈翻一个，赶上一脚，踢得飞起一丈多远，才扑通一声，跌入河中去了。

立在旁边的强盗看得分明，方知不是同道。便有一个强盗对刘恪说道："过路的好汉不要多事。这船上坐的是贪官污吏，我们劫了去救济穷苦之人，好汉何必出力保护这种恶人？"刘恪哈哈大笑道："你们这些狗强盗真瞎了眼！你们知道我是谁？我家老爷一生公正廉明，谁不知道？你们这些狗强盗敢来相犯！"刘恪从郑五苦练几年武艺，直到此时才得试手。心想：一个个劈落河中，将没有对证问武温泰的话，决定将各人的脚筋砍断，使不能逃跑。当下紧了紧手中刀，使出几年来苦练的本领，只有几个照面，便把立在船头上把风的人脚筋都截断了。无论有多大能为的人，脚筋一断，就顿时站立不起来，然于性命并无妨碍。刘恪在船头上说话动手，已把在舱里抢劫的强盗惊动了，探头出来看时，见刘恪仅单身一人，尚不畏惧，也都挺刀而出，上前动手。

刘恪虽知道这些强盗，都没有了不得的能耐，凭着自己的本领，不怕对付不了。不过船头上的地面太小，人多了不好施展。若是一个个下毒手砍下河去，又自觉太惨毒了。明知自己的义父，是个居心最慈善的人，做官的时候，对于人命素极慎重；此番若将强盗杀死太多，料知自己义父见了，心中必不快活。但是十多个强盗拥挤上来，要一个个仅将脚筋截断，实不容易。

刘恪与众强盗交了几手，打算自己退上岸去，将众强盗引到岸上，地面宽些，就好从容对付了。遂虚晃了一刀，翻身一个箭步，已退到了岸上，高声对众强盗骂道："你们这班狗强盗，真有能耐，就上岸来与你少爷走几路！"话未说了，忽听得有个强盗，"哎哟"一声，双手抱住头颅，跳下小船去了。其余是都似乎自知不是对手，各自纷纷逃上小船，也不暇兼顾被截断脚筋、倒在船头的这几个同伙了。

刘恪见他们逃走，只得仍上船头。看武温泰也手擎弹弓，跨过船来，对准逃去的小船上，连发了几弹。弓弦响后，紧接着就是一声"哎哟"。刘恪连忙摇手，向武温泰道："饶他们去吧，不要打了！你好好的看守着这几个强盗，我进去禀老爷发落。"武温泰连声应是。刘恪下了单刀，走进舱去。

此时舱里没有灯烛，不见有人走动，也不闻人声。刘恪只叫武温泰从邻船上，将灯烛过来看时，原来官船上所有的男女老少，一股脑儿用绳索绑在船梢里，每人口中都塞着衣角或棉絮，刘曦夫妇也在其内。刘恪先解了刘曦夫妇的缚，即跪下请罪道："今夜使两老受此侮辱，全是儿子罪该万死！"刘曦夫妇看是刘恪，惊喜得望了又望，连望了几眼，觉得不错，才一把搂住，说道："是我的儿吗？你怎么到了这里？我是做梦呢，还是已经死了在阴间相见呢?"刘恪看了两老夫妻这种殷勤亲热的样子,不知不觉的流下泪来,说道:"爹妈不要疑惑,确是儿子来了。上船来打劫的强盗,已被儿子打跑了,还拿了三个在外面,等候爹亲自审问发落。"

刘曦将刘恪拉了起来,说道:"这也奇了!你已出衙门有几个月了,如何知道我今夜在这里遇盗,并且那许多凶神恶煞也似的强盗,你又如何能将他们打跑?"刘恪回道:"这话说来很长,于今且求爷先把拿住的三个强盗发落了,再审问邻船的武温泰,至于儿子的事,还得细细的禀明。"刘曦父子谈话时,武温泰船上已有人过来,将一干人的绑松了,在前舱临时设了公案,点了一对很大的蜡烛。刘恪搀着刘曦,到前舱审讯那三个强盗。既到了这步田地,不论如何狡赖的强盗,也不能不认了。三人一般的供词,都说这地方叫大刀河,支河叉港极多,沿着叉港居住的,多是渔人。不过,这种渔人,白天虽是打鱼为业,夜间遇有大船停泊在此,便邀伙行劫,从来没有破过案。因为这大刀河纵横约二三十里内,除了渔人之外,没有做他项事业的人居住,也不与做他项事业的人来往。男婚女嫁,都是渔人,外人不能将女儿嫁给渔人,也不娶渔人的女儿,所以行劫的事,不至走漏消息到外边去。

刘恪指着武温泰问道:"你们认识他么?"三人都望着武温泰,摇头道:"不认识。"刘曦道:"你们行劫未成,我又是下任之官,原可以不认真究办你们。不过,你们成群结党,盘踞要路,挂着打鱼的招牌,劫夺过往船只,也不知曾劫了多少财物,伤了多少性命。我今日若不将你们送官严办,这条水路将永无平安之日。"当即命人将强盗的供词录了,刘曦并亲手写了一封信,连夜派人押解三个强盗,去当地县衙里惩办。后来那县官就根据强盗的供词,调兵将大刀河岸的渔人,拿办的拿办,驱逐的驱逐,一个也不存留,这条河道就此安静了。此是题外之文,趁此交代一句不表。

再说刘曦派人将强盗押走后,武温泰才上前叩头请安。刘曦审视了几眼,问道:"你不是那年到襄阳卖解的武温泰吗,怎么也到这里来了呢?"随又望着刘恪问道:"你跑出去,还是和他们一块儿混么?"刘恪连忙跪下答道:"不是。儿子正要向爹请罪。儿子也不知道他们的船,为什么跟着官船行走?"刘曦叫刘恪和武温泰起来,问道:"你既不是和他们在一块,如何来得这么凑巧?"刘恪便把从郑五在花园教武艺起,直到此时止,从

306

头至尾说了个大概，道："儿子当看见他这船紧跟着官船开走，因疑心是希图劫夺官船的，所以不去嵩山，临时雇船追随下来。于今虽知道他不是图劫，然究竟为什么跟到这里，我还是不知道。"刘曦点头向武温泰道："我没有亏负你的地方，行囊里又没有多少金银财宝，料你也不至起了不良之心。但是，你既不图劫，却为何紧跟我的船，同开同泊，几日不离呢？"

武温泰道："这话说来原因很长，并很稀奇古怪。自那年承大老爷恩典，不追究拐逃的罪，并赏赐了小人许多的银钱，小人出来思量，这种遭际甚是难得！全家在江湖不讨饭，原是因为没有本钱做生意，迫不得已，才走上这条路；既承大老爷赏赐，做小生意的本钱已经够了，何必再干那永没有长进的卖解生涯呢？小人夫妇商议了好一会儿，遂决计改业。不过，小人一家大小多年在外飘流，久已没有家乡住处，改业做买卖，究在何处存身呢？加以百行买卖都是外行，也不好从哪一行着手。喜得多年在江湖上飘流，江西、安徽、湖北、河南几省的生意情形，还能知道一个大概，就买了现在这只旧货船，拣容易出脱的货物，从这省城载了运到那省发卖。一家大小的人，有了这只船，也就不愁没有地方居住了。托大老爷的鸿福，头一次买卖，便做得十分得法。第二次装了些瓷货，从九江开船，打算运往宜昌出脱。不料才开行一日，就遇着倒风，连泊了十余日，不能开动。好容易盼到风息了，连忙开船前进。

"船行不久，天色转了顺风。一家人正在高兴，拉起风帆，箭离弦也似的向前行走，忽听得岸上有人大叫：'停船！'小人在舱里听得叫唤的声音很急，也不知道是叫谁停船。无意的走出舱来探望。只见一个年约五十来岁的道人，正望着小人船上招手，口里不住的说：'快将船靠过来！'此时船离岸虽隔了十来丈河面，然因是白昼，看得分明。小人仔细看那道人，面貌生得虽甚堂皇，衣服也甚齐整，只是神气之间，好像心里有事要寻人厮闹的样子。小人因为不认识他，又想趁着顺风赶些路程，便不肯无端将船停泊，只高声对道人说道：'我这船不搭客，请照顾后面搭客的船吧！'道人见不停船，一面追赶着，一面说道：'我不是搭船的，因有要紧的话问你，快靠过来！'小人又说道：'我和你素不相识，有什么话问，要问就这问，用不着停船。'那道人听小人这般说，似乎生了气，脚步更追得急了，愤愤的骂道：'你敢不靠过来么？闹发了我的火性，你休得后

307

悔！'小人越是看了他这种情形，越不敢将船停泊。

"因第一次买卖做的得法，船上除货物之外，也还存积了几十两银子；心里恐怕这道人不怀好意，忙将风帆极力拉起，船更走得快了。想不到道人竟呼着小人的姓名，说道：'武温泰，你以为拉起风帆，我便追不上你么？你若能逃，我也不来了。'

"那道人的本领确是不小，说罢，两脚如飞，转眼就到了船的前面。仍立住脚，问道：'你还敢不靠过来吗？'小人自知本领敌不过他，只得拱手赔笑，说道：'我与道长素不相识，想没有得罪你的地方。我是个做小买卖的人，要趁这顺风多赶几十里路，道长有什么话请说，停船实在太耽搁久了。'那道人冷笑了一声，说道：'你不靠过来，我难道不能上船吗？'旋说旋将道袍撩起，在水面上如履平地，一路走上船头，脚上草鞋都不曾湿透。上船后，也不向小人说话，两眼向舱里舱外，仿佛寻觅什么。小人的妻子儿子此时都立在船头上，道人寻觅了一会儿，就向几个小孩子打量着，问道：'你家里的人尽在这里吗？'小人答道：'不尽在这里，还有在哪里呢？'道人问道：'你在通城境内，赵家饭店门口拐逃的那个人呢，于今藏在什么地方去了？'小人一听这话，不由得吃了一吓，因不敢承招，只得装做不知道的，说道：'这是什么话！我拐逃了什么人？'道人放下脸，叱道：'你还待抵赖么？我不是查得了所在，何以姓张的不找，姓李的不找，单来找你武温泰？赶紧照实供出来，你把他藏在什么地方去了？你就是将他卖了，也不要紧，只须把他的姓名住处说出来，便不干你的事了，你想隐瞒着不承招是不行的。'小人料知这道人必有来历，他既能说出是赵家饭店门口拐逃的话，断不能不认，因此才将大老爷在襄阳做寿及当时的情形说了。

"那道人问道：'是真的么？你若有半字虚言，下次落在我手里，休怪我对不起你！'小人说：'岂敢在道长跟前说假话！'那道人看见小女小翠子立在旁边，随即伸手摸着她的头顶，笑问道：'你也姓武么，今年几岁了？'小翠子本来胆大，不怕生人，伶牙俐齿的回答了道人。道人笑嘻嘻的说了声：'好孩子。'回身又踏着水波，上岸去了。

"小人当时也不曾问那道人的姓名住处，更猜不透是怎么回事。不过那道人说话的声音，小人因在湖南来往的时候居多，听得出他说的是湖南话。他既上岸走了，小人也就懒得追究了。不知不觉的又过了几月，这日小人的船正停泊在黄鹤楼下，安排载些货物运往各处发售。因见黄鹤楼下围着无数看热闹的人，也有拍手大笑的，也有高声叫好的。这种情形，凡是热闹码头上都有，小人看惯了，并不在意。只是小女小翠子，她不曾上黄鹤楼看过，拉着小人，要带她上去瞧热闹。小人只得带她上岸，挤入人丛中看时，原来是一起在江湖上变把戏的。这类变把戏的人，小人不认识的很少。当下便认得那为首的河南人赵大。小人因自己已改了行业，本不打算和赵大招呼。无奈赵大的眼睛很快，已被他看见了。他既向小人拱手，走过来问话，小人不能不理，只好和他谈了一阵别后的情形。他求小人下去帮帮场，使几套武艺给大家看看。小人再三推辞，拗不过赵大说了连篇的好话，不由得不答应，遂跳下场子，帮赵大张罗了一会儿。喜得看官们还肯赏脸，也讨了不少的钱。

"赵大欢天喜地的收场，定要拉小人上楼喝茶。小人看小翠子时，已不在原来立着的地方了。小人以为被人拥挤得移了原处，高着嗓子唤了几声，不见答应，看热闹的见已收场，便渐渐的散开了，只不见小翠子的踪影。赵大说道：'你姑娘必定是独自回船上去了，不然便是上楼玩去了。在我们这种人家生长的姑娘，断没有走失了的道理，你放心吧！我们还是上楼喝茶去。'小人听了赵大的话，也觉得在江湖上混了半世，又在熟码头上，料不至被人拐了女儿去，因此也就没拿着当一回事。赵大既殷勤相邀，便随着一干人走上黄鹤楼，胡乱扰了他一顿茶点。分手回船，问小翠子到哪里去了，小人妻子说：'你自己带她上岸去看热闹，怎的倒回来问我呢？'我说：'她不曾回船吗？'因把遇赵大要求帮场的话，对小人妻子说了一遍。小人妻子道：'必是小丫头贪着看热闹，忘却回来了，且上岸去找找。'小人也还不着慌，及至分途找了一阵回来，都说不见，这才觉得不妙。向一班码头上朋友打听，都很诧异说：'你的姑娘，我们见面都认识，休说我们不至和你过不去，便是外路人在我们这地方做生意，也得向我们打个招呼，是你的姑娘，我们自然应该照顾，如何肯给人带走呢？除非是你姑娘自己走向别处去了，那就不关这码头上的事。'小人虽相信他们这些话不假，不过也相信小翠子实在不至无端跑往别处去，仍不断的分途寻找。

"小人妻子只急得日夜号哭，连寻了五六日，毫无踪影。料知已是无望了，就再多寻几日，也是枉然，只好忍痛开船。嗣后全无消息，还喜叨大老爷的福庇，买卖倒做得很顺手，直到前一个月，小人的船泊在洞庭湖边，因风色不顺，已停了几日不能开行。这日忽见一只小船，拉着风帆，顺风而上，船头上坐着一男一女，转眼就靠近小人的船了。小人看那船头的女子，不是别人，正是小翠子。虽只离别了三年，然已长成得不是三年前模样了。再看那男子，原来就是那个能在水波上走的老道。

　　"小的刚待招呼，那老道已起身向小人拱手道：'久违了！贫道因见你家姑娘很好，但可惜在你家受不着好教训，所以特地将她引到一处清净地方，教训了三年。于今一艺已成，故送还给你。'小人夫妻听了，自是喜出望外，连忙邀老道过船。小人的妻子，从来极痛爱小女，这三年之中，也不知哭了多少次，掉了多少眼泪。一旦骨肉团圆，心中不待说是形容不出的欢喜；不过小翠子对他母亲，大不似从前一般亲热了。老道送小女上船，不肯就坐，只望着小女说道：'我吩咐你的话，不可忘记。你自己一生的快乐，就在他一人身上，千万错过不得。'小女诺诺连声答应。老道作别回小船，小女还叩头相送。可是作怪，那小船从上流头下来，满拉风帆，顺风流水，固然行走得很快，此时小船回头上去，逆风逆水，应该寸步难移，然一般的张帆而走，没一会儿就看不见那船的帆影了。

　　"小人问小翠子：'这三年在何处停留，受了什么教训？'小翠子摇头道：'师傅曾再三叮嘱，不许将停留之处说给外人听，自己父母虽不是外人，只是那地方究竟叫什么地名，属哪一省管辖，连我自己还不知道。也没有受旁的教训，只练了些武艺。'小人又问她：'老道吩咐不要忘记的是什么事？'小翠子道：'师傅说于今在襄阳府衙门里的那个少爷，也有人传了他的武艺，他是将来要做事业的人，须我去做他的帮手。趁他此刻快要离开襄阳府了，赶紧去与他会面。'小人见他这么说，虽不明白是怎么一回事，然而知道那老道是个奇人，是老道吩咐要做的事，自有道理，因此不敢违拗。听凭小翠子调度，将船开到襄阳河里，就遇着大老爷的官船，也停泊在河下，就只不曾见着少爷的面。小翠子也因不见少爷，心中着急，只好跟随着官船行走，想不到此地有强徒敢来放肆！"

　　刘曦听了这番奇离怪诞的话，很欣喜的点头，说道："这事倒和唐时聂隐娘的故事相仿，天下实有此种异人！你且去传你的女儿到这里来，我当面问问她看。"武温泰应是去了，不一会儿就引了小翠子过来，向刘曦叩头行礼。刘曦笑道："你这女儿不是到过我公馆里，还当着我走过软索的吗？果然出落得不似从前小家子气了。"说时，随望着小翠子，问道："你父亲方才将你在黄鹤楼相失的情形，略对我说了一遍。我问你，你那道人师傅姓什么，叫什么名字？你毋庸隐瞒，我于今已是下任的官了，我打算隐居山林，一切世事都不过问，只望有修道的异人，传我一点儿养生却病之法，使我少受些病痛，我就于愿已足，断不至将你师傅的姓名，说给外人知道。"

不知道小翠子肯说不肯说，下回分解。

第三十回

姻缘有定老道士执柯
玄法无边呆汉子念佛

话说刘曦仔细盘问小翠子，要小翠子说出师傅姓名来。小翠子道："我师傅是一个老婆婆，究竟叫什么名字，连我自己也不知道。"刘曦露出诧异的样子，问道："怎么还有一个老婆婆呢，不是送你回船的那个道人吗？"小翠子道："不是，那道人也称呼我师傅为师母。"刘曦道："当日将你从黄鹤楼下引去的，是不是那道人呢？"小翠子道："是。"刘曦又问道："他当时如何将你引去，带你到什么地方，三年中如何生活？他所谓一艺已成，究竟是什么艺？你何妨从头细说给我听听。"

小翠子听了，低下头很着急的神气，忽向刘曦跪下来，叩头说道："求恕我无状，我临行时，师傅曾一再吩咐，不许我将三年中情形对人泄露。"说时回头望着刘恪道："师傅只叫我来对你说，你师傅在嵩山等你，须赶紧前去，免致错过。"刘恪听了小翠子的际遇，又见她出落得丰姿秀丽，举止温文，不知不觉的就动了一种爱慕之念。他两人当日在一块儿的时候，情意原甚投合。只因那时两人的年龄都太幼稚，加以处境的关系，不能表示相爱之意。此时刘恪心中既萌爱念，便随口问小翠子道："我去嵩山，你去哪里呢？"小翠子见刘恪突然问出这话，不由得羞红了脸，半晌说道："你问我去哪里干什么？我自有我的地方去。"刘恪也自觉这话是问得太唐突了，很忸怩的说道："我因那道人曾说，特地送你来给我做个帮手，所以问你这话。"

刘曦连忙问刘恪道："你还是要往别处去吗？你知道自你走后，你母也曾日夜哭泣么？我的前途，就为你放走了傅癫子受了处分。只是虽受处分，若不是为你走掉了，我也不至灰心丧气，自愿退休。我丢官本不算事，然因为没了你才丢官，即此便可想见我为你的伤感了。"旋说旋红了眼，掉下泪来。刘夫人在后舱里听着，也哭起来了。刘恪心想：我原为要报答他两老提拔我，及三年教养之恩，疑心武温泰是希图劫夺，所以扁船跟随下来，本来只打算在暗中保护，遵师傅的吩咐不敢露面的，想不到弄成这个局面，使我不能不露面。于今他两老既是这般情形，我若决然不顾，抽身竟去，固是使他们太难堪，而我心里也实不忍。待不急去吧，胡师傅又在嵩山等我，岂可错过时机！

他心里虽这么想着，回里却安慰刘曦道："儿子去嵩山，并不是一去不回的。因师傅吩咐了须前去会面，不敢不去，但是一有机会，仍得回来长侍膝下。聚散是人生不可免的事，这是用不着伤感的。"刘曦叹道："你果能去了又来，我自用不着伤感。所虑的就是你一去不回，使我白费精神，终归一场没结果呢！"刘曦说到这里，忽有一个丫头出来，说夫人请他到后舱说话。刘曦起身进后舱，好一会儿，才出来对武温泰道："你这回虽非有意跟来保护我，然若不是因有你的船跟着开头，我少爷也十九不至跟来。所以这回的事，你的功劳最大。我代你着想，全家在江湖上卖艺糊口，固是下流没有好收场的事。就是像现在这般贩卖各处土货，东飘到西，西流到东，本小利微，究竟能赚得多少？并且全家寄居在江河里，终年处风波之中，也很辛苦，也很艰险。我看你虽是个从下流出身的人，性情倒还不甚恶劣。我很有心帮助你，使你成立一个家业，不知你的意思怎样？"

武温泰慌忙称谢道："小人就因大老爷赏赐银钱，得免全家流落江湖之苦，近年来真是心中说不出的感激，于今又要成全小人的家业，小人岂有自外生成之理？"刘曦点头笑道："你既情愿，就从此送我回家乡去。你这女儿虽是甚好，然吃亏生长在你这种家声中，哪怕生得再好些，要择乘龙快婿，也是难事。因为习俗如此，男女婚嫁，须要门当户对。你这种门户，如何能和世家大族结亲呢？像你这样的女儿，若胡乱嫁给没来头没出息的人，委实可惜。你女儿的师傅既说了特地送她来，给我家少爷做个帮手，可知她与我家少爷有缘。我打算和你们结成这门亲戚，不知你心下怎样？"

刘恪、小翠子两人听了这番话，都羞得低头避过脸去。武温泰答道："小人就因门第寒微，不敢存高攀的念头。但是大老爷不嫌贫贱，小人还有什么话说？"刘曦喜道："既是如此，你我一言为定便了。彼此已结成了亲戚，此后称呼，便用不着什么小人、大老爷了！"刘曦这番举动，原是刘夫人出的主意，因恐怕刘恪去了不肯再来。看刘恪的情形，知道很有爱慕小翠子之意。便是就小翠子师傅吩咐的言语看来，也可以料定他两人应成夫妇；能将小翠子留在身边，自不愁刘恪去了不回。刘夫人把这主意对刘曦商量，所以刘曦有这番举动。

刘恪正在动念爱慕小翠子的时候，见自己养父如此成全，心中自然感激，只是心里一想起自己的大仇未报，若跟着养父回山东原籍，成立了家室，光阴易过，等到我有报仇的时机，只怕那朱宗琪的骨殖都已朽了！

刘恪一思量到这上面，心里又委决不下了。忽转念一想道：现放着胡师傅在嵩山等我前去，我怎不去找他商量呢，于今岂是我贪恋女色的时候？当下如此想罢，即上前向刘曦说道："蒙父亲的恩典，替儿子娶媳妇，儿子不敢不遵；不过儿子的师傅在嵩山，吩咐儿子赶紧前去，不能错过。好在武家父女都会武艺，父亲又有心成全他，这一路保护回山东，沿途料无妨碍，儿子可以安心到嵩山去。但求师傅没有事情教儿子耽搁，不久即可赶到山东来，以便朝夕侍奉；此时却不敢久留了。"小翠子在旁插口说道："少爷尽管放心快去，我师傅就恐怕你耽搁误了大事，再三吩咐我催促。这里由我同行，决无差错。"刘恪听了，即向养父养母拜别。刘曦夫妇也知道挽留不住，只得洒泪望着刘恪上岸扬长去了。这里有武温泰一家人护送，安然到了山东。刘曦虽不是贪墨之官，然在宦途多年，也有不少的积蓄；回籍后便略分了些田地房产给武温泰，俨然是刘府的亲戚了。

两家才居处停当了，这日小翠子忽对武温泰说道："我师傅打发我动身回来的时候，曾说我终身是要跟刘家少爷去建功立业的。于今刘家少爷到嵩山去了，不知道什么时候回来？我住在这里，有何事业可做呢？与其坐在家中光阴虚度，不如也去河南嵩山玩玩。"武温泰吃惊道："这是什么话？你于今虽未出阁，然已是刘府的媳妇了。一个幼年女子，如何好独自出门行走？并且此去河南嵩山，千里迢迢，不老练的男子，尚且不敢一个人行走，何况你是个姑娘。刘家少爷去嵩山会他师傅，是从大刀河动身去的，早已师徒见了面，不知又走到什么所在去了。你即算大胆走到嵩山去，你知道刘家少爷会在那里等你么？你这小妮子真糊涂！"小翠子笑道："话虽如此，但是我既出门寻找刘家少爷，无论他到什么地方，总不愁找他不着。"武温泰只是极力的说去不得，小翠子也就不争论了。

一夜睡过，次日武温泰夫妇起床，不见小翠子起来。平日，小翠子起得最早，这日不见起来，以为是偶然熟睡了。小翠子自从跟着回山东后，每夜是独自住一间房里安睡，将窗户房门都关得紧紧的，照例早起开门出来，先到武温泰床前，将父母唤醒。这日武温泰起床后，走到小翠子睡房门外，见房门仍是紧闭不开，随举手在门上敲了几下，说道："怎么这时分还不起来呢？"敲过几下，不见有人答应，心里不免有些疑惑起来。走近窗户一看，见也是紧紧的关闭，又在窗格上敲了几下。听里面还是没有动静，遂将窗格戳了一个小窟窿，闭了一只眼朝里张望。不张望还只是疑惑，这一张望便不禁大吃一惊。原来房中空空的，何尝有小翠子在内呢？武温泰心想：窗户房门既都紧紧的关闭着，她怎么会不在房内？一面猜想，一面举手推那窗户。果是虚掩着不曾关牢，应手就开了。武温泰多年在外卖艺，也会些纵跳功夫，当即由窗口跳进房间。看房中的陈设如常，床上的被褥还折叠整齐，好像昨夜不曾有人睡过，眼见得小翠子是窗口逃出去的。武温泰既发觉了这事，即开房门出来告知周芙蓉。周芙蓉道："这丫头回来之后，在我面前生辣辣的，一点儿亲热的情形也没有，我已疑心她不能在家中长久，却想不到就是这么跑了。她既忍心放得下我们父母，我们做父母的何苦还痴心放不下她？听凭她去好了。"

武温泰道："她已经跑了，我就不听凭她跑也没有方法，不过对刘家将怎么办法？"周芙蓉道："雪里不能埋尸。人走了，刘家终得知道，隐瞒是不能的，不如直说了吧！"武温泰道："我们于今的田地房屋，都是刘家给我们的，刘家为的就是这个小丫头。此刻小丫头是这么私逃了，刘家是何等人家，岂肯再认这种媳妇？他家不认媳妇，我们如何好意思住他的房子，受他的田产？"周芙蓉听了，也就踌躇起来。他夫妇正在计议如何对付刘家，只见一个在刘曦跟前当差的走来，说道："我家老爷请武爷过去有话说。"武温泰诧异道："你家老爷今日怎的起得这般早？我还刚起床呢。你知道你老爷为什么事么？"当差的回答："不知道。"武温泰只得急匆匆的洗漱了，怀着鬼胎到刘曦家来。只见刘曦独自紧蹙双眉，坐在书房里，仿佛心中有很可忧虑的事的神气。见面不待武温泰开口，便问道："你家里人都好么？"武温泰见突然问出这话，不由心里跳起来。因在家时，不曾计议停当，直说与否还没有决定，今见刘曦问的，似乎话出有因，怀着鬼胎的人，到这时候心里安得不跳呢？然表面只好勉强镇定，认他做一句随便的话，随口含糊应道："托福，都还好。"刘曦让武温泰坐了问道："你小翠子起来了么？"武温泰见到刘曦忽然提起小翠子来问，心里更十分的惊诧，暗想：小丫头逃跑的事，我夫妻尚且才发觉。除我夫妇以外，家里的都还不知道，难道他就得着了风声去？不然，他怎的单独问我这话呢？他不问，我可以不说；既是专问这话，只得照实说了。

武温泰刚打定主意要回答，刘曦已接着说道："你踌躇些什么，小翠子此刻在家里么？我之所以请你来问你这话，是因我这里今早出了一件怪事。我今早起来，忽见枕边有一封信，我就觉得奇怪。因我夜间睡觉，照例须将门窗紧闭，必待我起床后，开了门窗，当差的方许进房。此时我还不曾下床，信从何来呢？忙看了看门窗，仍是关着未动。及至拆信看时，里面的言语，更使我不得明白。信中说：'小侄承先生三年教养，我很感激。小侄本是刘家外孙，原可以承继给先生做儿子。不过小侄身上尚有一件大事未了，不能不教他前去努力。先生替小侄订的媳妇，不能不待到大事了后，始行完婚。因此我特来引她前去，将来小侄的大事办妥，侄儿侄妇自有珠还合浦之时，毋庸着虑。'上面署款为'成章道人'。我看了这奇怪的信，连忙开门问家里人：'曾否有人送信前来？'家里人说：'此时还不曾开大门，如何有人能送信到上房里来呢？'你看这事情奇不奇怪？"

武温泰听了，顿脚道："怪道小翠子今早不见了，原来有人前来把她引去了。我本是见面时就要说的，因觉得这事太不体面了，又以为小翠子偶然外出，不久仍得回来，所以不敢先说。既是得了这么一封信，可知暂时是不能回来的了。只是成章道人究竟是谁，怎么称呼少爷做小侄？"刘曦道："那个送小翠子回船，能在水波上行走的道人，或者就是这个成章道人。你当日不曾请教他的姓名，所以不知道，这倒用不着猜疑。最奇怪的，就是信上说他是刘家的外孙。我记得，在通城任上初见他父子，他父亲分明说是姓刘，我那时就因为他和我是同宗，所以起念想将他留在衙里。无如他父亲执意不肯，他父亲分明姓刘，如何他又是刘家的外孙呢？他耳上那只乌金耳环，哪怕再过几十年我也认识，万无错认了人的事，这其中必还有隐情，外人不得知道。"武温泰听了，自然也说不出一个所以然来。如今且放下这方面，后文自有交代。

再说刘恪从大刀河兼程向嵩山前进，才走了几日，这日正在趱赶路程，忽见迎面一人匆匆走来。刘恪定睛看时，原来那人正是何玉山。刘恪忙迎着问道："你怎么到这里来了，打算到哪里去，师傅呢？"何玉山笑道："我正是师傅打发来迎接少爷的。师傅此刻已不在嵩山了，因少爷不听他的吩咐，在白天露面，以致不能如期赶到嵩山。如今聚会之期已经过了，师傅恐怕你白跑到嵩山，见不着人，所以打发我照着这条道路迎接上来，果然在此遇着了。"

刘恪诧异说道："究竟定了什么时期，在嵩山有什么聚会？郑师傅送信给我的时候，并不曾说出来，只说师傅吩咐我不许在白天露面。我只道不许在白天露面，是恐怕被襄阳府做公的人看见，我若早知道是定了期在嵩山聚会，就不至跟着大老爷的船到大刀河去了。"何玉山问道："如何跟着大老爷的船到大刀河去，这话怎么说？"刘恪只得将遇见官船及武温泰船的话，略述了一遍，问道："你在师傅左右，应该知道这番在嵩山聚会是些什么人，为的什么事？请说给我听何如。"

何玉山摇头道："我虽跟在师傅左右，但是聚会的事，我一点儿不知道，更不认识是些什么人。如今师傅在慈恩寺，只等你前去有话说，想必可以将情形说给你听。"刘恪道："慈恩寺在哪里，此去还有若干路程？"何玉山道："就此不远，我在前引路。"说着，回身引刘恪约走了十多里，到一座山里。只见无数参天古木，围拥着一所大庙，境地非常幽胜，不过庙宇的墙壁砖木，都很陈旧，像是多年不曾修葺的。庙门上石刻的"慈恩寺"三个大字，因年深月久，已被风雨剥蚀得不容易辨识了。刘恪看了这庙宇的情形，不觉叹了口气，说道："可知这寺里的和尚实在懒怠了，怎么这么大一所古寺，也不募化银钱来修理修理，眼睁睁望着颓废到这样子！"何玉山笑道："我看这寺里的和尚倒不懒怠，并且都非常守戒律，一个个都苦行苦修。你到里面住一二日，看了就知道不错。"刘恪点头道："这样说来，倒也难得。"一边说，一边进了寺门。何玉山指着寺门旁边，说道："请在此等等，我去报知师傅就来。"

刘恪即立在寺门旁边等候，只见一个年约五十多岁的老头，散披着短发，头陀装束，双手握着扫帚，从容不迫的在佛殿前面丹墀里扫地。那种诚实谨慎的神气，完全流露于外，使人一望就知道是个小心修行，不敢胡行半步的好人。刘恪看了，又不由得暗自点头道：这头陀多半是一个火工道人，看他打扫得内外整洁，满寺不听得有笑语之声，何玉山说的想必不差。正打算逗着这头陀闲谈几句，忽见何玉山已从里面走到佛殿阶前，向刘恪招手，刘恪忙整衣上去。胡庆魁也迎了出来，刘恪待要行礼，胡庆魁一把挽住刘恪的手，笑道："你可惜来迟了一步，有几个人你应该见见面的，此刻都见不着了。不过，此时虽见不着，将来仍是要在一块儿做事的。"

刘恪道："承师傅打发何玉山来迎接。我在路上听得他说，在嵩山聚会的时候已经过了。我当初以为只有师傅一个人在嵩山等我，郑师傅并不曾说出有聚会的事，更不曾限定我什么时日要赶到嵩山。我义父因我跟着师傅走了，灰心丧气的辞官回籍，我不遇见便罢，既是遇见了，又觉得他此行很险，自忍不住要在暗中保护，因此就耽搁了几日。"胡庆魁点头道："在你此举果是人情。其实有我在，何至使你义父因我而受劫夺之惨？你要知道武温泰的船，是我们特地打发他前去保护你义父的。你若不露面，大家都可不露面。你既露了面，武氏父女也就不能不露面了。"刘恪吃惊问道："师傅早已知道大刀河有强盗行劫我义父吗？何以小翠子又对我说，她师傅叫她催我赶紧去嵩山呢？"

胡庆魁笑道："这是她师傅的功夫比我精到，算定你们应该在大刀河会面，然因此又得多一番麻烦。"刘恪问："为何多一番麻烦？"胡庆魁道："如果大家都不露面，过了大刀河就各事分开，岂不省事？如今小翠子跟着去山东，还不知要待何时方能出来。"刘恪道："我始终不明白究竟是怎么一回事。小翠子说她的师傅是一个老婆婆，又说叫她来做我的帮手，我有什么事用得着她做帮手呢，那老婆婆是谁？我既不认识，为什么打发徒弟来帮我呢？"胡庆魁笑道："这话问我也不知道，你自己心里时刻不忘的是什么事，自己应该知道。是不是要人帮助，也只有你自己知道，如何倒说始终不明白呢？"

刘恪听了，不觉愕然。望着胡庆魁，心想：我身上的杀父之仇，除了我那个死去的义父而外，断乎没有人知道。我这几年来，时刻不能忘记的，就只报仇一事。这事虽也用得着人帮助，但小翠子师傅从何知道呢？

胡庆魁见刘恪现出惊疑的样子，即说道："这也怪不得你不明白，只因你出世太迟了。我如今所以引你到这慈恩寺来，就为恐怕你自己不明白自己的事，特地引你在这地方，等一个人来和你谈谈，使你好知道自己的本来面目。这个人不久也就要到了。这慈恩寺是五百多年的古刹，此刻的方丈法名光宗，是一个道行精深的老和尚。常住在这寺里的七八十个和

318

尚，也都能谨守戒律，一意精修。我与光宗法师有些儿交情，向他借了两间房屋，给我们暂时居住。只要等到这人来和你见过面了，便可以分途各自干各人的事去。"

刘恪问道："师傅所说的这个人，究竟是谁？姓什么，叫什么名字？我自己的本来面目，我自己不知道，这人如何能使我知道？师傅何不爽直些说给我听，免得我搁在心中纳闷。"胡庆魁笑道："我何尝不想早说给你听，无奈我也是不知道周全，你还是安心等着吧！"师徒正在说话的时候，忽有人送茶进来。刘恪看这送茶的人，就是刚才扫丹墀的那个道人，当时也没注意。道人放下茶去后，胡庆魁即对刘恪说道："这道人也是你湖南人，原是一个呆子，近年来渐渐的不似从前那么呆得厉害了。"刘恪随口问道："湖南人为什么跑到这里来当火工道人呢？"

胡庆魁道："他已在这慈恩寺，当过一十二年的火工道人了。在十二年前的腊月里，这里连下了几天大雪。这日是腊月二十四，寺里和尚早起打开寺门，就见门外有一个三十多岁的男子倒卧在雪中，像是已经死了的样子。抬进寺来，仔细一看，幸还有一线生机，费了多少力气，竟将他救活了。问他的姓名来历，才知道他是湖南人，姓张，因从小就在乡下种田，没有名字，兄弟排行第六，大家都顺口叫他做张六。为的在家兄弟不和，时常口角，他又生性愚痴，这回在家被兄弟将他赶出门来。他知道有个胞叔在河南干差事，既被兄弟驱逐出来，穷无所归，就只得到河南来，想找寻自己胞叔谋条生路。谁知他愚蠢到连自己胞叔的官名，都不知道是哪两个字，更弄不清楚在河南干什么差事。是这样的情形，如何寻找得着呢？胞叔既寻找不着，身边又没有多带银钱，不能在客栈里居住，只好东飘西荡，乞食糊口了。这夜原是想到这寺里来借宿一宵的，却是来迟了，寺门已经关闭。他是饥寒交迫的人，不能提高嗓音叫门，天上的雪又下个不停，不多一会儿便冻僵在雪里面了。

"光宗老法师满腔慈悲之念，很可怜他的遭际，给衣他穿，给饭他吃，问他打算怎么办。他说在外面东飘西荡的苦楚，实在受够了，只要老和尚肯给一碗饭他吃，不使他冻了饿了，他情愿一生在寺里打柴挑水，不愿回家了。那时寺里，正缺少一个诚实可靠的火工道人，他既情愿，便将他留在寺中，分派他的事务。他为人虽痴呆，然做事却是诚实非常，丝毫不曾偷懒。凡是粗重吃力的事情，旁人不情愿做的，他总是不顾性命的去做。

做好了也不居功，旁人做坏了的事，推在他身上，当家师责备他，他也不知道分辩。光宗老法师欢喜他诚实，教他在没事的时候念佛，求佛赐予智慧。可惜他太蠢了，不但一个字不认识，连教给他念'阿弥陀佛'四个字，都教了好些时间，才念得上口。本来他说话有些口吃，念起阿弥陀佛来，也得阿上好大一会儿，阿得满脸通红，颈筋都暴起来了，弥陀佛三字才脱口而出。

"他在念佛的时候，旁边的和尚，没有一个忍住不笑。有时念得满堂大笑起来，他倒和没事人一样，只管放连珠炮也似的念个不住。他越是拼命的念，在旁的和尚越是笑得转不过气来。后来老法师只得不叫他和大家在一块儿念了，他独自在无人的地方念。小沙弥跟着去偷看，更是使人笑断肚肠。每到口吃得念不出声的时候，自己举手打自己的嘴巴，时常打得两脸通红，还不肯住口。寺里和尚虽是笑他，然也多佩服他的志念坚诚。常言佛法无边。不可思议，他是这么坚诚信念，十多年来确已收着效果了。如今他不但念佛不觉口吃了，就是和人说话，也不似以前那般吃力还说不明白了，呆头呆脑的神气更减去了不少。你想若不是佛力加被，岂有中年以后的人，性情举动会无端改变之理？"

刘恪听了点头道："昔日达摩初祖，就是在离此地不远的少室，面壁十年而得至道。修行的人，得一朝顿悟的事，书上记载的很多。像张六这样，还不能算是顿悟，是因他在这寺里朝夕不离的住了十二年，大家对他习见惯了，似乎觉得比初来时好些。其实我看他呆头呆脑的神气，还是充满在他身上。"师徒二人如此闲谈研究了一会儿，也就将张六的事放过一边。

入夜，刘恪与何玉山在一间房中睡觉。刘恪向何玉山道："当郑师傅送信给我，叫我到嵩山来的时候，我就想起你的事，待向郑师傅打听你别后的情形，不料我一回头，郑师傅已不知去向了。那日师傅在山里画了一个圆圈，叫你坐在圈里，你记得当时是怎么的情形呢？"何玉山愕然说道："当时并没有什么特别的情形，只觉得忽然雷电大作，风刮砂飞，眼前黑暗沉沉，像是要下大雨的样子。我因师傅曾吩咐不许移动，并且看左近也没有可以避风雨的地方，所以坐着不敢移动，喜得不久就雷止风息了。不过，我至今还觉得有点儿奇怪的，就是师傅来引我走出那圆圈，几步之外，地下便很潮湿，再看四周的树枝上还在滴水，竟是刚下了一阵大雨的神气。我问师傅，何以下了这么大的雨，我全不知道？师傅笑道：

'谁叫你不知道，你问我，连我也不知道。'"

刘恪笑问道："你当时不见有人在你身边走来走去吗？"何玉山摇头道："若见有人向我身边走来，我早已起身逃跑了。难道你曾看见有什么人到了我身边么？"刘恪即将当时所见的情形说了。何玉山吐了吐舌头，说道："好险，好险！若非师傅的道法高妙，我岂不是坐在那里等人前来捕捉？"刘恪道："那却不然！如果师傅没有这么神妙的道法，又何至叫你坐在那地方不许移动呢？你从那个圆圈里出来，一向就跟着师傅行走，不曾离开吗？"何玉山道："虽是跟着没有离开，但是并不曾传授我什么道法。我从小练了多年，近年懒得再练习的拳棒，师傅倒逼着我练，不许抛荒。"刘恪道："道法自然不肯轻易传授，只是得长久跟着师傅在一块，便不愁得不着真传。"二人谈了一会儿，遂各自安寝了。

次日刘恪起床，忽听得何玉山说道："咦！今早张六怎么还不见进房来扫地？"刘恪道："辰光还早，大约也快要来了。"何玉山道："这辰光在我们觉得还早，你不知道这寺里的和尚，个个都是天还没亮，就起来做功课的。张六每早打扫各僧寮，总在各和尚初起床的时候。我与师傅在这里住了几日，见惯了张六做事，简直是刻了板，丝毫不能移改的。如今太阳已出了这么高，还不见他来扫地，实是一件怪事。"

刘恪笑道："安知他不是因旁的事情耽误了，这算得什么怪事！"何玉山还没回答，只见胡庆魁已从隔壁房里走了过来，笑道："今早很奇怪，不知张六怎的到这时分，还不送洗面水进来，也不见他来打扫。"何玉山道："我也正在这里觉得是一件怪事。"胡庆魁道："我在这慈恩寺借居的次数，至少也有二三十遭了，什么时候做什么事，不曾见他有半点改移，也没见他害过病。"刘恪见胡、何二人都一般的说法，便答道："这不很容易明白吗？去外面随便找一个和尚问问，就知道端底了。"何玉山道："不错，待我去问个所以然来。"说着，笑嘻嘻的去了。

才一转眼，就见何玉山急匆匆的走回房来，说道："果是一件大怪事，快到佛殿上瞧去！"胡庆魁接口问道："佛殿上有什么大怪事？"何玉山道："佛菩萨附在张六身上，此刻正高坐在佛前香案之上，大声向众和尚不知说些什么。光宗老法师披着大红袈裟，手捧如意，在当中朝张六跪着，其余的几十个和尚，也都恭恭敬敬的跪伏在地。快一同去瞧吧！"

究竟是怎么一回事，且待下回分解。

第三十一回

慈恩寺亲戚乐情话
九华山妖魔发怪声

　　话说何玉山从大殿走回来，说是一行僧众都对张六礼拜。刘恪听了，自然诧怪，问道："有这种怪事吗？你怎么知道是佛菩萨附在他身上呢？"何玉山道："我因看了那情形奇怪，低声问跪在离香案很远的智明和尚，他对我说是佛菩萨附身。"胡庆魁道："有这种事，倒要去瞧瞧！"于是师徒三人整理了身上衣服，不敢高声响步的走到佛殿，只听得河南人的口音说道："陈桂芳、朱友信、周致恭这三个都得赶紧传来，此外还有素来管理地方公事的一班乡绅，也得叫他们都到这里来，我有话吩咐。"

　　胡庆魁抬头看时，原来说话的就是张六。不但说出来的话，一些儿不口吃，并且绝不是湖南人口音。只见他高坐在佛前香案上，说话的神情态度，俨然是一个有学问又有身份的人，何尝是张六平日那种缩手缩脚、老实可怜的样子！张六说到这里，光宗老法师即叩头回答道："弟子即刻遵示派人分途去将他们找来。求祖师爷慈悲，多留片刻。一则好使他们面聆训示；二则弟子愚蒙，难得祖师爷圣驾降临，有许多不明了的事，得恳求祖师爷开示。"张六听了，在上面点头道："快派人去吧！"光宗和尚遂回头叫了几个小沙弥到跟前，一一的吩咐了话，各自匆匆去了。

　　光宗和尚又叩了一个头，说道："前年朱友信到寺里来拈香，他原说过这佛殿应该装饰，圣像也应重新装金。只怪弟子愚痴，当时不肯努力，事后又因循敷衍，以至如今。若非祖师爷降临训示，弟子总以为各施主真发愿心的太少，这寺的工程太大，而弟子的体气又已衰弱，风烛残年，不知还能支持多久。恐怕有始无终，接手的人不慎重，反为罪过，所以不敢轻易动这个念头。"

　　刘恪看那道人巍然坐在上面，神气安闲，全不似昨日两次所见时缩手缩脚的模样。只见他微微的摇着头，叹气说道："要各施主都自己发大愿心，本是难事。你既身为佛子，应知有宏法利生之责，为什么不由你发心去劝化人，倒望人家发心来帮助你？那么我佛四十九年说法，岂非多事？你去取纸笔墨砚来，我有用处。"光宗和尚连忙应是起身，亲自到方丈内取纸笔墨砚去了。胡庆魁低声对刘恪道："这事实在太奇怪了！看这人的神情言语举动，都不是张六，张六本人到哪里去了呢？张六本人一个字也不认识，要纸墨笔砚何用？"刘恪点头道："分明这道人是蠢如鹿豕的样子。刚才他所说的话，就是有人教给他说，他也说不出这么圆满。但不知他们所谓祖师爷是谁？"胡庆魁道："我平日却听光宗老法师道过，这慈恩寺的开山祖师是净慈和尚，传到现在已有四代了。这庙是子孙庙，传子不传贤的，所以对于祖师非常尊敬。"说话时，光宗和尚已手捧文房四宝来了，双手擎在头顶上，跪送到香案前面。那道人接了纸笔，略不思索就写起来。

胡庆魁指着殿上的匾额对刘恪道："你看！这'大雄宝殿'四个大字，就是净慈祖师亲笔写的。"刘恪看那字的笔法刚健，气势雄浑，匾角果署了"净慈敬书"的字样。忽然想起外面"慈恩寺"三字的石额，便点头对胡庆魁道："山门外的'慈恩寺'三字，虽已剥落得看不出款识，然就那字迹的笔法气势看，大概是一手所书的。"胡庆魁道："你的眼力不差。我在这寺里来往的日子多，知道净慈和尚所写的字，还不止这两处。他本来是一个会写字的人，留下的法书最多。本地大绅士人家，尚有许多宝藏着当古董看待的。"刘恪道："看他此刻写些什么？这一张字比较那些当时遗留下来的，更可宝贵呢！"胡庆魁道："这种字自然从来没有的。哪有人死了几百年之后，居然能附在生人身上说话写字的事。你瞧！若不是极会写字的人，何能像这样运笔如飞？"

二人是这般说话的声音虽则很小，然因跪在殿上的众和尚，没一个敢大声出鼻息的。大家都在寂默不敢发声的时候，就是附耳低声，跪在近处的和尚，也觉得这声音很大，一个个不约而同的回头来，望着胡、刘二人，表示一种不高兴的脸色。胡庆魁料知众和尚有怪自己三人傲慢的意思，遂轻捏了刘恪一下，不再开口说话了。

道人一口气写下去，连换了三张纸，还不曾写完。光宗和尚打发去各施主家送信的人，已陆续引着各施主来了。光宗和尚迎到殿口，将净慈祖师忽附着张六身上，传大众到殿上说法的异事，约略说了。各施主多是时常到慈恩寺来的人，都知道张六是个呆子，并且口吃不能多说话，于今忽然提笔写字，自然都诚心信念，捣蒜也似的朝着张六叩头礼拜。

张六正眼也不望一下，只管笔声瑟瑟，手不停挥的写下去。一会儿写完了，将笔放下说道："我来太久，累苦了张六，我心不忍。我要指示的话，都写在这上面了，你们小心照办就是，将来工程圆满之日，我再来开光。我去了！"说毕，张六仰身便倒，一个倒栽葱跌下香案，顿时人事不省。众和尚忙起身上前扶救，光宗和尚摇手说道："不要动他！一会儿自然可苏醒转来。只看他跌伤了哪里没有？"众和尚在张六头肩各处细看了一遍，都说不曾跌伤，就和睡着了的一样。光宗和尚恭恭敬敬的收了那几张字纸，欣然向各施主道："诸位来瞻仰这样龙蛇飞舞的字迹，非祖师爷亲笔，谁人能书写得出！"所来的施主听了，都一拥上前。各人看了一看，就七嘴八舌的说道："祖师爷的墨宝，我家里还藏着几幅条屏。笔势纵横，正和这字迹一样。若附在别人身上写出来，或者尚有不生信心的人。如今附在张六身上，更不由人不信仰了！"

又一个看了说道："祖师爷既训示我们几个人为首，主持募捐重建庙宇的事，我们自然不敢推诿。好在本地各富绅应捐资的数目，某人三千两，某人五千两，都蒙祖师爷指派定了，谁敢短少分文！"又有一个看到最后说道："祖师爷训示，银钱账目交张六经管。张六为人确是再妥当没有了，不过他不识字，只怕他经管不了这大的账目。"众施主道："祖师爷是这般吩咐的，决不会错误！"于是众僧都拥到张六跟前，张六正慢慢的睁开眼来，向立在身边的人，周围望了一眼，现出惊讶的神气，待挣扎起来，只是和害了病的人一样，周身没有气力似的，挣扎了两下，不能坐起。有两个施主上前搀扶着问道："你很辛苦了吗？"张六道："你，你，你们都围着我做什么？我，我，我真该死！不知怎的，正在佛殿忽然倒在这里睡着了。"旋说旋起身待走开去。

礼佛最虔诚的施主朱友信，一手拉住问道："祖师爷刚才附在你身上，说了多少话，写了多少字，你难道一点儿不知道么？"张六见问，光着两眼望着朱友信发怔，半晌，摇头道："我，我没听得有人说话。"朱友信笑道："你不要走，我对你说吧，祖师爷赏识你诚实可靠，派定了你经管银钱账目。"张六还是愕然问道："你这话怎么说，祖师爷在哪里？你带我去看看。"光宗和尚走近前，说道："我今早因不见你到方丈来打扫，问他们都说不曾见你，我正觉得诧异，谁知一到佛殿，就见你巍然高坐在这香案之上，闭目合掌，像是念佛的样子。我当时看了你那种情形，心中很不以为然，忍不住说道:张六，张六！你疯了吗？怎么敢高坐在这上面，还不快下来忏悔认罪！我这话刚说完，你即时睁开双眼望着我说道:'谁是张六，张六在哪里？'我一听，你说话的声音不对。你平日说湖南话，话里结巴得说不清楚。此时说得一口河南话，声音响亮，口齿伶俐，料知必有缘故。正待动问，你已开口念出祖师爷临终时的四句法偈，并悠然叹了一声道:'我当日一手建造这慈恩寺，何等阔大！何等壮严！谁想到传至今日，竟成了这种疲惫不堪的模样！'

"我听到这番话，才知道是祖师爷附着你的身体降临开示。我心里本有些前因后果，不得明了的事，要向祖师爷请示的。无奈祖师爷慈悲，因恐怕累苦了你的身体，叫我取纸笔墨砚来，将要吩咐的法旨，都在纸上写了出来。指派各位大施主出头募捐，在三个月之内，要兴工重建慈恩寺。将来工程圆满的时候，祖师爷还要赐临开光。募捐得来的银钱，以及兴工时的账目，祖师爷吩咐交你经管。"

张六连连摇手道："这，这，这个我经管不了，师傅另找别人吧！"光宗和尚笑道："是我找你经管吗？祖师爷如此吩咐，谁敢更改！你放心经管好了，祖师爷岂有差错。你到这里来了一十二年，凡事丝毫不苟，这是大家都知道的。祖师爷若不是因你诚实可靠，何以单单指定交你经管！你为人本来小心谨慎，初来的时候，还有时露些呆相；近来我留神看你，大约是一心念佛之报，智慧已在渐渐开了。你从此小心经管了这件大事，将来的功德不小；再加以一心念佛，包管你有智慧顿开的一日。"张六这才现出踌躇的神气说道："祖师爷叫我经管，我怎敢违拗。不过我一个字也不认识，写算更是不待说，完全不晓。专经管银钱还办得到，账目我如何能经管！这不是祖师爷和我寻开心，有意拿这难题目给我做吗？"

施主中的陈桂芳正色说道："祖师爷是何等盛德的高僧，岂有寻晚辈的开心，有意拿难题目给你做的道理。你不会写算有甚要紧，我们不妨派一个会写会算的人帮助你，还愁管不了这笔账吗？"张六点头道："有人帮助就好了。但是三个月便得兴工，只怕不能有这般迅速，因为这寺要重新建造，工程不小，三个月如何能募化这么多银钱呢？"光宗和尚笑道："若是三个月来不及兴工，祖师爷也不这般训示了。某施主派捐若干两，某施主派捐若干两，祖师爷都一一指定了，并无须去远处募化，只是办砖瓦木料，有三个月还来不及吗？"张六叹道："祖师爷这般显圣，可惜我无缘听他的训示！"

光宗和尚及众僧俗，见张六说话的神情，都惊讶道："这真奇了，张六自祖师爷附身之后，说话不但不似以前结巴，并且很聪明懂道理了。佛法诚哉不可思议，我们大家应该向张六道贺才是。"张六笑道："岂敢，岂敢！我哪里当得起聪明懂道理的话。只是我自己也觉得此刻的心地，不似以前那么的糊里糊涂了，这确是佛力加被，道贺不敢当，我倒是得向佛前叩谢恩施的。"说时整理着身上衣服，诚惶诚恐的向佛前拜了九拜，起来，又向光宗和尚拜谢了指示念佛之恩。

满殿的僧俗看了这情形，无不欢喜赞叹。刘恪也悄悄的对胡庆魁道："这种奇事，若非我亲眼看见，由别人向我说出来，无论出自如何诚实不说谎的人之口，我心中总不会相信有这么一回事。师傅看张六此时的神情，和昨天比较，不简直是前后两人吗？"胡庆魁点头道："像这样的事，本来也太奇怪了。我正在替张六着虑，像他这般痴不痴呆不呆，写算都不会的人，怎么能经管银钱账目？就是派人帮助他，怎奈他差不多和木偶一样，知道什么经管呢？不明白他们祖师爷，何以有这样颠倒的举动。想不到顷刻之间，性情都可以改变。"他们师徒在谈话的时候，光宗和尚已将各施主延进方丈款待去了。张六素来只管打扫房屋，听候呼唤指使的，此时各施主也邀他同到方丈里谈论去了。胡庆魁等师徒三人，因是寄居作客，不便跟进方丈去看，不知他们在方丈里谈论了些什么事。

过了几日，胡庆魁到方丈里闲坐，便听得光宗和尚说道："远近的富贵人家，因知道祖师爷显圣，亲身向人募过银钱，重建这慈恩寺。大家都明白这种施舍的功德很大，经祖师爷指派了数目的，固是分文不少，次日即解送前来。就是祖师爷不曾指名派出的，也有若干人自愿一千八百的施舍。若不是祖师爷肯这么显圣，哪怕满寺的僧人出门募化三年，也不容易募化到这么多银钱。如今才四五日，捐来的银钱已将近二万两了。你看，寻常想募化几百两银子，尚且不是一件容易的事。老僧在三十年前，为大殿上的铜钟破了，仅想募化三百两银子重铸一口，足足化了半年才满这数目。有许多大门外面，贴了僧道无缘字条的，不用说，是文钱合米也不肯施舍，就是地方上平日称为欢喜斋僧布道的人家，走进去募化，也不过施舍三文五文。老僧只得说明是募钱重铸大雄宝殿上的铜钟，可笑一班施主不听还好，听了倒气愤愤的说道：'什么重铸大雄宝殿上的铜钟？修五脏殿也罢哪。'阿弥陀佛！这就使老僧有口难分了。老僧就因为募资重建寺院，其难当数十倍于一口铜钟，哪里再敢发这样宏愿呢？去年朱友信居士曾说过，愿尽力捐助，教老僧发些缘簿，求各士绅代向各处募化，老僧仍是害怕不敢遵办。谁知因缘时节到了，祖师爷竟会这样显出神通来。"胡庆魁道："祖师爷显神通，固是一件奇事。痴呆愚蠢的张六，就因祖师爷一次附身之后，居然把性情言语举动都改变了，即此一事，还不能使人增加信佛之念吗？"

光宗和尚听了很高兴的点了点头。忽然问道："你不是说，约了一个道友在这里会面的么，如今那道友已经来过了没有呢？"胡庆魁道："我正在因为那道友不知有什么耽搁了，至今还不来，心中甚是着急。并且长久在老法师这里打扰，我心中尤属不安。"光宗和尚合掌念着阿弥陀佛，道："彼此相交多年，何必这么客气。老僧不说没有好款待的话，就是不和你讲客气。"光宗和尚说到这里，只见一个小沙弥在门外伸头进来探望，好像进房回话的样子。胡庆魁即起身待走出去。光宗和尚向小沙弥问道："什么事？"小沙弥这才跨进门，说道："外面有个道家装束的人，走进寺来，四处张望，好像要寻觅什么东西的样子。我上前问他找哪个，他只当没听得，不肯开口。我看那东西形迹甚是可疑！"光宗和尚正色说道："佛寺原可以随人瞻礼，过路的人，偶然进寺来游观一番，这也算不了什么事，怎么好胡乱说人家形迹可疑？"

胡庆魁忙向小沙弥问道："道家的装束，是不是身材很高大，年约五十多岁的人呢？"小沙弥连连点头应是。胡庆魁即笑对光宗和尚道："说不定就是我约了，在这里会面的那位道友来了！他本是一个生性鲁莽，不会讲礼节，不会讲客气的人。"旋说旋作辞，向外走去。小沙弥也跟在胡庆魁背后。胡庆魁走到大殿上一看，并不见有什么道家装束的人，随向山门外及四处望了一望，也没有。遂回头问小沙弥道："你在哪里看见那道人？"小沙弥也伸着颈子，向各处望着，说道："咦，跑到哪里去了呢？我因他在这大殿上东张西望，问他又不开口，所以向师傅去说，不知他一转眼就跑到哪里去了。大约是一个疯子，不是胡爷约了在这里相会的朋友。"

胡庆魁也没得话说，只得举步待回到自己住的僧寮里去。才走了两步，忽听得小沙弥在后面喊道："胡爷，在这里了。"胡庆魁回头看时，只见一个道人从丹墀东边寮房里走出来，正是约了在此地相会的那道友，慌忙上前迎着说道："怎的今日才来？简直等得我不耐烦了。"那道人笑道："你坐在这里不动的，倒说等得不耐烦。我求你这样不耐烦的境地，还不可得呢！"

胡庆魁握着那道人的手，问道："你为什么从那边寮房里出来，是去那里面找我吗？"那道人摇头道："不是，不是。我在这殿上，无意中看见一个人，从丹墀里走进那寮房里去了，看那人似乎面熟得很，一时想不起是谁，更想不起在哪里见过，所以忍不住追上去瞧个仔细。"胡庆魁道："你并不曾到过这里，如何有和你面熟的人？必是你的眼睛看错了。"那道人笑道："这里就只许你有熟人，难道不许我有熟人吗？我的眼睛一点儿不会看错。那人不但是面熟，我并且知道他的身家履历，只不明白他为什么到这里来了。"胡庆魁一面听那道人说话，一面握着手，引向借居的寮房里走去。话没说了，已进了寮房。此时，刘恪正和何玉山坐在房中闲谈，见自己师傅引了个道人进来，都起身让坐。

胡庆魁指着那道人对刘恪说道："快过来行礼，这不是让坐可以了事的。你认识他么？"刘恪看那道人，生得圆头方脸，阔背细腰，浓眉大目之间，自有一种威猛粗豪之气流露出来，觉得自己眼里平生不曾见过这人。只是师傅吩咐要行礼，只得上前叩头，说道："这位道长，弟子好像没有见过。"刘恪叩了头起来，正想向自己师傅请教道人的名字。还没开口，忽见那道人的两眼，如撒豆子一般的掉下两行泪来，自举袖揩拭，硬着嗓音问刘恪道："你没见过我吗，真不认识我吗？"刘恪看了这情形，又见这般动问，不由得心中十分疑惑，口里不好怎生回答，唯有光着两眼望了那道人发怔。何玉山看了也莫名其妙，立在一旁，不知要如何才好。

胡庆魁对那道人笑道："这是什么道理，见面倒哭起来了？你们至亲骨肉团圆，论理应该欢喜。我是个不相干的人，知道你们骨肉要团圆了，尚且早就在这里欢喜等着，还准备了一大套恭喜的话，待向你们道贺呢！"说时，随即掉头望着刘恪道："这位道长，你如何会不认识？不过，认识的时候太早，别离的时候太长，见面想不起来也罢哪！你知道你有一个姓成名章甫的表叔么？他叫成章道人，就是你的表叔成章甫。"刘恪听了这番话，陡然想起自己义父刘贵临终时所述的情形来。记得曾说过，表叔成章甫和自己父亲最为知己，屡次不顾身家性命的帮助自己父亲抵敌官兵。义父刘贵带着自己出亡的时候，表叔还在旁边看着，后来因义父离了桃源，便得不着确实消息了。如今表叔尚在，我父亲到哪里去了？刘恪既突然想到这上面，不由得紧走几步，双膝向成章甫跪下，哇的一声哭了出来。成章甫忙伸手将刘恪扶起，泪眼婆娑的望着刘恪的面孔，说道："好孩子，你也不要哭了。曾氏门中出了你这么一个儿子，不但我看了心里快活，就是你父亲在九泉之下，心里必也是快活的。"

刘恪立起来问道："我父亲确是已经死了吗？"成章甫只得将曾彭寿当日被害的情形，说了一遍道："杀你父亲的仇人，就是朱宗琪一个。这奴才现在桃源，居然为一县之首富。你曾家田产，被他占去十分之六。我近年来时常打听他的行动，原不难随时代你父亲将仇报了。只因知道你父亲既有你这个儿子，报仇的事应由你做出来，你做儿子的责任才尽了，你父亲也瞑目了，就是朱宗琪也可死而无怨。所以这几年来，凡与你父亲有关的人，大家费尽心力，使你学些能耐。一则好替你父亲报仇雪恨，二则还望你继父之志，努力做出一番事业来。"

刘恪听了，不伤感，也不开口，偏着头好像思量什么似的。半晌，忽抬头呼了一声表叔，问道："在黄鹤楼下带走小翠子，这番又送小翠子回船，都是你老人家做的事么？"成章甫点头道："是我做的。"刘恪又问道："那么到武家船上寻我的，也是你老人家了？"成章甫道："自然是我。"刘恪道："你老人家既有在水波上行走的本领，当日我父亲中计被擒，你老人家何以不去救援呢？"成章甫长吁了一口气道："我当时若有此刻的本领，你父亲或者不至于死得那么惨。然气数已定，你这边的人本领大，他那边的敌人本领还更大。专仗本领，有时也是无济于事的。我当日见你父亲被难之后，料知大事难成，跟在里面把性命送了，徒然使枉死城里添一个枉死鬼，似觉太不值得。于是打定主意，乘黑夜悄悄偷出营寨，向贵州路上逃走。当时只求逃得性命，苟活余年，私愿已足，哪里还敢有学道的奢望！

"逃了几日，已逃进了贵州省境。论事势，只要能逃出了湖南，当时便不怕有人来难为我了。不过，心虚的人自然胆怯，虽已逃进了贵州省境，然因地势与湖南接壤，心中总是害怕，不敢停留。但是自己也没有一定的去向，只管晓行夜宿的，照着大路向前奔跑。整整逃了二十多日，心里才渐觉安然了。

"这日走到一处，见是一个小小的市镇，虽不甚热闹，也有数十户人家，中有三四家火铺。我因走得有些疲乏了，就在火铺里休息休息。火铺的伙计过来周旋了一会儿，问道：'客官上哪里去？今日不走了么？'我说：'天色还早，再走二三十里路歇店也不迟。'那伙计打量我几眼，问道：'客官是初次在这条路上行走么？'我是心里怀着鬼胎的人，随时随地都怕人看出破绽，知道我是从湖南初逃出来的。其实路隔千多里，谁会无端疑心到湖南造反的事情上去？不过我既防人看出破绽，便不肯承认是初次行走的话，就随口答道：'我在这条路上行走过好几次了。今日还得赶路，不能在这里歇宿。'那伙计见我这么说，望我笑了一笑，走开去了。

"我也不在意，给了两文茶钱，驮上包袱又待上路。才走了几步，有一个人好像是那火铺的老板，追了出来，说道：'天色已是不早，客官今日不要走，在小店歇了，明日再走，岂不很好吗？'我说：'我要赶路，不然就早些儿落店也不要紧。'那老板说道：'客官不要弄错了，只道我是为做生意留你住夜。实在是此刻天色已经不早了，前面山路不好行走，你又没同伴的人，一个人走这条路。在上午还好一点儿，如今快要黄昏了，若错过了这个宿头，朝东非翻过九华山，便没有歇处。那九华山是远近驰名，一过正午就不好走的。你必是初次走这条路，不知道厉害，我看你是出远门的人，不能不说给你听。'我一听那老板的话，只得停了步，问道：'九华山上有什么东西厉害？我实是不知道。既承你的好意，何不爽性说给我听？'那老板道：'这话我却不敢说，我只能劝你不走。至于那山上有什么东西厉害，你将来自然会知道的，此时用不着我说。'我见他说话，忽又这么吞吐，便笑问道：'是不是有好汉在那山里落草，不许行人经过呢？'那老板连连摇头道：'不是，不是。此刻太平时候，哪有强盗落草的事！'我说：'既是没有强盗落草，此外我都不怕。谢你的好意，我还是要赶路。'

"我当时所以不肯在那火铺歇宿，一则是为时候太早；二则也有些疑心那火铺定要留我歇宿，是不怀好意；三则仗着自己会些武艺，只要没有大伙的强盗拦劫，旁的都不害怕。有这三个原因，遂拔步又走。走时，还听得那老板叹气，说道：'不信老人言，饥荒在眼前。'我也不做理会，仍向前行走。只是一边走，一边心里想道:若不是那老板存心不好，看了我的包袱沉重，打算将我留下来，谋我的财，便是九华山上出了伤人的虎豹。好在我身边带了防身的利刃，又仗着少年时练的武艺，就是真有虎豹前来，也不惧怯。

"我走了四五里路，见前面有一座高山，料知必是九华山了。遂立住脚向山上及四周望了一转，不见有一个人影，也不见有飞禽走兽的动静。细看那座山形，虽不显得十分险峻的样子，然树木非常茂密，葛藤荆棘，更将山上山下蔓衍得看不出一些土色来。在荆棘丛中，隐约现出一条弯弯曲曲的樵径。但是两旁荆棘都有四五尺高下，人在其中行走，势不能向两旁探望。我心想：这样的山路，如果真有虎豹，骤然跳出来伤人，委实不好对付。因为一则路径太狭，二则虎豹非到了眼前不能看见，怪不得单身客商不敢行走。只是我既到了山下，总不好意思退回去。并且，我本来没有伴侣，就是退回去，明日来走，不还是单身一个人吗？倒落得那火铺里人看了笑话。只得定下心神，暗忖：我本是亡命出来的，不死于千军万马之中，而死于一望无人之处，岂不是天数注定，不能逃避的吗？不过，我得尽我的力量防范罢了。

"我当下将包袱的结头紧了一紧，手握利刃，一步一步的走上去。这种地方不好用眼，就只好用耳了。喜得那山路都是鹅卵石铺成的，脚踏下去没有响声。如果有野兽从荆棘丛中跑出来，远远的就应该听得出声音，有声音便好防备了。约莫走上了半山，在一段山路最崎岖、荆棘最浓密的地方，陡听得左边山上的小树枝，喳喇喇一阵响。吓得我忙停步立了一个架式，睁两眼定睛向响的所在望着，好一会儿，却又不见响动了。不禁自己呸了一口道：'真是青天白日活见鬼了，这不是自己吓自己吗？假使有人在旁边看了我这种害怕的情形，传出去，岂非笑话！'心里如此一想，不由得自觉有些惭愧。我提起脚又待行走，那发响的地方，猛然又是喳喇一响。待不理吧，明知是一处凶险的所在；既听得声响，怎敢不理呢？没奈何只得重整精神，等待那畜牲出来。眼看着那发响的地方，荆棘不住的动摇，分明是有野兽在内。我想：此时准备了，等待它出来；它不出来，我正在行走的时候，它若突然乘我不备，我倒为它所算了。何不索性用石子打动它，给点儿厉害它看，使它逃开去了，我便可以放心前行。遂弯腰拾了几颗石子在手，对准那地方打去。

"只见荆棘往两边一倒，虽不见那野兽露面，然就那荆棘摇动的情形看来，可以知道那野兽已被石子惊动了，正向我面前射箭也似的跑了过来。我慌忙擎刀等待，那野兽跑到离我不到一丈远近，大约是看见有我拦住了去路，忽然掉转身向斜刺里跑去了。他这转身一跳，却被我看见它的原形了，原来是一只很大的灰色野兔。我又好笑又好气，然因为看见这只野兔，倒使我心里安定了许多，为的这山里若有虎豹等猛兽，麋、兔一类的小野兽，断不能存身。山中既有兔子，就可知没有虎豹了。不过依旧提防着走，直走过了那座高山，除看见那只灰兔之外，不见有第二只野兽。心里不觉好笑：幸亏不曾信那老板的话；若是胆小的人，被他那么一吓，真个早早的在那里歇宿，定得上他的大当，甚至连性命都送掉。

　　"过了那座山，我又走了十来里高高低低，极不好行走的小路，前面又竖着一座高山，比才经过的还高些。但是，这山不仅没有树木，连荆棘青草都没有，光溜溜的一座山，映着将近衔山的日光，黑黝黝的如上了退光漆的一般。像这样的高山，休说大猛兽存身不住，就是小兔子也无处可以藏形，这是不妨大胆走过去，用不着防范的。就只天色已快向晚了，山这边没有人家，非翻过山那边找不着地方歇宿，不得不急急的爬过去，一步不敢停留，努力朝山上蹿去。一口气蹿上了山顶，猛听得来路山底下有很尖锐的声音，仿佛是叫我成章甫三个字。

　　"我自从逃出湖南之后，因提防着有人追捕，早将姓名改了。心中久已计算：如果有人呼我成章甫，我断不能回答。然走了二十多日，并不曾遇着叫成章甫的人；既走了这种深山之中，不知不觉的已把怕人追捕的心思懈怠了。此时，猛然听得有人呼唤，不知怎的随口而出的应了一声。应过之后，才失悔自己太孟浪。在外亡命的人，如何能随口应人家的呼唤？一面失悔，一面回身向山底下望去。这山既是光溜溜的一望无余，有人决无不看见之理。只是我向山底下细细的看了一阵，不仅不见有人，连鸟雀的影儿都没有，自以为是耳里听错了，也没拿着当一回事。因怕天色昏暗了，赶不上宿头，急匆匆往山下跑。

　　"下山走不到二三里路，天色便已昏黑了。喜得离山五里远近，就是一处乡镇，镇上火铺还不曾关大门。我这时两脚，也实在走得疲惫不堪了，来不及拣选哪一家火铺清洁，看见头一家火铺就走了进去。进门刚坐下，即有一个伙计模样的人走近前，向我脸上望了又望，并在浑身上下打量了几眼，才问道：'客官是打从九华山来的么？'我见他那么打量的神情，心里自有些惊讶；然逆料这地方的人，必不知道我逃亡的履历。随口应道：'不错，是从九华山过来的。你问我做什么？'那伙计挥手说道：'不做什么，敝店今夜的客住满了，请客官照顾别家去吧！'

"我听了虽不免怀疑，然他既道客满不能住，有话也无须说了，只得驮起包袱走出门来。贴邻也是一家火铺，又跨了进去。拦大门有一个伙计坐着，一见我跨进门，就起身目不转睛的望着我的面孔，随即张开两条胳膊将我阻拦着，说道：'对不起，客官，小店今夜客满了，请往别家去。'我说：'只要一席之地，胡乱睡一夜。'那伙计不待我说下去，连忙双手摇着说道：'不行，不行，就是站立一夜的地方也没有。'我听了这般拒绝的话，开口不得，没奈何又走到第三家。谁知这家的伙计见了我，也是和前两人一般的情形，一般的言语。我不信有这么凑巧的事，真个三家都住满了旅客，举眼向里边探望，见里面的客商很少，即对那伙计说道：'里边房屋多是空的，我住下不是不给钱，怎么说客满了不给我住呢？'伙计道：'实是没有空房，请快点儿走吧！'说时用手将我向门外推去。

"我一时火冒上来，再也忍耐不下，顺手将那伙计一带。那东西就像纸糊篾扎的，带的往前一扑，鼻尖擦地，口里就不干不净的骂起来。骂得我更怒不可遏了，还待下手打他，那东西却已跳起来向里面逃跑，仍不住的一路骂去，我也气愤愤的追上去。旁边有几个客商形象的人，跑来将我拦着，并劝道：'有理好说，出门人不可随意动手打人。'我道：'我何尝是无理打人的人？叵耐这东西太存心欺负我出门人了。分明这里空着的房间很多，他偏说没有房间了，并且不由分说的将我向门外便推。诸位大家都是出门的人，请评评这个道理。这里若不开着火铺，我不能行强，要在这里歇宿；既是挂着安寓客商的招牌，又不是真个住满了客，为什么不给我住？'我的话正说到这里，只见里面踱出来一个须发都白了的老者，也在我面上望了几眼，说道：'老哥不要动气，小店果然不是没有房屋。不留老哥歇宿，是因老哥已中了妖毒，不敢留你歇宿。留了你不打紧，我们一家的性命都难保住了。'我听了这种话，怎么能不吃惊呢？这是关乎自己生命的大事，不敢对那老者生气，并向他作了一个揖，问道：'请问老丈，我中了什么妖毒？求老丈指教我。我是个初出远门的人，实不知道。'"

那老者回答些什么来，下回分解。

第三十二回

深夜叩门求隐士
空山严阵歼妖蛇

话说成章甫继续说道："我不知道中了什么妖毒，去问老者。那老者现出很慈悲的神气，说道：'我知道你是初出门。你刚才走过九华山的时候，忽听得有人叫唤你，你随口答应了么？'我心里又吃了一惊，问道：'那座草木都没有的高山是九华山吗？'老者点头道：'是。'我便把听得有人呼唤的情形说了。老者叹气说道：'可恨九华山那边的人，明知你在下午过山，也不向你说出厉害来。你可知道那呼唤你的是什么？那山上有一只蛇妖，叫唤的声音很奇怪，无论何人听了，都觉得是有人叫唤自己的名字。能不回答便好，虽中毒却很轻，有药可以医治。回答了一声，就无所逃免了。中了这妖毒的人，眉心是带青黑色的。歇宿在哪里，那妖便到哪里来，同在一块儿宿的都难保住性命。是这样的情形，如何能怪小店不留你歇宿呢！我因为已活到七八十岁了，用不着那么怕死，不忍不说给你听，若遇旁人，你便和他拼命，他也不敢明说给你听，恐怕那东西来缠他。如今话已说明白了，请你走吧！大丈夫不要连累无干之人。'

"我听了这番话，想起这日下午所遇种种情形，知道不至虚假。若在平时，我明知死到临头了，必忍不住伤心哭泣。然此时只觉得是天数注定，应该死在这里，不是一哭可以济事的，反而仰天打了一个哈哈道：'我只道为别的缘由不留我歇宿，原来是怕受我的连累。这有什么要紧！你们若肯早向我说明，我早已走到外边等死去了，我岂是个肯连累旁人的不义汉子，少陪了！'即转身走了出来，暗想：走了三家，家家如此，就到第四家，不也是一般的不肯容留吗？不如悄悄的在人家房檐底下蹲一会儿，那妖精来要吃我，就由他吃了完事。

"在黑暗中约行了几十步，忽觉得有人在我肩上轻拍了两下。我想：

那妖精就来了吗？掉转身看时，虽在暗处看不甚分明，然也依稀看得出是个身材很高大的人。那人见我转身即说道：'朋友！你中了妖毒，就准备等死，不想再活了吗？'我一听这人是四川口音，料想必是落在那火铺里的客商，看了我落店和争吵的情形，所以知道我中妖毒的事。他既这般问我，必有救我的方法，当即回身答道：'蝼蚁尚且贪生，世间岂有准备等死，不想再活的人？无奈我是异乡之人，不知道此间厉害，又不肯听人家劝戒，以致弄到这步田地。各家火铺都害怕，不敢容留我，我除了听天由命之外，还有什么法子呢？既蒙老兄关怀下问，想必有好方法可以避开这遭大难；倘得拯救，当终身感激大德。'这人笑道：'这样大难，我哪有救你的力量？不过，我看你倒是一个很旷达的人，明知中了妖毒，死在眼前了，还能谈笑自若，不慌不乱，可知不是一个轻浅浮躁的人。我在这条路上来往的次数极多，知道离此地不远有一位隐士，具有神鬼不测的本领，他若肯慈悲救你，必能保全你的性命。不过他既是一个隐士，一不求名，二不求利，肯救你与否，就须看你的缘法何如？'

"我问那隐士姓什么，叫什么名字，家住在哪里？这人挽了我的手，一边走一边说道：'你是异乡人，又在黑夜，就把地名人名说给你听，你也找寻不着。再多耽搁一会儿，只怕那妖精已不肯放你过去了！'我走时，觉得这人挽我胳膊的手，有无穷的气力。几步之后，我的双脚虽仍是一步步踏在地下，然仿佛已不能由我做主了，只略在地下点了一点，就走过去了，哪里是我自己走路呢？简直是被他拖着跑罢了！

"我心里免不了又疑惑起来，暗想：我自己从小练武，两膀也有几百斤气力，加以百五六十斤重的身体，什么人能将我这么拖着跑？莫不就是那妖精，有意是这么捉弄我一阵，再现出原形来吃我么？虽则心里如此疑惑，只是并不害怕，仍向这人问道：'承老兄的好意救我，还不曾请教老兄的尊姓大名。'这人答道：'此时救性命要紧，救得了性命，你我再通姓名不迟。如果性命不能救，我把姓名说给你听也无益。'我见他说话这般诚恳，才知道他确是好意要救我的人，不是妖精变化来捉弄我的。若不是这种有能耐的人，何能知道那隐士有神鬼不测的本领？心里是这么胡思乱想，倒把中了妖毒、命在呼吸的事置之度外了。

"一口气不停留的约莫跑了十多里高低仄狭的山路。忽觉这人停了步，很低的声音向我耳边说道：'前面山坡中那所房屋，便是那隐士隐居之处。

我不能同你去，你自己上前叩门。他出来开门的时候，你将中妖毒的缘由说给他听，须十分诚意的拜求他拯救，万不可说出有人送你前来的话。那隐士是道家装束，有六七十岁的模样。快去，快去！不可认错了人。'

"我还待问话，这人已转身走了。我不敢叫唤，只得就一点儿星光，看前面山坡中，果有一所不大的房屋。到此时心里却有些害怕那妖精找来了，急急跑上前敲门。不一会儿，大门开了。我看那开门的人，仿佛是一个年轻的人，也不是道家装束。我还不曾开口，这人已问道：'你是哪里来的？半夜三更，敲门打户的找哪个？'我一想：不好了，这隐士究竟姓什么，我还不知道；他问我找哪个，我不能说出姓名来，怎好回答呢？喜得我心里一时忽然灵巧起来，绝不迟疑的答道：'对不起，惊扰了！我是有急事，特地前来求见老道爷的，请老哥快去禀报一声。'

"我正说了这话，只见里面有灯光闪了出来。举眼看时，正是一个胡须雪白的老道，左手擎着一只油灯，缓步走出来，张眼向大门外探着，面上微露惊诧的神气。虽在夜间，看那老道的丰姿神采，真可以称得起仙风道骨，没些儿尘俗之气！我到了这时候，也顾不得冒昧鲁莽了，冲进大门，直向老道双膝跪下，说道：'我在九华山经过，中了妖蛇之毒，求老道爷慈悲救我！'老道连忙伸右手扶我起来，说道：'你中了妖毒，来找我有什么用处！'我见他有推托的意思，乘他松手的时候，仍旧跪下，说道：'非你老人家不能救，千万求你老人家慈悲！'老道用手中灯在我脸上照着，说道：'这就奇了！我在这里住了几十年，一不曾做医生，二不曾做法师，更没人求我治过妖毒。听你说话是湖南口音，初到这地方来，怎么知道来找我？你且说出来，是谁说给你听的。起来谈吧，这般跪着什么样子！'我说：'你老人家应允救我，我就起来；不然，宁可跪死在这里！'老道听了我的话，也不回答，伸手在我头顶上摸揣了一阵，从容点头，说道：'你起来！我不可惜你这条小性命，却可惜你这几根好仙骨，救你便了！'我这才欣然跳了起来。

"老道吩咐那开门的人将大门关好，将我引进一间房里。我看那房中的陈设，朴素清雅，只是并无床帐。当窗横列一张大条桌，桌上堆着几函旧书。桌旁两大书橱，也是满橱古籍。窗对面安放一张木榻，榻当中铺着很厚的坐垫，榻旁摆着几把靠椅。老道自己就榻上坐着，指着靠椅让我坐了，问道：'你是湖南人，单身到贵州来做什么事？'我原来准备有人盘问的时候，回答去某处探亲的，然此时不敢照平常回答。因我本来没有亲戚在贵州，只得答道：'到贵州来并没有一定的事故，因为生性喜游山玩水，在家也是孤单一人，不如出门走走。'老道听了，似信不信的样子，又问道：'你怎么知道上我这里来的呢？'我只好随口应道：'因听得本地方人指点，所以知道。'老道摇了摇头道：'本地方人是谁？在什么地方，如何指点你的？'我说：'在前边火铺里，说起你老人家有神鬼不测的本领，必能救我的性命，因此才投奔你老人家这里来。'老道笑道：'那人对你说我姓什么，叫什么名字，这里叫什么地名？'这几句话就问得我不能回答了。老道见我回答不出，就笑道：'姓名、地名都不知道，真亏你在黑夜居然找得着！'我看了他说这话的神情，恐怕他怪我不诚实，不敢不说出来，便起身作揖，说道：'实在是有一个四川口音的好汉，送我到这里来的。只因他吩咐我不可对你老人家说，并非我敢撒谎。那好汉送到门外，便转身走了，我至今尚不知道他的姓名。'老道沉吟着，说道：'四川口音吗，是何等模样的人呢？'我说：'因在黑夜，他虽挽了我的胳膊同走，但是没看清楚他是什么模样；仅看出他的身材，仿佛和我一般高大，头上似乎缠了一个很长大的包巾。'

"老道略略点了点头道：'这也是你的机缘凑巧，居然能找到我这里来。不过九华山满山都是毒蟒，每日只有辰、巳、午三个时辰，能走那山里经过。一过了那三个时辰，走过那山里的人，轻重总得中些蛇毒。那发声叫唤行人的妖蟒，更是阴毒无比！我救虽救你，不过能否如愿，此时尚难决定，这就得看你的气数何如。'我即拱手说道：'仗老道爷的神威法力，能曲全我这条性命，我固是感德无涯；但是我的愿望，实不仅想救我一人的性命。我是一个孤单之人，死了有何足惜！像我一样初次出门，不知厉害，在午后从九华山经过的，何止我一人？容留这种妖精，盘踞要路害人，老道爷但能将这妖精驱除，免害行人，我的性命就不能救也不要紧。'

"老道见我这般说，显出很惊讶的神气望着我，说道：'你尚能如此存心，我岂可袖手坐视。不过那妖精阴毒异常，它所至之处，青草不生。凡人血肉之躯，只要呼吸了它一口毒气，就得发生瘟疫之症。那九华山原是贵州有名的蛇窟，从来就有无数的毒蛇，涵淹卵育其中；然不大出来为害行人，也没有灵觉，不能变化。近几年来，不知从哪里来了这条大蛇妖，

337

九华山上这条路，便成为行人的畏途了。这妖精的叫声很怪，不问是什么人听了，都觉得仿佛是叫自己的名字。不答应的没要紧，不过害病几天便好了。只要于无意中答应了一句，听凭这人走到什么地方，一到半夜它就追寻来了。自从这妖精盘踞九华山后，是这般害死的人，已不计其数了。因此居住在九华山附近，二三十里以内的人，无不知道这妖精厉害的。但见这人眉目间现了黑气，仿佛皮肤里起了一层烟雾，便可知道是答应了这妖精的叫声。贫道为这妖精寻觅一样克制他的东西，走遍几省才寻着。然贫道心里还觉得不十分可靠，所以这东西到手了几个月，不敢尝试。打算再调养几日，然后动手去驱除它。不料有你来了，难得你有这样一片宁肯不救自己性命，只求免害行人的心思，我只好不顾一切了！'

"老道说时，起身从坐垫旁取出一个一尺多长五寸来宽的黑木匣来，很慎重的样子托着向我说道：'这里面便是克制那妖精的法宝，你好生端着到隔壁房里去。那房里有现成床帐，你可以用这木匣做枕头，安心睡觉。那妖精已能变化，来时无影，去时无踪。你不曾修炼的人，它就来了你也无从知道。但是你尽管不知道，有了这法宝，它自然有信给你。它在这里面，无故不会动弹。那妖精一到窗外，它在里面知道，必急寻出路，那时你因将它枕在耳下，定能听得里面的声响。你不可说话，只轻轻将这当头的木板，是这么抽了，自有效验。'旋说旋将木匣递给我。

"我忙起身双手接了，看当头果有一个抽木板小铜环，因问道：'不可以早些抽开木板等候妖精前来吗？'老道慌忙摇手道：'那是万万使不得的！这种法宝，不到紧急关头，岂可轻动。谨记，谨记！非听得里面声响很急，便把木板抽开，那时枉送了性命，就不能怨我啊！'我见老道说得如此郑重，这是于我自己有生命关系的事，自是不敢尝试。当即辞了老道，捧了木匣走到隔壁房里。看那房间的情形，好像是准备了做客房的。床后墙壁上有一个粗木格的窗户，用白纸糊了，有月光照在窗纸上。虽看不见窗外是何情形，然有这般透明的月光照着，可想见窗外必是空地。

"我一则因为这日行了一百几十里山路，身体疲乏不堪；二则因恐怕时候已到了半夜，不趁早枕着木匣，那妖精来了，不知抽去木板，所以没闲心去看窗外的情形。一面将头枕木匣睡着，一面将利刃握在手中，计算万一妖精近了我的身，我总得与它拼一下。我平日走得身体疲乏了，落枕就起了鼾声，有时连叫也叫不醒。这夜毕竟是生死关头，哪有一些儿睡意呢？两眼睁开望着窗纸上的月影，一步一步向上移动，默念：若在这时候，有什么东西到了窗外，窗纸上总应该现出影来，不能逃我的两眼。

"心中正在这么乱想，忽听得耳底下悉悉索索的响起来了。我吃了一惊，想道：法宝响了！果是妖精来了吗？是这般一点儿动静也没有，人尚且不知道，法宝藏在木匣子里，居然会知道吗？同时并有些疑心是耳里听错了。刚待仔细再听，猛听得窗外风声大吼，窗纸上的月光顿时没有了，满窗漆也似的乌黑，连窗格都看不见。木匣里面不仅喳喳的大响，且震动得木匣都跳荡起来。我这才慌了，急将木板抽去。突觉眼前白光一闪，接着就听得窗格上响了一声，仿佛有什么东西冲破窗格去了，鼻孔里即时嗅得一股腥膻气味，使人要呕。再仔细看那窗户，已不似风声吼时那般漆黑了，可以看得出那很粗的木格，在正中间断了两根。窗外的风声虽已停息，但俨然有人在外面斗架的样子，跌得地下一片声响。

"我心想：这木匣只有尺多长，五寸来宽，里面必藏不了什么大东西。或者是剑仙炼成的飞剑，所以出匣的时候，有白光一闪，只是听了那跌地的响声，又似乎不是飞剑。满拟到窗跟前，从冲断了的窗格里，向外边探望探望，然而没有这胆量。外边斗架的声音，约莫响了一顿饭时候，风声又大吼起来。不过这次的风声，与初次不同，初次是向窗跟前吼来，这次是吼向远处去了。我才觉得这风声是妖精去了，就听得老道在隔壁房里跺脚道：'走了，走了！为什么不早一点儿把木板抽开？坏了我的法宝了。'说着，已走过这边房来了。

"我连忙起身，说道：'外面风声刚起，我就将木板抽开了，怎么开迟了呢？'老道叹气道：'等你听到了风声才开木板，还说不迟吗？我交这木匣给你的时候，怎生吩咐你？不是说听得里面有响声，就抽木板的吗？'我听了自然懊悔。只见老道一手擎了蜡烛，一手端了木匣，将我引到窗外，用烛在地下遍照。忽在青草里面照出一条尺来长、二寸多宽的白蜈蚣来，指点着给我看道：'你瞧！它此刻走不动的情形，可想见它是和妖精斗得太吃力了。我知道它的能耐，妖精到了半里以内，它就知道。你若在它有响动的时候，放它出来，它不至措手不及，妖精决不能逃去。如今已弄到了这一步，就只得再行设法了。'随将手中蜡烛给我擎了，双手捉住白蜈蚣，就烛光细看，浑身雪白，只有两只比大拇指还粗的锯齿钳，朱砂也似的鲜红。老道就钳上仔细端详了一阵，笑道：'就这钳齿里夹着肉屑

339

看来，那妖蛇的眼珠，必已被这东西弄瞎了一只了，若能将两眼都弄瞎，便好办了。'旋说旋把白蜈蚣安放在木匣里，从怀中掏出一把黄色粉末来，纳入匣中一个小木杯内。我问：'这是什么粉末，是给它吃的吗?'老道点头道：'这是炼好了的鱼子硫黄。非用东西调养，敌不住那妖精的阴毒之气，可惜调养的日子不太长，再多几月，就更可靠了。'

"我回房走近窗前，看那冲断的木格是向内的，好像是有东西从外边进来的一般，遂问老道是何缘故。老道指着我说道：'你还不知道是什么缘故吗? 这窗格是那妖蛇冲破的。你若再迟一刹那抽木板，那妖蛇便已进房来了。妖蛇既进了房，你就想抽木板也来不及了，你的性命不保是不待说，就是这蜈蚣也必在匣中闷死。'我问：'这蜈蚣既有敌妖蛇的能耐，何以这样小小一个木匣，都不能冲破出来呢?'老道笑道：'你不要看轻了这个小小的木匣，有贫道的符箓在上，敢说比铜墙铁壁还要坚固。'我说：'妖精已经逃跑了，将怎么办呢?'老道沉吟道：'办法是有，但是还嫌少了一个会法术的帮手，且待明日再说!'这夜，老道画了一碗符水给我吸了，叫我安心睡觉。

"睡不多时，天色已亮，只觉得肚中回肠荡气，鸣雷也似的响个不了。一会儿，泻下半桶黑水来，腥膻之气，与昨夜妖蛇来时所嗅着的无异。大泻之后，取镜照眉目之间的黑气，已是没有了。天明不久，忽听大门外有人说话，语气仿佛是来拜访老道爷的。我听那说话的口音，就是昨夜送我到老道家来的那个四川人。我心里十分感激他救了我的性命，唯恐老道不肯见他，正打算出来探看，若果是那人，我便当向老道先容。可怪那老道似乎已知道外面的人有些来历，不待通报，即亲自迎了出去。

"我跟出来看时，那人望了我一望，即对我拱手，说道：'恭喜，恭喜，面上的妖气已退，不妨事了!'随回头向老道说道：'兄弟初次来拜访道爷，还未敢冒昧进谒，就多事送他来求救；实是因为见他的性情很旷达，昨夜在火铺里听得中了妖毒，不可救药的话，明知死在目前，并无忧戚之意，可知不是寻常庸碌之人，死了甚是可惜! 并且兄弟不远千里前来拜访，为的就是九华山这只妖精盘踞要路，害人太多，特来助道爷一臂之力。他凑巧在这时候中了妖毒，又落在兄弟眼里，岂可不救? 但是，兄弟初来拜访，尚未见面，实不便就为他人作介绍，所以只将他送到道爷门外，就藏匿在附近山中探看。昨夜妖精来去，兄弟都看得分明，但恨没力量诛戮它，眼睁睁望着它逃回九华山去了。'"

成章甫说到这里，见到刘恪仿佛听说故事听出了神的样子，即带笑在他肩上拍了一下，问道："你知道那个去拜访老道爷的是什么人么？"刘恪怔了一怔，说道："你老人家不是在夜间问那人的姓名，那人不肯说的吗？当时我又不在跟前，如何知道？"成章甫大笑道："哪有别人啊，就是你此刻这位师傅胡庆魁呢！"刘恪望了望胡庆魁，问道："后来怎么样呢，那蛇究竟弄死了没有呢？"成章甫笑道："不用忙，我自然要把从你父亲死到于今，这十几年间，我所经历种种的事，从头至尾说给你听。"正待接着说胡庆魁帮助老道诛蛇的话，忽见一个小沙弥走近房门口，招呼了胡庆魁一声，问道："张六曾到这房里来没有？"胡庆魁摇头答道："近来张六并不曾扫地和做零星粗事了，已有三四日不曾到我这房里来。他此刻不是经管银钱账目吗，是有人送捐款来叫他收受么？"小沙弥一面回身就走，一面没精打采的答道："不是，不是。"即走开去了。

刘恪很不高兴的神气说道："讨厌，明知道这房里是寄居的外客，却跑到这里来问什么张六、李六！表叔，请你老人家往下说吧！"成章甫见刘恪这般急于要听下文的样子，便说道："下面的话头，说来还很长呢，像这么急孜孜的做什么？"

何玉山此时侍立在旁，笑道："我们少爷是素来性急的，在衙门里读书的时候，每听得师爷们闲谈剑侠鬼怪的故事，他总是听得津津有味，不肯离开。若遇有人来打断了话头，他就冒火骂人了。"刘恪正色对何玉山道："你要知道我这时候，不是听人闲谈那些不相干的故事，更不能把话头打断。"

成章甫这才继续着说道："那位老道爷是我于今的恩师，姓哈，单名一个摩字，原是四川与云南交界处的夷人。那种夷人有深山夷与浅山夷的分别，常与汉人接近的，叫作浅山夷；从浅山夷所占据的地界过去，终身不与汉人接近的，叫作深山夷。浅山夷因常与汉人接近，饮食居多有模仿汉人之处，所以又叫作熟夷；深山夷叫作生夷。我那恩师是浅山夷人，生下来就不与一般夷人相同，牛、羊、鸡、犬的肉，入口便呕吐出来。一二岁时初学走路，见地下有虫蚁，即知道绕路，或立住不动，决不肯在虫蚁身上践踏过去。他父母问他：'为什么如此？'他说：'人身太重，虫蚁太小，践踏必伤其性命。'他父母又问：'为什么不可伤其性命？'他便知道

341

回答：'虫蚁既不伤害人的性命，人为什么无端去伤害它的性命？'其生性有这么仁慈，十岁上就知道修真慕道，独自出外访求名师。在会理州夹石山上，得遇昙云祖师，随侍修炼十多年，预知父母天年将终，仍归故乡略尽人子之道。

"谁知那部分浅山夷，因恨土司官残暴，竟把那土司官杀了，造起反来。为首的率领二三十万夷兵，将要攻打会理州；知道哈摩师的神机妙算，赛过古时候的军师，且能呼风唤雨，撒豆成兵，为首的派人来，要聘他去当军师。他既是个修真慕道的人，怎肯冒昧跟人造反？极力向来人辞谢了。

"无奈那个为首的夷人，也知道非有大才，不能成大业。见派人聘请不动，就亲自来求哈摩师，并准备如再请不动，便要行蛮捆绑到军中去，威逼他出主意。喜得哈摩师早已料到这一着，只绕着自己居住的房屋，在地下画了一道圈子，仍安然住在家中。那为首的夷人，率领着百多名护卫的蛮兵，兴冲冲跑来。一到屋外，就像迷了路似的，只管绕着房屋打盘旋，没一个人能见房屋。团团转了半晌，忽大雨倾盆而下，只得败兴而去。"

刘恪听到这里，忍不住望着胡庆魁问道："师傅那日对付襄阳府追来的人，就是这一样的法术么？"胡庆魁点头笑道："你不愿意旁人打断话头，却自己来打断话头！听你表叔直说下去，是不是一样的法术，自会明白。"刘恪道："这样法术，实在巧妙极了！虽近在眼前，能使人若隔千里，不是妙极了吗！"成章甫笑道："法术虽妙，但只能欺瞒肉眼愚人，并只能蒙混一时，久亦终归无用。那些造反的夷人，既是存心要把哈摩师弄到军中去，如何肯因找不着哈摩师的住处就罢手呢？哈摩师无法，只得委弃家产，仍旧逃回夹石山修炼。修道的人，第一要多做功德。只是做功德却不可给人知道，有人知道了传扬出去，大家一称赞，得了时誉，这功德也就有限了。哈摩师这番离开夹石山，到这所房子里居住，就为的九华山那妖蛇危害行人，发愿要将那妖蛇驱除；因不愿给人知道，所以我去求他，不肯开口就承认。你这胡师傅和他见面之后，彼此便商量如何驱除妖蛇之法。我在旁边听得他二人说，要亲上九华山去，方能把毒物诛尽，一劳永逸。我想：那妖蛇既有神通，又能变化，并且那山上还有无穷的毒蛇，他二人去驱除那些妖毒，必是一件极好看的事。我从小欢喜看这类离奇古怪的玩意，当下就向哈摩师求道：'老道爷替地方除害，就上九华山去。我想陪同前去见识见识，不知去得去不得？'哈摩师还没回话，你这位师傅便望着我笑道：'你刚从九华山来，险些儿把命送了，还敢上九华山去吗？'我说：'一个人不敢去，有两位同去，我怕什么？'哈摩师道：'你要去看也使得，不过，到了情形极可怕的时候，不可害怕，不可开口说话。'我说：'你老人家吩咐我怎样，我便怎样，决不违背就是了。'

"这日黄昏以后，我三人便带了那只木匣，一同到九华山去。这夜的月色，比昨夜还明亮，在山顶上看这座九华山都在眼底。哈摩师从袖中取出戒尺一条，就山顶平坦之处，画了七道圆圈，教我捧木匣坐在圈中。他两位分左右盘膝坐下，都闭了眼睛，口中不知念些什么？此时万籁无声，微风不动。我因为要看那妖蛇是怎生模样，来时如何举动，不肯学他二位的样，把眼睛闭了，不断的巡视前方，看有什么动静。两眼都看得疲乏睁不开了，只不见一些儿踪影。正在心里狐疑，不知何以坐了这么久不见动静？猛听得远远的起了一阵极尖锐叫声，那叫声入耳，又像是呼我的名字。我这回自然不敢随口答应了，忙仔细定睛向那发叫声的方向看去。陡觉手中木匣微微有些震动，知道是妖蛇来了，里面白蜈蚣闹着要出来。打算急将木板抽去，免致再蹈昨夜的覆辙。谁知才伸手去捏那木板上的小铜环，哈摩师似已看见，连忙用手将我的手按住，并将头摇了几下，我吓得缩手不迭。

"须臾之间，那叫声又起了，好像比初叫时略近了些儿，然仍是一物也看不见。接连叫过了四次，越叫越近。第四次叫后，才看见前方十数丈以外，出现了一个和火把一般的红东西，红光照得人两眼发花。

"我暗想：妖精既有神通，难道在这样明月之下，还不看见走路，与凡人一般的要扬火把吗？细看那火把直对着我们所坐之处晃来，相离约二丈远近，才看明白那红东西不是火把，是那妖蛇头上生出来的，形象与雄鸡冠相似，竖在头上有尺来高，红光闪灼，与火无异。我在没看见这妖蛇的时候，以为像这阴毒，这么厉害的妖蛇，必是长大的骇人；想不到这妖精，不但没有大蟒蛇那般长大，并不是寻常的蛇模样。原来从头至尾，不过五尺来长，却比吊桶还要粗壮；头尾整齐，初看与一段树木无别，浑身漆黑透亮。走到离我们两丈以外，忽用尾着地，头朝天竖立起来。

"那妖蛇是这么一竖起，顿时跟着竖起来的蛇头，真是盈千累万，不计其数。因我两只眼睛注视在妖蛇的红冠上，随在妖蛇后面的无数大蟒蛇，与山中土色没有分别，所以不曾看见。那妖蛇竖起头来，向左右唧唧叫了几声，好像是发号令的样子，无数的毒蛇，即时对我们三人所坐之处昂头而进。有些走进第一道圈线，即垂下头来，仍退了出去；有些走进第二道圈线就回头；越是长大的越能多进，然没有一条能走进第五道圆圈的。退出去了的蛇，有扬长径去的，也有绕着第一道圈来回不止的。

"那妖蛇直等到所有的蛇都不动了，才又怪叫了一声，将身体一扭，即冲进了第五道圆圈；离我们坐处，不过数尺了。在五道圈线上略停了一停，待要冲进第六道圈，把我吓得什么似的。偷眼看哈摩师和你这位胡师，都提起了全副精神的样子，目不转睛的对妖蛇看着。妖蛇刚冲到六道圈线上，仿佛被人推了回去的一般，一冲一退的三四次之后，忽然从口中喷出一股黑气来。哈摩师到这时，才伸手将木匣的板门抽开了。这蜈蚣真是宝物，木匣在我手里，我并不曾见它从木匣中出来。前一夜在房中，因房中是漆黑的，还看见白光闪了一下，此时连白光都没看见。木板一开，只见那妖蛇顿时退出圈外，口中黑气也不敢喷了；为的喷黑气便得张口，只一张口，蜈蚣就可以钻进肚里去。所以各处多有'蛇不开口，蜈蚣不进肚'的俗语。

"妖蛇退到圈外，这白蜈蚣不知在什么时候已上了蛇背。那蛇七蹦八跳的，大约是打算将蜈蚣颠下背来。我听了这一蹦一跳的声音，方想起昨夜窗外仿佛跌扑的响声，必也是和今夜一般的情景。蹦跳了好一会儿，蜈蚣毕竟不能在蛇背上久站，翻身跌下地来。蛇见蜈蚣离了背，就想跳跑。蜈蚣生成是吃蛇的，怎许它跳跑呢？一落地，又跳了起来，着落在蛇头上。

"哈摩师在这时向你师傅说道：'可以下手了！'你师傅应声在自己癞子头上，揪下一绺头发来，塞入口中，连嚼了几下，对准那妖蛇喷去。妖蛇大叫一声，又蹦跳了几下，忽将簸箕般大口张开来，白蜈蚣即时溜进口里去了，蛇仍将大口合上。我暗想：'不好了，这妖蛇虽然难逃性命，白蜈蚣在肚内也难免闷死。'霎时间，只见这蛇在地下乱滚，旁边还有无数的大蟒蛇，没有一条敢动弹的。妖蛇滚到这些蟒蛇身边，张口乱咬，斗桶大小的蛇，只一口就咬成两段。这些蟒蛇俯首听凭咬啮，不仅不敢反噬，连逃避也不敢逃避。这妖蛇大约是被蜈蚣在肚内咬得痛不可忍，又愤无可泄，所以咬死这些蟒蛇，好出胸头之气。

"哈摩师看了好生不忍，用戒尺指着妖蛇，说道：'孽畜！奈何到此时还不悔悟，这就怨不得我了。'说时双手揪住他自己道袍的前襟，往左右一撕，分作两半。说也奇怪，这里道袍撕开，那蛇的肚皮也跟着破了，白蜈蚣随即从破缝中走了出来。哈摩师忙起身捉了蜈蚣，纳入木匣，和前夜一般的，掏了一大把鱼子硫黄给蜈蚣吃。你师傅指着满山的蟒蛇，请问怎生处分？哈摩师道：'危害行人的，全是这一只妖精，与此辈蠢然无知的不相涉。此辈能活到今日，也非容易，杀了可怜，驱逐也无地可容它们。倒不如此山是从来著名的蛇穴，与福州鼓山一样，只要它们不出来危害行人，也就罢了！'我便插嘴说道：'这些蟒蛇虽不似这妖精厉害，能唤人名字；然像这样盈千累万的蟒蛇，集聚在一处，放出毒气来，使经过的人嗅了，发生瘟疫之症，虽说不是这些蟒蛇存心害人，只是行人确受其害。两位既发愿为地方除害，似乎不能就此罢手。'

"哈摩师道：'为地方行人之害的，就只这一条妖蛇；妖蛇既死，便无妨碍了。要处置这盈千累万大蟒，须知不是一件容易的事。贫道可以告诫它们，就以这妖蛇为榜样，叫它们安分修持便了。'说着向众蟒蛇念念有词。我在旁边听那念的声音很小，却是奇怪，众蟒蛇好像是通了灵的一般，大家同时把头举起来。哈摩师又念了一阵，突然将脚一顿，众蛇如得了赦令，掉转头奔往山下去了。此时东方已经发亮，我细看死在地下的这条妖蛇，左眼果然瞎了。

"蛇头上插了许多长短不一的钢针，仿佛成了只刺猬。你的这位师傅指着那些钢针，笑问我道：'你知道这些钢针，是从哪里来的么？'我说：'不知是谁在什么时候射进去的？'你师傅笑道：'你再仔细瞧瞧，果是钢针么？'我听了很诧异，伸手去摸时，哪里是什么钢针呢？原来尽是短头发，就是你师傅由口中嚼碎了喷出来的。虽然是头发，当射到妖蛇头上的时候，却比钢针还厉害。你师傅说：'这妖蛇的皮肤又坚又滑，枪炮都不能伤他，刀斧是更不用说；无论如何锋利，也不能劈掉它一片鳞甲。'

"我随手摸了摸蛇皮，觉得着手并不坚硬，心想：这样刀斧不能入，枪炮不能伤的蛇皮，何不取下来，制成一件软甲，穿在衣服里面？有时与人动起武来，岂不是一件绝好的护身软甲吗？自觉这念头不差，当即对哈摩师说了这番意思。不料哈摩师正色把我申斥道：'你知道这妖精为什么

345

得今日这般惨结果？就是为它平日居心不仁，行为险毒，虽修炼到能通灵变化，终不免剖腹而亡。你见它惨死尘埃，应生怜惜之心才是，怎么想得到剥它的皮来制软甲呢？它自己修炼得来这般坚滑的皮肤，尚不免于惨死；你取它的皮，制成软甲，果能护身么？'他老人家这番话，说得我顿时如冷水浇背，连忙赔笑认过道：'这是我该死，以后决不敢再如此存心了！'哈摩师仍现着不愉快的脸色，说道：'但愿你以后永不起不仁之心方好。你要去哪里，就请去吧！你身上所受的妖气已尽，妖蛇也当着你除了，用不着再和我们耽搁。'我听了这话，不由得吃了一惊，暗想：我此番逃命出来，原没有一定的主意，因此就没有一定的去向。难得遇见这样两位异人，哈摩师又摸了我头上，说我有几根仙骨，我何可错了这机会，不求他老人家收我做个徒弟，也学些儿道法呢？当即很诚恳的对他老人家跪下，说道：'我并没有地方可去，而且没有家乡可归，简直是一个飘荡无归的游民。这回中了妖毒，本已没有性命了，承老道爷拯救，即是我的重生父母。老道爷若认我是一个不堪造就的东西，不屑教诲便罢；如果还有一隙之明，千万求老道爷施恩，索性成全到底。"

哈摩师如何答应成章甫收为徒弟，下回分解。

第三十三回

采药走名山故人蒭径
避兵入隧道祖师断头

"话说当时哈摩师拉我起来问道：'你是湖南人，怎么没有家乡可归呢？也没有家人，也没有产业吗？'我说：'人也有，产业也有。'接着便把如何逃亡出省的情形，详述了一遍道：'你老人家若不肯收留我，我就侥幸不死在毒蛇口里，也没有生路。所以在火铺里听了中毒必死的话，心里并不着急，并不是真能旷达，置生死于度外。'哈摩师听了，露出踌躇不决的神气。亏了你这位师傅从旁怂恿，哈摩师才点头说道：'我见面时原已说过了，不是救你的性命，是为你头上长了几根仙骨，不可平白断送了，那时即已有意引你入道。若不然，也不带你同到这里来看了。你且把这蛇的尸身掩埋妥当了，跟我回去。'

"他老人家说这么一句不打紧，我为掩埋这蛇尸，跑了十多里路，才向乡下种田人家借了一把铁锹；就九华山上掘了一个窟窿，将蛇尸埋好。从此我就做了哈摩师的徒弟。你这位师傅，也从此和我做了生死至交的朋友了。

"我跟随我师傅修炼了两三年之后，也胡乱懂得一点儿毛法了。我师傅一年三百六十日，至少也有二百日在各处深山之中寻药，寻了药回来就炼丹。我跟着寻了若干时，所认识的药已不少了。有时师傅忙起来，就拣容易寻采的药，开单叫我去寻采。有一次师傅开了一大单药名，单上注明了某药去某省某山寻采，并一百两碎银子交给我，限我在半年之内，将单上所开的药采回来，一味不能缺少。我接过来看那单上所写的路程，南七省都在其内，并且尽是翻山越岭、不好行走的道路。总共计算起来，来回虽不到一万里，至少也有八千里之遥。我想：休说这些药，还得一样一样到深山穷谷中去寻找，便是有人寻好了，在那里等我去取现成的，六个月

347

要跑这许多山路，也不是一件容易的事。满心想去求师傅宽展几个月限期，却又不敢上前开口，因为我师傅从来说话斩钉截铁，说了便难更改。加之交药单给我后，他老人家就上榻静坐去了，照例在静坐的时候，天大的事也不许上前禀报。

"没奈何只得赶早动身，拼着逾了限回来受处分。在路上哪敢耽搁，也就和从湖南逃命出来的时候一样，不问天气的风晴雨雪，按着路程走去。偏不凑巧，要寻找的药，比吉林人取宝还难，每因一味药在一座山上，盘桓十几昼夜，尚寻找不着。光阴易逝，限期不觉过了大半，腰间带的一百两盘缠，也快使完了，而单上所开的药，还没寻着十分之三，路程也还没走过一半。想起平日偶有差错，师傅尚且责备得非常严厉。采药是一件大事，若误了他老人家炼丹之期，这罪过实是非同小可。因此，心中异常焦急。夜间不敢落店，只顾趱赶路程，必待身体疲乏不堪了，才顺路找一处可以避风雨霜露的地方，胡乱休息一时半刻。喜得略懂些儿法术，尽管山行野宿，不畏妖魔猛兽前来侵害。几年来跟随师傅是这么野宿惯了，心里早已不拿着当一回事。

"这夜，因一口气走了六七十里崎岖山路，身体委实支撑不住了，肚里更是饿得慌；想找一家火铺，或是大一点儿的人家，敲开门进去借宿，顺便求些儿食物充饥。谁知这条路上，不仅找不着火铺和人家，连破庙古刹都没有。只远远的望见前面山上，隐约有些火光。但是估料那座山，大约有二三十里高下，自忖除却插翅能飞，这时决没有力量走上去。只好就路边一株大树下坐下来，打算睡到天明，再作计较。

"身体疲乏了的人，自然一坐下就睡着了，也不知道已经睡了多久，忽觉背上包袱动了一动。我原是用包袱靠着树根睡的，包袱一动，不由我不惊醒。刚待抬头睁眼，就觉两条胳膊有人捉住了，并听得很凶恶的声音说道：'你这只羊瞎了眼了，怎么敢跑到这里来打瞌盹！'我一听这话，知道必非善类，即将两条胳膊往左右一分，两个不中用的奴才都倒退了几步，顿屁股跌在地下叫'哎哟'。才将这两个东西打跌，紧接着就有一个人说道：'咦？倒看不出你这只羊，手头还来得几下。来，来！五殿阎王请你去吃寿酒。'一面说，好像一面举刀劈来。我连忙将头一偏，趁势从旁边跳起身来。看天色已东方发白了，这东西一刀劈在树上，一下没抽出来。我知道这又是一个笨蛋，走过去就把刀夺了过来，笑道：'我在这里，

348

你为什么朝树上砍呢？你也和我一样瞎了眼么？'

"这东西见刀也被我夺了，自知不是对手，掉转身就跑；跌在地下的两个，也爬起来便跑，跑两步，仿佛是吓软了腿的，又跌倒了。我忍不住大笑着，喊道：'慢点儿跑，不要紧！我不是五殿阎王打发来请客的。'想不到话犹未了，忽前面树林中一声锣响，接着四面都是人声吆喝，仿佛事先在四面埋伏着等候的一般。这一来，倒把我吓了一跳，猜不透是什么人这样与我为难。

"那一阵锣声与吆喝之声过去，却又不见有什么举动。我想：'这就奇了，到底是怎么一回事呢？'但是，既鸣锣吆喝之后没有举动，我是过路之人，也懒得管他，不过小心提防着有人暗算罢了。细看夺下来的那把刀，钢火平常，随手掼在地下。幸喜我出湖南时带在身边的利刃，数年来仍不曾离身。此时抽了出来，并紧了紧背上包袱，趁着天色微明，打算努力爬过山去，离了这是非之场。

"约莫走了十多步，左边树林里忽窜出七八个大汉来，一色的身穿青布衣裤，头戴青色包巾，草鞋赤脚，手执丈多长与钩镰枪相似的兵器。见面不由分说，忽上忽下的，朝我刺的刺、钩的钩。我看了这情形，才明白必是有强徒在这山里落草。我是一个从师学道的人，身边又无银钱货物，不怕他们打劫，何必和他们劳神作对，随即闪退了几步，高声说道：'你们不要动手，我是往各处深山采药的人，并非过路客商，身边也没有银钱货物，用不着你们劳神。'叵耐那几个大汉听了我的话，反冷笑道：'谁要你的银钱货物？听说你手头会几下武艺，我们特来会会你这个好手。你且把武艺使出来，杀得过去，我们佩服你的本领，送你过山，还可以助你些盘缠；杀不过，就请你回去。我们大哥的号令，是不许伤害孤单客人的。'

"我暗忖这几个大汉，既是一般的装束，使一般的兵器，决不是有惊人本领的人物。我一时好胜之心不能除净，遂也报以冷笑，说道：'我的武艺本来不行，但是你们想来会我，只怕还嫌够不上。你们大哥号令，不许伤害孤单客商，须知我这把刀从来不杀无名小卒，还是劝你们回去，把你们大哥叫来会我的妥当些！'这几句话把他们气得跳起来，也不答话，齐杀过来，竟是要与我拼命的样子。我已有几年不曾与人厮打了，觉得动手玩玩也好耍子。因短刀不好和他们的长兵器对打，索性将利刃收起来，就凭着一双空手，八条钩镰枪被我夺过五条来，折断了。余三人不敢恋战，拖枪便跑。我也不上前追赶，以为他们败下去，必禀报他们的大哥，前来报复。

"不料那三人见我不追赶，也立住不跑了，都把枪掼在地下，指手画脚对我乱骂。我要去黄山寻药，这条路是必经之道，除了退回去，绕个几百里路的大弯子，就近没有第二条路可走。因此不管他是不是有意诱敌，只得大踏步赶上去。三人见我追赶，拾起枪又跑。我只顾追前面的人，不提防右边树林里，也窜出八个穿一般衣服、使一般兵器的大汉来，接住就厮杀。我不能不勉强接战，几个照面之后，被我夺得了一条枪，便不再折断了。就用这条枪，将他们七条枪逼住，说道：'不是我对你们夸口，只怪你们太不中用了！像你们这种草包，实在杀不起我的兴来。我于今向你们求情，你们伙里果有好手，不妨叫来与我见个高下。若都是你们这类货色，我情愿绕路到黄山去，尽管和你们这般厮打，确实委屈了我的武艺。'有一个大汉回答道：'好大口气！你敢欺我们山上没有人物么？你真有胆量有本领，就站在这里等候，不许走开。我们去请一个头目下来，与你见见。'我听了将枪一抖，说道：'我早说了，叫你们叫好手来，还只管在这里啰唣些什么？'

"正在这时候，忽听得马蹄得得，鸾铃锵锵。只见一匹浑身漆黑的高头骏马，从半山腰追风逐电一般驰下山来。马背上坐一个体格魁梧，精神满足的壮士。细看那壮士，背上插着一张黑漆弹弓，腰间悬挂一把宝剑，双手控住马缰，一面飞驰，一面举眼朝着我所立的方向探望。我一见这壮士的仪表甚是不俗，料知不是无能之辈，并且弓插在背上，剑挂在腰间，没有寻人厮杀的神气，也就存心不可和他鲁莽动手。马行甚快，转眼已到了跟前，那壮士打量我两眼，就马上对我拱手，说道：'小兄弟们肉眼不识豪杰，多有开罪之处，望勿见怪！请教贵姓大名，到这里来有何贵干？'

"他既这么彬彬有礼，我自然回揖，答道：'兄弟姓耳东陈，因要去黄山采药，走这里经过，实不知道有诸位好汉驻扎在这山上，冒犯威严，很对不起。'那壮士似乎现出沉吟的脸色，说道：'姓耳东陈么，请教大名是哪两个字？'我随口捏一个名字说了。那壮士下马说道：'我等暂时在此落草，实非得已。我们大哥定下来的章程，凡有江湖好汉、绿林豪杰从此经过，必迎接上山款待。方才大哥听得小兄弟们禀报，知道老哥不是等闲之辈，所以特地打发兄弟下山来迎接，务望赏光同去。'我说：'不敢当！我

350

既不是江湖好汉，更不是绿林豪杰，如何受得起贵大哥的款待呢？我因为不曾在江湖上行走，与绿林中人交结，以致连贵大哥的尊姓大名都不知道，说起来委实有些惭愧。'那壮士笑道：'老哥见了我大哥的面，谈论起来，便可以知道我大哥不是寻常落草，专一杀人放火、打家劫舍的强盗头目。越是不知道姓名越好，免得因震惊这人的大声名，未见面结交，就存了个钦佩之念。'"

成章甫述到这里，又忽然截住话头，向刘恪问道："你知道这个迎接我的壮士是谁么？"刘恪不由得又怔了一怔，说道："小侄当时又不在跟前，不曾和这人见过面，怎么会知道他是谁呢？"成章甫哈哈笑道："若果是你不曾见过面的人，我又如何会拿着来问你呢？这人就是在襄阳府衙门里，收你做徒弟的郑五爷，你不曾见过面么？"刘恪笑道："怪道他父亲说儿子不争气做强盗，原来就是这个出处。"

成章甫接着说道："郑五爷既殷勤邀我上山，我横竖得从这山上经过，也就不推辞。郑五爷让马给我骑，他要步行相随，并说这是山上历来迎接好汉上山的规例。我哪里肯这般无礼，两人都不骑马，挽着手步行上山。走至半山，郑五爷即指着山头，说道：'我大哥已率领众头目，排班在上面迎候。'我抬头看时，果见两大队人，分两排立在山顶。我走上去，还离开他十多丈远近，耳里便听得有个很急的声音喊道：'哎呀！来的不是成章甫成表老爷吗？'我听了这话，心里已是大吃一惊。及看这两大队人物和他们大哥时，险些儿把我惊得倒下山去了。"

刘恪忍不住也吃惊问道："毕竟那山上是些什么人呢？称呼你老人家做表老爷，想必是我家里这边的人。"成章甫叹气说道："怎么不是呢！这人原是你家种田的，姓张行四，一般人因为他性情急躁，都叫他做急猴子张四。我素来欢喜他为人率直，没有做作，又会些拳脚功夫，对你父亲更是忠心耿耿。我和你父亲，平日都没拿他当寻常种田的看待。这时我既看出呼唤我的是张四，再看立在两队前头的，左边是李旷，右边是张必成，这两人都是会党中有名的大头目，当日帮助你父亲抵抗官兵的。我见面吃惊的缘故，就为的见你父亲被难之后，不顾军队没人统率，乘夜偷出营盘逃走；既有这种贪生怕死的举动，自觉无面目见当时同事的人，所以见面时只恨无地缝可入。然当时心里尽管吃惊，尽管惭愧，已经对了面，也无法可以闪躲，只好勉强镇定着，一面向张四招呼，一面走上前去。

"李旷和张必成已跑下来迎着拱手，笑道：'原来果是成大哥到了，一别数年，也不知是哪一阵风，把我成人哥吹到这里来。'我一听他说出原来果是成大哥到了的话，觉得很诧异。胡乱应酬了几句，即问道：'两位老弟早知道我会到这里来吗，不然怎么说原来果是我到了的话呢？'李旷哈哈笑道：'老大哥还不明白吗？我们有什么方法，能预先知道你会到这里来呢？昨夜二更时候，忽然接了他祖师的谕帖，说成大哥今日走这山里经过，叫我们好好的迎接款待，并吩咐了要成大哥去见老人家。'我已有几年不和李、张等人在一块了，平日也不曾听惯他们称呼谁是老祖师，突然听了这番话，一时竟使我摸不着头脑。但也不便细问，只得含糊问道：'他老人家此刻不在山里吗？'

　　"李旷笑道：'可以说是在这山里，也可以说不在这山里。'说话时，两队头领在前引道，走进一带极茂密的树林。他们的营寨就在这些树林之内，也并没有防守的关栅，及滚木灰包等器具，不像寻常强盗落草的山寨。房屋都是土墙木架，用树皮稻草遮盖，没有门板窗叶，只有一间议事厅很大，能容几百人起坐，此外多是几个弟兄共住一房。我们同到了那议事厅，重新与众头领一一相见，十之八九是在桃源时曾共患难的，见面倒是十分亲热。

　　"李、张二人吩咐摆酒接风，我正苦肚中饥饿不堪了，饱吃了一顿，即向众头领说道：'今日得见诸位老哥的面，我心中委实说不出的欢喜；也是说不出的惭愧。像我这样贪生怕死、临阵脱逃的人，今日之下，哪里还有面目，来喝诸位老哥的接风酒呢！既蒙诸位老哥不鄙弃我，不厌恶我，还将我当一个人款待。我不问诸位老哥在此的事业如何，将来作何打算，总应该从此和诸位在一块，有甘同甘，有苦同苦，以自赎当日临阵脱逃的罪，才是道理。只是我这回走这山里经过，在诸位有老祖师指点，能预先知道我来，而我却是无意中与诸位相见，并非知道诸位在此，特地前来的。我这回是奉了师傅之命，到各处名山采药。因单上有几味药产在黄山，要到黄山去，免不了得走这山经过，想不到得了与诸位会面的机缘。我师傅吩咐要寻的药太多，路程太远，而期限又太短，因此我只得日夜兼程，所以昨夜错了宿头，在树下歇宿。采药、炼丹，事关重大，虽承诸位盛意殷勤，然我仍不敢在此耽搁。求李大哥指点老祖师的住处，我好前去请安。见过老祖师，便要与诸位告辞了。'李旷大笑道：'岂有此理！你我好容易有机缘在此相见，一句话还不曾说起，就要走了吗？哪怕有天大的事，暂时也得搁起来，且在此多住些时再说。我正有极重要的事，非与成大哥商量不可。若匆匆走了，叫我去哪里找你商量呢？'

"我见李旷这么说，想起我师傅的限期，心里直急得什么似的。就向李旷说道：'我师傅的限期仅有六个月，于今限期已过了多半，路程还差十分之七，便是片刻不停，尚恐不能如期赶到；何况在此多耽搁！我若不因为师傅的限期要紧，岂有会见了阔别多年的好朋友，匆匆就走之理。我此刻与诸位大哥相约，等我采药归家之后，向师傅请假几月，重来与诸位聚首，决不妄言。'张必成道：'既是限期已过了多半，而路程尚差十分之七，就不耽搁也免不了逾限；左右不免逾限，何不索性在这里盘桓几天，归家时将我们这里强留的情形，细细禀报贵老师，不见得会不问情由责备你的。并且我们老祖师吩咐了，叫大哥前去见他，想必他也有方法，可使贵老师不至责备你。'

"我那时心里，正觉得李旷说他老祖师，也可以说是在这山里，也可以说不是在这山里的话太怪，只为有哈摩师的限期在心，一时忘记了追问。此时听张必成提到他老祖师，我又把那句怪话想起来了，连忙答道：'我正要去向老祖师请安，且求两位大哥引我去见了老祖师，看他老人家如何吩咐，再作计较。'李旷点头道：'不错！看他老人家怎生吩咐，再作计较。不过，去见他老人家，此时还太早哩！到了可去的时候，成大哥便不说，我两人也得引成大哥去。我们共生死患难一场，别后数年的情形，彼此见面都不曾谈起，成大哥何不将近年来的情形，对我们谈谈呢？'我见李旷问我这话，不禁心中惭愧。但看张、李二人及一班头领对我的神情，都像十分诚恳，没一个有轻视我的样子，只得将逃出桃源以后的种种遭际，从头述了一遍。他们听了，都立起身来向我道贺。他们既问了我别后的情形，我自然也得问他们是怎么一回事。

"李旷叹道：'我们的事，真是说来话长。但是可以拿一句话包括——倒霉而已！已经过去的不如意事，我也懒得细谈，徒乱人意，只说个大概吧。九龙山这个山寨，从明朝直到现在，凡是曾盘踞这山头的，谁不是名扬四海，威震八方。除了自家内窝里造反，侵夺火并，免不了有时更换头领而外，周围几省的官兵，从来连正眼也不敢瞧一瞧。我们率领了众兄弟，在穷无所归的时候，去占据那山头，论人物，谁也不能说我们不配。

最好笑就是那些，平日坐吃孤老粮的官兵，因得了湖南巡抚几省合剿的公文，居然敢和我们拼起命来。喜得跟随我们而去的兄弟们，虽不能说个个是能征惯战之士，只是都见过些阵仗，没有怯懦的人。与官兵连打了几仗，已杀得那些官兵胆战心寒了。照例，官兵到九龙山打仗，只要接连给他几败仗，以后便没有再敢认真来打的了。因为九龙山的地盘，归几省管辖，都有可以透过的所在，谁也犯不着干这吃力不讨好的笨事。不料对我们不然，几个败仗之后，打虽一般的不来打了，却调集了四省的官兵，远远的将一座九龙山围住，用以逸待劳之法；我们不打下山去，他们也不打上山来。几条采办柴米水草的路，更是防守得水泄不通。

"'这么一来，我们就有再大的本领，也不能在山里挺着肚皮挨饿。待冲开一条生路，逃往别处去吧，据细作探报：四方围困的兵，都在要路上密布了鹿角、铁蒺藜等防守的器具，兵数又比我们多了若干倍。我们就奋力冲杀，决不能有一半人逃得出生命；不冲出重围，更是大家坐以待毙。老祖师原是率领我们上九龙山的，他老人家自从上山之后，也不和我们谈话，好像异常灰心丧气的样子。就在山里，寻了一处恰好能容一个人盘膝而坐的石岩。他老人家将我等众兄弟传集在一处，说道：此地也不是久居之所，暂图存身则可。将来，老夫自有好所在安顿你们。老夫从今日起要入塔了，你们万不可来扰我；就有事来问我，我也断不肯对你们开口。若到了大家的生死关头，非求老夫不可的时候，就得率领众兄弟齐来，不得缺少一个；缺少了一个，便来也是枉然。他老人家吩咐了这番话，就坐进石岩去了。我们自然遵着吩咐，连石岩十多丈附近，都禁止众兄弟行走。

"'他老人家坐在那岩里，也不言语，也不饮食。我曾悄悄的去偷瞧，岩口的蜘蛛网都布满了，他老人家盘膝闭目坐着，和睡着了的一样；可见得坐进岩里去后，不曾出来过。在岩里坐了半年，官兵才来攻打。我们既能将官兵打败，自用不着去他老人跟前求计。又过了一年，方被官兵围困。到这里冲又恐怕冲不出去，守又没有粮食，危急万分，不能不算是大家生死的关头到了！我只得率领了全山众兄弟，同到岩前跪下，禀报了围困情形；以为老祖师这时可以开口了，谁知他老人家理也不理。我疑心他没听得，又重新禀告一遍。他老人家慢慢的张开眼来，对我和众兄弟看了一看，仍合上眼不开口。我才想起当日不得缺少一个人的话来，莫不是众兄弟中有不曾同来的？只得临时又拿出名册来点名，点名之后，实无一人不到，这就莫名其妙了！大家正在议论，老祖师却开口说道：现在仅被人家围了，并不是被人家打得走投无路，无端统率这么多人来吵我干什么！大家听得老祖师这么说，只急得面面相觑，但又不敢辩驳。没奈何，仍各归原处防守。搜集山中所有粮食，极力节省，每日仅喝粥水一次。官兵见山上没有炊烟，又没有动静，料知已经绝粮了，四面合围起来，猛攻上山。我等每日仅喝了一次粥水，哪有精力抵敌呢？几道最坚固的栅栏，毫不费事的都被官兵攻破了。

　　"'我等大家性命危在呼吸，不约而同的齐向老祖师岩前奔跑，我也只好跟着跑去。到得岩前时，只见老祖师已出岩口站着，也不说话，只用手向岩里指。原来这石岩是个地道的入口，平时用石板盖了，老祖师就坐在那石板上修行。此时早已将石板揭开了，比我先到的兄弟们，已从地道中逃去，我也待走进地道去。不过看老祖师尚在岩口站着，而背后没有跑来的兄弟，还不知有多少，于心实不忍委下不顾，专图自己脱险，遂也立在老祖师身边，让后来的向地道鱼贯而入。老祖师忽问我道：还不逃走，更待何时？我说：你老人家不逃吗？老祖师正色道：你顾不了老夫，这里没有老夫断后，你们都休想得脱。你快下去，出地道后，引众兄弟向南走，老夫自会来指点你们。

　　"'我当下一想有理：我没一点儿神通法术，就留在老祖师身边，也没用处。听四围炮声枪声呐喊之声，越响越急，越来越近，逃入地道的，更是争先恐后。我看了这情形，也不免有些慌乱起来。喜得这石岩在山中极僻静之处，官兵不知道有这条出路，不但不曾派兵堵截，并没认真追赶。已上山的官兵，都以为我们埋伏在山寨里，不敢存心轻视。一拥进寨又因争着抢夺山寨里的银钱饰物，一时还没有闲心，追寻我们这多人的下落；所以，直到我等都逃进了地道，方搜寻到石岩方面来。

　　"'此时老祖师尚在石岩外面，见追兵来了，只用手将石岩一指，石岩顿时倒塌下来，恰好压在地道的入口上。官兵听了石岩崩塌之声，才看见一个老道人直立在岩前不动。湖南巡抚的移文中，指名要捉拿老祖师就地正法；并说明妖道陈广德会邪术，恐怕押解时在半途又遭兔脱。官兵中多见过老祖师图形的，此时一看岩前所立的老道，正是绘影图形要捉拿的陈广德，真是喜出望外，争先奋勇前来捉拿，以为必有几下反抗。谁知老祖师动也不动，并自行将双手向背后反操着，任凭官兵捆缚。

"'这次统兵官是个镇台，听报已捉拿了陈广德，立时就山寨聚议厅上，亲自坐堂审讯。问老祖师：有多少党羽？老祖师笑道：贫道的党羽，要多少便有多少，无人能计数目。镇台问：此刻都逃往哪里去了呢？老祖师答：来没地方来，去没地方去。镇台生气道：胡说！怎么这么多人，没有来处，没有去处？老实供出来，免得用刑！老祖师仍是从容笑道：你说我的党羽是人，我说我的党羽是神。剪纸可以当马、撒豆可以当兵，要来随时可来，要去随时可去。镇台道：剪纸成马，撒豆成兵，不过是一种妖术，如何能说是神？老祖师说：若没有神来凭依，纸豆怎能听号令，冲锋打仗？镇台道：难道年来占据这山寨，就只你一个人？平日打家劫舍，及和官兵对垒的，都是纸马豆兵吗？老祖师连连点头说：正是。镇台问：那些纸马豆兵，此刻都到哪里去了呢？你既说要来随时可来，就拿出来看看。

　　"'老祖师毫不迟疑，即刻从袍袖中抓出一把黄豆、一叠纸剪的马来，送给镇台面前，说道：贫道的党羽，尽在这里。镇台将黄豆纸马都细看了一遍，与寻常纸剪的马和黄豆，并无区别，只是纸上黄豆上都现出些微细的血点。叫老祖师变成真兵马，老祖师只向两手中吹了两口气，随手往厅外撒去，立时有服装齐整、鞍辔鲜明的两大队兵马，威风腾腾的，杀气腾腾的，绕着聚义厅团团驰骋。镇台看了，大惊失色，在厅上站班的官兵，也都惊得各自弓上弦、刀出鞘，准备和这些纸马豆兵厮杀。老祖师笑道：你等不用恐惧，有贫道在此，他们不敢无礼，你们已经看过了，待贫道收拾起来。说罢，伸两手向厅外一招，纸豆各现原形，飞入两手之中，厅外顿时寂静，一个兵马的影儿也没有了。镇台这才心安神定了，问老祖师道：你还有些什么法术？老祖师道：贫道的法术最多，能呼风唤雨，驾雾腾云，五遁俱全，顷刻千里。

　　"'镇台问道：你既能驾雾腾云，又会遁法，怎么被我手下的士兵拿住，不腾云借遁逃走呢？老祖师笑道，贫道要逃走，怕不是一件极容易的事。但是贫道逃走了，你们合几省的兵力，来打这一个小小的山头，若是一个人都拿不着，你们怎好回去销差呢？镇台大笑道：你既是这么好存心，为什么要占据这山头，打家劫舍，害得地方鸡犬不宁，害得几省兴师动众。那时的天良到哪里去了？老祖师道：你们知道什么？老夫没有闲工夫和你多说，既送给你们拿住了，听凭你们要怎生处治。请赶快些，不要耽搁老夫的正事。

"'镇台和各省带兵的将官，商议了好一会儿，大家主张遵照湖南巡抚的移文，就地正法，一面回文禀报。当时就在聚议厅上，将老祖师斩首，刀下头颅落，分明把老祖师砍得身首异处了。这种法力，真是了不得！我和众兄弟走出地道，不敢走大路，从山岭中向南方趱赶。虽有一定的方向，却没有一定的住处。趱赶了一昼夜，就到了如今所占的这山上。只见老祖师已端坐在这山头等候，笑容满面的对我们说道:可喜湖南的案子，已趁这回完结了，随即将在九龙山与镇台对谈的情形，细述了一遍。

"'他接着说道:老夫应遭兵解，不如此，不但不能了湖南的那桩公案，不能断他们追兵之路，便是老夫自己的功行，也不得圆成。此刻他们官兵，已相信占据九龙山的，都是纸马豆兵，断不至再行前来追剿。这山僻处安徽边境，四周居民稀少，你们暂时寄居此地，可以算得与人无患，与世无争，不必用心提防。只要不伤害过路客商，决没有官兵前来捕剿。且在这里偷安些时，老夫自有可使你们安身立命之处。我忍不住问道:九龙山那条地道，暗通十多里，究是何人在何时凿出来的？何以老祖师直待官兵从后面逼上山了，才临时放开地道给我们逃走呢？

"'老祖师道:这地道是最初在九龙山落草的强人，凿出来的，虽不知凿自何人，然至少也在二百年以上了。老夫知道所通之处不过十多里，若不待官兵围逼上山，你们怎能走出那地道？你们须知，有地道的不仅九龙山，凡是有名险峻的山头，曾经有人落过草的，无不有地道。有的还不仅一条，这就看后来的人能不能细心寻找。即如这座山，俗名小摩天岭，当明末清初的时候，数十年接连不断的好汉，在这山里落草。这条山脉，连绵有七十二个山峰，每一个山峰都有地道可通。不怕他盈千累万的官兵前来攻打。不图抗拒，只图逃生，是非常容易的。老夫费了几十年的工夫，东南各省所有高山峻岭，无不走过。已经废塞不通，与尚可通行的地道，虽不能说完全知道，大概也知道十之七八了。此山并有一处地下的石室，正合老夫修真之用。你们可就山中采取木材，择树木深密之地，造起暂避风雨的房屋来。每日分派精干的兄弟，下山去数十里外做生意，不可惊扰近处的人民。

"'老祖师如此吩咐了，我等就遵着一面造房屋；一面派兄弟下山，做那不用本钱的买卖。混下来，倒很相安。四方豪杰之士，闻名前来，要求合伙的，年来也不在少数。郑五爷也是仰慕我们这小摩天岭的声势，不远千里而来。初来时还向我们众兄弟，显了许多惊人的本领。我们求他入伙，自愿让他当首领；他却谦逊，只肯当一名头目。'

"李旷滔滔不绝的说到这里，郑五爷已接声，向我笑道：'兄弟今日有幸得拜识成大哥，只是不明白成大哥，何以在山下时说姓耳东陈呢？我那时心里很疑惑老祖师的谕帖不验，不敢直说；若知道果是成大哥，有意将真姓名隐瞒，我还得说出些话来，使成大哥大吃一惊呢！'我尚不曾回答，李旷已笑着说道：'五爷顽皮的性子总是如此，你不知道我们成大哥，素来是个极诚实的人，拿言语去惊吓他，真是罪过。'我遂接着说道：'罢了，罢了！我初上山听得张四一叫唤，及见诸位多是旧相识，已是又吃惊又惭愧，简直无地自容了；还禁得起你郑五爷的存心惊吓吗？如今话已说了这么久了，别后的情形，也谈过一个大概了，老祖师近在咫尺，我应当早去请安才是。'李旷抬头看了看天色，说道：'是时候了，可以前去了！他老人家照例非过了正午，不许有人去惊扰。我引大哥去吧！'我当时整理了身上衣服，跟随李旷离了众兄弟，从树林中穿过了几处山坡山坳，走到一处石壁之下。李旷忽停步不走了。"

不知当时李旷看见了什么，忽然驻足，须待下回分解。

第三十四回

群雄归附小土司
疯汉医治佳公子

话说成章甫说到李旷，走到石壁之下停步不行，约略顿了一顿，接着说道："我细看这座石壁，虽是十分陡峻，不能步行上下。然有一条仿佛道路的形式，光滑没有青苔，并且纵横有裂痕几道。李旷指着那条光滑的所在，说道：'石室就在这里面，大哥可跟随我上来。'旋说旋用手攀着裂痕，壁虎也似的缘上去。喜得我不是文弱无用的人，照样缘上去，并不吃力。

"缘到半壁，只见李旷的下半截身躯一晃，就不看见他的身影了。我心里疑惑，仍不住的往上缘。缘到不见李旷之处，原来是一个仅容一身进去的窟窿。立在下边的人，非仔细定睛不能看出。只要探身进了窟窿，里面的地位很宽，极容易的便将两腿缩进去了。真是天造地设的！这种稀奇所在，若不是修道有法术的人，谁能探索出来？"

刘恪听到此处，又忍耐不住了，问道："这种所在，究竟是什么人凿出来的，难道也是在那山里落草的强盗凿出来的吗？"成章甫摇头道："不是。我当时也曾请教广德真人，他老人家笑道：'这何足为奇！古时没有宫室之制，人民都是穴居野处，像这样的穴也不知有多少。不过，土穴容易崩溃，不似石穴能这般耐久罢了！'我那时和李旷进了石穴，就穴口透进去的日光一看，两壁上下，斧凿的痕迹，都宛然显露，即此可见确是由人工凿出来的。石穴以内并不低隘，不过不甚明亮。进穴后须定睛片刻，方能看出朝上有一道石级，可以昂头伸腰的行走。

"李旷在前引着，十数步后，忽见上面有光射下来，原来已进了一间石室。光从壁上裂缝中透进来，照见室中陈设的床几桌椅，都是用石凿成的。广德真人在石床上坐着，那种仙风道貌，与在你家中相见的时候丝毫无异，精神倒益觉比从前充满了。我见了他，自然上前行礼。想不到他老人家一见我的面，两眼忽然流下泪来，硬着嗓音对我说道：'这几年来，你的遭际倒好，只可怜你的表兄弟，简直弄得一家人妻离子散。外边的人一定要归过于老夫，说老夫引诱他造反，把他一个好好的家业破了。其实老夫在观音庙施水疗疫的时候，他若肯听老夫与他无缘的言语，不是那么三番五次的，跪求老夫到他家去，又何至惹出那一场大祸来？不过祸因老夫而起，才觉得有些对不起他。'"

刘恪听到这里，已忍不住掩面哭起来。成章甫也揩了眼泪，说道："不要哭，不要哭，下面就有可喜的事来了。当时我见广德真人说话神情，很悲伤的样子，只好说道：'凡事皆由前定！当日你老人家在观音庙的时候，就知道曾家去不得。无奈曾彭寿为一念孝思所迫，尽管明知有祸，也顾不得了。人能为对父母尽孝而死，就死了也是光荣的。'

"广德真人听我如此说，连点了几下头，说道：'曾彭寿能对他的母亲尽孝，对我等朋友尽义，是一个顶天立地的好汉。如今他是以身殉义了，但是他还有一个儿子逃亡在外，没有下落。这儿子的教养婚娶，是你我后死者之责，无可推诿。你今番来得甚好，这事除了你我，没有旁人能引为己任，而你比我又更来得亲密些，非你出头做主不可。'我说：'不错，当刘贵受我表兄嫂托孤重寄，抱着我那侄儿逃出曾家门的时候，是我在旁边亲目所见的，年来虽也时常放在心上。然一则因为当日不曾听刘贵说明逃向何方，不知从何处探访；二则因为我自己，刚得了一个安身之所，师命甚严，不能由我抽闲出外。就是今番从此地经过得觐尊颜，为时也十分匆促。本应在此多与老祖师及众兄弟亲近，无如师命不敢违，只好求老祖师及众兄弟原谅，等采药归家复命之后，必请假到这里来，听凭老祖师驱使。'

"广德真人问道：'采些什么药，开了药单么？'我说：'有药单。'广德真人叫我取出来给他看。他看着说道：'这些药你要采齐，确不容易。老夫念往日交情，可以助你一臂之力，替你采齐这一单药料。不过，你回去复命之后，务必请假到这里来。不但寻访你表侄，非你来不可，就是这一山的众兄弟，要找一个大家可以安身之所，也得你来帮忙。你且将药单留在这里，明日再到这里来。'我见广德真人肯代我采药，心里真是说不出的欢喜，连忙叩头道谢，仍和李旷退了出来。这夜，与李旷、张必成等几个头领，畅谈痛饮了半夜。

"次日下午，再跟着李旷进那石室。只见广德真人所坐石床上，堆了许多药料，广德真人将药单交还我道：'你点查一遍，看有遗落的没有？'我照药单点查，不但不短少一味，并且没有一味不道地，没一味不是新采的。不知他只一夜工夫，何以能遍走这许多山岭，寻觅这许多药料？像这种神通，如何能不教人钦敬。我点查后正要称谢，广德真人忽指药材说道：'你师傅叫你寻这一单药，是准备要炼绝阴丹了。这丹炼成之后，你师傅便可以白日飞升，脱离生死苦海了。你师傅知道你和我有这一段因果，所以打发你来采这一单药。你如今将这药送回去，包管你多少得些好处。'我当即将药料包裹好了，拜辞出来。

"郑五虽是与我初次会面，然性情十分相投。听我说遇哈摩师诛妖蟒的故事，他定要和我同去见哈摩师。李旷、张必成等众头领，因恐怕我去了不再来，也极力怂恿郑五与我同去，复命之后，好催逼我请假同来。人家一番好意，我不便深拒，只得邀郑五一同离了山寨。归途便不似来时匆促了，一路上晓行夜宿，闲时谈论些拳棒功夫、道家法术，才知道他虽不曾专心在深山穷谷之中精修道法，然因为家学渊源，也会得不少的法术。至于他轻身的武艺，更是一时无两；在树木茂密的山上，他能脚不点地，专在树尖上行走。"

刘恪听了，笑道："他这能耐，我在离襄阳的那夜，已经看见过了。"说到这里，胡庆魁忽向刘恪摇手，侧耳朝门外，仿佛听什么声息。于是大家都停声静听，只听得外面人声庞杂，好像出了什么事故的样子。胡庆魁起身一面向外走，一面笑道："难道张六身上又有祖师附着说话吗？"何玉山是一个好事的人，也忙起身往外走。成章甫问道："张六是什么人，怎么有祖师附在他身上说话？"刘恪笑道："你老人家可惜来迟了，若早来几日，也可以看见这桩奇事。且同去佛殿上看看，说不定还有第二次呢！"成、刘二人也跟着走了出来，只见许多和尚聚在佛殿上，面上都现出惊慌的样子，不知纷纷的议论些什么。

胡庆魁走到光宗和尚跟前，问："为什么事？"光宗和尚连连跺脚，说道："你瞧这事怎么了！张六收了各施主布施的银钱，今日忽然逃跑无影无踪了。我满寺的人都上了他的当，被他骗了尚在其次，可恶就是他这番举动，在知道的施主们还可以原谅，不过说我等没有眼力，误信匪人；在不知道的施主们，甚至还要疑猜我等是伙通欺骗，你看这事怎么得了？"胡庆魁道："何以能断定他是逃跑了？或者因事外出，一时耽搁了不得回来。"

光宗和尚忙摇头道："不是，不是。这事也只怪我太相信他了，丝毫不曾有提防他的心。若存心提防他，也未必能逃的了。前、昨两日，他借着看木料外出，夜间就有人告诉我，说外面有谣传，慈恩寺派人在市上收买金条，大约是要铸一尊黄金的佛像。我觉得这谣言来的太怪，我寺里不但不铸黄金佛像，现有的佛像并不须重新装金，何以外面凭空有收买金条的谣言呢，莫不是张六在市面上收买金条吗？叫张六来问，张六从容笑道：'这谣言是何人造出来的？不理他，自然熄灭。'我因为深信他是祖师爷付托的人，所以毫不猜疑，只谈笑了一阵，也就罢了。

"今早你未到我方丈来闲谈之前，他还在方丈里坐谈了许久。你去后，我有事要找他，打发人四处寻他，便不见了。然那时我以为他偶然出外未归，算不了什么，也没人留神。直到此刻，外边有人来会他，知客僧说：'张六出去了。'叫那人明日来，那人不肯走，定要坐等张六回来。知客僧看那人很面生便问他：'从哪里来的，会张六有何事故？'先不肯说，知客僧问了好几遍，那人方说出是聚珍银楼里的伙计，因张六在他银楼里买了几百两赤金，还短少四百多两银子，约了今日到这里来兑。张六因嘱咐了他，不许对寺里和尚说，所以他来时不肯说出来。

"知客僧听了这话，觉得奇怪。看张六的房门，朝外边锁了，只得将锁扭断，推开门进房看时，橱门虚掩着。那橱是近来特地移到张六房里，给他藏贮银钱的。知客僧看橱内已是空空的，仅有一堆破纸，料知有变，急急的跑来报我。我曾几次亲眼看见张六，将各施主捐来的银两，藏入橱内。此时一两也没有了，不是拐着逃跑了，是到哪里去了呢？仅剩了二三百串制钱，大概是因为笨重了，不好搬走，于今还在他的床底下放着。那聚珍银楼的伙计，听说张六逃跑了，他还出言不逊，说是我们伙通的，要我们寺里赔还他。知客僧逼得和他吵闹了一阵，他才气愤愤的跑回银楼报信去了，此时还不知道有不有谬辖？"

胡庆魁道："我不相信张六这样的人，也会做出拐款潜逃的事来，那么，世间简直没有诚实可靠的人了。"光宗和尚道："我等若不是你这一般的心思，怎么会相信他到这一步呢？"胡庆魁道："既是拐逃属实，然则祖师爷附身的一回事，也就靠不住是真的了。"光宗和尚道："我思量祖师爷若果有威灵，能那么显圣，决不至不知道张六的根底，误托匪人。张六的诚实是假，祖师爷附身的事，不待说也是可疑的了。不过，他是一个在俗的人，那篇训示我等众僧俗的文章，如何能假的那么好？"胡庆魁道："岂但文章不是寻常人能假得来，就是那一笔龙蛇飞舞的草字，与这佛殿上的木匾、寺门外的石额，毫无区别，难道又是寻常人所能假得来的吗？"

光宗和尚道："无奈于今已成了这拐逃的事实，那文字便不假，也只好认它是假的了。因为既不能说祖师爷不认识人，更不敢说祖师爷帮他行骗。"胡庆魁道："既是我在方丈闲谈之前，他还不曾逃去，可知此刻逃也不远，何不派人分途去追赶呢？"光宗和尚道："银楼伙计走后，我便派了几个身体强壮的人，分途追赶去了。不过，据我猜想，他既是蓄意骗钱，必早已安排了藏匿的所在，断不至落在追赶的人手里。"

胡庆魁虽对于光宗和尚很关切，然因为自己有事，不能抽闲去帮着追赶张六，只得叹息回房。成、刘二人也跟着回房，刘恪说道："张六这厮也太没有天良了！一个穷无所归的人，冻得倒毙在寺外，亏得这里的老和尚，把他灌救转来养活他，到现在忍心拐了这些款子逃跑吗？"成章甫问道："究竟是怎么一回事，我听了摸不着头脑。"胡庆魁即将张六到慈恩寺来十多年的情形，大概述了一遍道："你若早见了张六，也决不疑心他，会有拐款潜逃的事做出来。"

成章甫听了，哈哈大笑道："原来是这么一回事。我若早来见了他倒好了，决不能许他做出拐款潜逃的事来。"胡庆魁问道："这话怎么讲？千百人的眼睛都被他瞒过了，不见得就瞒不过你。"成章甫道："那张六是不是脸上微有几点麻子，左边眉梢上长着一颗小黑痣的么？"胡庆魁点头道："不错，你在哪里见过他么？"成章甫叹道："我今日若不来，那厮还不见得便逃跑，你以为他真姓张行六么？"胡庆魁道："我们不知道他的履历，他说姓张行六，自然都认他是张六。你若知道他的履历，就好办了。"

成章甫道："我与他从小在一块儿长大的，岂但知道他履历，连他祖宗的事情都瞒不过我。只是他的履历，我虽知道得详细，然也没有办法。我进这寺门的时候，就看见了他，怪道他装做没看见我的，掉转身向那边僧寮里便走。我当时也没疑心他是存心躲我，还以为是他乡遇故知，心中好生欢喜，但是不敢高声叫唤他，就因为已经有十多年不曾见面了，不免

363

有点儿恐怕是看错了的意思，所以跟上去，打算看仔细再拉住他，问他认识我么？谁知等我跟进那僧寮时，已不见他的背影了。四处探望了一会儿，也没看见，只得退出来。心想：他既在这寺里，迟早总有会面的时候。因想不到他有装呆子的一回事，故和你见面的时候，不曾说出去僧寮里找什么人来。

"他是我桃源县人，姓陈名六和。论他的学问才情，在我们桃源县，可算得是首屈一指的人物。无如家境十分贫寒，父母早死，毫无产业，他专仗着一支笔，替人应课，替人小考。桃源县人多知道陈六和是生成的穷命，替人应课，他能包得奖银；替人小考，能包取前十名，包进学。只一用他自己的名字，就无望了。并不是看卷子的有意与他陈六和为难，实在他替人家做的文章又快又好，同时可枪替五六名。为自己做的文章，据一班读书人谈论，简直是满纸寒酸气，谁也看不上眼。所以他替人杀枪进学的，前后共十多名。而他自己前十名也没取过，挑也没挑过。但是，他枪替出了名，人家都防范他，不许他做这买卖。几次被人拿住了，打掌心，戴芦席枷，受了种种的羞辱。他不做枪替买卖，便没了生路。他又生性不肯务正业，手中一有了钱，就得去嫖赌吃喝图快乐。

"有人聘他到家里去教书，他就与人家的丫头、老妈子通奸，闹得丑名四播，人家只得将他辞退。他手中没有钱，总是捏故向亲戚朋友告贷，借到了手，是永远没有偿还的。一般人知道他一没有产业，二没有职业，被他借去了钱，也不向他逼讨。不过，都存心无论他如何捏故来借，决不再借给他便了。他枪替的买卖不能做了，教书也无人敢聘了，借贷又绝了门路，虽说是单身一个人，度日也就艰苦万分。

"这日，他跑到他同宗的叔父家里去，原打算要开口借钱的。无奈他那叔父知道他的来意，正言厉色的教训了他一顿，撵了他出来。他受了这一肚皮恶气归家，将家中所有的破旧什物和破旧衣服，一股脑儿卖给荒货摊。得了二三串钱，就办了几席酒菜，写了几十封信，寄给平日有往来的亲友。信中说自己已病在垂危，自知旦夕间必死，请各亲友于某日某时前来诀别，衣衾棺木是要求各亲友恩施的。这种信寄去，各亲友倒很情愿送他的棺木钱，因以后可永免需索了。每人都带了几串钱前来看病，进门见他精神十足，毫无病容，房中安排好了几席酒菜。明知又上了他的当，然既进了门，不好意思抽身便跑。性急的便气愤愤的向他问道：'你好好的没有病，为什么写信来说危在旦夕，害我们多远的跑来，是何道理？'他从容笑道：'我自有道理。死在旦夕的话，决不是骗你们的。'

"直等到亲友来齐了，他劝了一巡酒，才说道：'我陈六和不是一个不肯上进的人，怎奈我的命运太不济，使我心灰意懒。我早已存了一个只求速死之心，不愿意在世间和人争强斗胜了。只是前日被我那位叔父骂得太厉害，我回家后仔细思量，我如果应该一辈子穷困到死，就不应该有这般才学。既有这般才学，古人说过的，天生我材必有用，如何就这么委屈死呢？但是，我生长在这桃源县，妇孺都闻我的声名，知道我是一个没信义、没行止的人，我便赌下血滴滴的咒，说从此收心做好人，人家也不会相信我。不如索性远走高飞，到无人认识我之处，改头换面的去干一场，不发财，决不回桃源与你们见面。你们只当我陈六和今日死了，各人随意施舍几文，只当是给我买棺木。我得了这钱，才有出门的盘缠。倘若托你们的洪福，有回桃源的这一日，所借的钱，都得加倍奉还。'

"那些亲友听了他这番话，大家面面相觑。那时我也是陈六和座上的朋友，他前后所借我的银钱，记不清数目。我因为把他当一个才子看待，从来不与他计较。那时见在座的都不开口，只得首先称赞他应该出门，并恭维他的才学，出门必遇知己，立刻拿出三串钱送给他。众亲友见我送了，不好不送，一时就凑齐了三四十串钱。第二日，到他家去看时，果然成了一所空房子，也没人知道他上哪里去了。我自从那回与他别后，到今日才瞥眼看见他。也亏了他装呆子，装结巴，装没读书、不认识字，十多年不露马脚。"

胡庆魁听到此，不觉在自己大腿上拍了一巴掌，叹道："可惜，可惜！有这种才情学问的人，为什么不向正经路上行走？做豪杰，做圣贤，不是易如反掌的事吗？费了十多年的辛苦，却做成了一个骗子，而所骗又不过两三万串钱，还不知道能否保得住长久，实在太不值得了。他既有这些履历，我不可不去告知光宗和尚。这款项不是光宗和尚的，是由多少绅士布施积成的。光宗和尚要对众施主表明心迹，不能不认真追究。"成章甫道："似陈六和这般借着佛法来骗钱，其居心实太可恶了。你就去告知光宗和尚，他此刻派去追赶的人，能将陈六和追回来更好；若不能追回，知道他的真姓名籍贯，便是告到官司，办案的也不至茫无头绪。"胡庆魁遂连忙到方丈去了。不一会儿，胡庆魁带了光宗和尚同来，介绍一僧一道见了面。

光宗和尚对成章甫说了几句客套语，即合掌说道："贫僧方才承胡师傅来说，张六乃是陈六和的化名，道长与陈六和同乡，深知他的来历。贫僧正在着急，敝寺不幸，遇了这种意外之事。待告到官司，恳求认真追缉吧，我们出家人，不应该钻进这烦恼网；待听凭他拐了去，不加追究吧，对不起众施主的事尚小。因他这一番设骗，致使以后的人，不敢崇信佛法，而他是由贫僧引进来的，贫僧这毁佛的罪过，如何当得起呢？左思右想，委实为难。道长与他同乡，深知他的底细，不知有没有追究他的方法？"成章甫道："陈六和这种败类，所到之处，无人不受其害。贫道当日也不应该帮助他的盘缠，并怂恿他众亲友使他能成行，这罪过贫道也得担当一分。可惜贫道此刻不能去桃源，若能去，倒不愁没有追究他的方法。"

刘恪在旁说道："就怕他拐了这款项，不回桃源去。如果他必回桃源，便是表叔不亲去也容易。"成章甫道："陈六和不是有大胸襟大志向的人，他一旦发了这么大的横财，又以为这里没有知道他根底的人，岂有不回故乡，夸耀亲友之理？"刘恪道："只要他在桃源，我自愿去走一遭，包管将他所骗去的钱，尽数夺回来。"成章甫望了刘恪一眼，问道："你此刻能到桃源去吗？"刘恪看成章甫的脸色，似乎不快，即忙改口说道："我以为钱已被他拐去了，只要能捞得回来，迟早原不必拘定。等到回了桃源的时候，便去找他。"光宗和尚见二人说话的情形，疑心成章甫不肯多事，只随便闲谈了几句，就告辞去了。

胡庆魁对成章甫道："你与这光宗和尚是初交，自不愿耽搁自己的正事，替他帮忙。我却与他有多年的交情，很有心想助他一臂之力。"成章甫笑道："你何以知道不愿替他帮忙呢？我等修道的人，做除暴安良的事，也得看交情如何吗？"胡庆魁道："然则你打算怎么办呢？"成章甫指着胡庆魁笑道："你真是精明一世，糊涂一时。你就忘记了我们这次在嵩山聚会的事了吗？"说时，又指着刘恪道："他本来要到桃源去的，顺便就可以将陈六和的钱捞回来。这样便当的事，为什么不愿帮光宗和尚的忙呢？不过，我们都是不能露面的人，去桃源干的更是不能露面的事。光宗和尚虽是出家人不妨事，然我们若当面答应他去桃源追究，他说不定就拿着我们答应的话，去安慰各施主，其中不免有多少不便。"胡庆魁笑说道："这倒是我粗心，没看出你这番用意。"刘恪道："陈六和这骗子，不但害了这寺里的僧人和施主，并且打断了表叔的话头，害我们耽搁的时间不小。郑师傅当日从小摩天岭，送表叔去贵州之后，又怎么样呢？"

成章甫道："那回在路上并没兼程趱赶，恰好在哈摩师六个月限期以内走到了。哈摩师十分高兴，称赞我能干。我只得将到小摩天岭，遇广德真人的事说了，并说了想请假前去的话。哈摩师听了说道：'既是他们派了郑五和你前来，你为什么不引他来见我呢？'我说：'郑五爷已在门外恭候，不敢冒昧进来。'郑五爷此时在门外听得我师徒谈话，即走进房，向哈摩师行礼。哈摩师道：'承你祖师的情，帮我采药，我也理应帮他的忙。于今清朝的国运未衰，中原没有可立的基业，逆天行事，是劳而无功的。会理州陆绳祖，乃当今豪杰之士，现正尽其力量，要为父报仇。四方豪杰去投奔他的，他都待如同胞手足，将来倒可望成立一点儿基业。你们小摩天岭的众兄弟，果能去帮助他，究竟还是帮助了自己。你拿我这话去回禀你们祖师，倘能采及刍荛，也未始非大家之福。'我当时和郑五两人听了，都莫名其妙，也不知道陆绳祖是一个什么人。正打算动问，哈摩师已对我说道：'你既有自己的私事未了，怎能一心跟我学道，尽管到小摩天岭去吧。我也有我自己的事，不能常带你在跟前。'胡庆魁婆心侠骨，凭着一身本领，专一游行各省，锄强扶弱，这是修道人应做的功德。你从此可跟着他，也多做几件济人利物的好事，不必枯坐深山穷谷之中，才算修道。你就随他去吧！到了那时候，我自来度你。'

"师傅既吩咐我们走，我便不敢再问了。喜得退出来，就遇着你这位婆心侠骨的胡师傅。和他谈起陆绳祖的话，只见他不住的点头道：'陆小土司，确是一个有作为的豪杰，若有人去投奔他，我倒愿做向导。'我见你胡师傅知道陆绳祖，当即向他打听陆绳祖的履历。原来，陆绳祖是老土司陆驾轩的儿子。陆驾轩略读了些诗书，生性长厚，在会理州辖境之内，做了几十年的土司。平日对于他管辖的熟夷，常教以礼让，并时常宣布朝廷威德，不可背叛等言语。夷人本来多是生性横蛮凶暴，动辄集聚数万或十数万同类，用暴力对付人的。因陆驾轩数十年教化之力，竟不知不觉的把那一部熟夷的性质改变了，一个个驯良朴实，比汉人还容易管教。不过驯良朴实的人虽好管教，然御外侮的力量，却赶不上横蛮凶暴的时候了。一般夷人是从来不讲道理，只怕凶恶的。对汉人的地方财物，固然是时常想侵占，但是汉人防范得严，不容易占着便宜。就是对于同种的夷人，因为划分了许多部落，也是你抢我夺，只要侵占得着，便动干戈图谋侵占。为抢夺牧放牛羊的草场，以致两方聚众相打的事，差不多随时随处都有。唯有陆驾轩这个土司，时时劝他自己部下的夷人，不可去抢夺他人的。

"他这一部落，地方比别部落宽大，人数也比别部落众多。在几十年前，原是很强盛的部落，他不去侵占人家的，人家自然也不来侵占他的。及至陆驾轩做了几十年土司之后，人家都知道陆老土司是懦弱无能的人，可以欺负，就渐渐的图谋侵占起来。初时陆驾轩还遏抑着部下夷人，不许争斗，派人与他部落的土司说理。无如各土司都是不肯服理的蛮子，弄到后来，也只好集聚所有部下的人，和来侵夺的动起武来。习惯了安乐的人，哪能耐苦和人厮打？倒被人家打得落花流水。

"陆驾轩年已六十，受不起这一气，竟气得一命呜呼了。临死的时候，将十二岁的儿子陆绳祖叫到面前，遗嘱说自己杀身的仇人，是某某等四个土司，叫陆绳祖牢牢记着，成人之后，务必为父报仇，不然他死不瞑目。陆绳祖的母亲尚在，每日早起，必亲手提了陆绳祖的耳根大声喝道：'你父亲是被某某等四个人杀死的，你记得么？'"

刘恪听到这里，忍不住又掩面哭起来。成章甫只得改口劝道："你报仇的时候，就在目前了，还这么悲痛做什么呢？"刘恪泣道："陆绳祖为父报仇，尚每日有他母亲耳提面命，可怜我连母亲都没有了，叫我如何能不悲痛？"成章甫见刘恪这么说，也不由得唏嘘落泪。相对默然了一会儿，成章甫才继续说道："你与陆绳祖两人处境，虽各不同，然你的仇易报，他的仇难报。因为杀陆驾轩的，是四个土司。每一个土司部下，有十数万或数十万凶横强悍的夷人。而他自己手下的夷人，又都懦弱成性。与一个土司为仇，尚不见得能胜，何况那四个土司，是曾拜盟结合，有福同享，有难同当的呢？

"我当时与郑五因见你胡师傅说，若有人投奔陆绳祖，他愿介绍，就邀他同去小摩天岭见广德真人。好在他绝无难色，我们三人便一同回小摩天岭。回见了广德真人之后，我将哈摩师的话说了，广德真人笑道：'我也知道，那是一个能容纳你们众兄弟的好所在，其所以不能早打发你们去投奔，就为曾家的仇应该先报，然后去帮人家报仇。无如曾家的孤儿，此刻还不知去向。计算年纪，也还只有十来岁，须趁这时候寻着了他的下落，将他好好的教训出来；使他明白自己的身世，报了仇，成立了家室，你我的心愿便算完了。如有为难的时候，可来与老夫商量，老夫就吃些辛苦也说不得。曾彭寿当日酬谢老夫，定要将他祖传的玉玦相送。老夫留在身边多年，虽在颠沛流离之际，也未曾遗失。久留在我身边无用，你可带去，等曾家孤儿成人之后，交还给他。'说时，起身撩起道袍，从腰间解下一块玉玦来，说道：'这玉玦原是一对的，曾家的家业既毁，所留下的那一块，也不知是怎样的了？'

"我听了，即接口说道：'当日曾彭寿，将孤儿托付刘贵抱着逃亡的时候，我曾在旁边亲眼看见，交了与这个一般无二的玉玦，并金镯一副给刘贵。刘贵很慎重的揣入腰间，想不至落入旁人手中。'广德真人即点头，将玉玦给我道：'但愿物归原主，不生意外。你从此可以专办这事，至于这里众兄弟去投奔会理州的事，难得有胡大哥古道热肠，愿为先容，可毋庸耽搁你的正事。'

"我受了真人的吩咐，收了那块玉玦，便不过问他们投陆绳祖的事，专心一志打听你与刘贵的消息。喜得你耳上有这乌金耳环的记认，通城人见过你的很多。我刚在通城探了一点儿线索，而你却被火烧得不知去向了。好容易又到各方探听，始探得武温泰在饭店门外，收了一个乞食的小孩，耳上带有黑环，于是又专一探武温泰的下落。不料武温泰已改了行业，在江湖卖解卖药的人当中，再也打听不着。我想广德真人说过了，如有为难的时候，可去和他商量，既寻找不着，再不去与他商量，更待何时呢？因此又到小摩天岭去。

"到时，见岭上已是一个人也没有了，便是树林中的房屋，也都烧成了一片一片的平地。我暗想：众兄弟必是到会理州，投奔陆绳祖去了。仅留广德真人一个在此么？爬进石室看时，只见广德真人对面，端坐着一个年约六七十岁的老婆婆。我还没上前行礼，即听得广德真人开口说道：'来了，来了！'似乎早知道我去，在那里等候的一般。

"我向真人行过了礼，刚待说明来意，真人已指着对面老婆婆对我说道：'这是曾师傅，你今日能见着，是你的缘分不小。快过去顶礼！'我知道真人决不妄语，忙掉转身向曾师傅顶礼。曾师傅也忙起身合掌，口念：'阿弥陀佛！'我想：曾师傅顶上还蓄着如银白发，身上也不是僧家装束，怎么口念'弥陀'，又与道家的广德真人对坐呢？心里这么胡想，便忘了向真人陈说来意。广德真人说道：'曾师傅神算，知道你今日必到这里来，

所以先到这里来等你。'

　　"我听了真人这话，心里很诧异。我并不认识这曾师傅，她有什么事先到这里等我呢？真人接着问我道：'你今日到这里来有什么事，曾家的孤儿已经访着了么？'我就将探访的情形，及武温泰不知去向的话，说了一遍。我话才说了，曾师傅已带笑说道：'我正为这事到此地来的。我曾家的裡祀，就靠这孤儿一个人继续，因此早已关心他的下落。我知道他此刻已经入了平坦之途，不在武温泰手中了。他此刻拜给襄阳知府儿子，已改姓刘名恪了。好在他本是刘家的外孙，就说姓刘也使得，不过此时还不宜就引他出来。刘知府为他专聘了一位品学兼优的西席，教他书史，使他趁此未成年的时候，求点儿学问，将来成为有用之才，也是我们曾家之幸！'"

　　刘恪至此，又忍不住问道："我记得我那义父临终时曾说过，我曾家已没有亲支的族人了，这曾师傅是哪里的人呢？"成章甫笑道："你不用如此性急，我按着次序说下去，自然也要把这曾师傅的履历，说给你听。我当时见曾师傅说话，和我们一般的桃源口音，我想真难得有这么一个老婆婆，与你同宗，又肯这么关切你；将来须求她帮助的情形，必然还有。幸喜这番遇着，不能不问明她住居的所在，下次有事要求她的时候，也好前去。遂即回答道：'你老人家主张的，晚辈自应恪遵，暂时不去襄阳引他出来。不过，晚辈的意思，还想趁这时候，设法使孤儿学些武艺，不知行也不行？'

　　"曾师傅仿佛略加思索的样子，点头道：'也使得！只是，万不可冒昧对小孩说出他的身世来。'我又说道：'晚辈虽是姓成，然因与曾家至戚，当时过从甚密，所以凡是曾家的人，晚辈多能认识，唯不认识你老人家，大约是因你老人家，出阁的时候太早。请问你老人家是哪房的？'曾师傅见我问出这话，面上顿时露出不快乐的神气。停了好大一会儿工夫，才回问我道：'曾家有一个叫曾六疯子的，你听人说过么？'

　　"我静心一想，记得做小孩子的时候，在桃源县街上，时常看见一个年约五十多岁的老者，身上穿着一件蓝不蓝、绿不绿的大布长衫，蓬着满脑头发，靸着一双没后跟的破鞋；终日笑嘻嘻的，从东街逛到西街，从南街游到北街。一点儿正事不做，专喜逗着街上的小孩子玩耍。说话没头没脑的，街上的人，都叫他做曾'六疯子'。这曾六疯子表面上确是有些疯魔，但是据那时知道他最深的人说，他不但不疯，并且是一个半仙，能知道人家过去未来的事。不过，认真拿事去问他，他是不肯说的。他高兴的时候，随便向人家说出几句话来，事后往往应验如神，屡试屡验，所以知道他不是偶然说中了。

"他所到之处，背后总有好多个小孩子跟着嘻笑，看他的怪样子。他有时高兴起来，从怀中掏出一大把钱，买许多小孩欢喜吃的糖果，用长衫兜着，叫跟在背后的小孩去抢夺。他看了许多小孩你抢我夺，争先恐后的情形，就跳起来拍手大笑。我那时也跟在他背后跑过，只是我那时家中富有，我欢喜吃的糖果，随时皆可由我尽着量吃，并有送给邻家的小孩吃，用不着跟上去抢夺。

"后来我的年纪大了，便不见这曾六疯子的踪迹。也有说死了的，也有说出门不知去向的。因为曾六疯子没有亲属在桃源县，无从打听，也就没拿他当一回事搁在心上。到后来与你父亲相聚在一处的时候多了，一次偶然谈到曾六疯子身上，便问你父亲是否与曾六疯子同宗？你父亲道：'岂仅同宗，并且是我嫡亲的叔祖。'我说：'既是你嫡亲的叔祖，为什么不迎接到家里来安享，听凭他一个人住在桃源县里，境遇好像非常困苦，也不送些银钱给他呢？'你父亲叹道：'我何尝不想迎接他来家侍奉？无如轮到我手里当家时，已是不知他的下落了。'我说：'曾家历代是桃源的殷实之家，究竟是什么缘故，唯有那曾六疯子很穷呢？'

"你父亲道：'这缘故实在可笑。他虽是我嫡亲的六叔祖，但是我祖父和伯祖父，当日并不肯认他为兄弟。后来愿意认他为兄弟时，他却搭起松香架子，说过惯了穷苦生活，不愿和有钱的人在一块儿过活。'我说：'既然和你祖父是嫡亲兄弟，应该生长在一家之中，为什么会分出个贫富来？'你父亲道：'这话认真说起来，却不能不归咎我曾祖的行为，略有失检之处。六叔祖的母亲，原是我曾祖母跟前的丫鬟，我曾祖瞒着曾祖母收了房，腹中有了身孕，才被曾祖母发觉。曾祖母性急不能容纳，逼着要将丫鬟赏给当差的，或叫媒婆来卖出去。曾祖父恐怕闹得知道的人多了失面子，只得商通媒婆，将丫鬟带到县城，另租房屋居住，对曾祖母仍缴纳身价，说已卖给人家去了。

"'那丫鬟住在城里，做我曾祖的外室，不到半年，就生了六叔祖，第二年又生了一个女儿。因为与乡间断绝来往，直到经过二十多年之后，曾祖病在乡间，临终方对我祖父说出六叔祖的身世来。其实曾祖未说之前，我祖父、伯祖父等早知道，还有一个同父异母的兄弟，住在桃源县城。不过都觉得他出身微贱，是丫鬟生出来的，眼里不甚瞧得起他。就是曾祖临终吩咐之后，仅我祖父主张迎接回来，一般守制。伯祖父坚持不可，并不许送信给他，简直不认有这个兄弟。

"'此时，六叔祖的母亲，已先我曾祖死了。六叔祖有二十四岁，做机匠替人织布。他还有一个妹子，比六叔祖只小一岁，究竟嫁给何人，或是幼年夭殇了，因为曾祖临终不曾提起，家中无人知道，也无人去问过。后来我祖父兄弟分了家，各立门户，我祖父有权可以顾恤六叔祖了，以为做机匠替人家织布，是很劳苦的生活，打算接到家里来，替他娶妻，好一同安享。谁知他倒不愿意，说做机匠是很快活的手艺，比一切做手艺的都安逸自在。若是坐在家中吃喝不做事，是不长进的子弟。我祖父一片好意，反碰了他这般一个软钉，只得无言而退。

"'有一次，他在张御史家中织布。张御史正告老家居，优游林石，不料三姨太生的一个少爷，才五岁，忽然病了。张御史宠爱三姨太，更钟爱这个五岁的小儿子，有病自然忙着延医来家诊视。但是，延了几个有名的医生，服了几剂或凉或温或补或泻的药，病势不但不退，且益加危急了。张御史留着几个医生，在家守候着病儿。一会儿变症，就一会儿换药。张御史心中焦急得无可奈何，忽然听得织布的机声响亮，便踱到织机跟前，想胡乱谈谈解闷，这也不过是情急无聊的举动。

"'这位六叔祖见张御史走来，愁眉不展，他也知道是为少爷病了，随口问道：少爷的病还不曾全好吗？张御史叹道：怎能说好，更一日比一日沉重，只怕已十九无望的了。六叔祖似乎吃惊的神气，说道：很平常易治的病，怎么倒越治越沉重了？我虽坐在这里织布，不曾亲见少爷，然而关心探问少爷的病症情形，觉得这种病很容易治好，不过拖延的时日太久，把身体病亏了，日后难于调理。张御史听得他这么说，不由得连忙问道：难道你也懂医吗？六叔祖道：我虽不敢说懂医，但少爷的病平常，不必懂医的方能治好。张御史道：那么就请你去瞧瞧好么？六叔祖即起身与张御史同到那少爷床前，诊视了一阵，说道：喜得还有救。想不到极平常易治的病，会误到这一步，如今仅有一线生机了。我拟一个药方，趁今日灌上一剂，大概尚不至无望，过了今日，便有仙人临凡，也只有束手望着他死

372

了。当即开了一个药方。

　　"'张御史初听六叔祖说病易治，心里竟忘记说这话的人是个机匠。及至接了所开的药单，方想起是一个做机匠的人，如何能使他治病呢？当下也不客气，拿了这药单，给留在家里的几个名医斟酌。

　　"'几个医生见是曾机匠拟的方，不约而同的都存了个不屑斟酌的心。大家只略望了望药单，即不住的摇头道：胡闹，胡闹！这药如何能吃？张御史看着六叔祖，六叔祖笑道：诸位若知道这药能吃，也不至把一个活跳跳的少爷，治成这个奄奄垂毙的样子。说罢，并对张御史细述病势脉象，及用药的道理。张御史虽不明医理，然究竟是一个通人，听了我六叔祖的话，毅然对那几个名医说道：你们已是说不能治了，不治免不了死。他说能治，能治固好，就是治不好，也不能说是他治错了死的。张御史决计将药灌给那少爷吃了，果然有了转机。次日，又请六叔祖去诊，换了个药方。不须几日工夫，少爷的病居然全愈了。张御史心里感激他，谢他的银钱，他分文不受，道：我并非做医生的人，偶然治好了少爷，算不了什么，如何受谢？张御史见他坚执推辞不受，更觉得这种人很难得，特地备办了一席丰盛酒菜，亲自陪他吃喝，并问他何以做机匠为业？何以能通医道？他说：略看了几本医书，不敢说通医道。

　　"'从治好张家少爷起，便有不少的人知道他通医，有病争着请他诊视。他无论谁人来请，也不问有多远，总是随请随去。一不乘车，二不坐轿。诊过病，开过药方就走，连茶也不扰病家一杯。病家谢他的钱，在几十文以内，他便收受，如在一百文以上，他至多收一百文，余的交还病家。病家请问缘由，他说，每日只能得一百文的谢钱，若走第一家得足了一百文，以下的病家谢他，即不收受了。有病经他诊治的，无不着手成春。他说这病不治，果不出半月必死。我祖父见他有这种本领，人品又异常高尚，定要接回家来在一块儿过活。他说：我一天忙着替人治病，连机匠的手艺都不能做，何能与三哥在家闲居？我知道三哥对我的好意，奈我没有这福分安享。但是他虽不肯与我祖父同住，然每逢年节及我祖父生日，必来叩头道贺，以尽他兄弟之情。几兄弟之中，他只对我祖父最好。

　　"'一日是重阳节，他下乡登高，顺便看我祖父，我祖父留他歇宿。兄弟两人坐着夜谈，我祖父忽然想起他有一个妹子，仅比他小一岁，究竟不知是嫁了，还是死了？随口向他问了一句。他很诧异似的反问道：三哥还不知道七妹的下落吗？我祖父说：那时乡城远隔，又没来往，如何得知道？及至你我会面，就只你一个人，并不见有七妹，自后也没听你提过七妹两个字，如何得知道呢？六叔祖道：当日父亲也不曾在家提起过吗？我祖父摇头问：到底是怎样的下落？

"'六叔祖道：这事说来话长。在浅见之士听了，甚至还要斥为妄诞，不相信有这么一回事。父亲当日不在家里提起，大约也就是怕人不相信的意思。七妹在母亲肚里怀着的时候，母亲就不能吃鱼肉等荤菜，入口便呕，吃素则安然无事。生下之后，还是如此。直到二岁不吃乳了，母亲才能吃荤。七妹两岁的小孩，居然能辨别荤素，素菜方吃，荤菜也是入口便吐。几岁的小孩，行为言语，简直和成人一样，独自一个人坐在房中，不言不笑的时候居多。她十五岁的这一年，一日早起，她忽向母亲说道：我连做了两夜异梦，菩萨教我出家修道，我要去了。母亲生气道：一个女孩儿家，快不要这么胡说乱道！做梦有什么凭证？若给你父亲听了，必然打你。七妹道：不然！我这两夜所做的梦，不比寻常的颠倒胡梦。我是素来不做梦的，不怕父亲打我，我也得出家去修道。母亲只得问她做了些什么梦？'"

那曾六疯子怎样说出他妹子的梦话来，下回分解。

第三十五回

道姑夙慧早通佛
孝子性急夜寻仇

话说成章甫说出曾六疯子的履历来，并说："曾六疯子告诉他们的三哥，那七妹连夜两梦，向母亲说要出家修道，她说：'前夜睡到二更以后，见一个慈眉善目的白发老婆婆，从门外走进房来，到了我床前，叫我起来。我虽在梦中，心里很明白，觉得上床睡的时候，房门已经关好了，这老婆婆何以能走到我床前来？翻身坐起来问道：老太太从哪里来的，叫我起来做什么？老婆婆笑容满面的说道：特来带你看看好样子。旋说旋牵了我的手，往门外便走。脚才跨出房门，便觉眼前景物是平常所不经见的，气象阴森凄惨。走不多远，即见有许多断头缺足的人，远远的跪伏在地，好像求老婆婆拯救的样子。我回头看老婆婆，遍体金光耀目，眼前阴森凄惨的气象，顿时被金光照成了一片慈祥之景，无数断头缺足的都不见了。再向前走去，所见的情景，正是善书上所画的十殿阎罗、十八层地狱。在地狱中受诸般苦恼的人，见了老婆婆，能跪伏于地高宣佛号的，即有金光照被其身，转眼不见，游览一周之后，老婆婆不言不语的，仍牵手送我回来。不见进我家大门，就觉已到了我自己睡房中，桌上灯光还亮，照在床上，只见另有一个和我一般身材、一般衣服的姑娘，睡在我床上。

"'我正待上前将这姑娘推醒，不提防老婆婆已在我背上推了一把，只推得我朝床上一扑，立时惊醒转来。忙揉眼看桌上油灯，火焰还摇摇不定，似乎刚有人从桌旁走过去的。听街上正当当敲着三更。昨日早起，就打算将这梦说给妈听，饭后竟忘了不曾说。昨夜方合眼不久，就见那老婆婆又笑容可掬的来到床前，伸手拉着我的手道：今夜再引你去看一处好所在。我说：昨夜所见的那些情景，使我看了害怕，今夜不愿再去看了。老婆婆摇头道：不是昨夜那般所在，此去没有可怕的样子使你看见。她这么一说，我不知不觉的就下床跟着她走。

"'所走的仿佛尽是砂地，虽不是昨夜那般阴森凄惨的气象，然也是昏沉沉的不见日光，又不见人物鸟兽。走了一会儿之后，忽见前面白水茫茫，波翻浪滚，一望没有边岸。转眼到了水边，老婆婆停步伸手向水中指着，好像是教我看的意思。我即低头细看水中，有鱼有虾，在水中游走。再看老婆婆，已双足跳在水面上立着，弯腰用双手在水中捞取鱼虾，捧着了就往岸上放。我问：这是什么所在？老婆婆凄然说道：这是苦海。我又问老太太将鱼虾捧上岸做什么，她说：教它们出苦海。我问：我也可以下来救它们么，她说有何不可，只看你自己的能力如何。自己不下苦海，是不能救苦海众生的。我听了即跳下水去，双脚也能在水面上立着，并不沉下。于是也学着老婆婆的样子，双手捞取鱼虾上岸，老婆婆看了甚是高兴。

"'我这时虽在梦中心里觉得，知道这老婆婆是一位菩萨，就存心要拜她为师傅。她连连摇手说道：还早，你得去莲花山莲花洞里静修若干年，到了可以出家的时候，我自来度你。我又问莲花山在哪里，老婆婆随即伸手一指，我看所指之处，乃是一座高山，那高山的形势我似曾见过。正待问莲花山坐落哪府哪县，回头看老婆婆时，已不见了，急得向四处寻觅。老婆婆见不着，忽见两个白帽青袍的长人，与迎神赛会时假装的无常鬼一样，从后面猛追过来，吓得我慌忙就走，不提防脚下踏了一颗石子，扑的一跤跌下。顿时惊醒转来，方知又是一场大梦。坐起来仔细一想，无常相逼而来，实在可怕。菩萨借梦中指点，恩重如山，我岂可蹉跎自误，有负菩萨深恩？因此决心要拜辞母亲，自去寻觅莲花山修道。'

"我母亲如何肯依她呢？连骂带劝的不知说了多少话。无奈七妹心坚如铁，说如果硬不许她出家，她就在家饿死，父亲也劝骂不听。七妹已饿了两日夜，不沾水米。母亲因想起七妹在胎中便吃素，实是与寻常的女孩子不同。于今不许她出家，将来要把她许配给人，必也是很麻烦的，只得答应她去寻觅莲花山。七妹见母亲应允了，才肯照常饮食。

"母亲觉得七妹是一个年轻女儿，不便让她独自出门，寻找不知方向的所在，打发我陪伴同去。甚是奇怪，七妹竟是知道路径的一样，出西城只走了四十多里，即到一座山下，看那山的形式，俨然一朵莲花。在山上寻觅了一阵，果得一洞。洞内石壁上，满刻莲花，就是高手匠人，也不能刻得那么精细。七妹寻得了那洞，就不肯出来，我只得回家禀报。每年只逢母亲生日，方回家一转。自母亲去世以来，至今不曾回过。"

成章甫复对刘恪说道："你父亲又道：'六叔祖将这情形说给我祖父听了，我祖父几番要六叔祖带去莲花洞，瞧瞧这个出家修道的七妹，六叔祖总是借故推诿，始终没有去过。六叔祖其所以能知道人家过去未来的事，说出话来无不奇验，或者是两兄妹都得了修道的秘传，所以后来忽然不知去向，大约也进了莲花洞。'

"你父亲曾经是这么和我细谈过，这老婆婆一对我提起曾六疯子的话，我当时就想起这一段故事来，才知道这曾师傅不是别人，就是你曾祖辈的七姑。当我做小孩子的时候，曾六疯子已有五十多岁了，七姑比曾六疯子只小一岁，于今我也有五十多岁了，她的年纪，不是已经差不多一百岁了吗？但是，看她的精神容貌，至多不过六十多岁，又有那么清洁高尚的履历，怎能不叫人钦敬？

"我连忙重新礼拜道：'晚辈知道了。师傅不是在莲花山莲花洞精修的曾七姑吗，何以师傅至今还是在家的装束呢？'曾师傅道：'剃度的机缘，各有迟早，不能强求。'我又问：'曾六爹此刻还健么？'曾师傅摇头说：'早已升天了。'我又问：'曾家的仇恨，何时可以报得？'曾师傅说：'报仇事小，使能承续曾家禋祀的事大。闻武温泰有一女儿，貌甚整齐，性尤明慧，且与曾家孤儿很有情愫。你可到武温泰船上去看看，再来回我一个信。'我说：'晚辈就因找不着武温泰的下落，所以到这里来请示。'曾师傅道：'武温泰很容易寻访，他有一只船贩运货物，专在九江宜昌一条河道来往，很容易访问得出。'

"我出来照着曾师傅指点的打听，果然毫不费事就打听着了。只是不曾去襄阳府查问，总不免有几成疑心你，尚在武温泰船上。及至上船不见有你，而武温泰所说的，又与曾师傅说的相合，因此才回头找着郑五，托他到襄阳府来传你的武艺。这时郑五和李旷等众兄弟，都已由你这位胡师傅，引到了陆绳祖部下。陆绳祖得了众兄弟，如获至宝，便是对待真兄弟，也没有那般亲热。至于陆绳祖为人，以及胸襟本领，你不久就得与他会面，那时自然知道，用不着我此刻多说。

"郑五去襄阳府教你武艺，我便去回曾师傅的信。我原是不敢到桃源去的，一则仗着事隔多年，官府缉拿的事，早已弛缓。我又改换了道装，留了胡须，就是熟识的人，非留意也看不出；二则仗着本身学会了些法术，便是武艺也比从前长进不少，寻常差役，不怕他一百八十的赶过来，也只能白望我一眼，奈何我不了。古人说的：艺高人胆大，确是不差。我到桃源西城外四十里地方，寻找莲花山，问地方人，并无人知道莲花山这名目，幸喜还记得你父亲说过，莲花山是因山形像莲花，依着这形式去找，才被我找着了。上山走不到几步，只见迎面竖着一块四五尺高、一尺多宽的石碑，看碑上刻着一行字道：此山有恶兽伤人，行人绕道。我看了不禁吃了一惊，暗想：这就奇了，既有曾师傅在山内清修，如何容恶兽停留山内，并听凭出来伤人，不加驱逐呢？究竟是怎样凶恶的兽，难道连曾师傅都不能驱除吗？我当日没向曾师傅问明白，莫不是她老人家已不在这山里了，所以产生了恶兽，没人能驱除？然我既辛辛苦苦的多远到这里来，总得上山寻着莲花洞看个实在，不能因这块碑就吓得不敢上去。想罢，也不害怕，大踏步走上山去。好在山中树木虽多，山势并不甚陡峭，不似过九华山时那般提心吊胆。

　　"我约莫走了一二百步远近，忽听得树林中风响。那风的来势极猛，不似平常风暴，满山都刮到了。这风只从一线刮来，树木纷纷向两边扑倒，仿佛是一道瀑布冲泻而下，分明是向我跟前冲来。我知道必就是那恶兽来了，忙一面念着护身咒，一面手捏雷诀等待。刚看见一只黄牛般大的野兽，形象仿佛狮子，满身的毛衣直竖，从向两边扑倒的树木坑中，比箭还急的飞扑过来。已离我不到十步远了，忽听得山上有人喝道：'法随不得无礼！'这一声喝出，那野兽就如奉了军令，立时停步，满身的毛衣也倒下来贴皮贴肉了，陡起的风暴也息了。它似乎是有知觉的，闪着一对如电光的眼睛，向我望了一下，掉头弹尾，缓步走入旁边树林中去了。

　　"我一听山上喝野兽的声音，即知道是曾师傅，不过相离得远，又被树木遮断了，看不见她老人家立在何处。不过，这颗心却放下了，不用着虑她老人家不在山上，更不用提防恶兽再来。只是心里有些疑惑，这恶兽既是经曾师傅一叫唤，便不敢出来伤我，何以听凭恶兽伤害别人，使行人绕道呢？旋上山旋这么思想，方走到半山，就见曾师傅，端坐在一方很大的磐石上。我紧走上前顶礼，曾师傅抬了抬身，说道：'辛苦你了，是特来回信的么？'我便将看见小翠子，果是又聪明又美貌的话说了。

　　"曾师傅点头道：'虽是聪明美貌，然在武温泰夫妻手里，也教不出一个好女儿来。我看在我父亲和我三哥的分上，情愿费点儿精神，替曾家教一个好媳妇出来，但是这事仍得累你。你去乘武温泰夫妻不留意，将小翠子带到这里来，不可给人知道。我当初寻着这莲花洞的时候，本地方的人，也多有听得说的。这个也跑来看看，那个也跑来瞧瞧，一个个问长问短扰得我很苦，却又没有方法可以拒绝他们。那时我初入山修炼，不能辟谷，便不能将洞口封闭。地方有人来了，只得分神与他们周旋。后来竟有本地的无赖子，伤天害理的想来污我。我这时虽已静修十年之久，护身辟邪之法，蒙菩萨在梦中传授，然因不曾试用，不能有恃无恐。喜得这只出洞游行，忽遇你方才上山时所见的那异兽，张牙舞爪向我扑来。我赖佛法将它降伏，看它已通灵性，对它说经，它一般的知道俯伏静听。因想到我独自在这山里修道，如遇魔障到来，道行浅薄，不能抗拒，岂不可怕？今此异兽应时而至，必是佛力加被，特地遣来给我护身的。这异兽原名狻猊，矫健无比。当下降伏它之后，即与它摩顶受记，取名法随。命它看守这山侧，但是不许它伤人性命，只将上山来看我的人吓退便了。不过，初时野性难驯，虽不曾将上山的人咬死，然接连伤了几个，幸亏所伤的，就是想来污我的无赖，也没有断送他们的性命，终成残废之人罢了。地方绅耆见山里有恶兽伤人，不知究竟，妄想邀集猎户来围杀。还好所来的猎户，一见法随出山的威势，都股栗不敢动弹。地方绅耆没奈何，就刻了山下那块石碑，告诫行人不走这山里经过。自从那碑竖立之后，几十年无人敢上山来。有时虽有胆大的乡人，以为法随已不在这山里了，悄悄的偷来探看，只须法随一声大吼，顿时林谷震动，探看的就慌忙逃去了。'

"我听了曾师傅这番话，疑团才释，原来是特地降伏这狻猊，看守莲花山的。那地方上人，若不是因莲花山上有这异兽，不但曾师傅当时被人扰得不能安心修道，就是后来小翠子到那山上，也必不能安身了。我奉了曾师傅的吩咐，去带小翠子上莲花山，若不是曾师傅叮嘱我，不使武温泰夫妻知道，随时都可以将小翠子带走。武家全家的人住在一只小船上，小翠子又轻易不独自上岸，何能避开武温泰夫妇的眼，将小翠子带走呢？就为这一点，害得我跟着武家的船，奔波了几个月。直到那日在黄鹤楼下，方得遂我心愿，那机缘真可以说是千载一时了。

"我将小翠子送到莲花山，曾师傅忽问我道：'广德真人交给你的那古玉玦呢，带在身上么？'我说：'在身上。'曾师傅道：'那是我父亲传下来

379

的东西，你给我吧，我有用处。'我自从接受那玉玦之后，即紧系在腰间，片刻也不曾解下过。这时，只得解下来，交给曾师傅，也不便问她有何用处。小翠子却好，虽是一个未成年的女孩儿，卒然使她离开她父母，住在那人迹不到之处，若在平常的女孩子，处到这般境遇，便不哭得死去活来，也必悲伤终日，不言不笑。小翠子不然，当在黄鹤楼下，初将她带走的时候，因恐怕她叫喊，只得用法术把她的本性迷住，使她没有知觉。及至上了预雇的船，就回复了她的本性，略对她说了几句，带她上山学道的话，她全不曾现出忧戚的样子。我还存心提防着她，恐怕她乘我不备，逃上岸去追寻她父母。谁知她直到莲花山上，没有露过半点儿不快活的神气。曾师傅见了她也很高兴。

　　"我原可以不在莲花山停留的，只因曾师傅早已断绝了人间烟火食，小翠子又年纪太小，不能自行炊爨，非留我在山上，就是曾师傅也觉着为难。好在我得了哈摩师的传授，正要求一个静心修炼之所，更难得有曾师傅这样的大德，做我清修伴侣。因此，我便在莲花山上，每日除弄两顿饮食之物，我与小翠子两人吃喝之外，只是静心修炼。小翠子得曾师傅传授，竟比成人还肯努力上进。

　　"我在莲花山住了一年半，小翠子已渐渐能自行觅食了。这日，曾师傅传我到她跟前，说道：'陆绳祖为人，气度很大，所处的又是化外之地，正好容纳小摩天岭那般人物。你的遭际独好，得了入道之门，本来可以不必到会理州那方去的；不过曾服筹将来也得在那地方，图一个立足的所在，不能不先打发你去，替他做一点儿基业。'她老人家说了这话，并就我耳根吩咐了一番。我就此离了莲花山，到会理州去。"

　　刘恪至此问道："就表叔耳根吩咐的，到底是什么话呢，难道是不能给小翠子听的吗？"成章甫连连点头笑道："正是不能给小翠子听的。"刘恪又问道："可以说给我听么？"成章甫笑道："也不能说给你听。将来自有使你知道的这一日便了，此时用不着追问。我在会理州布置好了，才托你这位胡师傅，去襄阳设法带你出来。不料胡师傅到襄阳，却闹出了命案，下在狱里。他说有谁能放他出狱，即将法术传给谁的话，用意就在想你放他。但是那番话没人说给你听，又猜你没有那么大的胆量，所以只得教郑五来开导你。你出来之后，原打算你我见过面，我就带你去桃源的。不凑巧广德真人此时在嵩山尸解，将李旷、张必成等当日同在桃源共患难

380

的人，都传到嵩山听遗嘱。我正从莲花山奉了曾师傅的命，将小翠子送回武家的船上。得了这消息，只好也上嵩山；一面托郑五送信给你，叫你赶到嵩山来。你这胡师傅因知道刘知府已为你把官丢了，恐怕你在白天行走，襄阳府认识你的人多，被人看出来了，又生波折，所以嘱你在夜间赶程前进。谁知你错认了武温泰，是存心抢劫官船的人；武温泰父女也尚不知道你已因放走胡师傅，不在刘知府处去当少爷了。"

刘恪问道："那么小翠子何以知道催促我到嵩山去，说胡师傅在嵩山等我呢？"成章甫道："到嵩山前聚会的话，是我曾向她说过的，所以她知道催你。"刘恪又问道："表叔为什么要送小翠子到武家船上？上武家的船，为什么要跟着刘家的官船行走呢？"成章甫道："这是由曾师傅吩咐了这么办的，其用意总不外乎因此成全你们两人的婚事。广德真人临终时遗嘱，说你父亲为救他才反抗官兵，以致倾家产送性命。十多年冤沉海底，不能伸雪，这是他一生的恨事。喜得你父亲还留了你这个儿子，现在已到了可以报仇的时候了。他本想亲眼看见你报了仇，立了基业，方可无遗憾。无如他本身得的道果，机缘已熟，不能强留，只好勉励当日同事的诸人，辅助你先报了私仇，再图立足的基业。说毕，又对李旷、张必成等人，都一一吩咐了几句话，恍如睡觉一样，端坐闭目而逝。李旷等众兄弟多想等你到了，商议同去桃源的事，无奈陆绳祖久已与四土司开衅，大战过几次了。于今正在兵连祸结的时候，若李旷等众兄弟久不回去，多有不便之处。我就做主叫他们赶回会理州去了。去桃源的事，有我们几个人，足够对付了。并且，我已打发小翠子先去桃源布置，我们到桃源时，她必已布置妥当了。"

刘恪诧异问道："小翠子不是送我义父回山东去，表叔何时打发她去桃源的呢？"成章甫点头道："不错，小翠子是送你义父到山东去了的。你义父只知道着虑，你此后不去他家做儿子了，以为留住小翠子在跟前，便可以引得你回去。他哪里知道你的身世，更哪里知道我们用得着小翠子的地方很多，不能由他扣留着不放？我为什么害得你们在这寺里，等候这么多日才来呢？就是因为小翠子在山东不能出来，特地赶到山东，劝她你的事业为重，出来助你一臂之力。好在她这几年山居野宿惯了，正苦在家中闷闭不堪，一口就答应了。大约她此刻早已到了桃源，我们安排前去便了。"刘恪问道："广德真人尸解之后，尸体还是埋了呢，还是焚化了呢？"

成章甫道："说起这件事很怪，你不问起，我因谈得太久了，还忘记对你说呢。我们当时也都踌躇，他老人家尸解后的遗骸，不知怎生处置才好。你这位胡师傅说：'想必他老人家临时必有吩咐，看吩咐我们怎么办，就怎么办！'我们也以为然。想不到说了遗嘱之后，已合上两眼要去了，并不曾吩咐处置遗骸的话。我们就急起来，推李旷上前请示。他老人家复睁眼，点头说道：'这是用不着你们忧虑的。我已在小摩天岭石室中静坐多年了，何以无端要到这嵩山来脱化呢？就因为这山下的居民，与我有一段因缘，我这遗骸，应该由他们保存供养。届时他们自然寻觅上来，也不须你们前去知照。'我们听了这话，都觉得很奇怪，只好大家等着，看究竟怎样。

"谁知脱化了一日一夜，还不见动静。我等正商议如果到次日尚不应验，就只好备瓦棺暂时装殓。一夜过去，次日天色初亮，即见手擎香烛上山来的乡民，就和出洞抢食的蚂蚁一般，从山脚到山顶，络绎不绝，不知有几千人。在前走的遇着我便问道：'陈公真人在嵩山肉身成圣，你们知道在什么地方？'我等见真人的话，果然应验了，自然指引给他们看，一面盘问他们怎生知道的？他们说这位陈公真人，在我们这地方，屡次救人无数。某年小旱灾，是陈公真人来施赈；某年大瘟疫，也是陈公真人来施药。这一带的老少男女，经陈公真人救活的，真不知有多少。昨夜大家在睡梦中，见真人来了，对我们说，已经在嵩山肉身成圣，死后遗骸应受这一方的香火。因为一乡人所梦皆同，不能不信，所以集合全乡的人，各带香烛到山上来。

"真人的遗骸是坐着的，乡人登时抬来一个大木龛，将遗骸移入龛中，前扶后拥的抬下山去了。说要建造一座真人庙，大概半年之后，那庙即可告成了。"刘恪道："难得他老人家这么关切我家的事，论理我应该去叩几个头。"成章甫道："论理自是应该，不过此去还有多少的路程，我们去桃源不可耽搁，且待你的事业成功之后，再去叩谢不迟。"成章甫只在慈恩寺住了一夜，次日即同刘恪及胡、何两人，动身往桃源前进。

话说成章甫带着刘恪及胡、何二人，从慈恩寺向桃源前进。行至半路之上，刘恪对成章甫说道："我们到了桃源，务必顺便探听陈六和的下落。若是他拐骗的钱不曾用去更好，便可拿回来送还给光宗和尚，慈恩寺仍是可以重新建造。就是他拐骗的钱已经用去了，也得于我们正事办妥之后，抽一点儿闲工夫出来，押解陈六和这骗贼到慈恩寺去，使光宗和尚好向各施主，表白不是伙同掣骗。光宗和尚为人实好，我们这回在他寺里打扰了好几日，论情理也不能不帮帮他的忙。"

成章甫摇头道："这是不干我的事。我也没有受他的供养，仅草草的在那里住了一夜。他们出家人原是受十方供养的，我仅借宿一宵，算不了什么，用不着帮他的忙报答他。你也不过在他寺里住了几日，加以你的力量有限，并且还有你本身最要紧的事，只等去桃源将正事办妥，便得前去会理州营干，哪里抽得出闲工夫来，管这些不干己的事？"

刘恪道："然则我们亲眼看见陈六和这种东西，十多年处心积虑骗出家人，做出这样无法无天的事来，就全不过问吗？"成章甫笑道："天下无法无天的事多呢！若件件得我们去过问，我们就有百千万亿化身也干不了。自然有那义不容辞的人去对付，与你我有甚相干？"

刘恪道："我虽在慈恩寺只住了几日，然知道那寺里的僧人，都是每日从早至晚，各自做各人的功课，不管闲是闲非的人。他们对这件事，都可以说是义不容辞的。但是，他们休说不肯到桃源去寻觅陈六和，便是肯去，一来不容易寻觅得；二来便是寻着了那骗贼，我敢断定那些和尚，没一个是那骗贼的对手，如何能对付得了呢？"成章甫笑道："你真喜多管闲事。你这位胡师傅，与光宗和尚十多年的交情，这回又凑巧同到桃源去，你还怕他不努力帮光宗和尚的忙吗？"胡庆魁接着笑道："只有你这牛鼻道人，界限分得这般清楚。亏你在慈恩寺还说我等修道的人，做除暴安良的事，不看交情的深浅。你此刻的话，不完全是论交情的深浅吗？"

成章甫哈哈笑道："对啊！我早知道你有这句话说出来。我且问你，我和你这位高徒，如今自愿搁下去桃源的正事不干，大家合力同心的去办陈六和的事，你能担保办得了么？你知道我们在嵩山聚义的时候，为什么要你同至桃源？难道那时就知道，有陈六和在慈恩寺拐骗的案子闹出来，预先委你去办吗？就因为朱宗琪那恶贼，为人异常机警，他知道曾家有一个孤儿逃亡在外，近年来防范得更加严密。我是在桃源生长的人，三十几岁才离开桃源；虽隔了十多年，又改了道装留了胡须，然在素日认识的人，仍不难看出。朱宗琪如今是桃源首屈一指的巨绅，他的耳目众多，只要稍漏一点儿风声到他耳里，这仇便不容易报了。陈六和在慈恩寺，一见我便能认识，你说我到桃源还敢给他看见么？不但不能给他看见，桃源县城里认识我的极多，我简直不敢露面。因我不敢在桃源露面，才不能不仰仗你同来。倘能叨天之幸，大仇能复，我当立刻带你这高徒离开桃源，到会理州去。只你与何玉山，可以多在桃源停留些时日，办理陈六和的事。不用说你与光宗和尚有十多年交情，就是和我一样初逢一面，也得你方能帮他的忙。是这样一个情形，你且说我怎么是完全论交情深浅？"

胡庆魁笑道："你既不能在桃源露面，然则要你同去干什么，你不是跟着白辛苦吗？"成章甫道："我露面是不能露面，但是没有我同去，你们和在那边卧底的小翠子，便接不了头。尽管你胡师傅的本领大，不仅报不了仇，甚至还要打草惊蛇，以后更不好下手。"胡庆魁听了不言语，半晌才冷笑道："我不信诛一个山州草县的恶绅，有这么烦难，用得着这般虚张声势，小题大做。"成章甫见胡庆魁似生气的样子，自知出言太鲁莽了，连忙顺着他的语气说道："诛一个山州草县的恶绅，本来算不得一件难事。不过，广德真人和曾师傅的意思，都觉得父仇应该子报，旁人纵有力量，也不能代人家儿子报仇。若不为这一点，我等众兄弟，何时不可以来取朱宗琪的首级呢？我所以说纵有你这般大本领，也报不了仇，不是说你不能诛灭朱宗琪。因朱宗琪不是你的仇人，你就杀了他，也不能算是报了仇。并且曾师傅曾再三叮嘱，冤有头，债有主，不可因报仇伤及无干之人。朱宗琪那恶贼，既已有了防备，又住在县城之内，除却报仇的人不顾自己的性命，报仇之后，不图脱身便罢，要平安脱身，岂是你这高徒一个人所能做得到的？因此不能小题大做。"胡庆魁听了成章甫这般解释，便点头不作声了。

四人一同逢山走路，遇水搭船。正是有话即长，无话即短。也经过了不少的时日，这日才走到离桃源县城十多里的地方，地名蚕头镇。这地方虽是一个小小的乡镇，但是地当官道，来往的商旅很多，镇上也有几家饭店。

成章甫引三人到一家极小、不能留宿多人的饭店里住下。等到天色昏黑了，忽对胡庆魁说道："本来今夜可以赶进城去的，只因我不敢在白昼入城，且不知道我关照小翠子所办的事，此刻办得怎样了，只得留你们在这里暂住一夜。我趁此时天色黑了，去探一回消息就来。你们尽管安睡，不必等我。"说罢，悄悄的从后院跳墙出去了。

胡庆魁当时就想跟在成章甫背后，窥探他去什么地方，如何行事。忽转念一想，不妥，我跟着去不要紧，我走后，万一曾家这孩子性急，冒里冒失的也偷着跑到城内去，闹出乱子来，不是当耍的。何玉山不过是他义父跟前的一个狱卒，如何能拘管得住他？不如且等他睡熟了，我再轻轻的起来前去。他是年轻的人，走路走得身体疲乏了，必然一落枕就沉沉的睡去，何必在这时候走使他知道呢？因有此一转念，便装出疲乏了的样子，倒头就睡。

刘恪也对何玉山道："这几日的崎岖山路，委实走得我很乏了。师傅睡了，你我也熄灯睡吧！"何玉山道："少爷既乏了，快睡。我还不觉乏。大家都睡了，成道爷等歇回来没人开门。"刘恪连连摇手道："我表叔一时不得回来，就回来，也用不着人开门。你只管睡好哪！你不睡，不熄灯，我也睡不着。"何玉山见刘恪这么说，只得吹熄了灯，上床睡觉。

胡庆魁虽睡在床上，并没合眼。一听刘恪对何玉山谈的话，心想：不好了！这孩子大半也存心想等我睡着了的时候，偷着去寻他表叔，或是去行刺他的仇人。若不然，他身体乏了，尽可纳头便睡，何必要催何玉山，定要熄灯呢？喜得他露出这一点儿马脚，使我知道；他若乘我走了之后再走，倘或闹出乱子来，我真对不起成道人呢！胡庆魁心里正在惴想，只听得刘恪渐渐的打起呼来；何玉山却在床上翻来覆去，好像是睡不着的样子。胡庆魁也装做打呼，好一会儿工夫，方听得何玉山的呼声起了。何玉山的呼声一起，刘恪的呼声便慢慢的息了。胡庆魁便知道刘恪的呼声是假，仍一面继续装出呼声，一面留神听刘恪怎生举动。

刘恪毕竟年纪太轻，哪里想得到因催何玉山熄灯睡觉，就露出马脚来给人家知道了。还以为胡庆魁是真个睡着了打呼，一点儿不犹疑的溜下床来。在房中略转了两转，因房中没有灯光，胡庆魁看不出他在房中干什么，随即就听得轻轻推开了窗门。身法好快，窗外星月之光，才跟着窗门射了进来，只见刘恪已踊身钻出窗眼，仿佛有黑影一晃，便已到屋上去了。胡庆魁至此哪敢耽误，喜得他因早已存心要偷着出去，窥探成章甫的行动，和衣睡在床上，此时下床，用不着装束，也不惊动何玉山，就从房中跃上屋瓦。一看不见刘恪的影儿，料想他必是翻过屋脊，由大道向桃源县城那方面去了。他连忙蹿到屋脊上，借着星月之光，朝大道上望去；果见刘恪正在大路上向前奔走，双脚和不曾着地的一样，迅速非常。不觉暗自点头，叹道："真是世间无难事，只怕有心人。这小子就为要替他自己父亲报仇，将郑五传给他的武艺，朝夕苦练，只几年工夫，居然练成了这一身能耐。我且跟上去，不叫破他，看他初到这人地生疏的所在，又在这三更半夜的时候，有什么办法？"主意已定，即跳下房屋，在离刘恪三四丈远近，紧紧的跟着奔走。

胡庆魁的本领远在刘恪之上，刘恪一心只顾前行，哪里知道背后有人跟着。十多里路，不须多少时间就赶到了。胡庆魁看这座桃源城，虽不甚雄壮，然依着地势起伏，环绕如带，要翻越过去也非容易。再听城中静悄悄的不闻声息，只隐约听得远处有更锣声响。看刘恪直奔城门洞口，胡庆魁不由得心里好笑，难道这时候还开着城门，等你来进城吗？知道刘恪必回身走来，忙闪身黑暗处偷看。果见刘恪回身走了几步，想绕着城根走去，不住的抬头向城上望。约走了数十步远近，忽将背贴住城墙，双肩一耸，就一步一步的往城上升去。不过一丈来高的城墙，很快的就坐在雉堞上了。

胡庆魁恐怕城中房屋稠密，若与刘恪相离太远，在黑暗中寻觅不着。急从这边跳上城头，看刘恪已到了靠城的一座楼房之上，探首向城内各处张望；好像认不出方向，不好朝哪里行走的样子。胡庆魁心想：你这小子真糊涂，似这样人生地不熟，你半夜三更跑来干什么呢？刚在这般惴想，只见刘恪已跳下楼房，到了街上。胡庆魁暗道：不好了！在房上没人看见，还没要紧，公然到街上去走，倘若遇着巡查的，怎么办？我既跟来了，也只得追随上去。遂也跳到街上，依然默不发声的跟着。喜得这街上，夜深一无行人，也不见巡查的。

走了一段街道，忽见前面有一道栅门，已经锁闭了，然能看见那边有一个小小的黑木板屋。胡庆魁知道是更栅，里面必有看守栅门的更夫住着。照例要过栅门的，须叫更夫取钥匙开门，随便拿几文钱给更夫，便随时都可以过栅。刘恪如何知道这些故套，也并不知道那边的黑木板屋，是看守栅门的住处。因见有铁牛尾锁将栅门锁住，就伸手过去，将锁轻轻扭断。哑的一声，栅门开了。刘恪才塞身过去，更栅里早窜出一个乞丐般的更夫来，口里骂道：好大胆的杀胚，居然敢扭断锁冲过来！一边骂，一边扑上前抓刘恪。刘恪接过更夫的手腕，只一捺，更夫即痛得支撑不住，一面口叫"哎哟"，一面蹲身下去。刘恪右腿一抬，把更夫踢翻在地，急上前用脚尖点住更夫的胸膛，低声喝道："敢声张，就取你的狗命！"

更夫挣扎了两下，挣不动，也便吓得连叫饶命。刘恪道："要我饶你一条狗命容易，你只把朱宗琪家住哪里告知我，便饶你的狗命。"更夫哀求道："我实在不知道朱宗琪是谁，如何知道他的住处呢？"刘恪道："放屁！朱宗琪是桃源县的第一个大绅士，你怎么不知道？"

更夫听了，即改口说道："哦，原来你问的是朱老太爷。不错，他的官名是朱宗琪。他的公馆就在桃源县衙西首不远，八字白粉墙门间，大门上边悬挂了几块金漆匾额的便是。"刘恪喝问道："这话没有虚假么？倘有一点儿不对，我回头还得取你的性命！我本待就这么放你起来，只是放了你，于我行事有多少不便，不得不暂时请你受些委屈。"说时，就自己身上解下一根丝带，把更夫手脚反缚起来，就更夫身上撕了一片衣角，塞入更夫口中，即掉臂向前走去。

胡庆魁躲在旁边看了这番情形，又不由得暗骂道：这小子实在太糊涂了！留下这样一个活口在此，万一此去不能将仇报了，不是有意打草惊蛇，使朱宗琪那厮知道有人要害他吗？随即抽出身边宝剑，走过栅门，手起剑落，可怜这更夫已身首异处了！他做鬼也不明白，为什么事，死于何人之手。

胡庆魁斩了更夫，觉得留下这根丝带不妥，遂解了下来，系在自己腰上，再追踪刘恪走去。走不到十来步，忽见刘恪又转身走来，吓得胡庆魁藏形不迭。刘恪仍走到更夫身边问道："县衙在哪里？此去还有多远？"问了一遍，不见回答。刘恪自忍不住笑道："我不曾把你口里塞的东西去掉，叫你怎生回答。"旋说旋弯腰待伸手去拔那衣角，陡惊得退后两步，抬头向四处乱望。

胡庆魁原会隐身术，刘恪怎能看见？四处望了一会儿，不见人影，就飞身跳上房檐去了。胡庆魁也跟着上房，看刘恪的头，仍旧和拨浪鼓似的，好像是寻觅杀更夫的人。不一会儿，仿佛寻见了什么形迹，飞的一般向前追去，翻屋脊、跳房檐，真是如履平地。胡庆魁一面追踪，一面探望前头。原来是有一个人影，正向城墙方面飞奔而去。

这人影从何而来，又是谁人在暗中呼应，须待下回分解。

第三十六回

小翠智多权作婢
老朱恶满媚赃官

话说胡庆魁的两眼比常人精明，又见惯了成章甫的身材形态，已看出那飞奔的便是成章甫。成章甫也已知道背后有人追赶，在城头上停步等候的样子。刘恪直到近前，方看出是自己的表叔，忙上前问道："表叔怎么跑到这里来了，那更夫是表叔杀死的么？"成章甫只急得跺脚道："你还问我怎么跑到这里来了，你跑到这里来干什么呢？你这小子真是不知天高地厚，有谁杀死了更夫吗？"

刘恪道："我因见表叔出来了，在饭店里睡不着，打算偷到城里来探看一番。不料过栅门的时候，有个更夫出来将我揪扭，我只得将他捆住，又问了朱家的地址，想索性去朱家探一个虚实。因不知县衙在哪条街上，回头再问那更夫时，已不知有谁把更夫杀死了，连捆绑更夫的丝带也被人解去了。我觉得奇怪，上屋来寻觅杀更夫的人。就只见表叔的影儿向这里飞跑，以为必是杀更夫的人，谁知就是表叔。"

成章甫道："坏了，坏了！县城里无端杀死一个更夫，明日势必闹得满城皆知，县官必勒令捕快捉拿凶手，凡是外路初来形迹可疑之人，都得受办公人的盘诘。然也幸亏这更夫被人杀了，不然他说出你问朱宗琪的话来，朱宗琪的耳目众多，那么我们这一趟，简直是白跑了。你那胡师傅呢？他见你出来，也不阻挡吗？"刘恪道："胡师傅自你老人家走后，他就说身体乏了，纳头便睡。我轻轻的出来，还听得他在床上打呼。"

成章甫怀疑似的神气说道："你胡师傅是有极大本领的人，我从来没见他说身体疲乏过，并且他睡觉没有声息。他是修道的人，如何睡了打呼呢？他有意开你的玩笑，跟在你背后来了，你不知道也罢哪！"说时，朝刘恪身后望了几眼，忽伸手一指，笑道："你瞧，你胡师傅不是蹲在这里吗?"刘恪经成章甫这一指,就好像拨开了一重云雾,分明看见胡庆魁就蹲在身边。

胡庆魁见隐身术被成章甫破了,也就笑着立起身来,说道:"小孩子太冒失,下次不可再如此鲁莽。天时已不早了,快回去,还可睡一觉。若更迟一会儿,何玉山起来不见了我们,又要慌急得闹出事来。"三人于是翻身下墙,不停留的奔回饭店。胡庆魁问成章甫道:"你刚才在城里干什么,小翠子怎样了呢?"

成章甫道:"这回的事,实在很委屈了小妮子,真难得她肯如此出力。不过,她若将来不是曾家的人,我固然不好这么驱使她,她也决不肯这么受驱使。我刚才就是去找她,她对我说:'她到桃源来的时候,在常德府无意中,遇着一个她父亲往日的老同行,姓李名春林,也是夫妻两个,带着一个儿子、两个女儿,到常德府卖解。大女儿名大招,年十五岁;二女儿名二招,年十三岁。姿色虽都平常,然因李春林是一个武教师出身,大招、二招都得了些真实本领。在江湖上卖解,遇了内行,就很瞧得起他们。李春林是湖北人,武温泰卖解的时候,两下交情甚厚,每每在一条道路上行走,不分彼此;小翠子与大招也非常要好。这回见了面,李春林很诧异的问小翠子,何以独自到此?好一个小翠子,生得聪明有主意!她知道李春林和她自己父亲的交情甚厚,又是湖北有名的拳师,若能得李春林出力帮助,必能收很大的益处,立刻定了一个主意。自己揉红了一双眼睛,说道:难得在此地遇着李家叔叔,我正要求叔叔帮忙替我父亲报仇。李春林听了更吃惊问道:你父亲怎样了?仇人姓什么,叫什么名字,住在什么地方,是怎样一回事?

"小翠子道:'不但我父亲一人为这仇人所害,我全家都被这仇人害得妻离子散,四分五裂了。仇人就在离此地不远,只是暂时还不敢将姓名住址奉告。因为这仇人有钱有势,耳目众多,倘或稍漏风声,给他知道了,不仅我的大仇难报,甚至我的性命也难保。是怎样一回事,我此时也不敢向叔叔说。总之,叔叔是个素来在江湖行侠仗义的人,眼见我孤苦伶仃的一个人到此地来,为的就是要替我父亲及全家的人报仇,千万求叔叔看在当日与家父的交情分上,尽力帮助我一场,我一家生死都感激叔叔的大德。'李春林为人本来极重义气,他听了小翠子这番话,以为是武温泰被人害死了,武家一家人被人拆散了。想起当日与武温泰交好,同行卖解的情形，又看着小翠子独自一个弱女，尚能努力为父报仇，不由得为之酸心落泪。

"当下李春林略显踌躇的说道：'好姑娘，有志气！这样小小的年纪，居然独自一个人要替父报仇，可算得是一个孝女。我生平所最敬服的，就是能节孝之人。休说你父亲当日和我有那么深厚的交情，只这几年来，他因改行做了水贩生意，我又到处飘流，极不得意；虽是多年老友，也不能随我的心愿，得个聚会之所，彼此谈一谈心，谁想到他已不吃这碗把势饭了，也还有人害他。好姑娘，你放心！我非不讲义气的人，决定帮助你报仇便了。不过，你不把仇人的姓名住址说给我听，我又怎生好下手帮你呢？'小翠子说道：'不是不把那厮的姓名住址说给叔叔听，是因下手的时候还早，到时自然得向叔叔说明白。'李春林道：'古人说的，父仇不共戴天！报父仇越快越好，怎么说时候还早，要到什么时候才可下手去报呢？'小翠子说道：'仇人不在常德，此刻住在桃源县城。于今虽承叔叔的盛意，肯替我帮忙，只是我父亲还有几个要好的朋友，也是为帮助报仇，约了在桃源县相会，到齐了再商议下手的办法。'李春林又问小翠子父亲要好的朋友，是不是某人某人？说的都是老在江湖糊口的人物，和武温泰有交情的。小翠子摇头说：'不是。'但也没有说出你我几个人的姓名，李春林也不追问。

"我到山东催小翠子动身去桃源的时候，知道做事非钱不行，将身边余下的银子，取了一百两给她使用。她初看了好笑说：'要这东西有什么用处？带在身边倒累赘死了。'我说：'出门的人，说不得银钱累赘。路上盘缠虽说有限，然也缺少不得，有时要想不相干的人替我出力，就更非有这东西不行了。'她听了我这么说，才勉强将一百银子收了；谁知此时便得了这一百银子的大力。因李春林带着一家的人，连自己五口身边，毫无积蓄，在常德卖解，仅敷日食，困苦异常。他虽有心帮助小翠子，若小翠子没有这银子，从常德去桃源的盘缠，就费周折，有了这银子便容易了。当下就把一百银子全数交给李春林，作为到桃源等候我们前去的费用。李春林虽也是江湖上有义气的人物，但是艰难日月过久了，忽然见了这白花花的一百两银子，怎能不开心呢？立时就收拾行头，与小翠子一同到桃源县。小翠子与大招久别重逢，得一同行走，也不寂寞，到桃源县就住在县衙斜对门'王鸿发客栈'里。

"那客栈是一个老板娘开的，老板已死去多年了。老板娘年纪虽有五十多岁，为人刁钻古怪，奸巧非常，表面是开一家客栈，实在就是一个人贩子；带马拉皮条的事不用说，便是要纳妾头丫头的，去找那王老板娘，无不可咄嗟立办，因此有许多人称她为王媒婆。小翠子并不知道王鸿发是这么一个客栈，为图靠近朱家，所以投到那栈里住着。及在栈里住了两日，无意中看出老板娘的行径了。也亏了这妮子有计算，她既知道王老板娘欢喜出入官宦之家，朱家是桃源赫赫有名的大绅官，又近在咫尺，必是时常到朱家去的，故意借事和王老板娘亲近。任凭王老板娘如何刁钻古怪，也想不到小翠子有什么用意，看小翠子年纪轻，生得标致，又是和卖解的人在一块，以为要引诱是很容易的，背着人问小翠子的身世。小翠子说：'父母俱亡，没有兄弟叔伯，无可奈何，只得跟随父亲的朋友李春林过活。如果有中意的官宦人家，情愿去当婢女，免得流落在江湖上，没有下梢。'

"王老板娘见小翠子亲口说出这种话来，更是欣喜得什么似的。连忙问要怎样的人家才中意？桃源县像朱宗琪这样的绅宦人家，本来极少，小翠子说出要如何如何的才中意，原是暗指着朱家说的。王老板娘听了，不住的点头笑道：'你说的这样人家，倒有一处。照你所说的，有过之无不及。在你是一定可以中意的，不过不知道那边怎样。我是一个素来心软的人，不能眼望着人家孤苦无依，不替人家出力帮助。你于今落在我客栈里，我一见你的面，就觉着你是一个怪可怜的女孩儿，我且替你去那边探听探听，若那边见了你也中意，你简直落到享福窝里去了。'小翠子做出极高兴、极感激的样子，说道：'像老妈妈这般热心快肠的人，真是世间少有，我就托老妈妈的福，能到人家去当婢女，也要抽些闲到这里来看老妈妈。最好是离这里不远的人家，我好时常到这里来。'

"王老板娘益发欢喜，立时到朱家去了。只不知她在朱家如何说法，不一会儿就满脸笑的回来，对小翠子说道：'李春林既是你父亲的朋友，你又曾跟随着他过活，你此刻要离开去人家当婢女，他不能阻挡你么？'小翠子笑道：'他不但不阻挡我，并且早就望我得一个安身之所，免得终年跟着他风尘劳碌。'王老板娘喜道：'既是如此，我就带你去，送给人家看看。'小翠子便随着王老板娘走去。果如了小翠子的心愿，正是到了朱家。

"朱宗琪这个恶贼，年纪虽比我还大，然家中老少姨太太，共有七八个。近年讨进门的，年才十八九岁，他犹以为不足，时常在外面拈花惹草。他大儿子朱益甫，花钱买了一名秀才，行为比朱宗琪更无忌惮。朱宗琪一见小翠子，即喜得眉飞色舞，要留在自己身边。朱益甫当下走出来说道：'少奶奶多久就要选一个干净伶俐的丫头，我对王媒婆已说过好几次了，今日是特地选了这丫头来，送给少奶奶的，下次有好的再送给爹爹吧。'朱宗琪生气骂道：'胡说！王媒婆刚才到这里来问我，我就叫她送进来给我看看。既是你老婆选的丫头，为什么送到我这里来？你这不孝的畜生，连一个干净些儿的丫头在我身边，你看了都眼睛发红。'朱益甫当面不敢再说什么，转过身去，口里就唧唧咕咕的说道：'没见过这样的老糊涂，越老越骚得不成话！有一日死在这上面，那时看我的眼睛发红也不发红？'朱宗琪分明听见，但是朱益甫平时骄纵惯了，无可奈何，只好假作没听得，当时便要将小翠子留住不放。

　　"小翠子对王老板娘道：'李春林等人在客栈里，不见我回去，必不放心，因为老妈妈带我到这里来的缘因，我还不曾对他说明白。'王老板娘道：'有什么话可对我说，我回去对他说便了。这里朱老太爷看上了你，就要留你在这里，是再好没有的事，不要违背他老人家的意思。'小翠子笑道：'哪有这么容易的事。我到他家来当婢女，不曾得他家一个身价，难道进门就不许出去吗？'王老板娘恐怕事情弄僵，忙改口说：'不是不许出去。'小翠子见朱家已有了进身之路，即回到王鸿发栈，悄悄的对李春林说道：'我父亲的仇人已经见着了，我于今须到仇人家去卧底，我父亲的朋友已与我约好了，不久就得前来。叔叔住在此间，不便与他们会面，并且在此久住不动，易使公门中人生疑，最好于我到仇家去后，便移到城外小饭店中暂住些时。只等约好了的那几个朋友一到，我即设法送信给叔叔。'李春林道：'你去后我方移动，所移之处，你如何得知道呢？不如借送我们出城为由，一同到城外将住处弄妥了，你再回头到这里来，免得临时大家会不着面。'

　　"小翠子也觉得这话有理，遂对王老板娘说道：'我李家叔叔，见我得了一个好安身之所，异常欣喜。于今他们要往四乡卖艺去，我平日受了他们多少的恩典，打算送他们出了城就回来。'王老板娘恐怕小翠子一去不来，却不好说不许前去的话，只是现出踌躇的样子说道：'朱老太爷等着你去，你何必送他们去城外呢？如果你定要去，我就陪你同去如何？'小翠子大笑道：'你怕我就此去了不回来吗？我若不愿意到朱家当婢女，又何苦给你送到朱家去看呢？如果我不情愿去朱家，尽可一口回绝你，何必口里答应你，暗地又跟人逃跑，世上哪有这种情理？'王老板娘一想，这话不错，才不说什么，让小翠子送李春林等人出城，在离城二三里地面，找着一家小饭店住了。

"小翠子回到王鸿发，王老板娘哪肯耽误，立时送到朱家，大约得的酬劳银子不少。小翠子也明知这种做媒婆的人，必拿着她的身体，瞒天过海的卖钱，但是她只求得以进身，媒婆得钱与否，也不放在心上。那恶贼本是酒色之徒，一见小翠子就忍不住馋涎欲滴，露出种种轻薄样子。小翠子心里正有些着急，让那恶贼纠缠吧，清白之身，实在忍耐不下；不让他纠缠吧，又恐怕小不忍则乱大谋。幸亏恶贼去年在常德堂子里，讨了一个姑娘，做第八个姨太太，那姑娘是有名的雌老虎，见小翠子生得这般标致，恶贼简直是苍蝇见了血的样子，不由得醋心大发，抓住恶贼大哭大闹起来。恶贼平日极宠爱八姨太，丝毫不敢违反她的意思，忽见她无端大哭大闹，料知必是为小翠子的事，只得再三劝慰，卒至将小翠子拨到恶贼的大老婆房里，不许恶贼亲近，雌老虎方收了雌威不哭闹了。恶贼与大老婆不睦，终年不踏进大老婆的房，不和大老婆谈话，小翠子在她房中，倒落得一个身心清净。

"我刚才进城去，就是到朱家会小翠子，问她别后布置的情形。喜得朱家上下人等，都已深入睡乡。小翠子正独自在床上打坐，我一响暗号，她便偷着出来了，将到桃源后的种种情形说给我听。我说：'李春林虽会武艺，只是有什么事可所用得着他们呢？'小翠子说：'我在常德遇见过他们的时候，只觉得他是江湖上一个有义气的朋友，加以武艺高强，必有可以用得着他们之处。就是用他们不着，也不过害他们多跑了些路程。他们原是随处卖艺的人，来去不碍人的眼。'我便问小翠子：'到朱家这几日中，看朱宗琪是每日外出呢，还是终日在家中，不大出外呢？'小翠子说：'朱宗琪并不轻易出门，必待有紧要的事，才乘轿出门。随行的有四个人，表面是跟随，实在是花重金从外府县访来的勇士。朱宗琪也自知仇怨太多，防人报复，这四人的武艺虽不知道怎样。然既有这四人在他跟前，动手时便得留意。现在桃源县的知县姓罗，凑巧明日在县衙里做五十岁的大

393

寿，本城略有体面的绅商，莫不亲去县衙拜寿。今夜暖寿，朱宗琪也去了，回家时很高兴的对他几个小老婆说：罗知县待我格外优渥，亲自陪我在签押房里坐谈，本城众绅商，多有见不着罗知县的面。明日是正寿期，朱宗琪想必还得去县衙拜寿。'我问小翠子：'曾否打听罗知县的官声？'小翠子说：'虽不曾打听他的官声怎样，但是像朱宗琪这种恶绅，罗知县倒待他格外优渥，可知罗知县也不是一个好东西。'"

胡庆魁接口说道："小翠子这话一点也不错，我也因此可以断定，罗知县是一个贪官。做官的人在任上做寿，多是借着捞钱的。朱宗琪是桃源县头等富绅，又会巴结官府，大概朱宗琪的寿礼送得格外丰富，所以罗知县待他也格外的优渥；若不为寿礼送得独多，就是和朱宗琪要好，官绅狼狈为奸。与朱宗琪要好的，小翠子都可以知道他不是个好东西；若是贪图朱宗琪寿礼独多的，也可以断定不是个好东西，二者必居其一。"

刘恪在旁插嘴说道："做官的人在任上做寿，借以捞钱的，固然不少，但也不可一概而论。不见得清廉之官，便不在任上做寿。"胡庆魁、成章甫二人一听到刘恪的话，都知道他是存心偏护他的义父刘曦，在襄阳府任上做寿的事。二人都点头笑着，连连应是。

成章甫忽望着胡庆魁笑道："明日不好叫李春林带着他一家人，去县衙里庆寿吗？倘能天假之缘，在会场下手，就比偷偷摸摸杀在他家里的好多了。"胡庆魁略加思索，即点头说道："这倒是一个千载难逢的机会。庆寿的人必多，我们混在当中，便是事后逃走起来，也好趁着纷乱之际，使跟随朱宗琪的认不清面貌。"刘恪问道："要我装成卖解的一同去么？"胡庆魁说道："那倒可以不必。我们不过借着卖解的，引朱宗琪出来，方好下手。你也装成卖解的，倒使李春林一干人受累了。我们仇已报了之后，李春林一干人能平安脱身更好；就是不能脱身，也没要紧。因为，曾家与朱家的仇恨，桃源人都知道，是多年的积怨，与旁人没有关连。李春林是湖北人，无论如何也不能牵扯到他们身上去。"

刘恪道："李春林住在哪家小饭店里？我们又不认识他，如何能与他们见面谈话呢？"成章甫笑道："这事用不着你耽忧，你老婆已答应，今夜在我走后去知照他们。我们且趁天还未亮，各自安歇一会儿，蓄着精神明日好去干大事。"二人于是都解衣就寝。胡庆魁将丝腰带给还刘恪道："下次做事，还得仔细一点儿才好。你想，今夜如果留着那更夫的活口，朱宗琪明白知道有人来害他，敢亲身到县衙里来么?"刘恪接过丝腰带，也自睡了。

没一会儿，天已大亮。成章甫在蒙眬中，听得外面有人问成道人，料知是李春林来了。连忙下床，系好了道袍，开门出去迎接。只见一个五短身材、皮肤粗黑、身着短衣的人，年约五十来岁，右手托着两颗头号铁弹，在掌心中不住的团团旋转。成章甫也是练武的人，知道这种铁弹，是保定府的特产，江湖上人也称这铁弹为"英雄胆"。弹心是空的，捏在手中一摇动，就从手中发出一种极清脆的响声，在掌中旋转起来，又是好看，又是好听。北方好武的人，无不各有一对，没事时就托在掌中旋转。

这人一面转着铁弹，一面和店伙说话。店伙听得门响，回头看见成章甫出来，就伸手向成章甫指了一指，对这人说道："我们这里只住了一个道人，就是他，你去看是不是?"这人一望成章甫，忙停了手中铁弹的旋转，趋近前拱手，说道："道爷贵姓，是姓成么?"成章甫点头笑道："贫道也知道你是李春林大哥。"李春林也点头应是。成章甫道："此地不大好说话，我们到外边去吧!"说时，挽着李春林的手，向店外走去。

这蚕头镇不过几十家店面，镇头尽处，便是旷野。此时刚天明不久，野外没有行人。成章甫因小翠子，不曾将朱宗琪的姓名告诉李春林，便也不将曾彭寿被害的话说出。只含糊说小翠子已经诸事都准备好了，不须李春林动手与人厮杀，只要李春林带领妻室女儿，去县衙庆寿，小翠子的仇人，自有人动手诛戮，不用李春林过问。

李春林听了成章甫这般吩咐，面上现出不快的神气，说道："既用不着我动手厮杀，又要我们这些人做什么呢? 我一番热忱，情愿跟着到桃源来，为的是江湖上一点义气，不能存贪生怕死的心。谁知武家姑娘还是不大信我的样子，至今连仇人的姓名住址，都不肯说给我听，至于他父亲怎生被人谋害，我更不得而知。是这般的情形，我就想仗义替朋友报仇，也无从着手了。"

成章甫见李春林说话很带着生气的样子，忙从旁解释道："李大哥不可误怪了武家姑娘。实因这仇家是桃源县第一个恶霸，他的耳目爪牙都多的非常，若稍不谨慎，不但大仇难报，甚至倒送了报仇人的性命。李大哥是江湖上一个义烈汉子，没有贪生怕死的心，武家姑娘岂不知道? 只是她曾和贫道商量，觉得李大哥有妻室，男女同行，不能如单人独马的，立时

395

可以远走高飞；仇家又是此地的恶霸，在左右护卫的人很多，若要李大哥动手，武家姑娘说，恐怕连累大招、二招两位姑娘。所以，只求李大哥去县衙庆寿，多使几项惊人技艺，引动多人来看，武家姑娘便好趁热闹，刺杀她的仇人。她何尝是不信李大哥呢？"李春林听了这类解释的话，心里即时舒服了。点头说道："是这种情形，倒也罢了！不过武家姑娘不必如此过虑。他不要小觑了我两个小女，小女虽没有惊人的本领，但是高来高去的功夫，也不在人之下。承她的情，不肯连累小女，我觉不甚妥当。她以为，我自做我卖解的事，表面不与他们的事相干。他们刺杀仇人之后，可以逃跑，我们用不着逃跑。其实，是这样决不妥当。如果我们卖解的，真不与他们报仇的相干，我们心里安定，断不至有可疑的形迹露出来；于今我们明知此去庆寿，是借庆寿为武家姑娘报仇，他们动手相杀的时候，我们何能不露出一点可疑的形迹？又在公门之地，更不能大胆，不跟着他们一同逃跑。"

成章甫问道："你们能跟着一同逃跑么？"李春林道："这类报仇行刺的事，只能乘人不备，下手才能成功，人家既是没有防备，有谁能阻挡我们，不许我们逃跑呢？纵然有办公的人随后赶来，这般山州草县的差役捕快，本领也是看得见的，怕他们做什么？留一个人断后，可以勒令追赶的人退去，如不肯听，就杀他们一个落花流水，难道还怕对付不了么？"成章甫道："到那时只能各自顾各自的性命，力量弱些儿的，可以不去，免得走落下来，没人能援救。"李春林道："若只图杀出城来，我们是用不着人帮助的，不过我们一家人，以后在江湖上不好混饭罢了！"成章甫道："以后的事倒好办。你这样不顾身家性命的，帮了我们的忙，我们难道是全无心肝的人，就不为你们设想？我们将大仇报了，有一个去处，不但是混饭的地方，并可以建功立业，图一个出身。只是我们此刻，须定一个逃出城来的集合所在，方不至你寻不着我，我找不着你。"李春林道："我是初次到这桃源来，也不知什么所在好集合？"

成章甫心想：要便于投奔四川，还是白塔涧仙人岩那一带地方，水陆都很便当，并且那一带地方经上次官兵洗剿之后，至今居民稀少；即有捕快差役追随而至，那地方也好截杀。过了白塔涧，都是层山叠嶂，追的人无论如何勇敢，非有大兵同来，到那地方也决不敢再前进了。想罢，即将白塔涧的地形方向，对李春林说了。李春林欣然说道："我也无须探问武

396

家的仇人是谁，因为便把姓名说给我听，我不是此地人，也不得知道，见面更不能认识。道爷既和武家姑娘商定了计策，想必没有差错。我回客栈，带着行头去县里报名，如果那县大老爷悭吝怕花钱，不肯受我的庆祝，我就在衙门外面，择一块场子卖弄起来。我尽我的力量，总求越引动多人越好。至于武家的仇人来也不来，来了能不能下手，我都不过问。下了手是不能掩饰的，我只看衙里有了非常的变动，即率领妻室儿女，照道爷所约的地方奔去，专在那里等候道爷与武家姑娘。"成章甫连忙点头应好。李春林不敢耽搁，便旋转着手中铁弹作辞去了。

不肖生写到这里，却要假用旧小说上，"一支笔不能同写两桩事，一张口不能同说两句话"的套话了，暂且搁下成章甫这边的事不提。却说李春林回到小客栈里，将妻室儿女叫到跟前，低声把与成章甫所谈的话，说了一遍道："我们此去虽专为庆寿，不问他们报仇的事，但是我们初到这人生地不熟的所在，就有规规矩矩的职业，都难免惹得做公的人留意，何况是在江湖上干我们这行的。地方上不出乱子则已，出了乱子，照例是我们这种人吃亏；更何况同在一个县衙里，出了行刺的事！我们落到捕快差役手里，想平安脱身，是极不容易的。与其落到做公人手里去受罪吃苦，甚至拷出实情来，替人家偿命，不如趁早准备，等他们行刺得手之后，我们跟着一同投奔城外白塔涧。这时候，就得各自努力，没人阻挡便罢，若有人阻挡，就杀伤他们几个人也说不得。你们各人把平日合手的兵器，都放在手边，留神看我的举动，笨重的行头，摞下不要也使得。"李春林的妻室女儿，听了李春林这般吩咐，一个个抖擞精神，将全身装束停当。李春林用红纸，请人写了一张贺帖。他们这类在江湖上糊口的人，遇了大富贵人家，有喜庆之事，照例也备办几色礼物，写一张红纸贺帖，到这富贵人家的门房里要求呈递上去。这种举动，谁也知道是打抽丰的。

只是卖解的，都有些好看的技艺卖弄，普通一般人不喜欢观看的少。所到之处，比其他在江湖上糊口的，容易受人欢迎。并有许多富贵人家，在未办喜庆事以前，预约江湖卖解的人，显些技艺给贺客开心，自行前来庆贺的，事主必更加欢喜。被事主拒绝，不受庆贺的，多是乡下极悭吝的绅士，恐怕卖解的讨喜钱讨得太多，却又不好意思先议定喜钱多少，只得借故拒绝不受庆贺。卖解的遇了这类事主，也有赌气就走的；也有自愿得极少的喜钱，或只求饱食一顿的，这却没有一定的规矩。

李春林在江湖上下混多年，一家人的技艺，都比一般卖解的高强。只因李春林为人慷爽，虽率领一家男女在江湖上糊口，并不把银钱看得重要。有时在路上遇见十分艰难的人，他倾囊相助，毫无吝色，大招、二招的生性，也和李春林差不多，因此一家人技艺虽高，身边无一文积蓄。这日，李春林办好了礼物，写好了贺帖，即率领一家人，挑了箱担，扛了器具，一路进城到县衙里来。

　　此时县衙门外，直到街上都挤满了轿马，仅剩了一条容人出入的道路。李春林不敢率着一家直入衙门，在街上就将箱担放下来，亲自擎了贺帖，叫大招捧了礼物，走到门房里来，低声下气的向门房说了来意。门房似理不理的摇头说道："你们去吧，这地方不行。"李春林从大招手里把礼物接过来，再三要求门房帮忙。那门房望了望大招，脸上的神气似乎和缓了一点儿，只是紧蹙着双眉说道："你们的财运不好，我们大老爷今天心里不大快活，今早已下了手谕，地方绅士来庆寿的，一律挡驾。地方绅士尚且不接见，我就替你们把这帖子呈上去，不是枉然吗？"李春林又恳求了一番，那门房才擎着贺帖上去了。

　　原来罗知县本是很高兴做五十大寿的，昨夜还陪着许多来暖寿的本地绅士，饮酒作乐，甚是快活，何以今早忽传下手谕，对庆寿的挡驾呢？这其中的缘故，不待在下饶舌，大约看官们也都猜得出是为杀死更夫的案子。在如今这种无法无天的乱世，人命不如鸡狗！休说杀死一个，就是一夜杀死十个八个，也不放在做官的心上，寻欢觅乐的，还是尽管寻欢觅乐。那时却大不然，县城之内，出了这样命案还了得，做县官的办理得法，破案迅速，倒还罢了；若是办得不好，坏了官职，尚不得安然脱身呢！

　　罗知县这日一早起来，就接了街坊保正的呈报，说更夫某某，不知被何人杀死在更棚之前，棚门锁被扭断。罗知县得了这个呈报，仿佛掉在冷水盘里，当即亲自到尸前相验，回得衙就打算不受庆贺了。争奈地方绅士多是有心献媚的人，越是见罗知县不快乐，越是要求借庆贺替罗知县解闷。罗知县也因多久就安排做寿，一切都先期准备了，临时打消，也觉不好，只得勉强受贺，然心里终是不快。

　　朱宗琪平日最机警，这日听了更夫被杀的事，却不曾想到自身的危险，只一心恐怕罗知县着急，很早就到了县衙来，一面拜寿，一面用言语来安慰。罗知县正陪着朱宗琪，及本城体面绅商谈话，门房进来禀报李春林的事。罗知县连连摇手，说道："赏他们八百钱，叫他们去，不许在这里停留。"门房听了，刚待回身，朱宗琪听得有卖解的来了，即赔笑向罗知县说道："卖解的当中，也常有技艺可观的。他们既诚心来庆祝公祖，公祖何妨借此娱乐一番？"罗知县本来极听信朱宗琪的话，遂点了点头，对门房说道："朱老爷既这么说，就叫他们在二堂外面玩玩，不许街上的闲人进来混杂。"这也是朱宗琪的恶贯满盈，倒亏了他在旁怂恿。

门房出来对李春林说道："你的财运还好，我们大老爷已吩咐了，要打发你们走的；幸亏朱老太爷从旁，替你们说了两句好话，我们大老爷才答应了，叫你们在这二堂外面玩。好好的多玩几套吧！"李春林谢了门房，出来挑了箱担，率领了一家人到二堂丹墀里。罗知县虽曾吩咐不许外边的闲人进来，但是如何禁阻得住呢？在平时有稀奇把戏可看，尚难禁阻闲人，何况这日衙里庆寿，各绅商的轿夫马卒聚起来，已围了半个圆圈。只靠二堂这一面，是罗知县与贺客看的，没人敢近前立着。二堂上，临时陈设许多座位，罗知县陪着一干贺客出来，众贺客自然推罗知县当中坐下，朱宗琪紧靠罗知县坐了，其余的都随意而坐。但是客多座少，两旁立着的很多。

李春林将行头布置好了，对罗知县打了一个扦，说道："今日太爷千秋上寿，小人特来拜寿，且先玩一回'指日高升'的小把戏，使太爷和诸位大老爷看了开开心。"说毕，退下来，从怀中取出三颗银星也似的铁弹，在掌中丁喇丁喇的旋转。朱宗琪单独很注意的望着，忽向罗知县说道："玩这种铁弹的，寻常都只能玩两颗，不曾见过像这么玩三颗的。"罗知县笑着，点头道："专靠玩这类东西，一家人在江湖上糊口，自然得比寻常人出色些儿。"只见李春林用掌托着三个铁弹，越转越快。初时还听得出是弹中作响，后来快到极处，响声连续不断，就和吹笛的声音仿佛。突然将手掌往上一抛，三铁弹即脱手向上升去，离地足有一丈多高，在空中仍旋转得好像一个银球。球在空中转，李春林的空手掌并不停止震动，如在掌中旋转时一样。铁弹约在空中转了几十转，方缓缓的一路旋转下来。

朱宗琪脱口而出的喝了一声彩，并对罗知县说道："这玩意很不容易，不是小把戏，是真本领，这样卖解的，生员倒见得不多。"罗知县点头道："老先生说他不错，想必是好的。看他们还有什么热闹一点的玩意儿，要有目共赏的才好。"李春林立处离罗知县的座位很近，听得明白，即时收了铁弹，叫大招走索。

大招结束停当，担了砂袋，缘上木架，在索上走来走去，并玩了种种花样。李春林叫二招也上去，两姊妹能在索上挨身而过。围在下边看的人，都鼓掌叫好。在这叫好声中，忽有一个少年从人丛中窜了出来，直到二堂之下，说道："这也值得叫什么鸟好，让我玩一套好的给你们看看！"

突如其来，究竟是谁，下回分解。

第三十七回

曾孝子报仇杀恶贼
小么儿被诬受极刑

话说大家正在一片叫好声中间，窜出一个人来。说时迟，那时快，少年一面说话，一面掀衣袖出一把雪亮的匕首来，装出向上打扮的样子，趁势一低身，已到朱宗琪跟前。手起刀落，朱宗琪连哎呀一声都来不及叫出，已被劈得身首异处了，鲜血直溅得罗知县满头满脸。罗知县突然经此剧变，惊得不知所措，正要起身逃向里边去，这少年已一手将罗知县的辫发拉住。罗知县连忙缩着头，双手抱住颈项，战栗无人色的乱叫饶命。

这少年大声说道："不要害怕，不干你们的事！我曾服筹杀朱宗琪是报父仇，断不伤你们的性命！"话没说了，在大众混乱之中，突起一阵拿刺客之声。随即就有两个壮汉，各擎单刀冲上二堂来，将要对曾服筹劈头就砍。刀刚举起，便有一个人横截过来，举起一双空手，向刀上格去。两刀都把握不牢，飞落二堂阶基以下去了。

曾服筹回头看是自己师傅，即说道："师傅在此看守这狗官，使他不能派人追赶。"胡庆魁道："你走吧！这里有我，不妨事。"

曾家的大仇既报，此后仍称曾服筹不称刘恪了。

且说曾服筹当时见胡庆魁叫他走，他知道胡庆魁的能耐，等闲无人能奈何他，用不着多留恋，就朱宗琪身上衣服，揩净了匕首上鲜血，仍旧收藏衣内，乘着混乱退下二堂来。看丹墀里卖解的行头，遗弃满地，只不见李春林一家的踪影了。喜得这时在衙里庆贺的宾客，数百人都争先恐后的向外面逃跑，也不知出了什么祸事，各人只顾逃命，以为出了衙门就安全了，谁还敢在衙里停留？就是在衙门里当差的人，也因事出仓卒，毫无准备，加以人多混杂，没人看出刺客的模样。因此，曾服筹混在众贺客之内，一会儿就挤出了衙门，依着成章甫指点的方向跑去。一路出城，全无阻隔。

出城后，就水边一照自己脸上，溅有不少的血点；再细看身上衣服，也是血印殷殷。忙捧水洗去了脸上鲜血，将外衣脱下来，折叠好系在腰间，又向前行走。不到半里路程，只见迎面走来一人，一摇一摆的从容缓步，仿佛村学究模样，嘴上花白胡须，旋走旋不住的用手抚摸。

曾服筹的眼快，虽相隔还有百十步远近，然已看出不是别人，正是在慈恩寺借佛法骗钱的陈六和。当下心中不由得一动，暗想：你这狡贼，以为留着胡须，改换装束，便没人能认识你吗？真是踏破铁鞋无觅处，得来全不费功夫！因恐怕对了面，被陈六和认识，又为自己正犯了血案，不便将陈六和捉拿，只得趁陈六和不曾看见，连忙抽身走向路旁一座小山上躲藏。一面偷瞧陈六和往何方行走。因此处正是一条三岔路口，正中一条，便是去桃源县城的大路，左右两条是去乡间的小路。

曾服筹心里想道：这狡贼若朝正中这条路走去，我就只好且动手将他拿住，交给胡师傅去追他的赃银。心里刚是这般打算，只见陈六和已向左边小路上去了。曾服筹因此处地形不熟，不敢放陈六和走远，只在背后数十步以内跟着。喜得陈六和步行甚缓，看神气仿佛是出外闲行，所以如此从容缓步。曾服筹跟走了一会儿，忽想起自己表叔约了在白塔涧聚会同逃的事，不由得有些着虑先到白塔涧的人，等得焦急；却又舍不得就此放陈六和过去，不跟去寻个下落。独自踌躇了一番，心里忽然恨道：似这种坏胚，谁耐烦只管跟在他背后慢慢的走。何不趁此地没有行人，拿住他，逼他供出骗款的下落？这念头一动，即紧走几步，赶到陈六和身边。

陈六和突然听得背后有急走的脚音，回头看时，曾服筹已从衣底抽出匕首来。陈六和没看清曾服筹的面貌，还疑心是拦路行劫的，并不畏惧图逃，反转身作揖，说道："我身上一文钱也没有，衣服也是破旧不值钱的。"曾服筹顺手拖住陈六和的胳膊，将面孔凑近他眼前，说道："你这假张六还认识我么？我特地从河南追到这里来，今日才寻着了你。赶快将骗来的二万多银子交出来，我也饶恕你一条老命。敢支吾一言半语，就请你尝尝我这匕首的滋味！"陈六和一听这话，顿时惊得面如土色。逃既挣不脱身，呼救又四顾无人，只得跪下来哀求道："我实在该死，不应该做出这样骗钱的事来。不过我也有我的苦衷，要求刘大少爷原谅。寒舍就在离此不远，千万求刘大少爷去寒舍坐一会儿。骗来的钱，自然交还。但是，我做出这事的苦衷，也得向刘大少爷表白表白。"

　　曾服筹自幼是个读诗书识道理的人，见陈六和如此哀求，觉得也在情理之中。正待应允同去陈家，忽又听得后面有脚步声响。陈六和陡然乘曾服筹不在意，爬起来挣身就跑，一面大呼救命。曾服筹也不顾后面来的是谁，拔步就追。陈六和如何跑得过曾服筹呢？不上十来步便追着了。一手就将陈六和的小辫子拉住，一时气涌上来，懒得说什么，举匕首就截下一个耳朵来，才说道："你想逃吗，想逃去见阎王吗？少爷偏不放你去！"陈六和被截了一个耳朵，鲜血直流，只痛得几乎晕死，哪里还有耳听曾服筹说话，倒在地下打滚。曾服筹一时气愤，把他的耳朵截下，及至见他痛得打滚，又觉后悔自己的举动太鲁莽。正在有些为难，猛听得身后有人打着哈哈说道："痛快，痛快，真是痛快！"

　　曾服筹急闪身跳过一边看时，原来是自己胡师傅，心里好生欢喜，忙问他："怎生知道这里来？"胡庆魁道："我出城到前面三岔路口，就见你跟踪这骗贼向这条路上走，所以也跟了上来。这骗贼可交给我，你赶紧到白塔涧去吧！对你表叔说，我的事办了，就到会理州来。"曾服筹问："何玉山现在哪里？"胡庆魁道："我留他在身边，还有用他之处。"曾服筹至此，不敢再迟延耽搁，当即收了匕首，撇下陈六和，回身向白塔涧走去。

　　走到白塔涧时，成章甫和李春林的全家男女，都在树林中等候，只不见有小翠子在内。曾服筹心想：若小翠子在朱家不能脱身，我们就此走了，留下她一个女孩儿在此，如何使得。便向成章甫说道："托表叔的鸿福，大仇虽已报了，只是去朱家卧底的人，此时何以不见出来呢？"成章甫笑道："这事你毋庸着虑，大仇既报，用不着卧底之人，她自有地方安插。你我如今且趱程到会理州去。"于是一行人晓行夜宿，向会理州前进。

　　如今且放下这边的事，单说陆绳祖这个人。在前回书中，虽借胡庆魁口中略述了一遍，然只述得一个大概，其中还有些在历史上有价值的事，不得不在这时候叙述出来。不过在下不是四川人，也不曾到过会理州，更不曾见过所谓猓夷的人种，以下所述对于猓夷的事实，多得自故老口中，自不免有多少隔靴搔痒及时间颠倒的地方。好在是给人消遣的小说，不是藏之名山的信史。如今要写陆小土司报仇的事，先得把他四个仇人的地形力量略叙一番，看官们才知道陆绳祖为父报仇，比曾服筹难了十倍，而陆绳祖半生努力，都为曾服筹后起之借，他本人倒以情死终了，结果甚惨。

闲话少说，陆绳祖的仇人，第一个最强悍的，是炉铁粮子的张如海。炉铁粮子地方，天生成的险峻非常，三方面巉岩陡壁，鸟雀都不容易飞上去；一方面虽稍平坦，却与深山夷木箅阿侯家接壤。这大木箅阿侯家的酋长，名叫阿侯支徒，拥有六七十万生夷，一个个都凶顽善战。阿侯支徒兼有谋略，二十几岁的时候，当这一部分的酋长。其时太平天国的翼王石达开，率领十多万大军，从云南窜出四川，走大木箅经过，打算冲出会理州。谁知恰遇阿侯支徒新任酋长，正想多立战功，扩充阿侯家的势力，遂统三十万生夷，与石达开的兵大战。石达开的兵虽久经战阵，然从云南出四川，山行千里，多已疲乏，突遇二倍以上的生力军，地形又不熟悉，仓卒应战，如何能操必胜呢？

　　石达开见生夷来势凶猛，只得下令冲开一条血路，且战且走。阿侯支徒可肯放手？带着三十万生夷跟踪追击，从炉铁粮子之西数十里地方经过，这地方是浅山夷土司岭汉宾管辖之处。岭汉宾也是一个骁勇善战的人，遂也率领自己部下十多万熟夷，截击石达开军。石达开毕竟是个有勇有略的大将，收拾残军，鼓励士卒，与岭汉宾大战，居然以少胜多，把岭军击退了。再向前行走，不料行不到二三十里，迎面乃是一条大河，截住去路。原来这河名大渡河，就是诸葛武侯征南蛮时所渡的泸水。这泸水宽有数里，波涛汹涌，非有大船不能渡过。石达开走到大渡河边，不见一艘渡船，只得下令斩伐树木，赶紧扎排，渡过岸去。只要过到对岸，便是宁远府辖境。石达开知道官军容易对付，反是蛮子难打。因为蛮子世居此土，若被汉人占领，一族人便无安身之所，为此对于外来军队，总是拼命抵抗；官兵没有这种生存的关系，所以打起来极易溃败。

　　石达开此时尚有七八万能战之兵，人多手众，一会儿工夫，就伐木扎成了无数的木排，全军上排渡过河去。这也是石达开命里该绝，想不到渡至中流，对岸忽然来了许多军队，排枪大炮，急雨也似的向木排上打来。待退回去吧，这边阿侯支徒与岭汉宾，已率着如蚁的蛮兵，截住了退路，弄得石达开进退失据，仰天大叫了一声，拔出佩刀来，亲手将他自己的妻子儿女杀却干净，弃尸大渡河中；再将所有珍宝细软，也都沉入河底，束手就擒。

　　对岸的军队，毕竟是谁呢？乃是宁远府的镇台唐本友。石达开为唐本友所擒，不久就在川中被杀了。后来有爱惜石达开的人，说石达开并未被杀，已得脱逃，出家做了和尚，所杀的是假石达开。这种说法，不过是爱惜石达开的人，故意是这么说，使表同情于石达开的人，略得安慰罢了，其实这岂是能假的事。并且，唐本友捉拿石达开的事，其中还有一段因果。据唐家人言之凿凿，虽与本书无涉，然既说到唐本友、石达开二人身上，不妨连带叙述一番，也可以给看官们做酒后茶余的谈助。

据唐家的人说，唐本友当日因捉拿石达开，很得朝廷的升赏。不料石达开被杀的这日，唐本友正睡午觉，蒙眬中见石达开来了，头也不回的直向上房走去。唐本友在梦中觉得石达开是反叛，怎敢径入我上房？不由得大怒，喝令左右："把这叛逆拿出来！"这一声，喝醒了。左右的人见唐本友梦中大叫，也都吃了一惊，忙上前问为什么？唐本友正在思量梦中情景，忽见一个丫鬟从后房走来报道："姨太太生了一个少爷。"唐本友听了，一蹶劣跳了起来。"哎呀"了一声，说道："不好了，报仇的来了！"左右的人看唐本友这般情形，更加吃惊，知道唐本友性情暴躁，又不敢多问。

过不了几日，这个新生的少爷突然死了。唐本友见这新生的少爷死了，才恢复以前的笑容。只是刚过了半年，这夜唐本友在睡梦中，又见石达开笑容满面的走来，向唐本友点了点头，仍旧朝上房里走。唐本友含怒不堪的追上去，只见石达开径走进大儿媳妇房里去了。

唐本友不便追进媳妇的房间，气醒转来。一想，大儿媳妇正是身怀有孕，明知不好，然一时没有办法，只好将梦中情景对大儿子唐峻说出来，吩咐唐峻小心防范。无如唐峻是个不相信轮回因果的人，听了也不在意。

没几日，他孙子唐守信就出世了。唐峻虽不相信轮回因果，只是唐守信从小便与寻常的小孩不同，三四岁的时候，胆识气魄就和成人一样。尤特别的欢喜武事，时常集合左右邻居的许多小孩，行军布阵，他自为头目，有赏有罚，俨然是一员大将。在下遇见唐家的人，是这般说法。虽未必可信，然确有是说。这是题外之文，毋庸细表。

且说那截击石达开的岭汉宾，也是陆绳祖四个仇人之一；第三个是甘乡营地方的阿禄马家，酋长名叫白摸子，这部落所统属的，也有三四十万熟夷；第四个是谢长霖，他的土司衙门在鼙鼓三家村地方，也是天然的险要。这谢长霖生得相貌异常凶恶，满头血也似的红发，两只圆眼突出来，仿佛虾目，一张大口，须如钢刺；最奇的是有两条尖舌，伸出来如蛇吐信；力大无穷，身上皮肤粗糙，上阵赤膊，矢射到他身上，都纷纷落地，皮肤毫无伤损。他的辖境，与张如海的辖境接壤。

张如海为人足智多谋，兼通妖术，据说能知人三世，他说，谢长霖是炉铁粮子的一条大蟒转世。谢长霖生平无论对谁人不知道畏惧，不肯服从；唯对张如海不敢不服。谢长霖欢喜喝酒，每到喝醉了的时候，野性发作，动辄抓着左右的人乱打；有时骑马驰入深山，徒手去猎虎豹。到了这种时分，不问谁人都不能劝阻。只有将张如海接来，远远的呼叱一声，谢长霖顿时不敢乱动了。久而久之，谢长霖左右的人，模仿张如海的声调，照样呼叱，尚且有效。

这四个土司，因打听得陆绳祖年纪虽轻，志愿不小，不能不预为防范。遂由张如海为首，四土司联络起来，共同对付陆绳祖。陆绳祖此时才十六岁，因听了自己母亲的告诫，日夜思量报仇，倾所有的财产，派人到安南、缅甸，购买快枪快炮；一面招纳四方英雄豪杰之士。最初投奔他的，就是四川有名的哥老会头目，独眼龙严如松。

谈到严如松的为人，使人惊讶。他本是一个赌徒出身，因为他生成的两条飞毛腿，每日能行七八百里，两头见日，那时人称他为"飞毛腿严如松"。也不知他从何人练的一身武艺，二十多岁便称雄四川，没人能与他打到三个回合。这时他虽已入了哥老会，然因为年轻，资望尚浅，有心想当全川的大头目，却因原有的大头目胡萝葡资格太老，本领太大，原来拥戴胡萝葡的人太多。严如松虽也有一部分人拥戴，只是他这一部分人，多是各地的赌徒，平日在赌场上输打赢要的恶物，这一部分人在四川没有惊人的势力。无如严如松生性强毅坚忍，凑巧那时候胡萝葡做了一桩大失人心的事，严如松就趁势将胡萝葡推翻了，取了他的地位，然严如松因此被胡萝葡打瞎了一只眼睛。

胡萝葡究竟做了一桩什么大失人心的事呢？说起来一则可使人知道，那时川中哥老会的情形；二则也可以见得吉人天相的这话，实在是不可思议。胡萝葡那时已有五十多岁了，有一个二十四岁的儿子，一般哥老会中人都称这儿子叫小么儿。这胡小么儿不但容貌生得很漂亮，性情并生得非常笃厚，从小对胡萝葡夫妻就极能尽孝。胡萝葡夫妻也异常钟爱这儿子，时常带在跟前，传授他的文才武艺。胡萝葡本是一个文武兼全的人物，因此传授给小么儿的，也都是些真才实学。小么儿长到二十岁的时候，文才武艺都有可观的了，就有许多门第相当人家的女儿，想配给小么儿做老婆的。小么儿自视甚高，声言非有人品与他能相匹配，由他亲自看了中意的女子，决不肯要。胡萝葡夫妻因钟爱自己儿子，也就不加勉强。不料，这年小么儿的母亲死了，配亲的事就此搁起来，没人谈及了。胡萝葡丧偶一年多，也有人劝他续弦的，他都婉言谢绝。一班同党的人，以为胡萝葡的年纪已有五十多岁了，或者不再续弦。

谁知不到半年，成都地方忽出了一个姓赵的女匪首，年纪才二十岁，生得妖艳绝伦，并会些武艺，手下也聚集了六七百党徒，占据一处险峻山头，专一打家劫舍。官兵去捕剿她几次，倒被她打败了。这匪首有个绰号，叫做"赵观音"。她自己因喜穿白衣裳，也公然以观音自居，叫自己手下党师，称她为赵观音。赵观音刚当了半年的匪首，便已积聚了数十万财产。

胡萝葡不知如何却看上了赵观音，反托人到山上去与赵观音说合。赵观音也震惊胡萝葡的声名，情愿嫁给胡萝葡。这事惊动了全川的会党。两人成亲的这日，全川中会党都来贺喜。胡萝葡自娶了赵观音来家，如获至宝。赵观音还有一个四十多岁的母亲，也跟着女儿到胡萝葡家来过活。她这母亲的年龄虽比胡萝葡还小几岁，然胡萝葡因宠爱赵观音的缘故，简直将她岳母看待。赵观音到胡家来一年多，彼此都很相安。

小么儿年纪虽比赵观音大几岁，然因生性至孝，至赵观音面前，极诚谨尽孝。却不料赵观音生成淫荡之性，见小么儿的容貌标致，性格温和，又不曾娶妻，就动了禽兽之念。最初于眉眼之间，屡次表示出爱慕的神情。见小么儿毫不理会，便渐渐于言语之间带些挑逗的意味。见小么儿仍是装做不明白的样子，实在忍耐不住，竟于无人之处，对小么儿动起手来。小么儿也不开口，唯有极力躲避。赵观音见小么儿不开口，随时都现出温和的样子，以为小么儿是胆小，恐怕给胡萝葡知道，若胡萝葡不在家时，必可以下手。

有一次乘着胡萝葡出门去了，小么儿因天气炎热，独自在后院中洗澡。赵观音以为下手的时机到了，居然打扮得花枝招展，走到后院中来，安排对小么儿强行无礼。小么儿吓得从浴盆里跳出来，连水都不敢揩擦，掳起衣服便开门逃跑。赵观音还追了几步，见小么儿跑得太快，追赶不上，只得恨恨的骂了一声短命鬼，不再追赶了。小么儿跑到自己房中，急忙穿了衣服，就出门去了，不敢再在家停留。

过了两日，胡萝葡回家来。赵观音恐怕小么儿将调情的事，说给胡萝葡听，便学了《水浒传》上潘巧云诬石三郎的故事，反装出极不快活的样子，对胡萝葡说道："小么儿的年纪也有二十多岁了，你做老子的，为什么还不替他提到成亲的事？你这人枉充了半世豪杰，简直是一个有名无实的浑蛋！"胡萝葡见赵观音说这话，不是闲谈的神气，料知必有缘故，连忙问道："你这话从哪里说来？我何尝不曾替他提订亲的事，他自己不肯，与我有甚相干？你为什么无端对我气愤愤的说这些话？"

赵观音口里啐了一声道："你相信他二十多岁的少年，有不肯订亲的道理么？我实在不相信不肯光明正大订亲的人，倒会在后母面前无礼。"胡萝葡正色问道："小么儿曾在你面前无礼吗？他怎样的无礼？"赵观音停了半晌，忽然说道："你也不用追问他怎样无礼，总之，二十多岁的男子，论人情本也应该替他娶媳妇了。你们二十多年的父子，我若量小不能息事，我知道你的脾气不好，将来你父子为我几句话反目，人家不明白内情的，必然背地骂我这后母不贤良。"

胡萝葡平时是极精明干练的一个人物，然而一落到赵观音手里，就不因不由的凡事糊涂起来了。赵观音所说的话，无不信以为真。在平时虽知道小么儿的品行甚好，此时因相信赵观音不至说谎话，不由得恼怒起来，说道："你把我当乌龟王八蛋吗？这畜生既敢在你面前无礼，心目中哪里还认我是他的老子！此乃是人伦的大变，你也可以瞒着我不说，不是把我当乌龟王八蛋吗？"赵观音也不置辩，仍装出不愿意说，及不好意思说的样子。

胡萝葡看了赵观音的神情，哪里再忍耐得住，怒气冲冲的指着赵观音说道："你若再不说出个所以然来，你就是想与那畜生通奸，我可以立时出门去，让你们去成双成对。"赵观音至此才红了两眼，一面举衣袖揩着，一面哽咽说道："你既是这般迫我说，我也就顾不得了。"当下便将她自己引诱小么儿的种种情形，及乘小么儿洗澡去调戏的事，颠倒宾主的说了一遍道："我以前不对你说，也是想息事；以为我既有几次放下脸来不睬他，他不是一个蠢东西，必不敢再来无礼了。谁知他竟像发了狂的样子，居然敢乘我洗澡的时候，钻进我的房来。喜得我刚将上身的衣服脱卸，若再迟一会儿钻进来，我便已到盆里了！"

408

胡萝葡听到这里，只气得大叫一声，仰面向床上便倒。赵观音俯在胡萝葡身上，就耳边呼唤了一阵，才慢慢的回醒过来。也不说什么，仍紧闭双目，将上下牙关磨得咯咯的响。赵观音想出许多话来宽慰，越宽慰越往上涌，陡然跳起身来，头也不回的直向外跑。赵观音追在后边叫回来，胡萝葡睬也不睬，径出大门去了。赵观音居心巴不得胡萝葡，对小么儿有激烈的举动，料知此去必是对付小么儿去了，只略追了几步，就停步叫了一个心腹下人，吩咐："悄悄跟着胡萝葡前去，看有什么举动，即赶来回报。"这下人是赵观音落草的心腹走卒，忙追上胡萝葡，不言不语的跟着行走。

只见胡萝葡，急急走到一处在会党中专司传报的人家，顷刻就出来了十多个会党中人，都是急匆匆的分向几条路上走去。这下人找了认识的问去哪里？那人说："胡大哥说有紧急的事，限在一刻钟内，传齐各头目到关帝庙聚会。看胡大哥的神气，又不知是哪个兄弟犯了事，要受处分了。"这下人既探知了是在关帝庙聚会，就先去关帝庙，隐藏在神座下偷听。

果然，只一刻钟工夫，便见会党中的各首领，陆续来了二十多个，胡萝葡也板着铁青脸孔来了。神殿上半月形摆了二三十把交椅，各头目都按次序，分两边坐了。胡萝葡当中坐定，即开口大声说道："今日忽然传众位兄弟到这里来聚会，不为别事，乃我因家门不幸，出了逆伦大事，不得不请众兄弟来，同议处置之法。这事情说起来，把我的肝肠都气炸了。我极不情愿说到这上面去。但是，不说出来，众位却不得知道，只得忍痛说一说。"接着就将赵观音诬告的话，一一认作实在，照说了一遍，并咬牙切齿的说："请众位兄弟议应如何处置？"此时来会的众头目都是畏惧胡萝葡，趋奉胡萝葡的，当下听了胡萝葡的话，也多现出愤怒之色。照会党里历来所定的条例：割靴腰的应上刀山。

所谓"刀山"，是特制的一种刑具，用木做成一长方形架，仿佛木床模样。架上安着七根木条，每条上竖着七把极锋利的柳叶尖刀。犯了"割靴腰"罪过的人，只要讯得实在，即由会党中掌刑的红旗老五宣判行刑。命四人分执犯罪人双手双脚，用力往刀尖上掼去，顿时身下戳穿数十窟窿而死。这种刑法，又叫做"睡快活床"。"割靴腰"的名目，在会党中不谓之"割靴腰"，叫做"同穿绣鞋"。"同穿绣鞋"不过是同嫖一个女子，其处罚尚如此之苛，胡小么儿强奸继母，罪恶自是更加重大了。

在会党中的刑罚，以"上刀山"为最惨酷，次之就是"沉潭"。沉潭是命犯罪的人，自行投水而死；死者留得整个的身体，其痛苦也比上刀山轻多了。然会党中上刀山的刑罚，只有犯了同穿绣鞋罪的才适用；其他无论犯了什么罪，总以沉潭为止。可见会党中最忌的是争风吃醋，这也是当日立法的人，知道唯有争风的事，可以闹出绝大的乱子来，欲预为之防，故不能不定下这条极惨酷的刑罚。胡小么儿的罪情，虽比较"同穿绣鞋"还重大，但处置之法，也只有上刀山。

当时众头目议论了一会儿，决定将胡小么儿上刀山，没有一个疑心胡萝葡所说不实的。红旗老五既已决定，将胡小么儿上刀山，即时就派了几班人去捉拿胡小么儿。胡小么儿处心无愧，自然不曾逃走，只不过存心非俟他自己的父亲归后，不敢回家。胡小么儿平时所常往来的几处人家，胡萝葡都知道，全不费事便被捉拿到关帝庙来了。

胡小么儿被拿时，尚不知犯了什么事，毫不反抗跟着进关帝庙。见神殿当中坐的是自己父亲，板着可怕的铁青脸孔，两旁坐着众头目，下边安放着快活床，他是一个聪明的人，心里已有几分明白了。走上殿去，先向自己父亲请了安，再向头目请安。胡萝葡一见胡小么儿的面，就不由得心头冒火，恨恨的骂道："你这孽畜！此时见了我还有什么话说？"红旗老五也接着从旁喝道："还不跪下来，你自己尚不知罪吗？"胡小么儿只得朝上跪下来，说道："我不知犯了什么罪。"胡萝葡举巴掌在香案上，拍得一片声响，一面叱道："不用多说了，不用多说了，快快动手吧！没得气死了我。"

红旗老五向胡萝葡摇手道："问总得问他几句，使他死而无怨。"随即低头问小么儿道："我看你是一个自小读书明理的人，我们平日都称赞你将来了得，怎么一时糊涂到这样！你应知道和你父亲睡一夜，就可算是你母亲，你安敢乘你父亲不在家，便对你母亲无礼？"胡小么儿道："我何尝敢对我母亲无礼？"话未说了，胡萝葡又一迭连声的拍着香案，喝道："这还由得他辩白吗？快动手，快动手！"红旗老五正色对胡萝葡说道："由不得他辩白，但是得由我审讯。不由我问个明白，却要我这个红旗何用？"

胡萝葡见红旗这么说，只好忍气不开口，然愤怒不堪的神色，已完全露了出来。红旗也不理会，仍从容向胡小么儿道："你父亲说你对你母亲种种无礼，实在是人情物理，万不能容。如今已判定了，依照'同穿绣

410

鞋'办罪，你有什么话说，可快说出来；若不说，便得动手了！"胡小么儿抬头望了望胡萝葡，两眼连珠也似的掉下泪来，低头半响，方哽咽说道："我没有什么话说。既经判定了，就请动手吧！承诸位前辈称赞我读书明理，我能得到'读书明理'四个字的批评，于愿已足，死也无恨！"说了这几句话，再也不开口了。

红旗又问了几番话，胡小么儿只当没听得，一字也不回答。胡萝葡又连声催促动手。红旗老五至此，只得执行他自己的职务，叫手下的人，来剥胡小么儿的衣服。手下的人正待上前动手，胡小么儿忙摇手，说道："不须你们劳神，我的衣服我自己会脱。"旋说旋立起身来将上身衣服，脱了个干净，露出半身洁白坚实的肌肉来。复从容朝着胡萝葡跪下叩头，说道："孩儿不孝，不能侍奉爸爸终天年了。"说毕跳起身来，自行张开来两条胳膊，向红旗老五手下的人说道："这下子请你们动手吧！"

胡萝葡虽怒气冲天的坐在上面，连催动手，然一见胡小么儿向他叩头，说出那两句话来，也不由得心里有些难过。但是他一想到赵观音所说的情形，将一点才萌芽的天性，又完全泯灭了。望着红旗老五手上的四个健汉，将胡小么儿的双手双脚擒住，仰面朝天的拉扯起来，走到快活床旁边，打秋千也似的，将胡小么儿身体荡动。四人口中"唏啊嘎呀"的，一递一声呼唤着，小么儿的身体越荡越高。荡到与肩平了的时候，红旗老五在旁边猛然大喝一声下去。四人同时将胡小么儿的背朝上面朝下，向快活床上掼去。四人脱手便往外跑，没人回顾一眼。

胡萝葡也在这时候，率领众头目都往外跑。这是他们会党中行刑时的惯例，以表示自家兄弟不幸遭了刑戮，不忍一看的意思；然也有一说是怕怨鬼纠缠的。胡萝葡众人既已跑去，藏匿在神座底下的赵观音的心腹下人，也急匆匆的窜出来。看胡小么儿已垂头弹手的扑在四十九把尖刀上，连毛发都不颤动一下。此时天色已近黄昏，不由得毛骨悚然，不敢细看，掉头就跑出关帝庙，飞也似的回家报信给赵观音去了。

如今且说这关帝庙里，并不曾居住僧尼道士，仅有一个年已五十的庙祝，常住在庙中照顾香火。这关帝庙的施主，多是会党中人，所以胡萝葡等人有聚会的事，必以关帝庙为会场。庙祝也是入了哥老会的，因吸食鸦片，又年老没了气力，才当庙祝吃这碗闲饭。这日庙祝见会议时，要将胡小么儿上刀山，他心里就极不快活。他并不是知道胡小么儿的冤抑，也不

411

是和胡小么儿有交情，只因他的胆量不大，平常一个人住在庙里，乃因境遇的关系，迫不得已，还能勉强相安，不甚害怕；如今忽然要在神殿这般惨杀一个少年，就免不得要害怕了。然又因自己在哥老会中的地位很小，众头目会议之时，没有他开口的份儿，不敢出头要求改换行刑的地点，只是闷闷不乐的在房中抽鸦片烟。

他的睡房，就在神殿背后，耳听得外面行刑及大家奔跑的声音，他心里更加害怕，不敢去殿前探看。只从旁边绕到大门口将大门关了，就回房关上房门，不敢出门一步。吃鸦片的人，照例不能早睡，这庙祝虽是害怕，只是夜已二鼓，还独自躺在床上抽烟。因不曾听得殿上有何响动，和平时一样，心里已渐渐安了。

谁知抽足了烟，正待收拾安睡，忽然听得殿上发出一种哼哼之声，虽不甚厉，但入耳听得分明，决不是由心里疑惑生出来的。越是害怕，越不能掩耳不听；不过细听却又不闻声息了。庙祝自己鬼念道："真有鬼吗？就是有鬼，也不能怨我，我是丝毫无干之人。我的胆小，不要来惊吓我吧！我明日多买纸烧给你。"正这般求情也似的鬼念，猛听得哼哼之声又起了。这次哼出来的声音，比初次听得的更大，更明晰。庙祝只惊得立起身来，说道："这分明是人的哼声。常听得人说，鬼叫是飘忽不定的。这声音并不走动，既不是鬼，只是神殿上除了胡小么儿的尸体以外，没有生人；不见得四十九把尖刀戳死的人，还能复活。"想到这里，仍是害怕。又过了一会儿，那哼声越听越真。

庙祝已断定殿上有了生人，胆量也就壮了些儿，左手托住鸦片烟灯，右手提了一根木棍，鼓着勇气开门到殿上来。一听哼声，竟是从快活床上发出来的。走过去，用灯一照，见刀上都没有血迹，再看胡小么儿的头和两脚，都微微的摆动，哼声已继续发出。庙祝这才知道，果是复活了！连忙放下木棍，伸手抚摸着胡小么儿的头，问道："胡少爷转来了么？"胡小么儿缓缓回过头来，运用两只无神无力的眼光，望了庙祝一下，仍垂下去，仿佛抬不起来的样子。

庙祝再举灯细照戳在身上的那些尖刀。真是奇怪极了，凡是刺在胡小么儿身上的尖刀，没有一把不是刀尖卷着朝下面，刀叶弯成月弓形，将小么儿的身体承着，连皮肤都没划破，安有血迹呢？庙祝这时又惊讶又欢喜，也顾不得自己没有多大的气力，放下烟灯，双手从小么儿腰间抱住，使劲照上一撮，居然离开了快活床。觉得地下是土砖砌成的，不好安放，打算拖到自己床上去。刚走了几步，不知脚下踏着了什么东西，向前一滑，险些儿跌倒了，仍努力抱到床上放着，叫小么儿安然仰睡。

小么儿此时已能开口说话了，发出甚微细的声音问庙祝道："这里是阳间呢，还是阴间呢？"庙祝道："少爷不认识我吗？我姓某名某，在这关帝庙里当庙祝，如何是阴间呢？"小么儿道："这里是关帝庙吗？我爸爸呢，现在哪里？"庙祝道："他们早已跑了。"小么儿道："我不是上了刀山的吗？怎么还不曾死呢？"庙祝道："我也正为这事觉得奇怪。你当上刀山的时候，是什么情形，你记得么？"小么儿道："不记得。他们四个人拉住我的手脚一荡动，我心里便糊里糊涂的不明白了。耳里只仿佛听得一声上去，就如巨雷轰顶，以后便毫无知觉，与平常睡着了的一般。直到此刻，心里才渐渐的明白。胸脯和两肋都痛得很厉害，大约是被尖刀戳穿了窟窿，不久也还是免不了一死的。"庙祝道："你身上皮也没破一点，哪有窟窿？你且安睡一下，我去神殿上取烟灯来照给你看。"

说着，又走到神殿上取了烟灯木棍。偶然想起刚才滑脚之处，随手用灯照着看看，只见一点一点的鲜血，从背缘上一路滴到神座前面；仔细认看，好像是才滴下不久的样子。庙祝又不禁诧异道："怎的快活床上没有血，这里倒滴了这一路的血？"忽抬头看神座上周将军手中握的那把偃月刀口上，映着灯光发亮，原来也是满刀口的淋漓鲜血。庙祝看了，忍不住打了一个寒噤，慌忙回到房中，对胡小么儿说了这种怪异情形。

小么儿翻身坐起来，庙祝将烟灯凑近前给他看。小么儿胸脯上仅有几处皮肤上的红印，此外毫无伤损，不觉肃然说道："这番若非关帝显圣救我，上刀山的人，能留得住性命吗？周将军刀上的鲜血，虽不知从哪里来的，然可以想到必有一个人被周将军杀了。常言举头三尺有神明，真是可怕可怕！"庙祝道："这庙里的关帝本来很灵验，不过像这般活现的事，从来没有过。"

小么儿道："岂但这庙里的关帝灵验，别处又何尝不灵验？我记得前人笔记上，曾有一段文字，述一个忤逆子追打自己亲身母。母亲被打得逃进关帝庙，这忤逆子也追进关帝庙。母亲无处躲避，只好钻到神座底下去。忤逆子居然一面骂，一面追到神座前。正要拖出母亲来毒打，忽然刀光一闪，周将军手中的刀已劈了下来，将忤逆子劈做两爿。我当日看了那种记载，心里还是半疑半信，于今才知道丝毫没有假借。"这庙祝问小么儿："究竟为什么事上刀山？"小么儿仍不肯说。次日，天还没亮，就逃出关帝庙，不知到哪里去了。

不知小么儿逃到哪里去，且待下回分解。

第三十八回

夺碉垒将军从天降
战山崖蛮酋弃旆逃

话说胡萝葡自处死了小么儿，一伙人冲出关帝庙，心里总不免有些难过。众头目知道胡萝葡心中不自在，特地办了些酒菜，邀胡萝葡去痛饮。他们哥老会做事，并不秘密，在关帝庙处分小么儿的事，顷刻就传遍数十里，无不知道。有许多认识胡小么儿的人，大家就议论恐怕胡小么儿死的太冤枉。认识赵观音的，也都说她未必有这么干净。在与胡萝葡没有关系的人，只不过议论一番就罢了。唯有那飞毛腿严如松，心里正在打算如何与胡萝葡为难，难得有这种机会，即时着手极力打听胡萝葡家中的实在情形。胡萝葡哪里知道，这夜在小头目家痛饮到二更以后才回家。乘着几分醉意，走到自家大门外，在月光之下仿佛见大门开着，一个大汉从里面出来，右手操着大刀，左手提一个血淋淋的人头。

胡萝葡在醉眼蒙眬中，自觉看得很仔细，不由得心里一惊。因那大汉来势甚猛，不敢直迎上去，忙闪过一旁，打算等大汉走到切近，出其不意的冲上去。谁知道闪到旁边好一会儿，只不见那大汉走过来，倒隐隐的听得屋内有哭泣之声。胡萝葡好生疑惑，急伸头大门口望去，不但不见那大汉，大门并不曾开着，更是诧异起来。急上前敲大门，只听得里面一片号啕大哭之声，没有人来开门。胡萝葡不知家中出了什么乱子，急得一脚将大门踢破。跑进里面看时，只见家内许多人，都围作一团痛哭。赵观音仰面躺在地下，面白如纸，两眼上翻，形象虽是难看，然不像是已经死了的模样，赵观音的母亲在旁哭得最是惨痛。胡萝葡看了这情形，喝道："你们只管这样哭什么，她如何成了这种模样？"

赵观音的母亲见是女婿回来了，方停了哭声，说道："我女儿因知道你把小么儿，在关帝庙上了刀山，想起小么儿这样漂亮的小伙子，一下子就弄死了，也觉得有些可惜。因此她一个人睡不着，等你又不回来，只得要我来做个伴儿。她还对我淌了一阵眼泪说：'小么儿平日怎样温存可爱，简直比一个小姑娘还来得好，就只脾气太硬了一点儿。若是脾气好的，也不至这般惨死了。'她正在这样对我说，忽听得大门'咯喳'响了一声。我说是你回来了，刚待叫人去开门，她说不是你平日敲门的声音。话还没说了，只见她张眼望着窗外，脸上现出惊慌之色道：'不好了！周将军拿大刀杀来了。'旋说旋做出慌急得不了的神气，似乎想逃躲又无处可逃躲的模样。我虽没看见什么，然看了她这种神情，也不由得非常害怕，忙拉住她的衣袖，说道：'不要惊吓，无端怕成这个样子做什么呢？'她哪里听我分说，两眼向房门外望着。忽然，双膝下来，一面叩头，一面举手打着自己的嘴巴说道：'我该死，我该死！下次再不敢诬陷好人了。'我心想多半是怨鬼来了，也只得跟着她跪下来哀求。不料我才跪下，就觉得有一线快风削过，她随着这风大叫一声，身体仰后便倒，四肢都不动弹了。我见已没了鼻息，方知是死了，忍不住一哭。他们多已睡了，听了我的哭声才起来。"

胡萝葡看了这种情形，听了这些言语，想起刚才在门外所见的，心里始明白上了赵观音的当，活活的将一个亲生好儿子处死了。看赵观音颈项上，围着一条红线，隐隐从皮肤中现出，知道是遭了天戮，也不能不悲伤痛哭。胡萝葡自这桩事闹出来之后，一般人对于他往日精明干练的声誉，都有些怀疑了。尤其是他会里的人，多数不以他为然。严如松早有夺他地位之心，得了这个机会，便施出种种倾轧他的手段来。胡萝葡遭了这种家庭变故，于一切事都已心灰意懒，原没有兴致与严如松争夺，无如严如松逼他太甚，逼得他气愤起来，单独约严如松在成都郊外万绿山比拼。

严如松被胡萝葡一金钱镖打中了左眼，以为严如松受了重创，必然退败。谁知严如松毫不在意，一伸食指连镖带眼珠挖了出来，将一个血淋淋的眼珠往口里一抛，咽下肚中去了，就拿这个金钱镖还打胡萝葡。虽没打中要害，然胡萝葡见严如松这般凶勇，不由得胆寒，只得闪过一旁，说道："不用打了！我自愿让你成名。不过，我有一句话对你说，你得应允我，我方可死。不然，且再打几百合再说。"严如松道："你有话尽管说出来，能应允的无不应允。"

胡萝葡道："'人死留名，豹死留皮'，这是两句千载不易的古话。我于今生不逢时，虽不自负文才武略，无所用之，只落得伏居草莽，称一个化外之雄，聊自娱乐，已委屈我经纶匡济之才不少。今复遭家庭变故，同类更不相容，仔细思量，尚有何面目，有何生趣？但是我死后，你得将我葬在这万绿山顶，立碑刊'义士胡乐璞之墓'七字。碑上不要年号，以明我不是清朝顺民；生前不奉其正朔，死后更不可污我。你依得依不得？"

严如松道："这可包在我身上办好。"好字才说出口，胡萝葡已仰面而倒，胸前血喷数尺，原来已用利刃自杀了。严如松听了他临死的这番言语，又见他自杀得如此爽快，不知不觉的感伤起来，抚尸痛哭。随即拿出许多钱来，替胡萝葡经营丧葬。至今义士胡乐璞之墓，尚在万绿山中。严如松继续他的地位，草莽势力更加扩大了，不过官府对于会党，也剿办得比前加严了。

陆绳祖蓄志要报父仇，一面秘密搜讨军实。那时最难得的法国十三响无烟枪，陆绳祖已先后购了六百多支，大炮也购了七八尊；一面竭诚延纳四方豪杰之士。听说严如松的胆识才略都了不得，就设法罗致。严如松也因官府防范得紧，无可展布，正希望有一处英雄用武之地，所以最初投到陆绳祖部下。常言"唯英雄能识英雄"，陆绳祖一见严如松，真有鱼水之乐，一切军事，都听凭严如松的调度。

胡庆魁原与严如松是好友，严如松去投陆绳祖，也是胡庆魁从旁怂恿的。等到李旷等人来投奔时，严如松已与谢长霖、张如海等打过好几仗了。以严如松之勇敢善战，加以犀利无比的枪炮，应该很容易的将四土司扫灭，实际却不然。炉铁粮子与鼟鼓三家村两处地方，在前面说过的，都是天然的奇险。加以四土司联络一气，攻击一处，那三处都来救援；每处一出兵就是三四十万，漫山被野而来，锐不可当。枪炮虽不及陆绳祖这边的厉害，然土式枪炮也能抵御。

严如松所打过的几仗，仅能使四土司下的蛮子多所死伤，而自己手下的蛮子，也得死伤不少。一次围攻炉铁粮子，围了三四个月，每夜还听得里面有高歌玩笑之声，与太平盛世无异。严如松才知道久围无益，徒然疲劳了自家的军队，只得自行解围，率队回来。陆绳祖见报不了父仇，只急得每日到父亲坟上去叩拜祷祝，仍感觉少了帮手。所以，李旷、张必成等来投，陆绳祖接了如获至宝。

蛮兵打仗，照例是胜则所向无敌，锐不可当，追逐起敌人来，无所谓队伍步伐，各自争先恐后，大吼一声；打起败仗来，也是一般的乱跑。常有因前面的蛮兵逃得太慢的，后面又有追兵赶来，就动手将前面的蛮兵打死倒地，从身上践踏过去逃跑。酋长或土司的号令，到此时毫无效力了。李旷等所带来的众兄弟，都是久经战斗的劲旅。在落草的时候，与有纪律的官军抵敌，尚能一以当十，与这种乌合的蛮子打起来，自然更有把握了。

李旷等初到，陆绳祖便召集手下各头目开了一个会议，商量攻打炉铁粮子的方略。李旷道："我等初来，愧无进见之礼，应该由我等率领同来的众兄弟，去打先锋。不过我等既系初来，地方情形太不熟悉，须请多挑向导兵引路。"

严如松说道："李大哥不知道这炉铁粮子地方的形势，尽管地方情形熟悉的人，也不容易攻打。但是，这回有李大哥所带的众兄弟来了，却是一个攻打铁炉粮子的好机会。兄弟多挑选精干的兵，交李大哥做向导。仗李大哥的威风，能攻上炉铁粮子，自是如天之福，再好没有的了。万一张如海那贼子竟能坚守，李大哥可教众兄弟装出极疲劳的样子来，随地解甲躺卧，一面高声辱骂，务必把敌人引出营垒。李大哥可率众且战且走，兄弟自有埋伏，等候他们追来。"

李旷见严如松的本领甚高，兼有谋略，心里也就很佩服，出来对自己的众兄弟说道："我们投奔到这里来，不是为容身糊口，乃是打算在这地方干一番事业，立一个子孙永宝的基础。此番是第一次出阵，须大家努力，显点儿好身手给人瞧瞧！"众兄弟轰雷也似的答应。

次日，严如松挑选了向导兵来。李旷即日率领众兄弟，向炉铁粮子出发。张如海早已得着陆绳祖来攻的探报，一方面准备抵敌，一方面派人向谢长霖岭汉宾等求援。

李旷既抵炉铁粮子，一看地势这般险峻，暗想：怪道严如松说尽管地方情形熟悉，也不容易攻打。似这种巉岩削壁，休说人不能上去，就是炮也射不上去。看正面虽有一条四五尺宽的石路，只是盘旋曲折，约隔数十步，即用巨石筑成一所与城楼相似的碉垒；下边有门可容自家的兵队出入，上边也有雉堞模样的炮眼。每一个碉垒上，有百数十人把守；要从正面上去，非将上下十多个碉垒，一个个完全攻破，便是插翅也不能飞上

418

去。而看那十多个碉垒的地位，因山路盘旋曲折的缘故，东一座西一座如几点梅花；第一座被攻击时，第二、三、四、五座都可救应。山顶上旗帜飘扬，各碉垒中的蛮兵，都现出安闲自在的神气。

李旷看了这种情形，明知攻也无益，只是既自告奋勇来打先锋，不能不攻打一番，试试敌人防守的力量，遂下令猛冲上去。他手下的众兄弟，多是落草多年，最惯翻山越岭的，一声吆喝就冲上了第一碉垒底下。守碉的蛮兵，都不动声色，直待抢先冲上的已迫近了碉垒，才听得一声梆响，矢石齐下。只见抢先冲上的，纷纷翻跌下来。有顿时断送了性命的，有跌得皮破血流的。先上的既不死便伤，在后面的就不免有些胆怯。

李旷想起前半世英名，后半世事业，不由得对郑五、张必成等武艺高强的头目大呼道："这种地方，非我等亲自上前打去，就唯有休兵回去，不可白送了小兄弟性命。"李旷话未说了，张必成已左手挽着藤牌，右手握着长刀，虎吼了一声："不怕死的随我来！"吼罢，即舞着藤牌向碉垒冲去。

众头目平日各人有各人惯使的兵器，这时为要遮蔽矢石，也都改舞藤牌，喝令众兄弟跟随冲上。郑五的轻身武艺，在一班头目之上，能在树巅上行走，能撩衣跑过数十丈宽的河面，仅鞋底上略沾水湿。此时他也舞动藤牌，随着李旷之后往山上冲去。张必成独自向先，矢石着在旋转不定的藤牌上，都飘到四周去了。只是全仗藤牌护住头顶，欲纵上碉垒，势非揭开藤牌，抬头仰观不能着力；这是纵跳功夫无论如何高妙的人，也逃不出这公例。但是，藤牌一揭，矢石如雨点打下，无从闪避。张必成身上已着了好几个石子，幸赖身体结实，虽挨着几下也还受得了。

郑五见张必成不能上碉，自知若冲到了碉下，必也一般的不能抬头；遂从碉旁十来丈远近地方，就运足气功，身体凌空向碉上飞去。守碉的见有人悬空而来，不由不吓得手慌脚乱。大家将视线都移到郑五身上，矢石也都争着向郑五发来。既在手慌脚乱之际，发出的矢石便不能如平时准确。

转眼之间，郑五已上了碉垒，挥刀如斩瓜切菜。众蛮兵还待抵敌，碉下的张必成等，乘碉上矢石齐向郑五的机会，已接二连三的踊跃上碉。这些头目正如出山的大虫，百数十个守碉的蛮兵，被一阵斩杀得干净，不曾生逃出一个。第二、三、四个碉上的守兵，虽也用枪炮矢石极力救援，奈

419

已来不及了。

第一碉既经占领，即时继续攻击第二碉。因众头目都擅长纵跳，蛮兵眼中从来不曾见过这样高飞十多丈的本领，不免有些胆寒。当初安闲自在的神气，都变成惊慌失措的样子了。李旷等一口气夺了三个碉垒，手下的众兄弟，只能攀岩而上，不用说攻击，就是追随也追随不上。李旷得了第三个碉垒，即对郑五等头目说道："我们是这般攻上去，仍非上策。因为究竟人数太少，万一陷身重围，追悔不及。我听说张如海是一个能谋善战的人，在四土司中为第一个刁狡凶顽的。试看我们连夺了他三个碉垒，杀死了四五百蛮兵，山顶上的兵都行所无事的样子，操手作壁上观，可知他必有准备，等待我们猛攻上去。"

张必成嚷道："我等自告奋勇来打先锋，于今一口气夺了他三个碉垒，正宜乘这一股锐气，直冲上去，无端是这般自己吓自己。又如何能攻得上去呢？"李旷摇头道："不是这般说法。我当出发的时候，何尝不是打算拼命将炉铁粮子攻下来，做进见之礼？严如松说出不容易攻打的话，我口里不说，心里尚不以为然；及至看了这地方的形势，才知道严如松是亲身攻打过这山头的。我们于今各人使尽平生的能耐，未尝不可以多夺碉垒。老弟要知道，这炉铁粮子，不是十多个碉垒难打，难在夺得了不能立足。张如海既是能谋善战，眼见我们连夺三个碉，却仍不动声色，其心中有恃无恐可知。严如松叫我们引敌下山，他自有埋伏；我们自己的人力不多，犯不着受无益的损伤，我已决计退下去。"

张必成道："难道我们劳神费力夺来的三个碉垒，都不要了吗？"李旷道："自然不要了。不过，就这么退下去，张如海是个多谋之人，见我们得胜了反退下去，必疑心我们是诱敌之计，不见得肯追赶下来。然也没法，且等严如松的大军到了，再商量攻击之法。"张必成不能违拗，只得望着李旷高声对攀缘而上的兵士，下令退到山底。这号令一传出，众兵士立时潮一般的退下。山上的蛮兵看了，果然一步也不追赶。

李旷等已将营盘扎定，方有蛮兵移下第一、二、三个碉垒来，照旧把守。李旷叫众兵士解甲委地，泼口向山上辱骂。山上的蛮兵，虽也露出愤怒的神气，但张如海没有号令下山，都不敢下山交战。李旷正在思量如何诱敌之计，忽有个探兵急匆匆来报："鼙鼓三家村的谢长霖，带领了三百名极凶恶的生蛮，如风驰电掣的从西杀来了，还有十万浅山蛮兵，随后就

420

到。"因谢长霖得了张如海告急求援的信，以为炉铁粮子被围攻甚急，唯恐大军来迟了，援救不及，所以先率领三百名生蛮昼夜兼程赶来。

这三百名生蛮，是谢长霖亲身在阿侯支徒部下，拣选得来的，一个个比虎豹还凶狠得厉害。每次临阵的时候，抓住了敌兵，多是一手握住一条腿，往两旁一分，便撕成两爿，随手取出心肝就吃，看着的人无不胆战心寒。李旷问："谢长霖的兵离此还有几里，这一路地形如何？"探兵道："照他们那样飞跑，于今离这里大约至多不过十里。"李旷急忙分了五百名精壮，自己和郑五各领二百五十名，去迎战谢长霖；留张必成及众头目在此，依旧挑战。临行，叮嘱张必成道："严如松定计是叫我们来挑战，引张如海下山追赶。张如海狡猾，必不肯轻易下山。于今谢长霖既有兵来，我们分兵前去迎敌，张如海那厮在山头上必看得分明。他要与谢长霖两下夹攻我们，我分兵走后，也必冲杀下山。老弟略战一阵就退，务必将他引到十里以外，严如松自有接应的兵来。只要能将张如海引到十里之外，就不干我们的事了。"张必成答应："知道。"

李、郑二人匆匆率了五百名精壮，才奔驰了二三里，只见路旁一带石壁，望去足有一里路长短；石壁高低不一，高的有三四丈，最低处也有一丈多。李旷喜向郑五道："这地方是天生成给我们埋伏的所在。"即时下令每人将兵器插在背下，腾出两手来，各人尽各人的力量搬取岩石，奔到石壁顶上去，一字儿排列着，伏在石壁沿边。

刚埋伏停当，谢长霖已率领三百名生蛮，风一般的着地卷将过来了。一面红色青绿的三角形大旗在前，三百人鸦雀无声，只顾低头疾走。李旷、郑五一声暗号，大小石块如骤雨打下来，来不及闪躲，已死伤一半了。谢长霖生得特别的奇形怪状，手中的兵器也比一般生蛮特别，是一条三丈多长、茶杯粗细的大木枪，枪尖雪亮有三尺来长，与一把长剑相似，枪缨尤格外长大。五百人一落眼都能看出是谢长霖。

射人先射马，擒贼先擒王。各人自然多将石块对准谢长霖打去。哪里知道打在他身上，他真个如寻常人着了几点雨在身上一般，不慌不忙的抬头看了一看。石块打在他脸上，他连眼也不眨一眨，只挥动长枪叫生蛮向左边避开，自己仍抬头向石壁上看，好像是察看石壁上有多少人马。看过几眼之后，只见对未死伤的生蛮说了几句话，也听不出说的什么。说毕一声怪叫，独自当先，三四丈高的石壁，也不纵跳，也不攀缘，就和平常人

421

上山的一样很快的几步就跑了上来，枪尖闪闪而动。尽管李、郑所带的都是久经战阵的兵，然一碰着枪尖，就和挑草把相似，挑得那些兵在空中飞舞，跌下来时，不是脑浆迸裂，便是四肢折断。未死伤的百来个生蛮，也都舞动手中短刀，一个个昂头挺胸的跑上石壁。那一带石壁不论高低，都是光溜溜与刀截的无异，不知生蛮怎的能一步步跑上去。众兵士见谢长霖这么厉害，不由得不害怕。

李旷看这情形，只得喝令四个人对付一个生蛮，敢逃跑者斩。自己和郑五只抵敌谢长霖。谢长霖的那条枪虽是厉害，然遇着郑、李二人，却是遇了对手，枪尖下下落了空，再也挑刺不着。只气得谢长霖暴跳，掼下了枪，赤手空拳的与郑、李对打。

在谢长霖以为枪长了，只宜于冲锋陷阵，单独对打不灵捷，赤手空拳倒可以显得出自己的本领。哪知正合了郑、李二人的心愿，郑、李二人使的是短兵器，谢长霖的枪法神妙，交手了几十个回合，虽遮隔得枪尖不能近身，然也不能破长枪杀进去。今见谢长霖自行把长枪掼了，不觉精神陡长，一刀紧似一刀的逼过去。谢长霖全仗腾挪躲闪，又支持了十来合。偶然回顾自己带来的生蛮，又被劈死了一大半，心里禁不住一急。郑、李二人都非寻常本领，稍一分神，李旷已一刀盖头劈去。谢长霖急低头让时，哪里来得及，红头发连头皮削去了一大块。

谢长霖浑身的皮肤，都粗硬不怕刀斧，唯有头皮，因头发遮护了，不能练得和身上一般粗硬，所以被李旷一刀削落了一片发根，虽未伤到头骨，但已血流满面，不敢恋战。低头拾起长枪就跑。跟着逃跑的生蛮，不过二三十人。李、郑手下死伤的也有七八十人。捡点各兵士使用的刀枪，竟有一半被生蛮的刀削断了。拾起死伤生蛮遗弃的刀看时，长多不过三尺，形式极笨，刀背厚过一寸，宽有三四寸，每把最重的有二十多斤，最轻的也有十多斤。

据向导兵说，生蛮身边最贵重的东西，就是这么一把刀，一生也没有旁的学业，就只练的刀法。有练到极好的，能将一个斗大的木圆球，用力向空中一抛，然后持刀等待木球落下来，仰面一刀劈去。木球被劈，仍抛向空中，而着刀之处，已被削掉了一片。再落下再劈，木球始终在空中上下，然越劈越小。刀或横劈去或直劈去，或斜劈去。木球虽渐次劈小，然总不失其圆形，直劈到斗大的木球，都成为木屑飞散。生蛮中具这种绝技的不少，不过都是年纪老，由一生苦练得来的；少年生蛮没有这种本领。只所使用的刀，老少没有分别，多一般的锋利。李、郑二人知道这种刀难得，叫兵士拾起那一百多把刀。

大家正待休息一会儿，忽隐隐听得东南方枪炮声和杀声大作。李旷点头笑道："定是张如海率兵赶下山与严如松的兵大战，喜得我们已把谢长霖杀退了，没有后顾之忧。赶快回炉铁粮子杀敌去！"郑五道："现成有一百六七十套生蛮的衣服兵器在此，我们何不假装生蛮杀上去，使张如海认做救兵，不加防备，岂不可以杀他一个痛快！"李旷连忙称赞道："妙极了！妙极了！"当即把死伤生蛮的衣甲都剥下来，命兵士改装了，提着蛮刀，非到切近，决看不出是假装的，拣了一个气力大的兵，擎起那面三角大旗当先引路。

郑、李混杂其中，奔回炉铁粮子，二三里路转瞬即到。只见张如海的兵士，正被严如松的兵杀得大败而回。远远的看见那谢长霖的三角旗，与许多蛮兵飞奔前来，知道救兵到了。雄心复起，顿时号令部下，再回头奋勇迎敌。张如海部下的兵，都认识谢长霖的旗帜，这种三角大旗所到之处，就是谢长霖亲身所在之处。做梦也没人能想到战无不胜的谢长霖，居然有人能将他杀败，夺了他的旗帜衣服来假冒。既都以为救兵到了，自然回身反攻严如松的追兵，又接着混战。

张如海带了几十名护卫，上前迎接谢长霖，不提防蛮兵奔到跟前，举刀便砍。张如海护卫的兵士，还只道是蛮兵认错了人，连忙大声呼唤："错了！"张如海毕竟精明些，即下令对杀。无奈众寡不敌，兵心又已慌乱，只被杀得大败奔逃。回身迎敌的张如海部下，被李旷和严如松两面夹攻，杀得七零八落，逃上炉铁粮子的，不过十之三四。这样一来，张如海只紧守山头，一面派人向各处求援，不敢再下山迎战了。

后事如何，下回分解。

第三十九回

张必成计取三家村
严如松混战两土司

　　话说严如松大获胜利，极口称赞李旷等能干。李旷道："谢长霖虽暂时杀退了，然他这回致败之由，是因他过于自恃，仅率领三百名生蛮前来解围，所以落了我们的圈套；若他统率大队前来，我等兵少，分之则力弱，便不见得能抵御得住。据探告，谢长霖的大队，已跟随他出发了。他性急，亲自率领三百名蛮兵，日夜兼程而进，所以先到。他被打败回去，这种一勇之夫，必不就此甘休。他回头迎着大队，仍得率领前来的。依我的愚见，谢长霖既亲率大军来救炉铁粮子，他鼕鼓三家村的防备必然空虚。我等何不悄悄的分一支精锐之兵，绕道去袭取鼕鼓三家村呢？这里还是照旧攻打，不可露出分兵的形迹来。张如海此刻的兵力薄弱，必不敢出战，紧守以待各方的援助。我们若能悄悄的将鼕鼓三家村袭下来，谢长霖欲归无路，以后就少一个劲敌了。"

　　严如松听了，连说："此计甚好。然这种重任，仍非李大哥亲去不可。不过，李大哥初到这地方不久，对于这地方情形还不甚熟悉，兄弟不能不说明白，使李大哥此去好存心提防着。鼕鼓三家村东靠炉铁粮子，西靠铁寨子，岭汉宾的土司卫门，就在铁寨子地方。谢长霖虽离了鼕鼓三家村，然他们四土司是素来有结合的。李大哥去攻打鼕鼓三家村，须分一支兵防备西面的岭汉宾，出兵抄袭后路。"说时，从袖中取出一卷地图来，展开指给李旷看。

　　李旷细看了一遍，笑道："大哥部下有生蛮，请挑二百名给我。谢长霖与张如海的交情最厚，所以听得张如海被围求救，来不及等大队同行，自恃骁勇，率二百名生蛮来救。于今被杀败回去，我料他决不肯回到鼕鼓三家村去，在半途遇着大队，必率领兼程而来。我手下尽是汉人，装生蛮不能答话。只要大哥派二百名生蛮给我，我有谢长霖手下的生蛮衣服和兵器，就假装杀败了的生蛮，趁黄昏时候直奔铁寨子，声言谢长霖兵败求援，逆料不至为岭汉宾察觉。"严如松道："此计骗岭汉宾则可，骗张如海难。听凭李大哥斟酌去办吧！"随即挑选了二百名生蛮，归李旷调度。

李旷便带领多年共患难的二千多兵士，并郑五、张必成等头目，叫二百假装的生蛮在前，一同抄小路向鼟鼓三家村杀去。因恐在大路上遇着谢长霖的大队，所以抄山僻小路，走到一条分岔路口。李旷对郑五说道："我两人还是带五百名兄弟，并二百名生蛮，向西去袭铁寨子；张必成兄弟率全队去打鼟鼓三家村。谢长霖既已倾巢而出，攻打想必不难。"当下分兵两路，张、李二人各自领着前进。

张必成走了一会儿，向急猴子张四说道："谢长霖既不在鼟鼓三家村，他部下能战的熟夷，必已十九开向炉铁粮子去了。岭汉宾的援兵，又有李大哥去对付。我们此去，若攻打一座空寨也攻不下来，未免太对不起人了。"张四道："我曾问向导兵，说鼟鼓三家村的土司衙门，建筑在平阳之地。周围一丈多高的石城上，有五座十分坚固的石碉，碉上架有大炮，守碉的兵，日夜轮流不息，远望数里没有遮碍。我们的兵去，还在离城数里之外，便能看得明明白白；开炮可使我们不能近城。"张必成道："炮只能打远，不能打近。我们乘黑夜偷偷的进攻，守碉的兵不见得能看见，就看见也离城不远了。好在我等兄弟身边，都有绳梯，仅有丈多高的石城，便不用绳梯，能纵跳上去的也多。"

二张率领队伍翻山越岭，不止一日。这日行到离鼟鼓三家村四十五里地，张必成令扎营休息。亲自带了一个向导兵，假装熟夷到鼟鼓三家村附近踏看。黄昏以后，才率领队伍前进，半夜，迫近城根。蛮兵毕竟没有谋略，毫无防备，能纵跳的跳上城楼，不能跳的用绳梯缘上城头。一声喊杀，蛮兵多从梦中惊起，都来不及抵抗，就做了刀下之鬼。城里也有二三千守兵，因在半夜，不知有多少敌兵，强壮的冲城而出，老弱的多被乱刀杀死。

直杀到天明，城上城下的尸横遍地，鼟鼓三家村的土司衙门，就此被张必成占领了。一面派人去铁寨子、炉铁粮子给李旷、严如松送信；一面派人探听谢长霖往救张如海的胜负。

派的人分途去后，张必成说道："三家村虽然乘虚占据了，只是逃出城去的熟蛮不少，必去给谢长霖送信。谢长霖听说自己的巢穴有失，断无不回兵来和我拼命之理。我们的兵力太薄，如何能当谢长霖的十万之众呢？如果又被他夺回去，我们岂非白受辛苦。所望严如松能将谢长霖的兵杀败，不然就望李大哥赶紧到这里来，帮同固守。就只我们这一千多人，一被谢长霖回兵围困，插翅也难飞去了。为今之计，我且分兵一千扎驻城外，就去炉铁粮子的大路上，择险要之地，埋伏二三百人。谢长霖不知我等虚实，若在黑夜遇伏，必然惊溃；即不然，也得将他的蛮兵，截为两断，使他首尾不能相应。如果我在城外之兵，因众寡不敌，被他冲击过来，你也用不着死守孤城，徒然死伤自家兄弟。赶紧在城内各处放火，最好烧他一个精光，仅留一座空城，就让他夺回去，也毫无所用。"张四道："放火是我们的本行买卖，这一座斗大的城池，顷刻就可以变为瓦砾之场。"

张必成随即分了一千名兵士，带到城外，分据三处险要之地埋伏了。张必成等在落草为寇的时候，无时不与官军对垒，总是以少胜多。因为这些头目兵士，都是曾在陈广德手下受过训练的人，加以多年的战场经验，每遇交锋，皆能人自为战，头目调遣指挥，异常容易。这种精练之卒，与不曾受过军事训练的蛮兵对阵，自然无处不占着便宜。

且说谢长霖自被李、郑二人杀得大败亏输之后，只得率领败残的生蛮，仍向归途飞跑。遇着自己大队，果然不回鼙鼓三家村，就率着这十多万熟蛮，再鼓勇气，向炉铁粮子杀奔前来。奔到前次遇敌的石壁下，不敢再冒昧前进，亲自带了数千蛮兵，抄到石壁上搜索一番。不见有一个兵埋伏，只见自己手下的百多名生蛮，都赤身露体的死在地下，无人收尸；每一个尸体上都是伤痕无数，可见当时数人围攻一人的厉害。谢长霖看了心里好生难过，本想命部下将这些尸体葬埋，无奈耳听得炉铁粮子枪炮声与喊杀之声，正在惊天动地。谢长霖是从来服从张如海的，心里唯恐炉铁粮子有失，张如海受了危险，急欲率队前去解围。遂不顾这些尸体，奋勇杀上前去。

严如松也能用兵，得探报知道谢长霖率大军来了，即下令攻山的兵暂退数里，让出一条道路给谢长霖上山。谢长霖不知是计，以为严如松不敢交锋，径直冲上山去。山上守兵见这番确是谢长霖的救兵到了，都兴高采烈的放蛮兵上山。严如松见谢长霖的兵上山去了，随派了五千悍卒，三百杆十三响快枪，在谢长霖归途上埋伏。

谢长霖上山与张如海相见，诉说半途遇伏的情形。张如海听罢，即跺脚，说道："坏了，坏了！老弟倾全力来救我，不怕敌人分兵去袭鼗鼓三家村吗？这回陆绳祖不知从哪里请来这些帮手，都是深晓兵法，能征惯战之人。老弟倾全力到这里来，他们若不曾探听确实，也不至仅派数百人在石壁上埋伏。其所以老弟第一次带三百人来，遇了埋伏，这次带大军来他们不但不埋伏，却让路给老弟上山，可知他们是计定而行的。我因在山头上望见他们后边的军队，纷纷向西移动，料知是老弟的救兵到了，他们得报后分兵堵截。我督队冲下山去，打算接应老弟。不料老弟过于轻敌，仅率三百人前来。二人将老弟杀退，却假装老弟手下的兵，来袭我后路。敌人中原有一部汉兵，十分耐战。初次来攻，曾被夺去碉垒三座。忽然不攻自退，我已着虑其中必有诡计。近日前来攻山的，不见那些汉兵的影儿，照这样情形推测起来，他们不是乘虚去袭取鼗鼓三家村，是到哪里去了呢？"

谢长霖听了怔了一怔，说道："不要紧，不要紧！我动身的时候，曾到铁寨子与岭汉宾商量，请他着意防备，我也留了三千多人守城。谈何容易就能袭取！岭汉宾本来也要派兵到这里来的，只因我带了这么多的兵来，他就为怕敌人乘虚而至，所以按兵不动。有岭汉宾在铁寨子，地形不熟的汉兵，怕他做什么！"

张如海摇头道："不能。岭汉宾不是这回敌人的对手，倒是陆绳祖那小子亲自出马，不过一勇之夫，很好对付。这回严如松所带来的这些人物，人人都有些本领。若是寻常带兵打仗的武官，见已夺得了三座碉垒，岂肯无故又退下去？必然再接再厉的向上攻打。我那时已准备了让他攻上来，等到他们已攻上第六、七座碉垒时候，你们的救兵已近山下，然后以全力冲下山来，两面夹攻，不怕他攻山的兵不全军覆没。用兵之道，不能舍则不能取，他们无端将已夺得的碉垒不要，便不能看他们为寻常之辈。"

谢长霖道："既是如此，我们何不趁这时冲下山去，与严如松一决雌雄，将严如松杀退了。即算有敌人去袭我的鼗鼓三家村，一得严如松打了败仗的消息，自然得将兵撤退。"张如海思量了一会儿，说道："下山去厮杀一阵也使得。不过，陆绳祖这厮，志不在小，招纳了许多人物，又有从外国办来的利器，我们若仍照几年前打仗的方法，一味与他们硬拼，是万分使不得的。我在几日前已打发人去大木箅，给阿侯支徒送信，求他带兵来助我一战。此时只能与严如松厮杀一阵，就胜了也不穷追。老弟还是回兵去救鼙鼓三家村要紧，我这里只等阿侯支徒一到，就约期与严如松决战。此后老弟须牢牢记着，虽出兵救人，自己不能不先固根本。这独眼龙诡计多端，不好对付。"

谢长霖道："大哥也太长他人的志气，灭自己的威风了。量他陆绳祖这样一个乳臭未干的小子，我们四股人对付他一股，他就长着三头六臂，我们也不怕他。我们十三响的枪，分开来虽不及他们多，四股合起来也不少。如今就下山去，我一人当先杀他们一个片甲不留，也使他们知道我姓谢的厉害。"张如海明知谢长霖是个浑人，从来打仗是一人当先，所向披靡，因此他不相信有本领比他高的人。这种性质的人，只能受人恭维，不能听人恭维旁人的，便不再说下去。

谢长霖已向自家的兵发号令，下山冲杀敌人，张如海只得也派兵助战。山上有兵调动，山下的严如松也看得分明。料知冲下山来，必有一番厮杀。急将自己的兵分为三部，中部由自己率领后退，左右两部向左右分退，相约以连珠信炮为号，若听得中部的连珠炮响，即回身仍杀上去。谢长霖见山下的兵又已开始后退，哪肯迟疑，独自挺枪当先，率领十万名凶神恶煞一般的蛮兵，漫山遍野的如潮滚下。只顾前追，没提防严如松的兵，有两部向左右分退。一口气追了数里。

严如松退到相当地点，已严阵以待，也是独自挺枪立在一座桥头，等待谢长霖到来厮杀。谢长霖草鞋赤脚，奔走如风卷浮云，转眼便到。严如松将枪往桥头一竖，从容抱拳向谢长霖笑道："久闻将军英勇盖世，恨山川阻隔，不得一见颜色。今日相逢，却又不幸在两军阵前，然不敢不略为退让，以表钦仰之意。将军不谅，穷追至此，请问意欲何为？"谢长霖虽是一个浑人，然见人家有礼，也只好倚枪拱手相还，答道："我与张如海土司是生死之交，他有难，我理应来救。你能退兵不打炉铁粮子，我也就撤兵回鼙鼓三家村去。"

严如松道："你与张如海是生死之交，张如海有难，你应来救；然则你有难，张如海能救你么？"谢长霖道："我能救他，他自然也能救我。"严如松冷笑道："只怕未必。你知道你的鼙鼓三家村，早已被我分兵去占领了么？"谢长霖怒道："休得胡说！铁寨子有岭汉宾，他决不肯放你手下

428

的兵过去。来，来，来，且刺杀了你再说！"说罢，一抖手中长枪，直向桥头上刺来。

严如松不慌不忙的举枪架格。两条枪忽上忽下，各不相让，仿佛两条神龙在半空中夭矫。谢长霖初逢敌手，越战越抖擞精神。严如松久闻谢长霖能战之名，也有意就这一战看看谢长霖的能耐，将平生看家的本领都使了出来。两人一来一往约走了三百多回合，尚兀自不分胜负。谢长霖战得性起，拔地跳出圈子来，说道："且慢！我们脱了衣服再战三百合。"严如松道："你要脱衣服，尽管去脱了衣服再来，我用不着脱衣服。"谢长霖飞也似的跑回队中。

谢长霖素来喜欢赤膊上阵，这回因来不及脱衣服，所以临时跳出圈子，跑回队去。不料，刚回到队中，鼛鼓三家村里逃出来的熟夷，已赶到这里报信。因见谢长霖正和严如松酣战，不敢上前报告，此时便一五一十，把鼛鼓三家村失守的情形说了。只气得谢长霖暴跳如雷，咬牙切齿的痛恨陆绳祖和严如松。也不说什么，急脱了上身衣服，挺枪又飞奔出阵。

严如松虽只有一只眼睛，但这一只眼睛的神光满足，看见谢长霖回身出来的脸色神情大变，大有安排拼个你死我活的气概，即吩咐手下的人放起信炮来。信炮一响，洋枪队同时开枪向敌人打去。严如松举枪往两边一挥，大吼一声杀上去，两军登时混战起来。谢长霖虽是心里愤恨，却也不敢恋战，只得率队且战且走。不料左右忽有两支兵杀出来，将谢军围在当中。亏得张如海救兵来救，才能突围而出，然部下的兵已死伤大半了。

谢长霖急欲回去救鼛鼓三家村，张如海道："此时去不得。陆绳祖手下的兵将，今非昔比，多有善能用兵之人。现在袭取鼛鼓三家村的人，明知老弟在此，得信必回兵去救，沿途定有埋伏。老弟性急，只知道一往直前，他们准备了圈套，只等老弟前去，如今万分冒昧不得。城池既已被他们占据了，迟也是夺回，早也是夺回，不可性躁，再中他们的奸计。"谢长霖急得跺脚道："我的巢穴都被他们占去了，难道还不赶紧回去与他们拼一拼吗！"

张如海道："老弟为救我吃这么大的亏，我岂有不竭力设法替老弟出气之理！只是事已至此，我们的举动更须谨慎，你依我的，我自有办法。"谢长霖无可奈何，不得不听张如海的话，只得仍上炉铁粮子，帮同张如海固守山头。张如海多派精干之卒，分途去探听鼛鼓三家村及铁寨子的情形，并搜查路上有无埋伏。

数日之后，阿侯支徒带领十多万生蛮，前来助战。张、谢二土司迎接款待，不消说得。阿侯支徒此时已有六十岁了，还能使动三丈六尺长的大木枪。他手下数十万生蛮，上阵也都是腰悬短刀，手执长枪，所以汉人及熟蛮，都称他这一部蛮子为大木筶。阿侯支徒一生战无不胜，与他辖境相连的八切家、落乌家、阿禄马家等，平日也是极凶悍的，都被阿侯支徒征服了。因此，不论深山夷、浅山夷，没有不畏惧阿侯家的。

八切家的头目，名叫八切吉黑，相传为蜀汉时孟优的后人，阿侯支徒为孟获的后人，两人如仇敌的打了好几年。八切吉黑毕竟打不过阿侯支徒，一切的事多得听阿侯支徒的号令。这些蛮子至今还极信服诸葛武侯，诸葛武侯当日南征回师的时候，曾刻石立了一块碑石在那里。蛮子相传当武侯立碑之日，说了一句碑倒蛮绝的话，于是一般蛮子，都兢兢业业的怕这块碑倒下来。凡有蛮子走这碑前经过，必拾一颗石子投在碑下，想用石子拥护这块碑，使之不倒。年岁愈久，所投的石子愈多；至今已成了一座石山，将碑埋在底下，不知有若干深了。被阿侯支徒征服了的各家蛮子，每年得孝敬牛羊粮食。蛮子求蛮子出兵援救，也是以牛羊粮食为出兵的代价。张如海求阿侯支徒来助战，送了阿侯家六百头牛、一千头羊，还有不少的粮食，因有这么隆重的礼物，所以阿侯支徒亲自率兵来助战。

阿侯支徒到后，才休息了一日，派兵去各方探消息的人便回报说："铁寨子的岭汉宾，因见谢长霖倾全力来救炉铁粮子，鼙鼓三家村的守备太空虚了，所以不敢远离铁寨子。只是这日黄昏时候，忽有数百生蛮，假装谢土司部下败兵前来求援。赚开寨门，便动手乱杀。因在昏黑之际，不知敌人确数多寡，又在两下混战，枪炮矢石都不能用，岭汉宾亲出抵敌，身受重伤，但是敌人却被杀退了。如今由岭汉宾的儿子岭镇云，率领部下兵卒，死守铁寨子，不敢出战；敌人也未再来攻打。鼙鼓三家村虽已被敌人占据，只是敌人多半驻扎城外，由鼙鼓三家村通炉铁粮子大路，有敌人把守，不许人行走，沿途想必是有埋伏。"

张如海得了这种报告，即对谢长霖说道："敌人乘老弟全军来救炉铁粮子的时候，派兵暗袭鼙鼓三家村，并派兵牵制岭汉宾，都是意中之事。不过，敌人能赚开铁寨子的寨门，使岭汉宾受伤，这却是我想不到的事。于今不问此去鼙鼓三家村，沿途有没有埋伏，且竭了全力把严如松击退，再分兵两路去救鼙鼓三家村，便不愁此刻占据鼙鼓三家村的人，不全军覆没。"

谢长霖急欲回兵救自己的巢穴，听了张如海这话，觉得张如海是出于私心，只想解炉铁粮子之围，却不顾人家的巢穴已被敌人占据。谢长霖是一个浑人，便忍不住生气，说道："敌人刚占据我的地方，一切防守的布置，都没停当，急回兵去救自然容易；若等到把严如松打退，知道何时能打退他，我救人不曾救得，倒害得我无家可归，真是气死我了！"说罢顿足哭号起来。

张如海急得连忙解说道："老弟不可误会了我的意思。老弟为来救我，以致鼙鼓三家村为敌人袭取去了，我岂是无心肝的人，不急图将鼙鼓三家村夺回来交还老弟。无奈这番与陆绳祖交战，不比前几番，前番只有严如松一个人，尽管他善用兵，没有好将官给他调遣，所以还容易对付。如今陆绳祖不知从何处，请来了这一部军队，比从来宁远府会理州所有的官军都厉害。老弟就为性急，又不把敌人放在眼里，以致吃了这么大的亏；若再鲁莽，万一有失，岂不更难挽救！严如松不长着三头六臂，手下也不过十多万人，我们以三倍之众，安有不能将他击退之理。击退了他，我等没有后顾之忧了，夺回鼙鼓三家村，可谓易如反掌。我这回在打仗的时候，用法术虽也难免受谴，只是纯为自救，不曾仗着法术杀人，或者不至受怎样的严谴。若依赖法术与敌人厮杀，使用法术之人，必难得好结果。不问什么人学法术，在未学之先，当师傅的无不拿这话告诫，并须徒弟真心承诺，当天发誓，当师傅的方肯传授大法，这不是一件当耍的事。"

谢长霖问道："何以白莲教的人，能随时的使用法术呢？"张如海道："白莲教能成事么，有好结果么？老弟难道还疑心我有意纵敌，不肯用法解围么？"谢长霖低头不作声。

张如海这夜正与阿侯支徒，商量对付严如松之策，忽部下的蛮兵来报说："谢长霖已率部从西边偷下山去了，也不知是偷劫敌人营寨呢，还是回鼙鼓三家村去！"张如海听了，拍案大惊道："不好了！此去必然全军覆了回来。谢老弟不听我的言语，真是无法。他打败仗不要紧，以后没有他与我齐心合力，叫我拿什么大将去对付严如松呢？"说罢，脸上现出非常着急的样子。

阿侯支徒说道："我情愿率我的部下，跟踪谢土司前去。如果他在半途遇上埋伏，被敌兵包围，我包管救他出来。本来我们拥数十万兵，不能一战，任凭敌人将鼙鼓三家村占据，又不能去救，也无怪谢土司忍耐不住。"

张如海道："谢老弟性情暴躁，只知勇往直前，不懂用兵之道。我原不怪他不能忍耐，但是你是曾战败周达五、生擒石达开的人，应该明白用兵之道，第一在调度得宜，不全仗兵多将勇。我们四土司早已祭告了天地，立好了盟誓，无论何人被陆绳祖攻打，三土司都得出兵去救，共同御敌的。所以，前次严如松率兵前来攻打炉铁粮子，我立时通告三土司。白摸子率兵从东边杀来；岭汉宾、谢长霖率兵从西方和西南方杀来，严如松恐怕陷在重围中全军覆没，又无力分兵做三路抵御，只得不待三土司兵到，就自行解围而退。直待三土司的兵，都驻扎在山下，严如松才回兵来劫寨。三土司手下被杀死的人虽不少，然严军也有损伤，相持数月，敌人始终得不着利益，自愿罢兵回去。

"这回我原打算将严如松击退之后，合力进攻陆绳祖的。无奈岭汉宾和白摸子得了通报，都迟迟不派兵来；谢老弟又过于性急，在半途遇了伏兵，锐气大挫；岭汉宾屯兵不来，反遭了敌人的骗，身受重伤。为今之计，唯有派舌辩之士，以利害去阿禄马家说通白摸子、岭镇云。他们不图自保便罢，欲图自保，就非齐心合力来谋对付陆绳祖，没有第二条生路。派去的人已有二三日了，此刻还没有回报。

"在白岭二土司的兵未到以前，我唯有紧守，出战必难获胜。鼙鼓三家村被敌人占据，姑无论我与谢老弟是生死至交，他又是为救我出兵，以致后路空虚，为敌人所乘，我凭天理人情，应该竭力帮他将失地夺回。就以形势而论，若听凭敌人将鼙鼓三家村占据，我炉铁粮子从此一日也不得安枕，岂非自取灭亡之道！谢老弟不能谅我苦心，并且胡猜乱想，以为我只图自己解围，不顾他的利害；就是白岭二土司，也与谢老弟同一见解。因二年来，严如松不出兵则已，出兵总是来攻打我炉铁粮子，我每次都得通告三土司来救，白岭二土司便因此生心了。说连年打仗，所死伤的不少，都是为来救我，殊不知这正是严如松的离间诡计。

"陆绳祖与我四土司一般的仇恨，其中有何厚薄？因见我们四土司齐心合力，他永远没有报仇之望。旁的离间之计，多不及此计妥当。所以，严如松不攻打容易攻下的阿禄马家，也不攻打铁寨子，专一来打最难陷落的炉铁粮子。明知白岭二土司屡次出兵救我，所有死伤都是为救我死伤的；并且每次打仗，严如松对白岭二土司的部下，攻击得格外厉害，他两部受伤的损失也独多。这诡计早已被我窥破了，曾对白岭二土司说明，无奈他两人心里，总觉得严如松专打炉铁粮子，是和我的仇恨比他们深。他们既如此存心，叫我也没有法子。

"如今我派去劝白岭二土司的人，还没有回来，谢老弟又有这番举动，我虽明知此去凶多吉少，也不能不冒险去救他。老兄既愿意率兵前去，是再好没有的了！我料谢老弟决不是偷下山去劫严如松的营寨，他救鼛鼓三家村的心切，定是回三家村去了。老兄若带兵从大路去，又恐怕谢老弟防大路有埋伏，特地抄小路回三家村，不如分兵两路前去。一则可以救谢老弟，二则也可以使此刻占据鼛鼓三家村的敌人，不得安然退出。"阿侯支徒当即答应。将手下的蛮兵分作两队，自己率着一队走大路，由部下头目率一队走小路。乘黑夜下山，仗着蛮兵地形熟悉，趁一点儿星月之光，衔枚疾走。

再说严如松此时虽未攻山，然山上有大队的蛮兵下来，岂有不知之理。谢长霖偷下山寨的时候，严如松便已得探兵的报告，也防备是乘黑夜下山劫营。连忙传令分兵三路，一路后退，两路向左右分开埋伏，等待劫寨的兵来。及等了一会儿不见蛮兵前来，又得了探报，才知道是谢长霖率部，从大路回鼛鼓三家村去了。

严如松心想：谢长霖在几日前与我交战的时候，他就知道鼛鼓三家村，已经被我兵占据去了；依他火烈的性格，当日就应该回兵去救。其所以迟到今夜才去，这期间大半是张如海逆料谢长霖的兵力有限，恐怕夺不回鼛鼓三家村，反被我们打败。而张如海自己在此刻，又不能分兵去帮助，必是约了白摸子、岭汉宾两部的兵，同向鼛鼓三家村去。现在占据三家村的，总计不过三千多兵，与蛮兵打起来，可以一当十；只是究竟众寡太悬殊，断不能抵挡三土司的兵力。这炉铁粮子有张如海在，我非待扑灭了白摸子和谢长霖两部之后，是攻打不下的。不如趁谢长霖不曾与白摸子、岭汉宾会合的时候，率部追杀上去。好在我早料到谢长霖必回兵去救，已在大路上埋伏了兵等候。我此去将他两面夹攻，虽不能杀他全军覆没，也必杀他一个七零八落。不过，我既率兵追去，难保张如海不冲下山来，倒不如索性分兵一半从小路去鼛鼓三家村，且竭全力把谢长霖灭了。

料张如海虽有谋而多疑虑，凡事都必计虑万全，见我忽然退兵，未必就敢来犯我根本之地。

严如松计算已定，立刻依计而行。谢长霖虽是愤张如海不帮他，从速夺回鼙鼓三家村，赌气自行率部下山。只是他也知道恐怕大路上有埋伏，但小路太远，又不好行走，乃叫一个头目率领一小队人在前开路，自己率大队相随而行。严如松所派的伏兵，在黑夜之中，也看不出来了多少敌人，遇敌便冲出来厮杀；开路的兵少，抵敌不过的仍旧逃回大队。

谢长霖闻报，一些儿不慌乱，下令分两边包围上去。埋伏的不过几千人，十多万蛮兵包围上去，自然都被围在内。喜得还在黑夜，不好厮杀。谢长霖打算围到天明，便不愁这几千伏兵不束手待毙了。谁知天尚未亮，严如松已带兵赶来，大家混杀了一阵，天光才亮。这一场混杀，也无所谓指挥调度，双方都死伤了不少的人。谢长霖见严如松的追兵在后，若不将追兵杀退，决难前进，只得重整部曲，与严如松拼个死活。

严如松不料阿侯支徒率领大部生蛮，也跟在背后来了，自己的兵又分了一半走小路，实在抵敌不住，只好率着败残兵卒，落荒逃走；喜得谢长霖和阿侯支徒，都急于去救鼙鼓三家村，并没追赶。严如松检点残卒，尚有三万多可用之兵。严如松心想：李旷等兵力太薄，非我亲自去救援。万一被谢长霖、阿侯支徒等三四部分的兵马围困，不能冲突出来。于今去三家村的大路，既不好通行，只好也抄小路前去，但求能全师而退，徐图再举也还容易。遂整顿人马，转抄小路而去。

结果如何，下回分解。

第四十回

用尽其才收降四部
物归原主结束全书

话说张必成领兵，埋伏在去炉铁粮子的大路之上，二三日不见有谢长霖的救兵回来。派探四出探听消息，知道岭汉宾已经因重伤身死，其子岭镇云年轻，胆识不足，虽继续做土司统率部下熟夷，只是不敢出兵报仇；部下头目中又没有能人，因几次出兵救炉铁粮子，都被严如松杀死不少，更不愿意出战了。张如海派来劝诱出兵的说客，岭镇云以新丧为辞，毫不为动。

李旷、郑五二人驻扎在铁寨子附近，原是防备岭土司，出兵去救鼙鼓三家村。既探知岭镇云是个胆小懦弱的后生，全无出兵勇气，便率部到鼙鼓三家村，帮同张四防守。去炉铁粮子的两条大小路上，不断的有探报消息之人。当攻破鼙鼓三村时，也掳获了不少的牛羊马匹，已陆续派人押运交陆绳祖去了。

这日，忽得了急报说："谢长霖回兵来救，在路上与严如松的伏兵大战。严如松也带兵追来，正在雨下混战之际，不提防阿侯支徒也带兵随后而来，竟将严如松杀得大败，落荒逃走。于今谢长霖的熟蛮，与阿侯支徒的生蛮会合，不下四五十万人马，声势浩大，杀奔前来了。"李旷等正商议抵御之策，又得报知道严如松，派了一半人马抄小路前来，在某地与阿侯支徒的生蛮相遇，两下大战一场，不分胜负。喜得严如松在大路上杀败了，就率了败残的人马，也从小路抄来，才将阿侯支徒的人马杀退，于今严如松正领兵向此地前进。

郑五道："小路远而难行，我们若等待严如松的兵来，然后应战，必已迟了。我们此刻的兵力，尚不及敌人百分之一，无论如何也不能应战；还是照原定的计策，将鼙鼓三家村一把火烧了，赶紧向小路退兵。严如松不攻打炉铁粮子，而率领全部到这里来，可知他已料到谢长霖的来势必猛，非我们所能抵敌。"

李旷也知道阿侯支徒，是一个犷悍有名的生蛮之王，自家兵少不敢尝试。便依郑五的话，一面派兵分途纵火，一面令张必成从速撤退埋伏之兵，一同从小路迎上严如松的队伍。这里伏兵刚退，谢长霖就到了。幸喜阿侯支徒素善用兵，逆料沿途必有埋伏，几番阻挡谢长霖不可轻进。依谢长霖是要昼夜兼程续赶的，阿侯支徒力言不可，因此耽搁了不少的时间。郑五等得报后，能从容纵火而退，若不然，彼此一交战，众寡悬殊，就说不定要受多大的损失了。郑五等迎上了严如松的大队，就此收兵回去。陆绳祖的土司衙门，地名叫做"溜溜坝"，一面接壤会理州，一面毗连宁远府。森林畜牧之富饶，远在白岭诸土司辖境之上。因为地方富饶，才引起四土司觊觎之心。建设土司衙门之处，虽不及炉铁粮子那般天然险峻，但是山川雄胜之地。

陆绳祖志大心雄，自接任土司以来，专修战备。除购买外人枪炮，罗致英雄豪杰练兵而外，并新筑石城纵横十多里，比宁远府的城池还雄壮数倍。土司境内，照例是不许汉人随意出入的。陆绳祖因志切报仇的缘故，知道非借重汉人的人才，是不能战胜四土司的，所以特别与汉人交结。陆绳祖也略通汉文，尤喜欢与举人进士来往。深信严如松有将才，把军权都交给严如松，听凭他独断独行；对李旷等人也格外钦敬。这番严如松班师回来，陆绳祖因李旷等杀死了他的大仇人岭汉宾，心中非常痛快，大排筵席庆功。

他们夷人最盛大的筵宴，就是宰牛、宰马、宰羊，宰法却与汉人不同。与宴的人在上面坐着，由宰杀牛羊的人，牵着要宰的马、牛、羊，从与宴人面前走过。就在附近地方，用狼槌打死，以表示所宰的马、牛、羊，都是肥壮的，是特杀的而不是用病死了的马、牛、羊待客。打死之后，剥下皮来，马、牛、羊做一锅煮了。半生半熟，就大块地用钵盛起来。像这种盛宴，与宴的倒非吃不可，不吃便是瞧不起主人。陆绳祖以这种盛宴庆功，李旷、郑五等固是初次躬与盛典，就是严如松自投效陆绳祖部下，也没有享受过这般隆重的待遇。

陆绳祖的家庭亲信之人，都出来侑酒。陆绳祖的夫人姓"自"，汉人中不见有姓自的，也是一个小部落酋长的女儿，年龄比陆绳祖大两岁。不但生得容貌姣好，并练得一身好武艺，也不知得自何人传授。会射一种四五寸长的毒药箭，能两手同时连珠发出，各有各的准头，不差毫发；刀枪剑戟也使得神出鬼没。在未嫁陆绳祖之前，就拥有数十名年纪相当的女蛮，时常骑着数十匹高头骏马，驰骋深山穷谷中，寻猎野兽。

夷人多是喜畋猎的，每有争猎野兽，互相决斗的时候。唯有自氏所部女蛮所至之处，没人敢与争斗；因为屡次争斗，都被自氏杀败了。陆绳祖的母亲，想为陆绳祖求一个好内助，共谋报仇之事，所以娶自氏来家。只是自氏虽有绝大的能耐，然性情暴烈，残酷不仁，手下的人稍有不合，即抽刀手刃之，却是杀人不眨眼！加以生性淫荡，夷人虽不重节操，但为男女有外遇，以致相杀的事，也时常发生。

自氏在娘家的时候，因自氏通奸，争风吃醋而动干戈的，已有过几次；嫁陆绳祖后，却敛迹了。若在汉人，似这般在娘家时，因奸情闹了种种风波的女子，决没有上等人家的男子肯娶。裸夷的风俗，倒不算一回事，只要到婆家后，不再有外遇就好了。这回盛宴，陆自氏也浓妆艳抹的出来侑酒。

严如松部下有一个管带姓包名慎的，年纪虽有三十多岁，然相貌生得如白面书生，也略通文墨，心计最工，颇得严如松的信任，因此也带着赴宴。筵席散后，陆绳祖论功行赏，李旷等人不待说都有赏赐，并分配各人军队驻扎之地，好一心训练军队，预备再出兵报仇。诸事布置已毕，陆绳祖忽对严如松说道："我久想觅一个精明干练的人，替我经理家事，苦于寻觅不着。我留心看你部下的包慎，为人又细心，又精干，倒是一个难得的人物。你可以让给我，替我经理家事么？"

严如松听了，不好不应允，只得连声说："我遵命送包慎过来，听候驱使。"回营即对包慎说了陆绳祖的话。包慎怫然说道："我跟随大哥这么多年了，严大哥就叫我去赴汤蹈火，我也不敢含糊。陆土司虽是严大哥的上司，但我一到他那边，替他经理家事，便不能朝夕在严大哥跟前伺候了。我不情愿离开这里，求严大哥的婉言，代辞谢土司的厚意吧。"

严如松见包慎这么说，心里自然欢喜，点头说道："你的忠心我知道。不过，土司既亲口向我要你去帮他，我又曾当面答应的了。于今你不肯去，在我自然知道你是忠心对我，在陆土司甚至疑心我不放你去。这怎么使得呢？好兄弟！委屈些儿。承陆土司待我如骨肉，一切大权都交给我，我就为陆土司把性命送掉也情愿。你去帮助土司，就和帮助我一样。"包慎经严如松劝了许多话，才应允了。次日，严如松即亲送包慎到土司衙门。从此包慎不名包慎，衙门中上下人等都称为包师爷。

陆绳祖生性爽直，不相信这人便罢，既相信这人，即以委托这部分事务的全权付与，毫不疑虑。他知道包慎是严如松极信任的人，只要有严如松在，不愁包慎有异志。包慎进衙门不久，陆绳祖就将银钱出入的大权，完全委托在他身上，包慎本来精干，处置一切的事务，都能适合陆绳祖的意思。没经过多时，包师爷已成为陆土司跟前第一个红人了！这且按下，后文自有交代。

于今且说成章甫率领曾服筹并李春林一家男女，从白塔涧首途往会理州来。桃源县虽出了在县中杀人的大案，然须在本地缉捕凶手不着，方呈报省峰，始能发出海捕的公文，咨请邻省一律查拿凶手。成章甫等因走得迅速，沿途并没有留难碍滞。既进了土司境界，官府中人就明明知道，也无法逮捕了。

那时做边防官的人，都以敷衍相安为能事。万一不慎，惹发了土司的脾气，闹出夷人扑城劫掠的乱子来，这边防官擅起边衅的罪名，轻则削职，重则性命不保。因这种缘故，做边防官的，总不敢得罪土司。像陆绳祖这种有大志有作用的土司，更是巴结还恐怕巴结不上，谁敢得罪呢！因为如此，曾服筹在陆绳祖部下，不但用不着更名换姓，并明目张胆的直认是曾彭寿的后人。

陆绳祖因知道曾服筹不能在内地露面，而李旷等多是曾服筹父亲手下的党羽，有曾服筹在此，必可得到这班党羽的死力，所以对曾服筹非常推重。即日拜成章甫为军师，统率严如松、曾服筹两部分人马，再去攻打炉铁粮子。这回虽没有增加多少人马，但是新添了李春林一家会武艺的男女，又有成章甫、曾服筹两个，都是想立些功业，为各人进身之礼，因此声势比前几回更盛。

成章甫知道严如松屡次攻击炉铁粮子，劳而无功，这回却只以少数的兵，向炉铁粮子进攻，牵制张如海，亲自统率大队，暗袭白摸子。但又不严密将阿禄马家包围，故意放白摸子，向张如海、岭镇云、谢长霖三土司告急。逆料张如海屡次求白摸子，到炉铁粮子解围，此番白摸子告急，势不能不亲自率兵来救。

以地势而论，炉铁粮子离阿禄马家最近，谢长霖、岭镇云都得从炉铁粮子境内经过，才能到阿禄马家来。成章甫在炉铁粮子到阿禄马家的路上，并不埋伏一个人马，反把自己精锐之兵，分作若干队，散处离阿禄马家甚远的山林中；亲自率着攻打阿禄马家的，不过一二万不甚耐战的兵卒，每日攻击二三次，做出准备持久包围的神气。

张如海正在要派人向白摸子等三土司告急求援，忽接了白摸子求援的信。心想：这必是严如松的诡计，不是想趁我率兵去救白土司的时候，来夺我炉铁粮子，便是埋伏了精兵在半途等我。我虽不可落他的圈套，只是白土司有难，论情势却不能不出力去救他，好在此番来攻击炉铁粮子的，看情势不过是一股牵制之师，没有多少力量；并且敌人的主将都不在此，不难一鼓把他击退，再分兵前去救白摸子。若一时不能击退，就唯有等谢、岭两土司的兵到，再合力去解阿禄马家之围。计划既定，即时传令，出兵下山御敌。

攻击炉铁粮子的，本非劲旅，山上的蛮兵，又是奋勇迎击，竟被杀死了大半；余兵狼狈溃窜，不能成军。张如海明知敌军主力不在此，也懒得追击。一面派人去催促谢、岭两土司出兵，一面将自己兵马分拨一半，严守山寨，亲率一半去救阿禄马家。

张如海在四土司中，是最能用兵的。依他的意见，因知陆绳祖志在报仇，其势非将四土司完全歼灭不止。与其年年防备陆绳祖前来攻打，不如合四土司之力，先发制人，前去攻打溜溜坝。无如白摸子和岭汉宾两土司，只图苟安，不肯出兵，仅他与谢长霖两部的力量，自知敌不过陆绳祖，所以只得坐待陆绳祖报仇之师。这回他亲自率兵去救白摸子，在未出发之前，就陆续派有精干的探兵，探看阿禄马家的道路，附近有无埋伏兵，并派有搜山的军队，一路搜索前进。不见一兵一卒的埋伏，离阿禄马家三十里，便将军队驻扎。一查围困阿禄马家的兵，攻击并不甚猛烈，人数也不过四五万。张如海心想：陆绳祖原可以出兵三十万，攻炉铁粮子的只一二万，此处又只有四五万，可知他的大部军队，必是用声东击西之法，以这五六万兵牵制我和白土司，实在是攻击铁寨子或鼟鼓三家村去了。于今唯有赶紧扑灭这四五万人，我再合白土司的兵，去救铁寨子与鼟鼓三家村。

张如海自以为所料不差，即以所部蛮兵努力向围城之兵冲杀。白摸子

439

见张如海的救兵已到，也率兵冲杀而出。是这般里应外合，围城之兵自然抵敌不住，当即分作几路逃走。

张如海会见了白摸子，说道："严如松善能用兵，我料他必是用声东击西之法，以一二万人牵制我，以四五万人牵制你，暗中却以全力去打岭、谢二土司。此刻尊处之围解，但敌人分几路逃去，并无损伤，随时还可以再来。我们两股大兵，若为他四五万人牵制了，不能前去救岭、谢二土司，便上了敌人的当。这四五万人扑灭容易，我们务必分道穷追，杀他们一个全军覆没，使他们无力再来，然后可以去救岭、谢二土司。"白摸子听了，深以为然。立时分兵几路，白摸子和张如海各率一路，跟踪逃兵追杀。

单说张如海只带了三四万精锐之兵，追杀败兵到一处丛山之中，只见在前逃走的败兵，都集聚在山谷中不走了，仿佛准备抵敌的样子，约计不到一万人。张如海哪容败兵翻身抵抗，忙下令包围上去。可怪那八九千败兵，并不逃走，反团在一处，似乎不觉得有敌兵包围上来。张如海好生欢喜，以为这几千敌兵，是不能有一人生还了。包围的兵渐渐逼近，败兵仍不抵抗，都只顾后退。包围的越逼越紧，被围的团体自然越退越缩小，只是一个个摩拳擦掌，已露出等待厮杀的神气来。张如海一看这情形觉得不妥，暗想，困兽犹斗，我的兵虽多了几倍，然与败残的敌兵相拼，多所死伤，太不值得。正待下令松开一面，突听得东方角上轰然响了一大炮，接着西方角上也照样响了一声。知道中计，但已来不及下令退却。

被围的兵闻得炮响，如得了暗号，山崩地裂一声吼杀，一个个勇气百倍，向包围的兵冲杀。紧跟着南、北两角也各响一炮，喊杀之声四起，也不知有若干人马，从四路围杀来。张如海见后路已断，自己所带的虽是精锐之兵，只因人数不多，又明知中了敌人诈败之计，总不免有些心慌意乱。张如海慌忙披发仗剑，口中念念有词，一霎时狂风大作，乌云四布，白日无光。顷刻之间，就变成了黑夜的光景。光景一黑暗，又加以狂风大吼，两方的兵都不敢厮杀了。张如海一伸手，即有一道白光，与闪电无异，向自己的蛮兵一照，便下令跟随白光所照之方向，努力杀出。三四万蛮兵，得了这一道白光，无不精神奋发，一可当十。被围之兵，因眼前漆黑，虽明知四方伏兵都起了，却不敢乱杀，恐误杀了自家的兵，只好大家伏着不动。

正在混乱之际，猛听得半空中响了一个霹雳。雷声过去，狂风顿息，乌云也随着狂风不知散归何处去了，一轮白日，又高挂天空。张如海所带的精兵，至此见四方都被敌兵围困，方才被围的八九千人马又都奋起厮杀，无不惊慌失措。须臾之间，死伤大半。其余的跪地乞降，一个也不曾突围逃去。张如海欲逃无路，只得飞身跑上一座小山头，仗剑作法，顿时山头上浓云密布，不见张如海的踪影。追兵上山寻找的，一到山顶就不由己的滚跌下来，七孔流血而死。接连死了数十个追兵，后来的便不敢上山了。

有兵将这情形报知成章甫，成章甫笑道："不值价的张如海，到了这一步，还要卖弄狡狯，待我去拿他下来。"说罢，也奋发仗剑，缓步向山岗走去。上到半山，即停步以剑尖指山头，仿佛是画了一道符。画毕，喝了一声"勑"，即见闪电也似的一道金光，从剑尖射出，直冲浓云之中，左旋右绕，如金蛇夭矫空中。浓云刹时四散，张如海在山头已不能藏形躲影，露出愤怒不堪的神气，挺剑向成章甫杀来。

曾服筹、李旷等都在山下看着，也各挺手中兵器，拔步上山，安排与张如海厮杀。成章甫回头摇手，说道："用不着你们上来！两个敌他一个，将他拿住了，他也不心服。"曾服筹等听了，只得排立在山下等待。张如海见了成章甫也不开口，挥剑便杀。成章甫一面仗剑抵敌，一面大笑，说道："贫道已多年不干这玩意儿了，借此活动活动也好。"两人走了几个照面，张如海哪里是成章甫的对手呢？本不难一剑将张如海刺死，只因陆绳祖对四土司之中恨张如海最甚，成章甫存心要活捉张如海，给陆绳祖报仇，所以多斗了几个回合，方将张如海拿住。

张如海既被活捉，白岭等三土司少了一个主谋之人，无不心惊胆落。成章甫率兵次第征服，不过一年，四土司所管辖之地，完全夺归陆绳祖管辖。陆绳祖的势力，在一切土司中，没有能比拟的。陆绳祖因成章甫活捉张如海有功，便将炉铁粮子地方给成章甫坐镇，其余三土司衙门，就给严如松、李旷等有功之人住了。驻扎宁远府和会理州的军统，知道陆小土司部下有曾服筹、李旷等一班要犯，声势日盛一日，料知将来必为边地之患，若用兵力防堵，非有数十万大军，是防堵不了的。

这时清廷因在中兴之后，极图与民休息，轻易不肯用兵，对于夷务，专责成边防官抚绥安辑，不许轻启衅端。因此，宁远府与会理州两个军统，思患预防，便不能不用种种方法和手段，来交欢陆绳祖。只是这两个军统，都是极寻常的武官，全仗夤缘巴结得了这般地位，并无真实本领，使夷人钦畏。虽用尽了交欢的方法，怎奈陆绳祖心目中，总不免瞧这两个军统不起。而曾服筹、李旷等野心甚大，加以兵精粮足，只想攻城掠地，扩张自家势力，就怂恿陆绳祖不可受两军统的牢笼。两军统得了这个消息，知道责任重大，担当不起，只急得将情形星夜密呈四川总督。

此时的四川总督倒是一个极有气魄、极有才能的大员。自得了这种密呈之后，便派遣精干并熟悉夷务的人，专一调查陆绳祖的性情习惯，以及日常起居饮食的情形。寻常土司的性情习惯，及起居饮食的情形，倒有不容易调查清楚的；唯有陆绳祖容易调查。因为陆绳祖的知识才能，高出一般生、熟夷之上，眼见汉人衣冠文物之盛，心中非常羡慕，完全与一般生、熟夷的性情习惯相反。普通生、熟夷对汉人都十分轻视，汉种人在土司境，熟夷称之为"黑骨头"，男的养在家中为奴，女的养在家中为婢；打死了，杀死了，只当是打杀一只鸡狗，连叹息都讨不着一声；熟夷自称为"白骨头"。尽管只七十岁的老黑骨头，被十来岁的小白骨头捶打，老黑骨头敢表示半点反抗，或不高兴的神气，这就比犯了大逆不道的罪还要厉害，顿时便可以处死，谁也不能替这老黑骨头抱屈。有势力的熟夷，平日不坐椅凳，多是叫女黑骨头背脊朝天，用双膝双肘撑在地下，背上盖一张坐褥，当椅凳坐；疲乏了，承受不起了，又更换一个。来了重要的宾客，也是用黑骨头做椅凳。

唯陆绳祖知道熟夷中人才绝少，要报仇非借重汉人中的人才不可。因此，不但不敢存轻视黑骨头之心，并极力与汉人接近。成章甫、严如松等都是汉人，果然能助他报了大仇，且开拓了数倍的土地，更觉得汉人可钦佩。日常起居饮食，渐渐模仿汉人，连衣服都改了汉制。一般生、熟夷虽多不以陆绳祖这种举动为然，但是势力都不及陆绳祖，不能反对。陆绳祖这般行为，知道的很多，最易打听。

四川总督得了调查人的报告，心想：陆绳祖既羡慕汉人的文物制度，若奏保他一个虚衔，使他能穿戴翎顶袍褂，俨然是一个武职大员，他必欣然就范，听我的调度。不过，得先事派遣干员秘密前去，道达识拔之意。果不出这总督所料，陆绳祖正想做官，只保给他一个参将，他就亲到省城见总督谢保举之恩。总督有心羁縻他，特地在省城建筑一所极壮丽的行台，给他居住，指派几个漂亮的候补官，整日陪伴他去花街柳巷玩耍。无论什么英雄豪杰，一落了这种圈套，就不容易自拔了。

陪伴他的候补官当中，有一个姓李的安徽人，是翰林出身，在四川候补知府。家中有一个小姐，年才一十八岁，容貌生得极齐整，且知书识礼。因父母择婿甚苛，李小姐自身也立志非好男儿不嫁。李翰林奉派陪伴陆绳祖，终日与陆绳祖在一块儿厮混，觉得陆绳祖的仪表魁梧，襟怀阔达，才情学问在夷人中，可算得是特出的人物，便有心把自家女儿嫁给他。

此时四川总督，凡是可以羁縻陆绳祖的方法，无不乐从，也就愿意撮合这一段姻缘。于是，李小姐居然成为陆绳祖夫人了！当结婚的时候，四川全省的文武官员，上至总督，下至佐杂，无不前去道贺。四川人从来不曾见过，比这回再盛大的婚礼。燕尔新婚之后，陆绳祖见李小姐比自氏温存美丽，十分欢爱。李小姐是大家闺秀，其敬爱丈夫的情形，自然不是陆自氏所能赶得上的，陆绳祖因之绝迹不再去花街柳巷玩耍了。在省城盘桓了一年多，才带了李小姐回溜溜坝。在溜溜坝大兴土木，建造一所衙门，比四川总督衙门的规模还宏壮几倍。旧有的土司衙门给陆自氏居住，陆绳祖本人带了李小姐住在新衙里，起居饮食，僭拟王侯。

当时守土之官，但求他不为边患，这些小节谁敢过问？只有陆自氏看了陆绳祖这般宠爱李小姐，异常气愤；但又畏惧陆绳祖的威势，不敢吵闹，暗地与包慎商量陷害李小姐的方法。包慎道："俗话有一句：月里嫦娥爱少年。如果能在汉人中，物色一个姿色绝美的男子，使他伺候主人，朝夕与李家姑娘见面；我再指点他一些挑逗的方法，不愁李家姑娘不落套。但得成了奸，便容易致她的死命了。"陆自氏听了大喜，即委托包慎去办。

世间物色美女倒难，物色美男子，只要有钱有势，就不愁物色不着。包慎自从替陆绳祖当家，即与自氏有了暧昧之行，一衙门内外上下的人，都是他用钱买通了的爪牙心腹；其中虽也有忠义之士，不受他们贿赂的，但因这事的关系太大，无人敢在陆绳祖跟前漏风。严如松也微有所闻，只气得自己打自己的嘴巴骂道："我真是瞎了眼，怎么用这种人面兽心的东西在跟前，使陆绳祖看见，以致做出这种事来。我问心如何对得起陆绳祖呢？"曾把包慎叫到自己私室，勖以大丈夫行事，务须光明磊落，以忠信

443

为主。

包慎虽明知严如松，忽然以这类正大的话相勖勉，必是因为已得他与陆自氏通奸的风声，但严如松不能明白说出，他便装做不理会样子，只当一番闲谈听了。严如松见包慎毫无愧怍之心，才知道他是一个绝无心肝的人。陆绳祖到省城去的时候，严如松几番存心想借故将包慎杀了，甘愿自己受陆绳祖的处分，免得闹到丑声四播。无奈包慎刁狡异常，早已料知严如松必不能相容，时时提防着，严如松竟没有下手的机会。

正人的心思手段，每每不及邪人的周密。严如松将有什么举动，包慎都可以事先侦知；包慎将有什么举动，严如松不但在事前不得而知，就是事后也很难知道底细。因此，包慎打发人四处访求美貌少年，严如松毫不知道。包慎的心腹爪牙极多，绝不费事的便寻觅了几个真是面如冠玉、唇若涂朱的美少年。包慎特地做了些鲜艳夺目的衣服，给这几个美少年穿了，带在身边做跟随，朝夕教训种种献媚阿谀的方法。

训练了几月之后，又觅了几个有姿色的丫鬟，一同送给陆绳祖和李夫人。陆绳祖做梦也想不到，包慎此种举动，含着极毒辣的诡计在内，只道包慎真心孝敬自己和李夫人。陆绳祖正在学着摆官架子的时候，恰好用得着这样漂亮的跟随。

李夫人年轻，又初到溜溜坝，不知道原来土司衙门里的情形，但知道包慎是陆绳祖最信用的人，与陆自氏的暗昧勾当，无从知道，既送来几个丫鬟，断无不收纳之理。加之这些丫鬟都受了包慎训练，逢迎得李夫人十分欢喜。陆绳祖在省城的时候，四川总督因想用种种的方法，销磨陆绳祖的雄心锐气，引诱他吸鸦片烟。陆绳祖虽是一个有作为的人，毕竟因年事太轻了，不知道鸦片烟的厉害，又经不起多方引诱，居然吸上了很大的烟瘾。但是，他自己不会做火，原来雇用了两个专司鸦片烟的人，自从包慎进呈了几个漂亮青年之后，陆绳祖便嫌原有的两人不好，改派两个漂亮青年接管，如是者也相安了半年。

一日，陆绳祖从外面走进李夫人卧室，还没跨进房门，只见一个专司鸦片的青年，低着头急匆匆从房中走出来，面上微露惊惶之相。陆绳祖瞪了这青年一眼，也没说什么，即走进房去。一看房中没有第二个人，仅有李夫人横躺在床上，仿佛已经睡着的样子。陆绳祖伸手在李夫人身上推摇了几下，才惊醒转来。陆绳祖问道："青天白日是这么睡着干什么？"李夫人见问，忽然红了脸，低头含笑不作声。陆绳祖鼻孔里笑了一声，便走开了。

李夫人何以忽然红了脸，低头含笑不作声呢？原来李夫人因怀了孕，所以昏昏思睡。初次怀孕的人面皮薄，不好意思说出青天白日睡觉的原因来，故红着脸不作声。哪里想得到有人陷害，自己丈夫已生了疑心呢？陆绳祖虽是这般鼻孔里笑一声便走了，李夫人竟毫不在意。陆绳祖从此，时时在面上露出不高兴的神气来，对李夫人突然冷淡了。李夫人虽是满腹忧疑，却是摸不着头脑，不好动问。

是这般又过了半月，这日李夫人又在睡午觉，突听得一声大喝，从梦中惊醒转来。只见陆绳祖已横眉怒目的立在房中，吓得慌忙翻身起来，问为什么事？陆绳祖怒冲冲的说道："你还问我为什么事吗？你白天睡在床上，跟随的人在你房里干什么？"李夫人愕然说道："我睡着了，哪里知道！跟随的是你的人，看他在房里干什么，你去问跟随的好了，与我有什么相干？我久已对你说过，请你到外边房里去吸鸦片烟，不可在这房里，听凭他们当跟随的任意出入。你不信我的话，如今倒来怪我吗？你的跟随，本来经你许可，随时可以到这房里来；我醒时尚不能禁止，何况睡着了。你自己不禁止他们进房，干我什么事？"

陆绳祖是个很精警的人，听了李夫人这番言语，知道是自己错疑了她，正觉心里有些抱歉，李夫人已忍不住掩面哭泣起来。陆绳祖又只得用言语去安慰，李夫人不瞅不睬。陆绳祖以为哭泣一阵，便可安然无事。谁知陆绳祖走出房门，李夫人即趁着没人看见，挑了大半杯鸦片烟吞下肚子里去了。因为无人知道，直到烟毒大发，方从事灌救，哪里还来得及呢！可怜这个知书识礼的李夫人，就此香销玉殒了。陆绳祖望着李夫人惨死，只哭得死去活来。痛哭了一顿之后，便如失魂丧魄的人，不言不笑，送上饮食，只随意吃喝一点儿，就不吃了。仅吩咐经办丧事的人，一切丧葬的事都照汉人制度。

陆绳祖亲自监着办好了丧葬，忽将严如松传到密堂，问道："你知道我李夫人是怎么死的吗？"严如松只好说："不知道。"陆绳祖道："别人个个都知道是吞鸦片烟死的。但是好端端的人为什么会吞鸦片，你知道其中道理吗？"严如松仍回说："不知道。"陆绳祖红了两眼，哽咽着说道："是被人陷害死的。我真对不起她，你知道是被谁害死的么？"严如松更不敢回说知道。陆绳祖摇头说道："你是何等精明能干的人，岂有不知道之理？我一生的事业，全亏了你帮助，始有今日。我知道你是一个血性男子，你能帮助我报我父亲之仇，断没有不能替我报仇的道理。你要知道，李夫人的仇人，就是我的仇人。我自从亲见李夫人惨死的情形，我这颗心已经痛碎了；没了这颗心，连穿衣吃饭的事也不会，哪里能报仇呢？所以不能不委托于你，你能应允我么？"

严如松道："依我的愚见，并不觉得有人敢陷害李夫人。"陆绳祖不待严如松说下去，忙伸手掩住严如松的口，说道："你不与我的仇人同党，安得代他说话？"严如松听了，惊得汗流浃背，只得唯唯应是。陆绳祖流了一会儿眼泪，忽然长叹了一声，自言自语的说道："汉人的礼教实在甚好。身为汉人，而不知道伦常纲纪的，就是可杀的人，就是我李夫人的仇人，也就是我的仇人。"

严如松明知陆绳祖心中痛恨的，是包慎和陆自氏两人，就只是一时苦于无言可以安慰。严如松从密室退出来，不过半日，忽接着土司衙门中来人报告："陆绳祖已失踪不知去向。"严如松大吃一惊，立时带了几十名精壮的卫士，先到新土司衙门，仔细寻觅，果不见陆绳祖的踪影。传跟随陆绳祖的人来问，据说陆绳祖自从李夫人去世后，即不许跟随的人近身，见面就大喝滚开去，因此跟随的人不敢露面，所以陆绳祖何时离开了衙门不得而知。严如松又到旧土司衙门，包慎、陆自氏都说陆绳祖自新屋落成之后，一步也不曾跨进旧衙门来。严如松只得打发自己的卫士分途去外面寻觅，自己也带了些人出外探访。

一夜没有访着下落，直到次日早晨，严如松走到李夫人坟上，只见陆绳祖双手捧着脸，蹲在坟堆上如痴如呆。严如松忙上前叫唤，似乎已没有知觉。当即叫人抬回旧土司衙门，仅奄奄一息，不能言语，不能转动，只两眼不住的流出血泪来，没一会儿工夫，就咽气了。

严如松不待说是抚尸痛哭。心里想起陆绳祖在密室吩咐报仇的话，又眼见了包慎与陆自氏鬼鬼祟祟的情形，不由得愤火中烧，恨不得立刻将包慎处死，剜出心来祭奠陆绳祖；只是陆自氏不似平常妇女，容易对付。陆自氏本来欢喜练兵，自与包慎通奸，包慎自料将来必不为严如松所容，欲谋自固地位，就暗中怂恿陆自氏增加兵额。包慎因久在严如松部下，也是身经数十战的偏将。帮助陆自氏训练军队，派人到安南、越南购办枪炮，银钱经管之权全在包慎手中，办理更觉容易。陆绳祖在省城的时候，包慎为所欲为，尽力布置，没人敢阻挡。严如松明知包慎居心叵测，只以有陆自氏出头，因名分的关系，也只能在暗中预为之备，不能禁阻。包慎既拥有很强盛的兵力，又能挟陆自氏以自重。严如松虽念陆绳祖遗言，然也不敢冒昧。

陆绳祖没有儿子，陆自氏便继续当土司，草草将陆绳祖的丧葬办了。包慎见严如松对自己大不似从前亲热，并时时表示出瞧不起他的神气，心里已觉得很不自在。嗣后听说陆绳祖在临死之前，曾传严如松到密室细谈了许久；而陆绳祖在李夫人坟上蹲着，又是严如松去寻着的。遂疑心陆绳祖之死，严如松预先知道；临死前在密室所谈的，十九是为他自己与陆自氏的事。因此，一见严如松的面，即觉如芒刺在背，乃与陆自氏商量如何对付严如松的方法。

陆自氏早已感觉严如松的军权太重，为人又耿直不阿，留在跟前，必为后患；已决心削夺严如松的兵权，先派心腹人探听严如松近来的言语举动。严如松从陆绳祖丧事办妥后，即归到军队驻扎之地，一心训练士卒；一面结合成章甫、曾服筹等人，不听陆自氏的号令。陆自氏探得了这种消息，不由得大怒，即遣人传严如松到衙门里来。

严如松明知此去必遭毒手，但不去，陆自氏必带兵来，迟早免不了决裂，不如先下手为强。顿时调集自己队伍，准备与陆自氏翻脸。包慎也考虑到严如松联合成章甫、曾服筹等，便难对付；派人到炉铁粮子，卑词厚礼的与成章甫联络，轻轻加严如松以反叛的罪名。

此时的成章甫，正因莲花山的曾师傅，亲送小翠子到炉铁粮子来，与曾服筹完婚，忙着办理喜事，没工夫管严、陆两家的战事；并且曾服筹和李旷等人，已经占有四土司的领土，足够踞地称雄了，正好借着守中立，与陆家脱离关系。成章甫在曾服筹与小翠子结婚的时候，指着曾师傅拿出来的玉玦，对曾服筹说道："这东西原是你父亲酬广德真人，救你祖母之恩的。就为那一遭治病，闹到一家妻离子散，想不到今日倒做了你娶妻下聘之物。这金环原是你母亲当你与刘贵出亡之时，恐怕途中缺少用费，有这环好变卖银钱的，难得你至今还留着。如今你的仇也报了，妻也娶了，立足之地也有了，算是我的心事也完了。好自为之！在这地方，子子孙孙可以保守，没人能奈何你。我幸遇明师，略能了解道中玄妙，从此我当去努力我的事业，不能再顾你了。"

曾服筹听了，哪里肯放成章甫走呢？说了许多恳切攀留的话。成章甫当时似不甚坚持的样子，次早忽报成道人和曾师傅都不知去向。曾服筹知道修道的人是不可强留的，只得叹息一声罢了。

严如松与陆自氏火并，接连战了几年。陆自氏本来敌不过严如松的，因胡小么儿处心积虑要替自己父亲报仇，也带领一部分会党，到包慎跟前投效，总把严如松打败。严如松虽败，陆自氏也打得精疲力竭，她辖境内的夷人，因苦连年战祸，再三求官进剿，愿做向导。

官兵一去，陆自氏与包慎无力抵抗，都被擒了。所辖之地，改土归流，即今之昭觉县。曾、李的子孙，至今尚占据炉铁粮子、李铁寨、鼟鼓三家村等处为土司，无人能奈何他。

这部《玉玦金环录》写到此地，只得完结了。

全书完

图书在版编目（CIP）数据

玉玦金环录／平江不肖生著. — 北京：中国文史
出版社，2020.3

（民国武侠小说典藏文库·平江不肖生卷）
ISBN 978 - 7 - 5205 - 1668 - 6

Ⅰ. ①玉… Ⅱ. ①平… Ⅲ. ①侠义小说 - 中国 - 现代
Ⅳ. ①I246.5

中国版本图书馆 CIP 数据核字（2019）第 262158 号

整　　理：杨　锐
责任编辑：薛媛媛

出版发行：**中国文史出版社**
社　　址：北京市海淀区西八里庄 69 号院　　邮编：100142
电　　话：010 - 81136606　81136602　81136603（发行部）
传　　真：010 - 81136655
印　　装：廊坊市海涛印刷有限公司
经　　销：全国新华书店
开　　本：720×1020　1/16
印　　张：29.25　　字数：424 千字
版　　次：2020 年 3 月第 1 版
印　　次：2020 年 3 月第 1 次印刷
定　　价：78.00 元

文史版图书，版权所有，侵权必究。

文史版图书，印装错误可与发行部联系退换。